Louise Boije af Gennäs

Deine Augen, meine Sterne

Dies ist selbstverständlich eine fiktive Erzählung. Namen, Charaktere, Orte und Situationen entspringen ausnahmslos der Fantasie der Autorin. Mögliche Übereinstimmungen mit realen Geschehnissen oder Personen, lebenden wie toten, sind darum natürlich reiner Zufall.

Originaltitel: Stjärnor utan svindel
Norstedts Förlag AB, Stockholm

Veröffentlicht in Absprache mit Agentur Literatur Gudrun Hebel, Berlin

Die Deutsche Bibliothek – CIP-Einheitsaufnahme
Boije af Gennäs, Louise: Deine Augen, meine Sterne : Roman / Louise Boije af Gennäs. Übers. aus dem Schwedischen von Gabriele Haefs, Dagmar Mißfeldt. – Berlin : Orlanda 2005
ISBN 3-936937-15-X

1. Auflage 2005

Für die deutsche Ausgabe

Lektorat: Ekpenyong Ani, Susanne Litzka
Umschlaggestaltung: Ulrike Wewerke
Umschlagfoto: fontshop
Herstellung & Satz: Anna Weber
Druck: Motiv Offset, Berlin – Istanbul

Die Liebe kam auf dem westlichen Söder zu mir, zwischen hässlichen Mietshäusern und asphaltierten Spielplätzen, nass glänzenden Parkplätzen und Klettergerüsten aus imprägniertem Holz. Hier oben unter einem eisengrauen Novemberhimmel begegnete ich ihr wahrhaftig und in mir entzündete sich eine Kerze. Adventssterne leuchteten in den Fenstern rund um den tristen Hinterhof und ich wusste, obwohl ich mich selbst total verloren hatte, dass ich auch zum allerersten Mal im Leben zu Hause angekommen war.

Irgendwo zwischen dreißig und vierzig verläuft das Leben in festen Bahnen. Es besteht nicht mehr aus Liebe, Verhältnissen, Karriere und Kindern, es besteht aus der Liebe, dem Verhältnis und den Kindern. Oder aus ihrem Fehlen, der Leere, die trotz und mit ihnen entsteht. Mehr kam dabei nicht heraus, und das schmerzte überall, wenn man es mit den eigenen rosaroten Jungmädchenträumen verglich, damit, wie es hätte werden können, wenn man sich vor langer Zeit einmal anders entschieden hätte, als alles noch möglich, als das Leben noch nicht festgelegt war.

Von wem haben wir unsere Jungmädchenträume? Wirklich von den Vater-Mutter-Kind-Spielen und aus Filmen? Ist es nicht vielmehr so, dass ein Mensch mit einer unbegrenzten Kapazität an Wünschen und Fiktionen geboren wird? Als Kind ist unser Wille grenzenlos, unsere Fantasie ebenfalls. Wir wissen instinktiv, dass das Leben groß und unbegrenzt ist, dass uns alle Möglichkeiten offen stehen. Aber während wir heranwachsen, begreifen wir allmählich, dass aktives Handeln gefordert ist; wir müssen uns entscheiden. Für den Tischnachbarn in der Schule und für die beste Freundin, für Fußball oder Hockey, Freund oder Freundin. Wir haben unser Leben in der Hand, wir können es gestalten.

Damit kommt natürlich die Furcht, das Schwindel erregende Gefühl auf; die Angst, einen Fehler zu begehen, etwas Unwiderrufliches in Form einer Entscheidung zu tun, die wir danach bitter bereuen werden und nie wieder rückgängig machen können.

Gibt es so drastische Handlungen? Ist nicht unsere Angst vor der Entscheidung unnötig groß und die Wahrheit nicht vielmehr, dass eine zunehmende Einsicht in die Natur des Lebens mit dem steigenden Druck des Umfelds einhergeht, keine Fehler zu begehen? Das Schlimmste, was wir sein können, so müssen wir lernen, ist inkonsequent. Unsere westliche Kultur betont unablässig, wie wichtig Sicherheit, Bequemlichkeit,

Berechenbarkeit sind. Ein Mann soll zu seinem Wort stehen, eine Frau soll loyal und treu sein.

Aber wer hat bei zu viel Treue und Konsequenz am meisten zu verlieren? Wenn das Leben anders verläuft als gedacht, wenn die Entscheidung falsch gewesen ist, wenn der Lebenspartner sich nicht als Lebenspartner erweist, sondern nur als Lebensabschnittsgefährte, dann trauen wir uns nicht, es zu hinterfragen. Wir können das fünfjährige Medizinstudium nicht hinschmeißen, nur weil wir darauf gekommen sind, dass wir nicht Ärztin werden wollen. Lieber die bittere Pille schlucken, das Studium fortsetzen und eine Karriere verfolgen, die zwar nicht das Richtige zu sein scheint, deren Früchte wir aber dennoch ein Leben lang ernten dürfen, weil wir uns daran gehalten haben, eine schnurgerade Linie zu verfolgen. Kein Hin und Her durch das Hinterfragen von Entscheidungen und Umentscheidungen auf halber Strecke; der Weg muss vorwärts gegangen werden, ohne einen Blick zurückzuwerfen. Hat man in der Kirche »ja« gesagt, lebt man zusammen, bis dass der Tod uns scheidet.

Plötzlich hat das Leben eine festgelegte Form angenommen. So sieht der Mann aus, so die Kinder. Das wurde der Beruf, so ist die Wohnung. Dahin sind die Überraschungen und die Möglichkeiten. Jetzt scheint das Leben bis zum Tod wie eine endlose Gerade zu verlaufen, und es gibt Augenblicke, da schaut man sich ungeduldig um und kann es kaum erwarten.

Denn wer weiß, was uns nach dem Tod erwartet? Vielleicht ein neues Leben, vielleicht eine neue Chance? Vielleicht wieder all die Wahlmöglichkeiten, die ein Säugling hat.

***

Als ich Kaja begegnete, fügte sich etwas zusammen, etwas, das mit Liebe, Nähe und Politik zu tun hatte, damit, richtig statt falsch zu denken, damit, das Leben von innen her nach außen zu leben statt umgekehrt.

Kaja war klein wie eine Elfe mit dem schönen Körper einer erwachsenen Frau, grazil wie ein Fotomodell oder eine Balletttänzerin, aber in viel zu großen Doc Martens. Sie hatte lange dunkle Locken, Sommersprossen im ganzen Gesicht, große, blassblaue Augen und einen sinnlichen Mund. Ihre hellrosa Lippen verzogen sich mal zur Grimasse, mal ruhten sie leicht geöffnet, kurz davor, entweder etwas Wütendes zu sagen oder in lautes Gelächter auszubrechen. Sie hatte viel zu große Augen, die aber meist unter ihrem Haar verschwanden, weil es ihr peinlich war, sie zu zeigen. Ihre Finger, kräftig und schön, lang und weich. Tattoos. Mein Lieblingstattoo war eine zweischneidige Axt auf ihrem linken Oberarm. Auf der rechten Schulter hatte sie eine Ente und auf dem Fuß einen kleinen Hund, der aussah wie Snoopy. Ich stürzte mitten hinein in dieses Paradox aus Zähigkeit, Härte und Kindlichkeit und verlor mich dabei Hals über Kopf in Liebe. Mit ihrem Wesen drückte sie bei mir auf all die richtigen Knöpfe und ich wollte ihr einfach nahe sein, ihr zuhören, mit ihr streiten, über sie lachen. Wenn sie weinte, konnte ich die Tränen nicht zurückhalten.

Zeitlos und androgyn, sehr gegenwärtig und äußerst sinnlich. Sie war ein Page aus vergangener Zeit, ein Wildfang, männliche Frau oder weiblicher Mann, mit einer subtilen Schönheit, die sich in ihrer gesamten physischen Erscheinung zeigte und ihren Charakter durchzog wie eine Goldader ein Bergmassiv. Es gab nichts, das ihr gleichkam. Ich war gezwungen, mich geradewegs in sie hinein zu begeben und mich somit ganz zu verlieren; mein gesamtes Ich löste sich an den Rändern auf. Da gab es nicht die geringste Gnade, keinen Ausweg, kein Zurück. Da gab es nur die große Gnade: im eigenen Inneren auf die Liebe gestoßen zu sein, auf eine Goldader. Man konnte ein ganzes Leben nach einer solchen Ader, nach einem solchen Schatz suchen. Nun hatte ich ihn gefunden und er gehörte mir.

Es ging nicht darum, endlich die eigene Sexualität zu wecken, denn sie war schon immer wach gewesen, neugierig fröhlich und ebenso durch Männer befriedigt. Das hier war etwas anderes, tieferes, das die Sexualität gleichermaßen peripher und unwichtig wie auch wunderbar erscheinen ließ, wie das schöne Einschlagpapier um ein sehr kostbares Geschenk. Im Inneren warteten die Liebe, das Verständnis, die richtige Nähe zu einem anderen Menschen. Aber ich war verheiratet, ich hatte meinen Mann und mein geregeltes, bürgerliches Leben und Kaja war eine lesbische Radikalfeministin in einer Wohnung voller Aufkleber und nicht zusammenpassendem Porzellan, höllisch weit entfernt auf Söder, in einem Stadtteil, auf den nicht einmal seine Bewohner stolz waren.

Wer war ich zu entscheiden, zu bestimmen und Konsequenz zu fordern? Wenn sie nackt in meinen Armen saß und ich in ihren, durchliefen meinen Körper Wogen reiner und unverfälschter Liebe wie ein verzehrendes Feuer. Es war als ob man Gras in Brand steckt, um das Alte zu vernichten und neuem Wachstum den Boden zu bereiten. Auch wenn es im Zimmer dunkel war, glommen ihre Augen und Zähne als sei sie ein mythisches, mystisches Wesen und ich verzaubert, bezaubert und erfüllt. Hätten wir im Mittelalter gelebt und ich – eine verheiratete Frau adeliger Herkunft – hätte so weitergemacht, dann wäre Kaja gerädert oder als Hexe auf dem Scheiterhaufen verbrannt worden. Jetzt aber brannte ich, die ich von einer aufgebrachten Gesellschaft für meine Liebe zu einer anderen Frau und für ein ehrlicheres Leben verurteilt werden würde.

Es war, als brachte sie mich in Kontakt mit mir selbst, meinem wahren Ich, dem Kind, das noch immer unter all der Erziehung und all den Regeln verborgen lebte, die mir im Laufe der Jahre eingetrichtert worden und zu meinen eigenen geworden waren. Sie brachte mich dazu, das Lebewesen da drinnen zu spüren, an ein Leben zu glauben, für das es wert war, mein inneres Selbst wachsen zu lassen, es hervorzuholen und dafür zu kämpfen. Sie gab mir meinen Mut zurück, sie brachte mich dazu, meine Stärke wieder zu fühlen. All das gab sie mir, all das tat sie für mich, vielleicht ohne es zu wissen, aber immerhin.

***

Am Morgen danach konnte wir uns mit so einer Raserei streiten, dass ich es kaum für möglich hielt. Aber natürlich war es möglich.

Teil 1
Der Einbruch

1

Lukas stand vor dem blank geputzten Spiegel mit Goldrahmen und band sich zufrieden die Krawatte mit den lustigen kleinen Comicfiguren.

»Alles fertig?«, fragte er und fuhr sich mit der Hand durchs dunkle Haar.

»Natürlich«, antwortete ich und lächelte mir dicht vor dem Spiegel übertrieben breit zu, um zu kontrollieren, ob ich etwas zwischen den Zähnen hatte.

»Die Vorspeise ist aufgetragen«, leierte ich herunter, mehr meinetwegen als seinetwegen. »Das Hauptgericht steht im Ofen. Das Dessert serviere ich anschließend. Hast du den Wein im Griff?«

»Natürlich. Du bist total hübsch.«

Ich trat einen Schritt zurück und betrachtete mich. Das schwarze Samtkleid saß perfekt. In der Halsgrube hing der Goldanhänger, den ich zum zweiten Hochzeitstag bekommen hatte. Ich war dünn, zu dünn, sagten einige und ich beklagte mich manchmal, doch insgeheim war ich sehr zufrieden damit. Da klingelte es an der Tür.

»Vergiss nicht die Begrüßungsrede«, sagte ich und rückte Lukas' Schlipsknoten zurecht. »Wenn alle einen Bissen von der Vorspeise gegessen haben.«

»Please! Ich bin nicht ganz blöd«, entgegnete Lukas und ging zur Tür.

Im Türrahmen standen Johan, mein Freund seit Kindertagen, und seine temperamentvolle englische Frau Sassa – beide in identische Barbour-Mäntel gehüllt.

»Hallooo!«, rief Johan und überreichte mir einen Blumenstrauß. »Hallihallo! Alles bestens!«

Er und Lukas klopften sich gegenseitig kräftig auf die Schultern. Sassa und ich hauchten uns Küsschen neben die Wangen in die Luft. Sie duftete nach süßlichem Parfüm und Mottenkugeln. Englisch irgendwie. Bei ihrem Ohr zeichnete sich deutlich eine Linie ab, da, wo die Schminke aufhörte und ihre natürliche Hautfarbe anfing. An den Ohrläppchen trug sie große Perlen mit kleinen Brillanten darüber.

»Wie geht es dir, meine Liebe!«, erkundigte ich mich und sah auf ihren Bauch, der sich unter einem weinroten Stretchkleid mit weißen Spitzenmanschetten an den Ärmeln deutlich wölbte.

»Gut, danke«, erwiderte sie mit ihrem ausgeprägten englischem Akzent und reichte Lukas ihren Barbour. »Jetzt ist immerhin zu sehen, dass was unterwegs ist.«

Lukas und Johan entfernten sich ins Wohnzimmer, mit ihren braun gemusterten Tweedjacketts, Sassa und ich gingen in die Küche. Schuldbewusst warf sie einen Blick über die Schulter.

»Ich bin so wütend auf ihn, dass es kaum auszuhalten ist!«, giftete sie, und zwischen den sorgfältig gezogenen Augenbrauen zeichnete sich eine tiefe Furche ab. »Ich will nur, dass er einfach verschwindet! Ich ertrage seinen Anblick kaum!«

Ein Champagnerkorken löste sich mit einem Knall. Johan tauchte im Türrahmen auf. Er sah aus wie ein glücklicher Welpe; die Augen glänzten und er lächelte, sodass man einen Schneidezahn aufblitzen sah.

»Für dich, Liebling«, sagte er und reichte Sassa ein Glas. »Ist sie nicht schön?«

Die letzten Worte hatte er an mich gerichtet, die Hand auf Sassas Bauch. Sie lächelte liebenswürdig, aber gekünstelt, schob seine Hand mit ihren mageren, sorgsam manikürten Fingern weg und reichte mir das Glas. Hunderte kleiner Perlen stiegen auf. Woher kamen sie? Das hatte mich schon immer verwirrt.

»Vielleicht wäre es höflicher, du würdest die Gastgeberin bedienen«, meinte Sassa angesäuert, »vor allem, weil du sehr gut weißt, dass ich im Moment nichts trinken darf.«

Sie schüttelte den Kopf, stellte sich ans Spülbecken und fuhr mit dem Finger eine Leiste entlang. Ich nippte am Champagner. Johan lächelte mich schuldbewusst mit geschlossenem Mund an, zuckte mit den Schultern und schlich ins Wohnzimmer.

»Seine Mutter ist eine Zumutung!«, fauchte Sassa mit erneuter Energie. »Sie kann mich nicht ausstehen! Und sie will nur einen Sohn haben, einen neuen kleinen Grafen! Sie wird gemein zu dem Kind sein, wenn wir ein Mädchen bekommen!«

In den schonischen Kreisen, in denen Johan aufgewachsen war, kannte man seine hoch gewachsene, breitmäulige Mutter im Allgemeinen unter der Bezeichnung »Caligula«. Sie war bekannt für ihren starken Whiskykonsum, ihr Zigarettenmundstück, ihren Achselschweiß, ihre spitzen Bemerkungen und ihre herzlose Beziehung zu Kindern und Enkeln. »Ich habe nicht um sie gebeten«, war einer ihrer Lieblingssätze. »Sie kamen einfach.«

Es klingelte von neuem an der Tür. Jetzt standen Greger und Ann-Charlotte davor, zwei sehr ehrgeizige Kollegen aus Lukas' Finanzunternehmen, miteinander und mit ihrem Beruf verlobt. Sie war klein, dunkelhaarig, gesprächig und intelligent und duftete zu stark nach Parfüm, er hingegen war groß, blond, hatte eine schroffe Art, war immer falsch angezogen und kam aus Norrland. Doch zuweilen blitzte er auf wie ein angekratzter, ungeschliffener Diamant, besonders wenn er stocksauer war. Auf einer Konferenz auf Smådalarö hatte er einmal seinen Chef verprügelt, weil dieser eine Sekretärin begrapscht hatte – das hatte meine Bewunderung und mein Interesse geweckt.

»Oh, wir werden uns hier noch prächtig amüsieren!«, rief Ann-Charlotte mit ihrer melodischen Stimme aus und gab mir einen Kuss auf den Mund. »Wir hatten solche Sehnsucht nach euch, das könnt ihr euch gar nicht vorstellen!«

»Du hast Lukas doch gestern bei der Arbeit gesehen«, sagte Greger.

»Von mir kann man nie zu viel bekommen«, entgegnete Lukas und lächelte charmant.

Er half ihnen aus den Mänteln und dann gingen wir gemeinsam ins Wohnzimmer. An der Terrassentür standen Sassa und Johan. Sie redete leise und wütend auf ihn ein, wobei sie mit ausgestrecktem Arm und knallrotem Nagel auf den Boden deutete, um ihren Worten mehr Nachdruck zu verleihen.

»... man hat nicht eher seine Ruhe, bis du dich bei irgendjemanden blamiert hast ...«

»Wollt ihr nicht mit uns anstoßen?«, fragte Lukas lächelnd.

Blitzschnell ordnete Sassa ihre Gesichtszüge und drehte sich mit einem liebenswürdigen Lächeln zu uns um.

»Ann-Charlotte!«, rief sie aus und kam mit ausgestreckten Armen und flatternden Spitzenmanschetten auf uns zu. »Ach, wie schön!«

Sassa und Ann-Charlotte gaben sich herzliche Küsschen auf die Wange. Sie konnten sich gegenseitig nicht ausstehen.

»Oh, wie schick du bist!«, sagte Sassa und kniff in Ann-Charlottes grell gemustertes Seidenkleid.

»Und der kleine Bauch!«, sagte Ann-Charlotte und legte eine große Hand auf Sassas Nabel. »Wie schön, dass du ihn nicht versteckst! Ich bin wahnsinnig neidisch!!!«

»Prost, Greger«, sagte ich und berührte mit meinem Glas vorsichtig den Rand des seinen. »Wie läuft es bei euch in der Firma?«

»Einigermaßen«, antwortete Greger mürrisch und trank einen großen Schluck. »Dein Mann macht sich. Was mich angeht, bin ich nicht so sicher.«

»Du bist bestimmt sehr effektiv«, meinte ich und hakte mich bei ihm ein.

Er trug einen genoppten Pullover in einer unbestimmten Spülwasserfarbe. Ich schielte nach unten. Unter den Hosenbeinen lugten tatsächlich ein Paar Turnschuhe hervor.

»Nicht besonders.«

»Ihr seid doch bestimmt auch an diesem Londonprojekt beteiligt, oder?«, fuhr ich leise fort.

Greger stutzte und blickte sich um.

»Das darfst du mit keinem Wort erwähnen!«, zischte er.

Erst jetzt fiel mir auf, dass seine Augen die gleiche Farbe hatten wie sein Pullover.

»Das tue ich auch nicht«, entgegnete ich. »Das sage ich doch nur dir!«

Greger schaute die anderen Gäste besorgt an und leerte sein Glas in einem einzigen Zug. Da klingelte es wieder an der Tür. Lukas schien vorübergehend taub geworden zu sein, ganz und gar in eine Diskussion mit Johan vertieft.

»Lukas!«, rief ich. »Greger braucht Nachschub.«

Dann ging ich die Tür öffnen.

Meine Cousine Beata und ihr Mann Gustaf stiefelten in die Diele. Eitles Lächeln, kurze scherzhafte Kommentare und Wangenküsschen, sie im Pelz, obwohl es erst September war und er in einem Kamelhaarulster. Beata und ich sind während der Schulzeit auf Östermalm Nachbarinnen gewesen, aber ich hatte sie nie gemocht. Sie war zuckersüß, aber etwas dämlich, hatte perfekte Haut, dunkles Haar, große grüne Augen und pflegte einen ausgeprägten, einstudierten Snobismus.

»Hey!«, rief mein Mann von der Wohnzimmertür und ging mit Champagnerflasche und zwei Gläsern auf Gustaf und Beata zu.

»Yee-haa!«, antwortete Gustaf, der mehrere Jahre in den USA gelebt hatte und klatschte Lukas anschließend in der Luft einen High-Five auf die Hand.

»Hallo, hallo, hallo«, fuhr er dann gekünstelt fort und gab mir Wangenküsschen. »Und wie ist das Befinden der jungen Frau Sophie?«

Er roch stark nach Rasierwasser und hatte den Kragen voller Schuppen.

»Danke, gut«, antwortete ich und unterdrückte meinen ersten Impuls, ihn abzubürsten.

Gustaf war ein Dandy, ein kleiner blasser, fetter Snob von Lidingö mit halblangen Haaren und Stupsnase, der lächerlich aussehen konnte, wenn er ohne seine Frau in der Stadt herumschwirrte. Sein ehemals so umwerfender Charme und sein Humor waren mit der Zeit etwas schal geworden und heute amüsierte er damit nur den allerengsten Freundeskreis. Doch zu dem gehörten wir und ich mochte Gustaf, Schuppen hin oder her.

Hinter ihm sah ich, wie Lukas Beata ein Glas Champagner in die Hand drückte, ehe sie sich aus ihrem Pelz geschält hatte. Sie machte ein äußerst verärgertes Gesicht, doch die Höflichkeit verbot es ihr, abzulehnen. Das Glas verschwand im Ärmel, während sie ihre Handtasche fallen ließ. Der Verschluss sprang auf und Puderdose, Kamm und Schlüssel glitten auf den Boden. Lukas merkte nichts, sondern kehrte ihr den Rücken zu und reichte Gustaf ebenfalls ein Glas.

»Kommt, dann gibt's was zu essen!«, sagte er und zog uns mit ins Wohnzimmer.

In dem Augenblick klingelte es wieder und ich kehrte wie eine mechanische Puppe in den Flur zurück. Die Pflichten einer Gastgeberin, man war wie aufgezogen. Tick, tick, tick; spitze Absätze auf dem Parkett; rot glänzende Lippen, ebenso rote Nägel; Edelsteine, glänzende Augen, glänzendes Haar, das wipp-wipp-wippte, wenn man sich bewegte.

Die Tür wurde von außen geöffnet und Baby trat ein. Das war wie Ausatmen, ein langes, tiefes Ausatmen gefolgt von einem Lächeln.

»Hallo, meine Liebe!«, sagte ich lächelnd.

»Hallo, du Liebe. Du bist aber elegant.«

»Du bist sehr hübsch!«

Wir umarmten uns. Baby war eine alte Klassenkameradin und eine meiner besten Freundinnen. Sie war groß, platinblond und kurvenreich wie eine amerikanische Filmdiva, hatte eine rauchige Whiskystimme, trug ständig zu kurze Röcke und schnorrte von allen Zigaretten, obwohl sie sich selbstverständlich selbst welche leisten konnte. Sie wohnte noch immer bei ihren Eltern in dem gigantischen Appartement auf Öfre Östermalm, wo sie einen eigenen Eingang, eine eigene Küche und ein eigenes Badezimmer hatte. Babys Vater war barsch, trug einen Schnauzer, ihre Mutter klein und schüchtern. Aus der Kreuzung der beiden war Baby entstanden. Sie rauchte, trank und las alles, was sie in die Finger bekam. Darüber hinaus brachte sie nicht viel mehr zu Stande. Baby war faul, ihre Analysen trafen aber immer den Nagel auf den Kopf. Sie war eine der intelligentesten Frauen, die ich kannte.

»Ist heute Abend Totenwache oder New Age angesagt?«, fragte sie jetzt und zog beim Ablegen eine Augenbraue hoch.

»Totenwache«, antwortete ich und lachte. »Alte Freunde.«

Baby kannte meinen üblichen Bekanntenkreis, der sich vom schonischen Hochadel bis zu radikalen Schriftstellern und Journalisten erstreckte.

»Gut«, meinte Baby munter und rückte ihren zehn Zentimeter langen Rock zurecht, der ein gutes Stück über einem Paar oberschenkellangen Wildlederstiefeln endete. »Dann bin ich richtig angezogen.«

Die Tür öffnete sich wieder, ein kalter Wind umfing uns und einige Blätter wehten über die Schwelle. Jetzt trafen Betty und Olof ein. Die rothaarige, charmante Betty, wie immer mit hochgebundenem Pferdeschwanz, ihren schüchternen Mann im Schlepptau. Betty war eine alte Freundin aus der Zeit im Östra Real, die nach Paris abgehauen war und als Polsterin gearbeitet hatte, um anschließend nach Stockholm zurückzukehren und ein eigenes Geschäft zu eröffnen. Sie war gut mit Sassa befreundet, sie ähnelten sich etwas, obwohl Sassa intelligenter war.

»Du Schöne!«, rief Betty und breitete die Arme aus. »Gott, wie siehst du frisch aus! Bist du im Sonnenstudio gewesen?«

»Schhh«, sagte ich. »So was verrät man doch nicht. Kommt rein!«

Ich war den beiden beim Ablegen behilflich. Bettys Mund stand nicht still, wogegen Olof mich noch immer nicht begrüßt hatte.

»Du glaubst gar nicht, was wir erlebt haben«, sagte sie. »Das Taxi hat sich verfahren, und plötzlich waren wir auf dem Weg nach Sollentuna!!!«

»Interessant«, murmelte Baby amüsiert, »rein geografisch gesehen.«

»Sie meint Norrtälje«, flocht Olof ein.

»Ich habe nur zum Fahrer gesagt«, fuhr Betty fort, »ich habe nur gesagt: ›Wenn Sie jetzt nicht sofort und in diesem Augenblick den Zähler ausschalten, dann übernehme ich für die Folgen keine Verantwortung!‹ ...«

»Haallo, meine Hübsche!«

Lukas war zu uns gekommen und umarmte sie heftig. Sie waren sehr voneinander begeistert. Olof lächelte mich unbeholfen an. Er war ein lieber, etwas schüchterner Mann, der als Anwalt offensichtlich sehr erfolgreich war. Ich konnte mir beim besten Willen nicht vorstellen, wie er sich vor Gericht bewährte, hatte aber eine Vorstellung von seiner leisen Stimme, seinen Augen, die aufleuchteten und von unerwartet hervorgeholten Dokumenten, die einen Fall völlig umkrempelten. Verstaubte Wälzer, Streifen von Sonnenlicht durch hohe Fenster, Betty unter den Zuhörern, anschließend im Blitzlichtgewitter Wangenküsschen verteilend.

Olof und Betty machten zusammen einen glücklichen Eindruck. Er vergötterte sie und sie prahlte ständig mit seinen vielen Vorzügen. Auf Festen tanzten sie immer eng umschlungen und küssten sich öffentlich. Das war unter unseren Freunden unüblich, wo die meisten nach einer mehrjährigen Ehe in ziemlich abgekühlten oder kameradschaftlichen Beziehungen lebten.

»Kommt rein und trinkt ein Glas Schampus«, sagte ich.

Wir gingen ins Wohnzimmer, Betty und Olof Hand in Hand, wobei sie mit der anderen Hand den Gästen auf dem Sofa zuwinkte. Sie hatten etwas von König Carl Gustaf und Silvia auf Verlobungstournee. Lukas war es inzwischen gelungen, alle mit einem Glas zu versorgen und wir stießen an. Neue Bläschen trieben im reißenden Strom nach oben. Unbeantwortete Fragen.

Der Champagner stieg mir langsam zu Kopf. Zwei waren noch nicht gekommen, zwei Singles, und ich machte mir ein bisschen Sorgen, dass der eine Gast in letzter Sekunde kneifen würde. Es handelte sich dabei um den korpulenten Brutus Eriksson, bekannter Autor, Staatswissenschaftler, ehemaliger Arbeiterjunge und linker Aktivist, der aufgestiegen war. Er war unzuverlässig, nie wusste man, ob er sich einfinden würde oder nicht. Tat er es, so war es immer unterhaltsam. Er war zwar schon in den Fünfzigern und damit etwas älter als wir anderen, doch in der Gegenwart dieses hervorragenden Forschers, der aus vielen Fernsehdiskussionen bekannt war, blühten die Männer der Gesellschaft immer auf, scharwenzelten um ihn herum und beteiligten sich beim Abendessen dermaßen rege an der Konversation, wie sie es unter normalen Umständen niemals taten; beinahe so, als flirteten sie mit ihm. Wir Mädels rissen immer unsere Witze darüber, dass seit der Verlobungszeit keine von uns diese Art von Aufmerksamkeit mehr erlebt hatte. Wenn Brutus heute nicht auftauchte, wäre es nicht so günstig, dann blieben nämlich zwei Damen ohne Tischherren. Davon ging natürlich die Welt nicht unter, lief aber meinem Sinn für Ordnung zuwider. Schlimm genug, dass wir mit Brutus dreizehn Personen bei Tisch waren; ich hätte am liebsten eine gerade Zahl gehabt.

»Prost und willkommen!«, sagte Lukas jetzt und erhob sein Glas.

Wir stießen alle an. Ich schielte unauffällig zu Ann-Charlotte hinüber, die aus ihrem Glas trank, den Kopf nach hinten gebogen und den schönen, geäderten Hals in voller Länge ausgestreckt. Ihr Ausschnitt war auch nicht von schlechten Eltern; die Brüste quollen daraus hervor wie blasse, reife Pampelmusen. Ich sah wie Gustaf ihr Dekolletee beäugte, während er mit Johan tuschelte. Asche auf dem Boden. Tabak und Tweed. Keine genoppten Pullover hier. Sie lachten leise. Ann-Charlotte stellte ihr Glas ab, schaute sie sofort aus dunklen, funkelnden Augen an und lächelte.

An der Tür klingelte es wieder. Jetzt kamen tatsächlich gleichzeitig der erfolgreiche Brutus Eriksson und der letzte Gast, meine alte Freundin Josefin an.

»Oh! Schön wie immer!«, trompetete Brutus auf seine freundliche Weise und hielt mir einen Strauß rosa Rosen hin.

»Danke, lieber Brutus!«

Die Rosen dufteten wunderbar, und ich atmete den Duft tief ein. Da stach ich mich an einem Dorn. Der Schmerz ließ mich kurz zusammenzucken und alles erschien plötzlich unwirklich, wie im Film.

»Au!«, sagte ich und begutachtete meinen Finger, aus dem schon ein Tropfen Blut quoll.

»Keine Rose ohne Dornen!«, sagte Brutus Eriksson unbekümmert.

Er kam herein, ohne Josefin den Vortritt zu lassen, sie und ich zwinkerten uns hinter seinem breiten Rücken zu.

»Oh, wie schön, dich zu sehen!«, sagte ich und umarmte Josefin.

»Das finde ich auch«, erwiderte sie.

Sie umgab ein leicht muffiger Geruch, vermutlich von dem alten Steppanorak, den sie sich über das Kleid geworfen hatte, und die rosigen Wangen deuteten an, dass sie gehetzt war. Sie war direkt von ihrem Elternhaus gekommen, einem Gut bei Nyköping, wo sie einen Flügel bewohnte und ihre Pferde versorgte. Josefin war ein richtiges, altmodisches Adelsfräulein, mit beiden Füßen tief in der Tradition verwurzelt und hatte Stil. Es gelang ihr, alle Menschen gleich zu behandeln, und nie hatte ich sie tratschen oder etwas Abschätziges über einen Menschen sagen hören, wenn es sich nicht um jemanden handelte, bei dem sie einen persönlichen Grund hatte, ihn nicht zu mögen. Ihre Familie gehörte zu einem der ältesten Geschlechter im Lande und wurde in jedem Geschichtsbuch namentlich erwähnt. Doch Josefin prahlte nie mit ihrer Herkunft, und Geld, Besitz und Statussymbole beeindruckten sie nicht im Geringsten. Wie Baby war sie Single und es ging ihr gut damit. Würde sie tatsächlich einen Mann kennen lernen, so würde es sich dabei kaum um einen Grafen oder Baron, sondern eher um einen bodenständigen Menschen handeln, der genauso begeistert von Pferden war wie sie. Josefin hatte rotblondes, krauses Haar, das ihren Kopf wie eine Wolke umgab, tiefe Grübchen und durchtanzte gern ganze Nächte.

»Tut mir Leid, dass ich zu spät komme, aber eine Stute hat eine Entzündung am Knie ...«, begann sie.

»Meiiin Gott!«, unterbrach sie Brutus Eriksson, der natürlich etwas viel Interessanteres zu erzählen hatte, und wischte sich die Stirn mit einem Taschentuch ab. »Mein spätes Eintreffen beruht darauf, dass ich in einer Direktübertragung einer Debatte auf P3 gesessen habe – ja, du weißt doch, wie so was läuft, Sophie – und ich muss schon sagen, so eine Unverschämtheit ...«

Seine enorme Körperfülle wogte vor uns ins Wohnzimmer, wobei er weiter redete. Josefin und ich folgten pflichtschuldig hintendrein und konnten wie zwei kleine Schulmädchen mit Fröschen in der Tasche das Lachen kaum zurückhalten.

Jetzt waren alle da. Lukas versorgte Josefin und Brutus mit je einem

Glas und wir stießen wieder an. Ich registrierte bei den Anwesenden die übliche Reaktion, als Brutus das Zimmer betrat; vor allem die Männer waren von seiner Anwesenheit begeistert. Jetzt bot sich die Möglichkeit einer interessanten Unterhaltung, die man dann am Montag im Büro zum Besten geben konnte. »Ich habe Brutus Eriksson kennen gelernt – du weißt schon, der Staatswissenschaftler – bei einem Abendessen am Wochenende, und wir waren vollkommen einer Meinung über ...«

Betty glitt auf mich zu, hinter sich Olof fest im Griff. Ihr Pferdeschwanz schaukelte hin und her, als sie sich zufrieden umblickte.

»Schön ist es hier geworden!«, sagte sie. »Das es noch mal so schön wird, hätte ich nie gedacht!«

Betty riskierte schon ihr halbes Leben eine dicke Lippe, ohne es zu merken.

»Hast du mit dem Maler gesprochen, den ich dir empfohlen habe?«, fuhr sie jetzt fort.

»Nein«, antwortete ich. »Mein Anwalt hat mir den Namen einer Firma genannt und die waren so tüchtig, dass sie den Auftrag für alles bekommen haben.«

»Sprecht ihr über Handwerker?«, erkundigte sich Sassa interessiert in ihrem affektiertem Akzent und wandte sich uns zu. »Wir richten gerade eine neue Wohnung auf Östermalm ein, und das ist verdammt noch mal ein Halbtagsjob! Also, HANDWERKER!!! Was für ein VOLK!!! Wären wir in England, würde man sich diese Nonchalance und Unverschämtheit niemals gefallen lassen ...«

»Da irrst du dich ganz entschieden«, triumphierte Betty. »Meine Freundin Sigrid, die in Wimbledon lebt, hat mit ihren Handwerken die Hölle ausgestanden, und damals hat sie eine der besten Firmen von ganz London beauftragt. Nicht wahr, Olof?«

Olof machte den Mund auf, schloss ihn aber gleich wieder, als Sassa schon für ihn antwortete.

»Das kann nicht sein. Ich kenne Sigrid.«

»Doch, stimmt aber.«

»Unmöglich. Dann hätte sie nicht die Hölle auszustehen gehabt.«

»Die absolute Hölle. Sie hat geweint.«

»Dann ist sie an eine sehr schlechte Firma geraten.«

»An eine der besten in ganz England.«

»Schweden wissen nicht, an wen sie sich wenden sollen.«

»Englische Handwerker sind eine absolute Zumutung«, fuhr Betty an uns alle gerichtet fort, ohne sich aus dem Konzept bringen zu lassen. »Von den französischen ganz zu schweigen. Als ich in Paris gelebt habe, da war da eine junge Frau, die musste in die Nervenklinik eingeliefert werden, während das Appartement, das ihr und ihrem Mann gehörte, renoviert wurde. Nachdem die Handwerker die Kacheln für die Küche mit denen fürs Badezimmer verwechselt hatten, als sie an der Riviera war – die Toilette zierten nun Ananas und gelbe Zwiebeln, Seeigel und so was wie kleine Seepferdchen den Herd –, hatte sie einen absoluten Zusammenbruch, mitten im Centre Pompidou, als sie mit ihrer Schwiegermutter eine Ausstellung besuchte. Die Polizei kam und die Feuerwehr und alles. Tja, ich weiß übrigens, wer es war.«

Die letzten Worte hatte sie an mich gerichtet.

»Maggie Behrenstål, die Tochter vom Botschafter. Deine Eltern sind mit ihnen bekannt. Sie sind in dieselbe Tanzschule gegangen.«

»Ich weiß«, antwortete ich.

»Ich meine mich zu erinnern, dass er um deine Mutter angehalten hat. Bei meiner hat er es auch versucht. Aber egal«, fuhr Betty fort, doch ich hatte keine Zeit, ihr länger zuzuhören, sondern verdrückte mich in die Küche, um nach dem Hauptgericht zu sehen.

Das Hauptgericht, die Rettung in letzter Sekunde für alle Gastgeberinnen. Klick, klick, klick; tief Luft holen, wenn niemand hinschaut. Der gleichmäßige Hitzestrom aus dem Backofen; als käme man zur Oma aufs Land. Ich lehnte mich an die Wand und hielt mir das kühle Champagnerglas an die Stirn.

Betty und Olof hatten ihr ganzes Wohnzimmer draußen in Saltsjöbaden umgestaltet – nordisches Holz und Nougatbraun in verschiedenen Abstufungen – wogegen Sassa und Johan beschlossen hatten, Vasastan endlich zu verlassen und zu ihren anderen Freunden nach Östermalm zu ziehen. Vasastan war eine Herausforderung gewesen, die Sassas Abenteuerlust und Johans Willen, sich ein bisschen auf dem auszuruhen, was seine Familie und seine Herkunft zu bieten hatten, entsprach. Wenn aber jetzt Kinder mit ins Spiel kamen, war es an der Zeit, Maßnahmen zu ergreifen und dahin zu ziehen, wo die zukünftigen Freunde der Kinder in den Kindergarten gingen. Abenteuer waren gut und schön, aber man sollte nicht übertreiben. Man durfte nicht die wertvollen Kontakte der Familie und die glänzenden Zukunftsaussichten aufs Spiel setzen. Ich wusste genau, worum es ihnen ging.

Ich selbst hatte meine Junggesellinnenzeit in einer weiß verputzten Dachwohnung mit sichtbaren, braun gebeizten Dachbalken und einem Fenster von der Decke bis zum Boden in der Birger Jarlsgatan verbracht, so »alternativ« wie es sich für eine aufstrebende Schriftstellerin gehörte, deren Verwandte früher in von Säulen umgebenen Häusern auf dem Strandvägen und warmgelben Villen in der Diplomatenstadt gelebt hatten. Eine Dachwohnung in Vasastan war eine Abweichung von der Norm, die ausreichte, um einen freien Willen zu markieren, aber immer noch garantierte, dass man Vergnügungen und Bekannte in bequemer Reichweite hatte. Doch als Lukas und ich heirateten, hatten wir das Gefühl, der Zeitpunkt für einen Umzug sei reif. Wir hatten lange gesucht und am Ende ein Haus gefunden, das unserer Meinung nach zu uns passte – große Empfangsräume, Sauna im Keller, Doppelgarage. Ich hatte die Wohnung verkauft und den Erlös sowie den Teil einer früheren Erbschaft in den Kauf gesteckt. Lukas hatte nicht ganz so viel Geld wie ich, aber er kam zum Ausgleich für einen Großteil der laufenden Kosten wie Reisen und dergleichen auf. Das Haus lag in Stocksund und damit gewiss nicht auf der »falschen« Seite der Grenze zu Djursholm, aber es spielte auch keine Rolle. Etwas radikal durfte man sein, solange die eigenen Kinder die Möglichkeit hatten, in dieselbe Schule zu gehen wie die Kinder der Freunde, mit allem, was dazugehörte: Kinderfeste, gleiche Kleidung, gemeinsames heimliches Rauchen und lebenslange Freundschaft. Alle unsere Bekannten in der Umgebung wohnten höchstens zehn Autominuten entfernt, und natürlich hatten beide von uns ein Auto. Das Ganze schien genau richtig.

Ich schaute auf die Uhr. Der Drink dauerte schon vierzig Minuten.

»Lukas«, sagte ich halblaut in der Küchentür. »Wollen wir uns nicht setzen?«

»Klopf du ans Glas!«, meinte er.

Ich ging ins Wohnzimmer und klopfte mit meinem Ehering leicht ans Champagnerglas. Ich trug einen sehr kostbaren Ring aus drei Bändern mit echten Steinen. Der Verlobungsring saß in der Mitte und war mit vier weißen Brillanten und drei dunklen Rubinen besetzt, in Weißgold gefasst, wogegen der Ehering aus zwei miteinander verbundenen Bändern mit je zehn kleineren Brillanten bestand, die in Gelbgold gefasst waren. Zusammen bildeten die drei Ringe eine kompakte Einheit, hervorragend geeignet, um damit an ein Champagnerglas aus Kristall zu klopfen.

Es herrschte sofort Stille im Raum und die Blicke aller waren auf mich gerichtet.

»Also!«, sagte ich gut gelaunt. »Trinkt aus, denn jetzt setzen wir uns. Und es gibt eine Tischordnung.«

Ich hatte überlegt, ob ich an die Herren Karten mit »Sie haben die Ehre, folgende Damen zu Tisch zu führen« schreiben sollte, beschloss aber, das sei zu pompös, da wir nur dreizehn Personen waren. Sie mussten es stattdessen von den kleinen Tischkartenhaltern aus Leder ablesen, in die ich eine Karte mit dem Namen eines jeden Gastes gesteckt hatte.

»Wunderbar«, sagte Johan wieder mit diesem blendenden Lächeln und nahm meinen Arm. »Die Gastgeberin zu Tisch!«

»Ich darf mich um zwei Damen kümmern«, sagte Lukas und bot Josefin und Ann-Charlotte je einen Arm. »Heute ist mein Glückstag.«

Wir führten die anderen ins Esszimmer. Der Raum war schön, mit alten, geerbten, dunkelbraunen Esszimmermöbeln eingerichtet; ein ovaler Esstisch, vierzehn Stühle, ein großer Schrank und drei auffüllbare Sideboards. Ich hatte eine schöne alte Leinentischdecke und Leinenservietten aufgelegt, alles Familienerbstücke, inklusive der Silberleuchter und des Silberbestecks mit eingraviertem Wappen, das ich von meiner Urgroßmutter geerbt hatte. So war es bei den meisten meiner Freunde; Familienkleinode zierten beim Abendessen immer den Tisch. Die Heime waren angefüllt mit abgenutzten Erbstücken, die irgendwie ein Eigenleben entwickelten; silberne Saucieren, eingerahmte Familienporträts von schon längst verstorbenen Vorfahren, ostindische Teller, die man von den Wänden im Elternhaus in Erinnerung hatte, Brieföffner mit Monogramm, mit denen die Verwandtschaft ihre Korrespondenz geöffnet hatte und Unmengen von Schwarz-Weiß-Fotografien in Silberrahmen. Möbel von Svenskt Tenn; Joseph Frank und englischer Bibliothekslook; Silber, Messing, Mahagoni und gemusterte Stoffe. Überall das Gleiche, und es vermittelte so etwas wie Sicherheit; man fühlte sich sogar bei Leuten zu Hause, die man vorher nicht gekannt hatte, weil deren Wohnzimmer und Esszimmer die eigenen sein könnten.

»Hast du den Tisch hübsch gedeckt!«, meinte Betty. »Ist das euer Wappen?«

Sie nahm eines der Bestecke und beäugte es aus nächster Nähe. Der Pferdeschwanz schaukelte.

»Das meiner Urgroßmutter«, antwortete ich.

»Darf man sich setzten?«, fragte Sassa müde und zog ihren Stuhl vor, ehe Gustaf es tun konnte. »My feet are killing me.«

Wir setzten uns zu Tisch. Ich hatte Johan als Tischherrn, wogegen Lukas Josefin und Ann-Charlotte zugeteilt war. Auf meiner anderen Seite saßen Brutus mit Baby und daneben Olof und Beata. Sassa hatte Gustaf als Tischherrn, und Greger führte Betty zu Tisch. Ich hatte genau überlegt, wie wir sitzen sollten, da ich der festen Überzeugung war, dass ein wirklich gelungenes Abendessen zu fünfzig Prozent von der Tischordnung abhing. Die Vorspeise war schon aufgetragen. Lukas und Johan versorgten alle mit gekühltem Chablis und dann bewegte ich das Besteck zur Vorspeise, damit alle Gäste anfangen konnten zu essen.

Nach dem ersten Bissen würde Lukas seine Begrüßungsrede halten. Ich kaute, schluckte und hörte Johans Bericht über den neuen Arbeitsplatz, den er angetreten hatte. Noch ein Bissen. Der Wein leuchtete in einem unwiderstehlichen Grüngelb in den Gläsern. Lukas redete angeregt auf Josefin ein. Dann ergriff er plötzlich sein Glas, als wolle er trinken, ohne vorher angestoßen zu haben. Mir wurde ganz kalt. Das war ein gesellschaftlicher Fauxpas allererster Güte.

»Lukas«, rief ich lächelnd halblaut quer über den Tisch und wendete mich dann schnell Johan zu: »Entschuldige mich, Johan.«

Lukas schaute mich voller Unverständnis aus seinen braunen Augen an und hob die Brauen. Jetzt wurde mir innerlich heiß statt kalt, diesmal vor Wut.

»Wollen wir vielleicht anstoßen, ehe wir trinken?«, sagte ich gedämpft zu ihm.

»Ja, klar, ja!«, rief er aus und lächelte breit.

Dann nahm er die Dessertgabel, klopfte ans Glas und räusperte sich. Alle verstummten.

»Sophie und ich freuen uns sehr, euch alle heute Abend hier zu sehen!«, sagte Lukas mit Nachdruck.

Offensichtlich hatte er keine Rede vorbereitet.

»Wir denken uns immer einen Grund aus, um zum Abendessen einzuladen«, fuhr er fort, »heute Abend gibt es allerdings keinen besonderen Anlass, nur den, dass wir euch gerne hier bei uns begrüßen! Und darauf, meine ich, sollten wir anstoßen: dass ihr hergekommen seid und wir einen schönen Abend verbringen werden. Und außerdem weil wir dreizehn am Tisch sind! Prosit und willkommen! Viel Spaß!«

»Dreizehn am Tisch«, wiederholte Brutus halblaut. »Das ist mir gar nicht aufgefallen. Jetzt ist mein Vortrag für morgen im Eimer.«

Alle lachten und erhoben ihre Gläser, und vermutlich war nur mir klar, dass Brutus es Ernst meinte. Es war Zeit, die Tischrunde zu machen – gemäß der Etikette, nachdem man angestoßen hatte. Ich begegnete Johans blauem Blick und lächelte ihm zu, dann zu meiner Rechten Brutus Erikssons eher rotäugigem, und anschließend jedem Augenpaar am Tisch. Blau, rot, grün, braun, blau, grau, braun, grau, Spülwasser, graugrün, braun, blau. Dann tranken wir. Ich begegnete abermals Johans Blick, das Glas nach wie vor in der Luft, doch Brutus hatte sich zur anderen Seite gedreht. Mein Blick wanderte um den Tisch und fing alle anderen Augenpaare ein, zum Schluss auch Brutus' Blick. Anschließend stellte ich das Glas wieder ab. Ich hatte gleich wieder Durst. Was für ein Glück, dass ich die Gastgeberin war; die Gastgeberin musste mit allen anstoßen, aber niemand mit ihr.

»Ich bin die Nummer dreizehn«, sagte Baby und schaute Brutus tief in die Augen.

Die Unterhaltung wurde überall am Tisch aufgenommen, und ich hörte nicht, was er ihr antwortete.

»Dann erzähl mal von deiner Arbeit!«, sagte ich stattdessen zu Johan und aß weiter.

»Ja, weißt du, das ist wirklich eine ziemlich lustige Geschichte«, erklärte Johan und lachte kurz in sich hinein. »Es begann damit, dass mein Vater einen Bundeswehrfreund hatte. Der Bursche machte die Offiziersausbildung zusammen mit ...«

Der Lachs war gut, schön in der Farbe und ganz frisch. Der Catering-Mensch hatte versprochen, er sei ohne Gräten und das schien auch der Fall zu sein. Der Mix aus Krabben und falschem Kaviar hätte kälter sein können, aber ich hatte die Teller schon vor Eintreffen der Gäste auf den Tisch gestellt, damit ich auch etwas vom Aperitif hatte. Der

Chablis war ganz trocken.

»... und das nennt man wohl Schwein gehabt, oder?«

»Genau!«, sagte ich herzlich. »Prost, Johan. Schön, dass ihr da seid.«

»Nett, dass wir hier sein dürfen«, entgegnete Johan höflich und hielt mir sein Glas entgegen.

Wir schauten uns in die Augen, lächelten, schauten weg, tranken, schauten uns wieder in die Augen, lächelten, stellten das Glas ab. Etikette. Guter Name für eine Firma. Oder für einen Pudel. Etikette, komm her. Bei Fuß, Etikette. Mach Sitz.

»Dann gefällt es dir jedenfalls?«, fragte ich, ohne eine Ahnung zu haben, was er erzählt hatte.

»Jaah, voll und ganz«, antwortete Johan. »Ich bin vollkommen zufrieden. Und selbst?«

Ich öffnete meine Lippen zu einer Antwort, doch Brutus Eriksson unterbrach unser Gespräch mit vollem Mund.

»Das hier war total lecker«, sagte er zufrieden. »Darf man mit der Gastgeberin anstoßen?«

»Nein, darf man nicht«, sagte ich und lachte. »Aber ich kann stattdessen mit dir anstoßen. Prost, Brutus. Schön, dass es dir schmeckt.«

Brutus kaute und nickte und trank und schluckte und kaute wieder.

»Hast du das alles selbst gekocht?«, fragte er dann. »Denn ich nehme an, dass Lukas nicht ...«

Er fuchtelte in einer vagen Geste mit dem Messer in der Luft herum und lächelte uns vielsagend zu, während er zugleich einen neuen Bissen einwarf. Jetzt drehte sich Baby zu uns herum.

»Aber Brutus«, sagte sie zuckersüß und warf mir zugleich einen amüsierten Blick zu. »Wie unsensibel von dir.«

»Das meiste ist Catering«, sagte ich zu Brutus. »Ich hatte so wenig Zeit, dass es mir nicht möglich war, für dreizehn Personen zu kochen.«

»Durfte ich das nicht fragen?«, erkundigte sich Brutus verblüfft und drehte sich wieder zu Baby um.

»Wie geht es mit dem Schreiben voran?«, wollte Johan von mir wissen.

»Das war lecker!«, fuhr Brutus zu Baby fort, wobei er auf ihren Teller schielte.

»Möchtest du etwas von meinem haben?«, fragte Baby mitfühlend. »Lang ruhig zu! Hast du etwas dagegen, wenn ich solange rauche?«

»Nein, gar nicht«, antwortete Brutus. »Ich meine, rauch du nur! Alle anderen sind wohl schon fertig.«

Johan und ich unterhielten uns ein wenig über das Schreiben und ein wenig über Sassas Schwangerschaft, alles während Brutus sich seine eigene und den größten Teil von Babys Lachs-Portion zu Gemüte führte, sie eine Zigarette ansteckte und Ringe in die Luft blies. Dann stand ich auf und sammelte mit Lukas Hilfe die Teller ein. Neue Teller auf den Tisch und dann rein mit dem Hauptgericht. Lukas und Brutus schenkten den roten Bordeaux ein, und Sassa holte mehr Mineralwasser. Beim Hauptgang wandte ich mich Brutus und Baby zu.

»Woran arbeitest du gerade, Brutus?«, fragte ich.

»Er schreibt an einem Roman über den Mann«, erklärte Baby. »Das klingt ... faszinierend.«

»Wirklich?«, staunte ich. »Erzähl mal, Brutus!«

»Der Mann ist ein empfindsames Wesen«, verkündete Brutus und versorgte sich mit mehr Rotwein, ohne Baby und mir nachzuschenken.

Baby streckte die Hand vor Brutus Nase nach der Flasche aus und nahm sie.

»Sophie?«, fragte sie.

»Ja, bitte«, sagte ich.

Baby schenkte ein, den ganzen Arm über Brutus' Teller ausgestreckt. Er ließ sich nicht irritieren.

»Der Fehler bei euch Frauen ist, dass ihr glaubt, wir seien immer groß und stark«, meinte er. »Das ist nicht der Fall.«

»Das haben wir noch nie geglaubt«, verkündete Baby und genehmigte sich noch einen Wein. »Wir wissen, wie mickerig ihr seid. Es gibt kein kränkeres Wesen als einen kranken Mann; schon bei der kleinsten Erkältung liegt ihr im Sterben.«

»Wir nutzen eure Stärke aus, indem wir euch in eine fiktive Unterlegenheit bringen, und das beweise ich in meinem Text«, sagte Brutus zufrieden und wischte sich den Mund mit der Serviette ab.

»Ach, ja?«, fragte ich.

Brutus' Wangen waren vom Wein leicht gerötet. Jetzt legte er seine Hand auf meine und schaute mir tief in die Augen.

»Sophie, du bist so begabt«, sagte er. »Warum schreibst du nicht mal einen richtigen Roman über die Frau?«

Brutus legte eine Pause ein und holte tief Luft. Seine Augen wurden schmal und blickten in die Ferne. Dann breitete er den anderen Arm aus.

»Ein Roman mit Glut und Tiefe«, begann er. »Ein Roman, der die Passivität der Frau zeigt, ihre Innerlichkeit, ihre liebevolle und fürsorgliche Natur gepaart mit ihrer Stärke und ihrem Überlebenswillen. DAS wäre ein richtiger Roman über die Frau.«

»Hmm«, sagte ich. »Das klingt nach einem Buch, das du selbst schreiben solltest.«

»Während ich ein Buch über den erkälteten Mann schreibe, um zu beweisen, was ein richtiger Mann ist«, meinte Baby. »Brutus, beweise ich meine wahre Weiblichkeit, wenn ich dich mit Glut und Tiefe, innerlich und liebevoll bitte, mir das Mineralwasser zu reichen? Das ist jedenfalls ausreichend passiv.«

»Jetzt machst du dich über mich lustig!«, stellte Brutus begeistert fest und streckte die Hand nach der Mineralwasserflasche aus.

Alle schienen sich gut zu amüsieren. Lukas unterhielt sich mit Josefin, die lächelte und die Augen auf den Tisch senkte. Ich hoffte, er erkundigte sich auch nach ihrem Leben und sprach nicht nur von sich. Greger und Betty waren als Tischnachbarn ein unerwarteter, aber deutlicher Erfolg; sie sprach über alte Möbel, neue Dokumentarfilme und von der Möglichkeit einer zukünftigen geschäftlichen Zusammenarbeit, er gab in seinem norrländischen Akzent einsilbige und bewundernde Antworten. Olof und Beata schienen die am wenigsten gelungene Kombination zu sein, sie saßen bisweilen stumm nebeneinander und spielten mit dem Dessertbesteck. Beide waren ziemlich zugeknöpft, ich hatte sie jedoch an das eine Tischende platziert, sodass es nicht so viel ausmachte, wenn sie zusammen trist waren. Ann-Charlotte sah aus, als würde es ihr mit Lukas und Gustaf – dem sie von Zeit zu Zeit den Arm um die Schulter legte –, ausgezeichnet gehen, außerdem mischte sie sich hin und wieder in andere Gespräche in ihrer Nähe ein. Sassa und Gustaf passten natürlich gut zusammen, weil sie beide bei Tischgesprächen zur Hochform aufliefen, auch wenn es Gustaf etwas schwer fiel, seine Augen von Ann-Charlottes Ausschnitt auf der anderen Seite abzuwenden. Im Großen und Ganzen funktionierte alles so gut, wie ich es vorausgesehen hatte.

Brutus Eriksson war mir behilflich den Tisch abzudecken und alles in die Küche zu tragen. Ich setzte Kaffee auf und stellte das Geschirr in die

Spülmaschine, während er im Weg war und weiter über das Weibliche und das Männliche redete, über den zunehmenden Feminismus und über die Wichtigkeit für einen Mann, weiterhin Mann sein zu dürfen, obwohl Frauen immer stärker wurden. Ich maß den Kaffee ab und stellte Untertassen heraus, die ich ihm mit dem Auftrag sie zu verteilen in die Hand drückte, während ich den Nachtisch aus dem Eisfach holte.

»Findest du nicht auch, Frauen verdienen es, dass aufrichtig über sie geschrieben wird?«, fragte Brutus, nachdem alles erledigt und er zurückgekehrt war.

»Doch«, sage ich. »Genau das glaube ich. Darum habe ich dir vorgeschlagen, auf deine Art ein Buch über die Männer zu schreiben, und ich schreibe auf meine Art eins über die Frauen.«

»Aber die echte große Herausforderung«, sagte Brutus leise und streifte flüchtig meinen Arm, »das wäre, wenn es einem gelänge, über die Frauen zu schreiben ... von innen. Aber dazu sind natürlich ... eingehendere Studien nötig.«

»Übe an Baby!«, schlug ich vor und griff nach der Schüssel mit dem Nachtisch. »Sie wird dir eingehender Paroli bieten.«

Zum Dessert tranken wir einen kühlen Sauternes, den mir mein Vater geschenkt hatte.

»Prost!«, sagte ich.

Alle am Tisch prosteten mir zu.

»Das Parfait ist wunderbar«, sagte Ann-Charlotte. »Es schmilzt auf der Zunge.«

»Das haben Parfaits so an sich«, meinte Gustaf und lächelte übers ganze Gesicht.

Ann-Charlotte gab ihm mit ihrer Serviette einen Klaps auf den Arm, dass die Brüste wippten. Gustaf wehrte sich begeistert.

»Das Rezept muss ich haben«, sagte Beata steif, ohne Gustaf aus den Augen zu lassen.

»Push-up«, sagte Baby leise in den Teller.

»Wie bitte?«, fragte Brutus Eriksson, aber Baby schaute nur aus klaren, verständnislosen Augen zu ihm hoch.

Um die Aufmerksamkeit von ihr zu lenken, begann ich einen Großteil der Tischgesellschaft in die erweiterte Diskussion über das Weibliche und das Männliche einzubeziehen. Brutus beteiligte sich und heizte die

Diskussion links und rechts an und Ann-Charlotte nahm wie gewöhnlich kein Blatt vor den Mund. Olof lieferte seine juristische Sichtweise der Dinge, während Beata sich genötigt sah, für die Hausfrauen in die Bresche zu springen und unser Recht auf freie Entscheidung zu verteidigen.

»Als Frau muss man auch zu Hause bleiben dürfen«, fand sie. »Das ist ein klares Recht, wenn man kleine Kinder hat. Oder was meint ihr anderen?«

»Selbstverständlich«, sagte Sassa.

»Ganz entschieden«, meinte Betty.

Ich schaute Josefin an. Sie lächelte.

»Was hältst du davon, Josefin?«, fragte ich.

»Ich finde, es ist gut, dass man zu Hause bleiben kann, wenn man will. Andererseits würde ich verrückt werden, wenn ich nicht mit den Pferden arbeiten dürfte, nur weil ich Kinder bekommen habe. Es besteht ein gewisses Risiko, dass ich mich eher an die Fohlen halte.«

Alle lachten.

»Was mich angeht«, meinte Lukas, »ist es ein schönes Gefühl, eine erfolgreiche Frau zu haben. Prost, Liebling!«

Er lächelte und hielt mir sein Glas hin. Wir stießen an und gaben uns Küsschen in die Luft. Daraufhin gaben sich auch alle anderen sofort geräuschvolle Küsschen, begleitet von Kosenamen.

»Obwohl«, sagte Lukas schelmisch, »es für dich gar nicht so schlecht wäre, wenn du bald Mutter würdest.«

Die schmatzenden Küsse steigerten sich zu Gejohle und Applaus. Da klopfte Johan an sein Glas und stand auf, um eine Dankesrede zu halten. Es wurde still.

»Es macht immer Spaß bei Sophie und Lukas zu sein«, begann er. »Hier weiß man, dass man ein unglaublich gutes Abendessen bekommt ...«

Er lächelte mir verschwörerisch zu.

»... obwohl Sophie verraten hat, dass sie nicht alles selbst gekocht hat, aber so ist das eben, wenn man eine erfolgreiche Schriftstellerin ist!«

»Oh, Johan, you HAD to!«, seufzte Sassa.

»Prost, Liebling!«, sagte Johan und hielt ihr sein Glas hin, und alle lachten, außer Sassa, deren Augen sich verfinstert hatten.

»Und wenn man sich an diesem Tisch umblickt«, fuhr er fort, »dann ist es wirklich herrlich, wie ihr beide Neues und Altes, Freunde und Familie zusammengebracht habt – von Freunden aus der Kindheit über Schulkameraden bis hin zu Autoren- und Finanzkollegen. Es ist ein wahres Vergnügen nicht nur für Sassa und mich, sondern für uns alle, hier herkommen zu dürfen, und ich möchte einen Toast aussprechen auf gerade diese Art von Abendessen, zu denen man ganz ohne Anlass eingeladen wird! Mögen wir alle viele belanglose Gründe finden, um künftig unsere Freunde und Bekannten auf diese wunderbare Art um uns zu versammeln! Auch wenn es dreizehn bei Tisch werden. Prost und herzlichen Dank.«

Wir hoben alle unsere Gläser und sahen uns der Reihe nach an. Und dann war es Zeit, sich für den Kaffee ins Wohnzimmer zu begeben.

Jetzt trat das ein, was so oft bei solchen Abendessen passiert. Nach der ausgelassenen Stimmung am Esstisch stellte sich beim Kaffee eine Art dumpfe Nachdenklichkeit ein. Die Gesellschaft ließ sich nicht mehr nach meiner Anweisung zu zweit, sondern nach eigenem Gutdünken auf Sofas und Sesseln nieder und das Gespräch zerfiel in kleine, bedeutend müdere Fragmente. Lukas legte im Hintergrund eine CD auf und ich servierte Kognak in riesigen Schwenkern und Sambuca in kleinen Gläsern. Wären wir noch Studenten gewesen, hätten wir getanzt, aber jetzt waren wir eine Mischung aus knapp über dreißigjährigen frisch Vermählten und Eltern mit Kleinkindern sowie den drei obligatorischen Singles in der Runde. Die Lust am Anbaggern, Flirten, Umwerben und daran, sich von seiner Schokoladenseite zu zeigen, hatte sich verflüchtigt.

Sassa und Beata saßen auf einem der Sofas und unterhielten sich über Kleinkinder.

»Aber ich finde Pampers unglaublich teuer«, meinte Beata und schüttelte ein Sofakissen auf. »Es gibt auch andere Marken. Kommt natürlich darauf an, was man bevorzugt. Andererseits sind sie am besten, das ist einfach so.«

»Ich werde das vorziehen, was in jeder Hinsicht für das Kind das Passendste ist«, entgegnete Sassa gütig. »Mir ist allein wichtig, dass es dem Baby gut geht!«

»Genau«, stimmte ihr Beata zu. »Dann finde ich, solltest du ganz und gar auf Pampers zurückgreifen. Die gibt es für jedes Alter. Kaufe im Voraus einen ganzen Vorrat, dann hast du das erledigt, wenn ihr aus der

Klinik kommt. Wird es ein Junge oder ein Mädchen? Wisst ihr es?«

Sassa lächelte.

»Wir wissen es schon, aber ich verrate es nicht.«

Beata signalisierte durch ein Lächeln ihr Verständnis.

»Wenn du mir im Kaufhaus über den Weg läufst, dann werde ich ja sehen, welche Farbe du in den Einkaufskorb legst!«, sagte sie vertraulich schmunzelnd. »Rosa oder hellblau!«

Brutus Eriksson hielt Olof, Gustaf und Johan auf dem anderen Sofa einen Vortrag.

»... muss eine höhere Arbeitslosigkeit akzeptieren!«, verkündete er. »Früher hätte ich es nicht für möglich gehalten, aber jetzt ist mir klar geworden, dass es einfach nicht zu vermeiden ist.«

Die anderen nickten todernst über ihren Kognakschwenkern und zogen lange an ihren Zigarren.

»Wir sind verwöhnt in diesem Land!«, sagte Brutus und paffte seine Zigarre. »Wir müssen uns einfach an ein anderes Niveau gewöhnen.«

»Daran sind die verdammten Sozis Schuld«, meinte Gustaf und strich sich eine verirrte Locke hinters Ohr.

»Nicht nur«, warf Johan ein. »Bildt hat sich in vieler Hinsicht auch nicht immer so verhalten, wie er sollte. Er hat auf allen Ebenen eine schwache Figur abgegeben.«

»Er hat Ambitionen, Außenminister zu werden«, sagte Olof geheimnisvoll und lächelte.

»Die Wahrheit«, paffte Brutus, ohne seine Zigarre zwischen den Zähnen herauszunehmen, »ist natürlich, dass Bildt Olof Palmes positives Spiegelbild ist. Gleicher Hintergrund, ähnliche politische Karriere, entsprechende Außenminister-Ambitionen, aber trotzdem spiegelverkehrt. Die beiden sind wie das positive und das negative Bild eines und desselben Charakters.«

Greger und Lukas wiederum hörten nicht zu. Sie saßen sich je auf einem Hocker gegenüber, tratschten, tranken Sambuca und versuchten ihre Kaffeelöffel auf der Nasenspitze zu balancieren. Ann-Charlotte saß allein in einem Sessel neben mir und machte ein gelangweiltes Gesicht. Betty war auf der Toilette, Josefin telefonierte in unserem Schlafzimmer mit dem Tierarzt und Baby servierte Kaffee. Die Gesellschaft schwankte dazwischen, vor Langeweile in einen Abgrund zu fallen und etwas anderem, das ich nicht richtig einordnen konnte.

Ich bekam einen Panik-Flash. Ich war zweiunddreißig Jahre alt, verheiratet, besaß ein Haus in Stocksund, in dem ich mit meinem Mann wohnte. Ich war einigermaßen erfolgreich – sehr erfolgreich für eine Frau in meinen Gesellschaftskreisen – und ich war ein denkender Mensch, ohne eine echte Intellektuelle zu sein. Ich war ziemlich hübsch, begann aber langsam etwas abgearbeitet auszusehen und ich war im Begriff, aus Pflichtgefühl Kinder zu bekommen. Das war mein Leben.

»Ann-Charlotte«, sagte ich schnell und drehte mich mit erhobenem Glas zu ihr um, »Prost!«

»Wir geht es dir und Greger?«, fragte ich dann.

Greger saß außer Hörweite und Ann-Charlotte sprach liebend gern über ihre Verhältnisse. Jetzt setzte sie ihre Unschuldsmiene auf und beugte sich näher zu mir.

»Du weißt doch noch, worüber wir uns beim letzten Mal unterhalten haben«, sagte sie leise.

Ich nickte.

»Es wird nicht besser. Ich weiß nicht, was ich machen soll.«

Ann-Charlotte hatte mir anvertraut, dass Gregers Stimmung zwischen Depression und Euphorie verbunden mit aggressiven Ausbrüchen schwanken konnte.

»Hast du mit ihm über eine Therapie gesprochen?«, fragte ich.

Sie nickte.

»Er weigert sich strikt.«

Da stand Brutus vom Sofa auf. Er war betrunken, aber nicht zu betrunken, um zu singen, was er bei derartigen Anlässen oft tat. Die anderen Gäste, die ihn noch nicht kannten, schauten ihn erstaunt an.

»Es ist Zeit für ein Lied!«, verkündete er und breitete die Arme aus. »Jetzt habe ich hier gesessen und lange mit meinem Intellekt räsoniert; jetzt muss die gefühlsmäßige – oder soll ich sagen, die weibliche ...?«

Baby straffte den Rücken, die Kaffeekanne in der Hand, und hob eine Augenbraue in seine Richtung.

»... Seite auch zu ihrem Recht kommen. Musik! Lied! Sensibilität!«

»Jaa!«, rief Betty, die vermutlich glaubte, wir würden so etwas wie die alten Volkslieder »Vintern Ra« oder »Ack, Värmeland« zu hören bekommen und schaute voller Bewunderung zu Brutus auf.

Brutus räusperte sich. Und dann stimmte er sein Lied an: »Söhne der Arbeit, schließt euch zusammen ...«, schmetterte er und gab den Takt mit seinem hoch erhobenen Kaffeelöffel an.

Er hatte eine schöne, tiefe Stimme, die das alte Kampflied voll zur Geltung brachte. Aber das half nichts. Das war nicht, was die Gesellschaft erwartet hatte. Sassa und Beata kamen von ihrer Windeldiskussion ab, saßen steif lächelnd da und betrachteten ihn. Gustaf und Johan flüsterten erstaunt und lachten, Greger und Lukas klatschten im Takt. Josefin betrat das Zimmer und setzte sich auf die Armlehne meines Sessels, während Baby resolut die Kaffeekanne abstellte und mit ihren Zigaretten in die Küche verschwand.

»Macht er so was immer?«, flüsterte Josefin mir ins Ohr.

Brutus Eriksson hatte sein Lied beendet, doch er pausierte nicht, sondern verschränkte nur die Arme vor der Brust und stimmte die Internationale an. Gustaf und Beata warfen sich vielsagende Blicke zu. Johan veränderte seine Sitzposition auf dem Sofa und stützte aufmunternd und nur ein wenig müde lächelnd die Wange auf zwei Finger. Greger goss sich einen neuen Sambuca ein. Betty fiel gemeinsam mit Lukas in sein taktsicheres Klatschen ein. Ann-Charlotte versuchte Brutus mit einer Wortmeldung zu unterbrechen, aber er ließ sich nicht stören. Als das Lied beendet war, versuchte ich mich einzumischen.

»Bravo, Brutus!«, rief ich und klatschte in die Hände, damit er aufhörte zu singen.

Brutus warf mir einen koketten Blick zu und breitete abermals einen Arm aus.

»Svarta tuuupp, näöär du hörs gaaala ...« fuhr er fort.

Ich gab es auf. Brutus schritt beim Singen um den Couchtisch und wendete sich jedem einzelnen Gast zu, während er die Sätze langzog. Endlich war das Lied zu Ende und jetzt brachen sämtliche Gäste in spontanen Beifall aus, um ihn zum Schweigen zu bringen. Brutus Eriksson lachte, stützte sich auf meine Schulter und streckte der Runde sein Kognakglas entgegen.

»Prost, ihr alten Spießbürger!«, sagte er.

Ich versank in mein Glas, um mir die Gesichter der Gäste zu ersparen.

»Prost, du alter Prolet«, sagte Johan bedächtig.

Ich stand auf und legte eine neue CD ein, die Lautstärke diesmal wesentlich höher aufgedreht als zuvor, ehe Brutus wieder loslegen konnte. Es war eine Scheibe von Bryan Adams, die ich gekauft hatte, und die Elektrogitarre schmetterte durch den Salon. Gustaf und Olof verdrückten sich zu Baby in die Küche und Beata wich auf die Toilette aus. Aber Johan kam auf mich zu und lächelte breit.

»Gute CD!«, meinte er. »Die habe ich auch.«

Ich nahm ihn an der Hand und ging zur Bar.

»Jetzt müssen wir ihnen ein paar Drinks mixen«, sagte ich.

Als wir außer Hörweite waren, zischte ich Johan ins Ohr: »War das mit Brutus peinlich?«

»Peinlich?«, wiederholte Johan verständnislos. »Es war großartig! Er ist sehr lustig.«

Er wich meinem Blick aus und wir ließen das Thema fallen. Stattdessen stellten wir die Cocktailgläser, Eis, Zitronenscheiben, Alkohol und Schnaps hin und innerhalb weniger Minuten waren alle außer Sassa mit einem ordentlichen Drink versorgt. Die Musik, der Rauch, der Alkohol beeinflussten die unterschiedlichen Komponenten. Langsam kam Bewegung in die Gesellschaft und einzelne drehten ihre Runde. Betty und Olof tanzten bei der offenen Balkontür. Baby war wieder hereingekommen, sie und Brutus Eriksson saßen beieinander und diskutierten schreiend über die wirtschaftliche Entwicklung in der EU. Sogar Beata nahm eine Zigarette. Lukas forderte Josefin zum Tanzen auf und legte dafür einen alten Rocksong auf und für einen Augenblick stand ich nur still da und ließ alles auf mich wirken. Wir haben trotz allem die Hürde gemeistert, es war keine langweilige, sondern eine ziemlich lustige Gesellschaft geworden. Brutus Eriksson hatte mit seinem Gesang tatsächlich das Eis gebrochen.

Um halb zwei machten sich Beata und Gustaf auf, um wegen des Babysitters nicht zu spät nach Hause zu kommen. Johan und Sassa folgten eine Viertelstunde später, weil Sassa sehr müde und vollkommen nüchtern war, beide versicherten aber, sie hätten sich schon lange nicht mehr so gut amüsiert. Baby wurde von ihnen mitgenommen. Brutus Eriksson war sauer, weil ich ihm aus dem Weg ging, als er sich um zwei Uhr dankend verabschiedete, Josefin musste wegen eines Springreitturniers am nächsten Morgen früh aufstehen und fuhr um Viertel nach zwei. Betty und Olof blieben noch sitzen und diskutierten mit Ann-Charlotte bis Viertel vor drei, während Lukas und Greger trotz der Septemberkühle auf den Gartenmöbeln pichelten.

Am Ende waren nur wir vier noch übrig und landeten in der Küche, wo Lukas und Greger für Ann-Charlotte und mich sangen und tanzten, während wir auf der Küchenbank saßen und Knäckebrot aßen.

»Wie hat euch der Abend heute gefallen?«, fragte ich sie. »War er gelungen?«

»Baby, you're mine ...«, sang Lukas und tanzte vor mir.

»Es war schrecklich schön«, lallte Greger, den Arm um Lukas' Hals. »Bisschen viel Gerede über Kinder für meinen Geschmack.«

»Es kann nicht schaden, wenn du lernst, wie die Windeln heißen«, sagte Ann-Charlotte. »Du wirst sie wechseln, wenn wir Kinder kriegen.«

Darüber lachte Greger so heftig, dass ihm fast die Luft wegblieb.

»Wir kaufen uns wohl eher einen Hund!«, brachte er am Ende heraus, woraufhin er und Lukas sich vor Lachen bogen.

Ann-Charlotte warf mir einen Blick zu.

»Hat Lukas auch Angst vor Kacktüten?«, fragte sie.

»Wir haben einen Garten«, sagte ich. »Aber in der Stadt findet er das nicht so lustig.«

Die Arme eng umeinander geschlungen walzten Lukas und Greger »Like a Virgin« singend durchs Wohnzimmer.

»Heute Abend ist es doch gut gelaufen, oder?«, sagte ich leise zu Ann-Charlotte.

»Mmm. Aber auf morgen freue ich mich überhaupt nicht.«

Um vier Uhr schleppte Ann-Charlotte den halb bewusstlosen Greger ins wartende Taxi und Lukas und ich machten uns ans Aufräumen. Wir sammelten alle Aschenbecher, schmutzigen Gläser und benutzten Servietten ein, warfen hintereinander zwei Spülmaschinen an und lüfteten überall. Lukas war bedeutend blauer als ich, wenn auch nicht ganz so wie Greger, und ich ließ ihn zu Bett gehen, während die letzte Maschine noch lief. Dann machte ich in der Küche das Licht aus, saß allein im Dunkeln und schaute vor mich hin, während im Hintergrund die Spülmaschine surrte. Neben unserem Haus stand eine große Holzvilla mit verglaster Veranda. Jemand in der oberen Etage hatte noch immer einen brennenden Kerzenleuchter am halboffenen Fenster stehen, obwohl es schon weit nach fünf Uhr morgens war und die Nächte jetzt schon ziemlich kühl werden konnten. Ich beobachtete die flackernden Flammen. Dann öffnete ich einer Eingebung folgend das Küchenfenster. Aus dem Fenster von gegenüber strömten die leisen Klänge eines klassischen Konzertes. Geschmeidig wie Perlen auf einer Schnur; Klaviermusik, bestimmt Chopin, kühl wie fließendes Wasser.

Die Kerzen flackerten. Ich schloss die Augen und spürte, wie ich mich langsam immer mehr abkühlte. Als ich mich schließlich erhob, um zu Bett zu gehen, ließ ich ungeachtet der Einbruchsgefahr das Küchenfenster offen stehen.

2

Das Leben hatte mich mit guten Karten ausgestattet. Ich war erfolgreich, ziemlich hübsch und ein bisschen vermögend. Ich hatte Freunde, ein wunderbares Haus in Stocksund mit Doppelgarage und zwei Golden Retrievers, die ich liebte. Lukas war ein lieber und begabter Bursche, ein paar Jahre älter und zwanzig Zentimeter größer als ich. Er arbeitete in einem Finanzunternehmen und ihm wurde eine glänzende Karriere vorausgesagt, obwohl seine sozialen Talente vielleicht etwas zu wünschen übrig ließen, doch da war ich ja umso kompetenter, allzeit zu einem blendend weißen Lächeln bereit. Alle näheren Familienmitglieder lebten noch; mein Vater und meine Mutter, meine Schwester und mein Schwager und deren Kinder, und wir waren noch nicht einmal zerstritten. Ich war noch nie mit großen Sorgen konfrontiert gewesen.

Das konnte ich auf der persönlichen Habenseite verbuchen. Soweit ich zurückdenken konnte, hatte ich unter verschiedenen psychischen Problemen zu leiden. Als Kind hatte ich Angst im Dunkeln, vor Jungen, vor der Schule, hatte Angst zu leben und zu sterben. Ich hatte meine erste Panikattacke im Alter von nur zehn Jahren und diese Erfahrung bildete die Grundlage für die Agoraphobie, die dann im Laufe der Jahre kam und ging. Als Teenager litt ich abwechselnd an Anorexie und Bulimie, wobei Aussehen und Essen im Mittelpunkt standen. Mittlerweile hatte ich die Essstörungen weit hinter mir gelassen, aber meine klaustrophobischen und agoraphobischen Anfälle beherrschten nach wie vor einen

Teil meines Lebens und erschwerten mir das Reisen, das Abschließen von Toilettentüren, die Benutzung von Aufzügen und anderes mehr. Ich war noch immer ein absoluter Kontrollmensch, der es nicht ertrug, wenn jemand anders die Kinokarten oder die Popcorntüte in der Hand hatte und am liebsten immer ganz am Ende der Sitzreihe Platz nahm. So ließ meine hervorragende Spielkartenhand am Rand vielleicht doch etwas zu wünschen übrig. Aber zumindest hatte ich Beruf, Liebe, Freunde, Aussehen und Geld auf meiner Seite und eine erstaunliche Sammlung von Kaschmir-Pullovern in allen erdenklichen Farben.

Ich hatte als Schreibende Karriere gemacht. Alles fing mit lustigen Artikeln in der Schülerzeitung an und ging mit einfacheren freien Aufträgen nach dem Motto »Siamesische Katze wird zwanzig« und »50. Jubiläum des Kommunalpolitikers« weiter. Ich verlegte mein Hochschulstudium an amerikanische Universitäten und konzentrierte mich auf Literaturgeschichte und Journalistik neben einer gründlichen Untersuchung des Dating-Systems und der Kunst, einen perfekten Milch-Shake herzustellen. Wieder in Schweden wurde ich freie Journalistin und widmete einen gehörigen Teil meiner Reportagen Hintern und Busen und was man sagt, wenn man untreu war. Dann schlidderte ich mir nichts, dir nichts ins Schwedische Fernsehen und begann Drehbücher für TV-Serien zu schreiben. Um abends nicht an emotionaler und intellektueller Verarmung zu sterben, schusterte ich schließlich meinen ersten Roman zusammen. Er erweckte viel Aufsehen und verkaufte sich gut, gerade so gut, dass ich mich an ein Nachfolgewerk nach dem anderen machen konnte und diese kamen dem, was ich wirklich haben wollte, immer näher. Die TV-Aufträge trudelten weiterhin ein, entfernten sich ebenfalls immer mehr vom einfachen Strickmuster der Serien und wurden eher zu dem, was ich selbst erzählen wollte. Busen und Hintern wurden ersetzt durch eigene, bedeutend befriedigendere Artikel und Chroniken in diversen Zeitungen. Die Aktiengesellschaft, die ich leitete, machte zwischen einer halben und einer Million Kronen Umsatz im Jahr. Ich hatte ganz einfach meine Schäfchen im Trockenen.

Mein soziales Leben war ziemlich abwechslungsreich. Ich ging gern in schönen Kleidern auf große Feste, auf weiße Hochzeiten und Feiern, bei denen Abendgarderobe Pflicht war. Gesellschaftlich gesehen fühlte ich mich in der lispelnden Oberschicht wohl. Hier verstand man Feste zu feiern wie nirgendwo sonst, man wusste, wie man erfolgreich eine Gesellschaft gab. Der große Nachteil war, dass die Mitglieder der Oberschicht als Menschen oft ziemlich nichtssagend waren. Aber man konnte von einer Gruppe, deren wichtigster Lebensinhalt in der Beibehaltung der mit Monogramm versehenen Briefumschläge bestand, nicht zu viel verlangen. Und sie waren unbestreitbar umso besser darin, die Sau rauszulassen. Das war eine sehr verzeihliche Eigenschaft.

Wollte man hingegen diskutieren und brauchte ein wenig Gedankenaustausch, war ich lieber mit Schriftsteller- und Journalistenkollegen zusammen. In diesen Kreisen, in denen man eher lungenkrank hustete als lispelte und seine Flüche wie einen Säugling in Windeln hegte und pflegte, fand ich Gehör für eine Menge Gedanken, die viele Jahre lang in mir geschlummert hatten. Dort, über Rotweingläsern auf Södermalm, trat mit aller Deutlichkeit zu Tage, dass man trotz allem keine einsame Seele im Universum war, obgleich es gerade diese existenzielle Einsamkeit war, um die es in den Diskussionen ging. Diese Gespräche waren wie Balsam für eine zerrissene Seele mit schmerzendem Lächeln. Aber ich wollte nicht vollkommen die Welt wechseln. Anarchisten luden nie zu Abendessen ein, auch wenn das für ihre Durchsetzungskraft Wunder bewirkt hätte. Die Linken hatten auf ihren Festen nie eine Tischordnung. Die Feministinnen luden sich nie gegenseitig zur Jagd auf dem eigenen Gut ein. Und all das gefiel mir zu sehr, als dass ich völlig darauf hätte verzichten wollen.

Was die Ehe betraf, war mir schon früh klar geworden, worauf es hinauslief. Schon als kleines Mädchen – eigentlich schon ehe Schneewittchen, Dornröschen, Aschenputtel und die anderen unglaublichen Vorbilder auf kleinen, klitzekleinen Füßchen in mein beeinflussbares Gemüt trippelten – hatte ich gewusst, dass ich eines Tages ganz groß in der Kirche und in Weiß heiraten würde, mit Brautjungfern und Brautführern und anschließendem Abendessen mit Tanz auf dem großen Gutshof meines Onkels am Mälaren. So war das nämlich in meiner Familie üblich und jeder Kaminsims und jede freie Fläche im Haus der Familie zierten Hochzeitsfotos in Silberrahmen, die die Braut mit Schleppe und Bräutigam vor einem für diesen Zweck am besten geeigneten Landgut, alternativ natürlich vor dem Haus der Ritterschaft in Stockholm zeigten.

Sogar in der Frage nach der Wahl des Mannes war das Ganze vorausbestimmt und relativ unabhängig von meinem etwaigen Willen. Er würde dunkelhaarig sein und ziemlich groß – größer als ich selbstverständlich und mindestens einige Jahre älter. Und er sollte eine Ausbildung in der Wirtschaft absolviert haben, sodass er mir künftig bei meiner Erbschaft behilfich sein könnte. Selbstverständlich wäre es von Vorteil, wenn auch er aus einer adeligen Familie stammte, aber das war keine absolute Voraussetzung; in dem Punkt war die Familie sehr großzügig. Irgendein Oberschichtshintergrund mit akademischem Examen war ausreichend. Und dann habe ich schließlich Lukas kennen gelernt.

Bei einem von vielen Wangenküsschen begleiteten sauren Glühwein begegneten wir uns. Wir waren beide gut gelaunt, leicht angetrunken, hatten den Glühwein herzlich satt und liefen uns in der Küche über den Weg, wo wir gleich anfingen, uns Unverschämtheiten an den Kopf zu werfen. Lukas hatte sich lässig ans Spülbecken gelehnt und machte mit einem unübersehbaren Funkeln in seinen warmen, braunen Augen spitze Bemerkungen, was in mir eine kleine Glocke zum Läuten brachte. Hier gab es etwas zu holen, das war klar.

»Willst du keinen Glühwein mehr?«, fragte er. »Mädchen werden immer so nett, wenn sie Glühwein trinken.«

»Kaum zu glauben«, sagte ich. »Als ich das letzte Mal beim Glühweintrinken war, habe ich einem Typen eins mit dem Schürhaken übergezogen, dass er Sterne sah.«

Das stimmte. Ich hatte einem Mann aus Versehen mit dem Schürhaken auf die Lippe gehauen, als ich damit die Weihnachtsdekoration aus der Deckenlampe angeln wollte und er mir aus der Hand rutschte.

»Wie viele Stiche?«, fragte Lukas.

»Vier«, antwortete ich. »Aber seine Freundin findet, er sieht jetzt besser aus.«

Lukas lächelte.

»Für deine Größe bist du ganz schön frech«, sagte er und musterte mich von oben bis unten.

Ich reagierte, indem ich so tat, als würde ich ihm entgegenstolpern und leerte mein halbvolles Wasserglas direkt auf seinem hellblauen Hemd aus.

»Hoppla!«, sagte ich lächelnd, wobei er den wachsenden dunkelblauen Fleck auf seiner Brust anstarrte. »Entschuldigung. Man hat es nicht leicht, wenn man so klein ist.«

Lukas hob den Blick und ich sah, wie sich langsam ein Lächeln auf seinem Gesicht ausbreitete.

»Sag Bescheid, wenn du von diesem Fest genug hast«, meinte er und trocknete das Hemd mit einem Küchentuch ab, »dann verschwinden wir woanders hin.«

Lukas war etwas ungehobelt und darum stand ich auf ihn. Um ein Gegengewicht zu all dem Konservativen in meiner Familie und meiner Erziehung herzustellen, hatte ich das Gefühl, dass ich genau so einen Mann kennen lernen wollte, der nicht einfach nur wohl erzogen war und sich ordentlich hinsetzen konnte. Wo bliebe in dem Fall die Spannung? Wir kamen zusammen mit allem, was dazugehörte, von dem Umwerben und den Blumen bis zu Missverständnissen, Eifersucht und Versöhnung. Lukas war genauso widerspenstig, charmant und unerzogen, wie ich gehofft hatte. Sexuell sprang der Funke zwischen uns über und ich war sicher, dass ich den Mann meines Lebens gefunden hatte. Aber nach einigen Monaten verloren die Funken ihren Glanz und stattdessen kamen andere Eigenschaften umso deutlicher ans Licht und verlangten Aufmerksamkeit wie streitsüchtige Kinder. Lukas' mangelhafte Erziehung wurde immer lästiger. Was mich im Dezember, umnebelt von Glühweindämpfen, bezaubert hatte, war zum Sprühregen im Juni nur noch ärgerlich. Doch zu der Zeit war Lukas schon bei mir eingezogen und hatte seine Anzüge neben meine Abendkleider gehängt, und nach dem Sommer, als er fragte, ob wir heiraten wollten, fiel mir nicht ein einziger vernünftiger Grund ein, nein zu sagen. Ich war immerhin dreißig Jahre alt, er entsprach allen gegebenen Familienkriterien und außerdem war ich in ihn verliebt. Worauf hätte ich also noch warten sollen?

Aber natürlich wollten nicht nur die familiären Vorgaben erfüllt werden. Lukas stand für all das, was ich glaubte haben zu wollen. Bei meinem Hintergrund blinkte natürlich eine kleine rote Warnlampe, die, könnte sie sprechen, unaufhörlich den Satz »Gleich und Gleich gesellt sich gern.« wiederholen würde. Auch wenn ich diese Stimme hätte laut und deutlich hören können, so hätte sie mir nicht geholfen, eine andere Entscheidung zu treffen. Ich hätte genau wissen müssen, was für ein Kind ich selbst war, um herauszufinden, was für einen Spielkameraden ich eigentlich suchte. Und in dem Punkt schnitt ich schlecht ab.

***

Am Sonntag waren Lukas und ich müde und schlecht gelaunt und durchs Haus zog ein blaugrauer Mollakkord. Ich hatte eine pelzige Zunge und fand keine zwei passenden Socken, und Lukas, in einen grünen Bademantel gehüllt, sah mit seinem strähnigen Haar ungewöhnlich groß, fett und flegelhaft aus. Außerdem hatte er Schlafränder um die Augen und aus unerfindlichem Grund machte mich das unglaublich wütend. Jetzt saßen wir im Wohnzimmer am Sofatisch, die Hunde aufmerksamen Zuschauern gleich zu unseren Füßen, und frühstückten, obwohl es schon zwei Uhr war. Ich hatte mir so viel Mühe wie möglich gegeben. Ich hatte große Tassen Kaffee mit warmer Milch gekocht, während ich das Brot im Ofen aufwärmte und ein großes Brett mit Belag und Gemüse zurecht machte; alles, was man für ein gemütliches Frühstück am Tag nach einem gelungenen Abendessen mit Gästen brauchte.

»Wie hat es dir gefallen?«, fragte ich.

»Was denn?«, wollte Lukas wissen und streckte seine Hand nach der Marmelade aus. Dann schlug er die Zeitung auf.

»Lass das jetzt«, sagte ich. »Leg die Zeitung weg!«

Lukas warf mir kauend einen Blick zu.

»Darf man sich nicht mal entspannen?«, fragte er. »Ich will nur Zeitung lesen.«

»Ein oder zweimal in der Woche frühstücken wir zusammen und wir hatten gestern Gäste zum Abendessen! Kannst du da nicht mal auf die Zeitung verzichten?«

Er seufzte schwer und legte die Zeitung weg.

»Natürlich, Sophie.« Sein Ton war leicht spöttisch.

»Ich möchte nur wissen, wie dir der Abend gestern gefallen hat«, sagte ich.

»Es war toll. Sehr gelungen. Spitze.«

»Das Fleisch war etwas zu rot, oder?«

»Ist mir nicht aufgefallen.«

Die Schlafränder reizten meine Galle.

»Meinst du, Ann-Charlotte und Greger haben Probleme?«, fragte ich. »Sah so aus, als hätten sie Stress miteinander.«

Lukas machte ein verständnisloses Gesicht.

»Davon weiß ich nichts«, antwortete er. »Ich habe jedenfalls nichts davon gemerkt.«

»Wie gefiel dir Sassas Kleid?«

»Was hatte sie für eins an?«

Ich seufzte tief.

»Sassas Kleid. Sie ist schwanger, aber sie hatte ein enges, weinrotes Kleid an. Das hast du doch gesehen. Fandest du es hübsch oder nicht?«

Lukas zuckte mit den Schultern.

»Darauf habe ich nicht weiter geachtet. Es wird wohl hübsch gewesen sein, oder?«

Wir aßen unter Schweigen. Lukas Gesicht hatte den abwesenden, zerstreuten Ausdruck angenommen, den er bekam, wenn er wütend war, aber nicht wagte, sich mit mir anzulegen.

»Okay, okay«, sagte ich. »Dann gib wenigstens den Kulturteil rüber.«

Lukas gab mir ein paar Seiten und versank dann von neuem in seinen Teil der Zeitung. Wütend schlug ich den Kulturteil auf und versuchte einen Diskussionsbeitrag über die neue Rolle von Männern zu lesen, die von der weichen und offenen Sorte waren, konnte mich aber nicht konzentrieren. Stattdessen schaute ich die Hunde an. Meryl verfolgte jede meiner Bewegungen, als hinge ihr Leben davon ab.

»Aus, Meryl«, sagte ich tonlos.

Meine beiden Golden Retriever-Hündinnen waren nach Hollywood-Stars benannt. Zuerst kaufte ich Meryl, die ein stolzer und seriöser junger Hund mit goldbraunem Fell war und darum Meryl nach Meryl Streep getauft wurde. Dann wurde ein Welpe angeschafft, um ihr Gesellschaft zu leisten. Der Welpe erwies sich als sprudelnd charmant, weiß gelockt und etwas unseriös und wurde folglich Goldie nach Goldie Hawn getauft. Als ich Lukas kennen lernte, schloss vor allem Goldie ihn ins Herz und heute gehörten wir wie eine Familie zusammen.

Ich kraulte Meryls Kopf, obwohl mir klar war, dass meine Finger danach so sehr nach Hund riechen würden, dass mir der Appetit verging. Es war Zeit für ein ordentliches Hundebad, obwohl die Hunde das hassten wie die Pest. Ich machte den Mund auf, um es Lukas zu sagen, schloss ihn aber genauso schnell wieder. Er war immer noch hinter seiner Zeitung versteckt. Meine Wut nahm ungeahnte Ausmaße an. Da kletterte Goldie zu Lukas aufs Sofa und er legte die Zeitung zur Seite, um sie zu kraulen.

»Gutes Mädchen. Herrchens gutes Mädchen.«

Goldies Schwanz klopfte heftig auf das Sofa. Plötzlich gab Lukas ihr ein Stück Butterbrot, etwas, was ich ausdrücklich untersagt hatte, weil beide Hunde etwas rundlich waren. Dann wendete er sich wieder seiner Lektüre zu. Jetzt konnte ich meine Wut nicht mehr im Zaum halten.

»Gib Goldie kein Butterbrot! Ich habe dir doch gesagt, dass sie das nicht darf!«

»Das war ein winziges Stück.«

»Das ist egal! Sie soll nicht betteln, wenn wir essen!«

Schweigen.

»Machst du das mit Absicht, um mich auf die Palme zu bringen, oder was?«, sagte ich.

Lukas starrte mich zornig an.

»Was ist mit dir los? Suchst du Streit?«

»Ist es so schrecklich für dich, beim Frühstück einmal in der Woche mit deiner Frau sprechen zu müssen? Oder eine einzige einfache Regel zu beachten, was die Hunde betrifft?«

Schwerer Seufzer. Dann legte er die Zeitung zusammen.

»Natürlich nicht, Sophie. Ich werde Goldie kein Butterbrot mehr geben, Sophie. Worüber willst du reden, Sophie?«

Sein arroganter Tonfall brachte mich zur Raserei.

»Weißt du, worüber ich eigentlich gern sprechen würde?«

»Nein.«

»Ich möchte gern wissen, was du mit deinem Leben vorhast.«

Er seufzte wieder tief und nickte ironisch.

»Aha«, sagte er. »Können wir die Frage vertagen oder muss ich sofort antworten, weil man mir die Pistole auf die Brust setzt?«

»Du musst gar nichts«, erwiderte ich. »Aber das ist es, was ich zumindest gern wissen möchte. Und während ich auf deine Antwort warte, können wir meiner Meinung nach über das Fest sprechen, wie man es macht, wenn man ein Fest gegeben hat! Wie fandest du die Gäste?«

Lukas legte mit verbissener Miene die Zeitung beiseite. Ich hatte gewonnen, aber dennoch das Gefühl einer Niederlage.

»Ich finde, dieser Brutus Eriksson ist ein widerlicher Typ«, sagte er. »Er ist irgendwie arrogant.«

»Ich finde ihn nett«, widersprach ich. »Nett und intelligent. Es ist lustig, sich mit ihm zu unterhalten, was man nicht von allen gestern Anwesenden behaupten kann.«

»Ja, vielleicht ist er das. Ich hatte nicht die Gelegenheit, mich mit ihm zu unterhalten.«

»Wie kannst du dann behaupten, er sei ein ›widerlicher Typ‹, der arrogant ist?«

Lukas legte eine Pause ein.

»Du hast Recht. Ich schließe wie immer zu schnelle Schlüsse. Er ist bestimmt nett.«

Ich schaute ihn an.

»Kannst du noch nicht mal eine halbe Minute lang eine eigene Meinung haben, wenn ich dir nicht zustimme?«

Jetzt war bei ihm langsam die Grenze erreicht und das wusste ich.

»Was ist mit dir los? Ich habe aufgehört die Zeitung zu lesen! Du hast erreicht, was du willst! Willst du um jeden Preis Streit oder wo ist das Problem?«

»Ich stelle nur eine Frage! Ist das so schlimm?«

Ich hörte selbst, dass ich mich wie eine Zicke aufführte. Lukas lachte dumpf und schüttelte den Kopf.

»Okay«, sagte er erschöpft. »Okay, okay, okay. Was willst du wissen? Sag mir, was ich machen soll und ich tu's.«

Wir schauten uns lange an.

»Lies doch die Zeitung!«, sagte ich und stand auf. »Das Frühstück ist doch sowieso im Eimer.«

***

Den ganzen Nachmittag schlichen wir zu Hause umeinander herum, räumten die Spülmaschine aus, stellten die Möbel an ihre gewohnten Plätze, leerten vergessene Aschenbecher, saugten Staub, wischten die Tische und den Fußboden. Einmal verstärkten wir den graublauen Mollakkord, dann konnten wir ihn wieder abfedern, baten bald um Verzeihung und schnauzten uns dann von neuem an.

Nach ein paar Stunden war ich kurz vorm Explodieren.

»Ich gehe mit den Hunden in den Wald«, sagte ich schroff und erntete als Antwort einen dunkelbraunen Blick.

Die Hunde sprangen mit erhobenem Schwanz voran. Häuser in goldgelb oder blassrosa tanzten vorbei, auf und ab, rechts und links, wie kleine Kartons in einer Reihe und davon wurde mir schlecht. Am Ende der Straße ging es aufs offene Feld, das vom Waldrand wie ein dunkelgrüner Haaransatz begrenzt wurde. Die Lunge des Vorortes. Ich fragte mich, warum mir so elend zu Mute war. Das Abendessen war ein Erfolg gewesen, die Leute hatten sich amüsiert, wir hatten sogar getanzt. Lukas' Verhalten am Morgen war für mich nicht neu, so war er immer schon gewesen. Das war sein unerzogener Charme, dem ich von Anfang an erlegen war. Ich hatte selbst Schuld.

Was die Gäste betraf sah die Sache etwas anders aus. Ich konnte mich mit meinen alten Freunden immer amüsieren, blödeln und feiern, klatschen und tratschen, mit ihnen Platten auflegen. Aber mit einigen ihrer Frauen hatte ich Probleme. Sie waren so sehr Frau. Frau, Frau, Frau! Es war wie ein Vogelruf, eine Beschwörung, vielleicht eine Warnung. Vermutlich lag der Fehler bei mir, aber mir machte es einfach keinen Spaß. Ich fand ein Gespräch über die kleinen Kinder anderer Leute nicht interessant. Ich fand, dass die meisten Themen, mit denen sie sich befassten – Kleider, Tratsch, Krankheiten, Windelmarken – vollkommen belanglos waren. Sie waren auf unpersönliche Weise persönlich, es wurde nichts gesagt, obwohl alles angesprochen zu werden schien.

Meine Ansprüche waren häufig höher als die der anderen. Ich wollte immer mehr. Auf Festen verließ ich im ersten Morgenlicht als Letzte die Tanzfläche, verschwitzt und blass. Wurde über Politik diskutiert, war ich eine der engagiertesten Gesprächsteilnehmerinnen, die die anderen bis zur Weißglut brachte und manchmal sogar riskierte, Prügel zu bekommen. Standen neue Projekte an, sprühte ich vor Ideen, wollte immer alles unter Kontrolle haben und konnte es kaum ertragen, den Kauf von weißen Servietten an jemand anderen zu delegieren. Beim Arbeiten konnte ich in eine andere Welt eintauchen, dort vierzehn Stunden am Stück bleiben und nur schreiben, schreiben, schreiben, schreiben. Beim Trainieren war ich ohne Maß, stundenlang, sodass ich jeden Muskel vor Erschöpfung schreien hörte. Beim Essen war ich ausgehungert und stopfte drei Mahlzeiten und doppelten Nachtisch mit einer Extraportion Sahne in mich hinein, weil ich Frühstück und Mittagessen vergessen hatte. Dazwischen saß ich liebend gern mit einer Tasse und einer Zeitung im Café und schaute mir einfach Leute an oder belauschte Teenager im Bus oder mischte mich in den Luxusboutiquen unter die Damen von Östermalm und unter die allein erziehenden Müttern in Billigwarenhäusern. Ich erlebte so viel wie möglich oder versuchte meine Umwelt so gut es ging zu beobachten und zu verstehen, am liebsten aus vielen unterschiedlichen sozialen Blickwinkeln und nur um meines eigenen großen Vergnügens willen.

Lukas war nicht so. Wir waren bestimmt beide hitzköpfig und impulsiv, aber ihm machte seine Umwelt nicht so viel Spaß, außer wenn er sie zu einem bestimmten Zweck nutzen konnte. Lukas lebte für seine verschiedenen Projekte, was ein Grund war, warum seine Arbeit für ihn so hervorragend geeignet war. Sachen durchzuführen – am besten begleitet von großen ausladenden Gesten und mit einer Goldmedaille als Belohnung am Schluss – war sein Lebenszweck. Wenn es aber darum ging, etwas im Detail zu Ende zu bringen, die Feinheiten herauszuarbeiten oder wie ich ohne Ziel und Zweck seine Umwelt zu beobachten, interessierte ihn das kein Stück.

Greger hatte einmal den Finger auf den wunden Punkt von Lukas' Persönlichkeit gelegt, als er ihn mit einem glänzenden Vollblut, einem reinrassigen Pferd verglich, das an der Startlinie steht, schnaubend und frisch gestriegelt, bereit loszulaufen. Nicht nur die Tatsache, dass Lukas' Nasenflügel manchmal bebten, wenn er sich aufregte, oder dass sein langer, kräftiger Körper vor Erregung ständig zu zittern schien, es war vor allem seine Ungeduld, die Greger Anlass bot, dieses Urteil zu fällen: Lukas barst vor Ungeduld wie kaum jemand. Er wollte, dass die Dinge schnell vorangingen, am besten schon gestern, und dass man, ohne für unnötige Reflexionen innezuhalten, vom brillanten Gedanken zur vollendeten Tat mit greifbarem Ergebnis schritt – ohne hinterher aufzuräumen.

Genau das führte zu seinen vielen raschen Karrierewechseln in der Finanzwelt und zu seinem Ruf, ein kreativer und unglaublich effektiver Mensch zu sein. Aber genau das führte auch dazu, dass Menschen ihn manchmal als kindisch, ungeduldig, egoistisch und unreif erlebten. Manchmal war diese Eile ein Fehler – ein sehr großer Fehler sogar – sowohl im Job als auch sonst in seinem Leben. Außerdem war er flach, manchmal fast oberflächlich.

Nicht, dass das ein Problem hätte sein müssen. Tatsache war, dass ich beschlossen hatte, Lukas zu heiraten, gerade weil er nicht so tiefschürfend und kompliziert war wie mein vorheriger Freund Josef mit den Sternenaugen, der Dichter war, ungekämmte blonde Haare hatte und einen Trenchcoat trug. Mit Josef wurde das ganze Leben kompliziert, wenn auch ziemlich interessant. Sein Seelenleben war wie das lustige Haus in einem Vergnügungspark mit auf und ab führenden Treppen, die man kaum begehen konnte, Zimmern, die sich um sich selbst drehten und in denen der Fußboden plötzlich zur Zimmerdecke wurde und mit Fluren, die in Sackgassen oder Labyrinthen endeten. Man wusste nie, wohin das Gesagte in ihm verschwand oder in welcher Form es plötzlich wieder auftauchen würde, ob es durch eine Dachluke kommen oder in rasender Eile auf einer Fußmatte landen würde. Josef war unzuverlässig und charmant, intelligent und verantwortungslos, mit einem inneren Abgrund und einem Hang zur manischen Depression. Das Zusammensein mit ihm raubte mir in jeder Hinsicht alle Kraft.

Lukas war wie eine Befreiung nach dieser physischen und psychischen Erschöpfung. Er war guter Stimmung, hatte ein sonniges Gemüt und war nie launisch. Aber er besaß eine nachlässige Nonchalance, die schwer zu ertragen war, ihm fehlte es an der tieferen Selbsterkenntnis, die Josef trotzdem teilweise gehabt hatte und die ich bei einem Partner vermisste. Lukas war und blieb ein Vollblut, ein Turnierpferd, ungeduldig und schnell, gut beleumdet und eifrig, aber nichtsdestotrotz mit nur einem Ziel vor Augen: laufen. Analysen interessierten ihn nicht, er wollte nur der sein, der zu sein er beschlossen hatte und seine Persönlichkeit unter der Oberfläche war somit uninteressant.

Ich empfand genau umgekehrt. Ich glaubte, ich sei wie alle anderen Menschen einmal mit einer Identität geboren worden, die genauso klar war wie ein Wasserspiegel über seichtem Grund. Dann hatten sich in den langen Jahren des Schulbesuchs und der Erziehung Schicht um Schicht aus Ablagerungen und Schmutz auf mein ursprüngliches Ich gelegt, bis man nicht mehr erkennen konnte, wie es einmal aussah. Zum Teil war das gut so – ich glaubte an Bildung und Erziehung als wichtige Bestandteile in der Entwicklung eines Menschen. Aber bis zu einer Grenze; irgendwo musste der klare Untergrund durchschimmern dürfen. Als Erwachsene konnte ich manchmal selbst beobachten und hören, wie ich völlig unnatürlich agierte und das machte mich wütend. Meine Aufgabe heute, fand ich, bestand darin, alle diese Schichten aus Zusätzen, Erziehung und Schulbildung bis zum Grund meiner Persönlichkeit umzupflügen. Was wollte ich, was fühlte ich? Was hielt ich eigentlich von Politik, Beziehungen, Liebe, Verantwortung, von der Zukunft? Welchen Standpunkt vertrat ich in all diesen wichtigen Fragen?

Lukas' hauptsächliches Interesse bestand darin, sein individuelles Glück zu maximieren, indem er erfolgreich und vermögend wurde. Sein Weltbild, das ich von so vielen Männern in meiner Umgebung kannte, war fest in der Vorstellung verankert, Glück und Harmonie fielen dem zu, dem es gelungen war, sich hochzuarbeiten. Wenn man gut Geld verdienen konnte, würde sich alles andere automatisch einstellen. Sie glaubten also nicht an einen göttlichen Vater und seinen Sohn, aber wohl an eine schöne und kluge Ehefrau, eine nette, reibungslos funktionierende Familie mit wunderbaren Kindern und tüchtigem Kindermädchen oder einem anderen dienstbaren Geist, ein herrliches Haus, ein schönes Wochenendhäuschen in den Schären mit genug Booten, traumhaften Bade- und Skiferien an diversen Orten und wenn schon nicht ans ewige Leben, so doch wenigstens fast, da es plastische Chirurgie gab. Amen.

Aber genau wie alle anderen Glaubensbekenntnisse basierte dieses auf einem Mythos. Die meisten Männer nahmen den Mammon an die Hand und begannen den Aufstieg in recht jungen Jahren. Erreichten sie dann die Spitze des Berges, um deren Besteigung sie jahrelang gekämpft hatten, war das nur um sich zu fragen, was jetzt kommen sollte. Und um festzustellen, dass der Berg ein kleiner Hügel war, dass sie von Flachland umgeben waren, dass sie die lange Wanderung nicht einmal angetreten hatten, um zu einer eigenen Identität, Zusammengehörigkeit, Selbsterkenntnis zu finden oder die Freude zu erleben, mit anderen zu teilen, statt sie einfach zu übertreffen, um ganz oben zu stehen, am erfolgreichsten zu sein und am meisten zu verdienen. Und wenn sie dann die eigentliche Beschaffenheit der Topografie erkannten, war es meistens zu spät. Es war schon Herbst und sie waren alt und der Gott, den sie als ihren Begleiter auserkoren hatten, war unterwegs krepiert.

Zugleich war ich zu der Einsicht genötigt, dass es Lukas häufig besser ging als mir. Er hatte ein fröhliches Gemüt und eine positive Lebenseinstellung, er grübelte nicht, er nahm den Tag wie er kam und löste ein Problem nach dem anderen. Lukas gehörte nicht zu denen, die über verschüttete Milch eine Träne vergossen; er warf die Tetrapacks ins Altpapier und kaufte sich noch einen Liter. Depressionen gehörten nicht in seine Begriffswelt. Und die Wahrheit war, dass es wenige Dinge gab, die mich so glücklich machten, wie zu sehen, dass er mit einem strahlenden Lächeln, ausgebreiteten Armen und einer Zigarette im Mundwinkel im Sonnenschein auf mich zukam.

Jetzt lief ich mit den Hunden durch den Wald und alle pastellfarbenen Kartons waren außer Sichtweite. Frische Luft füllte meine Lungen. Langsam ließ der Druck hinter den Schläfen nach. Das Laub an den Bäumen leuchtete goldgelb, stark orangefarben, tief dunkelrot. Die Sonne war aufgegangen und funkelte wie ein Kronleuchter zwischen einigen Zweigen, und es duftete frisch nach Borke, Erde und Moos. Die Hunde sprangen um mich herum, holten Stöckchen, bellten glücklich durcheinander und wälzten sich in Pferdeäpfeln und Farnkraut.

Es bestand keine Notwendigkeit, ständig in solche Grübeleien zu verfallen wie ich es tat. Ich dachte einfach zu viel nach. Ich sollte mir stattdessen ein Beispiel an Lukas nehmen und mir seine simple Methode zu Eigen machen. Er war unkompliziert und es schien ihm damit gut zu gehen, er benahm sich nicht so blöd wie ich, er grübelte nicht. Vermutlich hatte ich ihn mir unbewusst zum Mann ausgesucht, gerade weil ich genau das lernen musste: andere Dinge nicht so genau unter die Lupe zu nehmen. Lukas war sicher der beste Ehemann, den ich bekommen konnte; wenn er mir bloß den Weg zeigen könnte, dem ich folgen musste, um ein glücklicherer und harmonischer Mensch zu werden.

Mit diesem positiven Gedanken kehrte ich nach Hause zurück und fand, dass die Häuser in unserer Straße wie die fantastischen, verschiedenfarbigen Villen aussahen, die sie tatsächlich waren. Die Sonne ging unter und die Lampen in den Gärten wurden langsam eingeschaltet. Sowie ich die Tür hinter mir geschlossen hatte, stand Lukas lächelnd vor mir und streichelte mir über die Wange.

»Verzeih mir, dass ich so blöd war«, sagte er. »Ich liebe dich.«

»Ich dich auch«, entgegnete ich. »Verzeih, dass ich so eine Zicke war.«

Wir umarmten uns. Er war warm und sicher und hatte den Pullover angezogen, den ich am liebsten mochte. Ich war dumm, weil ich ihm Unrecht tat, mit ihm stritt, wobei er zugleich so viel besser als ich darin war, im Hier und Jetzt zu leben. Ich musste mich zusammenreißen.

Am Abend stellte sich eine Art von Sonntagsermattung ein, aber ohne Wut. Lukas fuhr zum Einkaufen, danach schauten wir ein Video an und aßen vor dem Fernseher Grillhähnchen. Es war ein Film mit Michael J. Fox, eine Erfolgsstory aus Manhattan.

»Vielleicht sollten wir nach New York ziehen?«, schlug ich vor, ohne den Blick vom Fernsehbildschirm abzuwenden.

»Unbedingt«, sagte Lukas. »Gibst du mir mal die Chipstüte?«

Wir saßen dicht nebeneinander auf dem Sofa, die Gesichter dem Fernseher zugewandt, zwei parallele Linien, zwei Sonderlinge, Zwillinge in unserer Müdigkeit. Der Film war fast zu Ende und Lukas strich mir mit der Hand leicht über den Rücken. Es war mehr als eine Woche her, dass wir zuletzt miteinander geschlafen hatten. Ich lächelte ihn schnell an, um keine entscheidende Szene zu verpassen. Er erwiderte das Lächeln genauso rasch. Wie zwei Marionetten kauten wir Chips im selben Rhythmus, während das vorhersehbare Ende näher kam.

Als der Film vorbei war, ich die Teller hinaus getragen und die Hühnerknochen in den Müll geworfen hatte, kam Lukas zu mir in die Küche und umfasste meine Taille.

»Hey, Liebling!«, sagte er.

Ich drehte mich um. Wir küssten uns. Es schmeckte nach altem Kater, Hühnchen und Chips.

»Komm«, sagte ich.

Ich nahm ihn an die Hand und zog ihn in das wunderbare Badezimmer mit seinen gekachelten Wänden und Böden und der alten Badewanne mit Füßen. Ich war es, die auf der Badewanne bestanden hatte; Lukas fand, wir könnten genauso gut eine moderne, billigere anschaffen. Jetzt schaute ich sie sehnsüchtig an, ein heißes Bad mit einem guten Roman wäre genau das Richtige gewesen. Stattdessen putzten wir die Zähne, Seite an Seite, ich mit meiner roten Zahnbürste und er mit seiner schwarzen. Lukas lächelte mir im Spiegel mit weißen Zähnen zu. Ich erwiderte das Lächeln. Dann sprang ich unter die Dusche, während Lukas sich am Waschbecken wusch und ein Handtuch mit einem großen, rosa Elefant zum Abtrocknen nahm.

»Woher ist das Handtuch?«, fragte Lukas.

»Aus Legoland«, antwortete ich durch die Dampfwolken. »Als wir letzten Sommer mit deinem Bruder und den Kindern dort waren.«

Wir gingen ins Schlafzimmer, Lukas mit dem rosa Elefant um die Hüfte. Er zündete eine Kerze an, die am Kopfende des Bettes stand und dann krochen wir ins Bett. Wir fingen an, uns zu küssen und Lukas streichelte mich. Langsam begann mein Körper Feuer zu fangen. Lukas war erregt, aber ich spürte, dass er weit weg war. Seine Augen waren geschlossen.

»Ich will dich ficken«, flüsterte er mir heiser ins Ohr.

»Aua«, sagte ich und tastete neben mir im Bett. »Warte mal.«

»Was ist das?«

Ich zog einen harten Kauknochen hervor – Goldies – und warf ihn auf den Boden. Wir machten eine Vierteldrehung und begannen von vorn. Verschiedene Gedanken gingen mir im Kopf herum. Ich durfte nicht vergessen, Peder und Minna einen Dankesbrief für das Hochzeitsfest zu schreiben, auf dem wir gewesen waren; nach einer Woche sollte man sich bedanken. Morgen würde ich einen Regisseur treffen und mit ihm über das Manuskript sprechen, ich hatte gehört, er sei schwierig und eigensinnig, aber das waren sie fast alle. Lukas' Mutter hatte am Donnerstag Geburtstag, ich musste bei NK nach einem Tuch für sie gucken. Ich wusste genau, was für eins sie haben wollte, blau und rot mit Goldeinfassung.

»Oh«, stöhnte Lukas und bewegte sich schneller.

»Oh«, antwortete ich.

Die Mechanik, die Technik, die Jahre und die Beziehungen, die heute zwischen uns lagen und unsere jeweiligen ersten Male vor langer Zeit gewannen die Oberhand. Wir kamen fast gleichzeitig und danach lagen wir nebeneinander und lächelten. Lukas berührte mit dem Finger meine Nasenspitze. Alles fühlte sich plötzlich leichter an, als wäre uns gerade eben etwas Schwieriges gelungen und als könnten wir uns zu dem positiven Ergebnis gratulieren. Jetzt hatten wir erst einmal unser Soll erfüllt und konnten es etwas ruhiger angehen lassen. Ein heißes Bad und Romane. Ich ging ins Badezimmer, wusch mich und putzte wieder die Zähne. Meine Augen im Spiegel sahen froh aus.

Als Lukas und ich uns kennen lernten, wollten wir beide gerade aus anderen Beziehungen ausbrechen. Unser Verhältnis ergab sich, wie es gerade kam; wir trafen uns in der Stadt und gingen in stillen Winternächten ohne irgendwelche Pläne gemeinsam nach Hause. Wir machten eine Schneeballschlacht und rieben uns gegenseitig das Gesicht mit Schnee ein, küssten uns im Torbogen, froren in der Kälte und machten in Lukas' Kachelofen Feuer, sobald wir zu Hause waren. Und wir schliefen miteinander. Es war leidenschaftlich und lustig mit ihm zu schlafen, es war spannend, nicht zuletzt weil wir nichts Besonderes vereinbart hatten. Wir hatten kein eindeutiges Verhältnis, keine Regeln zu befolgen, wir waren frei. Lukas war ein ziemlich eifriger Liebhaber und bereit zuzuhören. Ihm gefiel raffinierte sexy Unterwäsche sehr; die kaufte ich sofort in großen Mengen. Und wir schliefen an ungewöhnlichen Orten miteinander – im Hotel, nachmittags auf Kinosesseln, im Auto, unter freiem Himmel. Es war amüsant, es war unbekümmert; die Liebe war ein Spiel, das wir spielten, und der Sex war unsere Spielwiese voller wilder Blumen.

Aber nach einigen Monaten etablierte sich unsere Beziehung langsam und wir hatten uns mittlerweile kennen gelernt. Jetzt wusste ich, wie Lukas aussah, wenn er verkatert aufwachte oder wenn er gerührt war und warum er ungespültes Besteck zurück in die Schublade legte, und er wusste, wie mein Gesicht aussah, wenn ich schlief und wenn ich etwas genoss, und dass ich von Rechnungen, nächtlichen Telefonanrufen und antifeministischen Unterhaltungen beim Abendessen schlechte Laune bekam. Und allmählich, ohne dass wir wussten, wie es kam, war immer mehr Aufwand nötig, damit wir aufeinander abfuhren. Aber wir verloren keine Zeit, das Problem zu beheben – zwei so kreative Menschen wie wir! Gesagt, getan, wir machten Rollenspiele und verkleideten uns. Ich war eine Hausfrau in rot gestreifter Schürze und er ein Staubsaugervertreter mit schmutziger Fantasie; ich war eine Karrierefrau in halterlosen Strümpfen auf Dienstreise und er ein anonymer Zugreisender mit Schlips.

Es klappte am Anfang ziemlich gut und unser Liebesleben blühte wieder auf unserer Spielwiese, jetzt mit einer gestreiften Schürze hinter jedem Busch. Aber irgendwann hatte ich die Spiele satt. Es war anstrengend, das Bett mit einem Haufen erfundener Charaktere zu teilen, die im Wechsel mit mir schliefen. Das Gefühl war komisch, irgendwie falsch. Entweder fuhren wir aufeinander ab oder nicht.

Wir gingen dazu über, gemeinsam fern zu sehen und zum Abendessen zu unseren Eltern zu gehen und die jeweiligen Freunde bei Pärchen-Partys zu treffen. Aber diese Art von Ersatz-Dasein funktionierte bei mir nicht. Ich wollte ein reges, sexuelles Zusammenleben; meine Theorie war, dass man immer tiefer in die Sexualität und ineinander vordringen und so sein Zusammenleben ständig weiterentwickeln konnte. Ebenso wie vielen anderen Männern, die ich kannte oder von denen ich durch meine Freundinnen gehört hatte, fiel es Lukas schwer, über dieses Thema zu sprechen. Nur zögerlich gab er zu, hin und wieder auf andere Frauen zu stehen, auf junge Frauen, die er nicht kannte und noch nicht einordnen konnte, Frauen, von denen er träumte.

Lukas hatte sich mit anderen Worten ganz und gar auf das alte Schema eingelassen, das einem Mann vorschrieb, sich gefühlsmäßig und sexuell nicht zu sehr an ein und dieselbe Frau zu binden, sondern so viele wie möglich flachzulegen. Das Problem war nur zum einen, dass Lukas von Natur aus ziemlich treu war und nicht sehr viel für schnelle Affären hinterm Busch übrig hatte, und zum anderen, dass er kein Don Juan war. Er sah natürlich sehr gut aus mit seinen dunklen Augen und seinem dicken, braunen Haar, aber er war viel zu jungenhaft, um massenhaft bestechliche Schönheiten in der Stadt umwerfen zu können, was seinen etwas gewandteren Kumpels und Kollegen ständig gelang.

Ich war zwar nicht direkt frigide, was sonst als Grund angeführt wurde, warum eine Beziehung auf sexueller Ebene zu Ende ging. Ich war im Gegenteil warmherzig, lebenslustig und voller Experimentierlust. Aber ich wollte nicht jedes Mal so tun, als hieße ich Dominique und sei eine untreue Serviererin, damit Lukas einen hoch bekam. Der Mythos von der Frigidität der Frauen war ebenso schädlich wie der Mythos vom ewigen Sexhunger der Männer. In Wahrheit machte ich häufig genau die gegenteilige Erfahrung. Meine Freundinnen zwischen dreißig und vierzig rannten mit ihrer Sexualität um die Wette und wollten nichts lieber als Sex, Sex, Sex. Aber ihre Männer lagen satt und zufrieden da, um nicht zu sagen gelangweilt von diesem vertrauten Frauenkörper, nicht in der Lage, das Problem zu verbalisieren oder es auf konkrete Weise zu beheben. Die Frauen wollten, aber die Männer konnten nicht. Die Männer waren hilflose Opfer ihres eigenen Macho-Mythos, einem Mythos, dem kaum einer von ihnen entsprechen konnte und der wahrhaftig niemanden von uns – weder die Männer noch die Frauen – langfristig befriedigte.

Meinen Freundinnen zufolge, die immer noch Singles waren, entsprach die Wirklichkeit dieses eine Mal den Werbefilmen: die Typen, die am meisten angaben und die meisten Frauen flachlegten, waren im Bett immer die größten Nieten. Die besten Liebhaber waren die Männer, die in sich selbst ruhten, sich ziemlich in Zurückhaltung übten und Frauen wirklich mochten. Das waren also Männer, die nicht nur auf lange Beine und seidene Unterwäsche standen, sondern eine Frau wirklich aus dreidimensionaler Perspektive sehen konnten, mit ihr lachen konnten, wenn sie nach dem Akt aus der Möse furzte oder ihr den Kopf halten konnten, wenn sie bei einer Magen-Darmgrippe kotzte. Eine Frau zu lieben war wie sich selbst zu lieben – man war gezwungen, Platz für einen Menschen aus Fleisch und Blut zu machen, der obendrein auch noch eigene Gedanken und eine eigene Seele hatte. Dazu waren die meisten Typen nicht in der Lage, niemand hatte es ihnen beigebracht.

Wie bekam man es hin, dass die Sexualität in einer Beziehung ein ganzes Leben anhielt? Ich wusste nicht, woran man sich halten sollte. Ich war nur von einer Sache überzeugt: weg mit der seidenen Unterwäsche, den halterlosen Strümpfen und dem Kerzenschein, weg mit den Luxushotels, den Rosen und dem Champagner. Das war Kosmetik, die einer anderen Sache diente: den eigentlichen Zustand der Dinge zu vertuschen.

Wenn man eine echte und gute Sexualität erleben wollte, musste man seinem Partner in die Augen sehen und die ganze Beziehung daraufhin untersuchen, was sie wert war. Die meisten Beziehungen schienen dem gleichen Muster zu folgen. Zuerst war man gezwungen, sich trotz gegenseitiger Fremdheit zu lieben. Dann kam die Probezeit, in der man die Spinnweben des Verliebtseins wegwischte und das Gesicht des anderen zum ersten Mal betrachtete. Man lernte sich durch die Leidenschaft kennen, man musste herausfinden, ob man wirklich miteinander leben konnte oder nicht. Das war Knochenarbeit. Viele Beziehungen waren an diesem Punkt zu Ende, noch ehe sie überhaupt angefangen hatten. Einige Paare waren kompatibel, sie hatten eine kurze Probezeit und die beiden Beteiligten fanden ziemlich schnell zueinander. Andere hatten eine lange und komplizierte Probezeit; sie brauchten Jahre des Mutes, ehe sie einander verstanden und einen vernünftigen Weg fanden, zusammen zu leben, aber sie gaben trotzdem nicht auf, weil ihre Liebe stärker war als die Prüfungen, die ihnen auferlegt wurden.

Nach der Probezeit trat die Frage nach der Sexualität abermals in den

Vordergrund. Und sie war leicht zu beantworten: Man konnte entweder wie Freunde in einer entsexualisierten Beziehung leben oder in einer hin und wieder sexualisierten. Oder aber man konnte ein gesundes und lebendiges Liebesleben haben. Aber dafür gab es keine Rezepte. Man stand auf den anderen Menschen, auf den andersartigen Intellekt, auf die anderen Eigenschaften. Man empfand nichts für eine Oberfläche oder Kosmetik oder weil man durchschnittlich zwei Komma zwei Mal in der Woche miteinander schlief. Man begehrte einander, weil man sich liebte, Schluss, Ende, aus. Aber um das tun zu können, war man ständig gezwungen, die Wunde offen zu halten, das Blut fließen zu lassen, den klaffenden Riss zu säubern, ein Loch ins Eis zu hauen, damit es nicht wieder zufror. Man war gezwungen, einen lebendigen Dialog zu führen, man musste über Wesentliches sprechen, über Gedanken, Träume, Hoffnungen und Ambitionen aller Art, über all das, was nicht praktisch und trotzdem lebenswichtig war. Wenn man das über den Tag entstandene Eis verarbeitet hatte, ebenso wie die Restaurantrechnungen und den Heizkessel, die Schwiegermutter und die Freunde, musste es Raum geben für meine Ambitionen und deine, meine Gefühle und deine, meine Gedanken und deine, meine Religion und deine, meine Weltanschauung und deine.

Erst wenn man begriffen hatte, dass man einen lebendigen Menschen neben sich im Bett liegen hatte, ein eigenständiges Individuum, dessen Körper vor Leben pochte und pulsierte, nicht nur eine Erweiterung des eigenen Lebens war und mit einem Etikett wie »mein Mann«, »der Vater meiner Kinder«, »meine Haushälterin«, »meine gesellschaftliche Sekretärin« versehen werden konnte, ohne Eigenleben oder Verstand, sondern dass dieses Wesen ein ganzes Universum an wundersamen Gedanken war, mit einem Herz aus Fleisch und Blut, das schlug und schlug und Millionen von Impulsen und Gefühlen in alle möglichen Richtungen aussendete, erst dann hatte man die Möglichkeit, zu erkennen, was der größte Schatz von allen war: der Zugang zu einem anderen Menschen! Und dieser wurde einem zum Geschenk gemacht, neben einem, im eigenen Bett liegend. Erst dann konnte man sich wirklich in seiner Sexualität entspannen und die Neugier wiederkehren spüren, weil man tatsächlich nicht gelangweilt war, sondern alle Möglichkeiten hatte, nicht nur ein funktionierendes Sexleben zu bekommen, sondern ein funktionierendes Leben, ein vollwertiges Leben, wie ein Mensch in einer Liebesbeziehung im besten Sinne des Wortes.

Ich kehrte ins Schlafzimmer zurück und krabbelte neben Lukas ins Bett. Es war nicht spät, erst gut zehn Uhr. Ich war hellwach.

»Lukas.«

»Mmm.«

»Schläfst du?«

»Mmm. Gleich.«

Ich stützte mich auf einen Ellenbogen und drehte mich zu ihm um.

»Du hast meine Frage von vorhin noch gar nicht beantwortet.«

»Welche denn?«

»Was hast du eigentlich mit deinem Leben vor?«

Lukas drehte mir sein Gesicht mit ein Paar müden Augen zu.

»Häh?«

»Was hast du mit deinem Leben vor?«

»Weiß ich nicht ... Das kann ich so nicht beantworten. Was meinst du denn?«

»Genau, was ich sage.«

»Ich weiß nicht, was ich mit meinem Leben vorhabe! Das Gleiche wie alle anderen! Können wir jetzt nicht schlafen?«

Er drehte sich auf die andere Seite.

»Was wollen die anderen?«

»Sophie, ich muss morgen früh arbeiten.«

Ich lag mit den Armen hinter dem Kopf verschränkt da und schaute an die Decke. Einige Minuten vergingen.

»Lukas?«

Er schlief tief.

3

An einem wolkenverhangenen, grauen Montag einige Wochen später klingelte das Telefon, als ich gerade aus dem Haus gehen wollte. Der Wind zerrte an meinem Mantel und ich stand abwägend auf der Türschwelle, doch dann beschloss ich, wieder hinein zu gehen und nahm den Hörer ab.

»Hallo, Sophie! Erinnerst du dich?«

Ylva Svensson war am anderen Ende, eine großartige Frau aus Dalarna in mittleren Jahren, die Zöpfe trug und Programmleiterin beim Fernsehen war.

»Klar«, antwortete ich.

Ich war vor einigen Jahren in ihrer Talkshow »Nahkampf« zu Gast gewesen, zusammen mit einem älteren Schauspieler und einer jungen Parlamentarierin. Seitdem war »Nahkampf« immer populärer geworden und wurde ständig besprochen, mittlerweile kannte ich ziemlich viele Leute, die sich die Sendung ansahen. Es war eine Mischung aus unterhaltsamer Talkrunde und seriöser Diskussion und man konnte je nachdem wie die Runde zusammengesetzt war und welches Thema diskutiert wurde, aus vollem Herzen lachen und Denkanstöße bekommen.

»Ich will dich wieder in der Sendung haben«, sagte sie in ihrem melodischen Dalardialekt. »Hast du Zeit?«

»In welchen Zusammenhang?«, erkundigte ich mich.

Ylva lachte.

»Ich habe vor, eine Art verbales Duell zu veranstalten. Mit dir und drei anderen Feministinnen gegen vier Typen, besser bekannt als Chauvinistenschweine.«

»Wer sind die anderen Frauen?«

»Erika Persdotter, du weißt schon, die Frauenforscherin und Rednerin.«

Ich wusste genau, wer sie war.

»Und Gitane Albrektson kennst du bestimmt auch.«

Gitane war eine viel gerühmte Poetin von einem Konkurrenz-Verlag. Sie war groß, schlank, schwarzhaarig, und besaß das Talent, auf Fotos immer die Brust in die Kamera zu halten.

»Ja sicher. Sie ist toll.«

»Und dann noch Kaja Djurberg. Bist du ihr schon mal begegnet?«

»Ich glaube nicht. Wer ist das?«

»Sie ist Journalistin. Und lesbische Radikalfeministin. Und super lustig. Man lacht sich fast tot bei ihr.«

»Aha. Und wer sind die Typen?«

Ich konnte Ylva förmlich lächeln hören.

»Tja, das wird eine Spitzen-Truppe, du wirst Augen machen. Joppe Svenbro, Peter Näslund, Brutus Eriksson und Sören Pihl.«

Ich stöhnte laut.

»Von Joppe Svenbro kriege ich das Kotzen«, sagte ich. »Der kleine, fette, hässliche Chauvi. Muss er wirklich dabei sein?«

»Ja, ich bin zwar deiner Meinung, aber man kommt kaum um ihn herum in Anbetracht der Tatsache, dass die Leute sich über ihn am meisten aufregen.«

Ich überlegte weiter. Der Wind schlug die Haustür hinter mir zu.

»Näslund ist ein Wichtigtuer, aber dumm, trotz aller Titel«, sagte ich. »Sören Pihl wiederum ist so verdammt unsicher. Er schleppt sein Klassenbewusstsein mit sich herum wie einen Mühlstein um den Hals.«

»Das steht fest«, meinte Ylva.

Jetzt hörte ich fast, wie sie kicherte. Ich konnte sie vor mir sehen, wie sie in der Oktoberdämmerung in ihrem Büro in der Fernsehanstalt gesessen und über Diskussionsteilnehmer nachgedacht hatte, während vor dem Fenster die Straßenlaternen langsam angingen. Wie sie überlegt, gekichert, durchgestrichen oder den Namen auf ihre Liste geschrieben und ihren Kaffee in der Tasse mit dem Kugelschreiber umgerührt hatte.

»Worüber sollen wir reden?«

»Das Thema ist: ›Säue gegen Eber: Der Kampf der Geschlechter aus literarischer Sicht‹. Ja, so lautet jedenfalls der Arbeitstitel, mit einem leichten Augenzwinkern. Was hältst du davon? Ist das was?«

»Ich kenne Brutus eigentlich privat«, sagte ich.

»Gut. Oder ist das ein Problem für dich?«

Wie man es nimmt. Rosa Rosen. Aber auch wie er sich vordrängelte, anderen das Wort abschnitt, Monologe hielt. Ein kleiner Streit könnte keinem von uns wirklich schaden. Und ich stünde auf meiner Seite nicht allein da, schließlich hätte ich einige Mitschwestern. Es würde vielleicht sogar Spaß machen.

»Natürlich nicht«, antwortete ich. »Du kannst mit mir rechnen.«

Jetzt saß ich gut gekleidet und sorgfältig geschminkt in einem Taxi mit Ledersitzen und war unterwegs in die Stadt, um mich mit den anderen Frauen zu treffen. Ylva hatte uns zu einem Krabbenessen eingeladen, damit wir die Gelegenheit hatten, uns vor der Sendung abzusprechen. Sie würde mit den Männern das Gleiche machen, sagte sie. Aber sie hatte gehört, dass Peter Näslund niemals zu einer Einladung zu Krabben und Weißwein kam, weil er behauptete, es sei unter seiner

Würde, etwas so Feminines zu essen. Darum würden die Typen Tatarbeef und Schnaps bekommen, damit sie sich männlich fühlten und sich gegenseitig ordentlich anstachelten. Sie war der Überzeugung, die Sendungen würden an Humor und Sprengkraft gewinnen, wenn die Teilnehmer so gut wie möglich vorbereitet und zusammengeschweißt wären.

Ylva hatte uns zu sich nach Norrtull eingeladen, darum war der Weg für mich nicht weit. Ich hatte ein bisschen Schmetterlinge im Bauch, nicht nur beim Gedanken an die Diskussionssendung, sondern auch wegen des Treffens mit den anderen Feministinnen. Für eine Feministin war ich eine konservative Frau, weil ich Mann, Haus, Doppelgarage und den ganzen Kram hatte. Bei den anderen Frauen war das nicht so. Ich hatte gehört, dass Erika Persdotter rhetorisch extrem begabt und äußerst intellektuell war, doch zugleich auch vorlaut und emotional unreif; ziemlich bewundernswert, aber auch konfliktscheu und feige. Es schien, als würden wir in fast jedem Punkt übereinstimmen. Gitane Albrektson kannte ich schon. Sie war eine kurzhaarige Frau mit einem sinnlichen, offenen, herzförmigen Gesicht, das oft künstliche Wimpern zierten. Sie schrieb amüsante und aggressive, aber wahrscheinlich etwas oberflächliche Gedichte aus Frauenperspektive. Auch sie war eine typische Linke von der Rotwein trinkenden Fraktion; sie zog gern mit den Gewerkschaftern auf die Demonstrationen zum 1. Mai, aber nur wenn sie Plateaustiefel und Kunstpelz tragen durfte und von den Männern um sich herum bewundert wurde. Der dritten Frau war ich noch nie begegnet, doch die Beschreibung sprach für sich: lesbische Radikalfeministin. Lauwarme, graubraune Erbsensuppe klang verlockender; ich stellte mir ein bissiges und pickeliges Etwas mit runden Brillengläsern und rot gefärbtem Haardutt vor.

Es hörte sich nicht so an, als würde ich sofort ein paar neue Freundinnen finden oder als würden Lukas und ich in dieser Gesellschaft nette Singles finden, die wir beim nächsten Mal zum Abendessen einladen konnten. Zugleich lockte mich wie immer das Unbekannte. Ich hatte vorher schon vereinzelt lesbische Freundinnen gehabt; sie gehörten einer interessanten Subkultur an, mit der mich zumindest gemeinsame Gedanken verbanden, wenn auch sonst nicht viel. Auf Erika Persdotter war ich ganz allgemein neugierig und ich wusste, dass man mit Gitane immer etwas zu lachen hatte, wenn sie in der richtigen Stimmung war.

»Hallo, meine Liebe, wie schön, dass du kommen konntest!«, begrüßte mich Ylva in der Tür und rieb mir den Arm, so dass ihre Zöpfe hüpften. »Komm rein! Die anderen sind schon da.«

Im Zimmer roch es nach getoastetem Brot und Duftkerzen; Ylva hatte den Couchtisch gedeckt und alles getan, um eine gemütliche Atmosphäre zu schaffen. Eine Standuhr thronte in einer Ecke und an der Wand hingen gestickte Behänge. Die anderen Frauen saßen auf den Sofas, Erika hatte die Beine unter sich geschlagen und trug dicke Wollsocken, Gitane hielt eine Zigarette zwischen den Fingern der linken Hand. Ihre Silberarmreifen klimperten bei jedem Zug, den sie nahm. Es war mir nie gelungen herauszufinden, ob Gitane wirklich Raucherin war oder ob es nur eine nervöse Pose war, der sie sich hingab, ungefähr so wie das Knacken mit den Knöcheln. Kaja wiederum befand sich offensichtlich mitten in einer anregenden Erläuterung darüber, warum sie strikte Vegetarierin war und weder die Krabben noch die übrig gebliebenen Schinkenbrote essen konnte, die Ylva ihr anbot.

»Das ist den Tieren gegenüber nicht okay«, meinte sie. »Guckt euch doch mal dieses kleine Schwein an.«

Sie nahm ein Schinkenbrot, drückte es so zusammen, dass es wirklich aussah wie ein Schweinerüssel und drückte mit dem Daumennagel zwei Augenschlitze ins Brot. Dann grunzte und quiekte sie wie ein Schwein, legte ihr Gesicht in Falten, rümpfte die Nase und zog die Oberlippe hoch. Wir alle lachten.

»Hört mal, Mädels, jetzt müsst ihr Pause machen und guten Tag sagen«, verkündete Ylva. »Das hier ist Sophie.«

Die Blicke aller richteten sich von Kaja auf mich.

»Hallo«, sagte ich.

»Hallo«, sagte Kaja.

»Hey«, sagte Erika. »Wir sind uns schon einmal auf einer Fete über den Weg gelaufen.«

»Sophie«, sagte Gitane leise. »Willkommen.«

Ich machte meine Runde und gab allen die Hand. Trocken und fest; klebrig und schlapp; ziemlich kühl und uninteressant. Kaja, die am nächsten saß, entsprach nicht den Erwartungen, mit denen ich Lukas am Abend zuvor unterhalten hatte. Sie sah leider auch nicht besonders lesbisch aus, fand ich – schade – sondern war eine ziemlich hübsche, dunkelhaarige, schmächtige junge Frau mit einer Menge Sommersprossen im Gesicht, wodurch sie frech und naseweis aussah. Sie schien mit Erika gut befreundet zu sein; die beiden saßen lauthals lachend auf dem einen Sofa zusammen, während Gitane wie immer etwas abwesend auf dem anderen saß, mit den falschen Wimpern klimperte und sich die Federn putzte wie ein exotischer Vogel. Ich nahm neben ihr Platz und wir fingen an, uns zu unterhalten.

»Toll, dass du dabei bist«, sagte ich. »Dann kennen wenigstens wir beide uns.«

»Mmm«, antwortete Gitane verträumt und stieß Rauch aus. »Aber mir ist nicht klar, was von uns erwartet wird.«

Auf dem anderen Sofa brach Kaja in lautes Gelächter aus, das mit einem lang gedehnten Geheul endete. Sie drehte sich mit Tränen in den Augen zu uns.

»Entschuldigung«, sagte sie lächelnd und wischte sich das Gesicht ab. »Ich lache nicht über euch. Erika erzählt mir nur die ganze Zeit so viel Blödsinn.«

»Stimmt ja gar nicht«, protestierte Erika. »Ich gebe dir eine vernünftige Analyse von Annas Verhalten.«

»Wer ist Anna?«, fragte ich und setzte mich auf dem Sofa zurecht.

»Das ist meine Liebste«, antwortete Kaja. »Sie ist stinksauer auf mich, weil ich und Liza – eine andere Freundin von mir – einen Selbstverteidigungskurs angefangen haben, ohne dass sie mit durfte.«

»Von wegen eine ›andere‹ Freundin«, sagte Erika. »Anna ist ja nicht deine Freundin, sie ist deine Liebste! Meine Güte, was habt ihr Lesben nur für eine verworrene Identität.«

»Das sag ich doch!«, meinte Kaja fröhlich. »Wir sind alle ein Haufen von Psychopathinnen. Komplett gestört. Können mein und dein nicht auseinander halten, leben in vollkommener Symbiose. Die Hälfte der Freundinnen sind zugleich die eigenen Ex-Geliebten.«

»Das ist ungesund«, befand Erika.

»Total«, stimmte Kaja ihr zu. »Und du bist so neidisch, dass du am liebsten tot umfallen willst. Du würdest ein Arm und ein Bein geben, um lesbisch zu werden und um dich nicht die ganze Zeit mit Männern rumärgern zu müssen.«

»Sei still«, sagte Erika.

»Von wegen ungesund«, meinte Kaja. »Das musst du gerade sagen!

Mit jedem Kerl in deiner Nähe hast du was gehabt.«

»Lügen und verdammte Erfindung«, widersprach Erika. »Außerdem weiß ich nicht, welche Kerle du meinst.«

»Warum hast du deine Liebste nicht gefragt, ob sie auch zu dem Kurs mitkommen will?«, fragte ich.

Kaja lachte herzlich.

»Sie ist es doch, gegen die ich mich verteidigen muss! Da kann ich doch nicht dafür sorgen, dass sie schon im Voraus jeden meiner Handgriffe kennt!«

Ich trank einen Schluck und dachte darüber nach. Gitanes Armreifen klirrten, als sie sich mit der Glut der letzten eine neue Zigarette anzündete.

»Wenn ich noch mal auf Gitanes Frage von eben zurückkommen darf, was von euch erwartet wird«, begann Ylva, »dann ist das überhaupt keine große Sache. Wir wollen im Studio nur ein Gespräch führen, vier Männer und vier Frauen. Die Situation darf jede Wendung nehmen, die sie eben nimmt.«

»Erklär das Thema!«, sagte ich. »Der Kampf der Geschlechter.«

»Aber meine Lieben, da ist doch eine nähere Erklärung überflüssig, oder?«, meinte Erika gereizt.

Ich schaute sie an. Sie flackerte mit dem Blick.

»Ich meine«, fuhr sie fort, »wir steigen in den Ring mit vier der größten schreibkundigen Chauvinistenschweine des Landes.«

»Das kapiere sogar ich«, meinte ich angesäuert. »Aber ich frage mich, wie Ylva sich vorgestellt hat, wie wir uns darauf vorbereiten sollen.«

»Das ist eine gute Frage!«, fand Ylva. »Ich habe also euch acht eingeladen, vier plus vier, weil ihr viele gemeinsame Nenner habt: einen ausgeprägten Blick für das Weibliche und das Männliche, so wie eine Beziehung zum geschriebenen Wort. Erika forscht und nimmt an der öffentlichen Debatte teil, Kaja ist Journalistin, Gitane Poetin und Sophie Roman- und Fernseh-Autorin. Auf der anderen Seite des Tisches sitzen Svenbro und Peter Näslund, die beide Krimis schreiben, Brutus, der staatswissenschaftliche Bücher verfasst und Sören ist Kulturjournalist. Alle geladenen Gäste haben die Frage über das Weibliche und das Männliche in ihren Texten behandelt, sind aber zu weit voneinander abweichenden Standpunkten gekommen. Das ist der Anlass unseres Gespräches. Und natürlich besteht der Sinn auch darin, dass wir ein bisschen Spaß haben!«

»Ich muss zugeben, dass ich noch nicht ganz im Bilde bin, was die Männer geschrieben haben«, sagte Gitane mit leiser Stimme.

Ich beobachtete sie. Genauso weit ausgeschnitten wie immer. Die Hand in der Luft, die Finger gerade ausgestreckt. Die Wimpern warfen Schatten auf ihre hohen Wangenknochen. Verschleiernde Rauchwolken. Dieser gehörte nicht zu den Abenden, an denen man fröhlich mit ihr lachen konnte, das war klar. Sie schien vorübergehend eine Dosis »Mata Hari« und andere Film-Spioninnen zu viel genommen zu haben.

»Davon bin ich fast ausgegangen«, erklärte Ylva und nickte eifrig. »Ich habe euch Auszüge aus ihren Texten kopiert, von denen ich mir vorstellen kann, dass wir sie als Grundlage haben sollten. Die Männer wiederum bekommen einige von euren Texten. Ihr könnt in dem anderen Stapel nachschauen, was ich davon ausgewählt habe.«

Kaja und Erika begannen sofort, in den Texten zu blättern, um nachzusehen, was dabei war.

»Ach, du liebe Zeit«, sagte Kaja und hielt ein Blatt Papier hoch, »diesen alten Artikel hast du mit dazugenommen? Ich sterbe! Ich kriege einen Anfall! Ich kann nicht in der Glotze sitzen und einen so alten Text verteidigen!«

»Hier ist ein Auszug aus deinem Buch«, sagte Erika und warf ihn mir herüber.

Kaja schrie vor Lachen über ihren eigenen Artikel.

»Ich weiß nicht, was ich mir dabei gedacht habe«, keuchte sie. »Hört mal her: ›In einer derart ausgeprägten Männergesellschaft wie der unseren, bleibt nur eins zu tun: Schneidet ihnen die Eier ab, frittiert sie in Öl und serviert sie als Knabberzeug zu einer richtig starken Bloody Mary. Perfekt als Aperitif zum lesbischen Abendessen.‹ Wie peinlich ... Wie weit darf das Niveau denn sinken?«

»Du regst dich nur auf, weil das ein schlechtes Rezept ist«, meinte Erika.

»Das ist es mit Sicherheit«, sagte Kaja. »Heute hätte ich nie ›frittiert‹ geschrieben. Heute hätte ich betont, dass sie im Ofen gebacken werden sollen! Und warum die Abendessen auf die lesbischen Frauen beschränken, wenn es so hübsche Heteras gibt?«

Ich schaute zu ihr und sie lächelte mich an, ein Lächeln, bei dem ich mich sofort in die Texte der Männer vertiefte. Ich hatte vorher noch nie etwas von Brutus gelesen, aber hier hatte er eine umfassende Analyse dessen vorgenommen, warum es sich langfristig für die Gesellschaft nicht ausgezahlt hatte, die Frauen während des Krieges auf den Arbeitsmarkt zu lassen.

»Dass Brutus Eriksson so ein Schwein ist«, sagte ich langsam. »Das habe ich gar nicht richtig mitbekommen.«

»Er ist Rechtsextremist«, erklärte Erika. »Inzwischen.«

»Du hast privaten Kontakt zu ihm?«, fragte mich Ylva.

Die anderen schwiegen und schauten mich an. Ich spürte, wie ich rot anlief.

»Wie man es nimmt«, antwortete ich. »Ich kenne ihn etwas. Er war zum Abendessen bei uns zu Hause.«

»Du bist wohl auch eine Rechte, was?«, fragte mich Erika.

»An und für sich«, sagte ich. »Aber ich bin keine extreme Rechte.«

»Rechts ist rechts«, sagte Gitane vor sich hin durch eine Rauchwolke. »Es ist doch reine Haarspalterei, über graduelle Unterschiede zu sprechen.«

»Ich bin alte Konservative, von Geburt und aus ungehemmter Gewohnheit«, erklärte ich. »Aber das heißt nicht, dass ich mit Brutus Eriksson jede Menge Meinungen teile. Ich bin vor allem Feministin. Und ich kann nicht einsehen, warum man nicht konservativ sein und zugleich für die Rechte der Frauen kämpfen kann. Für mich ist es unvernünftig, damit die Hälfte der weiblichen Bevölkerung auszuschließen. Man tut dem Feminismus keinen Gefallen, wenn man alle Frauen ablehnt, die rechts von den Sozis wählen.«

»Diese Auseinandersetzung klingt hohl, finde ich«, sagte Gitane.

»Sie muss ihre Meinung haben dürfen«, sagte Kaja beschwichtigend und wandte sich dann wieder mir zu, zum ersten Mal mit ernster Stimme. »Aber was hältst du dann von bürgerlicher Politik? Die ist doch so frauenfeindlich wie nur was? Immer sind Frauen von Einsparungen im öffentlichen Sektor betroffen, wogegen das private Kapital einer Menge Kerlen gehört und von ihnen verwaltet wird. Ich kapiere nicht ganz, wie du das unter einen Hut kriegst.«

»Ja, jeder soll zwar nach seiner Fasson selig werden, aber auch mir kommt das wirklich etwas unlogisch vor«, sagte Erika.

»Ich bin der Meinung, dass ist ein verdammter Verrat an der Frauenbewegung, wenn man bürgerlich wählt, das finde ich zumindest«, sagte Gitane und rückte ihren BH-Träger zurecht.

Ich spürte, wie mir die Farbe wieder in die Wangen stieg und dass ich langsam wütend wurde. Aber noch ehe ich antworten konnte, kam mir Kaja zuvor.

»Jetzt wollen wir nicht fies zu Sofa werden«, sagte sie. »Kein Scheiß-Mobbing in der Gruppe. Dann kriegen die Kerle nur Teile-und-Herrsche-Punkte, wenn wir in der Glotze sitzen.«

»Sofa!«, sagte Erika und kicherte über meinen neuen Spitznamen.

Ich schaute Kaja an. Sie lächelte mich an und zwinkerte. Das Lächeln war freundlich. Ihre Augen funkelten.

»Ja, Sofa!«, sagte sie. »Ein richtiger Arbeiterinnenname. Statt Sophiiie, das ganz eindeutig nach Lidingö klingt. Wohnst du übrigens da? Auf Lidingö?«

»In Stocksund«, antwortete ich und lächelte breit. »Neben Djursholm.«

Kaja nickte.

»Genau. Der Name Sofa ist wie für dich gemacht! Wirst du sonst nicht so genannt?«

»Bisher nicht«, antwortete ich. »Aber irgendwann ist immer das erste Mal.«

»In Djursholm wird man nicht Sofa genannt«, sagte Gitane affektiert. »Man wird Fiffi oder Fifi genannt.«

»Klingt wie der Name für einen Pudel«, fand Erika und drehte sich zu Kaja um, als würde sie ein Lachen erwarten, das aber ausblieb.

»Wirst du Fiffi genannt?«, fragte mich Gitane.

»Ich werde Sophie genannt«, antwortete ich. »Und außerdem heißt es ›auf‹ Djursholm und nicht ›in‹, falls es dich interessiert.«

Nun war Gitane angesäuert, aber ich konnte mir die Bemerkung nicht verkneifen. Ylva schaute uns alle vier interessiert an und nickte wieder vor sich hin, mit wippenden Zöpfen.

»Das mit dem Teilen und Herrschen finde ich interessant«, sagte sie. »Darauf werden wir in der Diskussion zurückkommen. Die Frage muss dann vernünftigerweise lauten: Können Feministinnen über die Klassenschranken hinweg zusammenhalten?«

»Die Frage ist: Können die Chauvinistenschweine über den Couchtisch hinweg zusammenhalten, oder?«, meinte Erika.

»Die Frage ist, ob Sofa über den Sofatisch hinweg zusammenhalten kann«, sagte ich. »Zumindest wenn ihr weiterhin mit mir streitet.«

»Die Frage ist, ob die Chauvischweine gute Schinkenbrote abgeben«, sagte Kaja und reichte mir die Schale mit den Krabben. »Sofa, nimm noch eine Krabbe. Nimm die Krabbe Kurt da, den Großen links. Er hat viele Hundert Kinder, die im Meer rumschwimmen und heute Abend nach ihm suchen, der Trawler ist gekommen und war in der Dunkelheit ganz unsichtbar, leise wie eine Berührung. Ein unerwarteter Verlust.«

Meine ausgestreckte Hand fiel schlapp zurück in meinen Schoß.

»War nur ein Witz«, meinte Kaja. »Ihre Mama kümmert sich um sie! Das ist nicht der erste Mann, den sie verloren hat. Du weißt schon, wie das geht.«

»Das wird eine lange Nacht, habe ich das Gefühl«, sagte ich matt und nahm eine ganze Hand voll Krabben.

***

Ich war mit dem Taxi zu Ylva gefahren, damit ich Wein trinken und den Frauen so nahe kommen konnte wie möglich, unter dem Einfluss künstlicher Hilfsmittel. Auf dem Heimweg saß ich still auf der Rückbank und dachte nach, während die Lichter auf Stockholms Straßen vor dem Fenster vorbeiglitten. Ich fand Erika und Gitane ziemlich kindisch, nicht zuletzt wegen ihres mäkeligen Ausgrenzungsversuchs gegen mich, nur weil ich keine Linke war. Es wäre übertrieben zu behaupten, ich sei einer von ihnen näher gekommen, ungeachtet der vier oder fünf Flaschen Wein, die dabei drauf gegangen waren. Zugleich fühlte ich mich auf ganz neue Weise angeregt.

Es war schön über Politik zu reden, zu streiten, den Blutkreislauf in Wallung zu bringen und das Bedürfnis zu spüren, sich um jeden Preis erklären und deutlich machen zu wollen. Es hatte Spaß gemacht, durch ein Gespräch mit Gleichaltrigen, die man nicht kannte, stimuliert zu werden, in einer Diskussion, die irgendwie sehr persönlich wurde, obwohl wir über so allgemeine Dinge wie die Rolle der Frau, die Politik der Linken und schwedische Medien sprachen. Und es war interessant, ein aufkeimendes In-Frage-stellen der eigenen Selbstsicherheit zu fühlen, weil die Menschen, mit denen man sich unterhielt, sich über das übliche Maß hinaus artikulieren. Ich war mir der Richtigkeit meiner Meinungen sicher, kam dennoch nicht umhin, darüber nachzudenken, wie ich dazu gekommen war. War ich wirklich von Geburt und aus ungehemmter Gewohnheit politisch konservativ? Oft spürte ich, wie meine Meinungen nach links tendierten, mein politischer Instinkt jedoch nicht mit meinem Lebensstil vereinbar war und das bedeutete, dass ich besser den Mund hielt und mich aus dem Gespräch zurückzog als eine Meinung zu äußern, die meinem Lebensstil entgegenstand.

Nur in einem einzigen Punkt war ich nicht zu Kompromissen bereit – beim Feminismus. Da spürte ich, dass jede Form von Familienhintergrund, politischer Tradition oder fehlgeleiteter Loyalität dem wichtigsten Anliegen untergeordnet war: zusammenzuarbeiten, um die gleichen Rechte für Frauen und Männer durchzusetzen. Da gab es nichts zu lamentieren, das war eine Notwendigkeit. Und was mir dabei Beklemmungen bereitete, war, dass meine eigenen Freundinnen beschlossen hatten, vor diesen Problemen die Augen zu verschließen, weil sie nicht vereinbar mit dem waren, was sie selbst mit einem Ehemann, Kindern und Status erreichen wollten. »Das ist doch nicht so schlimm«, war manchmal zu hören, oder: »Ich bin zwar keine Feministin, aber ...«

Ich reagierte sehr heftig bei all diesen Diskussionen und mehr als einmal hatte ich mit der Faust auf den Tisch gehauen, mich dabei heiser gebrüllt und eingefordert, dass wir uns alle ausdrücklich zum Feminismus bekannten. Es war für Frauen wirklich gefährlich – es war erwiesenermaßen lebensgefährlich – in einer gleichgestellten Gesellschaft mit Männern zu leben. Doch Frauen aus den Reihen der Konservativen sollten ihre Verantwortung übernehmen wie alle anderen Frauen auch. Gleichzeitig fand ich, dass die Frauen bei Ylva ihrerseits auch übertrieben. Sie hatten eine große Klappe, alberten herum und regten sich über Rechtspolitik auf, aber sie waren in ihrer Sichtweise von Männern mindestens genauso beschränkt wie meine konservativeren Freunde. Zumindest Erika in ihren Wollsocken und Gitane mit ihren affektierten Kunstpausen. Über Kaja war ich mir nicht im Klaren. Sie brachte mich am meisten zum Lachen.

Die Lichter eilten am Taxifenster vorbei und hinterließen lange, orangefarbene Spuren in der dunklen Nachtluft. Ich war wohl trotz allem etwas benebelt. Benebelt und mit einem erstaunlichen Wohlgefühl, das mich allen Gegensätzen zum Trotz erfüllte. Es war verrückt, aber so erfrischt hatte ich mich schon lange nicht mehr gefühlt.

***

An dem Abend, als die TV-Sendung über die Bühne gehen sollte, war es draußen dunkel und regnerisch. Ylva hatte es so organisiert, dass ich zwei Stunden vor der Sendung von einem Taxi abgeholt werden sollte, damit wir genug Zeit in der Maske hätten. Trotzdem war ich nervös und linste ständig aus dem Fenster, um nachzusehen, ob der Wagen schon da war. Ich war bereits fertig geschminkt. Lukas wusste, dass ich an dem Abend im Fernsehen auftreten würde, hatte angerufen und mir aufmunternde Worte auf den Anrufbeantworter gesprochen, während ich mit den Hunden spazieren war. Die einzige andere Person, die davon wusste, war Baby, der ich es in ihrer Wohnung erzählt hatte, als sie gerade in einem Schaumbad lag und ich auf dem Toilettendeckel saß.

»Jetzt musst du dich wacker schlagen«, meinte sie. »Und in der Gesellschaft ist das kein Problem. Erika Persdotter wird ohnehin zu sehr über den grünen Klee gelobt, auch wenn sie durchaus begabt ist, wogegen Gitane Albrektson sich nur anhört als hätte sie in ihrer Jugend zu viel gehascht. Über diese Djurberg weiß ich nichts. Was die Typen angeht, brauchst du dir kein bisschen Sorgen zu machen. Den fetten Svenbro und Peter Näslund schaffst du mit links und Brutus ist dein Freund. Männer werden unsicher, wenn sie die Frauen kennen, mit denen sie debattieren sollen. Ich werde dabei zuschauen, wie du dir einen Sieg nach dem anderen holst.«

Das Taxi stand vor der Tür. Bis zum Sender dauerte es nur eine Viertelstunde, doch als ich dort ankam, waren meine Hände schweißnass. Es wurde auch nicht besser, dass vor der Maske eine Warteschlange stand. Ich wurde mit Kaja Djurberg auf eine Art Turnhallenbank platziert. Kaja war ebenso wie ich gut geschminkt, trug Lederhose und Lederweste und hatte sich ein grünes Nickituch um die Stirn gebunden. Die anderen Frauen waren noch nicht da.

»Bist du nervös?«, fragte Kaja zuerst und ihre Augen leuchteten vor Aufregung. »Ich bin so nervös, dass meine Hände total nass sind. Fühl mal!«

Sie nahm meine Hand in ihre und wir lachten beide etwas übertrieben laut.

»Du bist genauso nervös wie ich!«, stellte Kaja fröhlich fest.

Da kamen Svenbro und Peter Näslund durch die Tür. Svenbro war klein und fett, wie immer in einem kurzärmeligen, karierten Holzfällerhemd – es wurde behauptet, er glaube, sein kleiner aufgeblähter Bizeps sei Gottes Geschenk an die Menschheit – und mit nach unten gezogenen Mundwinkeln. Peter Näslund schaute genauso griesgrämig drein, trug eine Art Militärweste, darunter allerdings Schlips und Oberhemd. Er sah aus wie ein Unteroffizier auf dem Weg zu einer Reserveübung.

»Grunz, grunz«, sagte Kaja leise. »Die sehen aus, als würden sie Krieg spielen.«

»Oh, nein«, widersprach ich genauso leise. »Für die ist das Krieg im blutigsten Ernstfall. Sie sind nur traurig, dass sie keine echten Waffen benutzen dürfen.«

Wir standen auf.

»Hallo, hallo«, sagte Kaja und streckte ihnen die Hand entgegen. »Mit uns werdet ihr euch schlagen.«

Svenbro nickte verbissen, ignorierte aber ihre ausgestreckte Hand und ging geradewegs auf die Toilette. Peter Näslund würdigte uns nicht eines Blickes. Er marschierte schnurstracks in die Maske und verlangte, dass man sich sofort um ihn kümmerte. Laute Stimmen waren von drinnen zu hören. Kaja und ich schauten uns fragend an. Sie stand noch immer mit ausgestreckter Hand da.

»Was für bescheuerte Idioten!«, sagte ich. »Jetzt kriege ich gleich einen zuviel.«

Eine Maskenbildnerin kam mit sehr unglücklichem Gesicht heraus.

»Eigentlich sind Sie dran«, sagte sie zu Kaja, »aber der da drinnen ist so nervös, dass er verlangt, dass man ihn sofort schminkt. Er steht anscheinend kurz vor der Explosion.«

»Ein wahrer Gentleman«, stellte ich ironisch fest. »Außerdem hat er die Nerven eines ganzen Kerls.«

Kaja lächelte.

»Ist okay«, meinte sie. »Tatsache ist, dass wir uns das hinter die Ohren schreiben werden.«

Ehe ich fragen konnte, was sie damit meinte, stürzten Erika und Gitane herein. Erika schien von uns allen am nervösesten zu sein, wogegen Gitane eher den Eindruck einer Schlafwandlerin machte. Eine weitere Maskenbildnerin tauchte auf, öffnete einen anderen Schminkraum und dann wurden wir in rasendem Tempo geschminkt. In einer halben Stunde sollte die Diskussion beginnen.

»Mädels«, sagte Erika unter dem Arm ihrer Maskenbildnerin, die ihr eine dicke Schicht braune Creme ins Gesicht schmierte, »vergesst nicht, dass wir zusammenhalten müssen.«

»Ja, ja, schon gut«, sagte ich und starrte mein eigenes zugespachteltes Gesicht im Spiegel an.

***

»Ja, Peter«, sagte Ylva und schaute ihn an, »du schreibst in *Entenjagd*, in einem deiner Krimis, dass Frauen nicht viel besser als eine Herde Kühe sind. In deinem letzten Roman wimmelte es nur so von Bezügen auf Frauen in der Rolle von Tieren. Was hat es eigentlich damit auf sich?« Das weiße Licht war gnadenlos, heiß und entlarvend. Mein Herz raste. Die Sendung hatte soeben begonnen. Kaja saß zu meiner Rechten, Gitane zu meiner Linken.

»Wenn ich etwas hinzufügen darf«, sagte Erika, den Stift in der Luft, »dann schreibt Peter außerdem in einem seiner früheren Bücher und ich zitiere ...«

Sie las von einem Blatt Papier ab, aber nicht von einem, das wir bekommen hatten. Auf Erika war offensichtlich bei solchen Gelegenheiten Verlass; sie hatte gründlich recherchiert.

»... ›Die Frau wurde als Abbild des Mannes geschaffen, aber in einem Zerrspiegel gesehen.‹ Ich will das nur erwähnt haben, wenn wir ohnehin über Peter Näslund und seine Begabung sprechen, Frauen in der Literatur richtig zu positionieren.«

Das Publikum lachte über ihren sarkastischen Tonfall. Peter Näslund war im Gesicht dunkelrot, aber es war schwer zu sagen, ob er aufgeregt oder nur alkoholisiert war.

»Was sagst du dazu, Peter?«, fragte Ylva.

»Jeder, der mich kennt, weiß, dass ich den größten Respekt vor Frauen habe«, antwortete Peter in seinem knarrenden Dialekt. »Ja, vor einigen

Frauen zumindest. Und selbstverständlich muss man diesen Abschnitt mit etwas Humor und Selbstironie lesen. Was die Damen in der heutigen Diskussionsrunde nicht gerade im Übermaß zu haben scheinen.«

Das Publikum lachte wieder.

»Gleichzeitig finde ich, dass eine Frau eine Frau sein sollte«, fuhr er fort, »und keine militante Feministin.«

»Worin besteht der Unterschied, als Krimi-Autor militant zu sein und als Frau militant zu sein?«, fragte ich. »Du bist es doch, der hier mit seinen Ballermännern und seiner Waffenromantik onaniert, nicht die Feministinnen! Wer ist hier eigentlich die militanteste Person?«

»Ich kann nicht verstehen, warum ihr Feministinnen anscheinend so viel Freude daran habt, euch unattraktiv zu machen ...«

»Guck mal, Peter«, unterbrach ihn Kaja. »Weißt du, was das hier ist?«

Sie hielt eins von Peters Taschenbüchern hoch, bog es mit einer Hand vor und zurück, schnarchte und grunzte wie sie es vor einer Woche zu Hause bei Ylva getan hatte. Der Kameramann zoomte auf ihre Hände.

»Ich habe, ehrlich gesagt, keine Ahnung«, antwortete Peter.

»Das ist ein Chauvinistenschwein, das aus der Literatur ins Fernsehen gesprungen ist«, sagte Kaja und lächelte freundlich. »Aber nur auf Krimi-Niveau. Und guck mal hier!«

Sie klemmte einen Finger zwischen die Buchseiten.

»Hier ist sein klitzekleines Schießeisen! Ist das eine AK 4, was meinst du? Oder ist es nur eine Attrappe?«

Jetzt lachte das Publikum noch mehr.

»Aber man braucht natürlich etwas Humor und Selbstironie, um das zu erkennen«, ergänzte Kaja, lächelte Peter an und legte Taschenbuch und Stift gelassen zur Seite.

»Ich muss sagen, obwohl ihr unglaublich hübsch und begabt in jeder Hinsicht seid«, schleimte Joppe Svenbro in seinem ausgesprochen femininen Stockholm-Dialekt, »sehe ich hier nur eine Ansammlung von Chauvifrauen. Und ich finde diese Diskussion verkommt langsam zu einer Tortenschlacht. Das mache ich nicht mehr länger mit.«

»Dann kannst du doch einfach aufstehen und gehen, auf deine übliche reife, männliche Art, oder?«, sagte Erika freundlich. »Das hast du im Fernsehen doch schon mal gemacht.«

»Nein, jetzt hört mal«, sagte Brutus Eriksson unglücklich. »Jetzt denkt doch auch ein bisschen an die Zuschauer!«

»Das tun wir ja gerade«, entgegnete Kaja. »Nichts macht den Zuschauern mehr Spaß als eine TV-Diskussion, in der jemand aufsteht und geht.«

»Beruhigt euch ein bisschen«, meinte Ylva. »Joppe hat ein Anliegen. Wir wollen versuchen, uns auf einem anderen Niveau zu bewegen und machen mit einem von deinen Texten weiter, Sophie.«

Ich zuckte zusammen.

»Du schreibst in deinem Roman *Biegsames Leben*, ›die Männer seien, klein und lächerlich, vollkommen sinnlos und in keinerlei Hinsicht zu beneiden‹. Findest du?«

Ich lächelte still. Unter dem Tisch zitterten mir die Knie.

»Jedes Buch muss im Hinblick auf seine Charaktere gelesen werden und nicht mit Blick auf das innere Ich der Autorin«, erklärte ich. »Vor allem in diesem Fall, wenn die Gedanken der Hauptperson zitiert werden.«

»In meinen Ohren klingt das feige«, meinte Sören Pihl über den Tisch. »Aber du bist es doch, die das schreibt. Wo besteht der Unterschied zwischen Chauvinistenschweinen und fanatischen Feministinnen, wenn ihr in euren Büchern mit solchen Anklagen kommt?«

»Wer hat da gerade etwas von Niveau gesagt?«, warf Erika blitzschnell ein.

»Würde Sören mir gestatten fortzufahren?«, fragte ich sarkastisch. »Damit ich beweisen kann, dass ich nicht nur männlichen Mut habe, sondern auch einen Hintergedanken bei dem hatte, was ich geschrieben habe – obwohl ich eine Kuh bin.«

Die letzten Worte sagte ich im gleichen Ton wie der Sprecher des Ferdinand an Weihnachten. Das Publikum brüllte vor Lachen. Joppe Svenbro legte eine Hand über die Augen, aber Sören Pihl starrte mich wütend an.

»Weil man«, fuhr ich fort, »als Schriftstellerin zugleich seine Figuren das ausdrücken lässt, was man selbst fühlt. Das war genau der Fall in diesem Satz, der einem Abschnitt entnommen ist, in dem es vor allem um Männer in der Medienwelt geht. Und wenn ich mich in dieser Diskussionsrunde so umschaue, dann kann ich mich des Gefühls nicht erwehren, dass diese Formulierung ungewöhnlich zutreffend ist, wenn ich das selbst mal so sagen darf. Danke, Ylva, dass du das laut vorgelesen hast!«

Ylva lächelte und senkte den Kopf. Sie machte ein Gesicht, als könnte sie sich vor Lachen kaum halten. Ich fragte mich im Stillen, was die Produzenten draußen hinter den Kulissen sagen mochten. Das Publikum war jedenfalls in Hochform. Dies war keine Diskussion, es war tatsächlich Unterhaltung auf dem Niveau einer Tortenschlacht, und Joppe Svenbro sah aus, als wolle er uns am liebsten zusammentreiben und auf der Stelle erschießen. Mit seinem größten Gewehr.

»Entschuldige, Sophie«, sagte Brutus Eriksson, »aber ich muss mich auch mal zu Wort melden. Kann sein, dass diese Passage gut formuliert ist, aber ich finde nicht, dass sie literarisch besonders hoch anzusiedeln ist. Leider!«

»Und warum nicht?«, fragte Erika. »Stört dich das altmodische ›in keinerlei Hinsicht‹?«

»Nein«, antwortete Brutus, »ich dachte da nicht so sehr an diesen Satz, als viel mehr an die ganze Passage im Großen und Ganzen. Ich meine, Sophie reiht Adjektive in einer Weise aneinander, die das Ganze reichlich überfrachtet und außerdem erfindet sie einige neue Worte, die etwas schwer ... verdaulich sein können.«

»Aber das ist doch mein stilistisches Recht«, sagte ich. »Die Passage ist überfrachtet, weil ich will, dass sie so ist und wegen des Themas, das sie behandelt – Frauen gegen Männer innerhalb der Medien und in öffentlichen Diskussionen – und das IST heute überfrachtet und vollgestopft und kann nur mit seltsamen Adjektiven verdeutlicht werden. Schau dir doch uns heute Abend an.«

»Die Frage ist«, sagte Ylva, »ob männliche Rezensenten weibliche Texte außerhalb ihrer Geschlechtsperspektive betrachten oder sich strikt an das Literarische halten, oder umgekehrt. Was meinst du dazu, Erika? Du hast Brutus letztes Buch vor einem Monat in einem Artikel besprochen und bist nicht eindeutig mit der Sprache rausgerückt. Folgendes hast du geschrieben ...« Sie las von einem Blatt Papier ab: »Eriksson meint wohl, die ganze Zeit über das Ziel hinausschießen zu müssen. Wenn er auf findige Formulierungen aus ist, werden meistens Adjektive aneinander gereiht; wo er vereinfachen will, wird es fast infantil; wo er meint, für so etwas wie Volksbildung sorgen zu müssen, verfällt er meistens in einen Vortrag über männliche Herrschaftstechniken. Wie Schikane zum Beispiel. Um nicht zu sagen verbale Gonorrhö.«

»Artikel und Analyse sind hervorragend«, meinte Brutus leicht lächelnd. »Mein Verleger hat ihn an seine Tür geklebt.«

»Du kritisierst Brutus im Grunde wegen der gleichen Sache, auf die er in Sophies Text hinweist. Sprechen Männer und Frauen nicht dieselbe Sprache, oder worum geht es hier?«

»Das ist doch immer dasselbe«, antwortete Erika. »Wenn Männer Adjektive aneinander reihen, nennen sie es Volksbildung oder Stilmittel, wenn Frauen es tun, wird das Überfrachtung genannt. Ich analysiere nur männliche Literatur mit einem so genannten maskulinen Sprachgebrauch und anhand der Kriterien, die sie selbst immer überall anlegen.«

»Was meinst du dazu, Brutus?«, fragte Ylva.

Brutus zuckte mit den Schultern.

»Ich beuge mich Erikas Behauptung«, sagte er ritterlich. »Ich glaube, dass sie ein Anliegen hat. Aber ich finde dennoch nicht, dass Sophies Text funktioniert.«

»Deine Reaktion ist vermutlich der größte Beweis dafür, dass er es tut«, erwiderte Erika trocken.

»Aber jetzt muss ich mal unterbrechen«, sagte Joppe Svenbro, »ehe ihr die Sachfragen vollkommen zerredet. Es ist doch folgendermaßen: Ihr behauptet, wir Männer schrieben so entsetzlich erniedrigend über euch Frauen. Aber wie könnt ihr dann so erniedrigend über uns Männer schreiben und das ganz okay finden? Das geht über meinen Verstand!«

»Da geht vermutlich vieles über deinen Verstand, Joppe«, sagte Erika. »Bedeutend mehr, als du ahnst. Aber um jetzt Klartext zu reden oder vielmehr Joppe-Sprache: Wir Frauen sagen immer eine Sache und meine eine andere. Oder? Ist das nicht die Art wie ihr Männer für gewöhnlich Schlussfolgerungen zieht? Jetzt sei mir gestattet, dass ich etwas aus Joppes Büchern lese.«

Sie kramte in den Blättern vor sich.

»Hier! Nun wollen wir mal sehen ... ›Er stürmte mit gezogener Pistole ins Zimmer‹ ... Bla, bla ... ›Bomben und Granaten‹ ... ›Das Messer funkelte in der Dunkelheit‹ ... Bla, bla, bla ... ›Peng, peng‹ ... ›Der Schweiß trat ihm auf die Stirn‹, apropos abgegriffene Metaphern ... ›Noch ein Knall‹ ... ›Seine Knöchel trafen krachend auf den Kiefer‹ ... Als Leserin fragt man sich doch, ob da nicht Joppes eigene Erfahrungen aus der Opernbar durchscheinen ...«

Sie las rasend schnell und gab zugleich vor, sich zu konzentrieren. Das Publikum bog sich vor Lachen.

»Hier!«, rief sie. »›Ihre Augen funkelten in der Dunkelheit.‹ Hoppla, sowohl Messer als auch die Augen funkeln erstaunlicherweise in der Dunkelheit, Joppe, und das alles auch noch auf einer Seite. Guck einer an.«

Das Publikum lachte laut.

»›Ihre Augen funkelten in der Dunkelheit. Er konnte ihren willigen Körper unter seinen Händen spüren. Ihre Lippen protestierten, aber er fühlte, dass ihre Begierde keine Worte kannte. Langsam glitt er in sie hinein.‹ Ja, und so weiter. Ihr könnt dem Gedankengang folgen. Das hier ist nichts anderes als eine waschechte Vergewaltigung! Wie üblich, weil Männer nicht glauben, dass wir meinen, was wir sagen. Oder schreiben. Aber es ist widerlich, so etwas in einem Bestseller der Gegenwart zu finden. Meiner Meinung nach ist das ein bedeutend größeres Problem als ein paar verbale Attacken. Du forderst zu Vergewaltigung auf!«

Erika schob das Buch voller Verachtung von sich. Joppe wiederum machte ein Gesicht, als würde er gleich explodieren. Er erhob sich halb vom Stuhl, plumpste aber wieder zurück.

»Du wolltest doch nicht etwa schon gehen?«, fragte Kaja sanft.

Joppe gab keine Antwort. Seine Kiefer mahlten.

»Wenn ich eins sagen darf ...«, begann Erika, aber jetzt fand Joppe Worte und unterbrach sie ganz einfach.

»Ich weiß wirklich nicht, was ich in diesem Studio soll«, sagte er grimmig. »Ich fordere nicht zu Vergewaltigung auf! Das ist verdammt beleidigend! Und fest steht, dass wir hier noch stundenlang gegenseitig unsere Texte ins Lächerliche ziehen und uns mit weiteren unverschämten Attacken angreifen können, wenn wir glauben, dass das irgendetwas bringt. Aber ehrlich gesagt, habe ich dem heutigen Abend nichts mehr hinzuzufügen.«

Damit lehnte er sich zurück und trank langsam große Schlucke aus seinem Wasserglas. Ich sah, wie er zitterte.

»Jetzt sei nicht eingeschnappt, Joppe«, sagte Kaja.

Joppe reagierte nicht.

»Aber wie ist das eigentlich?«, fragte Ylva. »Warum glauben Männer nicht, was Frauen sagen? Ein Nein ist ein Nein sowohl im Leben als auch in der Literatur, und ein Text drückt aus, was er ausdrückt. Ist es nicht so?«

»Doch, aber das sagen wir doch gerade!«, protestierte Peter. »Wir sagen, dass wir daran GLAUBEN, was Frauen schreiben. Aber wir begreifen nicht, wie sich das von dem unterscheiden soll, was WIR schreiben! Und dann muss ich sagen, als Typ ist es nicht ganz leicht zu wissen, was Frauen haben wollen! Man versucht sich wie ein Gentleman zu benehmen, aber das gefällt euch auch nicht. Schaut euch zum Beispiel Sophies Text an.«

Ich erstarrte wieder.

»In einem anderen Auszug beschreibt sie, wie lächerlich es ist, wenn ein Mann sich ziert, Türen aufhält, den Damen in der Warteschlange den Vortritt lässt und so weiter. Was glaubt ihr, was das für ein Gefühl ist, als Mann diesem Terror ausgesetzt zu sein? Man gibt sein Bestes, um nett zu Frauen zu sein, und dann muss man so einen Mist lesen!«

Das Publikum schwieg. Mein Herz hämmerte. Ich wusste nicht, was ich sagen sollte. Ylva schaute mich forschend an und wollte gerade etwas sagen, als Kaja einsprang.

»Versuchst du dich wie ein Gentleman zu benehmen, Peter?«, fragte sie sanft.

»Ja, das ist doch klar«, antwortete Peter und rückte sich mit verletzter Miene den Schlips zurecht. »Aber das ist alles andere als einfach.«

»Nein ...«, sagte Kaja ironisch. »Ich verstehe, dass das nicht einfach ist, wenn man sich so benimmt wie du. Und dann ist es so wenig kleidsam, wenn jemand in einer Live-Sendung lügt. Stimmt's?«

Peter starrte sie misstrauisch an.

»Denn ich kann dich und das Publikum darüber aufklären«, fuhr Kaja fort, »als du dich heute Abend in der Maske an Sophie und mir vorbeigedrängelt hast, ohne zu grüßen, obwohl ich meine Hand ausgestreckt hatte und dann der Maskenbildnerin drohtest, du bekämst einen Anfall, wenn du in der Maske nicht vor uns drankämest, da waren wir überhaupt nicht sauer, weil du ja wie ein GENTLEMAN aufgetreten bist. Verstehst du?«

Das Publikum bog sich vor Lachen. Peters Gesicht färbte sich immer röter.

»Aber das hat Peter bestimmt getan, weil er wusste, dass er so unendlich viel mehr Schminke brauchen würde als ihr, die ihr bereits so schön seid«, sagte Brutus Eriksson.

»Schon möglich«, meinte ich. »Aber ich möchte nur daran erinnern, dass ein kluger Mensch einmal gesagt hat, wahre Schönheit komme von innen. Das gilt wohl für Frauen wie für Männer.«

Jubel im Publikum. Jetzt erhob plötzlich Gitane zum ersten Mal ihre tiefe Stimme. Sie schaute uns alle frisch erwacht an.

»Ich verstehe nicht«, sagte sie, »worauf ihr hinauswollt. Ich meine, das hier ist doch nichts, warum man sich im Fernsehen immer wieder unnötig aufregen muss. Männer haben zu allen Zeiten Chauvinistenschweine-Texte geschrieben und sie veröffentlichen können. Und jetzt fangen endlich Frauen an, das Gleiche zu tun, Chauvifrauen-Texte zu schreiben und sie zu publizieren. Soll man damit die freie Zeit der Zuschauer verschwenden? Das ist verdammt noch mal das gute Recht von uns Frauen! Die einzige interessante Frage, die noch zu klären bleibt, ist doch die, ob diese Texte gut und gelungen geschrieben sind oder nicht!«

Das Publikum begann zu applaudieren und zu pfeifen. Joppe Svenbro legte den Kopf in die Hand und blickte müde zur Seite. Kaja klatschte in die Hände und lachte. Ich schaute sie im Profil an. Ihre Augen funkelten, als genieße sie wirklich, was sich abspielte.

Plötzlich fiel mir auf, dass meine Hände nicht mehr feucht waren. Ich fühlte mich aufgekratzt, engagiert, fast glücklich. In meinem Kopf tauchte aus dem Nichts eine abgedroschene Phrase auf: »An all diesen Tagen, die kamen und gingen, wusste ich nicht, dass sie das Leben waren.« Ausnahmsweise war ich wirklich anwesend, hier, in dieser Situation, genau jetzt.

»Das ist super gelaufen!«, meinte Ylva anschließend hinter der Bühne.

»Das war Slapstick«, fand ich. »Weniger eine seriöse Diskussion.«

»Das ist das Niveau, auf dem sich die Gesellschaftsfrage befindet«, meinte Gitane.

»Alles Quatsch«, sagte Erika. »Es war toll. Diese Typen verdienen keine andere Behandlung.«

»Du hast Svenbro ordentlich auf den Topf gesetzt«, stellte ich fest. »Von seiner Seite ist bestimmt eine Retourkutsche zu erwarten.«

Erika zuckte mit den Schultern.

»Soll er doch«, sagte sie. »Ich habe keine Angst davor, was von diesem alten Wrack kommt.«

Sie war wirklich mutig.

»Was sagen die denn?«, fragte ich Ylva.

»Oh, sie sind alle im Taxi verschwunden. Außer Brutus Eriksson, der wartet auf dich, glaube ich«, antwortete Ylva.

Kaja hauchte neben mir falsche Küsschen in die Luft und Erika pfiff vielsagend.

»Gibt es keinen anderen Ausgang?«, fragte ich lächelnd. »Ich möchte lieber mit euch noch ein Bier trinken gehen.«

»Wünschte, ich könnte mit, aber ich habe Johanna«, sagte Erika. »Der Babysitter kriegt einen Anfall, wenn ich nicht gleich nach Hause fahre.«

»Ich werde auch verschwinden«, meinte Gitane.

»Me too«, sagte Ylva. »Ich muss vorher allerdings noch einiges erledigen. Aber man sieht sich! Danke, dass ihr mitgemacht habt.«

Sie umarmte uns und wir brachen alle auf. Ich fühlte mich plötzlich etwas abgewürgt. Kaja schaute mich an.

»Wohin willst du gehen?«, fragte sie. »Ich komme mit.«

»Wirklich?«, sagte ich. »Toll!«

Wir nahmen unsere Sachen und gingen. Im Foyer stand Brutus Eriksson und wartete, untadelig, flanellgrau, gepunktete Krawatte und Paletot über dem Arm. Das wahre Abbild der alternden Linksbewegung.

»Hallo, Sophie!«, rief er. »Danke für den netten Abend bei euch! Das war wirklich eine charmante Einladung! Und danke für heute Abend! Ihr habt Hackfleisch aus uns gemacht, aber so sollte das einfach sein!«

Er gab mir umständlich Küsschen auf beide Wangen. Hinter seinem Rücken stand Kaja mit Stirnband, in Stiefeln und Steppanorak, eine Hand in der Hosentasche und die Tasche über die Schulter geworfen, und beobachtete mich lächelnd. Sie sah aus wie eine fünfzehnjährige Terroristin. Ihre Augen verengten sich in gespielter Begierde, während Brutus mich umarmte, sie blähte die Nasenflügel und ließ die Zunge um die Lippen spielen. Sie hatte große Ähnlichkeit mit einer spanischen Sängerin, die dabei war, ein Passionsdrama zu mimen. Ich konnte mir das Lachen nicht verkneifen und das spürte Brutus bei seiner Umarmung. Er lehnte sich zurück und schaute mich forschend an.

»Entschuldige«, sagte ich, noch immer lachend. »Ich bin nur so aufgedreht.«

Brutus lächelte steif.

»Ich wollte fragen, ob du – ob ihr – mitkommt, einen Bissen essen.

Unter uns TV-Kollegen, meine ich. Ich dachte, wir könnten ins Riche gehen.«

Ich schaute Kaja an. Hinter Brutus Rücken schüttelte sie heftig den Kopf.

»Leider nicht«, antwortete ich. »Ich habe Kaja versprochen, mit zu ihr zu gehen und mir ihren Computer anzugucken. Mit dem stimmt etwas nicht.«

Kaja machte ein Gesicht, das andeutete, dass es das Dümmste war, das sie seit Langem gehört hatte.

»Wirklich?«, meinte Brutus und drehte sich um. »So spät noch? Was hast du für einen Computer, wenn ich fragen darf?«

»Einen PC, den gleichen wie ich«, erklärte ich schnell, ehe Kaja antworten konnte. »Toshiba 1900.«

»Aha«, sagte Brutus. »Ja, von dem habe ich keine Ahnung. Ich arbeite nur mit Mac. Ja, dann darf ich euch einen schönen Abend wünschen.«

Er nickte uns beiden steif zu und ging lautlos über den frisch gebohnerten Boden.

***

»Warum hast du ihn belogen?«, fragte Kaja im Taxi.

»Keine Ahnung«, antwortete ich. »Ich lüge so gut wie nie. Ich weiß nicht, was in mich gefahren ist. Ich war so verlegen, weil du mich zum Lachen gebracht hast.«

»Ich bin also schuld?«, wunderte sich Kaja.

»Genau«, sagte ich.

Wir lächelten und schauten aus unserem jeweiligen Taxifenster. Der Wagen war unterwegs zur City, aber wir hatten nicht gesagt, wohin wir genau wollten. Den Taxifahrer schien das nicht zu kümmern, er fuhr einfach stadteinwärts.

»Na«, sagte Kaja. »Du bist dran.«

»Wir können in eine Kneipe gehen«, schlug ich vor. »Oder wir können da rein gehen.«

Ich zog eine glänzende Einladungskarte aus der Tasche. Heute Abend feierte Niclas Lövebrand im Nobelkaufhaus NK eine Party. Die Modenschau war schon vorbei, aber das Fest dauerte bestimmt noch lange.

»Lövebrand«, las Kaja. »Das ist doch dieser Event-Veranstalter. Gibt's Freibier?«

»Ja, klar.«

»NK, bitte, spornstreichs!«, sagte Kaja mit gespielter Oberschichts-Stimme zum Fahrer. »Machen Sie den Pferden Dampf, zum Kuckuck.«

Dann drehte sie sich zu mir um.

»Ich bin noch nie auf einer Lövebrand-Fete gewesen. Sind die gut? Sind meine Klamotten okay?«

»Klar«, sagte ich.

Das Auto hielt vor NK an und wir gingen hinein. Die Promi-Fotografen waren noch immer voll zugange.

»Dürfen wir ein Foto machen?«, fragte mich ein Typ und nannte den Namen einer Abendzeitung.

»Nein, das will ich nicht«, sagte Kaja, aber ehe sie beiseite gehen konnte, hatte der Fotograf schon mit Blitz abgedrückt.

Sofort blitzten auch die Kameras anderer Fotografen, die zwar nicht gesehen hatten, wer wir waren, aber Angst hatten, etwas zu verpassen. Eine Journalistin mit blonder Ponyfrisur und großen Ohrringen kam mit gezücktem Block und Stift angerauscht.

»Darf ich um Ihren Namen und Beruf bitten«, forderte sie Kaja auf. »Sind Sie Freundinnen?«

»Kolleginnen«, antwortete ich.

»Kaja Djurberg, Chauvifrau«, sagte Kaja. »C-H-A-U-V-I-F-R-A-U.«

Die Journalistin schrieb alles auf, sah verständnislos lächelnd einen Punkt irgendwo hinter unseren Rücken an und entschwand daraufhin hinter ihrem Fotografen im Gewühl. Der Event-Verantstalter Lövebrand höchst persönlich stand steif wie ein Zollstock mit Käppi da und zählte seine Schäfchen. Kaja und ich gingen an ihm vorbei, aber er schien uns nicht zu sehen. So war es immer; an einem Tag war man die beste Freundin und wurde groß umarmt, am nächsten Tag war man Ungeziefer auf seiner blanken Schreibtischplatte, gerade mal zum Wegschnipsen mit dem Zeigefinger geeignet.

Lövebrand und seinesgleichen waren ein interessantes Phänomen. Er war nur einer von vielen einer ganzen Gang ähnlicher Festveranstalter, die allesamt im LSD-Rausch in den Tag hineinzuleben schienen. Echte Ereignisse, Beziehungen oder menschliche Gefühle schienen für sie nicht zu existieren oder waren nur unproportional klein und bedeutungslos. Vollkommen überflüssige Details hingegen, gewissermaßen konstruierte Phänomene, Trends und Persönlichkeiten konnten ungeahnte Ausmaße annehmen und ihren ganzen Horizont ausfüllen. Folglich wirkte es häufig, als lebten sie in einem Vakuum, als führten sie ein hermetisch abgeschlossenes Schein-Dasein, sich überhaupt nicht bewusst, dass Menschen trotz allem normale Leben führten und sich wenig dafür interessierten, was in dem kleinen Kreis von Prominenten passierte, die ihre Selbstbestätigung daraus bezogen, dass sie ständig in Frauenzeitschriften abgebildet waren. Für Lövebrand und seine Kollegen war es eine Selbstverständlichkeit, dass Menschen ihr Leben dafür geben würden, um an einem rauschenden Fest teilnehmen zu dürfen, das bis zum Bersten voller unbekannter Egoisten war, sich in lange Schlangen unter unverschämte Fremde zu zwängen, die im Fernsehen wesentlich hübscher und netter waren, unappetitliche Horsd'oeuvres zu essen, die auf Papptellern serviert mit den Fingern gegessen wurden, während man keinen Sitzplatz fand und anschließend von Gastgebern wie Gästen schräg angesehen wurde, wenn man im Verlauf des Abends zufällig nicht für die Klatschpresse fotografiert wurde. Mit dieser seltsamen Überzeugung zu leben, musste so sein, wie ständig unter halluzinogenen Drogen zu stehen, so dass man Blumen in fluoreszierenden Farben sah, die aus dem Boden sprossen und kleine Autos und Boote, die in der Luft flogen, während einem Hummeln um den Kopf herum brummten.

»Kennt ihr euch denn nicht, du und Lövebrand?«, fragte Kaja.

»Nicht heute Abend«, erklärte ich und lachte. »Das ist wie mit dem Wetter; man weiß nie, wann es umschlägt. Heute Abend herrscht vereinzelt wolkig-säuerlicher Regenschauer, aber nächste Woche kann sehr gut wieder die Sonne scheinen, dachte Ludwig der Vierzehnte.«

»Meine Güte«, sagte Kaja.

Wir drängelten uns bis zur nächsten Bar vor und bestellten zwei Bier. Es wimmelte vor Prominenz, wie immer in einer bunten Mischung. Leute, die nichts außer ihr Bekanntheitsgrad in der Öffentlichkeit einte, standen nebeneinander, tranken freie Drinks und futterten Gratisessen. Es war, als wäre man in eine Frauenzeitschrift geschlüpft, deren Seiten nun zum Leben erwachten. Die wenigen Personen, die man nicht aus der Klatschpresse kannte, schienen bedrückt und sich unwohl zu fühlen, fast als sei es für einen Nicht-Promi peinlich, das Fest zu besuchen, während man zugleich nicht einfach nach Hause gehen konnte, wenn es so viel zu sehen gab. Überall hagelte es Wangenküsschen, obwohl sich nur wenige Menschen gegenseitig ansahen.

»Das hier ist krank«, sagte Kaja. »Was für eine Scheiß-Party. Ich wünschte, meine früheren Mitschülerinnen wären hier. Sie würden liebend gern sehen, wie ihre ehemaligen Idole sich so benehmen.«

Sie schaute mich an.

»Warum bist du hierher gekommen?«

Ich zuckte mit den Schultern.

»Ich finde es ziemlich gut, solange man die Distanz bewahrt. Mir macht es Spaß, Menschen zu studieren und hier gibt es immer amüsante Gelegenheiten. Das ist fast so wie auf dem Jahrmarkt. Man weiß nie, was man zu sehen bekommt.«

Kaja lachte laut.

»Aber man darf sich nur nicht einbilden, dass das die Wirklichkeit repräsentiert«, fuhr ich fort. »Oder dass die Leute meinen, was sie sagen. Das ist die Hochburg der Heuchelei. Die Leute hier schlagen meine Oberschichts-Freunde auf Djurholm um Längen.«

»Aber gehören nicht gerade diese Leute hier zur Oberklasse?«, fragte Kaja. »Sind sie nicht die eigentlichen Erben des alten Adels und der Finanzkrösusse?«

Ihre Augen funkelten vor Streitlust und ich schnitt ihr eine Grimasse, aber ich kam nicht dazu, zu antworten, weil ein Mann heftig an uns vorbeirempelte.

»Keine Ursache!«, rief ich ihm hinterher. »Immer mit der Ruhe!«

Er drehte sich um. Es war ein kleiner, bekannter Künstler mit Bierbauch und schlechten Zähnen. Ich musste an Fredmans Episteln von Bellman denken. Der Künstler musterte mich von oben bis unten und ich starrte unverwandt zurück.

»Hast du was gesagt?«, fragte er in einem verächtlichen Ton.

»Ja, ich habe gesagt, dass du aufpassen und dich nicht vordrängeln sollst wie ein versumpftes Kamel.«

»Jetzt habe ich dich wieder nicht verstanden«, sagte er und seine Augen verengten sich. »Ich höre schlecht.«

In dem Augenblick kam Kaja von links gewissermaßen angeflogen.

Es sah tatsächlich so aus, als sei sie gestolpert. Ihr Starkbier ergoss sich wie eine kalte Dusche über Hemdbrust und Gesicht des Künstlers.

»Oh, nein, hoppla, ich bin gestolpert«, sagte Kaja. »So kann's gehen! Wie dumm von mir!«

»Was zum Henker soll das, du alte Kuh!«, pöbelte der Künstler, während ihm das Bier vom Kinn tropfte und er sich die Servietten vom Bartresen grapschte.

»Warte, ich helfe dir«, meinte Kaja, nahm eine benutzte Serviette voller Avocadocreme vom Tisch und machte sich daran, ihm die Brust abzuwischen.

Er starrte auf die grünliche Masse auf seinem Hemd und brüllte aus vollem Hals wie ein Stier.

»Verstehst du, was er sagt?«, fragte ich Kaja.

»Keinen Ton«, antwortete Kaja. »Ich höre nämlich auch so verdammt schlecht.«

Wir hoben beide die Augenbrauen und schauten ihn an.

»Lasst mich in Ruhe!«, schrie er und stampfte auf den Boden.

»Neee, was ist er unfreundlich«, sagte Kaja. »Und wir wollten doch nur behilflich sein. Komm, lass uns gehen.«

»Es kann nicht schaden, vorsichtig zu sein«, sagte ich freundlich und lehnte mich dabei ganz dicht ans Ohr des Künstlers. Dann verschwanden wir.

Wir kämpften uns durch die Menschenmassen. Ich hatte mich fest an Kajas gelben Steppanorak geklammert. Auf der anderen Seite des Lichthofs setzten wir uns auf eine Treppe.

»Eigentlich ist das mein Trick, Leuten mein Getränk aufs Hemd zu kippen!«, sagte ich begeistert. »Gut gemacht!«

Kaja überblickte zufrieden das Fest.

»Nachdem ich den Typ abgefertigt habe, bist du jetzt dran, Bier zu holen!«, meinte sie.

»Klar«, sagte ich und drängelte mich zur nächsten Bar vor.

Als ich zurückkehrte, saß Kaja da und starrte gedankenverloren auf die Menschenmenge.

»Was eine alles zu sehen kriegt«, sagte sie. »Ich traue meinen Augen kaum. Jetzt begreife ich endlich, dass die Abendzeitungen nicht nur lügen! Wissen diese so genannten Promis eigentlich, wie peinlich sie sind?«

»Ich glaube nicht«, antwortete ich. »Hier. Prost!«

Wir stießen an und tranken tiefe Schlucke.

»Danke, dass du mich gerettet hast. In der Fernsehsendung, meine ich. Ich hatte einen Black-out. Du hattest Recht; die Szene vor der Maske kam als Argument gegen Peter Näslund wie gerufen.«

»Das hat mir meine Mutter beigebracht«, erwiderte Kaja. »Beim Kartenspielen. Stecke den Trumpf immer weg, denn du kannst nie wissen, wann du ihn mal brauchst. Danach musst du einfach nur Geduld haben und so lange wie möglich abwarten, ehe du ihn ausspielst.«

Eine betrunkene Schauspielerin im schwarzen Netzhemd taumelte an uns vorbei. Sie steuerte auf einen Regisseur in weißem Anzug zu und schob ihm resolut von hinten die Hand zwischen die Beine. Er drehte sich mit einem müden Gesichtsausdruck um und schubste sie von sich.

»Was macht deine Liebste – Anna – heute Abend?«, fragte ich. »Wundert sie sich nicht, dass du nicht nach Hause kommst?«

»Ich habe gesagt, wir gehen hinterher vielleicht noch ein Bier trinken«, antwortete Kaja, »denn davon bin ich wirklich ausgegangen. Die anderen waren doch echt langweilig! Erika hat ein Kind, aber von Ylva und Gitane war ich enttäuscht.«

»Die reinsten Schlaftabletten«, fand ich. »Dass Gitane so langweilig ist! Ist sie das eigentlich immer? Oder war sie high?«

»Keine Ahnung«, sagte Kaja.

Wir tranken schweigend. Eine bekannte Anwältin in den Fünfzigern – sie trug einen schwarzen Rock und ein goldenes Top – saß auf einem Lautsprecher, bewegte die Arme zur Musik und strampelte mit ihren drallen Beinen. Wir betrachteten sie ohne etwas zu sagen.

»Und was ist mit deinem Mann?«, fragte Kaja. »Du bist doch verheiratet, oder?«

»Mmm«, antwortete ich. »Er ist zu Hause. Ich habe gesagt, dass es spät werden kann.«

»Seid ihr glücklich?«

»Ja, total glücklich«, sagte ich schnell.

Dann spürte ich, wie ich errötete. Kaja betrachtete mich von der Seite, sagte aber nichts. Ich holte tief Luft.

»Meine Antwort war voreilig«, meinte ich. »Ich bin so daran gewöhnt, solche Sachen zu sagen, dass es automatisch kommt. Wenn ich etwas länger darüber nachdenke, dann glaube ich, dass wir ziemlich glücklich sind, ja. Aber bei uns klappt es nicht immer auf allen Ebenen.«

»Habt ihr ein gutes Sexleben?«

»Nur keine falsche Scham!«, sagte ich und lachte. »Frag doch auch gleich, wie viel Geld ich auf dem Konto habe!«

Kaja machte ein leicht erstauntes Gesicht.

»Darf man nicht über Sex reden? Du wirkst so direkt und aufrichtig.«

»Doch, das darf man. Man darf über Sex reden, aber nicht über Geld. Kennst du die Regeln der Oberschicht nicht?«

Kaja sah mich fragend an.

»Unser Sexleben ist nicht mehr so gut wie am Anfang«, fuhr ich fort. »Wir haben wohl etwas das Interesse aneinander verloren. Aber das musst du nicht gleich überall in der ganzen Stadt herumposaunen.«

Kaja trank einen Schluck.

»Wem sollte ich das erzählen?«, fragte sie. »Ich bin nicht so oft zum Abendessen in Djursholm eingeladen. AUF Djursholm, meine ich.«

»Stocksund«, sagte ich. »Und selbst? Habt ihr ein gutes Sexleben, du und Anna?«

Kaja schnitt eine Grimasse.

»Wir streiten uns zu viel«, antwortete sie. »Wir sind beide so schrecklich temperamentvoll.«

»Ist es dann nicht ziemlich leidenschaftlich? Das habe ich jedenfalls immer geglaubt.«

»Vielleicht«, sagte Kaja. »Aber nicht, wenn es zu viel des Guten wird. Mich macht Streit nicht an.«

»Was macht dich dann an?«, fragte ich.

Kaja drehte sich zu mir um.

»Liebe«, antwortete sie. »Liebe und Nähe, wenn du der anderen zeigen kannst, wer du bist. Das tust du nicht, wenn du dich die ganze Zeit streitest. Ich glaube, dass du Ruhe brauchst, um einem Menschen wirklich nahe kommen zu können.«

»Das stimmt«, meinte ich. »Wer ist dir am nächsten? Ist das deine andere Freundin, wie heißt sie noch?«

»Liza«, sagte Kaja. »Nein, ich weiß es nicht. Wir sind uns auf eine Weise nah, aber nicht in anderer Hinsicht. Sie ist so ... unabhängig.«

Einem ehemaligen Polizeichef fiel ein ganzer Teller mit Nachos und

Avocadocreme aus der Hand und direkt vor unsere Füße. Er fluchte, trampelte resolut auf den Teller, sodass die Creme einige der in der Nähe befindlichen Hosenbeine bespritzte, und zog dann mit mürrischem Gesicht von dannen.

»Auf wen ist in dieser Welt eigentlich am meisten Verlass?«, fragte ich. »Das frage ich mich manchmal. Was meinst du?«

»Auf niemanden«, antwortete Kaja. »Ich verlasse mich nur auf mich selbst.«

***

Als ich in der Nacht nach Hause kam, war Lukas schon eingeschlafen. Ich schlich im Dunkeln durch das stille Haus und sah noch die roten Rücklichter des Taxis, wie es die Straße entlang rollte. Im Wohnzimmer musste ich Licht machen und da entdeckte ich, dass Lukas von der Haustür bis in die Küche eine Spur aus kleinen Post-it-Zetteln gelegt hatte. Ich ging zurück und fing beim Anfang an. »Du warst super!«, stand da. »Du warst die Beste!« und »Glückwunsch!«. Er hatte eine Menge anerkennende Worte geschrieben und ich lächelte in mich hinein. Das war so typisch für Lukas, so liebenswert und trotzdem irgendwie ein bisschen kindisch.

Ich tappte ins Wohnzimmer und schaltete das Videogerät ein. Lukas hatte die ganze Sendung aufgenommen. Ich drehte die Lautstärke auf ein Minimum herunter, nahm einen Apfel aus der Obstschale auf dem Tisch und schaute es mir an. Der Apfel war grün und säuerlich und duftete nach Herbst. Da waren die Typen. Und da saßen wir vier ihnen gegenüber: Erika mit ihrer Streitsucht und ihrem toupierten Haar, Gitane in ihrer affektierten Poetinnenrolle, ihrer rabenschwarzen Frisur und ihrem Ausschnitt, ich mit meinem viereckigen Gesicht und meinen angesäuerten Oberklasse-Allüren. Und dann Kaja.

Ich musste zurückspulen, um sie mir besser anschauen zu können. Sie verzog beim Sprechen das Gesicht, witzelte die ganze Zeit, gab todernste politische Statements von sich, kam aber mit den Zahlen etwas durcheinander und wurde von Erika gerettet, die ein wandelndes feministisches Lexikon war. Kaja hatte einen schönen Mund, noch schöner als ich ihn in Erinnerung hatte, sinnliche Augen, wild gelocktes Haar. Ich sah vor mir, wie sie den Künstler mit Bier übergoss. Eine ziemlich beeindruckende Frau. Dass sie lesbisch war! Das hätte man nie gedacht, so hübsch wie sie aussah.

Ich spulte noch einmal zurück und schaute uns an. Dann gähnte ich herzhaft. Es war halb drei, ich war leicht angetrunken und es war Zeit, schlafen zu gehen. Auf dem Weg ins Schlafzimmer kam ich wieder an Lukas Zettel vorbei, die ich ganz vergessen hatte. Beschämt sammelte ich alle ein und legte sie auf den Küchentisch, wo ich sie am Morgen nicht übersehen konnte.

4

Am nächsten Tag stand ich um sieben Uhr auf – benommen und mit einem leichten Kater –, weil ich eine Morgenbesprechung in der Sendeanstalt hatte. Es duftete im ganzen Haus nach Kaffee und Lukas saß mit der Zeitung am Küchentisch, als ich eintrat. Ich gab ihm einen Kuss.

»Danke für die Zettel. Ich habe mich wahnsinnig gefreut.«

Ich nahm eine Tasse, auf der Comicfiguren abgebildet waren und setzte mich ihm gegenüber. Morgendlicher Tran, Anti-Kater-Medizin, Aufwachen. Gift als Gegengift. Was führte man in der westlichen Welt doch für ein Leben.

»Ihr wart gut«, meinte Lukas. »Ihr habt sie in die Ecke getrieben. Diese Erika war wirklich verschärft. Die gefällt mir.«

»Sie mag mich nicht«, sagte ich. »Obwohl sie nicht wirklich dazu steht. Sie findet, ich bin eine Spießerin.«

»Das bist du doch auch«, entgegnete Lukas und lachte. »Oder eine Oberschichts-Tante. Aber das ist sie doch auch, oder?«

Erika war tatsächlich in Danderyd aufgewachsen und in die Parallelklasse von Lukas' älterem Bruder gegangen. Es gab von den beiden lustige Fotos mit 70er-Jahre-Frisuren und Schlaghosen.

»Vermutlich ist es ziemlich schwierig, sie heute noch darauf festzunageln«, murmelte ich und blätterte in der Zeitung. »Ist was passiert?«

Gewalt. Tod. Mord. Krieg. Ich blätterte zum Kulturteil weiter.

»Von der anderen Frau war ich nicht so begeistert«, sagte Lukas.

»Von Gitane?«, fragte ich. »Sie ist eine Schlaftablette. Aber manchmal lässt es nach und dann kommt etwas total Gutes. Hast du nicht mitbekommen, wie sie mittendrin aufgewacht ist? Schau mal, hier wird die Doktorarbeit deiner Cousine besprochen.«

»Nicht die«, sagte Lukas. »Die andere. Die Lesbe.«

Ich sah ihn an. Dann faltete ich die Zeitung zusammen.

»Und was stimmt mit ihr nicht? Sie ist von allen die Netteste.«

»Aggressiv«, fand Lukas und warf sich ein Stück Butterbrot ein. »Mit diesem Verhalten erreicht man als Frau nichts.«

»Jetzt mach aber mal halblang!«, sagte ich. »Was heißt hier ›erreichen‹ und ›als Frau‹? Und ›aggressiv‹? Sie war doch nicht aggressiver als wir anderen, oder?«

Lukas zuckte mit den Schultern. Er hatte seinen »Zu-nichts-verpflichtet«-Ausdruck in den Augen.

»Was weiß ich«, sagte er. »Du warst da. Aber ich fand sie jedenfalls unangenehm.«

Er nahm den Wirtschaftsteil an sich und las weiter.

»Tatsache ist, dass Kaja und ich anschließend noch weggegangen sind«, erklärte ich. »Wir hatten unseren Spaß. Sie hat diesen Deppen mit Bier übergossen, der immer in der Opernbar hockt, wie heißt er doch gleich?«

Lukas antwortete, ohne von seiner Lektüre aufzublicken.

»Hat ihn mit Bier übergossen? Ist das etwa nicht aggressiv, wenn ich fragen darf?«

»War ich aggressiv, als wir uns zum ersten Mal begegnet sind? Darf ich dich daran erinnern, dass ich mit dir genau das Gleiche gemacht habe, und damals schienst du nicht so wahnsinnig viel dagegen gehabt zu haben.«

»Du bist nicht lesbisch.«

Ich stand auf und holte mir noch einen Kaffee.

»Jedenfalls ist sie total lustig«, sagte ich. »Ich würde mich gern wieder mit ihr treffen.«

»Mach, was du willst«, entgegnete Lukas. »Ich muss jetzt los.«

Er gab mir einen flüchtigen Kuss auf die Wange und schloss dann mit ungewöhnlichem Nachdruck die Haustür hinter sich.

***

Am Nachmittag saß ich am Computer und mühte mich damit ab, in einem Artikel eine treffende Formulierung zu finden, als ich hörte, wie der Anrufbeantworter ansprang. Wie immer, wenn ich arbeitete, verzichtete ich darauf, den Hörer abzunehmen.

»Hallo, hier ist Kaja ... Ich wollte mich nur für gestern bedanken. Aber du bist anscheinend nicht zu Hause. Oder du gehörst zu den Leuten ...«

Ich streckte die Hand über den Tisch aus und nahm den Hörer ab.

»Hey«, sagte ich.

»... zu den Leuten, die erst hören, wer dran ist«, beendete Kaja den Satz und lachte. »Ich hatte das fast im Gefühl. Danke für gestern.«

»Danke gleichfalls. Es war toll. Mir hat dein Bier-Trick gefallen.«

»Gutes Team«, sagte Kaja. »Hast du uns im *Expressen* gesehen?«

»Nein«, antwortete ich. »Sind wir mit Bild drin?«

»Du bist hübsch und ich sehe beschissen aus«, fand Kaja. »Genau wie die aggressive Drogensüchtige, die ich bin. Hör mal: ›Die Schriftstellerin Sophie bla-bla-bla bei der Modenschau mit Kaja Djurberg, CHAUVI-FRAU!‹«

Ich lachte.

»Das hast du doch gesagt!«

»Ja, aber meine Güte, es rechnet doch keine damit, dass sie jedes Mal im *Expressen* landet, wenn sie den Mund aufmacht!«

»Ich finde, es klingt ziemlich witzig«, entgegnete ich. »Eine neue Karriere liegt vor dir.«

Kaja war still.

»Was machst du gerade?«, fragte sie.

»Ich schreibe einen Artikel. Und du?«

»Och, mir ist langweilig«, antwortete Kaja. »Ich sitze an meinem Schreibtisch und schaue einem Haufen Schwuler zu, die sich um ein neues englisches Pornomagazin scharen.«

»Ein Pornomagazin?«, wiederholte ich. »Hast du nicht gesagt, sie seien schwul?«

»Schwulenpornos«, erklärte Kaja. »Ein paar Männer, die sich auf alle Arten, die ihnen einfallen, gegenseitig den Schwanz reinstecken. Aber ich finde Schwulenpornos manchmal wirklich erregend.«

»Ich habe noch nie einen gesehen.«

»Dann musst du herkommen und mal reinlinsen«, schlug Kaja vor.

»Nein, NICHT auf Seite drei! Da soll mein Ding über Mona Sahlin hin!«

Die letzten Worte schrie sie jemand anderem zu.

»Kannst du mal kurz dranbleiben?«, fragte sie dann.

Ich hörte, wie sie den Hörer aus der Hand legte und wegging, und dann, wie verschiedene Stimmen im Hintergrund heftig miteinander diskutierten. Nach ein paar Sekunden war sie wieder da.

»Ja, meine Güte«, sagte sie leise. »Wir haben ein Problem ... Jetzt ist er in den Pausenraum gegangen. Wir haben hier einen Praktikanten, der nichts kapiert, was wir Frauen ihm sagen. Er will nur Bilder von nackten Männern in die Zeitung bringen und Liza und ich sitzen hier und schreien. Er würde jede lesbische Abonnentin im ganzen Land vergraulen, wenn wir ihm freie Hand ließen.«

»Das verstehe ich nicht ganz«, sagte ich.

»Es ist ein Blatt für Schwule und Lesben«, erklärte Kaja. »Aber die Lesben müssen ständig um ihren Platz im Heft kämpfen, damit die Schwulen nicht nur Fotos bringen, die alle politisch korrekten Mädels zum Boykott treiben. Aber das kapieren die nicht, die kleinen Wichte. Doch, Robert kapiert das. Aber nicht die Praktikanten und dergleichen.«

»Wer ist Robert?«

»Einer der Redakteure.«

»Warum sagt ihr Lesben?«, wunderte ich mich. »Das klingt so schrecklich hässlich, finde ich.«

»Und was ist mit ›lesbisch‹? Du hörst es doch selbst. Es gibt für uns keine gute Bezeichnung, also kann frau genauso gut den tristen Klang aus dem schlechten Wort nehmen und die Leute daran gewöhnen. Das ist wie mit Möse. Fällt dir ein guter Ausdruck für das weibliche Geschlechtsorgan ein?«

Ich dachte nach.

»Mir kommen nur jede Menge Tiere in den Sinn«, erklärte ich und kicherte. »Du hast Recht. Es gibt kein passendes Wort.«

»Ja, meine Güte«, sagte Kaja. »Was soll eine Frau ihrer Tochter sagen, falls sie denn eine kriegt? ›Das da ist deine ...‹ was denn? Entweder klingst du wie eine Porno-Autorin oder wie eine Gynäkologin.«

»Wir müssen uns ein neues Wort einfallen lassen«, schlug ich vor. »Sowohl für weibliche Homosexuelle als auch für weibliche Geschlechtsorgane.«

»Viel Glück«, sagte Kaja. »Das haben vor dir schon andere versucht. Solange sage ich Lesben und Möse. Das machen hier alle in der Zeitung, wir schreiben das auch der Einfachheit halber. Es geht um Aufwertung.«

»Ich muss mal vorbeikommen«, meinte ich. »Ich bin noch nie in der Redaktion einer homosexuellen Zeitung gewesen. Außerdem wäre es schön, dich wiederzusehen.«

»Das finde ich auch«, sagte Kaja. »Eigentlich habe ich aus dem Grund angerufen. Ich wollte mal hören, ob du mit mir was essen gehen und kommenden Samstagabend mit den Mädels im Frauenklub abhängen willst. Anna kommt zum Klub, aber wir beide können vorher essen gehen.«

»Frauenklub? Was ist das?«

Kaja lachte derb.

»Wir leben wirklich in verschiedenen Welten«, stellte sie fest. »Frauenklub ist so was wie Frauendisco. Tanz für Lesben. Obwohl auch eine Menge Heterofrauen kommen, du brauchst dich also nicht allein zu fühlen.«

Ich dachte schnell nach. Lukas wollte am Samstag nach London fahren und wäre nicht vor Dienstagabend zu Hause. Ich hatte für Samstag vorläufig ein ruhiges Abendessen mit Baby und Josefin eingeplant, aber das konnte man auch auf Sonntag oder Montag verschieben. Ich wollte Kaja gern wiedersehen. Ich sehnte mich danach, mit ihr zu diskutieren, je mehr wir sprachen, umso mehr wollte ich mich weiter mit ihr unterhalten. Das war seltsam, aber amüsant.

»Okay«, sagte ich. »Klingt gut. Toll!«

Nachdem wir aufgelegt hatten, saß ich wieder vor dem Computer, doch es fiel mir schwer, meine Gedanken zu sortieren, die in meinem Kopf wild durcheinander wirbelten. Ich fragte mich, wie Kajas Freundin sein mochte, was für ein Gefühl es war, einen Frauenklub zu besuchen und was ich anziehen sollte. Vor allem freute ich mich darauf, Kaja für ein ganzes Abendessen wieder für mich allein zu haben, wo wir reden konnten, ohne ein Blatt vor den Mund zu nehmen.

Am Abend regnete es. Das Wasser lief die Fensterscheiben hinunter und das Licht brach sich in Mustern auf unseren Wohnzimmerwänden. Lukas und ich saßen am Sofatisch und aßen Sushi, welches er auf dem Heimweg vom Büro besorgt hatte.

»Was hat es jetzt mit deiner Arbeit am Londonprojekt auf sich?«, erkundigte ich mich. »Mir ist das Ganze schleierhaft. Was macht ihr da eigentlich?«

»Das wird künftig eine Menge Hin- und Her-Pendelei geben«, erklärte Lukas. »Das ist geheim, darum darfst du kein Wort davon verraten. Ich habe gehört, dass du beim Abendessen Greger danach gefragt hast. Er ist nervös geworden.«

»Nun aber mal halblang, ich bin mit dir verheiratet und er gehört zur selben Gruppe!«, sagte ich. »Und niemand sonst hat etwas gehört! Meine Güte, dass Männer immer ein großes Geheimnis um alles machen und sich lächerlich benehmen müssen.«

Lukas lächelte.

»In diesem Fall ist es tatsächlich berechtigt. Wir checken gerade, ob wir in England eine Tochterfirma aufmachen können. Eventuell können wir eine Zusammenarbeit mit einem großen Finanzunternehmen anleiern. Wenn wir damit Erfolg haben, dann kommt das Unternehmen ganz groß raus. Nichts ist schwerer als in London einen Fuß in die Tür zu bekommen, aber es sieht so aus, als hätten wir gute Chancen.«

»Wie lange werdet ihr pendeln müssen?«

»Weiß nicht. Bestimmt mindestens ein halbes Jahr.«

»Na, super«, sagte ich. »Das fehlte mir gerade noch bei meiner Angst im Dunkeln.«

»Du kannst doch Baby bitten, hierher zu kommen, oder? Und dann sind da noch die Hunde.«

»Ich weiß«, sagte ich.

Wir aßen schweigend. Der Regen rann weiter die Fensterscheiben hinunter. Ich fühlte, wie mich eine tiefe Melancholie packte. Als ich aufgegessen hatte, lehnte ich mich auf dem Sofa zurück.

»Du.«

Lukas sah auf.

»Was willst du eigentlich?«

»Jetzt verstehe ich nicht, was du damit meinst.«

»Bist du mit all dem hier zufrieden?«

Ich machte eine Handbewegung, die alles um uns herum einschloss.

»Was meinst du mit ›all dem hier‹?«

»Ich meine, bist du mit uns, dem Haus, deiner Arbeit, unserem Freundeskreis zufrieden oder hättest du es gern anders?«

Lukas schob sich ein Stück rohen Lachs in den Mund und kaute mit ausdruckslosem Gesicht.

»Ach so«, sagte er nach einer Weile. »Ich finde, wir haben es gut. Ich liebe dich und das Haus ist schön und wir haben wunderbare Freunde. Aber ich will etwas aus mir machen.«

»Was meinst du mit ›etwas aus dir machen‹? Du bist schon Lukas.«

»Ich will reich und schön werden. Nein, aber du verstehst, was ich meine. Ich will so viel Kapital erarbeiten, dass wir in ein paar Jahren machen können, was wir wollen.«

»Machen wir das nicht schon? Was möchtest du gern anders machen?«

»Ich habe vor, reich zu werden«, erklärte Lukas. »Geld ist Freiheit. Ich will so vermögend werden, dass ich aufhören kann zu arbeiten.«

Ich dachte nach.

»Was machst du dann, wenn du aufgehört hast zu arbeiten? Was willst du mit all deiner Zeit anfangen?«

Er schaute mich verärgert an.

»Was ist mit dir los? Suchst du wieder Streit?«

»Nein, ich suche keinen Streit«, widersprach ich. »Ich versuche nur zu verstehen, wie du denkst. Ich schreibe nämlich aus genau dem gegenteiligen Grund, damit ich nie aufhören muss zu arbeiten, ganz gleich wie alt ich werde.«

»Okay«, sagte Lukas und lächelte. »Dann kannst du, wenn wir siebzig sind, auf unserer Luxusyacht in der Karibik sitzen und schreiben, während ich segle.«

»Findest du es nicht schön zu arbeiten?«

»Noch schöner ist es, wenn man frei hat. Kannst du mir mal den Ingwer geben?«

»Und was willst du mit all dem Geld anfangen?«

»Investieren. Das Geld vermehren. Ein größeres Haus kaufen und ein Boot und ein Ferienhaus in den Schären. Viel verreisen. Schöne Feste geben.«

»Ich finde dieses Haus wunderbar.«

Lukas schüttelte den Kopf.

»Was ist mit dir los?«, fragte er.

Ich antwortete nicht.

»Stört es dich, wenn ich die Nachrichten einschalte?« fragte Lukas, und noch ehe ich einen Ton sagen konnte, hatte er auf die Fernbedienung gedrückt.

***

Am Freitagabend fand ein Galadiner im Haus der Ritterschaft statt, der geistigen Heimstatt der Stockholmer Oberschicht, die innerhalb der Stadtmauern wohnte. Gastgeber des Abends war ein Freund aus Kindertagen, der seinen fünfunddreißigsten Geburtstag beging, ein Junggeselle, der gerne feierte und viele Freunde hatte. Vor dem großen Eingang brannten Fackeln, die lange Schatten in alle Richtungen warfen und die blassrosa Fassade des schönen Gebäudes erleuchteten. Lukas und ich trafen zeitgleich mit Johan und Sassa ein, die aus der entgegengesetzten Richtung über die Kiesfläche kamen. Sassa trug ein cremefarbenes Etwas, wie immer bauchbetont.

»Haaallo!«, rief sie. »Wie schön, dass ihr auch hier seid!«

»Danke, meine Liebe, für das nette Abendessen neulich«, sagte Johan und hauchte mir ein Küsschen auf die Wange. »Das war Spitze! So viel habe ich seit vielen Jahren nicht mal bei kleineren Anlässen getanzt! Bei euch war richtig der Elch los! Und er ist wirklich zu köstlich, dieser Brutus Eriksson. Wir haben uns dann später bei der Arbeit über ihn unterhalten.«

Es war kalt. Johans Atem kam wie Rauch aus seinem Mund.

»Brutus ist clever«, sagte ich. »Und anders. Das gefällt mir. Aber er ist natürlich mitunter ein bisschen anstrengend.«

»To me he seems very, very British«, meinte Sassa und lächelte in sich hinein.

Lukas hielt die schwere Holztür auf. Wir traten ein und gaben unsere Sachen an der Garderobe ab. Die große Eingangshalle war dunkel und kühl und ich zitterte in meinem dünnen Kleid. Doch zum Glück wurden die Drinks in den Salons zur Rechten serviert, dort waren die Decken niedriger und es war bedeutend wärmer.

»Hallo, liebe Leute!«, schrie Pelle, der Gastgeber, nahm meinen Kopf in beide Hände und küsste mich auf die Stirn. »Willkommen, willkommen!«

Wir überreichten das Geschenk und begrüßten die anderen. Josefin war da, ein Arm in Gips, in einem schwarzen, ärmellosen Kleid.

»Bin vom Pferd gefallen«, erklärte sie. »Unprofessionell, was? Es ist nur ein Riss, aber das scheint seine Zeit zu dauern. Jetzt kann ich nicht Jitterbug tanzen. Was für ein Jammer.«

»Genehmige dir ein paar Drinks, dann tanzt du trotzdem«, schlug ich vor. »Du kannst dann umso mehr Twist tanzen. Wie geht's dir sonst?«

»Wie man sich bettet, so liegt man«, antwortete Josefin und schüttelte den Kopf. »Gestern fand im Stall eine Party mit Freundinnen statt. Nur Selbstgebrannter. Ich bin heute Morgen um acht zu Hause eingetrudelt.«

»Dann ist mir klar, warum du vom Pferd gefallen bist«, sagte ich.

Josefin lachte.

»Nein, das war vorgestern«, erklärte sie. »Heute habe ich nur Buchhaltung gemacht und kam mir total blöd vor. Jetzt steht uns wohl eine Steuerprüfung ins Haus, die sich gewaschen hat, weil ich die Spalten falsch ausgefüllt habe.«

»Dann musst du den Steuerheini zu einem Reitausflug einladen«, schlug ich vor. »So wie in einem dieser Mädchen-Pferdebücher aus unserer Kindheit. Der Typ kehrt nie wieder ins Finanzamt zurück.«

»Wäre wirklich schön, mal einen Mann kennen zu lernen«, meinte Josefin, »aber irgendwo ist bei mir eine Grenze. Es reicht, wenn ich nachts wachliege und über die Mehrwertsteuerabgaben grübele. Den Steuerheini auch noch im Bett, nein danke.«

Auch Gustaf und Beata waren zur Stelle, er in einem etwas zu engen Smoking, aber das lange Haar ungewöhnlich gut gebürstet, außerdem trug er eine lustige Fliege mit kleinen Fröschen und eine dazu passende Bauchbinde. Beata trug ein unkleidsames, großgemustertes Kleid aus grüner und lilafarbener Seide und hochhackige Schuhe aus dem gleichen Stoff. Die beiden lobten mich ebenfalls für das nette Abendessen von neulich.

»Dieses lockere Parfait!«, sagte Beata. »Ich muss das Rezept haben!«

»Ruf mich an«, entgegnete ich.

Dann machte ich meine Runde in der Gesellschaft und begrüßte alle. Ungefähr achtzig Gäste waren auf dem Fest. Ich kannte rund die Hälfte davon gut und den Rest vom Sehen. Lukas war in einer Ecke hängen geblieben, wo er mit einem alten Arbeitskollegen plauschte und ich hatte keine Lust, ihn für die Begrüßungsrunde zu holen. Wenn er unhöflich sein wollte, dann war das sein Problem, ich konnte genauso gut allein die Runde machen.

Es war eine sonderbare Gesellschaft. Die Männer, fast alle zwischen dreißig und vierzig Jahre alt, sahen für meinen Geschmack durchweg etwas zu wohlgenährt aus, waren etwas zu herablassend und etwas zu desinteressiert an ihrer Umwelt. In diesem Ambiente glichen sie eher einer Schar von gutmütigen Pinguinen auf einem Ausflug ins Museum. Und es war ja nichts daran auszusetzen, wenn Leute gute Laune hatten, aber hier herrschte eine Art exklusiver, selektiver Humor auf Kosten anderer – Einwanderer, Sozialhilfeempfänger, Sozialisten und Schwarze – der mich wütend machte. Ich konnte mich nicht erinnern, dass solche Witze früher an der Tagesordnung gewesen wären, aber es musste so gewesen sein. Vermutlich befand ich mich einfach in einem Formtief und war ungewöhnlich reizbar.

Waren die Männer etwas wabbelig und überfüttert, so waren die Frauen auch nicht gerade die Partygirls. Eher die Partymäuschen. Sie hegten offensichtlich eine große Vorliebe für Laura-Ashley-Kreationen mit Puffärmeln, die Röcke waren durchweg etwas zu lang und die Ausschnitte viel zu hochgeschlossen. Ich konnte natürlich nicht mit Sicherheit sagen, woran das lag, doch ich meinte eine bestimmte Symbolik in dem unterschwelligen neuen Moralismus der braven Kleider zu erkennen und hatte die Vorstellung von hochgezogenen Augenbrauen bei dem geringsten Abweichen von der vorgeschriebenen Rocklänge oder Norm. Nicht, dass ich mich tatsächlich in der Lage befunden hätte, mir ein Urteil über jemand anderen anmaßen zu können. Ich trug ein ziemlich harmloses, dunkelrotes Kleid mit langen Ärmeln, dessen Rock bis kurz oberhalb des Knies reichte und hinten geschlitzt war. Dennoch wurde ich von einigen als gewagt, fast »shocking« angesehen, sowohl was meine Ansichten als auch mein Benehmen betraf.

Nachdem ich meine Runde beendet, Hände geschüttelt und Wangen geküsst hatte, landete ich neben Beata und Hermine, einer alten Schulfreundin. Sie wirkte in ihrem hellblauen Kleid mit einem Muster aus kleinen Schmetterlingen und einer großen, blauen Schleife im Nacken ziemlich affig. Das gleiche Kleid hätte sie problemlos ihrer fünf Jahre alte Tochter anziehen können.

»Ich habe dich vor Kurzem im Fernsehen gesehen!«, sagte sie mit leicht säuerlichem Lächeln und riss ihre wässrigen blauen Augen auf. »In dieser Sendung, wie heißt die doch gleich?«

»Nahkampf«, antwortete ich.

»Genau! Ich fand euch gut!«

»Danke!«, sagte ich erstaunt.

»Das ist natürlich nicht ganz mein Stil, wegen dieser Sprache und all den Flüchen, aber ich finde, du hast dich vortrefflich geschlagen. Den Umständen entsprechend gut, wie man so sagt.«

Ich lächelte sie steif an und trank einen großen Schluck Champagner.

»Das habe ich übrigens auch gesehen«, meinte Beata. »Dein Leben ist wirklich spannend, das muss ich sagen, mit deiner Schriftstellerei und all diesen komischen Menschen, die du kennen lernst.«

Das letzte steife Lächeln war erstarrt.

»Aber ich fand die anderen, neben denen du gesessen hast, waren ziemlich aggressiv«, fuhr Beata fort, jetzt mit einer kleinen Falte in der perfekten Haut zwischen den Augenbrauen. »Besonders dieses dunkelhaarige junge Mädchen.«

»Kaja Djurberg«, sagte ich.

»War sie nicht lesbisch?«, fragte Hermine und beugte sich mit aufgerissenen Augen näher zu mir. »Danach sah sie wirklich nicht aus! Sie war richtig hübsch! Wenn sie sich nur etwas anderes anziehen würde, dann würde aus ihr ein ganz anderer Mensch.«

»Genau!«, sagte ich und lächelte in mich hinein, diesmal etwas weniger erzwungen.

»Die war lesbisch?«, staunte Beata und runzelte jetzt die ganze Stirn. »Das habe ich gar nicht mitbekommen. Puh! Aber die hat dich doch wohl nicht angemacht, oder?«

Ehe ich antworten konnte, tauchte Gustaf auf und bot mir seinen Arm. Man hatte schon begonnen, sich zum Abendessen zu begeben.

»Wie nett, dass ich dich als Tischdame habe!«, sagte er.

»Schön«, sagte ich herzlich. »Lass uns gehen.«

Arm in Arm zogen wir mit den anderen Gästen in einer langen Reihe durch die Halle zum Speisesaal. Im Haus der Ritterschaft Feste zu feiern war immer ein Vergnügen, weil das Ambiente so schön war. Ich liebte das protzige Entree mit der sich gabelnden Treppe, die eleganten Salons, wo uns der Aperitif serviert worden war und wir vermutlich Kaffee trinken würden, die großen Porträts, die die Wände im Speisesaal zierten. Hier bin ich, seit ich ein kleines Mädchen war, aus unterschiedlichen Anlässen gewesen; hier hatten meine älteren Großcousinen, Cousins und andere Verwandte Hochzeit gefeiert, hier hatten meine Großmutter ihren achtzigsten Geburtstag und meine Eltern ihre Silberhochzeit begangen, hier hatte ich auf unzähligen Abiturfeiern inklusive meiner eigenen getanzt.

Man hatte runde Tische für je zehn Personen gedeckt, mit gefalteten Leinenservietten und Leuchtern aus Neusilber. Laut Gustafs Einladungskarte saßen Gustaf und ich an Tisch F. Er stand ungefähr in der Raummitte. Schön, dann konnten wir alle Reden hören.

»Und wie ist das werte Befinden der jungen Frau Sophie heute?«, fragte Gustaf, das R wie immer rollend, nachdem der Gastgeber und seine Tischdame sich gesetzt hatten und wir alle ihrem Beispiel gefolgt waren. Die Gläser waren vom kalten Wein beschlagen. Alles sah hier drinnen hübscher aus, besonders mit den brennenden Kerzen auf den Tischen.

»Vielen Dank«, antwortete ich. »Und selbst? Schöne Fliege übrigens.«

»Danke!«, sagte Gustaf. »Die ist lustig, oder? Beata hat sie mir aus Paris mitgebracht.«

»Ich habe mir fast gedacht, dass Beata dahinter steckt.«

»Ja, sie hat wirklich ein Gefühl für die gewissen Extras.«

Schweigen.

»Ansonsten alle wohlauf?«

»Viel zu wohl vermutlich. Es geht uns so unverschämt gut, dass man es eigentlich kaum fassen kann. Ich meine Beata, mir und den Mädchen ...«

Gustaf und seine Frau hatten drei Töchter.

»... und dann fühlen wir uns in dem Appartement superwohl, ich habe den Job gewechselt und das war alles andere als falsch. Mein jetziges Büro liegt am Stureplan, das ist also recht angenehm, wie du dir denken kannst. Man braucht zu Fuß nicht mehr als ein paar Minuten zu allen Restaurants und Bars.«

Womit Gustaf sein Geld verdiente, war mir schleierhaft.

»Ich verstehe«, sagte ich.

»Und dann gibt es um diese Jahreszeit jede Menge Jagden und andere nette Aktivitäten, wie du weißt«, fuhr Gustaf fort und faltete seine Serviette auseinander. »Morgen fahren wir zum Beispiel nach Åtofta zu den Bjarnehelms. Fahrt ihr nicht auch hin?«

»Nein«, antwortete ich. »Lukas fliegt nach London. Außerdem geht er nicht auf die Jagd. Und eine einzelne Dame werden sie kaum einladen.«

»Das ist aber schade!«, fand Gustaf. »Du kannst beim Treiben mitmachen. Ich habe den Eindruck, dass es dieses Jahr an Treibern und Treiberinnen fehlen wird. Ja, Beata weigert sich mitzugehen, seit sie vor ein paar Jahren in Törnesholm fast im Sumpf stecken geblieben wäre. Soll ich mich bei Carl-Magnus mal erkundigen?«

»Nein, danke, ich würde gern«, sagte ich, »aber ich bin schon anderweitig verabredet.«

Kaja Djurberg. Lesbische Disco. Ich lächelte ein wenig in mich hinein.

»Da kann man nichts machen«, sagte Gustaf. »Ja, ich liebe jedenfalls die Jagd, darum ist der Herbst für mich ein wahrer Höhepunkt. Und ansonsten, ja, Beata überlegt, ob sie halbtags in Viveca Apelstråles kleiner Kleiderboutique zu arbeiten anfängt, weil sie das nett findet. Am Tag rauskommen und andere Leute treffen, mit denen sie über den Ladentisch hinweg plaudern kann. Aber erzähl, wie sieht es bei dir aus? Ich habe gehört, du bist wieder im Fernsehen gewesen. Ich habe es nicht gesehen, aber Beata hat mir alle Details berichtet.«

»Das stimmt«, antwortete ich.

»Beata hat gesagt, du und noch ein paar andere Damen gegen vier echte Chauvis? Ich muss sagen, es gibt einige richtige Zicken unter den Kulturtanten. Sie scheinen nicht ein Quäntchen Erziehung zu haben.«

»Ja, das kann man wohl sagen«, meinte ich.

»Aber jetzt musst du erzählen. Ich finde deine Eskapaden so spannend. Wer saß auf deiner Seite des Tisches?«

Der Ober stellte unsere Vorspeisenteller ab. Mir war als lächele er.

***

Das Abendessen war ausgiebig und gesprächig, trotz allem von nur wenigen Reden begleitet, und ich bekam langsam Kopfschmerzen. Der Kaffee wurde in den Salons serviert und Gustaf und ich landeten neben Johan und seiner Tischdame sowie einigen anderen, die ich nur oberflächlich kannte. Gustaf und Johan gingen sofort dazu über, Zigarren zu rauchen und sich gegenseitig auf den Rücken zu klopfen und das Gespräch wurde für die meisten umher Sitzenden uninteressant. Ich hielt eine Weile mit ihnen mit, während ich mir gegen die Kopfschmerzen einen Kognak einschenkte, verlor aber bald die Lust. Als die Musik erklang, fragte ich Gustaf, ob er tanzen wolle, doch er erklärte, er habe einen schmerzenden Fuß und dürfe auf Anweisung seines Arztes nicht. Gustaf war der relativ verwöhnte einzige Sohn einer vermögenden Erbin, die früh verwitwet war. Er war nicht unbedingt dazu erzogen worden, die Wünsche von Frauen zu berücksichtigen, außer wenn es ihm selbst passte.

Also stand ich auf und begab mich auf die Jagd nach einem anderen Kavalier zum Getränketisch in die Halle. Dort stand Lukas mit seiner Tischdame. Er hatte neben einer anderen alten Schulfreundin von mir gesessen, einer jungen Frau in einem wadenlangen, hellrosa Seidenkleid mit einer Schleife hinten. Ich hielt mit ihnen eine Weile Small Talk, bis sich ihr Mann dazugesellte. Er war Brillenträger und äußerst pinguinartig, besaß aber Humor und ich wusste, dass er gern tanzte. Ich forderte ihn also auf und wir tanzten eine Weile, anschließend tauschten wir am Getränketisch die Partner. Ich schaute mich über Lukas Schulter hinweg auf der Tanzfläche um. Die Musik war gut, das war nicht das Problem. Trotzdem kam das Ganze nicht in Schwung. Die Männer stolzierten steif um uns herum, und die Frauen bewegten sich ruckartig, als müssten sie um jeden Preis die Beine zusammenpressen.

»Hast du dich gut unterhalten?«, fragte ich Lukas, während wir uns gemächlich zur Musik wiegten.

»Sie ist wirklich nett«, meinte er und wirbelte mich zwei Mal hintereinander herum. »Wir haben viel Spaß gehabt.«

Als wir zum Getränketisch zurückkehrten, kam Johan, forderte mich auf und wir tanzten zu einigen Rocksongs, was das Zeug hielt. Dann kreuzte Gustaf sehr viel angetrunkener als vorher auf und sagte, eng tanzen dürfe er wohl doch, egal, was sein Arzt meinte. Wir tanzten einige Tänze aneinander geschmiegt, aber er war blau und anstrengend und ich bedankte mich schnell. Stattdessen setzte ich mich mit Sassa auf die Treppe, die sich sofort über Johan beschwerte. Dann tauchten zwei Männer auf, die wir halbwegs kannten, und forderten uns auf. Der Typ, mit dem ich tanzte, war ziemlich amüsant; nach einiger Zeit stellten wir uns am Getränketisch an und unterhielten uns. Er brachte mich zum ersten Mal an diesem Abend richtig zum Lachen. Und dann war es plötzlich ein Uhr und Zeit, den Gastgeber zu umarmen und sich auf den Heimweg zu machen, denn im Haus der Ritterschaft durfte nur bis ein Uhr gefeiert werden.

Auf der Kiesfläche vor dem Gebäude fragte Johan, ob wir auf einen Abschlussdrink mit ins Café Opera kommen wollten, doch da Lukas' Flieger nach London recht früh startete, lehnten wir dankend ab und stiegen stattdessen in ein Taxi. Wir hielten während der ganzen Heimfahrt auf dem Rücksitz Händchen.

»Das war wirklich ein gelungenes Fest«, meinte Lukas und lächelte breit.

»Ja«, sagte ich und schaute aus dem Fenster. »Das stimmt.«

***

Am Samstagmorgen brach Lukas auf, ehe ich aufgewacht war. Wir hatten uns in der Nacht voneinander verabschiedet und er hatte einen Zettel in der Küche zurückgelassen, auf dem stand, dass er mich liebe. Außerdem hatte unser Nachbar den *Expressen* vom Vortag in den Briefkasten geworfen, die Seite mit den Festivitäten mit einer Büroklammer versehen und geschrieben, ich könne selbst nachschauen. Die Zeitung lag aufgeschlagen auf dem Küchentisch. Sie brachten eine große Bildreportage von der NK-Fete, unter anderem mit einem Foto von Kaja und mir ganz unten. Auf dem Bild schaute ich mit vergnügter Miene zur Seite, während Kaja unter ihrem Stirnband in die Kamera starrte und am ehesten einer wütenden Einbrecherin ähnelte, die man auf frischer Tat ertappt hatte. »Chauvifrau« stand wirklich hinter ihrem Namen, und ich lachte laut, während ich Kaffee aufsetzte.

Ich verbrachte den Tag damit, ein Rohmanuskript für das Fernsehen abzuschließen, mit den Hunden in den Wald zu gehen und Danksagungen für diverse Feste und Abendessen zu schreiben, die wir besucht hatten. Ich würde Kaja um acht Uhr treffen, aber schon kurz nach sechs fing ich an, mich zurecht zu machen: baden, schminken, umziehen. Es war ein Gefühl, als hätte ich ein Rendezvous mit einem Mann oder würde auf eine große Party gehen.

Kaja hatte gefragt, ob wir uns im Restaurant Pelikan auf Söder treffen könnten. Ich war mit Lukas und seinen Freunden schon einmal dort gewesen; ein laut krakeelender Haufen von Männern, die alle mehr oder weniger rechts oder unpolitisch waren und die Leute im Pelikan als ein Völkchen für sich betrachteten. Damals hatten wir einen langen Tisch in der Mitte des Raumes okkupiert und zur großen Verärgerung der anderen Gäste ein unglaubliches Riesenspektakel veranstaltet. Sie hatten etwas dagegen, dass eine Horde verwöhnter Yuppie-Typen ankam und ihre Söder-Restaurants belagerte – wenn auch nur für einen Abend. Eine junge Frau hatte sich sogar aufgebaut und uns lautstark einen langen, politischen Vortrag gehalten, aber es war fast unmöglich ihre Worte zu verstehen. Ich erinnere mich hauptsächlich daran, dass sie rote Ohren hatte und außerordentlich aufgeregt war.

Kaja saß an einem Ecktisch. Sie war geschminkt und schick angezogen, offenbar auf einen Abend in der Stadt vorbereitet. Sie trug wieder Lederhose und Stiefel, aber dazu eine Jeansweste und darunter einen enganliegenden Pullover und jede Menge Silberschmuck, der überall klimperte. Mir fiel Hermines Kommentar zu Kajas Kleidung ein und das blauweiße Kleid und die Schleife, die sie selbst im Haar getragen hatte, und konnte ein Lächeln nicht unterdrücken. Terrarium – verschiedene komische Tiere in Schwindel erregenden Farben hinter jeder Fensterscheibe. Ich hatte mich vier Mal umgezogen, ehe ich das Haus verließ, nur um schließlich auf das zurückzukommen, was ich zuerst angehabt hatte: einen kurzen, schwarzen Rock, hochhackige Stiefel und Lederjacke. Das sah cool genug aus, um auf Söder auszugehen, dachte ich.

Das Pelikan war ein schönes Restaurant mit altmodischem Flair und hohem Trendfaktor. Es sah nach wie vor aus wie eine Kneipe aus den fünfziger Jahren: Runde Kugellampen hingen von der Decke und abgewetzte Holzmöbel standen im Raum. Ich blickte mich um und setzte mich dann Kaja gegenüber. Wir genehmigten uns jeweils ein Bier. Zuerst lächelten wir einander nur an. Kaja lachte.

»Was ist?«

»Nichts.«

Wir bekamen jede eine Speisekarte und bestellten etwas zu essen. Kaja aß weder Fleisch noch Fisch, und Eier nur von frei laufenden Hühnern. Auf der Speisekarte stand kein vegetarisches Gericht, aber der Kellner versprach, sich in der Küche zu erkundigen. Sie würden bestimmt ein

Gemüsegericht für sie zubereiten können. Ich bestellte einen Salat, da ich keinen größeren Appetit hatte. Ich wollte mich hauptsächlich auf das Gespräch und auf Kajas Augen konzentrieren, die funkelten, wenn sie sprach, lachte und das Gesicht verzog.

»Ist es nicht schwierig, Vegetarierin zu sein?«, fragte ich.

»Kein Stück«, antwortete Kaja. »Doch, beim essen gehen. Ich kann nicht begreifen, warum es den Restaurants so schwer fällt zu kapieren, dass es in dieser Stadt jede Menge Leute gibt, die weder Fleisch noch Fisch essen.«

»Im Ausland hat man das schon längst verstanden«, sagte ich. »Da gibt es immer vegetarische Alternativen.«

»Schwedische Restaurants sind träge«, fand Kaja.

»Aber ist es nicht auch unangenehm im Umgang mit anderen?«, fragte ich. »Was machst du, wenn du zu einem Abendessen eingeladen bist und es Rehrücken gibt?«

Kaja lachte.

»Bei meinen Freunden gibt es nicht so oft Rehrücken«, erklärte sie mit einem amüsierten Funkeln in den Augen.

»Ist es für dich ein Problem, dass ich Fleisch esse?«

»Nein, du kannst essen, was du willst«, meinte Kaja.

Dann schaute sie auf meinen leeren Teller, muhte wie eine Kuh und wieherte wie ein Pferd.

»Iss, was du willst«, wiederholte sie gut gelaunt.

»Hör jetzt auf«, sagte ich. »Du verdirbst mir den Appetit. Was habe ich bestellt? Salat, oder?«

»Scherz beiseite«, sagte Kaja, »ich erlaube mir kein Urteil darüber, was andere essen. Kein Fascho-Kram. Jede macht, was sie will. Aber ich will keine toten Tiere essen.«

»Dann wird es schwer, dich zum Abendessen einzuladen«, meinte ich.

»Kaum«, sagte Kaja. »Du ahnst gar nicht, durch wie viele Abendessen bestehend aus Kartoffeln, Gemüsesalat und Dressing ich mich schon gegessen habe. Außerdem ...«

Sie klopft sich auf ihren nicht vorhandenen Bauch.

»... werde ich langsam ein bisschen fett. Zeit, sich etwas zurückzuhalten.«

»Red keinen Stuss!«, sagte ich bestimmt. »Du siehst anorektisch aus.«

Das stimmte nicht ganz. Kaja war schlank, aber auf hübsche und nicht auf ungesunde Weise. Sie hatte einen zierlichen Körperbau, sah aber zugleich ziemlich stark aus. Sehnig irgendwie.

»Neee«, widersprach Kaja ärgerlich lächelnd und kniff sich in die Haut, »hier legt jemand langsam zu! Jetzt ist für eine Weile Diät angesagt.«

Alles, was Kaja sagte, klang ironisch. Es war schwer zu beurteilen, wann sie es ernst meinte.

»Dann darf ich dich aber zumindest zu Gemüse einladen«, schlug ich vor. »Dann kannst du ein paar Leute aus der Oberschicht kennen lernen. Das würde dir bestimmt gut tun. Und dann lernst du auch meinen Mann kennen.«

»Danach sehnt er sich bestimmt«, sagte Kaja trocken.

»Er würde sich freuen, dich kennen zu lernen«, behauptete ich.

»Das glaube ich erst, wenn ich es sehe«, entgegnete Kaja. »Da wäre er der erste in einer langen Reihe von heterosexuellen verheirateten Männern, der das so sieht.«

»Ich mag engstirnige Menschen nicht«, sagte ich.

»Ich werde nicht richtig schlau aus dir«, erklärte Kaja. »Ich meine, ich finde dich auf einer Ebene gut. Du hast vernünftige Ansichten. Du bist ziemlich feministisch. Aber wie du gleichzeitig bürgerlich wählen kannst, begreife ich nicht.«

»Das ist doch nicht weiter erstaunlich, oder?«, fand ich. »Ich bin in einem konservativen Umfeld aufgewachsen. Die meisten, die du kennst, kommen bestimmt aus linken Kreisen. Man entscheidet sich für das, was man gewohnt ist. Außerdem stimme ich den bürgerlichen Parteien in einer Menge Fragen zu.«

»Die da wären?«, fragte Kaja. »Einsparungen? Oder Einwanderungspolitik? Oder ein goldener Händedruck für die Wirtschaftsbosse?«

»Einen goldenen Händedruck gibt es überall unter Männern. Rassismus auch. Und die Sozis sparen genauso viel ein wie die Konservativen.«

»Aber was gefällt dir dann an denen?«

Wir hatten uns beide in Rage geredet und schrien uns mehr oder weniger laut an. Ein Paar am Nebentisch schaute von seinen Biergläsern auf und glotzte betreten.

»Ich finde die Schulpolitik der Konservativen viel besser als die der

Linken«, sagte ich. »Schau dir doch nur an, wie die Sozis und Linken das ganze schwedische Schul- und Universitätssystem ausgehöhlt haben! Das war ein riesengroßer Fehler!«

»Du willst bestimmt auch Privatschulen haben«, giftete Kaja.

»An Privatschulen gibt es nichts auszusetzen! Hier liegt der Fehler darin, dass man unterschiedliche Berufsgruppen so unterschiedlich bewertet! Aber wir müssen die junge Generation ausbilden! Es ist eine Schande, was daraus geworden ist; die Lehrergehälter sind unter Niveau und Akademiker haben überhaupt keinen Status!«

Der Kellner räusperte sich. Wir schauten erstaunt auf.

»Salat?«, fragte er. »Und ein vegetarisches Abendessen?«

Wir bekamen die Gerichte vorgesetzt, aber keine begann zu essen.

»Und über die Einstellung der Linken zur Wirtschaft brauchen wir gar nicht erst zu reden«, sagte ich.

»Da gibt es eine unrealistische Verschwörungstheorie, die davon ausgeht, dass ›sie‹ ›uns‹ andauernd unser Geld wegnehmen wollen. Das Kapital darf gern ins Ausland gehen und auch an die Großunternehmen, gleichzeitig werden geringere Arbeitslosigkeit, die Sechs-Stunden-Woche und ein erweiterter öffentlicher Sektor gefordert! Woher soll all das Geld kommen?«

»Du hast das ganze Scheißgequatsche über die Linken geschluckt, wie ich höre«, stellte Kaja grimmig fest und zündete sich eine Zigarette an. »Natürlich ist Geld da. Aber nicht da, wo das Geld gebraucht wird.«

»Iss jetzt!«, sagte ich. »Dein Essen wird kalt.«

»Iss selbst!«, sagte Kaja und stieß wütend Rauch durch die Nase aus.

»Kapierst du denn nicht, dass es unrealistisch ist, alle Kapitalisten rauszuwerfen und gleichzeitig den öffentlichen Sektor auszubauen? Die Leute müssen genug Geld verdienen, damit sie so besteuert werden können, dass der öffentliche Sektor Einnahmen, das heißt Steuermittel, verbuchen kann! Man kann von den Leuten nicht mehr Steuern verlangen als sie haben!«

»Das ist nur nebensächliches Geschwätz«, meinte Kaja. »Dir ist doch wohl klar, dass Geld da ist, wenn die Direktoren sich auf einen goldenen Händedruck über zwanzig Millionen einigen, oder? Das ist so was von unmoralisch, dass es stinkt! Weißt du, was eine Krankenschwester verdient?«

»Nein«, murmelte ich.

»Zwölf- bis dreizehntausend Kronen im Monat!«, stänkerte Kaja und schlug mit der flachen Hand auf den Tisch. »Erzähl mir nichts von fehlender Moral in dieser beschissenen Gesellschaft!«

Ich schwieg. Plötzlich fiel mir ein, dass ich auch nicht aus dem Stegreif wusste, was ein Liter Milch kostete, worauf Politiker in Zeitungsinterviews häufig antworten mussten. Ich hoffte, Kaja würde das nicht fragen.

»Und das beschissene Menschenbild der Rechten«, fuhr Kaja fort. »Das ist so was von widerlich, dass ich einen zuviel kriege. Wenn ich Carl Bildt reden höre, möchte ich am liebsten kotzen.«

Sie legte die Zigarette ab und strich sich das Haar aus dem Gesicht, das sie zu einer schnodderigen, überheblichen Miene verzog.

»Wir müssen die Einwanderrrung auf die begrrrenzen, die wirrrklich darauf angewiesen sind und die der Ungelernten herrrabsenken!«, sagte sie, das R im perfekten Carl-Bildt-Dialekt rollend.

Dann fiel sie in ihren normalen Tonfall zurück.

»Einwanderer, allein stehende Frauen mit Kindern, Opfer von Misshandlungen, Alkoholiker, diese Leute wollen die Konservativen unter den Teppich kehren. Dann wird von notwendiger Arbeitslosigkeit geredet. Notwendig für was? Um die Löhne zu drücken. Die Leute leben unter dem Existenzminimum, aber das ist Bildt und seinen beschissenen Anhängern ja total scheißegal.«

Bildts beschissene Anhänger, das waren meine Verwandten und Bekannten. Ich sah eine ganze Kavalkade von Gesichtern vorüberziehen; ich hatte selbst einige gute Freunde, die eng mit ihm zusammenarbeiteten. Aber jetzt war wohl nicht der richtige Augenblick, das zu erwähnen.

Die Bedienung kam abermals, ein langer, schmaler Schatten in Weiß.

»Hat das Essen nicht geschmeckt?«

Wir blickten auf. Höflich, nett, aber mit einer hochgezogenen Augenbraue. Ironie.

»Doch, klar«, antwortete ich, lächelte ihn an und schaufelte den Salat schuldbewusst in mich hinein. »Supergut!«

»Wir sind nur einfach nicht einer Meinung«, erklärte Kaja grimmig. »Wenn ich sie erwürgt habe, können wir wohl jede ein Bier kriegen?«

»Zwei Bier«, sagte der Kellner, lächelte und verzog sich.

Wir aßen unter Schweigen ein paar Bissen. Plötzlich steuerte ein Typ auf unseren Tisch zu, der stark einem Schaf ähnelte. Er trug abgenutzte Lederfetzen und kaputte Jeans, seine Zähne standen weit vor und das Haar war ungekämmt. Er wirkte irgendwie ein bisschen debil. Aber der Eindruck konnte auch nur auf meinen Vorurteilen beruhen; die Hälfte aller, die ich kannte, war die ganze Mittelstufe freiwillig mit einer Zahnspange herumgelaufen. Der Druck, gut auszusehen. Vor allem anderen.

»Hallo, Lusen«, sagte Kaja. »Lusen, das ist Sofa.«

Wir gaben uns die Hand. Lusen erwies sich als ein alter Kumpel von Kaja, der mit seiner Clique an einem anderen Tisch saß.

»Darf ich mich eine Minute z-zu euch setzen?«, stammelte er.

»Klar!«, antwortete Kaja.

Lusen drehte am Tischende einen Stuhl um und setzte sich rittlings darauf, die Arme auf der Rückenlehne verschränkt.

»W-worüber redet ihr gerade?«, fragte er.

Am besten packte man den Stier bei den Hörnern. Er brüllte immer noch.

»Ich erkläre Kaja gerade, wie ich eine Konservative und zugleich Feministin sein kann«, erklärte ich. »Kaja glaubt, alle Konservativen fressen Kinder zum Abendessen.«

»Tun sie das denn n-nicht?«, fragte Lusen.

Ich deutete mit Unschuldsmiene auf meinen Teller, wo sich vereinzelte Endivienblätter mit hellen, orangefarbenen Möhren und gewürfeltem Obst tummelten.

»Du siehst doch, ich esse Salat!«

»Sofa ist ein braves Mädchen«, verkündete Kaja. »Sie hat nur bestimmte Dinge noch nicht kapiert.«

»Ganz im Gegenteil«, protestierte ich. »Kaja sollte mal zu mir nach Stocksund zum Abendessen kommen, dann wird sie jede Menge nette Konservative kennen lernen und ihre Vorurteile über Bord werfen.«

»Ich habe nicht gesagt, dass ich komme«, rief Kaja.

»Du willst die Wirklichkeit nicht so sehen, wie sie ist. Du willst nur mit einer Menge Schablonen leben.«

»Du bist es, die die Wirklichkeit nicht sehen will, wie sie ist! Du solltest mal ein paar von meinen Freundinnen kennen lernen und sehen, wie es den Leuten wirklich geht!«

Lusen starrte uns an. Ein Grinsen breitete sich auf seinem Gesicht aus. Jetzt sah ich, dass die Zähne auch Nikotin-Verfärbungen hatten. Oder vielleicht stammten sie vom Kaffee.

»So wie ihr euch anhört«, sagte er, »könnte man meinen, ihr seid ineinander ver-ver-verliebt.«

Wir verstummten. Dann lachte Kaja laut auf. In diesem Moment kam die Bedienung mit unseren goldgelben Biergläsern.

»Ja, das fehlte gerade noch«, sagte sie zu Lusen. »Oberklassen-Mädel und Schriftstellerin Sophie hat eine lesbische Beziehung zu einer Radikalfeministin.«

»Wo ist An-Anna?«, fragte er.

»Wir treffen uns später mit ihr«, antwortete Kaja.

Sie machte plötzlich ein ernstes Gesicht und vermied, einen von uns anzuschauen. Stattdessen trank sie große Schlucke von ihrem Bier. Lusen stand auf.

»Jetzt g-geh ich«, kündigte er an.

»Mmmm«, sagte Kaja. »Tschüss, Lusen.«

Er kehrte an seinen Tisch zurück, wo sich alle Köpfe unmittelbar in unsere Richtung drehten. Kaja schaute ihm nach. Dann hob sie einen Arm zur Begrüßung der anderen, die dort saßen.

»Er ist ein netter Kerl«, sagte sie und wich meinem Blick aus. »Aber da oben nicht der Hellste.«

Ich schaute sie an, all ihre Sommersprossen, die Silberringe, das dunkle Haar. Ich wollte nicht, dass das Abendessen zu Ende ging. Demonstrativ knabberte ich jede Möhre einzeln, während wir uns weiter unterhielten. Wir würden Anna um elf Uhr treffen und in den Frauenklub gehen, aber das war keine so große Verlockung mehr. Ich wollte Kaja lieber für mich allein haben und setzte die Diskussion fort. Und ich wollte nicht, dass der Abend zu schnell zu Ende ging. Es war nicht schön, in ein leeres Haus zurückzukehren, auch wenn die Hunde dort auf mich warteten und ich alle Lampen und das Radio angelassen hatte.

Wir tranken etliche Starkbier und mehrere Tassen Kaffee, dann sah Kaja plötzlich auf die Uhr.

»Oh!«, sagte sie. »Zehn nach elf! Wir müssen los!«

Wir bezahlten und brachen auf. Vor dem Pelikan hatte Kaja ihr Fahrrad mit einer starken Kette angeschlossen, die mehrmals um einen Laternenmast geschlungen war. Es erinnerte an ein gehörntes, angekettetes Ungeheuer aus einer Rittersage.

»Spring auf«, sagte sie. »Ich nehme dich mit.«

»Du bist blau«, entgegnete ich zögernd.

»Sonst schaffen wir es nicht rechtzeitig«, meinte Kaja. »Außerdem bin ich eine Teufelsradlerin.«

Ich sprang auf den Gepäckträger auf. Kaja strampelte los und ich hatte die Arme fest um sie geschlungen. Sie roch etwas seltsam, eine Mischung aus Mottenpulver und einem mysteriösen Parfüm, vermutlich eine billige Kopie. Wie hießen die noch alle? Tigerbalsam. Moschus. Patschuli. Etwas Radikales. Ich duftete wie immer nach Paris von Yves Saint-Laurent.

Autos hupten. Mein kurzer Rock war mir schon halb über die Hüften hochgerutscht.

»Halt dich fest«, sagte Kaja und brauste quer über die Folkungagatan. »Und halt nach den Bullen Ausschau.«

Ich schaute mich um. Der Boden unter uns hüpfte und schaukelte, und mir tat der Hintern weh. Straßenlaternen rauschten vorbei. Da bremste ein Wagen scharf, begleitet von einem kurzen, aber kräftigen Sirenengeheul. Ein Polizeiauto.

»Scheiße«, sagte Kaja.

Ich sprang so schnell ab, dass ich ein kurzes Stück den Gehweg entlang rennen musste, ehe ich zum Stehen kam. Ein Polizist stieg aus dem Wagen und hielt uns an.

»Was war das denn eben?«, fragt er.

»Guten Abend«, sagte Kaja und lächelte. »Danke gut. Und selbst?«

Bitte, bitte nicht frech werden. Hier war jetzt mein Einsatz gefragt, sofort.

»Man darf niemanden auf dem Gepäckträger mitnehmen«, sagte der Polizist. »Dafür gibt es ein Bußgeld.«

»Das war meine Schuld«, behauptete ich und überlegte blitzschnell. »Ich habe Schmerzen in einem Bein und kann kaum gehen. Und wir konnten kein Taxi nehmen, weil wir das Fahrrad dabeihatten.«

Der Polizist musterte uns. Er dachte nach.

»Ich könnte Ihnen dafür ein dickes Bußgeld aufbrummen«, erklärte er. »Wohin wollen Sie?«

»Wir wollen zu einer Bekannten, die wohnt gleich da vorne«, log Kaja

»Eine Harley Davidson«, erklärte sie.

»Hey, Kaja«, sagte Sonja. »Und was für fesche Damen! Meine Verehrung!«

Sie küsste Kaja und mir die Hand und bedachte außerdem Anna und Kaja mit einer Umarmung. Dann ließ sie uns hinein. Mein Herz hämmerte, nicht zuletzt bei dem Gedanken daran, dass ich vielleicht erkannt werden würde. Es hatte etwas Erniedrigendes, in einem lesbischen Klub gesehen zu werden; ein Detail, das ich vorher nicht bedacht hatte. Keine Männer. Hässliche alte Schachteln. Irgendwie peinlich. Und jetzt war es soweit.

Kaja hielt meine Hand fest in ihrer und lotste mich um eine ganze Gang herum, die an der Garderobe herumhing. Alle musterten uns. Kaja nickte jemandem zur Begrüßung zu und es wurde eifrig getuschelt, als wir vorbeigingen. Ich wusste nicht, ob sie mich erkannt hatten oder nicht; vermutlich nicht, aber ausgeschlossen war es nicht. Jemand würde mich bestimmt erkennen und dann würde das Gerücht die Runde machen. Solche Dinge wurden schnell zum Stadtgespräch. Nichts verbreitete sich so rasch wie schlechte Nachrichten.

Im Klub war es dunkel und die Musik dröhnte. Kaja zog mit mir an die Bar, wo eine Clique ihrer Freundinnen stand, sich unterhielt und Bier trank. Da war besagte Liza, die manchmal bei Kaja wohnte, und noch zwei Frauen aus Malmö, Toni und Monika, die eigene Lieder schrieben und gemeinsam in einer Band spielten. Kaja stellte mich ihnen allen vor und kaufte dann zwei Bier. Plötzlich und ohne dass mir klar war, wie es dazu gekommen war, hatte ich das Gefühl, als würde mir wie von einem Mann der Hof gemacht. Kaja ließ mich kaum aus den Augen, auch wenn sie sich mit einer anderen unterhielt. Immer wenn sich unsere Blicke trafen, lächelte sie und mein Inneres zog sich zusammen. Ich war offensichtlich sehr viel betrunkener als ich gedacht hatte.

»Danke für heute Abend!«, rief ich Kaja durch die Musik zu. »Ich finde es toll, mit dir zu diskutieren, auch wenn wir nicht einer Meinung sind!«

»Gleichfalls!«, schrie Kaja zurück. »Du brauchst einfach etwas mehr Infos, damit du weißt, wovon du sprichst, dann wird aus dir wohl auch noch eine aus dem Volk!«

Ich tat, als wollte ich ihr in den Magen boxen. Sie packte lächelnd meine Handgelenke und drehte mir die Arme um –, wieder das gleiche saugende Gefühl in Bauch. Ihre Augen funkelten im Dunkeln blauschwarz und sie lächelte, dass die Zähne aufblitzten. Ich befreite mich mit einer scherzhaften Miene und drehte mich zur anderen Seite.

Um die Gedanken zu zerstreuen, sah ich mich in der Kneipe um und beobachtete die anderen anwesenden Frauen. Es war eine bunte Mischung, die sich dort bewegte. Es gab alles – von klassisch weiblichem Aussehen mit langem Haar und kurzem Rock bis hin zu solchen Lesben, die dem Stereotyp entsprachen, das ich kannte, mit Kurzhaarschnitt und langen Hosen. Einige junge Frauen waren wirklich so hässlich wie es von Lesben behauptet wurde, wogegen bei manch anderer Frau jedem Mann die Zunge aus dem Hals gehangen hätte.

In letztere Kategorie fiel Kajas Freundin Liza. Sie war hübsch wie ein Wikingermädchen, hatte volle Brüste, eine schmale Taille, lange knallrote Haare und ein breites Lächeln. Dieses warmherzige Lächeln breitete sich wellenartig in der Gruppe aus. Ich sah, dass die jungen Frauen um uns Liza lüsterne Blicke zuwarfen. Eine Frau in weißem Hemd und Schlips kam mit einem Bier für sie an und gab ihr dann einen Handkuss. Plötzlich packte mich diese überwältigende Situation. Es war wie die Landung auf dem Mars ohne Vorwarnung.

Ich öffnete den Mund, um Kaja etwas zu sagen, aber in dem Augenblick kam eine junge Frau auf mich zu. Sie war ziemlich kleingewachsen, mit kurzen, blonden Haaren, Brille und Lederweste.

»Hallo!«, begrüßte sie mich.

»Hallo!«, entgegnete ich.

»Ich wollte nur sagen, dass mir deine Bücher sehr gut gefallen.«

Erkannt.

»Danke«, sagte ich. »Wie nett von dir, dass du es mir sagst. Das hört man immer gern.«

Sie lächelte breit. Auf der einen Seite ihres Gebisses hatte sie einen Goldzahn.

»Schön, dass du hier bist«, meinte sie. »Ich habe immer schon das Gefühl gehabt, dass du ... oder, wie soll ich mich jetzt ausdrücken?«

»Ich bin nicht lesbisch, falls du das glaubst«, erklärte ich kühl. »Ich bin mit einem Mann verheiratet. Aber ich habe Freundinnen hier.«

»Aha. Okay«, sagte sie, lächelte wieder breit und schaute mich säuerlich an. »Aber wer weiß? Vielleicht sehen wir uns wieder.«

Dann ging sie. Mein Gesicht glühte.

»Hast du eine Verehrerin gefunden?«, fragte Kaja und zwinkerte mir zu.

»Sie hat mich erkannt«, antwortete ich.

Aus den Lautsprechern dröhnte gerade ein gutes Lied.

»Das ist wohl nicht zu vermeiden, oder? Aber das muss nicht bedeuten, dass du eine Lesbe bist.«

»Nein, das stimmt«, sagte ich ironisch, aber die Ironie flog irgendwie davon wie vom Winde verweht.

»Jedenfalls noch nicht«, sagte Kaja lächelnd. »Komm, lass uns tanzen.«

Wir gingen auf die Tanzfläche, wo Liza und eine Reihe anderer Freundinnen von Kaja sich schon zwischen den anderen Frauen drängten und den Refrain mitsangen, die Arme über ihren Köpfen. Ich fühlte mich schüchtern und nicht besonders selbstbewusst, aber zugleich auf eine neue Weise amüsiert und neugierig. Toni und Monika tanzten aufreizend miteinander, aber dennoch offensichtlich als Freundinnen. Beide waren groß und schlank, mit Kurzhaarschnitt und dick von schwarzem Kajal eingerahmten Augen. Kleine Schwestern von Chrissie Hynde; ich hatte vorher noch nie solche jungen Frauen gesehen. Kaja umfasste Liza von hinten und wiegte sich mit ihr hin und her, Liza warf ihr üppiges Haar zurück über Kajas Schulter und schloss die Augen. Ich schien niemandem besonders aufzufallen und nach ein paar Songs begann ich, mich zu entspannen. Ich sah junge Frauen an der Wand entlang stehen und die Tanzfläche beobachten, während sie sich miteinander unterhielten und mit dem Finger zeigten. Es war genau wie in jeder anderen Disco auch; es wurde gebaggert. Willst du heute Nacht bei mir schlafen? Brust an Brust, zwei weiche Körper. Trotzdem war es ein anderes Gefühl; weniger bedrohlich als in einem gewöhnlichen Klub. Es war ein neues und interessantes Erlebnis, nur mit Frauen in einem Tanzlokal zu sein.

Kaja war die ganze Zeit in meiner Nähe. Ich konnte nicht beurteilen, ob sie es aus Höflichkeit tat oder ob sie wirklich mit mir flirtete. Wir tanzten nicht gerade miteinander, vielmehr bewegten sich alle Frauen in der Gruppe mit- oder gegeneinander. Wer müde war oder ein Bier trinken wollte, ging einfach weg. Nach ungefähr zwanzig Minuten hatte ich genug.

»Ich gehe an die Bar«, brüllte ich Kaja ins Ohr.

Sie nickte und sagte etwas zu Liza. Dann begleitete sie mich an die Bar. Überall drehten sich die Frauen nach uns um. Ich konnte es nicht vermeiden, mir etwas paranoid vorzukommen.

»Warum glotzen die so?«, fragte ich leise.

Kaja zuckte mit den Schultern und wollte gerade antworten, als eine kleine Frau mit lockigem Haar und mürrischer Miene auf mich zukam. Sie stellte sich direkt vor Kaja, die Arme in die Seiten gestemmt. Kaja schaute sie müde an.

»Hallo, Lena«, sagte sie.

Lena schnaubte.

»Ich will nur sagen, ich würde es sehr schätzen, wenn du dich in Zukunft im Fernsehen etwas zurückhalten könntest«, meinte sie wütend.

»Aha«, sagte Kaja. »Was meinst du damit?«

»Ich habe mich nicht gerade über deine Art gefreut, wie du darüber sprichst, wie es den ›lesbischen Frauen‹ geht und wie ›lesbische Frauen‹ sind. Wie ich haben eine Menge Frauen langsam genug von deinen Klischees. Sprich für dich allein, aber sprich verdammt noch mal nicht für uns!«

Sie schwankte leicht. Offensichtlich war sie richtig betrunken, was eine Erklärung für ihren extrem unangenehmen Ton sein mochte. Eine Zicke von Gottes Gnaden. Ich konnte es mir nicht verkneifen, mich einzumischen.

»Entschuldige«, sagte ich, »aber findest du es nicht gut, dass man lesbische Frauen zu Wort kommen lässt? Außer Kaja traut sich kaum eine, so öffentlich aufzutreten und an Debatten teilzunehmen. Kannst du nicht verstehen, dass das wichtig ist, um euch als Gruppe sichtbar zu machen?«

Jetzt heftete Lena ihre glasigen Augen auf mich und schob die Schultern in meine Richtung vor.

»Ich weiß, wer du bist«, sagte sie und hielt mir ihren Zeigefinger mitten ins Gesicht. »Du bist eine von den Promi-Autorinnen. Du hast verdammt nochmal keine Ahnung, wovon du redest. Du quatschst doch selbst für andere und spielst die Feministin, obwohl du bestimmt stinkreich bist und eine Putzhilfe hast.«

»Jetzt mach mal halblang«, sagte Kaja.

»Und was machst du eigentlich hier?«, fuhr sie in meine Richtung fort. »Du bist keine Lesbe. Wir wollen dich hier nicht haben, schnallst du das?«

Mit diesen Worten taumelte sie weiter, eine kleine, kompakte Gestalt mit zusammengezogenen Augenbrauen. Kaja und ich schauten ihr nach.

»Ein Glück, dass die weg ist«, meinte Kaja. »Hätte sie nicht die Klappe gehalten, dann hätte ich ihr eine reingesemmelt, glaube ich.«

Dann drehte sie sich mit betrübter Miene zu mir um.

»Entschuldigung«, sagte sie. »Blöd, dass du ihr gleich beim ersten Mal hier über den Weg laufen musstest. Sie ist immer so.«

»Macht nichts«, sagte ich. »Ich frage mich bloß, was sie wollte. Sie scheint mir generell aggressiv zu sein.«

Kaja lachte.

»Sie kann es nicht ertragen, wenn andere Lesben Aufmerksamkeit bekommen«, erklärte sie. »Sie ist neidisch, ungnädig und selbstgerecht. Ich kapiere im Grunde, was ihr Problem ist.«

»Sie wirkt total anstrengend.«

»Aber weißt du, was die größte Ironie ist? Zweimal, als ich gefragt wurde, ob ich ins Fernsehen will, da habe ich denen stattdessen ihre Nummer gegeben und gesagt, es wäre gut, wenn sie ein paar neue Gesichter in der Glotze zeigen würden. Beide Male hat sie abgelehnt. Sie traut sich nicht, sagt sie, weil sie weder gegenüber ihrer Mutter noch auf der Arbeit offen lesbisch ist.«

»Aber wie um alles in der Welt kann sie dich dann so angreifen, obwohl du dich wirklich zur Verfügung stellst und für die lesbischen Frauen sprichst? Wenn sie sich selbst nicht traut, an die Öffentlichkeit zu gehen?«

Kaja lächelte etwas schief. Ihre Sommersprossen leuchteten.

»Du hast nie in einer Subkultur gelebt«, sagte sie. »Natürlich gibt es viele gute Frauen. Aber es gibt auch eine Menge Neid und Wut, und du musst dich verdammt in Acht nehmen, wenn du dich abhebst. Einige sind sauer auf mich, wie du gehört hast, weil mir die Rolle einer Art Lesbe der Nation zugewiesen wurde.«

»Wie blöd«, entgegnete ich. »Davon haben doch alle etwas. Und du kannst doch nichts dafür, dass dich die Leute so sehen!«

»So ist das aber.«

Ich dachte nach.

»Irgendwie weiß ich wahrscheinlich, was du meinst«, erklärte ich. »Der Adel und die Oberschicht sind wohl so etwas wie eine andere Art von Subkultur in Schweden. Es ist eine kleine Gruppe, die zum Teil ein abgeschirmtes Leben führt. Und auch dort sieht man es nicht gern, wenn jemand aus dem Rahmen fällt.«

Kaja brüllte vor Lachen und suchte Halt an der Wand.

»Jetzt übertreibst du aber!«, keuchte sie. »Du nennst die Oberklasse eine Subkultur?«

»Lach du nur. Du weißt nicht, wovon ich rede.«

Sie beruhigte sich etwas und wischte sich die Tränen aus den Augen.

»Aber ist ja klar ...«, sagte sie. »Du schreibst ziemlich provokante Bücher. Was sagt die Oberschicht dazu?«

Ich lachte.

»Einige sagen, sie sind froh, dass meine Großmutter vor Erscheinen meines ersten Buches gestorben ist«, antwortete ich. »Andere finden es gut, dass man den adeligen Mädchen den Stempel der passiven, hübschen Landpomeranze abwäscht.«

»Aber das kannst du trotzdem nicht vergleichen«, meinte Kaja. »Das ist dir doch klar, oder? Denn der Adel und die Oberklasse sind gegenüber uns anderen immer im Vorteil. Da könnt ihr euch Subkultur nennen, bis ihr im Gesicht blau anlauft.«

»Ich weiß«, sagte ich. »Und das meine ich damit auch nicht. Aber ich weiß einiges darüber, was es heißt, zu einer geschlossenen Gruppe mit eigenem Regelwerk zu gehören und dann etwas von der Norm abzuweichen. Damit macht man sich nicht besonders beliebt.«

Kaja sah mich an. Ihre Augen blitzten geladen, aber freundlich, und der Anflug eines Lächelns überzog ihr Gesicht.

»Ich weiß nicht, Sofa«, sagte sie. »Ich finde, du bist in manchen Dingen ziemlich daneben. Und in anderen gut. Du hast kranke Ansichten, das ist nicht zu übersehen.«

»Danke gleichfalls«, sagte ich.

Sie zog an der Zigarette.

»Aber ich glaube, du bist ziemlich mutig«, sagte sie. »Das glaube ich wirklich.«

Wir sahen uns lange an. Ehe ich etwas sagen konnte, kamen Liza und Anna dazu, verschwitzt und erregt. Anna legte gleich den Arm in einer Weise um Kajas Nacken, die nicht misszuverstehen war: Ich besitze sie, sie gehört mir. Mit Sommersprossen und allem.

»Super Stimmung!«, stellte Liza fest. »Endlich wird mal gute Musik aufgelegt! Mariela ist heute Abend die D-Jane. Sie ist wirklich Spitze.«

»Au weia«, sagte Anna und schaute über unsere Schultern hinweg, während sie sich eine blonde Haarsträhne aus dem Gesicht pustete. »Jetzt prügeln die sich wieder.«

Das Klirren von zerschlagenen Gläsern drang zu uns. Wir drehten uns um. Im hinteren Teil des Raumes kam eine Flasche durch die Luft gewirbelt. Aufgeregte Stimmen wurden laut. Einige Frauen torkelten über den Boden, vollauf damit beschäftigt, einander niederzuringen. Sonja, die Türsteherin, kam an uns vorbeigelaufen und versuchte in die Schlägerei einzugreifen.

»Warum prügeln die sich?«, wunderte ich mich.

Kaja lachte und schüttelte den Kopf.

»Eifersucht«, antwortete sie. »Untreue. Spannungen auf verschiedenen Ebenen. Die Gruppe ist so klein, dass die Beziehungen sich immer irgendwann überkreuzen, und das führt dazu, dass man ganz durcheinander kommt.«

Sonja trennte die Frauen und versuchte ihnen ins Gewissen zu reden. Sie atmeten beide aufgeregt und starrten sich an. Niemand außer mir schien sich darüber zu wundern. Stattdessen legte Anna Kaja den Arm um die Taille und bestellte ein Bier. Dann drehte sie sich zu mir um. Ihre hellblauen Augen waren ruhig und schauten mich forschend an.

»Wie gefällt es dir?«, fragte sie. »Du bist doch noch nie hier gewesen, oder?«

»Nein«, antwortete ich. »Das ist das erste Mal. Was soll ich sagen? Es ist ... anders!«

»Diese beschissene Lena hat Sofa und mich angegiftet«, erklärte Kaja. »Wir haben einen ordentlichen Anschiss gekriegt. Zumindest soweit sie dazu in der Lage war. Lena ist gestört. Sie ist neidisch und zugleich feige.«

»Gelungene Kombination«, sagte ich.

Im Hintergrund waren wieder die lauten Stimmen der beiden Kämpferinnen zu hören. Sie zeigten mit dem Finger aufeinander und schrien Sonja an.

»Bist das erste, aber nicht das letzte Mal hier, oder?«, fragte Liza und lachte.

Dann beugte sie sich vor und schüttelte ihr Haar aus, warf es nach hinten und nahm mich bei der Hand. Sie erinnerte mich etwas an Rita Hayworth.

»Komm, Sofa, jetzt tanzen wir noch eine Runde.«

Ich folgte ihr. Als ich mich umdrehte und zu Kaja und Anna sah, küssten sich die beiden leidenschaftlich. Kaja hatte eine Hand auf Annas Brust, und Anna streichelte Kaja den Körper entlang. Ich hatte so etwas noch nie gesehen. Nicht so.

***

»Aber das war super!«, sagte ich zu Baby. »Wir haben geredet und getanzt, ich wurde von einer sauren Kampflesbe beschimpft, und dann haben sich zwei Frauen geprügelt. Und anschließend sind wir zu Anna nach Hause gefahren und haben Tee getrunken.«

Ich saß auf dem Rand der Badewanne, den Telefonhörer zwischen Schulter und Ohr geklemmt, die Füße auf dem Klodeckel. Es war Sonntag und ich war gerade dabei, mir die Fußnägel zu lackieren. Die Hunde linsten vorsichtig um die Ecke zu mir und schnupperten misstrauisch in der Luft. Sie mochten den Geruch von Nagellack nicht. Ich war von all meinen Eindrücken des Vortages erfüllt. Kajas Persönlichkeit hatte mich dermaßen beeindruckt wie schon sehr lange niemand mehr. Ich war von oben bis unten voller Leben und voll sprühender Freude.

»Wie bitte?«, fragte Baby. »Eine Kampflesbe?«

Ich lachte.

»Du weißt schon. So eine reizbare, vierschrötige Frau, die aussieht wie ein LKW-Fahrer.«

»Hmm«, sagte Baby. »Und wie sehen die anderen aus, die keine LKW-Fahrer sind?«

»Wie Rita Hayworth.«

Rita Hayworth war eine von Babys Lieblingsschauspielerinnen.

»Aha, wirklich? Und zwischen diesen beiden Extremen tauchst du als neugierige Flipperkugel auf. Mit allem was inklusive Schlägerei dazugehört.«

»Ich kann es nicht genau erklären, aber es war ein sehr lustiger Abend. Ich hatte wirklich meinen Spaß.«

»Das glaube ich dir sofort«, meinte Baby trocken. »Es gibt bestimmt keine Festivität, bei der du dich nicht wohl fühlst.«

»Da bist du gerade die Richtige!«, protestierte ich.

Baby war ein berühmt-berüchtigtes Partygirl, die selten ein Fest verließ, bevor der Diskjockey aufgehört hatte aufzulegen, und nie eine Aftershow-Party ausfallen ließ.

»Okay, okay«, sagte Baby. »Vielleicht bin ich nur neidisch, weil ich nicht dabei war.«

Meine Nägel waren fertig. Ich wackelte mit den Zehen und schraubte das Nagellackfläschchen zu.

»Nächstes Mal«, sagte ich. »Kaja und ihre Freundin Anna sind supernett. Sie finden es gut, wenn Männer dabei sind. Und ich habe von dir erzählt. Sie haben gefragt, ob du mit mir zum Abendessen zu ihnen kommst.«

»Hmm«, antwortete Baby. »Und diese Freundin, die leidet nicht unter Eifersucht?«

»Eifersucht? Warum sollte sie?«, antwortete ich.

»Nur eine harmlose Frage.«

»Jetzt machst du dich lächerlich.«

»Wann kommt Lukas zurück?«, fragte sie.

»Dienstag, Warum?«

»Eine weitere harmlose Frage. Ich leide an natürlicher Neugier. Genau wie du.«

Meine Nägel leuchteten vor den weißen Kacheln wie Stoppschilder.

»Was soll das heißen?«

Sie lachte.

»Nichts, du Dummerchen. Sei nicht so misstrauisch!«

5

»Ich war mit Kaja und ihrer Freundin in einem lesbischen Klub«, verkündete ich.

Ich lag auf dem Bett, den Kopf in die Hand gestützt und sah Lukas beim Auspacken zu. Er lachte belustigt und schüttelte den Kopf.

»Du bist verrückt. Wie war's denn?«

»Ziemlich super. Viel Bier und viel Tanzen. Willst du's wissen?«

»Ist doch klar.«

»Zuerst waren Kaja und ich im Pelikan und haben allein zu Abend gegessen ...«

»Hat sie nicht eine Freundin?«

»Doch, sie heißt Anna, aber sie ist wie du. Sie findet es in Ordnung, wenn Kaja sich mit anderen Freundinnen trifft, ohne dass sie dabei ist.«

Lukas gab keine Antwort. Er war mit dem Auspacken seiner sieben Sachen beschäftigt; Kulturbeutel aus schwarzem Leder, Reisewecker, kleine Ledertasche mit Rasierzeug. Gestreifte Hemden, gemusterte Schlipse. Nie umgekehrt.

»Dann sind wir in diesen Klub gegangen, der bei Slussen ist ...«

»Bei Slussen? Da ist es abends total ekelig, besonders am Wochenende. Ihr habt doch ein Taxi genommen?«

Lukas' Augen richteten sich auf mich, rund, beunruhigt, nussbraun.

»Nein, Kaja hat mich auf ihrem Fahrrad mitgenommen. Wir sind von den Bullen angehalten worden und alles.«

»Bist du deinen Führerschein losgeworden?«

»Nein, natürlich nicht. Der Bulle war nett.«

»Ich dachte, du würdest immer ›Polizist‹ sagen.«

»Mmm. Aber ›Bulle‹ klingt lustiger. Egal, unten im Klub war es wie in jeder anderen Disco auch, aber nur mit Frauen! Verstehst du? Du hättest dich gefühlt wie im Himmel.«

»Vielleicht.«

Karierte Boxershorts, weiße Boxershorts, Boxershorts mit kleinen Weihnachtsmännern und Rentieren. Keine eng anliegende Unterwäsche.

»Und dann haben wir Bier getrunken, getanzt und hatten unseren Spaß. Ist das da sauber?«

Er faltete gerade sorgfältig eins der gestreiften Hemden zusammen.

»Ja. Hat eine mit dir geflirtet?«, fragte er.

»Neeein«, antwortete ich unschuldig und setzt mich auf. »Ich glaube, die finden mich zu feminin. Uninteressant irgendwie.«

»Was ist denn interessant? Frauen, die aussehen wie Männer?«

»Weiß ich wirklich nicht. Ich bin in meinen Studien noch nicht so weit gediehen.«

Lukas legte das Hemd behutsam in eine Schublade und schob sie lautlos zu. Der Koffer war leer, er klappte den Deckel mit einem Knall zu.

»Hat dich jemand erkannt?«

»Was meinst du damit?«

»Du bist zwar kein Megastar, aber du bist zumindest etwas bekannt. War da eine in dem Klub, die gesehen hat, das du es bist?«

»Warum denn?«

»Es ist wahrscheinlich nicht so spaßig, wenn über dich das Gerücht aufkäme, du seist lesbisch.«

Jetzt lachte ich laut, lauter als ich die Absicht hatte.

»Aber lieber Lukas! Wir leben doch nicht im 19. Jahrhundert.«

»Die Leute haben mehr Vorurteile als du glaubst.«

»Tja, dann sollen sie doch! Ich finde, Kaja ist eine wirklich tolle Frau, und ich habe vor, mich weiter mit ihr zu treffen und in jeden Klub zu gehen, in den ich will! Mein Gott!«

»Du machst, was du willst«, sagte Lukas. »Ich habe wenigstens gesagt, was ich davon halte. Kommst du mit den Hunden spazieren?«

Er ging vor mir in die Diele, ohne eine Antwort abzuwarten. Ich stand widerwillig auf und folgte ihm.

***

Am Mittwoch fuhr ich in die Stadt, um das Manuskript beim Fernsehsender abzugeben und dann ein paar Besorgungen zu machen. Das Nützliche mit dem Angenehmen verbinden; eine gute Entschuldigung, um wieder einmal mit dem Auto herumzufahren. Ich fuhr gern schnell, legte gern eine Kassette in den Rekorder, überholte gern männliche Autofahrer mit gerunzelter Stirn. Kindisch, aber amüsant.

Nachdem ich das Manuskript abgeliefert hatte, parkte ich in der City und ging zu NK. In der Schlange am Kaffeetresen in der zweiten Etage stand vor mir ein Hungerhaken, eine Frau mit weit fortgeschrittener Magersucht. Unter einer wollenen Strickmütze lugten fransige Büschel ihres Haars hervor. Sie sah so elend aus, dass mir schlecht wurde.

Plötzlich pfefferte sie mit aller Kraft ein Fünf-Kronen-Stück auf den gläsernen Tresen und sagte: »Sophie! Erkennst du mich denn nicht?«

Ich stutzte und sah auf, direkt in ein bekanntes Augenpaar. Das war aber auch das Einzige. Die Haut spannte sich über ihren Wangenknochen und sie hatte nässende Stellen im Gesicht. Die Frau sah aus als sei sie mindestens fünfzig Jahre alt und kürzlich aus einem Konzentrationslager entlassen worden. Sie würde bald sterben, das war deutlich erkennbar.

»Erinnerst du dich nicht mehr? Nina Axén. Handelshochschule.«

Die Stimme, der Tonfall. Meine Augen weiteten sich so, dass ich es selbst merkte. Und dann erkannte ich sie ganz und gar wieder.

»Nina!«, keuchte ich und umarmte sie.

Es war als hielte man ein Skelett mit daran schlotternden Kleidern im Arm. Sie war nur noch Haut und Knochen, nichts weiter. Als sie den Mund zum Sprechen öffnete, waren ihre Zähne dunkel und sahen aus als seien sie locker, von Karies oder Magensäure zerfressen.

»Nina!«, wiederholte ich.

Mir trat ein anderes Bild vor Augen. Ein Mädchen, einige Jahre jünger als ich. Blond, lächelnd, mit braunen Wangen und lachenden Augen, in der Sonne auf dem Sveavägen. Ein Eis, das langsam in ihren sonnengebräunten Händen schmolz. Die Linien des Körpers, kurvig, schlank, aber ganz normal. Nina, in einer Pause zwischen zwei Vorlesungen auf der Handelshochschule.

Ich konnte nicht aufhören, sie anzustarren, so wie sie heute vor mir stand, und konnte es auch nicht glauben. Mir kamen die Tränen.

»Bist du in Behandlung? Hast du einen Arzt deswegen aufgesucht?«

Nina lächelte, ein schiefes Lächeln, das mehrere Zahnlücken im Mund entblößte. Sie schien sich zu beruhigen, nachdem ich sie wiedererkannt hatte und es nicht vorzog, so zu tun, als sei nichts. Die Leute in der Schlange gingen um uns herum und starrten sie verstohlen an, wie es Menschen scheinbar überall und zu jeder Zeit tun müssen.

»Ich habe es versucht«, antwortete sie. »Aber es nützt nichts.«

Wir standen vollkommen reglos. Alles schien um uns still zu stehen oder mir schien es so, weil es mir nicht gelang, noch weitere Eindrücke aufzunehmen. Ich konnte nicht bestellen, wollte nicht mehr stehen bleiben. Ich hatte nur einen Gedanken: Weg von hier. Sie durfte nicht sehen, dass ich kurz vorm Heulen war.

»Was machst du? Wohnst du in Stockholm?«

Erzwungene Fragen. Das war es eigentlich nicht, was ich fragen wollte: Wie kam es soweit? Wie wurdest du so? Wessen Schuld ist das?

»Ich arbeite in einer kleinen Firma«, antwortete sie und lachte kurz, krächzend. »Ich nehme Telefongespräche entgegen. Sie trauen sich nicht, mich da einzusetzen, wo man mich sieht.«

Es war entsetzlich traurig. Nina war eine der besten und begabtesten Schülerinnen auf dem Gymnasium gewesen und war direkt weiter auf die Handelshochschule gegangen. Sie erkrankte während der Hochschulzeit an Magersucht und litt gleichzeitig an Bulimie. Sie war damals schon sehr schlank. Aber nicht so wie jetzt. Jetzt war sie eine lebende Tote.

»Nach der Arbeit gehe ich nach Hause und nehme eine Schlaftablette«, sagte sie, »und danke Gott dafür, dass wieder ein Tag zu Ende ist, sodass ich schlafen kann. Ich treffe mich mit niemandem. Die Leute können meinen Anblick nicht ertragen. Vor allem Männer nicht. Du müsstest mal hören, was mir männliche Alkoholiker und Junkies in der Stadt nachrufen. Oder kleine Kinder. Die sagen wohl die Wahrheit, nehme ich an.«

»Was ist mit deiner Familie?«, fragte ich.

»Meine Eltern wohnen in der Schweiz«, antwortete sie. »Ich glaube, sie haben mich aufgegeben. Häufig wollen sie noch nicht mal mit mir telefonieren; sie ziehen einfach den Stecker raus. Ich bin eine Schande für die Familie. Sie möchten eine hübsche, kleine Tochter haben, nicht das hier.«

Sie war eine hübsche, kleine Tochter gewesen, eine der hübschesten, die ich gekannt hatte. Jetzt lachte sie hohl, was zu einem Hustenanfall führte.

»Was ist mit deinen Brüdern?«, fragte ich, nachdem sie aufgehört hatte zu husten.

Ich erinnerte mich sehr gut an ihre Brüder. Beide richtige Stars, der eine Technologe, der andere ein paar Jahre vor Nina auf der Handelshochschule. Kurzes Haar, schlechte Witze, teure Klamotten, ein unverkennbarer Schweißgeruch. Nina lächelte und schnaubte zugleich. Davon spannte sich die Haut um ihre Lippen.

»Meine Brüder«, erklärte sie angewidert, »sind Männer. Sie sind die Glückspilze der Familie. Joakim ist Ingenieur und hat drei Kinder und Magnus wohnt mit seiner Frau, einem Fotomodell, in Paris. Sie sind schön, erfolgreich und begabt, ihre Frauen sind klug genug, schlank genug und haben Brüste, die groß genug sind. Die eine hat sich Silikonimplantate einsetzen lassen. Die hat ihr mein Bruder geschenkt. Ich dagegen bin verrückt im Kopf. Sie schämen sich für mich und wollen nichts mit mir zu tun haben. Am liebsten würden sie mich für unzurechnungsfähig erklären und in die Nervenklinik sperren lassen.«

»Oh, Gott.«

»Die beiden sind die Gewinner in der Familie«, erklärte Nina unerbittlich. »Ich bin die Verliererin. Ich habe gelernt, dass so unsere sympathische Gesellschaft funktioniert.«

»Du brauchst Hilfe, ehe es zu spät ist. Isst du etwas?«, fragte ich.

Sie zuckte mit den Schultern. Es sah so aus als würden die Knochengelenke gleich ihren Kleiderstoff durchstoßen. Dann verschwanden sie wieder in den Schultern.

»Ich versuche es. Ich habe eine Darmerkrankung bekommen, weil ich schon so lange magersüchtig bin, darum rutscht alles Essen einfach durch. Ich gehe immer in regelmäßigen Abständen ins Krankenhaus, damit ich an den Tropf komme. Es ist nicht so leicht, davon loszukommen, wie man meint.«

»Hast du mit jemandem gesprochen?«

»Eins steht jedenfalls fest«, sagte sie, ohne meine Frage zu beantworten, und lachte lautlos in sich hinein. »Jetzt bin ich zum ersten Mal in meinem Leben richtig wütend. Aber vielleicht ist jetzt die Zeit reif dafür.«

»Ich habe eine Adresse«, meinte ich. »Von einer Psychologin in Uppsala, die mir geholfen hat. Willst du sie nicht mal anrufen?«

Ich schrieb die Nummer auf einen Zettel. Meine Finger zitterten so, dass ich gezwungen war, so zu tun als müsste ich den Stift schütteln, damit sie mir gehorchten.

»Vielleicht«, antwortete Nina.

Sie beobachtete mich beim Schreiben. Ihren Augen entging nichts.

»Versprich mir, dass du sie anrufst!«

»Ich verspreche nichts«, entgegnete Nina. »Damit habe ich schon lange aufgehört. Aber du, können wir uns nicht sehen? Wenn du dich traust, meine ich.«

»Klar«, sagte ich, doch innerlich verspürte ich einen starken Widerwillen.

Ich bekam ihre Nummer und sie meine. Dann stolperte ich davon. Mir war speiübel, mir war zum Weinen. Meine Augen hatten sich mit Tränen gefüllt. Eine starke Wut kochte in mir hoch. Warum erging es Mädchen wie Nina so? Im Auto lehnte ich mich auf den Lenker und heulte. Ein Typ von der Autowäscherei ging mit einem Schlauch vorbei und glotzte mich an, aber das war mir egal. Ich putzte mir geräuschvoll die Nase. Anschließend rief ich Lukas von meinem Handy auf seiner Durchwahl an.

»Lukas.«

»Ich bin's.«

Die Tränen flossen.

»Was ist passiert? Was Schlimmes?«

»Ich weiß nicht, was ich sagen soll ... Nein, nichts Schlimmes. Oder doch. Aber nicht wie du denkst. Ich habe eine alte Schulfreundin getroffen.«

Lukas war am Telefon still.

»Sie ist so magersüchtig, dass ich glaube, dass sie stirbt.«

»Nicht diese Unterlagen«, hörte ich Lukas zu jemandem sagen. »Nimm den anderen Stapel zuerst. Entschuldige. Was hast du gesagt, ist sie?«

Die letzten Worte sagte er zu mir.

»Magersüchtig«, antwortete ich.

Der Parkplatz von NK sah heruntergekommener und verlassener aus denn je.

»Das verstehe ich jetzt nicht«, meinte Lukas. »Ist sie dünn?«

»Sie ist ausgemergelt. Sie wird sterben.«

»Du Arme«, sagte Lukas. »Ich kann verstehen, dass das unangenehm war.«

»Nicht ich muss dir Leid tun!«, entgegnete ich, während die Wut in mir aufwallte und die Tränen wieder zu kullern begannen.

Ich hörte eine Stimme im Hintergrund.

»Ich komme«, sagte Lukas zu jemandem.

»Du«, fuhr er dann an mich gerichtet fort, »können wir nicht darüber sprechen, wenn ich heute Abend nach Hause komme? Ich kann jetzt gerade nicht.«

»Klar«, antwortete ich.

»Ich liebe dich«, sagte Lukas.

Dann legte er auf.

Ich starrte den Wagen und fuhr aus der Garage. Unten auf der Hamngatan wählte ich Babys Nummer, hatte aber nur ihren Anrufbeantworter am Ohr. Ich bat sie, mich anzurufen, wenn sie nach Hause kam. An der nächsten roten Ampel kramte ich mein Filofax hervor und wählte Kajas Nummer am Arbeitsplatz.

»Ja, hier Kaja.«

»Hallo, ich bin's, Sophie«, meldete ich mich und hörte plötzlich, wie erbärmlich ich klang.

»Was ist passiert? Du klingst so traurig.«

»Ich bin traurig. Ich brauche jemanden zum Reden. Bist du beschäftigt?«

»Warte mal kurz«, antwortete Kaja.

Ich hörte, wie sie die Hand auf den Hörer legte und mit jemandem im Hintergrund hin und her diskutierte. Dann war sie wieder da.

»Bist du mit dem Auto unterwegs?«

»Ja.«

»Komm zum Café in der Hornsgatan nahe der Bellmansgatan. Ich bin in fünf Minuten da. Ich kann mir eine halbe Stunde frei nehmen. Und übrigens, kannst du mich danach unten in der Stadt absetzen?«

»Natürlich.«

»Ich mache ein Interview. Gut, dann habe ich eine dreiviertel Stunde Zeit. Reicht das?«

Ich lächelte.

»Das reicht vollkommen. Du ... danke.«

»Nichts zu danken«, entgegnete sie und ich hörte, wie sie lächelte. »Du gibst den Kaffee aus.«

Das Café in der Hornsgatan hatte Charme, zwei Ebenen, Kardamom, Schokolade und Zimtpulver neben den Servietten. Ninas lange, schmale Beine in der Sonne. »Nein, danke, ich will heute kein Eis. Ich habe gestern eins gegessen.« Kaja und ich setzten uns mit je einer großen Tasse Milchkaffee in die obere Etage.

»Jetzt erzähl«, forderte Kaja mich auf und löffelte den Schaum aus der Tasse.

»Ich habe eine alte Freundin in der Stadt getroffen. Sie hat Magersucht und ich habe sie mehrere Jahre lang nicht gesehen.«

Kajas Augen waren ernst.

»Sie stirbt«, sagte ich. »Sie sieht entsetzlich aus.«

Ich beschrieb Nina, während ich spürte, wie sich meine Augen mit Tränen füllten. Kaja nickte mitfühlend.

»Da wird eine so wütend«, sagte sie. »Du bist so machtlos.«

»Ich weiß nicht, was ich machen soll«, sagte ich. »Ich habe selbst früher einmal Bulimie gehabt, darum habe ich ihr eine gute Therapeutin in Uppsala empfohlen, die sich mit so was auskennt. Aber ich weiß nicht, ob sie sie anruft.«

»Aber du hast immerhin etwas unternommen«, fand Kaja.

Ich trank schweigend meinen Kaffee. Zimt, Zucker, Schokolade; Dinge, die die junge Nina gemieden hatte wie die Pest. Alles, was gut schmeckt, ist gefährlich. Ein Mädchen darf weder zu reich noch zu schmal sein.

»Weißt du, was an der ganzen Situation so furchtbar ist?«, fragte ich. »Zwei Dinge. Zum einen, dass ich sie nicht sehen will, obwohl sie mich darum gebeten hat. Sie sieht so schlecht aus, dass ich nicht in ihrer Nähe sein will; ich kriege Panik, allein von ihrem Anblick. Verstehst du? Ich bin keine Hilfe, ich bin noch nicht mal eine Freundin.«

Kaja wartete schweigend ab. Sie widersprach mir nicht.

»Und zum anderen weiß ich, dass das auf mich vor allem aus einem Grund derart wirkt: Ich selbst habe eine Essstörung gehabt. Ich hätte es sein können. Begreifst du? So egoistisch bin ich, darum hat mich das so mitgenommen; nicht weil ich mir wirklich Sorgen um Nina mache.«

Jetzt flossen die Tränen, aber das war mir egal. Kaja beugte sich vor und streichelte mir über die Wange.

»Du bist zu hart zu dir selbst«, meinte sie. »Du versuchst ihr so zu helfen, wie du es kannst. Sofa, du bist in Ordnung. Das bist du wirklich.«

Ich putzte mir die Nase mit einer Serviette.

»Gleichzeitig bin ich so berührt wegen all der anderen Frauen«, fuhr ich fort. »Diese pissige Gesellschaft mit ihrem kranken Frauenideal und ihrer Jagd nach Statussymbolen. Nina gehört zu denen, die nicht die Kraft dazu haben.«

»Viele haben nicht die Kraft dazu«, stellte Kaja fest. »Zum Verzweifeln viele.«

»Was soll man dagegen tun?«

Kaja saß eine Weile still da.

»Du und ich«, begann sie, »können vielleicht etwas tun. Wir sind doch trotzdem ziemlich stark. Ich kenne dich nicht, ich weiß nicht, was du mit dir rumschleppst. Irgendwas schleppt eine immer mit sich herum; alle haben ihre Probleme. Aber wenn eine bisher so gut klargekommen ist, dann muss sie sich als Beweis dafür ansehen, dass es geht.«

Ihre Sommersprossen leuchteten. Kaja war nicht Nina, Kaja hatte eine Lederjacke, Attitüden, starke Fäuste. Sie hatte einen Vergewaltiger im Park niedergeprügelt, sie hatte im Supermarkt ganze Paletten mit Milchpackungen weggeräumt, sie schrie laut, wenn sie wütend war. Straßenkind, Überlebenskünstlerin. Androgyn, in der Männergesellschaft.

»Ich werde wahnsinnig«, sagte ich. »Ich halte es nicht aus, an all das zu denken, was mich von Grund auf aufregt, denn dann bin ich nicht mehr in der Lage, morgens aufzustehen.«

Kaja lächelte finster.

»Mir geht es genauso«, sagte sie. »Wenn ich wirklich darüber nachdenke, wie es in der Welt aussieht, dann würde ich mich am liebsten aufhängen.«

Ich holte tief Luft.

»Okay«, sagte ich. »Ich schreibe. Das ist das Einzige, was ich meines Wissen wirklich kann, worin ich mich sicher fühle. Du schreibst auch. Vielleicht müssen wir so unseren Beitrag leisten.«

»Stell dir vor, eine würde einmal etwas Gutes schreiben«, meinte Kaja unerwartet finster und ritzte mit ihrem Löffel in die Tischplatte. »Im Vergleich zu dir bin ich eine beschissene Analphabetin. Du hast wenigstens eine Ausbildung und ein Publikum, das dir keine Hassbriefe schreibt und dich in den Klubs anpöbelt.«

»Das tut es sehr wohl«, protestiert ich. »Genauso wie die eine Frau auf dich losging.«

Kaja lachte.

»Wunderbare, heitere schwedische Lesben«, sagte sie. »Nicht der allerkleinste Minderwertigkeitskomplex.«

»Weißt du was?«, fragte ich. »Ich glaube, das Schreiben ist die wichtigste Waffe. Mit zunehmendem Alter wird es die einzige werden, mit der wir zuschlagen können. Wenn eine Frau alt und hässlich wird, hört ihr niemand mehr zu, deshalb muss die eigene Feder spitz genug sein, auch die Haut des übelsten Chauvinistenschweins zu durchbohren.«

»So weit werde ich es nie bringen«, sagte Kaja. »Aber du. Dann denk manchmal an Nina. Dann fällt dir wieder ein, was wichtig ist.«

Die Nina, die ich gekannt und gemocht hatte, zwar nur als oberflächliche Bekannte, existierte nicht mehr. Zurückgeblieben war nur eine Hülle, ein Skelett, aber auch eine Wut, die endlich befreit war. Staub im

Wind. Nur die Erinnerung würde weiter leben, die Erinnerung an Nina und ihre Möglichkeiten, alles, was aus ihr hätte werden können, alles, was sie hätte zu Stande bringen können. Verstümmelt. Verschnürt. Verlassen. Zweitausend Jahre und so wenig hatte sich inzwischen getan. So gut wie nichts.

***

Als wir im Auto unterwegs ins Zentrum waren, ging es mir etwas besser. Kaja wiederum war in Hochstimmung, hatte einen bissigen Unterton. Sie lachte und scherzte auf ihre finstere Art. Ein männlicher Autofahrer versuchte sich bei Slussen an uns vorbeizuschlängeln, aber ich drängte ihn an den Straßenrand. Doppelkinn. Schlips. Fette Diäten. Bonze.

»Scheißkerl«, fluchte ich und zeigte ihm den Stinkefinger.

»Männer!«, sagte Kaja. »Wozu sind die gut? Sie erfüllen überhaupt keine Funktion. Sie sind total überflüssig. Glaubst du, dass sie sich darum die ganze Zeit so beschissen benehmen? Weil sie wissen, dass sie zu nichts zu gebrauchen sind?«

Ich kicherte. Kaja genoss es in vollen Zügen. Ihre Augen funkelten.

»Und dann werfen sie uns vor, Männerhasserinnen zu sein!«, sagte sie. »Das kommt doch zwangsläufig! Ich sage nur eins: Männerhasserin? Na und? Von mir aus.«

Ich lachte laut. Sie war wirklich witzig.

»Vollkommen überflüssig«, fuhr Kaja fröhlich fort. »Darum zetteln sie die ganze Zeit Kriege an, um den Anschein zu erwecken, sie seien wichtig. Frauen sind schön, klug, intelligent und tüchtig. Männer sind hässlich, dumm, überflüssig und inkompetent. Das ist immer das Gleiche. Wohin eine auch blickt. In Familien, in Beziehungen, in der Arbeitswelt, in der Politik. Immer wenn was Sinnvolles getan wird – Krankenpflege, Fürsorge, Pflege der Alten und Armen, Beistand für Flüchtlinge und Kriegsopfer –, dann ist es das Werk von Frauen. Und immer wenn irgendein Scheiß passiert – Einsparungen, Kriegsausbrüche, Vergewaltigungen, Misshandlung in der Ehe, Kindesmissbrauch, unprovozierte Gewalt auf den Straßen – stecken immer Männer dahinter. Die ganze Zeit. Ohne Ausnahme.«

»Das Schlimmste ist, dass du Recht hast.«

»Natürlich habe ich Recht«, sagte Kaja mit einem grimmigen Lächeln und schaute durchs Fenster die uns überholenden Autofahrer an. »Guck dir nur mal den Verkehr an. Männer fahren wie die Idioten. Frauen fahren gut.«

Ich sah vor meinem inneren Auge meine eigenen lebensgefährlichen Überholmanöver, wenn ich einem Trödelfritzen mit breiiger Visage Beine machen wollte.

»Findest du nicht, dass du etwas übertreibst?«

»Übertreiben?«, staunte Kaja. »Ich übertreibe überhaupt nicht. Ich sage nicht mal ein Bruchteil dessen, wie schrecklich es tatsächlich aussieht. Männer sollten höhere Steuern bezahlen, weil sie doch die ganze Zeit Dinge kaputtmachen. Sie kosten der Gesellschaft eine verdammte Stange Geld. Und außerdem kriegen sie höhere Löhne für die gleiche Arbeit.«

Das war zweifelsohne richtig.

»Männer sauen alles ein und Frauen machen es sauber«, fuhr sie fröhlich fort. »Du weißt doch, dass es für Frauen am gefährlichsten im eigenen Haushalt ist, weil sie dort Misshandlung und Vergewaltigung durch ihren Mann riskieren oder durch eine andere ihr nahe stehenden Person, oder? Und für Männer ist es am gefährlichsten auf der Straße, weil sie dort riskieren, zufällig anderen Männern über den Weg laufen, von denen sie geschlagen oder misshandelt werden können. Männer, Männer, Männer. Scheiße, Streit, Probleme, Kosten. Du kannst von weniger die Nase voll kriegen.«

»Aber was ist mit denen los?«, fragte ich. »Warum machen sie so weiter?«

»Und führen sich kindisch auf«, ergänzte Kaja. »Männer sind so kindisch, das es kaum zu fassen ist. Markieren immer auf die eine oder andere Art den großen Oskar, das ist alles, was sie können. Suchen andauernd Streit und stellen jede Menge Scheiße an. Sie sind allesamt kleine verzogene Rotzbengel. Wollen sich nur wichtig machen, reich werden und das Sagen haben. Gelingt es ihnen nicht, dann schlagen sie zu. Werden sie richtig sauer, dann zetteln sie einen Krieg an.«

»Warum glaubst du, sind sie so?«

»Das muss daran liegen, dass sie wissen, wie überflüssig und hässlich sie eigentlich sind«, erklärte Kaja. »Und dann können sie auch keine Kinder kriegen. Es liegt wohl daran, dass sie damit nicht klarkommen.

Da vorne kannst du mich rauslassen.«

Ich bog beim Kulturhaus ab. Kaja öffnete die Tür und stieg aus.

»Pass auf dich auf«, sagte sie, beugte sich rein und umarmte mich. »Denk nicht zu viel. Ruf sie in einer Woche an und frag, wie es ihr geht. Und drück mir die Daumen! Ich treffe mich jetzt mit einem großen Homo-Künstler mit Riesen-Ego, der schrecklich schlechte Bilder macht. Und ich bin nicht so gut im Verstellen.«

Sie zog eine Grimasse, warf die Tür zu und machte sich auf. Auf dem Gehweg drehte sie sich noch einmal um und winkte. Wiegender Schritt, schlanke Beine in weißen Jeans, eine graugrüne Bomberjacke. Eine unter Millionen, höchstens. Ich saß mehrere Minuten lang da und schaute ihr nach, ehe ich den ersten Gang einlegte und langsam den Sveavägen entlang rollte.

»Was hast du noch über deine Freundin gesagt?«, fragte Lukas am Abend, als wir beide mit dem Abwasch fertig waren.

Er war ungewöhnlich attraktiv. Das dunkle Haar lockte sich in der Stirn.

»Was?«, sagte ich.

»Du hast mich heute im Büro angerufen.«

Ich hatte mehrere Stunden lang nicht an Nina gedacht, nicht seit Lukas nach Hause gekommen war und ich angefangen hatte, das Abendessen zu machen. Das Gespräch mit Kaja hatte in gewisser Hinsicht mein Bedürfnis, über sie zu sprechen, befriedigt. Ich hatte einen Zettel mit einem großen N darauf an meinem Computer befestigt und dann das Ganze vergessen. Jetzt spürte ich, wie der Kloß im Hals wieder hochstieg.

»Ich habe eine alte Freundin getroffen, als ich zum Einkaufen in der Stadt war. Sie war ganz ausgemergelt. Sie ist magersüchtig.«

»Jemand, den ich kenne?«

»Nein.«

»Wie heißt sie?«

»Warum?«

»Es kann gut sein, das zu wissen.«

Ich spürte, wie mir die Wut hochkam.

»Was spielt das für eine Rolle? Ist es das Wichtigste, ob du sie kennst oder nicht? Sie heißt Nina Axén.«

»Aha. Nein, ich kenne sie nicht.«

»Sag ich doch«, meinte ich müde.

»Was hast du vor?«

»Ich weiß es nicht. Nichts, glaube ich. Ich habe ihr die Nummer meiner ehemaligen Therapeutin gegeben.«

»Tja, mehr kannst du wohl nicht machen.«

Abermals spürte ich, wie ich wütend wurde.

»Das ist doch wohl klar, dass ich mehr tun könnte! Wie mich mit ihr zu treffen, mir Zeit zu nehmen, mich mit ihr zu unterhalten, ihr zu helfen die besten Ärzte und Psychologen zu finden, ihr eine Freundin zu sein, ihr zuzuhören, ihr eine Möglichkeit zu geben zu weinen! Ich wollte nicht, weil ich klein und egoistisch bin und spüre, dass ich nicht die Kraft habe!«

Mir liefen wieder die Tränen.

»Entschuldige«, sagte Lukas.

Er strich mir über den Rücken.

»Ich habe jetzt nicht die Kraft, weiter darüber zu reden«, sagte ich. »Wir sprechen ein anderes Mal weiter.«

»Okay«, meinte Lukas. »Ich setze Tee auf. Möchtest du welchen?«

Wir machten Pfefferminztee, ließen die Hunde nach draußen und unterhielten uns darüber, wie wohl das Wetter am Samstag werden würde, wenn wir zu Greger und Ann-Charlotte aufs Land fahren wollten.

Dann ging Lukas ins Wohnzimmer und schaltete die Nachrichten ein, ich folgte ihm und kroch auf dem Sofa auf seinen Schoß. Er war attraktiv und gelockt und ich brauchte mir nicht die Probleme aller anderen aufzuladen. Wir in unserem Kokon, wir in unserer Sicherheit. Der Nachrichtensprecher berichtete vom Krieg in Bosnien, aber ich machte die Augen zu und konzentrierte mich intensiv aufs Atmen.

***

Am nächsten Tag rief Kaja an, als ich wie eine Besessene schrieb. Ich hatte den Auftrag von einer Gesundheitszeitschrift bekommen, ein paar Artikel zu schreiben. Jetzt wollte ich mit einem Aufklärungstext über Essstörungen beginnen, in dem ich erklärte, dass sie eine ganz natürliche und im Grunde gesunde Reaktion eines Menschen auf unsere kranke Gesellschaft seien.

»Wie geht es dir?«, fragte sie.

»Besser«, antwortete ich. »Danke für gestern. Jetzt sitze ich an einem Artikel darüber.«

»Gut«, sagte Kaja. »Ich will dich nicht lange stören. Ich wollte nur anrufen und hören, ob du und deine Freundin Baby Lust haben, morgen zum Abendessen zu uns zu kommen. Ich werde Linsensuppe kochen. Es kommen du, ich, Liza, Anni – Annika – mit der ich zusammenwohne, und Erika. Ich würde auch deinen Mann einladen, aber ich glaube nicht, dass er davon so begeistert wäre.«

Zum ersten Mal hörte ich Kaja lügen. Natürlich wollte sie Lukas nicht dabeihaben. Er stand für alles, was sie nicht mochte. Schlips. Finanzunternehmen. Männliche Logik.

»Er hat in jedem Fall zu tun«, sagte ich ganz wahrheitsgetreu. »Geschäftsessen mit einigen Engländern. Aber ich komme gern. Ich werde Baby fragen, ob sie noch nichts vorhat, danach rufe ich zurück.«

»Gut«, sagte Kaja. »Um sieben Uhr. Und du, kannst du nicht deine Hunde mitbringen?«

Ich lachte, Kaja liebte Hunde.

»Die sabbern, betteln am Tisch und schnarchen laut vor dem Fernseher«, sagte ich. »Natürlich kann ich die Hunde mitbringen, wenn du willst.«

Nachdem wir aufgelegt hatten und ich Babys Nummer wählte, drehte ich mich zu den Hunden um, die in ihrem Korb lagen und sich selbst Leid taten, weil ich nicht mit ihnen nach draußen gegangen war, um mit ihnen Ball zu spielen.

»Die Hunde besuchen mit Frauchen Kaja«, sagte ich.

Sofort flogen sie auf und begannen mit fröhlichen Mienen um mich herumzuscharwenzeln. Sie wussten, was das Wort »besuchen« bedeutete, aber es kam nicht häufig vor, dass sie zu unseren anderen Bekannten miteingeladen wurden.

»Hallo, hier ist Baby.«

»Willst du morgen Abend mit zum Essen in das lesbische Nest kommen? Es gibt Linsensuppe, Rita Hayworth und Erika Persdotter als Zugabe, damit wir uns mit unserer Heterosexualität nicht so allein fühlen.«

»Ich kann es kaum erwarten«, verkündete Baby und lachte. »Nicht so sehr wegen Rita Hayworth, die die Chance bekommt, mit der Persdotter zu kungeln.«

»Gut«, sagte ich. »Ich hole dich um halb sieben ab.«

»Was für Klamotten?«, fragte Baby. »Ich gehe davon aus, dass nicht alle in Tischlerhosen und mit Zollstock kommen müssen.«

»Zieh deinen enganliegenden schwarzen Pullover an«, schlug ich vor, »damit tust du den kleinen Lesben einen Gefallen.«

***

Am nächsten Abend um sieben Uhr standen wir vor Kajas Haus: Baby, ich und zwei aufgedrehte Hunde. Kaja wohnte in einer Straße, die fast ganz im westlichen Söder lag, wo ich noch nie gewesen war. Mietskasernen, schmutzige Fassaden; der ganze Block atmete Arbeiterklasse und Elend, und es wurde nicht besser dadurch, dass ein einsamer kleiner Junge mit traurigem Gesicht an den nassen Klettergerüsten aus imprägniertem Holz spielte.

»Darf man die Hunde streicheln?«, rief er und kam auf uns zu.

»Ja, das darf man. Wie heißt du?«

»Ich heiße Adam«, antwortete er.

»Ich heiße Sophie und das ist Baby.«

»Hallo«, sagte Baby, die gerade eine Zigarette zu Ende rauchte.

Baby war nicht besonders kinderlieb. Sie und Adam schauten sich skeptisch an. Der Kampf der Giganten spielte sich innerhalb weniger Sekunden ab.

»Rauchen ist gefährlich.«

Baby sah mich mit ausdruckslosem Gesicht an.

»Wie ich höre, sind wir hier bei einer gut ausgebildeten oder zumindest gut informierten Bevölkerungsgruppe der Stadt gelandet«, sagte sie und wendete sich dann wieder Adam zu.

»Wer hat dir das beigebracht?«

Adam antwortete nicht. Aus seiner Sicht hatte er offensichtlich gewonnen. Stattdessen blickte er mit gedankenvoller Miene zu meinem Auto hinüber.

»Ist das eurer Sportwagen?«

»Ja.«

»Alfa Romeo Spider, Modell 1990«, rappelte er hinunter und schaute erstaunt zu mir auf.

»Was du alles weißt«, sagte ich.

»Unerhört«, sagte Baby barsch und trat die Zigarette mit dem Absatz aus. »Ich glaube, jetzt wollen wir raufgehen.«

Die Haustür war offen und wir stiegen die drei Treppen hoch. Das Treppenhaus war zwar modern, aber dennoch ein altmodisches Exemplar aus den Siebzigern, die rauen Wände in Spritzfarben gemalt – Braun und Orange. Bonjour, tristesse. Magere Magister mit Mittagsresten, die noch in den Mundwinkeln hingen, die über mathematische Termini dozierten und Kreide an den Kopf bekamen, sowie sie sich umdrehten, um etwas an die Tafel zu schreiben. Die Wohnungstüren waren aus Holz, zwei in jeder Etage, mit Namensschildern aus Glas auf dunklem Grund und kleinen weißen austauschbaren Buchstaben. Hier war man ungefähr so weit von Danderyd und Stocksund entfernt wie man nur sein konnte, wenn man sich noch in Schweden befand. Bestimmt stand auf jedem zweiten Namensschild ein Einwanderername.

Auf dem dritten Absatz machten wir Halt. Da, zu Hause; simsalabim. Es war nicht schwer herauszufinden, wo Kaja wohnte. Die ganze Tür war mit aufwieglerischen Aufklebern übersät. »Frauengarde« stand unter anderem auf einem, »Kein Gehorsam!« und »Wer schweigt, macht mit!« Ich drückte den Klingelknopf. Ein wütendes Signal erklang. Schnelle Schritte waren aus der Wohnung zu hören, dann stand Kaja in der Tür, in dunkelblauer Baskenmütze und verwaschenem, blau-weißen Seemannspullover. Wir umarmten uns und ich stellte Baby und Kaja einander vor.

»Hallo, Baby«, sagte Kaja. »Willkommen.«

»Danke«, sagte Baby. »Schön, hier zu sein.«

Sie beäugten einander verstohlen, aber ich sah schon, dass sie die Billigung der jeweils anderen gewonnen hatten und Baby Kaja waren schnell wie Kobras; Baskenmütze, Pullover und das Wiederholen von Babys Namen hatten Kaja Pluspunkte eingebracht, und Babys übliches Lachen, die für den Abend ausgesuchte Jeansjacke und die Betonung des Vergnügens, eingeladen zu sein, legten den Grund für ihren guten Auftakt.

»Die Hunde!«, sagte Kaja dann und verschwand mit den Hunden. »Wer ist wer?«

»Das hier ist Meryl, nach Meryl Streep«, erklärte ich, »und das ist

Goldie, nach Goldie Hawn.«

Kaja sah mich an.

»Du machst Witze.«

»Nein. Ich fand, die Namen passen zu zwei Golden Retrievern.«

»Unglaublich, aber wahr«, sagte Baby und hob eine viel sagende Augenbraue zu Kaja. »Ich habe nie verstanden, was an Fido und Karo so verkehrt ist.«

»Oder Bildt und Carlsson«, schlug Kaja vor. »Komm her Bildt! Pfui!«

Sie lachten einander an. Weitere Pluspunkte; ich würde nicht den Zeigefinger erheben müssen. Baby und ich traten in den Flur und schauten uns um, während Kaja und die Hunde mit weitschweifigen Begrüßungszeremonien beschäftigt waren. Plötzlich wurde mir klar, dass wir tatsächlich eine andere Welt betreten hatten. Hier gab es keine silbernen Saucieren, keine gerahmten Verwandtenporträts, keine Tischsets mit Vogelmotiv. Ein Schrank stand offen und gab Berge von verwaschenen T-Shirts und Strickpullovern preis. Ein gestreifter Flickenteppich lag auf dem Boden. Halb zerrissene Poster waren mit Nadeln an den Wänden festgesteckt. Überall standen Pflanzen. Im Wohnzimmer staubige, nicht zusammenpassende Möbel, die aus einem Second-Hand-Laden zu stammen schienen. Kaja tauchte hinter uns auf.

»Hübsch, was?«, meinte sie und schlug mit der Faust auf einen der roten Plüschsessel.

Eine Wolke aus feinem Staub entstieg dem Polster.

»Die habe ich im Container gefunden! Lasst uns die Mädels begrüßen.«

Erika und Liza saßen schon in der Küche und unterhielten sich, und eine junge Frau, die Annika sein musste, trocknete gerade Geschirr ab. In einem großen Topf auf dem Herd köchelte etwas vor sich hin. Es duftete gut.

»Linsensuppe«, sagte Kaja. »Ich habe zu Ehren des heutigen Abends meine Linsenköchinnenbaskenmütze auf. Jetzt sagt Sofa und Baby guten Tag, Mädels.«

Wir begrüßten uns alle.

»Du kommst doch ursprünglich bestimmt aus Danderyd, genau wie Sophies Mann, oder?«, fragte Baby unschuldig lächelnd Erika.

»Das ist schon so lange her, dass ich es verdrängt habe«, antwortete Erika sauer und drehte sich weg.

Liza segelte sofort auf Baby zu.

»Nett, dich kennen zu lernen«, sagte sie warmherzig.

»Danke«, sagte Baby und zog die Jeansjacke aus.

Baby war unverbesserlich. Sie hatte getan, was ich gesagt hatte und ihren engen, schwarzen Pullover angezogen, der ihre Brüste in einer Weise betonte, die sie sofort zum Mittelpunkt des Zimmers machte.

»Oh, Baby, was für schöne Titten!«, sagte Kaja am Herd.

Zu meinem großen Erstaunen war Baby verlegen. Sie ließ sich auf dem hintersten Stuhl am Esstisch nieder, Liza neben sich wie eine schnurrende Katze. Ich hielt mich an Annika. Sie war eine kleine und dunkelhaarige Frau mit warmen, braunen Augen, gekleidet in Leinen und weite, braune Jeans. Sie arbeitete als Kellnerin im Kvarnen und wollte Schauspielerin werden, hatte Kaja erzählt. Aber sie konnte sich nicht vorstellen, an einer konventionellen Produktion teilzunehmen, darum waren Jobangebote für sie dünn gesät.

»Ihr habt es gemütlich hier!«, sagte ich und meinte es auch so.

Annika warf mir einen verächtlichen Blick für das zu, was sie für glatte Heuchelei hielt.

»Wenn wir uns nur ein paar vernünftige Möbel leisten könnten«, meinte sie. »Oder eine Spülmaschine. Aber davon können wir nur träumen.«

Erika war mit dem halben Oberkörper im Kühlschrank verschwunden.

»Jetzt essen wir, bevor ich verhungere«, entschied sie und warf die Kühlschranktür zu.

Und dann furzte sie.

»Oh, du meine Güte, es geht schon los, noch bevor ich auch nur eine Linse intus habe«, sagte sie ungeniert.

Ich schaute Kaja an. Sie lachte Tränen, während sie im Topf rührte.

»Jetzt musst du dich etwas zusammenreißen«, sagte sie zu Erika. »Vergiss nicht, dass Sofa und Baby solche Proletenmanieren nicht gewohnt sind!«

»Entschuldigung, Entschuldigung, Entschuldigung«, sagte Erika und nahm ihren Teller vom Tisch. »Jetzt will ich essen.«

Wir nahmen uns alle Suppe und setzten uns um den Küchentisch. Es war ein wackeliges, weiß gestrichenes Etwas und die Stühle darum waren zum Teil kaputt. Baby saß neben Liza an der einen Kurzseite. Liza sah ungewöhnlich Rita-Hayworth-artig aus in ihrem Pullover mit den freien

Schultern und Baby betrachtete sie mit unverhohlenem Interesse. Kaja saß ihnen gegenüber auf einem dreibeinigen Hocker und balancierte die Suppe auf den Knien.

»Was meint ihr?«, fragte sie zu uns. »Ekelig, was?«

Ich probierte die Suppe. Sie war herrlich.

»Meine Güte, ist die lecker«, sagte ich. »Was ist das?«

»Sag jetzt nicht, dass du noch nie Linsensuppe gegessen hast!«, meinte Erika.

»Wie nett von dir, Sofa«, entgegnete Kaja breit lächelnd. »Du brauchst nicht zu behaupten, dass sie dir schmeckt.«

»Sie ist superlecker!«, sagte ich.

»Stimmt«, sagte Baby.

Ich sah ihr an, dass sie log. Baby aß am liebsten Gerichte der Sorte, die man nicht zu kennen brauchte, bevor man achtzehn Jahre alt war. Austern, Schnecken, Kalbsbries. So war Baby schon als kleines Kind gewesen, in Gesellschaft von Erwachsenen erzogen.

»Luxussuppe für drei fuffzig die Portion«, sagte Kaja zufrieden und nahm sich noch einen Kelle voll.

Annika stand auf.

»Möchte jemand Bier?«

Baby und Liza teilten ein Bier. Sie schienen einander vollkommen gefunden zu haben, lachten und kicherten an ihrem Tischende. Am steifsten war Annika, aber ich konnte mir nicht vorstellen, warum. Persönlichkeit einer Schauspielerin vielleicht. Ophelia als ewige zweite Besetzung. Erika und Kaja waren wie Schwestern; sie brüllten um die Wette. Ich hatte Kaja vorher noch nie so lautstark und ausgelassen erlebt. Erika hatte ihre mit dicken Wollsocken bewährten Füße auf den Tisch gelegt.

»Mehr Linsen fürs Volk!«, schrie sie und vollführte eine ironische Geste mit der einen Hand. »Dann furzen wir alle zusammen im Reichstag im Chor.«

»Das ist eine echte Linkensuppe«, sagte Kaja. »Erinnert ihr euch eigentlich noch, wie Hempa aus diesen thailändischen Pilzen, die er in einem Umschlag unten am Sergels torg bekommen hat, eine Suppe gekocht hat?«

Kaja und Annika hatten vor etlichen Jahren in einer linksradikalen Wohngemeinschaft in einem Vorort gelebt, und Liza war häufig bei ihnen zu Besuch gewesen. Geschichten aus der Zeit gab es unendlich viele, so viel stand fest.

»Er war so bekifft, das war schon nicht mehr schön!«, fuhr Kaja fort. »Wie kann man nur auf die Idee kommen, Pilze zu futtern, die man in der Stadt in einem Umschlag gekriegt hatte? Aber Hempa fand die Idee glänzend.«

Sie verdreht die Augen und wand sich, strich auf der einen Seite das Haar aus dem Gesicht und sprach langsam und geziert wie ein Kiffer mit småländischem Dialekt.

»Das ist doch supergut!«, sagte sie mit verstellter Stimme. »Das wird ein Gratis-Trip um die Welt! Ich werde high wie ein Adler, verstehste!«

Dann sah sie uns mit funkelnden Augen an und sprach wieder mit ihrer normalen Stimme.

»Niemand wollte seine ekelige Suppe essen«, sagte sie. »Und was macht Hempa da? Tja, da schaufelt er sich allein den ganzen Topf rein! Und danach flippt er total aus.«

Jetzt lachte Annika so herzhaft, dass sie bei der Erinnerung an Hempa und seine Suppe auf und ab hüpfte. Das war ein gutes Zeichen.

»Zuerst erzählte er was von Prinzessinnen und Trollen und Drachen und so ein Zeugs«, fuhr Kaja fort, ermuntert von Annikas positiver Reaktion. »Und dann war echte Rave-Party. ›Oooh, da drüben sitzt ein Engel! Was für schöne Flügel du hast! Darf ich deine schönen Flüüügel anfassen?‹«

Mehr småländischer Dialekt. Kaja sprang auf und vollführte eine Art Tanz durch die Küche, die Beine wie wahnsinnig in alle Richtungen werfend, während sie vielfältiges Gestöhn in einer unmissverständlichen Imitation eines Typen in äußerster Erregung anstimmte. Wir schrien vor Lachen.

»Aber wie ging es ihm danach?«, fragte ich und wischte mir die Tränen ab. »So was ist doch bestimmt lebensgefährlich.«

»Ihm ging es wie einem Prinzen!«, antwortete Kaja und verschnaufte nach ihrem wilden Gehüpfe. »Er fiel nach ein paar Stunden in Ohnmacht und schlief drei Tage lang. Dann war er munterer denn je. Sagte, das sei der beste Trip gewesen, denn er je erlebt hatte. Das Problem war nur, dass er diesen Typen nie mehr wieder fand, der ihm den Umschlag gegeben hatte. Aber er suchte! Mein Güte, was hat er gesucht!«

Kaja schob die Schultern hoch und schlich mit gespieltem Unterbiss, funkelnden Augen und ausgeprägtem Småländisch auf uns zu.

»Pilze?«, zischte sie und tappte um den Tisch. »Haste Pilze?«

Ihr Anblick war so zum Lachen, dass wir wieder laut losprusteten. Dann setzte sie sich auf ihren Stuhl.

»Ihr versteht schon«, sagte sie. »Auf Sergels torg so rumzutapern und alte Damen mit Shoppingwagen und Teenager auf dem Heimweg von der Schule zu überfallen. ›Pilze? Haste Pilze?‹ Am Ende wurde er wegen groben Unfugs hopsgenommen. Wir mussten die ganze Kaffeekasse plündern, um ihn auszulösen.«

»Was macht er heute?«, fragte ich.

»Hör bloß auf«, antwortete Kaja. »Frau, drei Kinder und Haus in Göteborg. Lass mich bloß damit in Ruhe, es ist ein Trauerspiel. Dabei war er so witzig.«

Liza und Baby flüsterten an ihrem Ende des Tisches. Ich schaute neugierig zu ihnen hinüber.

»Und was habt ihr beide da hinten zu flüstern und zu tuscheln?«, fragte ich.

»Nichts, was für deine Öhrchen bestimmt ist«, antwortete Baby und zwinkerte. »Liza und ich haben gemeinsame Bekannte.«

Baby hatte Verwandte in Schonen, was vielleicht die Verbindung erklären konnte. Aber bedeutend offensichtlicher schien mir, dass Baby und Liza gerade einen Flirt einleiteten. Baby war ein hoffnungsloser Fall. Ganz abgesehen davon, dass Liza sich kaum wesentlich anders verhielt.

Nach dem Essen setzten wir uns mit unseren Kaffeetassen vor den Fernseher. Ich hatte eine Tüte Schokoriegel dabei und die schüttete Kaja in eine Schüssel.

»Luxus und Glanz«, sagte sie und schaute mich an. »Schlemmen und Leben in Saus und Braus – Bürger, bald ist dein Märchen aus.«

»Häh?«, sagte ich.

»Das ist mein Spruch!«, rief Erika vom Sofa. »Untersteh dich, den zu klauen. Und wirf mal ein paar Süßigkeiten rüber. Ich will was Großes, Dunkles.«

Kaja warf ihr einen Riegel zu.

»Das sagt sie auch von Männern«, meinte sie. »Hohe Ansprüche auf allen Ebenen.«

»Da macht sich die Kindheit auf Djurholmen bemerkbar«, sagte ich. »Die Mädchen da draußen kommen als kleine Anspruchsmaschinen zur Welt.«

Erika stellte sich taub.

»Könnt ihr mal still sein, damit eine die Nachrichten versteht«, forderte Anni.

Sie hatte es sich auf dem Sofa gemütlich gemacht, die Köpfe der beiden Hunde auf dem Schoß und die Brille auf der Nase. Kaja machte ein Gesicht, das andeutete, dass wir still sein sollten. Anschließend drehte sie die Lautstärke hoch und so saßen wir da und schauten fern. Baby und Liza waren in der Küche geblieben, unterhielten sich leise und ließen hin und wieder ein Lachen hören.

»Aber was will sie!«, sagte Annika böse, als Göran Persson auf dem Bildschirm auftauchte. »Fahr zur Hölle, du alte Spießerin.«

»Sie?«, wunderte ich mich.

»Das ist doch eine sie«, behauptete Kaja, »das siehst du doch. Ja, was will sie? Die Sozis sind am Ende.«

»Das glaube ich überhaupt nicht«, widersprach Erika. »Finanzminister Persson ist ein kleiner, fetter Goldjunge, der sie mit seinem eisernen Griff ums Portemonnaie zu neuen, ungeahnten Höhen befördern wird. Er ist genauso effektiv wie Ronald Reagan es zu seiner Zeit war; ein echter Teflon-Typ. Da bleibt keine Scheiße hängen.«

»Das ist doch alles Scheiße«, sagte Kaja. »Meine einzige Hoffnung ist Mona. Möge sie seine Nachfolgerin werden, wenn Carlsson abtritt.«

»Die!«, schrie Erika. »Hör auf!«

»Sie ist eine falsche Schlange«, meinte Anni.

Ich sagte nichts, lächelte nur. Das war ein ganz normaler Abend auf Söder, so ein paar Lichtjahre von Stocksund entfernt. Linsensuppe und Rehrücken. Aber ich fühlte mich in dem Milieu überhaupt nicht fremd. Im Gegenteil: Ich fühlte mich wohl wie ein Fisch im Wasser und mir ging es ungewöhnlich gut.

Um zwei Uhr machten wir uns auf die Heimfahrt. Kaja brachte uns hinunter zum Auto. Sie wuselte mit den Hunden herum und warf für sie Stöckchen. Aber als wir ins Auto einsteigen wollten, wendete sie sich mit einem amüsierten Grinsen an mich.

»Danke für heute Abend«, sagte ich, ehe sie etwas sagen konnte. »Es war toll. Und so eine leckere Suppe!«

»Jedes Linschen gibt ein Tönchen«, sagte Baby. »Meine Mutter wird mich umbringen.«

»Hast du kein eigenes Zimmer?«, fragte Kaja. »Ich dachte, ihr wohnt auf Östermalm.«

»Es geht ums Prinzip«, erklärte Baby. »Feine Mädchen furzen nicht.«

Kaja lächelte noch breiter.

»Kommt bald mal wieder«, sagte sie. »Nur noch eine Kleinigkeit, ehe ihr fahrt. Nächstes Mal müsst ihr die Schuhe ausziehen, bevor ihr die Wohnung betretet. Anni ist kurz vorm Ausflippen. Sie war das ganze Abendessen über angespannt, habt ihr das nicht gemerkt? Wie ein Flitzebogen.«

Kaja erstarrte und ahmte Anni beim Essen nach, die Bewegungen wie bei einem frisch operierten Menschen. Sie traf den Nagel auf den Kopf.

»Aber das verstehe ich jetzt nicht«, sagte ich. »Wir haben uns doch die Füße abgetreten. War sie trotzdem wütend?«

»Anni geht es sehr um Respekt«, sagte Kaja. »Es ist frech, sich nicht die Schuhe auszuziehen, wenn man jemanden zu Hause besucht. Verdammt noch mal, ihr kommt doch aus der Oberklasse, wisst ihr so was nicht?«

Baby und ich schauten uns an.

»In der Oberschicht ist es genau umgekehrt«, entgegnete Baby. »Es ist frech, sich die Schuhe auszuziehen und den anderen mit übel riechenden Strümpfen die Luft zu verpesten. Man zieht nirgends die Schuhe aus. Möglicherweise hat man Hausschuhe dabei, wenn das Wetter sehr schlecht ist.«

»Man zieht sie noch nicht mal im Sommer draußen aus«, ergänzte ich. »Barfuß rumzulaufen ist zu typisch schwedisch. Schuhe sollte man immer tragen, egal zu welcher Jahreszeit, das ist die Grundregel. Alles andere ist unhöflich.«

Kaja brüllte vor Lachen.

»Das ist bescheuert!«, meinte sie. »Aber klar, ihr habt bestimmt alle eine Putzhilfe. Dann kann man sich solche unverschämten Angewohnheiten natürlich leisten.«

»Überlegt doch mal, wie Erika dasaß«, sagte ich, »mit ihren ekeligen Wollsocken auf dem Tisch, während wir anderen beim Essen waren! DAS ist doch wohl unerzogen wie nur was, oder?«

»Sie macht eine große Sache draus«, erklärte Kaja. »Ihr macht es Spaß, euch zu provozieren, wenn ihr euch da so benehmt. Vor allem wenn ihr über Danderyd sprecht.«

»So was provoziert mich nicht«, sagte Baby. »Sie tut mir nur Leid, weil sie so schrecklich kindisch ist. Meine Güte, die Frau wird bald vierzig.«

»Ist Annika jetzt sauer?«, fragte ich, ehe Kaja antworten konnte. »Das war nicht so gemeint. Kannst du ihr nicht erklären, dass wir es nicht böse gemeint haben? Nächstes Mal werden wir die Schuhe ausziehen, sag ihr das. Wenn es denn ein nächstes Mal gibt. Vielleicht will sie uns nicht mehr in der Wohnung haben?«

»Ich werde es ihr erklären«, sagte Kaja zur Beruhigung. »Ich werde ihr was von schwedischen Klassenunterschieden erzählen, damit sie es begreift.«

Dann lachte sie wieder.

Wir rollten durch Stockholms Straßen, von Söder nach Östermalm. Umstellungen. Einstellungen.

»Danke für heute Abend«, sagte Baby, als ich sie absetzte. »Es war toll.«

»Und was hattest du das ganze Abendessen über mit Liza zu bereden«, fragte ich spöttisch. »Du alte Flirterin! Du könntest einen Stuhl anbaggern, wenn du die Gelegenheit dazu hättest. Und deinen engen Pullover hast du extra angezogen!«

»Ich verbitte mir verleumderische Anschuldigungen«, antwortete Baby mit gespielter beleidigter Miene und zog die Jacke fester um sich. »Nicht zuletzt, weil ich deinen Rat befolgt habe! Was Liza angeht, so hat sie nur gesagt, ich sei eine hübsche Braut in Luxusverpackung, und ich revanchierte mich natürlich für das Kompliment! Was willst du also?«

Aufgerissene Augen, verletzter Gesichtsausdruck. Ich lachte und schüttelte den Kopf. Baby hob eine Augenbraue und zog von dannen.

6

Lukas und ich saßen an einem sonnigen Samstag gegen Ende Oktober in großen Frottébademänteln und mit blassen Gesichtern am Frühstückstisch. Man hatte das Gefühl, als hätte die Sonne schon sehr lange nicht mehr geschienen.

»In ein paar Tagen ist fürs Wochenende wieder London angesagt«, verkündete er.

»Dann wohne ich bei jemand anderem«, sagte ich. »Natürlich nur, wenn Baby nicht herkommen will. Letztes Mal war es so einsam.«

»Gut«, meinte Lukas.

Als ich mich am Nachmittag angezogen hatte und vom Joggen etwas Farbe im Gesicht bekommen hatte, rief ich Baby an. Sie nahm nach dem ersten Klingelzeichen ab.

»Hallo, ich bin's nur. Willst du nächstes Wochenende bei mir wohnen? Lukas fährt wieder nach London.«

Baby schlief häufig bei mir, wenn Lukas verreist war. Sie war dafür ideal geeignet: allein stehend und unkompliziert. Baby hatte keine Probleme, ihre sieben Sachen zu jemand anderem zu schaffen, Wein zu trinken, halbe Nächte zu reden und morgens lange zu schlafen. Eigentlich benahm sie sich noch immer fast genauso wie wir es mit zwanzig getan hatten, obgleich wir alle jetzt einiges über dreißig waren. Unreif vielleicht, aber auch wunderbar; ich unternahm sehr viel lieber etwas mit ihr als mit manchen anderen, tristeren und gesetzteren Freundinnen. Baby hatte eine eigene Persönlichkeit, die ein gutes Stück vom Laura-Ashley-Kollektiv entfernt war.

»Leider nicht«, antwortete sie. »Ich bin mit meiner Mutter gerade auf dem Weg nach Kopenhagen und bin eine Woche lang weg. Kannst du nicht jemand anderen finden?«

Natürlich konnte ich das. Ich konnte bei meiner Schwester wohnen oder bei Josefin oder bei einer anderen Freundin. Wir legten auf und ich dachte eine Weile nach, während ich mir meine Nägel anschaute. Die Farbe begann abzublättern, es war Zeit für eine neue Schicht. Oder für totales Entfernen. Dann hob ich den Hörer und wählte Kajas Nummer. Sie war zu Hause.

»Hallo, hier ist Sophie. Danke noch einmal für letztes Mal. Es war total witzig.«

»Sofa«, sagte Kaja herzlich. »Wie geht's?«

Klopf, klopf, klopf. Schweißnasse Hände, etwas atemlos. Warum? Am besten, ich setzte mich. Ich kapierte nichts.

»Danke, gut. Du, ich habe eine etwas seltsame Frage. Sag nein, wenn es nicht geht. Aber ich wollte wissen ... Könnte ich nächstes Wochenende bei dir wohnen? Mit den Hunden? Ich meine, wenn Platz ist. Lukas fährt nach London und Baby hat schon was vor. Ich habe Angst im Dunkeln.«

Ich fand, es klang peinlich, als ich mich selbst hörte, wie ich die Frage formulierte. Eine Frau von über dreißig traut sich nicht allein zu Hause zu sein, während der eigene Mann ununterbrochen verreist war, das war überhaupt nicht komisch. Aber die Wahrheit war und blieb, dass ich Angst im Dunkeln hatte. Schwarze Wandschränke, lange Schatten, unerklärliche Geräusche mitten in der Nacht. Kaja schien weder meine Frage noch meine Angst im Dunkeln merkwürdig zu finden.

»Du und die Hunde!«, sagte Kaja fröhlich. »Von mir aus geht das klar. Aber ich muss Annika noch fragen.«

»Klar.«

»Anni!«, hörte ich sie brüllen. »Dürfen Sofa und die Hunde nächstes Wochenende hier wohnen? Lukas ist dann verreist und sie hat Angst im Dunkeln.«

Ich hörte, wie Anni im Hintergrund etwas antwortete. Dann war Kaja wieder am Hörer.

»Ihr dürft kommen, wenn ihr nicht alles einsaut«, sagte sie und lachte. »Du weißt noch, worüber wir gesprochen haben.«

»Ich werde auf leisen Strümpfen einschweben«, meinte ich. »Ist Anni einverstanden, dass ich bei euch wohne? Ich komme nicht, wenn sie das nicht gut findet.«

»Das geht in Ordnung«, antwortete Kaja und ich hörte sie wie eine Katze schnurren. »Du darfst in meinem Bett schlafen, dann teile ich mir eins mit Liza, sie ist nämlich dann hier. Und dann werde ich für dich Abendessen kochen.«

Ich sah ihren fast leeren Kühlschrank vor mir; Erika, die mit dem halben Oberkörper darin verschwunden war, während sie dessen Inhalt inspizierte.

»Ich kann Essen einkaufen«, schlug ich vor. »Ich kann Berge von Essen einkaufen.«

Ich war es gewohnt, dass meine Freunde und ich, genau das kauften, was wir wollten. Wir gingen zum Delikatess-Supermarkt, legten alles in den Einkaufswagen, worauf wir Appetit hatten. Gänseleber, Süßigkeiten,

Mineralwasser in großen Kisten, vier Tuben Zahnpasta, Rinderfilet, frisches Brot, Stücke Sahnekäse mit schwer auszusprechenden Namen. Wir verglichen keine Preise und hielten auch nicht nach Sonderangeboten Ausschau, Rabattmarken warfen wir zu Hause in den Papierkorb. Kajas Freunde verhielten sich genau umgekehrt: Sie hatten alles unter Kontrolle. Sie sparten, drehten jede Öre dreimal um; Linsen, Möhren, ein Liter Milch, das billigste Waschmittel, Knäckebrot. Jetzt wollte ich einen ganzen Einkaufswagen mit guten Sachen voll laden, kommen und ihren Kühlschrank und ihre Vorratsschränke füllen. Hier sollte ohne Geiz eingekauft werden, nicht zuletzt weil ich dort wie ein ungebetener Wochenendgast wohnen würde. Anni sollte keinen Grund zur Klage haben.

»Wir können zusammen einkaufen«, schlug Kaja vor. »Das macht Spaß. Und übrigens, am Samstag gehen wir auf eine Anti-Rassismus-Demo, ›Söder-Leute gegen Rassismus‹. Da musst du mit. Das heißt, du musst nichts, aber es wäre schön. Wenn du Lust hast.«

»Mal sehen«, antwortete ich. »Ich will am Samstagnachmittag oder -abend auf eine Housewarming-Party. Das macht doch nichts, oder?«

»Auf eine was?«

»Auf eine Housewarming-Party.«

»Was ist das?«

»Du weißt doch, was Housewarming heißt, oder? Ein Einweihungsfest! Ein Haus anwärmen! Ein paar Freunde von mir sind in ein neues Appartement gezogen.«

»Du meinst Wohnung.«

»Jetzt fang nicht schon wieder an«, sagte ich lächelnd.

»Das heißt Wohnung!«

»Das ist eine Frage der Klasse. Wohnung ist typisch schwedisch in den Kreisen, aus denen du kommst. Es heißt Appartement.«

»Typisch schwedisch?«

»Ja, typisch schwedisch. Proletarisch. Unterklassenmäßig. Das zeigt, dass man zu einer anderen Gesellschaftsschicht gehört«, sagte ich mit gespieltem Ernst.

Kaja lachte.

»Meine Güte, seid ihr mit euren Oberklassenideen beschäftigt!«, meinte sie. »Aber selbstverständlich gehst zu du deiner ›Housewarming-

Party‹, wenn es denn unbedingt so heißen muss. Du kannst kommen und gehen, wann du willst, solange du die Schuhe ausziehst. Du bekommst einen eigenen Schlüssel.«

***

Am Freitag der folgenden Woche flog Lukas nach London. Ich war aufgestanden und trank um halb sieben mit ihm Kaffee, ehe er ein Taxi nach Arlanda nahm. Anschließend legte ich mich wieder in das noch warme Bett, ohne ihn wirkte es noch einmal so leer. Kaja wollte nur ein paar Stunden arbeiten, hatte sie gesagt. Ich sollte sie von der Redaktion abholen und ihre Arbeitskollegen kennen lernen und dann war es Zeit für den Einkauf. Ich schlummerte wieder ein, schlief gut, fast erwartungsvoll, die eine Gesichtshälfte tief ins Kissen vergraben, und wachte mit einem Lächeln auf.

Warum war eine Verabredung mit Kaja etwas so Besonderes? Ich war gern in ihrer Nähe, so einfach war das. Im vergangenen Monat hatten wir uns regelmäßig getroffen, ohne dass eine von uns die andere satt bekommen hätte. Natürlich hatte sie auch negative Seiten. Sie konnte ichbezogen und egoistisch sein, sie stand gern im Mittelpunkt; ein Ich-zentrierter Clown. Sie redete gern ununterbrochen und brachte andere dazu, sie anzuschauen, lachend den Kopf zu schütteln und in viel sagendem Tonfall »Kaja!« zu sagen. Zugleich hatte sie eine depressive Veranlagung; es schien bei ihr in einem wahnsinnigen Tempo auf und ab zu gehen. Himmelhoch jauchzend und zu Tode betrübt; eine Schwindel erregende Achterbahnfahrt im Vergnügungspark, die Lichter der Stadt als glitzernde Streifen rundumher. Kaja hatte selbst erzählt, dass sie selten ausgeglichen oder ausgesprochen harmoniesüchtig war. Sie war launisch. Wenn sie schlecht gelaunt war, dann verkniff sie sich keine kindischen Reaktionen wie gegen Türen zu treten oder Schubladen zuzustoßen; genauso leicht frustriert wie ich meiner Erinnerung nach als Kind war, zornig, wenn ich nicht in einen Pullover kam, kochend vor Wut und dem Weinen nahe, den Kopf in einem verschlossenen Tunnel aus warmer Wolle mit Polyesterbeimischung.

Aber ihre schlechten Eigenschaften spielten eine geringere Rolle. Was gingen die mich an? Ich konnte Kajas gute Seiten genießen, konnte sie aufbauen, wenn sie niedergeschlagen war, wie es eine gute Freundin tun sollte. Außerdem konnte ich problemlos zugeben, dass mir ihre Art gefiel, wie sie mich mit widerstrebendem Bewundern ansah und sie zunächst wütend gegen mich argumentieren zu hören und dann meine Argumentation in einer anderen Diskussion als ihre eigene auszugeben. Genauso wie ich es machte. Wir ergänzten uns gut, wir entwickelten uns durch unsere Freundschaft.

Das versuchte ich Lukas am Abend vor seiner Abreise nach London zu erklären.

»Kaum zu glauben, wie schnell ihr enge Freundinnen geworden seid«, bemerkte er, als ich sagte, dass ich bei Kaja wohnen würde. »Wollte Baby nicht herkommen?«

»Sie hat was vor«, erklärte ich. »Und ich finde es toll, dass ich Kaja besser kennen lernen kann, wenn du schon nicht da bist. Warte nur, bis du sie kennen lernst; du wirst total begeistert sein. Sie ist witzig, schlagfertig und geradeheraus. Und außerdem hübsch.«

»Das finde ich nicht«, widersprach Lukas. »Ich stimme dir zu, dass sie im Fernsehen teilweise witzig war, aber hübsch ... Doch feststeht, sie sieht besser aus als alle anderen Lesbierinnen, die man so sieht.«

Lukas bestand darauf, »Lesbierinnen« zu sagen, obwohl er wusste, dass ich dieses Wort hasste. Es weckte Vorurteile; erwachsene Frauen in Toga, die über ihre Schreibtische gebeugte, unwissende junge Schülerinnen mit schönen Nacken und sensiblen Händen lüstern anstarrten.

»Kaja ist total hübsch«, sagte ich. »Was ist los mit dir?«

»Ich finde nur, dass du dich ein bisschen zu schnell auf sie stürzt. Ihr seht euch die ganze Zeit, so scheint es jedenfalls.«

»Ich stürze mich nicht auf sie.«

»Neihein. Dann stürzt sie sich wohl auf dich.«

»Mein Gott, bist du negativ!«

»Ich bin nicht negativ. Ich glaube nur, dass du sie ein bisschen überschätzt.«

»Aber sie ist witzig!«, rief ich. »Im Unterschied zu allen Windeln wechselnden, auf Festen lästernden Hausfrauen, die uns umgeben, bringt es mir etwas, mit Kaja zu reden! Kannst du dich nicht meinetwegen etwas darüber freuen, dass sie mir zufällig über den Weg gelaufen ist?«

Er schaute mich so an, wie es nur Lukas konnte; reumütig, anziehend, mit warmen, braunen Augen.

»Doch, das kann ich«, sagte er und streckte die Arme nach mir aus. »Entschuldige.«

Wir umarmten uns und ich spürte die Wärme von Lukas' Körper durch meine Kleider. Meine Lippen suchten seine, und plötzlich hatten wir uns in einem Kuss umschlungen, der wiederum dazu führte, dass wir miteinander schliefen. Doch zu meinem großen Erstaunen war es nicht nur Lukas' Gesicht, das ich im Halbdunkel des Schlafzimmers vor mir sah. Auch ein Bild von Kaja tauchte auf; blaue, skeptische Augen, ein Gewirr aus Sommersprossen, ein freches Lächeln. Sie schien in irgendeiner Form anwesend zu sein, als würde sie uns bei unserem Liebesakt beobachten und finden, ihm fehle etwas Wesentliches.

Als ich an diesem Freitagmorgen zum zweiten Mal aufstand, war mein Kopf voller Kaja. Beim Aufräumen, beim Schreiben, beim Telefonieren und beim Bezahlen von Rechnungen wälzte ich ihre Persönlichkeit hin und her. Fröhlich und witzig, aber nicht unkompliziert; Kind, Teenager und erwachsene Frau zur gleichen Zeit. Ich hatte von Kaja den Eindruck, dass sie sich mit ihrer Jugend so wohl fühlte, dass es ihr schwer fiel einzusehen, dass sie hinter ihr lag. Andererseits konnte sie auch erstaunlich kompetent sein, dass hatte ich bei unterschiedlichen Gelegenheiten festgestellt. Kaja war nicht schwach, sie war stark, aber zugleich zerbrechlich; eine Überlebende, ein ausgesprochenes Straßenkind mit großer Sensibilität. Ich glaubte, wenn sie in ihrem Leben keine Harmonie finden würde, dann könnte sie sehr verbittert werden.

Um vier Uhr fuhr ich in die Stadt, um sie von der Redaktion abzuholen. Ich trat durch die Tür und schaute mich um. Computer, Fotos, große schematische Pläne an den Wänden, überall homoerotische Bilder, die Mädchen mit Mädchen und Typen mit Typen darstellten. Der Betrieb lief auf Hochtouren; Leute schrieben, telefonierten, standen zu zweit über Texten und Bildmaterial gebeugt. Die Hunde waren nicht angeleint, rannten herum und begrüßten alle. Da waren Robert, der Chefredakteur, Liza und ein paar andere, die offensichtlich ständig kamen und gingen. Kaja saß an einem Schreibtisch am Fenster, und sie sprang gleich auf und umarmte mich. Ihre Augen sahen fröhlich aus.

»Oh, was für ein süßer Bär!«, sagte Robert im Hintergrund und knuddelte Goldies Gesicht zwischen seinen Händen.

»Ich schreibe nur noch diesen Artikel fertig«, meinte Kaja und setzte sich wieder an den Schreibtisch. »Dann muss es für heute reichen.«

»Willst du etwa schon gehen?«, fragte Robert mit gespielter Strenge. »Es ist erst vier Uhr.«

»Es ist vier und ich werde nach Hause gehen, weißt du, mein Kleiner«, erwiderte Kaja, »ich habe die ganze Woche wie ein Pferd geackert, während du dich in deiner Lederkluft in Klubs rumgetrieben und deinen Hintern einem Haufen kleiner Jungs gezeigt hast.«

»Und nicht nur seinen Hintern«, sagte Christer, ein freier Journalist. »Was wir letzten Samstag zu sehen bekommen haben, verraten wir nicht.«

»Gerade DU musst große Töne spucken«, sagte Robert zu Christer, »wenn man da an deine Trapezübungen mit Gasmaske denkt.«

»Hört auf, Sofa Angst zu machen!«, meinte Kaja. »Sie ist zum ersten Mal hier!«

»Mir kann man nicht so leicht Angst machen«, sagte ich und lachte.

Christer schaute mich wohlwollend an.

»Das habe ich auch nicht geglaubt, als ich dich gesehen habe«, sagte er. »Lesben sind immer so stark und reizend. Lieber dir das Händchen halten, wenn es gewittert, statt einem von diesen nichtsnutzigen Schwulen, die gleich an die Decke gehen, sobald ein Käfer über den Boden krabbelt.«

Kaja lachte laut los und schaute mich an.

»Sofa ist keine Lesbe«, erklärte sie. »Aber sonst hast du Recht.«

»Oh«, sagte Christer und scharwenzelte in den Pausenraum. »Ja, meinetwegen. Heterosexuelle Frauen gehören zum Besten, was ich kenne. Außerdem ist es bestimmt nur eine Frage der Zeit. Oder, Kaja?«

Ich schnitt Kaja eine Grimasse und sie erwiderte sie. Der Ton in der Zeitungsredaktion war hart, aber herzlich; ich musste in mich hineinlachen, während ich mich dort umschaute. Zugleich war ich froh, dass keine meiner anderen Freunde dabei waren und hörten, wie hier geredet wurde. Nachdem Kaja fertig war, verabschiedeten wir uns von den anderen, stiegen ins Auto und fuhren los. Die Hunde saßen auf dem Rücksitz, sahen sauer drein, platzierten die Köpfe widerwillig auf unseren Schultern und legten sich in die Kurve, als seien sie auf einer Seereise. Das taten sie, damit das Auto nicht umkippte, weil sie wussten, dass es ohne ihre Mithilfe geradewegs in die Hölle ging. Kaja und ich lachten. Wir sahen uns an und brachen ganz ohne Grund in Gelächter aus.

»Das ist ein Gefühl, als würden wir in den Urlaub fahren«, sagte Kaja.

»Mir geht es ähnlich. Ganz bis ins westliche Söder. Du glaubst gar nicht, was der Wochenendausflug für mich bedeutet.«

»Sprich nicht davon«, meinte Kaja. »Da fällt mir nur ein, dass ich früher oder später zu dir nach Stocksund kommen muss.«

Ich lachte. Dann waren wir beide wieder still.

»Wie war es denn bei der Arbeit?«, fragte ich.

»Liebling, wie war's bei der Arbeit?«, witzelte Kaja.

Ich errötete.

»Scheiße, wie immer«, fuhr sie fröhlich fort. »Robert hat ein schlechtes Gewissen, weil er in den letzten zwei Wochen zu viel gefeiert hat, und dann lässt er das an uns aus. Liza sagt, es herrscht eine wirtschaftliche Krise. Wir haben versucht einen Anzeigenplatz an Diesel zu verkaufen, aber die wollten nicht.«

»Wer ist Diesel?«

»Du weißt schon. Diese Jeans- und Kleiderfirma, die diese Kampagne mit jeder Menge Homosexuellen macht.«

Plötzlich wusste ich, von welcher Kampagne sie sprach. Sie bestand aus einer Reihe von Bildern, auf denen unter anderem küssende Seemänner und schmusende Krankenschwestern zu sehen waren. Sie war schön, hatte etwas Attraktives und war hundertprozentig homosexuell.

»Wollten die bei euch keine Werbeanzeige schalten?«

»Nein. Wir sind eine homosexuelle Zeitung. Das kann denen einen schlechten Ruf einbringen, wenn sie bei uns auftauchen.«

»Aber das ist total idiotisch«, rief ich aus und ging auf genau die lebensgefährliche Weise in die Kurve, die die Hunde hassten; sie krallten sich fest und lehnten sich mit mürrischen Gesichtern in die entgegengesetzte Richtung. »Wie können die sich weigern, Werbefläche bei euch zu kaufen, wenn sie diese Bildserie auf Homosexualität aufbauen?«

»Weil das feige Ärsche sind, die nur ans Geld denken«, erklärte Kaja. Überall redeten die Leute über die Diesel-Werbung. Ich hätte es für selbstverständlich gehalten, dass sie in der homosexuellen Presse einen Anzeigenplatz kaufen, ehe sie woanders hingehen.

»Das verstehe ich nicht«, sagte ich.

»Bei Diesel ist es wie mit den meisten Firmen«, meinte Kaja müde.

»Ihre besten Kniffe und Tricks holen sie sich aus der Homoszene, aber eine unabhängige schwul-lesbische Zeitung unterstützen, das wollen sie nicht. Das ist das alte Lied. Picke dir die spektakulären Rosinen heraus, halte dir aber zugleich den Rücken frei, falls der Wind sich dreht. Das ist verdammt ärgerlich.«

»Mein Gott, wie deprimierend!«, fand ich. »Ich würde einen Wutanfall bekommen!«

»Scheiß drauf«, sagte Kaja. »Jetzt machen wir uns ein gemütliches Wochenende.«

Kaja wollte im Konsum-Billigsupermarkt einkaufen. Umweltfreundlich, kooperativer Besitz, Öko-Produkte. Ich kaufte selten bis nie dort, sondern unterstützte die privaten Alternativen wie Vivo oder Ica. In meiner Welt war man »gegen« den Billigsupermarkt, jedoch hatte ich die Richtigkeit dieser Einstellung nie hinterfragt. Aber ein Konsum war bei Kaja um die Ecke und lag somit auf dem Weg. Manchmal musste man auch einmal etwas Neues ausprobieren.

Im Supermarkt wimmelte es nur so von Freitagseinkäufern. Wir nahmen einen Einkaufswagen und liefen herum, bis wir alles eingeladen hatten, was wir fürs Wochenende inklusive zwei vegetarischen Abendessen brauchten. Das hieß Pasta, Spinat, Gemüse, Brot, Linsen, Kartoffeln, Saft, Mineralwasser, Eis, Süßigkeiten und Kekse. Und Kerzen. Außerdem warf ich eine Menge Basisprodukte dazu, die die Mädels meiner Vermutung nach gebrauchen konnten; Mehl, Graupen, Zucker, Kakao, Butter, Olivenöl, Waschmittel, Shampoo, Kaffee.

»Was soll das denn?«, fragte Kaja und zeigte auf den Warenberg.

»Ich kann euch doch ein paar Dinge kaufen. Als Geschenk.«

»Warum das denn?«

Sie schaute mir unverwandt in die Augen.

»Statt Blumen«, murmelte ich und wurde rot.

»Okay«, sagte Kaja ohne meinem Blick zu begegnen. »Danke.«

Wir gingen zur Kasse.

»Wir haben Wein«, meinte Kaja. »Ich habe zwei Flaschen.«

»Und ich habe drei«, verkündete ich. »Und einen Whisky.«

Ich hatte drei Flaschen guten Weines mitgenommen, die mir mein Vater geschenkt hatte. Burgunder. Kaja trank Wein und behauptete, Anni liebe ihn. Das würde lustig werden. Normalerweise betrachtete ich ein

Wochenende nicht als gelungen, wenn ich nicht zu einem großen Fest oder einem guten Abendessen eingeladen war. Nägel lackieren, das Rascheln eines Seidenkleides, sorgfältiges Schminken. Die ganze Palette an Charme auffahren; außen und innen. An einem Freitagabend zu Hause zu hocken war nahezu ein Ding der Unmöglichkeit; sich einen Videofilm anzuschauen war nur an Sonntagen und mit Kater gestattet. Doch jetzt, da ich das Wochenende mit Kaja und Anni verbringen würde, schien das genauso verlockend wie der Besuch einer großen Party, auch wenn das Gefühl ein anderes war. Den Nagellack entfernen, statt welchen aufzutragen, alter Strickpullover, das Gesicht von Schminke befreit. Entspannung, keine Anspannung. Innen und außen.

In der Wohnung packten wir die Einkäufe aus, gaben den Hunden Futter und bezogen mit meiner Bettwäsche Kajas Bett für mich. Ich bot an, stattdessen auf dem Sofa zu schlafen, aber Kaja lehnte strikt ab – da wollte sie liegen und mit Liza quatschen, die auf einer Matratze auf dem Fußboden schlief. Annika kam um fünf Uhr nach Hause, Liza knapp eine Stunde später. Zu dem Zeitpunkt hatten Kaja und ich gekocht und um sieben Uhr saßen wir alle am gedeckten Tisch. Ich fühlte mich eigentümlich heimisch und entspannt. Das lag auch an der Kleidung, der Einstellung, dem Verhalten der anderen; alles war ganz einfach in Ordnung. Nicht einmal Angst im Dunkeln war peinlich. Jede von uns hatte Gespenster im Wandschrank und es war nichts dabei.

»Prost!«, sagte Kaja und hob ihr Weinglas. »Willkommen, Sofa.«

»Danke«, sagte ich. »Schön, dass ich hier sein darf. Guck mal, Anni – keine Schuhe!«

Ich hob die bestrumpften Füße und wackelte mit den Zehen in der Luft. Anni lachte.

»Die Botschaft ist angekommen, merke ich«, stellte sie fest.

»Mmm«, sagte ich. »Hat Kaja verraten, was Baby und ich dachten?«

»Klar«, antwortete Anni. »Damit ist aber nicht gesagt, dass ich das kapiere.«

»Das brauchst du auch nicht zu kapieren«, entschied Liza und ihre Augen funkelten. »Sondern nur zu akzeptieren.«

Dann wendete sie sich mir zu.

»Wenn wir einmal bei dir sind, dann verspreche ich, dass ich mit Schuhen reinkomme. Das wird bestimmt herrlich!«

»Und hinterlasse dann reizende, pitschnasse Flecken auf dem Fußboden, so dass Sofas polnische Putzfrau auf den Knien alles aufwischen muss«, sagte Kaja spöttisch.

»Ich habe keine polnische Putzfrau«, protestierte ich.

Aber Kaja hatte sich schon auf den Boden geworfen und angefangen, eine polnische Putzfrau zu imitieren, die meiner absoluten Herrschaft unterworfen war.

»Ich binn fier das Wennigge dankbarr«, sagte Kaja und schrubbte mit großen Kreisbewegungen den Boden. »Sie gähen auf mirr, das ist ockee.«

Sie warf sich flach auf den Bauch und zeigte auf ihren Rücken.

»Hiierr! Sie gähen hierr mit schmutzige Schuh! Ich sparre Zeit bei Putzen! Nur Kittel waschen!«

Wir brüllten vor Lachen.

»Hör auf!«, sagte ich. »Ich sage doch, bei mir arbeitet keine Putzfrau illegal.«

Mir wurde bewusst, wie groß Kajas Bedürfnis war, Leute nachzuäffen, gewissermaßen Aufmerksamkeit auf sich zu lenken. Jetzt kniete sie sich hin und blickte zu mir auf, und diesmal sprach sie ausgeprägtes Oberklassenschwedisch.

»Sophie, meine Liebe, du mosst mir ändlich verraten, wie du deinen Fuhßboden, so öberaus gläänzend blank bekommst! Wie maachst du das nor?«

Sie gab sich im selben Dialekt selbst die Antwort, diesmal während sie vorgab, ihre Fingernägel zu begutachten, sie mit dem Pullover zu polieren, sie von neuem zu begutachten.

»Weißt du, Tatjaana, ich maache eigentlich öberhaupt nichts! Aber ich habe eine fantaaastische polnische Potzfrau, verstehst du! Sie kostet aabsolut nichts! Und sie legt sich auf den Boden, damit alle einfach über sie gehen! Es wird also nie schmotzig! Verstehst du, wie man nur auf so etwas Genialisches kommen kann! Sie ist einfach Gold wert! Und sie wiegt ja auch nichts! Das ist so gut, dass man‘s kaum fassen kann!«

Die anderen erstickten fast vor Lachen. Ich nahm das Kissen von meinem Stuhlsitz und schlug es Kaja auf den Kopf. Sie wehrte sich. Dann machte sie einen unerwarteten Vorstoß und fing an, mich mit beiden Händen am Bauch zu kitzeln.

»Prrr!«, schrie sie.

Ich stimmte ein Geheul an. Ich war schrecklich kitzelig; meine Schwester hatte mich als Kind mit Erfolg gequält, bis ich lachte, schrie und weinte. Jetzt versuchte ich vergeblich mich zu wehren, glitt vom Stuhl auf den Boden, während ich vor Lachen fast erstickte und um Gnade flehte.

»Das ist ja allerhand«, hörte ich Anni sagen, war aber nicht sicher, was sie damit meinte und außerdem vollauf damit beschäftigt, mir Kaja vom Leib zu halten.

Am Ende beruhigten wir uns, kletterten wieder auf unsere Stühle und klopften uns ab. Liza schaute mich mit einem unergründlichen Lächeln an und tat sich eine neue Portion Salat auf.

»Du hast keinen großen Bruder gehabt, das liegt auf der Hand«, stellte Kaja fest und atmete aus. »Du hast keine Armmuskeln.«

»Quatsch«, widersprach ich. »Ich war im Armdrücken die Beste in der Klasse.«

»Wunder giiibt es immer wiiieder ...«, sang Kaja belustigt und nahm sich einen Nachschlag.

»Ganz im Ernst«, meinte ich und holte tief Luft, »ich habe lange nicht mehr so hysterisch gelacht.«

»Wir albern heutzutage viel zu wenig herum«, sagte Kaja. »Ich bin so langweilig geworden, dass es kaum auszuhalten ist. In meiner Jugend war ich cool. Da habe ich vor der ganzen Klasse eine Show abgezogen, jeden Tag, Stunde für Stunde. Die armen Lehrer.«

»Meine Güte, wie anstrengend«, sagte ich. »Das du dazu die Energie hattest.«

»Ich hatte ein chemisches Ungleichgewicht im Gehirn«, erklärte Kaja. »So muss es gewesen sein.«

»Ganz bestimmt«, meinte Anni. »Du hättest sie sehen müssen.«

»Aber es war lustig!«, sagte Liza fröhlich.

»Heutzutage bist du auch nicht gerade sterbenslangweilig«, fand ich. »Noch etwas mehr davon und ich hätte mir in die Hose gemacht.«

»Kitzeln ist nur Mechanik«, erklärte Kaja. »Früher hatte ich wirklich Humor.«

»Mir reicht dein Humor«, sagte ich.

Um halb zehn hatten wir drei Flaschen Wein geleert und machten es uns mit Kissen und Decken richtig gemütlich. Kaja holte ein Kartenspiel.

Die Kerzen waren nahezu heruntergebrannt und Liza stellte neue hin. Wir saßen am Tisch wie im Saloon aus einem Westernfilm. Kaja mischte und gab.

»Doppelkopf, das kennst du doch, oder Sofa?«, fragte sie.

»Kein Problem«, sagte ich. »Ich lüge wie gedruckt.«

Kaja übers Ohr zu hauen erwies sich als schwieriger als ich gedacht hatte, aber am gerissensten von allen war Liza. Sie hatte ein Pokerface, das nicht von Pappe war. Anni hingegen war leicht zu knacken; man sah es ihr sofort an, wenn sie flunkerte.

»Pik Dame«, sagte Anni jetzt und lächelte.

Ich drehte die Karte um. Da lag eine Karo fünf und Anni musste den ganzen Stapel aufnehmen. Jetzt war Liza an der Reihe.

»Pik Dame«, sagte sie und legte eine Karte ab.

Sie hatte nur noch zwei Karten in der Hand. Kaja und ich schauten uns an.

»Ich weiß nicht«, sagte ich.

»Scheiß drauf«, meinte Kaja. »Stopp.«

»Stopp.«

»Stopp.«

Liza war wieder an der Reihe. Sie schaute uns mit funkelnden Augen an.

»Pik Dame.«

»Das darf doch nicht wahr sein!«, sagte ich.

»Du kannst die Karte umdrehen«, sagte Kaja. »Ich mache es nicht. Ich weiß, wie sie ist.«

Liza hatte nur noch eine Karte in der Hand. Es schien unwahrscheinlich, dass sie gerade jetzt schummelte.

»Stopp.«

»Sie lügt«, sagte Anni, »Das sieht man schon von weitem.«

»Aufdecken«, sagte Kaja.

»Deck selbst auf. Stopp.«

»Stopp.«

Liza schaute uns alle drei an. Ein Lächeln breitete sich über ihr ganzes Gesicht aus.

»Pik Dame.«

Das war ihre letzte Karte. Wir anderen drei schrien und ich stürzte mich auf die Karte und drehte sie um. Natürlich war es die Pik Dame.

»Du Schwein!«, sagte Kaja und boxte Liza in den Arm.

Liza keuchte nur so vor Lachen und schenkte uns Wein nach.

»Ihr wisst doch, wie das ist«, sagte sie amüsiert. »Glück im Spiel, Pech in der Liebe!«

»Du hast in allen Dingen Glück!«, behauptete Anni wütend. »Wäre schön, wenn man selbst auch mal irgendwo Glück hätte!«

Sie schaute auf ihre Uhr.

»He, jetzt kommen Nachrichten«, sagte sie. »Die will ich sehen.«

Sie verzog sich ins Wohnzimmer, Kaja und Liza schauten sich an. Es war nicht klar, was die Blicke zu bedeuten hatten, aber ich hatte schon mitbekommen, dass sie in vielen unterschiedlichen nonverbalen Formen miteinander kommunizierten. Dann mischte Kaja die Karten noch einmal. Ich streckte die Hand nach einer neuen Weinflasche und dem Korkenzieher aus.

»Die Nacht ist lang, Liza«, sagte ich. »Du wirst noch schrecklich viel Glück in der Liebe haben.«

***

Ich schlief tief und lange in Kajas großem Bett. Es war wie ein Ozean, weit und ruhig. An der Wand darüber hatte sie Bilder von nackten Frauen, Fotos von sich mit ein paar Freundinnen und einen Strauß getrockneter blassrosa und dunkelroter Rosen aufgehängt. Das Zimmer war viel romantischer als Kaja von sich durchblicken ließ. Ich hatte einen Flanellschlafanzug mitgenommen, in dem ich gut einschlief und wie ein Baby schlummerte, mit intensiven Träumen in vielen Farben. Im Traum lag ich in einer Hollywoodschaukel und schaukelte unter einem hellblauen Sommerhimmel. Ich war Kind und Erwachsene zugleich, ich war mit meiner Oma zusammen und zugleich war ich meine eigene Großmutter – und dennoch allein. Das Gefühl des Sommertages war überwältigend, Hummeln summten, und um mich her duftete es intensiv nach Gras und Blumen. Ich fühlte mich absolut sicher und die Zeit stand vollkommen still. Eine Stimme, die sowohl aus meinem Inneren als auch von einem anderen Menschen zu kommen schien, sagte klar und deutlich: »Es ist Zeit. Jetzt wird's Zeit!«

Ich erwachte zum Morgenlicht und dem Duft von frisch gekochtem Kaffee. Kaja stand neben dem Bett.

»Hoch und raus, Sofa!«, sagte sie. »Jetzt wird's Zeit! Das Frühstück ist fertig und die Demo fängt in einer Stunde an.«

»Demo?«

»Die Demonstration.«

Ich sprang aus dem Bett und ging schlaftrunken ins Badezimmer. Von dort ging ich via Küche zurück, wo Kaja, Anni und Liza vollständig angezogen saßen. Sie brüllten vor lachen, als sie mich zu Gesicht bekamen.

»Entschuldige«, meinte Liza, »aber, was hast du denn da an?«

»Das ist ein Flanellschlafanzug«, sagte ich und blinzelte ins Licht. »Ein Oberklassennachtzeug. Beste Qualität. Fühl mal!«

Sie kniff in meinen Ärmel.

»Mmm«, sagte Liza. »Schön!«

»Ich begreife gar nicht, wie du dich da drin nicht zu Tode schwitzt«, sagte Kaja. »Zuerst der Schlafanzug und obendrauf alle Decken. Hast du gut geschlafen?«

»Wie ein Stein«, antwortete ich. »Und du? Wie war's auf dem Sofa?«

»Wie war's auf dem Sofa, Sofa?«, wiederholte Kaja und blinzelte mit gespielter, männlicher Programmleiterstimme in die Luft, eine Falte zwischen den Augenbrauen. »Tja, Sofa, das Sofa war ... irgendwie seltsam sofamäßig, und trotzdem nicht wie jedes x-beliebige Sofa.«

Liza lachte und schüttelte den Kopf.

»Wir haben die halbe Nacht in Lizas Bett gequatscht«, erklärte Kaja dann mit ihrer normalen Stimme.

Ich schaute die beiden erstaunt an, sagte aber nichts. Hatten Kaja und Liza hinter Annas Rücken ein Verhältnis? Und wie passte in dem Fall Anni ins Bild? Es war nicht angebracht, danach zu fragen, jedenfalls noch nicht.

Ich goss mir eine Tasse Kaffee ein und setzte mich an den Tisch. Kaja schrieb gerade etwas auf ein Stück Papier.

»Was machst du da?«, wunderte ich mich.

»Wir müssen zur Demonstration ein paar Parolen mitbringen«, erklärte Kaja. »Ich habe es versprochen. Kannst du gut reimen?«

»Supergut«, sagte ich und rieb mir die Augen. »Wenn ich nur zuerst aufwachen dürfte.«

»Rassisten aus unseren Straßen raus!«, schrie Kaja, die Faust geballt und vom Zettel ablesend. »Keine Straße und kein Haus! – Das ist doch okay, oder?«

»Ganz okay«, sagte Liza.

»Aber wir müssten etwas Längeres haben, mit etwas mehr Schwung und Kraft, was man wirklich rufen kann«, meinte Anni.

»Lass dir was einfallen«, sagte Kaja. »Du sitzt nur da und bist negativ!«

»Ich bin nicht negativ, ich denke nach!«, widersprach Anni erbost.

Dann blieb es lange still.

»Keine Straße und kein Haus, Rassisten aus Söder raus!«, schlug ich vor.

Kaja und Liza schauten mich aus runden Augen an. Sogar Anni drehte den Kopf.

»Das ist verdammt gut!«

»Das nehmen wir«, entschied Kaja und machte sich emsig ans Schreiben. »Und du musst heute mitkommen. Das ist selbstverständlich. Okay, noch mehr Vorschläge.«

Ich streckte die Hand wieder nach der Kaffeekanne aus. Jetzt dämmerte mir langsam, was auf mich zukam und das ging mir zweifelsohne ein bisschen gegen den Strich.

***

Auf dem Nytorget war Treffpunkt. Kaja ging voran und wir folgten ihr, ich ziemlich zögerlich und voller Bedenken mit schwarzer Sonnenbrille auf der Nase. Inkognito. Vermutlich zog man so die Aufmerksamkeit noch mehr auf sich. Es war eine Sache, bei einer Demonstration gegen Abtreibungsgegner mitzugehen, was Baby und ich im Vorjahr getan hatten, weil auf der Gegenseite nur ein Haufen lallender Schwachköpfe mit Kinderwagen und Ballons teilnahm. Aber das hier war etwas anderes. Hier traten wir gegen Neonazis und Skinheads an; ekelige, bierbäuchige Kerle mit rasierten Schädeln und Springmessern in der Hosentasche.

Auf dem Marktplatz hatten sich schon ein paar Hundert Aktivisten versammelt, meistens Frauen in unserem Alter oder älter, außerdem Punks und Anarchisten zwischen fünfzehn und fünfundzwanzig. Ich sah keine Horden von Neonazis. Ganz hinten im Park stand eine Gruppe von etwa zehn Skinheads. Eine von Kajas Freundinnen war hingegangen, stand ruhig da und sprach mir ihnen.

»Was für eine mutige Frau«, sagte ich.

»Das ist Lina«, erklärte Kaja. »Sie ist große Klasse. Sie schreckt vor nichts zurück.«

Kaja machte zur Begrüßung ihre Runde, ich und Anni folgten in ihrem Kielwasser. Liza stand etwas abseits und unterhielt sich mit einigen Freundinnen. Meine Parole brannte wie Feuer in meiner Tasche. Ich wollte sie herausholen, weil ich wusste, dass sie gut war. Aber ich hatte nicht unbedingt vor, selbst an der Demonstration teilzunehmen. Wenn es unangenehm wurde, konnte ich an der Seite mitlaufen oder überhaupt nicht mitgehen. Inkognito.

Ich linste zu den Skinheads hinüber. Sie waren groß und kräftig, aber ziemlich bierbäuchig, genau wie ich es mir gedacht hatte, mit unsagbar dämlichen Gesichtern. Sie hatten alle etwas von einem Cromagnon-Urmenschen: abfallende Stirn und vorgeschobener Unterkiefer. Womöglich lag es an den kahl rasierten Schädeln, ihren säuerlichen Mienen und zusammengezogenen Augenbrauen, die den Eindruck verstärkten. Einer von ihnen hatte mit einem Typ aus dem Demonstrationszug einen Streit vom Zaun gebrochen. Ich ging zu einer Gruppe von Polizisten, die gerade angekommen waren. Engagiert. Ich konnte es nicht lassen.

»Können Sie dem Skinhead da ganz hinten sagen, dass er keinen Ärger machen soll?«

Die Polizisten nickten ihr typisches, langsames Polizistennicken; dunkelblau und gelb, »Wir-wissen-dass-Sie-das-nicht-verstehen-aber-wir-haben-unsere-Anweisungen«, in gemächlichem Tempo, die Hände auf dem Rücken, auch wenn die Leute sich im Staub wälzten. »Was ist denn hier los?« Ich ging zurück zu Kaja und Anni.

Jetzt begannen die Reden; nur Frauen auf der Rednerinnenliste.

»Typisch«, zischte Kaja mir ins Ohr. »Die Neonazis bestehen fast nur aus Männern. Sie sorgen für Gewalt, Zerstörung und Erniedrigung. Aber nur wenige andere Typen schließen sich zusammen, um gegen sie etwas zu unternehmen. Das wird wie immer den Frauen überlassen. Männer zerstören und drohen, und Frauen engagieren und weigern sich.«

Zuerst war die Frau dran, die mit den Skinheads geredet hatte, Lina Fredriksson, die außerdem an vorderster Front für Bosnien kämpfte. Sie war klein und rothaarig, hatte große, schwarze Augen. Sie sprach nicht lange, aber sie verstand es, die Massen anzuheizen. Wir jubelten, die Skinheads buhten. Nach ihr kam eine Musikeinlage. Zwei junge Frauen spielten und sangen. Danach gab es zwei weitere Reden, ebenfalls von Frauen. Ich fragte mich langsam, ob das ein Witz sei, eine bewusste Strategie oder Zufall, dass sämtliche Frontfiguren Frauen waren, oder ob Kaja tatsächlich Recht hatte: An so einer Aktion gegen den Abschaum der Gesellschaft trauten sich nur Frauen, sich zu beteiligen. Sie konnten von Seiten ihrer Mitbrüder Repressalien ausgesetzt sein, was Gott verhüten mochte, aber es war immer besser, aufzustehen und notfalls auch etwas Prügel einzustecken.

Die letzte Rednerin schloss mit dem Verlesen der Parolen, die bisher immer gerufen worden waren. Ich hatte Herzklopfen.

Jetzt. Ich ging nach vorn und klopfte ihr auf den Schuh, bat um das Mikrofon. »Ich habe hier einen neuen Spruch.«

Sie machte ein erstauntes Gesicht, überließ mir aber das Mikro. Ich setzte die Sonnenbrille ab, um den Text besser erkennen zu können. Dann schaute ich über die Menschenmenge. Es war eine seltsame Versammlung. Größtenteils linke Frauen. Junge Aktivistinnen. Einige Punkerinnen von der Sorte, die gern überall mitmischte, wenn es nur etwas Randale gab, rot, grün, lila gefärbte Haare. Ganz am Rand ein paar ältere Damen in genauso farbenfrohen Regenmänteln, die sich wunderten, was los war. Ganz hinten im Park waren die Polizisten dabei, sich mit den Skinheads herumzuzanken. Einige davon starrten mich an, die Arme über der Brust verschränkt. Ich schaute weg und begegnete stattdessen Kajas Blick. Sie lächelte aufmunternd.

Ich las meine Parole vor. Sie war nicht genial, wurde aber mit schrillen Pfiffen und Lachen aufgenommen, außer von den Skinheads, die buhten. Am Ende bekam ich Applaus. Mit Herzklopfen kehrte ich zu Kaja und den anderen zurück.

»Bravo«, flüsterte Kaja mir ins Ohr.

Es war Zeit, sich aufzustellen. Ich blickte zu den Neonazis. Es waren inzwischen mehr dazugekommen. Einer von ihnen machte eine Geste in unsere Richtung, gefolgt von einer schaukelnden Bewegung mit den Hüften. Im selben Augenblick kam ein Ei von der Skinheadgruppe geflogen und schlug bei uns auf. Es verfehlte das Transparent um Haaresbreite und landete vor uns auf dem Gehweg. Einige aufgeregte Demonstranten lenkten die Aufmerksamkeit der Polizisten auf das Geschehene, aber die zuckten nur mit den Schultern und meinten, dass man daran nicht viel ändern könne.

»Okay«, sagte ich grimmig zu Kaja. »Ich komme mit.«

Wir stellten uns gleich hinter das Transparent mit der Aufschrift »Bewohner von Söder gegen Rassismus«, das auf der einen Seite von einer kurzhaarigen, aggressiv aussehenden Frau in Lederjacke getragen wurde. Sie kam mir bekannt vor.

»Wer ist das da?«, flüsterte ich Kaja zu.

»Das ist Bengtsson«, antwortete Kaja. »Alt eingesessene, außerparlamentarische Linksaktivistin. Sie ist knallhart. Vor der haben sie Angst, soviel ich weiß.«

Eine Frau kam und drückte Kaja ein Megaphon in die Hand.

»Du musst das hier nehmen«, sagte sie. »Es will niemand anders.«

»Warte mal kurz«, rief Kaja, aber da war die andere schon wieder weg.

»Wir machen das zusammen«, sagte ich entschlossen.

Der Zug setzte sich in Bewegung. Kaja trug den Megaphontrichter und ich das dazugehörige Mikrofon und so riefen wir abwechselnd unsere Parole hinein. Die Leute um uns machten mit, riefen im Chor. Wir bewegten uns wie eine geschlossene Wand vorwärts. »Nazis raus aus unseren Straßen!«, »Keine Straße und kein Haus – Rassisten aus Söder raus!« Das Echo. Zuschauer. Fenster, die aufgestoßen wurden.

Den Ringvägen hinunter, die Götgatan hinauf, die Folkungagatan bis zur Renstiernas gata und zurück zum Nytorget; das war die geplante Route. Es herrschte reger Samstagsverkehr, die Leute blieben stehen und starrten uns an, unterhielten sich, fragten, worum es gehe. Eine kleine silberhaarige Dame freute sich so sehr, dass sie in die Hände klatschte und laut rief: »Oh, wie gut! Da gehe ich mit!«

Sie schloss neben uns auf und ich spürte eine Woge der Wärme in mir. Tüchtige Omis. Tüchtige Mädchen. Tüchtige Frauen.

Die meisten Menschen, an denen wir vorbeizogen, hatten weder Zeit noch Lust noch die Energie, sich zu engagieren. Sie schauten uns erschöpft an oder nickten zustimmend, ehe sie weiter hetzten, hatten aber nicht die Kraft, mitzumarschieren. Die Leute hatten genug mit sich zu tun.

In der Götgatan kam ein Trupp Skinheads aus einer Kneipe und einer bewarf uns mit Pommes frites. Da schritt die Polizei sofort ein, überwältigte den aggressivsten Kerl und drückte ihn an die Wand. Ich war angenehm überrascht. Doch vor allem spürte ich, dass all meine Angst wie weggeblasen war. Wir passierten die Nazis mit ihren Zahnstochern im Mund und ihrem hässlichen Grinsen, ähnlich den schweineartigen Monstern aus einer Saga von Tolkien, und ich sah ihnen direkt in die Augen, als ich die Parole ins Megaphon skandierte. Meine Angst war verschwunden, sobald ich zu mir selbst stand, für das eintrat, was ich wollte. Plötzlich wurden die Furcht einflößenden Neonazis zu bierbäuchigen Bubis mit rasierten Schädeln reduziert, die nicht viel Hirnmasse zwischen den Ohren hatten und ihre Zeit in Ermangelung von etwas Besserem mit destruktiven und stumpfsinnigen Aktionen verbrachten. Als ich einem von ihnen in die Augen starrte, wich er meinem Blick aus und drehte sich weg. Das große Monster verwandelte sich in einen Hohlkopf mit Speckfalte im Nacken. Und er war derjenige, der Angst hatte, nicht ich.

»So ist das also«, dachte ich. »Die sind feige. Die haben nur in der Gruppe den Mut, frech zu werden. Aber schaut man denen einem nach dem anderen in die Augen, dann ziehen sie den Schwanz ein.«

Als wir wieder am Nytorget ankamen, ließ die Anspannung nach und wir begannen zu kichern. Einige Aktivistinnen tanzten zu den Klängen eines Gettoblasters.

»Geht nicht allein von hier los«, rief Bengtsson ins Megafon. »Geht in Gruppen nach Hause, vor allem die, die mit der U-Bahn fahren.«

»Kommt, wir gehen einen Kaffee trinken«, schlug Anni vor. »Das haben wir uns verdient.«

»Kommt ihr auf einen Kaffee mit?«, rief Kaja in die Gruppe um uns herum. »Bengtsson, bist du dabei?«

Bengtsson nickte grimmig, legte das Megafon aus der Hand und kam auf uns zu. Sie erinnerte mit ihren kurzen, graumelierten, abstehenden Haaren und dem Ring im Ohr an einen alten Bergtroll.

»Bengtsson, das ist Sofa«, sagte Kaja.

Bengtsson musterte mich wie eine Markthändlerin eine altersschwache Mähre beäugt. Wir gaben uns die Hand. Sie nickte mürrisch, ohne ein Wort von sich zu geben. Ich spürte, dass ich ein schweres Hindernis nicht gerade mit Bravour gemeistert hatte. Aus Bengtssons Blickwinkel gesehen, stand mir vermutlich »Unzuverlässige Oberklasse« auf die

Stirn geschrieben, wobei sie nicht leugnen konnte, dass ich trotzdem an der Demonstration teilgenommen und meine Parole skandiert hatte. Diese Kombination von Eigenschaften verursachte bei ihr sehr schlechte Laune, das war offensichtlich.

Wir gingen in einer geschlossenen Gruppe von etwa fünfzehn Personen in ein kleines Café in der Nähe und drängelten uns auf langen Bänken an der Wand entlang. Ich landete zwischen Kaja und Anni, Bengtsson saß mir gegenüber. Sie sah faszinierend aus, mitgenommen und ausgezehrt, aber irgendwie unerschütterlich. Trollmutter. Der Saal des Bergkönigs. Bald kam das Gespräch auf Skinheads und Medien. Ich hörte eine Weile zu, bevor ich mich einmischte.

»Ich finde es daneben, dass die Massenmedien solche Hetzreden über sie schreiben«, sagte ich. »Das verführt nur etliche junge Typen dazu, sich ihnen anzuschließen. Das ist dumm.«

Bengtsson schaute mich aus blitzenden Augen an.

»Schwachsinn«, meinte sie in deutlichem Stockholmer Dialekt mit ihrer heiseren Stimme. »Die Medien haben die Aufgabe, sie ununterbrochen zu exponieren.«

Es wurde etwas leiser, was immer der Fall zu sein schien, wenn Bengtsson etwas gesagt hatte. Ich sah sie lange an. Sie wich meinem Blick nicht aus.

»Ich finde, da irrst du dich«, widersprach ich. »Massenmedien sollen Fakten untersuchen, nichts aufbauschen. Das ist mehr als Sensationslust, das ist geradezu gefährlich. Dokumentarfilme über Skinheads zu machen, in denen sie wie spannende Antihelden dargestellt werden, verführt nur jede Menge junge Leute dazu, sich ihnen anzuschließen.«

Bengtsson schnaubte.

»Du weißt nicht, wovon du redest«, meinte sie.

»Ich bin anderer Meinung als du«, entgegnete ich. »Das bedeutet nicht, dass ich nicht weiß, wovon ich rede. Ich bin ursprünglich selbst Journalistin gewesen und das ist meine Meinung. Das ist meine Überzeugung.«

Jetzt wich sie meinem Blick aus. Aber ich konnte nicht beurteilen, ob sie nur fand, es bringe nichts, mit mir zu diskutieren oder ob es daran lag, dass sie es nicht gewohnt war, dass ihr jemand widersprach. Um uns wurde es ganz still, ungefähr so still wie in dem Augenblick, als Kaja bei einem Abendessen auf Östermalm Suppe direkt aus dem Teller getrunken hatte. Offensichtlich hatte ich einen großen Fauxpas begangen, indem ich Bengtsson in Frage gestellt hatte. Wie naiv von mir, mir war nicht klar gewesen, dass es in der linken Bewegung genauso heilige Kühe gab wie in der Oberschicht. Da kam die Bedienung mit dem Kaffee und den Sandwichs und das Gespräch wurde fortgesetzt. Bald redeten alle durcheinander. Aber mir kribbelte es auf der Zunge vor Lust, Bengtsson herauszufordern.

Anni musste zur Arbeit und Liza war seit Beginn der Demonstration von niemandem mehr gesehen worden. Nach einer Stunde standen Kaja und ich auf, wir verabschiedeten uns von den Leuten und zogen ab. Ich wollte am Abend zu meiner Housewarming-Party und fragte Kaja, ob sie mir dabei helfen wollte, ein Geschenk zu finden. Kerzenleuchter. Brieföffner. Glasvase. Wir traten wieder auf die Götgatan. Es nieselte, war kalt und windig, aber Kaja und ich waren glänzender Laune. Ich fühlte mich glücklich und mir war leicht ums Herz, als sei die Götgatan ein Boulevard in einem spannenden Stadtteil in irgendeiner ausländischen Hauptstadt und ich eine unverheiratete Frau kurz vor einer leidenschaftlichen Liebesaffäre mit einem fremden Mann.

Wir fanden ein Geschenkartikelgeschäft und gingen hinein. Der Laden war angefüllt mit seltsamen, lächerlichen und sinnlosen Gegenständen.

»Guter Moses«, sagte Kaja. »Frau sollte ein Geschäft aufmachen. Guck dir das mal an.«

Sie hielt einen Elch aus Blech mit grünem Plastikrasen auf dem Rücken hoch. »Ein grässlicher Elch« stand auf einem Zettel, der am Schwanz des Tieres hing.

»Das ist ja wohl klar«, sagte Kaja. »Zweihundertfünfzig Flocken. Stell dir mal vor, was Anni und ich aus unseren alten Klopapierrollen und leeren Creme-Fraiche-Bechern bauen könnten. Ein bisschen Farbe und schwupps! hat man ein Kunstwerk geschaffen.«

Die Dame, die die Boutique betrieb, warf uns einen scheelen Blick zu, Kaja ließ sich aber nicht stören. Sie lächelte ihr aufmunternd zu.

»Schönes Wetter heute, was?«, sagte sie fröhlich.

Die Dame reagierte nicht. Sie drehte sich um und begann in einigen Unterlagen zu blättern.

»Willst du für deine Östermalm-Kumpels so einen Elch kaufen?«, fuhr Kaja fort und hielt ihn mir unter die Nase. »Die freuen sich bestimmt, wenn sie etwas Grässliches für ihre Wohnung bekommen. Ein kleiner Kontrasteffekt.«

»Sie haben nicht sehr viel für Kontraste dieser Art übrig«, sagte ich.

»Neihein«, sagte Kaja. »Du willst wohl auch nicht, dass ich dir etwas Schönes baue, bevor du gehst, oder? Was haben wir gestern zu Abend gegessen? Wir müssen mal im Müll nachschauen.«

Die Dame an ihrem Papierberg bedachte uns mit einem weiteren giftigen Blick. Sie fand das überhaupt nicht witzig, das stand vollkommen fest.

»Wir wollen mal stattdessen hier gucken«, schlug ich vor und zog Kaja zu einem Regal voller gusseiserner Kerzenleuchter.

Es standen dort mehrere, die in Frage hätten kommen können. Kaja stand neben mir, während ich sie mir anschaute. Plötzlich kniff sie mir so fest ins Bein, dass ich hochsprang.

»Au!«, schrie ich ärgerlich und konnte zugleich das Lachen kaum zurückhalten.

Die Dame hinterm Tresen schaute uns wütend an. Kaja sah mich mit erstauntem Gesicht an.

»Was ist?«, fragte sie unschuldig.

»Hör auf«, lachte ich verlegen und trat einen Schritt von ihr zurück.

»Der hier ist doch hübsch«, sagte Kaja und grapschte einen Leuchter vom Regal. »Komm mal gucken.«

Misstrauisch ging ich wieder zu ihr. Sofort schlug sie mir aufs Bein, sodass ich abermals aufschrie. Die Dame, die sich soeben wieder in ihre Unterlagen vertieft hatte, warf uns einen vor Verachtung nur so triefenden Blick zu, dass ich den Leuchter packte und zum Tresen stürzte.

»Als Geschenk, bitte«, sagte ich.

Ohne ein Wort bekam ich mein Geschenk und bezahlte. Als die Dame das Wechselgeld zusammensuchte, stand Kaja mit unbeteiligtem Gesicht dicht neben mir und fuhr langsam mit den Fingern der einen Hand in der Luft herum, als wolle sie gleich zu einer neuen Attacke ansetzen.

»Wenn du mich noch einmal kneifst, dann kriegst du was auf die Nuss«, drohte ich laut.

»Ich weiß überhaupt nicht, was du meinst«, sagte Kaja.

Die Müdigkeit und Wut in dem Blick, den wir bei der Überreichung meines Wechselgeldes ernteten, war unbeschreiblich. Offensichtlich traute die Dame ihren Augen kaum; Frauen über dreißig führten sich wie

Schulmädchen auf. Sie war unseretwegen so verlegen, dass ihr beinahe die Tränen kamen. Kaja blinzelte ihr zu. Dann traten wir wieder auf die Straße hinaus. Es war kalt und regnete.

»Jetzt gehen wir nach Hause und trinken Tee«, meinte Kaja, »wie es sich nach einer gelungenen Anti-Rassismus-Demo gehört. Wie muss die erleichtert gewesen sein, als wir gegangen sind! So ist das also, wenn eine einen anderen Menschen richtig glücklich macht.«

Wir überquerten das Gelände vom Söder-U-Bahnhof, gingen in Kajas Wohnung und holten die Hunde. Als wir wieder oben in der Wohnung waren, setzten wir uns mit je einer Tasse Tee an den Küchentisch und zündeten eine Kerze an. Jetzt regnete es ununterbrochen. Niemand sonst war zu Hause, Kaja wurde plötzlich ernst.

»Du warst heute mutig«, fand sie und legte eine Hand auf meine. »Wirklich große Klasse. Und die Parole war total gut. Ich bin stolz auf dich, weißt du das?«

Ich wusste nicht, was ich sagen sollte. Von der Stelle, wo meine Haut in Berührung mit Kaja war, wurden kleine Signale ausgesendet und pflanzten sich im ganzen Körper fort. Es kribbelte im Arm, es blubberte im Magen und mir war schwindelig. Dass ihre physische Nähe so große Wirkung auf mich hatte, machte mich stumm und verwirrt. Im nächsten Augenblick nahm sie ihre Hand weg und goss Tee nach.

»Anni ist weiter hinten im Zug mitgegangen, und Liza ist wie immer mit einer Braut verschwunden, bevor wir überhaupt losgezogen sind«, erklärte sie. »Aber sie waren immerhin früher schon mal dabei, im Unterschied zu dir. Ich finde dich gut.«

Der Tee schmeckte nach Kräutern und Rauch. Wir schauten uns in die Augen.

»Ich finde DICH gut«, sagte ich. »Es ist einfach, gute Sachen mit dir zu machen. Ich bin auch stolz auf dich. Ich habe mich nur drangehängt, aber du warst bei der Planung dabei.«

Die Worte sprudelten einfach heraus. Ich war etwas verlegen, zugleich wurde mir aber klar, dass ich meinte, was ich sagte. Zu meinem Erstaunen war auch Kaja ihre Verlegenheit anzumerken.

»Ich finde es wichtig, Unterdrückung zu bekämpfen«, sagte sie schnell. »Ich halte es nicht aus, wenn Menschen andere von oben herab behandeln. Was ist für dich am wichtigsten?«

Auf diese Frage war ich nicht gefasst. Kaja hielt ihre Hand über die Kerzenflamme, während sie meine Antwort abwartete. Es sah aus, als würde sie sich verbrennen, aber ich widerstand dem Impuls, ihre Hand mit meiner eigenen wegzunehmen.

»Ich weiß nicht«, antwortete ich wahrheitsgemäß. »Ich habe immer die Einstellung gehabt, das Wichtigste sei mein persönliches Glück, aber jetzt bin ich nicht mehr so sicher. Ich habe keine Lust politisch korrekt zu werden, das sind schon so viele in meiner Berufsgruppe. Ich will nicht anspruchsvoll sein, weil das einen guten Eindruck macht. Aber ich glaube langsam, dass das Leben mehr zu bieten hat als das, was mir und meinesgleichen gute Laune verschafft und dass es vielleicht trotz des größten Egoismus darum geht, andere glücklicher oder die Welt irgendwie erträglicher zu machen. Verstehst du?«

Es klang in meinen Ohren albern, geziert und undurchdacht. Aber Kaja nickte ernst.

»Alle, die ich kenne, die aktiv sind, haben sich irgendwann einmal genau diese Frage gestellt«, sagte sie.

»Es ist schwierig«, fand ich. »Meine ganze Kindheit und Jugend habe ich etwas anderes gelernt. Das Verhalten der Menschen, mit denen ich mich umgebe, läuft gewissermaßen darauf hinaus, das individuelle Glück zu maximieren. Das Wohl der Oberschicht ist das Wichtigste, es gilt so was wie ›wir gegen die anderen‹, wenn du verstehst, was ich meine.«

»Das klingt wie bei einigen Linken«, entgegnete Kaja und lächelte. »Wir gegen die anderen. Klasse gegen Klasse. ›Kein blödes Sozigequatsche, Arbeiterklasse gegen Oberklasse!‹«

»Ja, mir ist bei einigen eine gewisse Verhärtung aufgefallen«, sagte ich.

»Du darfst Bengtssons Einstellungen nicht persönlich nehmen«, meinte Kaja. »Sie bellt mehr als sie beißt.«

»Ich habe keine Angst vor ihr«, sagte ich. »Im Gegenteil. Alle anderen scheinen einen so übertriebenen Respekt zu haben, dass ich mit ihr nur aus Prinzip streiten will. Ihr tut es bestimmt gut, manchmal etwas Kontra zu bekommen.«

»Mmm«, stimmte Kaja zu und lachte. »In dem Punkt seid ihr euch sehr ähnlich.«

»Du auch!«, sagte ich. »Versuch jetzt nicht auszubüchsen. Du kannst es auch gut vertragen, wenn es ein bisschen hart auf hart geht. Ich werde dir schon geben, was du brauchst.«

Kaja sah mich lächelnd an.

»Ist das eine Drohung oder ein Versprechen?«, fragte sie leise.

Abermals wurde mir heiß und die Röte stieg mir ins Gesicht. Ich verstummte und konnte auf gar keine vernünftige Antwort kommen. Da zog Kaja ihre Hand zurück, die sie über die Kerzenflamme gehalten hatte und pustete darauf, als hätte sie sich verbrannt.

***

Am Abend wollte ich in die Greve Magnigatan, wo Johan und Sassas Housewarming-Party steigen sollte. Ich hatte entsprechende Kleidung zum Wechseln mitgenommen, bei der ich mich fast schämte, sie Kaja und den anderen zu zeigen: ein kurzes schwarzes Kleid, italienische Schuhe und ein französischer Blazer. An den Ohren trug ich große Brillanten. Neunziger-Jahre-Chic, Modell Oberklasse, teures Understatement. Ich genierte mich, als ich mich im Spiegel sah, aber Kaja pfiff, als ich herauskam.

»Meine Güte, bist du hübsch!«, rief sie aus.

»Jaa«, sagte Anni, die auf dem Stuhl daneben saß und fernsah. »Du siehst total gut aus.«

»Danke. Ist es in Ordnung, wenn ihr heute Abend die Hunde übernehmt?«, fragte ich, um schnell das Gesprächsthema zu wechseln.

»Die Bärchen!«, sagte Kaja und knuddelte Meryls Kopf so sehr, dass sie aussah wie ein chinesischer Faltenhund. »Ihr bleibt heute Abend bei Anni und mir! Das haben wir schon abgemacht!«

Meryls Schwanz klopfte im Takt auf den Boden. Aus der Küche kam Goldie angelaufen, den Kopf gebeugt, verlegene Miene und auch schwanzwedelnd. Wurden Streicheleinheiten verteilt, dann wollte auch sie ihren rechtmäßigen Anteil haben.

»Jetzt ist das Taxi da!«, rief Liza von Kajas Fenster.

In schnellem Tempo mit funkelnden Lichtern durch weiche Dunkelheit. Eine Reise von ungefähr zwölf Minuten zwischen zwei Welten.

Bei Johan und Sassa herrschte Hochbetrieb. Hermine und ihr fetter Mann Oscar standen bei meinem Eintreffen in der Diele, er polternd wie immer.

»Hallo!«, sagte er mit seiner näselnden Stimme und schmatze mir einen herzlichen Kuss auf die Wange. »Wo hast du denn in der letzten Zeit gesteckt? Liegt es daran, dass Lukas in London ist, dass du dich so rar machst?«

»Ja, genau«, antwortete ich.

Hermine lächelte mich liebenswürdig an.

»Wir wollen gerade gehen«, verkündete sie. »Ruf mich doch an, damit wir uns verabreden können. Wir müssen uns ein bisschen um dich kümmern, wenn du jetzt allein bist.«

Schleifen. Bänder. Windeln und Babynahrung. Weiße Tischdecken stapelten sich in den Regalen, Marmeladengläser in den Kellern, das Silber in den Schubladen. Mottenkugeln zwischen Oscars Jagdröcken im hintersten Winkel des Wandschranks. Mottenkugeln zwischen allem, um es bis ans Ende aller Zeiten zu erhalten, Amen.

Sie meinte es gut. Ich schämte mich dafür, dass ich innerlich vor der Freundlichkeit zurückschreckte.

»Ich melde mich«, versprach ich. »Lieb von dir.«

In dem Appartement war alles perfekt; sie hatten von oben bis unten alles renoviert und dabei offensichtlich nicht aufs Geld geschaut. Es war ein totaler Kontrast zu Kajas Wohnung; an der Decke über dem antiken Kronleuchter hatte man eine dem alten Stil nachempfundene Stuckrosette angebracht, es gab neu eingesetzte Fenster mit altmodischen Leisten, frische Farbe auf den Schnitzereien und selbstverständlich Gardinen, Möbelbezüge und Teppiche Ton in Ton. Sassas englische Vorliebe für großgemusterte Stoffe – schwer zu begreifen.

»Sophie!«, rief sie jetzt und kam mit ausgestreckten Armen auf mich zu.

»Schön ist es hier geworden«, sagte ich. »Das ist ein wirklich wunderbares Appartement.«

Sassa tourte mit mir durch die Wohnung. Dabei kamen wir an Gustaf und Beata, Josefin, Betty und Olof vorbei und ich verteilte in aller Eile Wangenküsschen. Olof war etwas grün um die Nase.

»Was ist?«, fragte ich. »Du siehst etwas blass aus.«

»Es ist nichts«, behauptete er.

Sassa hatte das Kinderzimmer in großem Stil mit gemusterten französischen Tapeten und Miniaturmöbeln eingerichtet. Man hätte glauben können, das Kind sei schon drei Jahre alt, statt gerade mal aus dem Embryostadium heraus. Anschließend präsentierte sie in rascher Folge Schlafzimmer, Badezimmer, Arbeitszimmer und Esszimmer.

»Schön!«, sagte ich.

Sassa strahlte von einem Ohr zum anderen. Jetzt trafen neue Gäste ein und sie hatte für mich keine Zeit mehr.

»Nimm dir etwas zu essen und zu trinken!«, sagte sie über die Schulter.

Ich kehrte ins Esszimmer zurück und versorgte mich mit einem Glas Wein und einem Teller Essen. Olof stand in einer Ecke und schien zu schwanken. Ein Seemann in Not, der auf Grund lief.

»Olof, mein Lieber«, sagte ich. »Jetzt setzen wir uns mal ins Schlafzimmer. Hier ist so viel Trubel.«

Olof folgte mir ohne ein Wort. Wir ließen uns auf dem breiten Doppelbett mit dessen feingemustertem Überwurf in orangegold, grün und königsblau nieder.

»Qué pasa?«, fragte ich.

Er nahm einen großen Schluck aus seinem Weinglas. Die Hand zitterte, aber er sagte nichts. Das Rauchen. Die Müdigkeit. Vielleicht zu viel Alkohol. Mir wurde klar, dass ich Olof eigentlich nicht kannte.

»Ich weiß, dass unsere Freundschaft nicht bis zurück in die Kindheit reicht«, sagte ich. »Aber ich sehe, dass es dir schlecht geht. Was ist los?«

Zu meinem großen Erstaunen brach Olof in Tränen aus.

»Darüber kann man nicht reden«, meinte er, setzte seine Brille ab und rieb sich das Gesicht. »Mein Gott, ich sollte nach Hause gehen.«

In mir stieg eine Woge der Zärtlichkeit auf. Wie klein er war. Ich strich ihm über den Arm und wartete. Ihm entfuhr ein tiefer Seufzer.

»Betty hat einen anderen kennen gelernt. Sie will die Scheidung.«

Ich saß reglos da, kaum in der Lage, seine Worte zu begreifen. Betty und Olof, Hand in Hand auf einem Fest nach dem anderen, auf einer Hochzeiten nach der anderen knutschend auf der Kirchenbank, immer noch verliebter als das aktuelle Brautpaar, die glücklichen Glücklichen, die fröhlichen Fröhlichen, die verliebten Verliebten.

»Das ist nicht möglich«, sagte ich. »Euch geht es doch so gut zusammen! Ihr seid das harmonischste Paar, das ich kenne!«

»Hah«, sagte Olof. »Dann bist du genauso dumm wie ich, denn das habe ich auch gedacht.«

Ich versuchte mir Betty mit einem anderen Mann vorzustellen. Es war vollkommen unmöglich.

»Wer ist der andere?«, fragte ich.

»Ein französischer Galerist, den sie in Paris kennen gelernt hat. Ich wusste selbst nicht mal, wer das ist.«

Ich starrte vor mich hin. Sassa hatte am Fenster ein Rollo mit gemalten Tieren angebracht. Es war zur Hälfte heruntergezogen. Die Turmuhr der Kirche, die sich am anderen Ende des vor dem Haus gelegenen Parks befand, zeigte an, dass es fünf vor zehn war. Der erste Samstagabend in einer langen, langen, langen Reihe von Samstagabenden.

»Was willst du unternehmen?«

Er seufzte wieder tief. Dann zuckte er mit den Schultern.

»Was weiß ich. Abwarten, ob sie es bereut. Vielleicht Scheidung. Neu anfangen, allein.«

Jetzt weinte er wieder, ein kleiner Junge in der Verkleidung eines erwachsenen Mannes. Ich legte den Arm um ihn. Da wurde hinter uns die Tür geöffnet. Ich drehte den Kopf um und sah gerade noch, wie Sassa mit hochgezogenen Augenbrauen zurückwich.

»Weißt du was?«, fragte ich Olof. »Nichts ist für die Ewigkeit. Sie kann es noch sehr bereuen. Warum geht ihr nicht zu einer Eheberatung und versucht herauszufinden, was nicht stimmt?«

Olof lächelte plötzlich das Lächeln eines sehr alten Mannes.

»Machst du Witze? Wir gehen seit Mai zur Paartherapie. Und ich habe nicht mehr die Kraft, darüber zu reden.«

Ich merkte, dass ich nicht mehr mitkam. Wenn es zwischen Olof und Betty so stand, dann gab es keine Paare, auf die ich mich verlassen konnte. Alles war Oberfläche, nichts war Inhalt; Warenbezeichnung ohne Sinn; überall Gifte, die sich einschlichen, ohne dass man Anzeige gegen eine Firma erstatten könnte.

»Wenn das so ist«, sagte ich, »finde ich, solltest du mit mir in die Küche kommen und eine ordentliches Glas Rotwein trinken.«

Ich stand auf und reichte Olof die Hand. Mein Ehering blitzte auf, das Licht des Kronleuchters spielte darin. Hunderte von Filmen, Büchern, Liedtexten; von einer Brücke geworfen, ganz heruntergeschluckt, von einem betrogenen Ehemann mit Selbstmordgedanken aus einem Fenster, einem Auto, einem Zug geschleudert. Meiner saß, wo er war. Unerschütterlich wie ein Fels.

»Das bleibt unter uns«, sagte ich, »falls du dich fragst.«

Er bedachte mich mit einem dankbaren Blick und schniefte. Dann lächelte er, ein Lächeln, das ihn dem normalen Olof wieder ähnlicher machte.

»Scheiß auf einen anständigen Ehemann in diesen Zeiten«, sagte er. »Ich hätte schon längst drauflos vögeln sollen.«

»Vermutlich«, sagte ich. »Was auch immer dir das gebracht hätte.«

Olof und ich füllten in der Küche unsere Weingläser auf und schlossen uns einer Clique an, die am Spülbecken herumhing. Sie unterhielten sich über Einwanderungspolitik, aber ich hatte plötzlich fast kein Interesse. Nirgends fand ich Politik so wenig engagiert wie in diesen gesellschaftlichen Zusammenhängen und jetzt ging mir der Grund dafür auf: Hier handelte es sich um Ansichten, von denen erwartet wurde, dass ich sie teilte. Kein Wunder, dass ich dem Ganzen meistens den Rücken kehrte.

»Ich halte das für Wahnsinn, so sehe ich das«, sagte ein schlacksiger Typ namens Ludvig.

»Was?«

»Diese ganze Verhätschelung der Einwanderer«, antwortete er gleichgültig. »Um die wird die ganze Zeit so viel Wirbel gemacht. Sozialhilfe hier, Sozialhilfe da, Sozialhilfe überall, und dann holen sie die ganze Sippschaft nach, damit die auch noch Geld kriegen.«

»Ja, das ist kaum zu glauben«, meinte ein dunkelhaariger Typ namens Daniel und streckte die Hand nach der Weinflasche aus. »Und dann werden sie kriminell. Die meisten Straftaten in Schweden werden von Einwanderern begangen. Man kann wegen weniger zum Skinhead werden.«

Jetzt konnte ich mich nicht mehr länger beherrschen.

»Entschuldigung«, meldete ich mich zu Wort, »aber ich finde, ihr redet eine Menge unqualifizierte Scheiße. Was wisst ihr eigentlich über Einwanderer und Skinheads in unseren Kreisen?«

»Oho, eine kleine Radikale«, sagte Ludvig und musterte mich. »Und seit wann vertritt die kleine Sophie so originelle Ansichten?«

»Du hast meine Ansichten noch gar nicht gehört«, entgegnete ich. »Also reg dich ein paar Grad ab. Ich finde, ihr denkt in Schablonen und in beschränkten Bahnen. Es stimmt, dass einige Einwanderer bei der finanziellen Unterstützung schummeln, aber das machen einige Schweden genauso. Bei der Steuer nicht minder.«

»Nicht in der Türkei, mit türkischem Geld«, widersprach Daniel schnaubend. »Wir schummeln wenigstens bei unseren eigenen Steuermitteln.«

»Was spielt das für eine Rolle?«, fragte ich. »Du wärest genauso wütend, ob dich nun ein Schwede reinlegt oder ein Türke. Vorausgesetzt natürlich, du bist kein Rassist.«

David antwortete nicht. Er machte ein saures Gesicht. In seinem Kopf bimmelten nicht allzu viele Glocken. Er hörte nur ein langes, irritierendes Türsignal: Der Ton war meine Stimme.

»Welchen Standpunkt vertrittst du denn selbst?«, fragte ein unterkühltes, dunkelhaariges Mädchen, die ich noch nicht kannte und die irritierend gelassen aussah.

»Hallo«, sagte ich und reichte ihr die Hand. »Ich glaube, wir kennen uns noch nicht. Ich heiße Sophie.«

»Eva«, sagte sie und ergriff meine Hand.

Die war genauso trocken und kalt, wie ich erwartet hatte.

»Das ist meine Freundin und zukünftige Frau«, erklärte Ludvig.

Ich wusste nicht, wer von den beiden mir mehr Leid tun sollte.

»Gratuliere euch beiden«, sagte ich. »Tja, ich finde, man muss Menschen als Individuen beurteilen und nicht als Gruppe. Es gibt gute Leute auf dieser Party und es gibt schlechte, ebenso wie es ehrbare und unehrliche Ausländer gibt. Das ist überall das Gleiche. Manche Einwanderer arbeiten hart, andere sind faul. Einige haben eine gute Ausbildung, andere nicht. Man kann nicht so verallgemeinernd darüber reden, wie ihr es gerade getan habt.«

»Oh, oh, oh, wie politisch korrekt man sein kann«, witzelte Ludvig schief lächelnd. »Ist Ihre Durchlaucht, die Autorin, jetzt auf neue Ideen gekommen? Beeinflusst von ihrer Bezugsgruppe, wie ich vermute?«

Ich musterte ihn von oben bis unten. Er sah aus wie ein ekeliger, verkochter, gelber Spargel.

»Leider ist das hier meine Bezugsgruppe und zu der gehörst auch du«, sagte ich trocken. »Wie betrüblich es auch immer sein mag, das zuzugeben. Man kann dankbar sein, wenn man im Allgemeinen nicht stärker von seiner Umgebung beeinflusst wird, als es ohnehin schon der Fall ist.«

Die anderen lachten. Ludvig und Eva lächelten steif.

»Du meinst es vielleicht gut«, sagte Eva zu mir. »Aber du bist wohl etwas naiv, glaube ich.«

»Aha«, meinte ich. »Im Unterschied zu dir, was?«

Sie lächelte.

»Ich arbeite für die Staatsanwaltschaft«, erklärte sie. »Und ich muss leider einräumen, dass ein Großteil der Verbrechen in Schweden von Einwanderern begangen wird.«

Eva. Eva Braun.

»Klar«, sagte ich. »Aber dafür, dass du Juristin bist, hinkt die Logik in deiner Schlussfolgerung relativ stark. Die funktioniert nämlich nicht im Umkehrschluss. Die Tatsache, dass viele Verbrechen von Einwanderern begangen werden, macht nicht alle Einwanderer zu Verbrechern. Viele Straftaten werden auch von Schweden verübt, und ich wäre ziemlich wütend, wenn du damit behaupten wolltest, dass alle Schweden kriminell wären. Aber man ist immer so schnell dabei, Schlussfolgerungen in die eine bestimmte Richtung zu ziehen, stimmt's?«

Eva trank, ohne zu antworten. Langsam war die dicke Luft in der Gruppe spürbar. David schaute Olof an.

»Was sagst du denn dazu, Olle?«, fragte er. »Fällt dir nichts Intelligentes ein, um die Situation für diese junge Aktivistin zu retten?«

»Doch«, antwortete Olof kurz lächelnd. »Ich bin ganz Sophies Meinung. Aber ansonsten finde ich, dass wir Nachschub brauchen.«

Wir lachten alle höflich, dann entschuldigten sich Ludvig und Eva und verkrümelten sich. Ich sah, wie sie ärgerlich flüsterten und mir Blicke zuwarfen. Zum Ausgleich bekamen wir Gesellschaft von Gustaf und einem anderen Typen, den ich noch nicht kannte. Wir plauderten über unverfänglichere Themen, aber ich warf die ganze Zeit immer wieder einen Blick auf Olof. Er hatte wieder Farbe im Gesicht bekommen und schien in besserer Verfassung zu sein. Als ich später auf die Toilette ging, bekam ich Betty nur flüchtig in der Diele zu Gesicht, wo sie sich mit einer Freundin unterhielt, während der rote Pferdeschwanz bei jedem Wort, das sie sagte wipp-wipp-wippte.

Gegen ein Uhr machten sich die meisten auf den Heimweg. Auch ich war müde und wollte mich von den Gastgebern verabschieden. Als ich mich mit Johan unterhielt und gerade meinen Mantel angezogen hatte, kam Gustaf wieder auf mich zu, wie immer lächelnd. Ein gelockter Cherub mit Entenschwanz in jüngeren mittleren Jahren.

»Sophie, willst du jetzt nach Hause?«, fragte er. »Hervorragend. Dann kannst du dir vielleicht ein Taxi mit Katja teilen; ihr müsst doch in dieselbe Richtung.«

Neben ihm stand Katja, eine junge Frau aus Djursholm. Sie war mit Eugen verheiratet, einem alten Bekannten, mit dem Gustaf zusammenarbeitete, aber Eugen war nicht mitgekommen. Er war auf irgendeiner Geschäftsreise und darum übernahm Gustaf nun die Rolle des Ehemannes. Ich hätte ihm am liebsten eine reingehauen.

»Naja«, sagte ich, »Das ist nicht so einfach. Ich will nicht in die Richtung.«

In dem Augenblick hätte ich mir die Zunge abbeißen mögen. Alle wussten, dass Lukas in London war.

»Nein?«, staunte Gustaf. »Ich dachte, du hättest gerade gesagt, du wollest nach Hause.«

»Ich gehe auch nach Hause, aber nicht auf direktem Weg«, behauptete ich angesäuert. »Ich will mich vorher noch mit einer Freundin in der Stadt treffen.«

»Mit Baby?«, fragte Gustaf. »So spät noch? Sie kriegt nie genug.«

»Baby ist doch in Kopenhagen«, sagte Johan. »Ich habe sie eingeladen, aber sie konnte nicht kommen.«

Alle drei starrten mich an: Gustaf, Johan und Katja.

»Was soll das hier werden, eine Quizshow?«, fragte ich mit gespielter Gelassenheit. »Ich gehe zu Fuß zum Stureplan und treffe mich mit einer Freundin, die Journalistin ist. Wir sind im Riche verabredet. Bekomme ich von der Gruppe die Erlaubnis dafür, wenn ich verspreche, dass vor zwei Uhr Zapfenstreich ist?«

»Entschuldige, dass wir schnüffeln«, meinte Johan herzlich und versuchte, witzig zu klingen. »Aber man kann ja nie wissen, wenn Lukas in London ist und so!«

»Genau!«, entgegnete ich und zwinkerte Katja zu. »Und wir Strohwitwen lassen uns keine Gelegenheit entgehen, stimmt's?«

Katja hatte keinen Humor. Sie wandte sich an Gustaf und sagte in ihrem schleppenden Schonisch: »Dann muss ich allein ein Taxi nehmen und das wird teuer.«

Frauen wie sie brachten mich zur Weißglut. Sie benahm sich, als sei Gustaf ihr Kindermädchen oder Ersatzvater und obendrein jammerte sie über Geld. Katja und ihr Mann stammten aus den vermögendsten Familien Schwedens. Sie erzählte jedem, der es hören wollte liebend gern, dass Eugen demnächst ein »groaßes Guat« übernehmen würde.

»Ach, Gustaf«, sagte ich. »Katja hat ganz Recht. WIE willst du das Problem lösen?«

Dann drehte ich mich zu Johan um, gab ihm ein Küsschen und machte mich aus dem Staub.

Im Fahrstuhl nach unten fragte ich mich, warum ich gelogen hatte. Warum hatte ich nicht einfach sagen können, wie es war; ich hatte Angst im Dunkeln und wohnte bei einer Freundin? Aber ich wollte ihnen nicht von Kaja erzählen, von ihren Sommersprossen, ihrem Temperament und ihrem sensiblen, goldenen Herzen. Ich hatte den ganzen Abend über auch nicht erwähnt, dass ich am Tag auf einer Antirassismus-Demonstration mitmarschiert war. Warum, wusste ich nicht.

Inkognito.

***

Kaja war noch auf. Wir machten zusammen mit den Hunden einen Spaziergang. Draußen war es kalt und sternenklar, der Duft von Schnee lag in der Luft.

»Das erinnert mich an dieses Gedicht, wie hieß es nur gleich«, sagte Kaja, als ich erzählt hatte, was Olof mir erzählt hatte, ohne seinen Namen zu nennen. »Irgendwas mit ›drei Geliebte habe ich verloren‹, die erste, weil sie starb, die zweite ›durch List und Betrug durch einen Rivalen von mir genommen ...‹«

»Und die dritte?«

Kaja schaute mich an.

»Und die dritte, fragst du schlau«, rezitierte sie. »Was wurd wohl aus ihr? Sie wurd meine Frau.«

Ich lachte.

»Das ist gut. Magst du Lyrik?«

»Mmm, aber nur heimlich«, antwortete Kaja und schnitt eine selbstironische Grimasse. »Das passt nicht zu meinem revolutionären Image.«

»Welcher Dichter hat das geschrieben?«, fragte ich.

Sie lachte.

»Daran kann ich mich natürlich nicht mehr erinnern. Ich weiß nur, dass es mir gefällt.«

»Schau!«, sagte ich.

Eine einsame Schneeflocke segelte durch die Luft.

»Es schneit!«

»Ich liebe den ersten Schnee«, sagte Kaja. »Schön, dass wir ihn zusammen sehen.«

Sie nahm meine Hand und das fühlte sich ganz natürlich an. Wie zwei kleine Schulmädchen standen wir mitten in der Nacht nebeneinander auf einer Straße im westlichen Söder und schauten dem ersten Schnee des Jahres zu, wie er fiel, fiel, fiel.

***

Als wir oben in der Wohnung waren, ging ich ins Schlafzimmer, tauschte den Blazer gegen einen dicken Pullover und zog Wollsocken über meine Nylonstrumpfhose. Kaja machte in der Küche Tee und zündete eine Kerze an. Wir saßen einander gegenüber, jede mit einer großen Tasse vor sich, wie schon am Nachmittag, nur dass es jetzt dunkel war. Die Flocken vor dem Fenster fielen immer dichter und machten mich glücklich und aufgedreht. Es war ein Gefühl wie vor Weihnachten, noch bevor der Weihnachtsschmuck herausgeholt wurde, und wenn man wusste, dass eine Reihe langer, herrlicher Feiertage vor einem lagen.

»Ich habe Schnee schon immer geliebt«, sagte ich. »Wenn es noch mehr schneit, dann müssen wir mit den Hunde raus und spielen.«

Kaja lächelte.

»Wer bist du eigentlich, Sofa?«, fragte sie. »Ich weiß so wenig über dich, und was ich bisher gehört habe, kriege ich nicht zusammen. Du bist kindlich und erwachsen in ein und demselben Moment.«

»Was willst du hören?«

»Erzähl, wie du als Kind warst.«

Ich dachte nach.

»Ich war ziemlich stark, finde ich«, antwortete ich. »Aber ich war auch unglaublich ängstlich. Mein Leben lang leide ich unter Angst und Anfällen. Als Kind hatte ich schreckliche Angst im Dunkeln, meine

Eltern schleppten mich zu den verschiedensten Psychologen, die erklären sollten, warum ich so ängstlich war. Sie fanden keine guten Erklärungen. Eine überbeschützende Mutter, eine Familie, in der Leistungsdruck und hohen Erwartungen herrschen? Ich bekam meine erste Panikattacke mit zehn Jahren und das war kein Kinderspiel.«

Die Erinnerungen blitzten auf. Meine Mundwinkel sackten leicht ab.

»Wie anstrengend«, sagte Kaja.

»›Das ist Angst‹, sagte meine Mutter, als wüsste sie es genau. Aber sie hat natürlich nichts kapiert. Ich auch nicht. Angst ist ein schwammiger Begriff für eine Zehnjährige. Auch für eine Fünfzehnjährige.«

Ich starrte hinunter auf den Tisch. Es war anstrengend, sich in Erinnerung zu rufen, wie es gewesen war. Ich erinnerte mich, dass ich das Gefühl gehabt hatte, ein haariges Monster sei in unsere Familie gekommen, um zu bleiben – ein Monster, das nur ich sehen konnte und das definitiv keinen Blicken auswich. Und ich musste überall auf der Hut sein. Meine Lösung war, niemals meine Mutter zu verlassen. Ich konnte nicht in die Schule gehen, nicht vor unserem Haus mit Freunden spielen. Meine Mutter durfte nicht zum Einkaufen fahren, ohne dass ich dabei war. Nachts schlief ich in einem Bett neben ihr, die Hand auf ihrem Rücken.

»Konnte dir niemand helfen?«, fragte Kaja.

Brille und Bart. Unmöglich seine Augen zu sehen. Die Knöpfe an der Rückenlehne des Sofas, Knöpfe, an denen die zehn Jahre alte Sophie drehte und drehte, während wir uns unterhielten.

»Ein Psychologe behauptete, ich sei übermüdet und habe zu viel Freizeitaktivitäten. Meine Mutter sprach allein mit ihm, kam dann raus und sagte zu mir, dass es schön war zu hören, dass ich wenigstens nicht verrückt im Kopf war. Verstehst du? Meine ganze Welt geriet ins Wanken. Meine eigene Mutter hatte also vermutet, ich könne verrückt sein. Damals war es vielleicht so. Der Psychologe konnte sich geirrt haben.«

Ich war damals immer nervöser geworden. Was dann kam, war zum Großteil ein weißer Fleck auf meiner inneren, historischen Karte. Ich wusste, dass es mir entsetzlich schlecht ging, aber dass ich nach ungefähr einem halben Jahr angefangen hatte, mich wieder besser zu fühlen. Langsam konnte ich meine Mutter loslassen und immer mehr ein selbstständiges Leben führen, mit eigenen Freunden und Interessen. Ich wechselte die Schule und den Freundeskreis. Und mit einem Mal war aus mir ein Teenager geworden, ich hatte meine Periode bekommen und sollte selbstverantwortlich sein.

»Du scheinst aus einer anstrengenden Familie zu kommen«, sagte Kaja mit Nachdruck. »Nicht nur deine Familie; sie haben dich anscheinend sehr geliebt und unterstützt. Aber die ganze Oberschicht macht es sich offensichtlich so schwer. Meine Güte, was macht ihr bei allem nur für ein Gewese! Übertreibt es mit dem Beschützen und führt euch wie blöd auf, sodass alles, was eigentlich ziemlich einfach ist, extrem kompliziert wird. Und obendrein noch diese falsche Heiterkeit. Als sei es peinlich, Probleme zu haben. Meine Güte, du warst bestimmt nur ein sensibles Kind, das mehr nachdachte als die meisten. Du hättest keinen Psychologen gebraucht; nur Erwachsene, die dich verstehen und dir zuhören.«

Kaja, erwachsene Kaja; sie hätte das Kind in mir gemocht.

»Oh, wie hätte ich mich in dich verliebt, wenn wir uns in dem Alter begegnet wären«, sagte sie plötzlich.

Ich antwortete nicht.

»Und was ist mit dir?«, fragte ich stattdessen. »Wie war deine Kindheit?«

Kaja lachte.

»Nicht wie deine«, meinte sie. »Bei uns war der Teufel los. Ich fing mit elf an zu rauchen und zu saufen mit zwölf; fünfunddreißig Kilo wog ich, als sie mich zum ersten Mal wegen Alkoholvergiftung einlieferten.«

Ich schaute sie schockiert an. Ein kleines Mädchen.

»In der Clique war es wichtig, ein bisschen blau zu sein, mit großen Jungs zusammen zu sein und so. Ich tat alles, um so erwachsen wie möglich zu wirken, sobald ich nur konnte. Als ich zwölf, dreizehn war, habe ich gelernt, wie man Schwänze lutscht.«

»Hör auf!«, sagte ich und hielt mir die Ohren zu.

Ich konnte die Vorstellung ihres früh durch Nikotin, Alkohol und die Geschlechtsorgane großer Jungen misshandelten kleinen Mädchenkörpers nicht ertragen.

»Was ist?«, fragte Kaja lächelnd. »Wir hatten verdammt viel Spaß. Ich war super glücklich als Kind und als Teenager. So toll werde ich es nie wieder haben. Wir waren eine Mädchen-Clique, die die Sau rausließ. Wir hatten das Sagen. Die Jungs hatten keine Chance.«

Ich zog in Gedanken Vergleiche mit meinen eigenen Freundinnen. Schottenrock, etwas Wimperntusche, Partys mit einem Glas Rotwein pro Teenager, Gekicher auf der Toilette, Tischordnung, Toast auf den König.

»Bei meinen Freundinnen war das ganz anders«, sagte ich. »Wir hatten Angst, einen Jungen überhaupt nur zu küssen und waren alle über achtzehn, bevor wir zum ersten Mal mit einem Mann schliefen, danach waren wir auch schon sicher, dass dieser Typ der Vater unserer Kinder werden sollte – genau wie unsere Mütter es uns beigebracht hatten.«

Kaja brüllte dermaßen vor Lachen, dass sie sich den Bauch halten musste.

»›Ein Mann, der der Vater unserer Kinder werden sollte‹?«, wiederholte sie mit leuchtenden Augen. »Das muss ich mir merken. Das ist superwitzig!«

Ich wusste nicht, ob ich das damals so wahnsinnig witzig fand. Einige meiner Freundinnen hatten bis heute kein erfülltes Liebesleben. Gestärkte Nachthemden. Hohe Moral. Männer, die besser darin waren, ihre Waffen zu reinigen als ihre Frauen zu befriedigen.

»Magst du denn heute Sex?«, fragte Kaja neugierig. »Bist du gern mit Männern zusammen?«

Ich dachte nach. Wieder blitzten Bilder auf, von Körpern, Gefühlen, Lust, Lippen, Augen, Händen.

»Ja, ich bin ein ausgesprochener Genussmensch, in jeder Hinsicht, von Eis und Süßigkeiten über Klamotten kaufen, schreiben bis zum guten Sex. Irgendwo unter all meinen Macken und Ängsten finde ich, dass man das Leben genießen soll. Das ist vielleicht der Grund, warum ich trotz allem gesund geblieben bin.«

Kaja schaute mich schweigend an. Ihre Hände, die die Teetasse umfassten, waren stark und schön, lang und schmal, geschmückt mit den üblichen Silberringen. Vor dem Fenster fielen große, luftige Flocken, dicht an dicht, als hätten sie Angst, allein auf die Reise zu gehen.

»Ich bin zu folgendem Schluss gekommen«, fuhr ich fort. »Man hat hier unten auf der Erde nur eine Chance und die gilt es zu nutzen. Doch gleichzeitig bin ich ein Mädchen gewesen und heute eine Frau und habe über meine Sexualität wohl das Gleiche gelernt wie alle anderen. Jedenfalls wie alle anderen heterosexuellen Frauen.«

»Und das bedeutet?«, fragte Kaja.

Ich dachte nach.

»Das bedeutet, dass wir uns dominieren, penetrieren, unterkriegen, übernehmen lassen.«

»Das hört sich nach einem feuchten Traum von Joppe Svenbro an«, sagte Kaja. »Der Mythos vom weiblichen Masochismus.«

Ich zuckte mit den Schultern und trank meinen Tee. Wir saßen eine Weile schweigend da. Einer der Hunde unter dem Tisch fing an, laut zu schnarchen.

»Wenn man drüber nachdenkt«, sagte ich, »dann ist es kein Wunder, dass viele Frauen Vergewaltigungsfantasien haben. Natürlich will man nicht wirklich vergewaltigt werden, aber man kann zumindest mit dem Gedanken spielen. In der Fantasie macht der Zwang die Sexualität möglich; erst wenn jemand anders bestimmt, kann man die eigenen verbotenen Gefühle rauslassen.«

»Und was passiert dann in der Wirklichkeit?«

»In der Wirklichkeit ist es etwas anderes. Da sind die Typen richtige Menschen – von den unerträglich Überlegenen, denen man nicht mal eine Sekunde sexueller Dominanz gönnen will, bis zu den mäßig Ängstlichen und Empfindlichen, die einfach unmännlich sind und die zu verachten und zu verschmähen wir früh gelernt haben.«

Plötzlich war ich traurig. Zwischen diesen beiden Extremen sollte man einen Partner finden, einen Mann, mit dem man guten Sex und ein würdiges Leben haben konnte. Das war keine Kleinigkeit, weder für die Männer noch für uns. Einige meiner Freundinnen gaben ganz einfach auf. Sie suchten sich den bestbezahlten Juristen, Wirtschaftsmanager oder Offizier aus, bei dem sie den Pantoffel schwingen konnten und ignorierten dabei sein Machogehabe und sein Unvermögen oder Desinteresse, sie im Bett zu befriedigen. Andere rebellierten im Stillen, indem sie entweder allein blieben oder sich nur mit zehn Jahre jüngeren Männern umgaben, von denen sie auf Grund des Altersunterschieds und deren mangelnder Erfahrung unmöglich von oben herab behandelt werden konnten. Wieder andere versuchten bewusst, eine echte Partnerschaft zu leben, fühlten sich darin aber oft so einsam, dass dies häufig zur Bruchlandung und Scheidung führte. Als Zeichen der Fürsorge gebe ich dir diesen Ring. Als Zeichen der Fürsorge empfange ich diesen Ring. Als Zeichen der Fürsorge umschließt uns dieser

Ring, gleich einem Band aus Metall. Vom goldenen Ring zum eisernen Griff. Gib uns Fürsorge, richtige Fürsorge, ohne irgendein Zeichen; außer womöglich dem Zeichen der Genesung.

»Und ich habe gedacht, eine Lesbe zu sein sei anstrengend«, sagte Kaja. »Meine Güte, was habt ihr Heteros es schwer!«

Ich lächelte.

»Wenn ich ganz ehrlich bin, weiß ich nicht, was ich überhaupt von der ganzen Beziehungsidee halten soll, ob es möglich ist mit einem Mann zu leben oder nicht«, gestand ich. »Oft habe ich das Gefühl, dass ich eigentlich gar keine Lust habe, mich ihrem kindischen Verhalten, ihren schwachsinnigen Lebensregeln, ihrer Dummheit und diesem vollkommen unmotivierten Überlegenheitsgefühl zu unterwerfen.«

»Du redest wie eine lesbische Frau«, stellte Kaja zufrieden fest.

»Stimmt überhaupt nicht. Ich bin nur einfach der Meinung, dass Frauen meistens interessanter, kompetenter, sensibler sind. Zumindest Frauen, die sich nicht zieren, die sich nicht die ganze Zeit klein machen wie einige meiner Freundinnen, sondern die den Mut haben zu ihrer Stärke zu stehen. Wie Baby.«

»Baby gefällt mir«, sagte Kaja amüsiert. »Sie hat Humor.«

Jetzt war ich in Fahrt gekommen.

»Und wie kommen Männer auf den Gedanken, sie könnten ihre Überlegenheit in der heutigen Zeit beibehalten? Warum schämen sie sich wegen ihrer Machtposition nicht in Grund und Boden und tun ihr Bestes, sie abzugeben?«

»Stopp mal kurz«, unterbrach mich Kaja. »Möchtest du noch mehr Tee?«

Sie schenkte uns nach und setzte sich dann wieder.

»Bisher stimme ich dir in den meisten Punkten zu«, sagte sie. »Aber jetzt kommen wir zur Fangfrage. Bist du bereit?«

»Ja, ja, klar«, sagte ich und pustete in meinen Tee.

»Wenn du so über Männer denkst, dann müsstest dich selbst genauso durchleuchten. Du befindest dich in einer Machtposition, im wirtschaftlichen Sinn. Du besitzt Kapital, du wurdest in die Oberklasse hineingeboren, und es klingt so, als hättest du Kontakte und Verwandte in fast allen gesellschaftlichen Schichten. Bist du selbst ebenso bereit, dich statusmäßig nach unten zu bewegen, wie du es von den Männern verlangst? Macht aufzugeben ist das Schwerste, was es gibt. Es ist leicht, darüber zu reden, aber schwierig in die Tat umzusetzen. Der Kampf der Geschlechter ist eine Sache. Aber was ist mit dem Klassenkampf?«

Wir saßen still da und betrachteten einander, während ich ihre Worte sacken ließ. Die Schneeflocken fielen und fielen. Draußen wurde es langsam weiß.

»Hmmm«, sagte ich schließlich. »Hast du Honig? Und dann ist es, glaube ich, Zeit, mit den Hunden zum Spielen nach draußen zu gehen.«

***

Am Sonntag war es wärmer und der meiste Schnee war wieder getaut. Wir schliefen lange und ich musste mich beeilen, schaffte es kaum mit den Mädels zu frühstücken und mich richtig bei ihnen zu bedanken, ehe es höchste Zeit wurde, sich auf den Heimweg zu machen. Ich lieferte die Hunde und meine Sachen zu Hause ab und fuhr anschließend direkt nach Arlanda, um Lukas abzuholen. Ich hatte einen Kater und mir war weinerlich zumute, zum ersten Mal ermüdete mich das Pendeln zwischen zwei Extremen. Lukas' Flieger hatte Verspätung und auch er sah mitgenommen aus; das Konferenzprogramm am Wochenende hatte es in sich gehabt. Ann-Charlotte und Greger kamen mit der gleichen Maschine und wir wechselten einige hastige Worte.

»Wie lange soll das noch so weitergehen?«, fragte ich gereizt. »Wann habt ihr wieder freie Wochenenden?«

Ann-Charlotte zuckte mit den Schultern. Ihre Brüste drohten aus der Bluse zu springen.

»Sieh es doch mal von der Seite«, begann sie. »In einem Jahr ist dein Mann Mitgestalter einer der erfolgreichsten skandinavisch-britischen Kooperationsprojekte in der Geschichte moderner Finanzunternehmen.«

»Ich kann es kaum erwarten«, sagte ich trocken und nahm Lukas die Tasche ab. »Nun komm schon, deine Eltern erwarten uns.«

Wir gingen zum Auto und waren schon bald auf der Autobahn.

»Musstest du so unfreundlich zu Ann-Charlotte sein?«, fragte Lukas.

»Entschuldigung«, sagte ich. »Es liegt nur daran, dass du so viel weg bist.«

»Ist es dir nicht gut gegangen? Du hast gesagt, ihr amüsiert euch.«

»Es war wahnsinnig toll.«

»Na, also. Was habt ihr gemacht?«

Ich überholte jede Menge Autos.

»Am Freitag haben wir zu Hause zu Abend gegessen und anschließend Karten gespielt, ich, Kaja, Liza und Anni, mit der sie zusammenwohnt.«

»Sie wohnt mit drei Frauen zusammen? Wie groß ist die Wohnung denn?«

»Drei Zimmer.«

»Mein Gott. Das muss aber eng sein. Wer von den beiden ist ihre Freundin?«

»Anna. Aber die wohnt nicht da.«

»Was? Sie wohnt mit zwei Frauen zusammen, obwohl sie mit einer dritten zusammen ist? Warum das denn?«

Neues Überholmanöver. Ein älteres Paar in einem Volvo.

»Weil sie sich zusammen wohl fühlen. Sie haben Spaß, sie sind wie eine Familie.«

Lukas war still.

»Und am Samstag war ich auf Sassas und Johans Housewarming-Party. Sie lassen dich herzlich grüßen. Viele lassen übrigens grüßen. Gustaf, Hermine, Oscar und Olof.«

»Du hast sie doch nicht etwa dahin mitgenommen, oder?«

»Kaja? Natürlich nicht. Warum?«

»Gut. Nein, ich wollte es nur wissen. Ich glaube nicht, dass sie dahin passen würde.«

Er lächelte spöttisch in sich hinein.

»Mach dir keine Sorgen«, sagte ich. »Ich glaube nicht, dass sie hätte mitkommen wollen.«

»Dann ist sie also ein Snob?«, fragte Lukas und lachte. »Ich habe gedacht, sie sei gegen Elitismus.«

»Nein, sie ist kein Snob. Sie und Baby mochten sich sofort. Du weißt, wie Baby sich mit Manieren hat. Aber Kaja zieht die Menschen den Situationen vor. Sie findet nicht, dass das größte Glück auf Erden in einer Housewarming-Party auf Östermalm besteht.«

Lukas dachte schweigend darüber nach. Neues Überholmanöver. Zwei Typen in einem Maserati. Ich warf einen Blick in den Rückspiegel. Klar, der Fahrer stieg voll aufs Gas.

»Jetzt aber immer mit der Ruhe, ja?«, meinte Lukas. »Es brennt nirgends, soviel ich weiß.«

»Am Samstag war ich auf einer Demonstration«, sagte ich und ließ den Maserati vorbei. »Einwohner von Söder gegen Rassismus. Wir demonstrierten gegen Skinheads und Neonazis. Ich habe die Parole geschrieben und ins Megafon gebrüllt.«

Lukas starrte mich von der Seite an. Ich konzentrierte mich auf die Straße.

»Bist du nicht mehr ganz bei Trost?«

»Wie bitte?«

»Bist du nicht mehr ganz bei Trost? Du bist auf einer Demonstration gegen SKINHEADS gewesen? Weißt du, wie gefährlich das ist? Diese Menschen sind zu allem Möglichen fähig! Sie können dich fotografieren, dich ausspionieren und bei uns zu Hause aufkreuzen! Begreifst du, worauf du dich da eingelassen hast?«

»Reg dich ab«, sagte ich. »Das ist eine Gruppe von bierbäuchigen Kerlen und pickeligen Bubis, die nicht wissen, was sie mit ihrer Zeit und ihrem hohen Testosteronspiegel anfangen sollen. Und wenn es drauf ankommt sind die feige; schaut man denen in die Augen, dann weichen sie deinem Blick aus. Außerdem finde ich das wichtig.«

Lukas saß ein paar Minuten still da. Wir ließen mehrere aufeinander folgende Industriegebiete hinter uns, ohne dass er ein Wort von sich gab. Dann seufzte er tief.

»Okay«, sagte er. »Ich nehme zurück, was ich gesagt habe. Du bist mutig, dich so etwas zu trauen. Und bestimmt ist es richtig und gut, was du tust. Aber ich mache mir Sorgen um dich! Das musst du verstehen!«

Ich tätschelte ihm die Wange, ohne die Straße aus den Augen zu lassen.

»Ich hatte auch Angst am Anfang«, gab ich zu. »Aber die ging vorbei, danach war das der totale Kick.«

»Du gehörst nicht mal zu den Bewohnern von Söder«, sagte Lukas resigniert.

»Genau darum geht's doch«, meinte ich.

***

Lukas und ich waren bei Bertil und Anna-Greta, seinen Eltern, zum Abendessen eingeladen, und hatten gerade noch genug Zeit, nach Hause zu fahren und uns umzuziehen, ehe wir weiter mussten. Für mich war ein Besuch bei ihnen immer mit großer Anspannung verbunden, obgleich ich nie abgelehnt hätte. Besuche bei Familie und Schwiegereltern waren eine Selbstverständlichkeit. Das tat man eben füreinander, egal, wie viel lieber man stattdessen zu Hause im Jogginganzug und mit kuscheligen Daunendecken auf dem Sofa säße, um seinen Kater auszukurieren und bei Hühnchensandwich ein Video anzusehen.

Lukas Eltern wohnten in einer Luxusvilla in Drottningholm, dahin waren sie von Danderyd gezogen, als Lukas an der Universität studierte. Seine Mutter war klein, gepflegt, schlank und sehr sorgfältig geschminkt. Sie stammte aus einer religiösen Familie und war für mich kaum zu ertragen. Sie war eine Frau, die ständig einsilbige Ausrufe ausstieß, kleine, spitze Brüste hatte, knielange Röcke trug und deren Haare sich auf dem ganzen Kopf gewissermaßen in hennaroten Kräuseln ringelten. Hinzu kam, dass sie kreativ war – und das machte das Ganze noch ein bisschen unerträglicher.

An einem Webstuhl unten im Keller webte sie Stoffe, aus denen sie dann lange, kaftanartige Kleider nähte, die an alle Frauen in der Familie verteilt wurden. Die Dinger, um die viel Aufhebens gemacht wurde, waren schrecklich. Und dann war sie auch noch sehr großzügig, was die Abendessen in Drottningholm noch anstrengender machte. Anna-Greta zauberte Gerichte der kostspieligsten Sorte auf den Tisch, wobei die Zutaten einem manchmal den Magen umdrehten.

Wir aßen im dunklen Esszimmer, wo die große Standuhr in der Ecke tickte und eines der Fenster den Blick auf das königliche Schloss freigab. Es war ein bisschen so, als würde das europäische Mittelalter über uns wachen. Ich saß neben Lukas Vater und versuchte die perfekte Schwiegertochter abzugeben, während ich in den gebackenen Austern mit Knoblauchsoße herumstocherte. Manchmal hatten Bertil und ich es recht gemütlich, er war nett und ein guter Gesprächspartner. Außerdem ähnelte er Lukas, mit dem gleichen dunklen, gelockten Haar, dem gleichen Lächeln und den gleichen braunen Augen. Aber ich spürte von Anna-Gretas Seite immer ein instinktives Misstrauen; sie fand, ich habe ihr den Sohn weggenommen und ich sei nicht die richtige Frau für ihn.

Ich kam hin und wieder in Blazer und Hosen zu ihnen hinaus, zwar trug ich die elegante Ausführung, aber das reichte, um Anna-Gretas Missfallen zu erregen. Eine Frau ohne Rock – irgendetwas stimmte da doch nicht. Außerdem saßen wir oft um den Esstisch und diskutierten über Politik oder Frauenfragen und ich konnte es mir nicht verkneifen, mich daran zu beteiligen. Anna-Gretas Misstrauen gegen mich wuchs mit jedem Mal, das ich den Mund aufmachte. Sie selbst war ein richtiges Weibchen wie es im Buche steht, manipulativ und zugleich weinerlich. Einmal fiel ihr in der Küche ein Glas aus der Hand und zerschellte auf dem Boden, woraufhin sie sofort in Tränen ausbrach. Die Splitter, ein empfindliches Frauenherz; Bertil war gezwungen, aufzustehen, zu ihr zu gehen und sie zu trösten. Mir war nicht klar, wo in Gretas Welt die Grenze verlief, zwischen dem Dasein einer erwachsenen Frau und eines eigensinnigen Kindes, aber vielleicht kam es auch gerade auf diese Verschwommenheit an.

Der Abend verlief wie so viele andere Abendessen bei den beiden. Lukas' zwei Brüder waren auch anwesend, allerdings ohne ihre Frauen und Kinder, weil diese anderweitig beschäftigt waren. Ich hatte mir einen Rock angezogen und mir vorgenommen, mich bei Politik oder Frauenfragen zurückzuhalten. Doch zum Dessert platzten meine guten Vorsätze. Anna-Greta servierte ein unglaublich raffiniertes Champagner-Sorbet auf einem Spiegel aus Holunderbeersoße und als sie mit der Servierplatte zu meinem Platz kam, lächelte sie so breit, dass ihre Jackettkronen von einem Mundwinkel zum anderen in ihrer ganzen Porzellanpracht erstrahlten.

»Ich habe in der letzten Zeit viel an dich gedacht, Sophie«, sagte sie.

»Ach, ja?«, entgegnete ich und nahm vorsichtig ein bisschen Sorbet.

»Ich habe einen Kochkurs herausgesucht, den du meiner Ansicht nach besuchen solltest. Ich lade dich gern dazu ein! Das ist dein Geburtstagsgeschenk.«

»Wie nett«, sagte ich matt. »Was ist das für ein Kurs?«

»Das ist ein Kurs für Fortgeschrittene auf Cordonbleu-Niveau. Ich werde dir den Prospekt zeigen, wenn wir mit dem Essen fertig sind. Ich finde wirklich, der könnte dir nützlich sein. Nicht zuletzt im Hinblick darauf, dass du in Zukunft für Lukas immer mehr repräsentative Abendessen geben wirst.«

Bertil war stellvertretender Direktor einer großen Firma gewesen, ehe er in Pension ging.

»Ach, ja?«, sagte ich und schaute zu Lukas hinüber. »Das ist mir neu.«

Lukas lächelte und schnitt mir eine Grimasse, die bedeutete, ich solle darauf pfeifen, was seine Mutter sagte.

»Mama«, begann er, »heutzutage ist das nicht mehr ganz so wie früher. Ein großer Teil der Repräsentationspflichten wird im Restaurant erledigt.«

»Aber das weiß ich doch!«, sagte Anna-Greta und schaute ihn aus großen, fast verletzten Augen an. »Davon rede ich ja gar nicht! Ich rede von dem Vorteil, der darin liegt, deine Kunden und Kollegen nach Hause einladen zu KÖNNEN, GERADE DARUM, weil sie sonst immer ins Restaurant gehen! Vor allem Engländer legen ungeheuer viel Wert darauf, im eigenen Heim bewirtet zu werden. Dort ist es überhaupt nicht üblich, dass alle Frauen auf den Arbeitsmarkt streben, worauf wir hier in Schweden so versessen sind.«

Ich aß mein Sorbet, das ungewöhnlich klebrig und geschmacksneutral war. Ruhig bleiben, ganz ruhig. Das konnte Lukas regeln.

Jetzt mischte sich Bertil ins Gespräch.

»Liebling, ich glaube, diese Frage lösen Lukas und Sophie am besten selbst«, meinte er. »Sophie hat ihre eigene Einstellung zu diesen Dingen. Sie kann sich nicht nur die ganze Zeit um Lukas kümmern.«

»Aber das habe ich auch nie VERLANGT«, widersprach Anna-Greta von ihrem Platz aus. »Ganz und gar nicht! Niemand ist stolzer als ich auf die wunderbaren Bücher, die Sophie schreibt! Ich meine nur, dass sie darüber hinaus das KOCHEN lernen sollte; etwas, das die meisten Frauen ziemlich nützlich finden! Ich kann nicht verstehen, was an der Idee so falsch sein soll!«

»Das weiß ich auch nicht«, sagte Niclas, Lukas' ältester Bruder, der in seiner Art besonders großspurig war und an meiner anderen Seite saß. »Es ist immer von Vorteil, wenn man ein gutes Abendessen kochen kann, egal ob privat oder vielleicht auch mal zu Repräsentationszwecken.«

Jetzt konnte ich mich nicht mehr zurückhalten.

»Gut, Niclas!«, sagte ich mit gespielter Herzlichkeit und legte meine Hand auf seine. »Dann können ja wir beide an dem Kurs teilnehmen, oder? Denn du hast doch bestimmt auch einiges an Repräsentationspflichten zu leisten, nicht wahr?«

Niclas arbeitete für eine internationale Computerfirma. Jetzt lächelte er mich säuerlich an.

»Stimmt«, sagte er. »Aber Maria ist eine wunderbare Köchin.«

Maria war seine Frau.

»Ja, ich weiß«, entgegnete ich. »Aber Maria ist auch Hebamme. Was machst du, wenn sie arbeitet? Tatsache ist, je mehr ich darüber nachdenke, umso mehr wird mir klar, dass du und Lukas diesen Kurs zusammen besuchen solltet! Dann könntet ihr beide zu Hause so viele repräsentative Abendessen veranstalten wie ihr wollt und euch noch gegenseitig helfen, wenn Not am Mann ist! Wäre das nicht eine großartige Idee, findet ihr nicht auch?«

»Ich finde, Sophie hat ganz Recht«, meinte Alexander, Lukas mittlerer Bruder, und lachte. »Warum wollt ihr euren Frauen das Kochen aufzwingen? Übernehmt es selbst, wenn ihr wollt, dass es jemand macht. Oder geht weiterhin ins Restaurant.«

»Prost, Alexander!«, sagte ich und hob mein Glas auf ihn. »Danke für deine Unterstützung!«

Wir stießen an. Anna-Greta lächelte angesäuert.

»Ich glaube, Sophie macht Witze«, meinte sie. »Ich hole den Prospekt, dann können wir uns einen genaueren Eindruck verschaffen. Aber zuerst, möchte jemand noch mehr Sorbet?«

***

Auf der Heimfahrt im Auto warf Lukas mir einen Blick zu. Jetzt fuhr er. »Magst du meine Mutter nicht?«

»Doch«, sagte ich. »Sie mag mich nicht.«

»Sie wollte dir nur ein Geschenk machen.«

»Sie wollte DIR ein Geschenk machen. Eine neue Frau.«

»Du hast dich in letzter Zeit so verändert, findet sie. Das hat sie mir in der Küche gesagt.«

Ich spürte ein Zucken in der Magengegend.

»Was heißt hier verändert?«

»Tough geworden, irgendwie.«

Ich holte tief Luft.

»Moment. Ich habe heute Abend absichtlich keine einzige politische Frage angeschnitten. Ich habe kein Wort über Frauenpolitik verloren. Ich habe nicht mal den Mund aufgemacht, als sie über religiöse Sekten als etwas Positives geredet hat. Aber als sie mich zwingen wollte, so was wie eine Haushälterin für dich zu werden, war für mich die Grenze erreicht.«

»Haushälterin? So siehst du das?«

»Du weißt, wie ich das sehe. Du weißt, wofür ich kämpfe. Und dazu gehören keine ausgefallenen Gerichte, für die ich meine Zeit in Luxuskochkursen verschwende, damit ich die Kollegen meines Mannes auf das Beste bewirten kann.«

»Neihein.«

»Ist das so unverständlich? Was sagst du eigentlich dazu? Bist du vielleicht ihrer Ansicht? Ich meine, es kam mir etwas seltsam vor, dass mich dein Bruder verteidigt hat, und nicht du!«

»In meinen Augen war das kein ›Verteidigen‹. Meine Mutter ist so altmodisch, es war nur ein harmloser kleiner Vorschlag! Mein Gott, was regst du dich so auf!«

»Sie regt sich auf. Sie ist nicht ganz dicht.«

Lukas zuckte mit den Schultern. Er hatte seinen üblichen abwesenden, aber gereizten Gesichtsausdruck.

»Okay. Abgemacht. Du hast Recht und meine Mutter ist nicht ganz dicht.«

Schweigend starrten wir beide verkniffen vor uns hin, als wir am Flugplatz Bromma vorbeifuhren. Start, Landung, Sicherheitsgurte anlegen. Sauerstoffmasken fallen heraus, wenn der Luftdruck sinkt. Ziehen Sie die Masken über Mund und Nase und atmen Sie normal, ganz normal weiter.

7

Am Montag saß ich an meinem Schreibtisch und versuchte meine Gedanken für das neue Manuskript zu sammeln, das ich schreiben wollte. Ich hatte das Recherchematerial auf einem großen Stapel rechts von mir liegen und eine Reihe kleiner gelber Post-it-Zettel auf eine große Pappe geklebt. Aber die Gedanken wirbelten nur so in meinem Kopf herum, sodass es mir fast unmöglich schien, mich zu konzentrieren. Unter größter Anstrengung schrieb ich das Titelblatt und die Liste der Charaktere, begann mit den einleitenden Szenen, stürzte mich wie immer ohne jede Selbstzensur in die Arbeit. Hinterher war noch Gelegenheit, den Text zu redigieren.

Worte, Worte, Worte. Nach vier Stunden war ich müde und hungrig. Ich ging in die Küche und machte mir ein belegtes Brot, während ich den Klängen von Megapol lauschte, der perfekten Musik zum Arbeiten. Butter, Brot, Käse, Tomaten. Ein Messer benutzen. Einfache Dinge, die verlässlich waren, praktischer Natur. Die Hunde saßen mir zu Füßen und schauten mich treu an. Oder vielmehr mein belegtes Brot.

»Nicht betteln«, sagte ich tonlos.

Sie zogen artig ab, legten sich ins Körbchen und nahmen ihr Starren wieder auf. Die Hunde hatten es in den vergangenen Tagen nicht besonders gut gehabt. Ich schaute auf meine Uhr. Eine Stunde im Wald würde ich schaffen. Borke, frische Luft, feuchte Zweige im Gesicht. Das würde mir selbst auch gut tun.

Unter den Bäumen kamen die Gedanken wieder. Ich spielte mit der Vorstellung, plötzlich auf einem hohen Berg zu stehen und mein gegenwärtiges Leben von oben zu betrachten. Was würde ich sehen? Ein ziemlich bequemes Dasein. Ich schlief lange, obwohl Lukas aufstand und zur Arbeit fuhr, ich stand auf, wann ich wollte, frühstückte, duschte und zog mich an. Dann setzte ich mich zum Schreiben hin.

Wenn ich schrieb, waren Zeit und Raum aus meinem Bewusstsein verbannt und erinnerten nur noch an Wellen, die an einen fernen Strand schlugen. Ich konnte ebenso gut schreiben, wenn im Hintergrund Musik spielte, der Fernseher lief oder Leute sich unterhielten. Meine Finger bewegten sich wie von selbst über die Tasten, als sei die Tastatur die Tanzfläche und die Finger eine Gruppe Jugendlicher, die gerade einen besonders hysterischen Tanz hinlegten, bei dem man in alle Richtungen schwankte und große Sprünge zur Seite machte. Boogie-Woogie für die Fingerspitzen; Techno für saubere Nägel. Ich liebte das Schreiben ebenso sehr wie das Tanzen. Das Schreiben war meine Luft zum Atmen, mein Kanal zu einer anderen Wirklichkeit, genau wie es Bücher gewesen waren, als ich Kind war.

Schreiben und Lesen bedeuteten für mich, andere Welten bevölkern und bewohnen zu können. Doch im Unterschied zu meiner Rolle als Leserin, als Lehrling, als diejenige, die Eindrücke empfing, war ich beim

Schreiben Gott, ich bevölkerte und bestimmte, ich erschuf Schicksale und Verläufe. Dennoch konnte ich nicht immer nachvollziehen, wie es dazu kam. Die Worten flossen aus mir heraus, als führten auch sie ein Eigenleben; ich hielt selten oder nie inne, um nachzudenken. Die Sätze wurden während ich schrieb in meinem Kopf formuliert und ohne dass ich begriff, wie es geschah, ununterbrochen miteinander verkettet, Seite um Seite. Es war, als hätte jemand die Erzählung in meinen Kopf geschüttet, die dann durch meine Fingerspitzen herausgefiltert wurde. Wunderbar, es floss nur so. Wenn mir eine besonders gute Formulierung oder ein schöner verbaler Schnörkel gelungen war, erfüllt mich das mit Glück und Schaffensfreude.

Zugleich wollte ich mich nicht selbst unter Druck setzen. Ich schrieb vor allem, weil es Spaß machte und weil ich eine Geschichte zu erzählen hatte. Ich hatte nicht vor, die wilde, weite Schönheit und Reinheit, in der ich mich befand, von irgendwelchen schmutzigen, böswilligen »Ismen«, von Leistungsbegriffen oder kritischen Beiträgen über das Sein oder das Nicht-Sein der Literatur besudeln zu lassen. Dies war kein Schreiben in Ismen, ich schrieb weder Zeitgeistiges noch betrat ich Neuland. Ich erzählte Geschichten, in gleicher Form, in gleicher Weise und aus dem gleichen Grund wie seit Anbeginn aller Zeiten Märchen gesponnen wurden. Ich war Schriftstellerin, das war meine Lebensaufgabe. Lagerfeuer und mündliche Überlieferung, Füller, Typografie, Tinte, Bleistift, Kugelschreiber, Computer. Erzählen. Erzählen. Erzählen.

Die Worte flossen durch mich hindurch und ich genoss es in vollen Zügen. An der Tastatur war ich frei, meine eigene Herrin, vollkommen und selbstbestimmt, konnte mich ganz meiner eigenen Schreibform und den Worten, die aus meinem Erzähler-Ich strömten, hingeben. Woher kamen sie eigentlich? Ich wollte es nicht wissen. Ich wollte nur, dass sie weiterhin kamen.

Aber jetzt war da etwas, das mich störte und beunruhigte, etwas anderes als die übliche Nervosität, die ich verspürte, wenn ich mich an ein neues Manuskript machte. Ich erinnerte mich, wie ich einmal mit einer älteren Schriftstellerin zum Abendessen in einem japanischen Restaurant war – eine wunderbare Frau namens Klara, die so etwas wie eine Mentorin für mich war. Wir unterhielten uns über dieses und jenes und schließlich hatte ich sie gefragt, ob sie an mein Schreiben glauben würde, an meine Entwicklung als Schriftstellerin auf lange Sicht.

»Ja«, sagte sie und lächelte etwas schief, »ich glaube an dich. Und das sollte ich natürlich nicht sagen. Aber ich bin offen gestanden etwas skeptisch wegen Stocksund und wegen des Lebens, das du dort führst.«

Dann hatte sie mir erklärt, dass sie glaube, es könne für mich problematisch werden, mein künftiges Schreiben mit einem konventionellen Leben in Stocksund zu vereinbaren. Mann, Kinder, Auto und Haus; da blieb nicht unbedingt Raum für das Reifen als Schriftstellerin. Konvention vor Inspiration und damit abseits von der Möglichkeit auszuprobieren, zu experimentieren, neue Wege zu finden; mir würde es vielleicht nicht gelingen zu widerstehen, meinte sie.

Ich schaute sie an und dachte: »Du kennst mich nicht. Ich kann alles Mögliche miteinander vereinbaren, das habe ich mein Leben lang getan. Mein Leben besteht aus sowohl-als-auch, nicht aus entweder-oder, meine ganze Persönlichkeit ist sowohl-als-auch. Ich kann meinen Umgang mit Adligen durchaus mit Kontakten zu Schriftstellern und Radikalen verbinden; ich kann mit dem einen Fuß in der Oberklasse stehen und mit dem anderen in der Avantgarde, mit Kopf und Herz irgendwo dazwischen. Ich habe eine soziale Kompetenz, die jene der meisten Menschen übertrifft, und ich habe ein starkes Interesse an unterschiedlichen Bevölkerungsgruppen, Klassen und Kategorien, an dem, was sie unterscheidet und was sie verbindet. Vor allem habe ich einen tief empfundenen Glauben an das gute Individuum, den guten Menschen, den es in allen Milieus gibt, in allen Gesellschaftsschichten, in allen Gruppierungen.«

Vor diesem Hintergrund hatte ich natürlich geglaubt, der Umzug von Vasastan nach Stocksund würde kaum etwas verändern. Und so war es auch am Anfang; keine scharfen Ecken und Kanten, keine sozialen Hindernisse oder Neuheiten; nur ein flexibler, schmerzfreier Lebenswandel unter Familien mit Kindern, von denen viele einen ähnlichen Hintergrund hatten wie ich. Nach Herausforderungen musste ich anderswo suchen, hier war das Leben selbstverständlich, leicht und handlich. Tee am Pool. Martini vor dem Essen. Ein Schlummertrunk ehe man sich zurückzog.

Aber zweifelsohne war in der letzten Zeit nichts geschehen, nichts, was ich nicht hätte voraussehen können. Der Angriff kam aus unerwarteter Richtung; in einer Weise, die zu parieren ich nicht in der Lage war. Abends, nachts, in der Dunkelheit von Kinosälen kamen in mir Bilder und Vorahnungen hoch, die mir nicht gefielen. Ich hatte einen Traum, der so überdeutlich war, dass mir beim Aufwachen ganz mulmig zu Mute war. Ich hatte darin Lukas gesehen, der unsere Haustür abschloss, sich zu mir umdrehte und den Schlüssel mit seiner Faust umschloss, sodass er nicht mehr zu sehen war. Ich glaubte nicht an Traumdeutung und schwammige Analysen, aber diesmal drehte sich mir dennoch der Magen um. Ich wollte morgens nicht aufstehen und spüren, dass meine Lebensentscheidungen mich einschränkten und die Zukunft vernichteten, auf die ich gehofft hatte. Und ich wollte mich auch nicht eingesperrt fühlen mit einem Mann, der für alle Zukunft die Tür verriegeln und den Schlüssel verschlucken musste.

Ich hatte nicht vor, mein Leben hinter einem Zaun zu verbringen, auf dessen anderer Seite Vergleiche angestellt wurden, wer das meiste Geld hatte und wessen Kinder den begabtesten Eindruck machten. Ich entdeckte immer mehr Dinge in Stocksund, die mir nicht gefielen. Wettbewerbsmentalität, Jagd auf Statussymbole und Snobismus – das waren alles Erscheinungen, mit denen eine Single-Frau oder frisch Verheiratete in einer Dachwohnung in der Stadt nicht unbedingt etwas zu tun haben wollte. Die Frauen von Stocksund waren niedlich, treu und durch und durch schwedisch wie in der Nationalhymne. Und ich wusste, dass sie füreinander da waren. Ich stellte aber auch langsam fest, wie sie aneinandergeraten und sich darüber streiten konnten, dass ein Kind an einem Ekzem litt und nun nicht mit den anderen Kindern in den Kindergarten gehen sollte.

Hatte man einen Fleck bekommen, dann war man nicht mehr willkommen. Alle hatte ihren Platz in der Hierarchie, und den galt es knallhart zu verteidigen, während man mit entzücktem Lächeln seine Lachspastetchen in Weißweinsoße servierte. Wenn jemand sich irrte, pleite ging oder sich ein physisches Leiden zuzog, lockerte sich der Griff um die Leiter nach oben und der darauffolgende Stoß, mit dem einen das Umfeld in den Abgrund beförderte, war genauso unwiderruflich wie unvermeidlich.

Ich fühlte mich nicht wohl mit diesem Streben nach Reichtum, mit der Lust, Leute von oben herab zu behandeln oder mit dem zwanghaften Bedürfnis, andere unten zu halten, um selbst nach oben zu kommen. Erwerben, erben, verderben, sagt man. Ich mochte weder die, die erwarben, noch die, die verdarben. Ich fühlte mich wohl unter denen, die erbten, und dann fühlte ich mich wohl unter solchen, die sich davon distanzieren konnten. Sie waren meinesgleichen, nicht die anderen. Aber als ich diese Fragen mit Lukas besprach, wusste er nie, wovon ich redete. Und ganz gleich, wo ich ihn in der sozialen Hierarchie einstufte, war eins sicher: Wir waren nicht auf der gleichen Stufe, wir hatten nicht die gleiche Sichtweise auf die Dinge.

Mit Kaja war es anders. Von außen betrachtet gab es zwischen uns nicht die geringste Übereinstimmung, aber unsere Seelen begegneten sich wie Cathy und Heathcliff in Emily Brontës *Sturmhöhe*. Es war fast lächerlich. Irgendwo unter all den Unterschieden waren wir identisch; wir fühlten gleich, wir hatten die gleiche Sichtweise auf die Dinge, ohne überhaupt darüber gesprochen zu haben. Ich bewunderte Kaja in einer Weise, in der ich Lukas nie bewundert hatte. Sie besaß Integrität, Ideologien, die Fähigkeit, selbstständig zu denken. Kaja glaubte, dass das Individuum etwas verändern konnte und somit Verantwortung übernehmen sollte, aber sie glaubte auch daran, dass das Kollektiv als Idee, aber auch in der Praxis noch immer möglich war. Sie machte mir Hoffnung.

Ich setzte mich auf einen Baumstumpf. Der Wald um mich wurde grau, wie ein schnell alternder Mann. Plötzlich merkte ich, wie die Tränen flossen. Meryl kam zu mir und legte mir ihren Kopf auf den Schoß, aber das half nicht. Ich weinte so hemmungslos, dass es sich wie Geheul anhörte, und ich war froh, dass kein Mensch in der Nähe war.

Irgendwo weit jenseits von Djursholm hörte mich ein Hund. Er stimmte als Antwort ein heftiges Heulen an.

***

Als Lukas abends nach Hause kam, war mein Gesicht rot und verweint und ich todmüde.

»Was ist?«, fragte er und nahm mich in den Arm. »Was ist passiert?«

Ich schluchzte an seiner Schulter und hinterließ dunkelblaue Flecken auf seinem hellen Hemd.

»Ich habe es satt, mich zerrissen zu fühlen«, antwortete ich. »Ich halte das nicht mehr aus! Ich will, dass du Kaja kennen lernst.«

»Moment«, sagte er und hielt mich von sich, damit er mir ins Gesicht schauen konnte. »Ich komme da nicht ganz mit. Geht es um Kaja?«

»Sie ist nur ein Symbol«, erklärte ich, »für eine Seite in mir. Und du repräsentierst die andere. Ich halte das nicht mehr aus, mich so gespalten zu fühlen. Ich will, dass ihr euch kennen lernt. Ihr werdet euch mögen!«

Zwei Teile, zwei Seiten; Janus, Schizophrenie, Krankheit, Depression. Ich brach wieder heftig in Tränen aus. Lukas umarmte mich.

»Weißt du was?«, sagte er. »Wir stecken dich jetzt in die Badewanne, dann reden wir im Badezimmer darüber.«

Ich ging ins Schlafzimmer und zog mich aus, während Lukas ein Schaumbad einließ. Als ich schluchzend meine Kleider auszog, wich das Gefühl von Verzweiflung langsam einem Gefühl von Wärme. Lukas war lieb, treu, verständnisvoll. Eine Verschmelzung der unterschiedlichen Teile war möglich; ich musste nicht entzwei gehen. Lukas würde mir helfen. Ich unterschätzte ihn ständig. Es war Zeit, etwas daran zu ändern, es war Zeit, dass ich auf ihn zuging.

Ich stieg ins Schaumbad und schaute Lukas, der auf dem heruntergeklappten Klodeckel saß, liebevoll an.

»Jetzt erzähl«, sagte er. »Was meinst du mit gespalten?«

»Ich meine, dass ich auf der einen Seite eine Menge Verhaltensweisen und Werte mit dir und der Welt, aus der ich komme, teile. Aber auf der anderen Seite empfinde ich eine unglaublich große Zusammengehörigkeit mit Kaja, obwohl wir äußerlich keine Gemeinsamkeiten haben.«

»Aber das ist doch toll? Sieh es das einfach so, dass du das Beste von zwei Welten bekommst. Wir haben doch beschlossen, dass wir in ein paar Wochen eine Cocktailparty geben. Lad Kaja ein, dann lernt sie ein paar deiner anderen Freunde kennen.«

»Es geht mir nicht so sehr um meine Freunde als viel mehr um Kaja im Verhältnis zu dir. Ich fühle mich gespalten, weil ihr beide euch nicht kennt und weil ihr beide gegenseitig so misstrauisch zu sein scheint.«

»Ich werde sie auf unserer Cocktailparty kennen lernen.«

»Das ist nicht dasselbe wie ein Treffen unter vier Augen.«

Er seufzte und dachte nach.

»Misstraut sie mir?«

»Nicht mehr als du ihr.«

»Ich bin kein Stück ihr gegenüber misstrauisch.«

»Na, gut. Dann ist sie es bestimmt auch nicht.«

Lukas lehnte sich zurück und lächelte.

»Okay, du hast gewonnen«, sagte er am Ende. »Mach ein Treffen aus.

Wir können in einer Kneipe zusammen ein Bier trinken. Aber ich muss sagen dürfen, was ich denke, rein ansichtsmäßig.«

Ich erwiderte sein Lächeln. Jetzt war die Angst mit einem Mal wie weggeblasen.

»Nichts anderes würde funktionieren«, meinte ich.

Lukas stand auf.

»Komm«, sagte er und streckte die Arme nach mir aus.

Er kam zu mir und umarmte mich. Dann ließ er sich im Schneidersitz neben der Badewanne nieder.

»Du«, begann ich. »Es ist schon lange her, seit wir gemeinsam etwas Schönes unternommen haben. Können wir nicht zusammen verreisen? Ich fühlte mich so fern von dir.«

»Ich bin hier neben dir«, antwortete Lukas und zog ein Gesicht.

Ich platzierte einen Klecks Schaum auf seine Nase.

»Ich meine es ernst«, sagte ich. »Ich möchte gern mit dir wegfahren. Nur du und ich, wir könnten im Hotel wohnen.«

»Das ist momentan schwierig«, erklärte Lukas. »Ich bin schon so viel auf Reisen.«

Ich ließ den Kopf hängen und spielte die beleidigte Leberwurst.

»Ich weiß was!«, sagte Lukas. »Warum kommst du nicht übers Wochenende mit nach London? Wir können gemeinsam rüberfliegen und haben das Wochenende für uns, danach kann ich die ersten Tage der Woche arbeiten. Das ist perfekt.«

Ich umfasste seinen großen Kopf und küsste ihn auf den Mund.

»Wunderbar«, sagte ich. »Dann kann ich mich auch mit Lydia verabreden. Sie kommt bestimmt mit dem Flieger aus Boston.«

Lydia war eine alte College-Freundin aus meiner Zeit in den USA, die nun in Boston arbeitete und mit Virgin Airlines billig nach London fliegen konnte.

»Gut«, sagte Lukas und stand auf. »Abgemacht. Jetzt muss ich noch etwas arbeiten.«

»Wann kannst du dich mit Kaja treffen?«

Er lächelte.

»An jedem Abend, außer am Mittwoch. Außerdem richte ich mich nach euch. Wenn es um so wichtige Dinge geht, muss alles andere warten.«

Als ich mein Bad beendet hatte, zog ich meinen großen Bademantel an und ging in die Diele, um Kaja anzurufen. Sie war zu Hause, aber sie war nicht gerade begeistert von meinem Vorschlag, sich unter sechs Augen zu treffen.

»Warum das denn?«, fragte sie.

Sommersprossen. Die tiefe Falte zwischen ihren Augenbrauen. Wie sie beim Sprechen an etwas herumspielte, vielleicht an ihren Zehen, den Hörer zwischen Kopf und Schulter geklemmt.

»Liebe Kaja. Das bedeutet mir wahnsinnig viel. Ich habe Anna kennen gelernt!«

»Wir sehen uns immer OHNE Anna, weil das so schöner ist.«

»Doch nur einmal, vorerst! Wir können ein paar Bier trinken und vielleicht eine Kleinigkeit essen, damit ihr euch wenigstens mal gesehen habt. Sonst fühle ich mich die ganze Zeit so gespalten.«

Kaja seufzte tief.

»Also gut. Weil du's bist. Aber ich bin sicher, dass Lukas ebenso wie ich gut drauf verzichten könnte. Und ich glaube, das weißt du auch.«

»Spitze«, sagte ich und ignorierte ihren Kommentar. »Welcher Abend passt dir? Lukas kann außer am Mittwoch immer. Wie wär's mit Donnerstag?«

»Gut«, sagte Kaja, ohne die geringste Spur von Begeisterung.

***

Der Donnerstag kam und verlief im Schneckentempo. Verkehr, wie zähflüssige Sahnesoße auf der ganzen Strecke von Stocksundsbron. Bauarbeiten. Meine Finger tanzten vor Ungeduld auf meinem Knie. Kein Parkplatz in der Nähe von Mariatorget. Kaja mit einem Bier vor sich im Restaurant Tivoli, als Lukas und ich mit zwanzig Minuten Verspätung endlich hineinstürmten. Das Tivoli war eines von Kajas Lieblingsrestaurants; dorthin hatte sie mich oft mitgenommen.

»Meine Güte, was für ein Stau!«, sagte ich. »Tut mir Leid, dass du warten musstest.«

»Macht nichts«, entgegnete Kaja. »Ich fühle mich hier wie in meinem eigenen Wohnzimmer.«

Lukas und Kaja schauten sich interessiert an. Kaja neugierig, aber skeptisch, Lukas freundlich, aber vielleicht etwas gekünstelt.

»Kaja – Lukas«, sagte ich.

Sie gaben sich die Hand. Lukas setzte sich neben Kaja.

»Entschuldige«, sagte ich. »Ich muss mal zur Toilette.«

Ich musste wirklich pinkeln. Aber ich wollte auch Lukas und Kaja die Chance geben, sich in aller Ruhe zu begrüßen. Ich verschwand aufs Damenklo, nahm meine Ringe ab und wusch mir lange und ausgiebig die Hände.

Warmes Wasser. Seife. Schaum. *Tess* von Thomas Hardy: »Welche Hände sind meine und welche Hände sind deine?« »Alle sind deine Hände.« Ich wartete noch eine Minute vor dem Handtrockner, ehe ich wieder an den Tisch zurückkehrte, wo Lukas und Kaja in eine lebhafte Diskussion vertieft waren.

»Aber ich verstehe nicht, wie du das fertig kriegst!«, meinte Kaja. »Denkst du nie an die kleinen Sparer, an die, die unter all den Verlusten zu leiden haben?«

»So ist das Leben«, sagte Lukas. »Wer spielt, riskiert zu verlieren.«

»Aber sparen ist doch nicht das Gleiche wie spielen!«, widersprach Kaja aufgeregt. »Es geht darum, irgendwo sein Geld zu einem vernünftigen Zinssatz anzulegen, ohne dass so ein Idiot die ganze Bank aufs Spiel setzt!«

»Es gibt andere Formen des Sparens, bei denen man kein Risiko eingeht, man aber auch nicht die Möglichkeit hat, große Gewinne zu erzielen.«

»Aber kapieren die Leute, worauf sie sich einlassen?«, fragte Kaja.

»Man kann nicht davon ausgehen, dass die Leute blöd sind«, fand Lukas. »Das ist elitär.«

»Weißt du, ich bin hier nicht die Elitäre.«

»Hört sich in meinen Ohren aber so an.«

»Und wenn der Staat einspringen und die Banken retten muss? Wessen Geld löst sich dann in Luft auf? Sind das nicht Steuermittel, gib's zu! Das heißt unser aller Geld, das in Krankenhäusern, Schulen und an vielen anderen Stellen gebraucht wird, statt zur Rettung von ein paar Idioten, die die Wirtschaft des ganzen Landes aufs Spiel setzen.«

Lukas sah unschlüssig aus. Seine Augen waren ungewöhnlich groß. Kajas ebenfalls.

»Ähäm«, meldete ich mich.

Sie schauten zu mir hoch. Neben mir stand die Bedienung. Die blonde, hübsche Helene, eine Serviererin, die Kaja kannte.

»Wollt ihr gleich etwas zu trinken?«

»Mehr Bier«, sagte Kaja. »Hier wird jede Menge Bier gebraucht.«

»Genau«, sagte Lukas.

Dann drehten sie sich wieder einander zu und nahmen den Diskussionsfaden wieder auf. Es war als würde sie einen Zweikampf ausfechten. Helene sah mich amüsiert an und hob eine Augenbraue.

»Ein Mineralwasser«, sagte ich. »Sieht aus, als sollte eine Person nüchtern bleiben.«

»Das ist eine gute Idee, glaube ich«, meinte Helene.

Sie ging. Ich studierte die Speisekarte, während ich gleichzeitig Kajas und Lukas' Diskussion verfolgte. Sie schienen sich in keinem einzigen Punkt einig zu sein oder sich zu respektieren, und ich spürte, wie mir ein bisschen schlecht wurde. Der Raum machte eine Vierteldrehung, und ich kniff die Augen zu und schlug sie wieder auf. Weder Kaja noch Lukas merkten etwas. Dann legte sich das Unwohlsein langsam, als sei Land in Sicht und als bewege man sich in ruhigerem Fahrwasser.

»Aha«, sagte ich und konzentrierte mich auf die Speisekarte. »Was esst ihr?«

»Ich nehme Penne Crudaiola«, sagte Kaja, ohne einen Blick in ihre Speisekarte zu werfen.

»Klingt gut«, meinte Lukas, ebenfalls ohne nachzuschauen.

Sie diskutierten weiter. Helene näherte sich.

»Dreimal Penne Crudaiola«, bestellte ich und linste zu ihr hoch. »Wir sind uns an diesem Tisch erstaunlich einig.«

»Das merke ich«, meinte Helene und verschwand.

Nachdem ich das Essen bestellt hatte, saßen wir drei einen Augenblick still da und schauten uns an. Dann brachen die beiden plötzlich in Gelächter aus und wendeten sich mir zu.

»Ich habe doch gesagt, das funktioniert nicht!«, sagte Kaja.

»Ich auch!«, sagte Lukas. »Endlich sind wir uns in einem Punkt einig.«

»In dem Fall ändere ich meine Meinung sofort wieder, nur um nicht genauso zu denken wie du«, sagte Kaja.

»Du bist ein wahrer Quälgeist!«, fand Lukas und lächelte. »Jetzt gehe ich auch auf die Toilette, wenn ihr mich entschuldigt.«

Er stand auf und verschwand. Ich schaute Kaja an.

»Na?«

Sie zuckte mit den Schultern.

»Fast wie wir es uns vorgestellt haben; Lukas und ich also. Wir denken völlig anders. Aber er ist ziemlich hübsch! Schöne Augen.«

»Ich glaube, er ist eifersüchtig«, sagte ich.

»Dann verbirgt er es gut. Besser als Anna; sie hat gestern einen Anfall gekriegt und mich geschlagen.«

»Sie hat dich geschlagen? Warum das denn?«

»Das macht sie immer. Ich muss sie festhalten. Es ist ein wahnsinniges Glück, dass ich stärker bin als sie.«

Es stimmte. Anna hatte ein hitziges Temperament. Sie bekam ihre Anfälle in regelmäßigen Abständen, ganz gleich, wo und wann und wie. Manchmal ohrfeigte sie Kaja, aber Kaja war stärker, schneller und gelenkiger und konnte oft parieren.

»Warum ist sie so ausgeflippt?«, fragte ich.

Die Frage war eher rhetorisch gemeint. Wir beide kannten den Grund und schauten uns etwas verlegen an. Kaja drehte ihr Bierglas zwischen den Fingern. Das Bier leuchtete im warmgelben Licht. Um uns lärmten die Menschen, aber mir kam es so vor, als säßen wir auf einer Insel der Stille.

»Lukas und ich verreisen«, sagte ich. »Wir fahren zusammen nach London.«

Kaja nickte. Sie sah niedergeschlagen aus. Mir war ziemlich traurig zu Mute. Zugleich beobachtete ich sie; der blasse Mund, die kräftigen Hände, die vielen Silberringe an der Hand, die das Bierglas umschloss. Sie war umwerfend schön. Ich musste mich zusammenreißen; ich wollte am Freitag zu einem gemütlichen Liebeswochenende mit Lukas nach London fahren. Danach hatte er zu tun. Ich würde noch eine ganze Woche bleiben und Lydia am Donnerstag treffen, wenn sie aus Boston kam. Lukas wollte am selben Tag nach Schweden zurückkehren und Lydia und ich hätten das Wochenende in London für uns.

»Wann kommst du zurück?«, fragte Kaja.

»Montag in zehn Tagen.«

»Kannst du mich in der Zeit mal anrufen?«

Ich nickte. Hinter ihr sah ich Lukas wieder auftauchen. Er ließ sich mit einem breiten Lächeln nieder.

»Gut, dass es gleich etwas zu essen gibt!«, sagte er und rieb sich die Hände. »Auch Revolutionärinnen müssen wohl mal etwas essen, oder?«

Kaja zog eine Grimasse über seinen Witz.

»Nicht so viel wie ihr Direktoren«, konterte sie. »Darum sind wir auch nicht so fett.«

»Ich bin nicht fett«, sagte Lukas selbstzufrieden.

»Noch nicht«, meinte Kaja.

»Ihr habt wirklich einen netten Umgangston gefunden«, warf ich ein. »Ihr hört euch an wie ein altes Ehepaar.«

Lukas und Kaja schauten sich an.

»Ich wüsste keinen zwingenden Grund, warum wir beide heiraten sollten«, sagte Kaja und ihre Augen verengten sich in gespielter Nachdenklichkeit. »Was meinst du, Lukas? Würdest du mich für eine Million heiraten? Oder für zwei Millionen?«

»Als Gentleman ist es mir nicht gestattet, auf diese Frage zu antworten«, meinte er lächelnd. »Aber ich verstehe dich schon richtig, dass dein Preis in jedem Fall hoch ist.«

Kaja lächelte.

»Nimm's nicht persönlich«, sagte Kaja. »Ich kann mir keine wie auch immer gearteten Umstände vorstellen, die mich dazu bringen könnten, mit einem Mann verheiratet zu sein. Du auf der anderen Seite hast dich schon entschieden, eine Ehe mit einer Frau einzugehen, sodass es sich ohne Zweifel nur um meine Persönlichkeit handelt, deren Preis du so hoch ansetzt.«

»Sprechen wir also ab sofort nicht mehr über Preise«, schlug Lukas vor. »Um des lieben Friedens willen.«

»Was für ein Frieden?«, sagte Kaja. »Du meinst Kampf.«

Sie zündete sich eine Zigarette an.

»Was für ein Glück, dass Anna nicht auch noch hier ist«, sagte sie dann. »Da käme es zu einem Aufstand.«

»Ach, ja?«, fragte Lukas interessiert, während er die Luft anhielt. »Warum das?«

Kaja blies das brennende Streichholz mit unberührter Miene aus und der Rauch kräuselte sich in der Luft.

»Weil sie noch mehr flirtet als ich«, antwortete sie leichthin.

Lukas warf mir einen Blick zu. Ich saß wie auf heißen Kohlen. Das

Schlimmste war, dass sie beide Recht gehabt hatten; das hier war überhaupt keine gute Idee. Ich war bloß stur und wollte immer meinen Willen durchsetzen. Aber als das Ganze gerade drohte, unerträglich peinlich zu werden, drehte Kaja sich freundlich lächelnd zu Lukas um.

»Erzähl von dir«, forderte sie ihn auf. »Was machst du gern, wenn du nicht arbeitest?«

»Mit meiner Frau zusammensein«, antwortete Lukas und lächelte mich an. »Segeln. Laufen. Mit den Hunden im Wald spazieren gehen. Meine Freunde treffen. Und du?«

»Freunde treffen«, sagte Kaja. »Das ist gut. Da haben wir was gemeinsam.«

In dem Moment brachte Helene das Essen. Ich holte Luft. Mich beschlich das Gefühl, das Abendessen könnte sich sehr in die Länge ziehen.

»Lecker!«, sagte Lukas, den Mund voller Pasta. »Obwohl es vegetarisch ist!«

»Du wolltest sagen, *weil* es vegetarisch ist«, sagte Kaja und schob sich einen Bissen in den Mund.

Erzähl doch mal von der Zeitung«, schlug ich Kaja vor. »Lukas hat ein Talent, Ideen zu entwickeln, wie man an Geld kommt.«

»Gern!«, sagte Lukas. »Das kann ich tatsächlich.«

Zu meiner großen Erleichterung biss Kaja bei dem Thema an. Den übrigen Abend unterhielten wir uns hauptsächlich über Zeitungen, Anzeigen und die Schwierigkeiten, die kleine Firmen hatten, zu überleben. Es war ein bisschen verkrampft, aber es ging. Wir waren wie Schiffbrüchige, die Wasser treten mussten, aber gegen elf Uhr würde das Rettungsboot vorbeikommen und uns einsammeln, wenn wir solange durchhielten. Schwimmen, atmen, durchhalten; Fußtritte nach außen, um die Haie zu vertreiben.

Als wir uns nach dem Abendessen trennten, umarmte mich Kaja fest. Durch die Kleider spürte ich ihren Körper ganz deutlich; stark, schmal und geschmeidig. Sie duftete nach Sportsalbe und Veilchen.

»Melde dich, sobald du wieder da bist«, bat sie.

Ich nickte.

Zehn Tage waren wie eine kleine Ewigkeit.

***

Am Freitag flogen Lukas und ich mit der Morgenmaschine nach London. Wegen meiner Flugangst hielt ich beim Starten seine Hand. Als wir ohne Zwischenfälle oben in der Luft angekommen waren, ließ die Unruhe etwas nach. Wir saßen, die Morgenzeitung in der Hand, mit Kaffee und Saft nebeneinander, während das Flugzeug silbrig glänzend in der Sonne hoch über den bauschigen, weißen Wolken dahinglitt. Ich mochte das Gefühl zu fliegen, sich hoch oben im Blau zu befinden. Reisen an sich schreckte mich ab, die Entscheidung, sich von einem Ort zu einem anderen zu begeben; das Aufbrechen mit allem, was dazu gehörte; der Zwang zu entscheiden, wer man als Person war und wohin die Reise eigentlich gehen sollte. Das brachte mein Inneres auf unangenehme Weise durcheinander. Und dann hasste ich es, in einem Flugzeug eingesperrt zu sein, ohne die Möglichkeit, nach draußen zu gelangen.

Wir nahmen von Heathrow ein Taxi, obwohl die Fahrt lange dauern würde, nur weil es schön war, durch die Vororte zu fahren. Ich war seit ein paar Jahren nicht mehr in London gewesen und freute mich wie ein Kind. Lukas zeigte mir alles mit einem Stolz, als habe er die Stadt selbst erbaut. In der Innenstadt war es hektisch, aber charmant, und wir quartierten uns im Hotel eines Schweden ganz in der Nähe von Harrod's ein, ehe Lukas zu seiner Nachmittagssitzung aufbrach. Ich wollte mit Sigrid, einer in London lebenden schwedischen Freundin, mit der ich mich während der Schulzeit gut verstanden hatte, zu Mittag essen, und anschließend stand mir der Tag zur freien Verfügung.

Sigrid und ich trafen uns in einem Mittagsrestaurant bei Covent Garden. Sie sah gut, aber vielleicht etwas langweilig aus, die dunklen Haare beidseitig mit zwei funkelnden Spangen hochgesteckt, die Kleidung aus dem traditionellen Scotch House: Kilt, Twinset aus Kaschmir, ein schöner grauer Wollmantel. Sie hatte einen kleinen roten Schmollmund und dunkle, zu eng stehende Augen, was ihr das Aussehen eines Eichhörnchen verlieh. Lass meine Nuss los, lass meine Nuss los, sonst beiß ich dich.

»Wie geht es euch?«, fragte sie und vertiefte sich in die Speisekarte. »Wie schön, dich zu sehen! Hier muss man Austern essen!«

»Ich mag keine Austern«, antwortete ich wahrheitsgemäß.

»Hast du sie wirklich probiert? Sie sind ganz ausgezeichnet.«

»Tut mir Leid«, sagte ich. »Ich nehme lieber einen Salat.«

Sigrid seufzte und schien sich etwas über diesen lästigen und unvorhersehbaren Strich durch die Rechnung zu ärgern. Aber sie bemühte sich, die Contenance zu bewahren.

»Und wie läuft es in Stockholm so?«, fragte sie, während ihr Blick auf den Seiten der Speisekarte auf und ab wanderte. »Ich möchte ein Glas Champagner. Es ist immerhin Freitag.«

»Danke, gut«, antwortete ich. »Alles bestens. Abendessen und Partys wie immer. Ich arbeite von zu Hause aus und Lukas hat auch viel zu tun.«

»Er taucht oft in London auf, habe ich gehört«, sagte Sigrid und warf mir einen viel sagenden Blick zu. »Brodelt da vielleicht irgendetwas unter der Oberfläche?«

Sigrids Mann arbeitete in einem Unternehmen, das Lukas' Firma Konkurrenz machte. Groß, dunkel, haarig. Es schüttelte mich, wenn ich ihn mir nackt vorstellte.

»Nicht mehr als sonst«, sagte ich gelassen. »Aber wir sprechen so wenig über Lukas' Arbeit, dass ich es wirklich nicht sagen kann. Da musst du ihn selbst fragen.«

»Die übliche Ehefrauen-Antwort«, meinte Sigrid und zog ihren kleinen Schmollmund zusammen. »Ich habe zu Göran gesagt, dass es sinnlos ist, durch mich und meine Freundinnen zu spionieren, weil wir ohnehin von nichts wissen.«

Plötzlich sah ich Kajas Gesicht vor mir; sommersprossig, Kaugummi kauend, ein amüsiertes Lächeln auf den Lippen.

»Ich glaube, ich nehme ein Glas Wein«, sagte ich schnell. »Wie geht es euch selbst hier in London?«

Sigrid redete wie ein Wasserfall und hatte zu allem eine Meinung, und Ihre Augenbrauen bewegten sich beim Sprechen auf und ab. Die folgenden dreißig Minuten beschäftigten wir uns mit ihrem Mann und seiner Arbeit, unseren gemeinsamen Freunden in London, und Sigrids Hausfrauendasein. Ich spürte, wie ich einen gläsernen Blick bekam und konnte es zugleich nicht lassen, sie anzustarren. Augenbrauen oben, runde Wangen, dunkelroter Schmollmund in Bewegung.

»Aber jetzt zu dir!«, sagte sie zum Schluss und ich lehnte mich wie nach einer abgebrochenen Séance erschöpft im Stuhl zurück. »Wie geht es allen zu Hause? Hat Sassa ihr Kind schon? Stimmt es, dass Betty und Olof sich scheiden lassen?«

»Wer hat das gesagt?«, fragte ich überrascht.

Sigrid zwinkerte geheimnisvoll. Der Mund verzog sich leicht.

»Ich habe meine Kontakte«, antwortete sie. »Ich sage immer zu Göran, wenn es etwas auf der persönlichen Ebene gibt, das er wissen will, dann kann ich alles Mögliche erschnüffeln! Hahaha! Nein, Scherz beiseite, ich habe es von Marianne gehört. Die hat es von der Ex-Freundin dieses Typen, den Betty kennen gelernt hat.«

Die Buschtrommeln in vollem Einsatz. Trommelschläge, Augenbrauen, kleine Schmollmünder mit Raubtierzähnen. Hahaha.

»Weißt du was darüber?«, fragte Sigrid, ihren stechenden Blick auf mich geheftet und schlürfte laut eine Auster. »Erzähl mir alles!«

»Ich habe überhaupt nichts zu erzählen«, antwortete ich. »Ich weiß nicht mehr als dass sie die ganze Zeit einen ungewöhnlich glücklichen Eindruck gemacht haben.«

»Das ist aber keineswegs der Fall«, widersprach Sigrid. »Ist das nicht schrecklich?«

Ihre Augen funkelten mit den Haarspangen um die Wette.

»Aber irgendetwas musst du doch gehört haben?«, fuhr sie fort.

»Tut mir Leid«, sagte ich. »Aber ich bin im Schnüffeln nicht so gut wie du.«

»Das liegt an dieser Schriftstellerei«, meinte Sigrid unzufrieden und runzelte ihre kleine, glatte Stirn. »Das macht dich ganz weltfremd.«

Abermals tauchte Kajas Gesicht vor mir auf. Ich empfand tiefe Dankbarkeit, dass sie jetzt nicht mit uns am Tisch saß und zuhörte. Bei unserem nächsten Besuch in London brauchte ich Sigrid nicht unbedingt noch einmal anzurufen. Wir hatten uns offensichtlich auseinander entwickelt.

Nach dem Mittagessen schützte ich eine Menge Besorgungen vor und nahm ein Taxi zurück in unser Viertel. Weil ich das Shoppen liebte, entschied ich mich für einen kleinen Abstecher zu Harrods, ehe es Zeit für den Heimweg und das Umziehen zum Abendessen war. Es war vier Uhr. Fünf Uhr in Schweden. Um diese Zeit saß Kaja vermutlich vor ihrem Computer und schrieb wie besessen. Ich sah sie vor mir und lächelte im Taxi in mich hinein; ihre Sommersprossen, wie sie sich die Haare raufte, wenn ein Artikel nicht so gelang, wie sie wollte; wie sie sich Wortgefechte mit Robert lieferte; wie sie sich wie eine Schlangenfrau wand und die Besucher der Redaktion zum Lachen brachte.

Bei Harrods wimmelte es vor Menschen, ich bummelte aufs Geratewohl herum und schaute mich ein bisschen um. Es war immer ein Genuss, durch die Lebensmittelabteilung zu streifen, weil sie so schön eingerichtet war. Mosaik und elegante Auslagen. Ich kaufte Kekse und ein Glas Marmelade und überlegte, ob ich auch für Kaja etwas kaufen sollte, beschloss dann aber, es auf die zweite Woche zu verschieben. Dann schlenderte ich gemächlich durch die Parfümerie-Abteilung, von allen Seiten eifrig von armen Mädchen besprayt, deren Aufgabe allein darin bestand, Kunden zu überfallen und sie für ihr Parfüm zu gewinnen. Blumen, Frauen, Rauschmittel, emotionale Zustände. Welchen Duft verwendete Kaja? Ich fragte mich, ob ich hier irgendwo in dem Parfümmeer auf ihn stoßen würde und beschloss, mich von allen besprühen zu lassen. Als ich die andere Seite des gigantischen Erdgeschosses erreicht hatte, war mir schwindelig und ich nahm nur noch ein unverkennbares Stechen von kosmetischem Alkohol in der Nase wahr. Nichts erinnerte an Kaja.

Ich fuhr mit der Rolltreppe in die Abteilung für Damenbekleidung. Hier machte es immer Spaß, Kleider anzuprobieren, aber aus unerfindlichem Grund war meine Shoppinglaune verflogen. Gern hätte ich etwas für Kaja gekauft, aber ich wusste nicht genau, was ihr gefallen würde. Ich blickte mich um. Zu trutschig. Zu frech. Zu affig. Zu ... untypisch. Dann warf ich einen Blick auf die Uhr. Es war fünf. Sechs Uhr in Schweden. War Kaja noch bei der Arbeit? Vermutlich. Ich hätte sie gern vom Hotel aus angerufen, um Hallo zu sagen, aber das konnte ich nicht tun; wir hatten am Abend etwas vor und ich war auf einem kleinen Liebesurlaub mit meinem Mann. Ich fuhr wieder ins Erdgeschoss und kaufte blutroten Nagellack. Ein warmes Bad, Nägel lackieren, kurze Lektüre der Zeitschriften, das würde mich bestimmt auf den Abend einstimmen und auf andere Gedanken als Kaja, Kaja, Kaja bringen.

Ich kaufte auch das Klatschmagazin *Tatler* und kehrte danach ins Hotel zurück, um ein Bad zu nehmen. Während die Wanne voll lief, packte ich meinen Koffer aus und stellte fest, dass ich ein T-Shirt dabeihatte, das Kaja gehörte. Es duftete leicht nach ihr, und ich widerstand der plötzlichen Eingebung, es anzuziehen, es ganz dicht an meinem nackten Körper zu tragen. Es gab Grenzen, wie sehr man seine Freundinnen mögen durfte.

Tatler. Badeschaum. Nagellack. Der Luxus, nicht selbst putzen zu müssen. Das war Urlaub. Lukas kam um halb sieben, und anschließend nahmen wir ein Taxi, um bei gemeinsamen Bekannten in einem schönen alten Haus am Russels Square einen Drink einzunehmen. Auf der Taxifahrt hielten wir Händchen.

»Du bist hübsch«, sagte Lukas.

»Danke«, sagte ich.

Es war eine laute Cocktailparty. Markenkleider, blendend weißes Lächeln, Raubtierzähne, Gold und echte Steine und wie immer auch einiger Tinnef. Im Wohnzimmer tummelten sich Schweden, Dänen, Norweger und sogar einige Spanier, aber kaum Engländer. So war es auf den meisten Partys von in London lebenden Schweden; die Briten waren ganz einfach nicht besonders an Skandinaviern interessiert. Sie hatten ihre eigenen Zirkel und waren äußerst desinteressiert an Kontakten zu Außenstehenden, da konnten deren Titel noch so schön sein und sie konnten noch so weit oben im schwedischen Adelskalender stehen. Das war eine ernüchternde Erfahrung für so manchen eingebildeten Exilschweden, aber für uns Wochenendbesucher spielte es eine geringere Rolle. Ich ging herum, unterhielt mich und hatte meinen Spaß, und Lukas schien sich ebenfalls zu amüsieren.

»Sie sind also nur zu Besuch hier!«, sagte ein Norweger, der ein bisschen blau wirkte.

»Genau«, antwortete ich. »Ein kleiner Miniurlaub.«

»Ich glaube, ich kenne Ihren Mann irgendwoher«, fuhr er fort. »Arbeitet er nicht manchmal in der City?«

»Nein«, sagte ich. »Er macht Geschäftsreisen hierher, aber nicht öfter als andere.«

Ich hatte die Geheimnistuerei Lukas' London-Projekt betreffend langsam satt, aber mir blieb nichts anderes übrig, als weiterhin zu lügen. Ich entschuldigte mich bei dem Norweger und ging auf die Toilette, anschließend drehte ich eine Runde in die andere Richtung, um ihm aus dem Weg zu gehen. Das war keineswegs schwierig; das Zimmer brodelte vor gesprächigen Menschen und ich fand schnell Anschluss. Als ich merkte, dass mir vom vielen Lächeln langsam die Mundwinkel weh taten, kam der Gastgeber herüber und lud uns alle ein, mit in einen südamerikanischen Pub in der Brompton Road zu kommen.

Wir quetschten uns in mehrere Taxis, fuhren zu dem Lokal und bekamen dort zwei Langtische. Ich saß eingeklemmt zwischen einem Spanier und einem Schweden, den ich von früher kannte, und trank mexikanisches Bier mit Limetten-Vierteln. Wir tranken um die Wette. Der Spanier musste als erster aufgeben und er kippte um, während der Schwede und ich dazu übergingen, obszöne Schnapslieder zu singen. Der Abend endete im Tramps, einem Nachtklub, den ich früher schon mehrmals besucht hatte und der vor allem von bierbäuchigen, vermögenden arabischen Männern um die Fünfzig samt Blondinen um die Zwanzig ohne sonderlich viel Bekleidung frequentiert wurde. Wir saßen an kleinen, runden Tischen bei der Tanzfläche, tanzten viel und tranken Champagner. Der Schwede war so begeistert von mir, dass Lukas beinahe sauer wurde. Plötzlich überfiel mich die Müdigkeit, Lukas ging es ebenso. Der Champagner, die Reise, das viele Cocktail-Geplauder, das Tanzen – all das forderte jetzt seinen Tribut. Zwei Soufflees, die plötzlich in sich zusammensackten. Um vier Uhr morgens nahmen wir dankend Abschied, fuhren mit dem Taxi zurück ins Hotel und fielen ins Bett.

»Willst du mit mir schlafen?«, fragte Lukas.

»Nö«, murmelte ich. »Zu müde.«

Er drehte sich um und schlief ein. Da war ich hellwach. Kajas Gesicht erschien mir fast so deutlich als wäre sie im selben Raum, ich hatte sie den ganzen Abend verdrängt. Um dem Schlaf auf die Sprünge zu helfen ging ich kurz ins Badezimmer, trank etwas Wasser und las ein bisschen Zeitung. Dann ging ich wieder zu Bett. Ich war schrecklich müde, es dauerte aber dennoch mehrere Stunden, bis ich einschlafen konnte. Mir wirbelten die Gedanken an Kaja im Kopf herum. Warum war ich so auf sie fixiert? Das konnte an allem Möglichen liegen, angefangen von Politik bis zu der Tatsache, dass ich einige meiner alten Freundinnen vermisste, die mittlerweile im Ausland lebten – an Sigrid dachte ich dabei nicht unbedingt – und in Kaja endlich eine würdige Stellvertreterin gefunden hatte. Ich wurde aus dem Ganzen nicht schlau.

Als ich endlich eingeschlafen war, träumte ich von ihr, ein vager Traum, aber zum Teil mit sehr deutlichen Details. Kaja und ich lagen in einem Bett in einem violetten Zimmer und sahen einander tief in die Augen. In der Szene lag eine undefinierbare, äußere Bedrohung, aber wir gaben nichts darauf; wir hatten nur Augen für uns. Neben uns bewegte sich eine Gardine, als habe ein milder Luftzug sie durchs Fenster geweht. Dann küssten wir uns. Es war wie ein Schritt durch Eis und Feuer, um sich plötzlich in einem anderen Element zu befinden. Das Veilchenblau des Zimmers wurde intensiver; von weitem war Musik wie von einer Gruppe Straßenmusikanten zu hören. Ich hatte meine Hände um ihr Gesicht gelegt und betrachtete ihren Mund genau; wollte mehr haben, ihr noch näher kommen. Und dann küsste ich sie wieder.

In dem Moment wachte ich auf, schweißgebadet und schuldbewusst. Lukas hatte im Badezimmer etwas auf den Boden fallen lassen. Ein paar Augenblicke später betätigte er die Toilettenspülung. Zuerst war ich wütend auf ihn, weil er mich geweckt hatte. Wir waren in London, wir hatten ein wunderbares Wochenende vor uns, aber es half nichts. Ich war zornig darüber, dass er meinen Traum unterbrochen hatte. Eine Sekunde später wurde mir klar, wovon der Traum gehandelt hatte und mich überkam ein schlechtes Gewissen.

Lukas kam ins Schlafzimmer. Munter und frisch, das dunkle Haar zurück gekämmt.

»Hallo! Bist du wach?«, fragte er.

»Wie könnte ich nicht, bei dem vielen Wirbel, den du veranstaltest?«

Er setzte sich auf die Bettkante und strich mir übers Haar.

»Schlecht geschlafen?«

Ich lächelte und schüttelte den Kopf. Dann zog ich ihn zu mir ins Bett. Mir schoss der Gedanke durch den Kopf, dass ich vielleicht nur geil war; wir hatten in der letzten Zeit nicht viel miteinander geschlafen. Vermutlich war es ein unterdrücktes Verlangen nach körperlicher Nähe und Befriedigung durch Lukas, das sich in merkwürdigen sexuellen Träumen äußerte. Wir küssten uns und die Küsse führten zu Sex. Aber ich war nicht bei der Sache. Das Veilchenblau tanzte vor dem Inneren meiner Augenlider.

Beim Frühstück in dem kleinen rosafarbenen Speisesaal im Untergeschoss des Hotels schmierte ich mir eine Scheibe Toast und wog das Für und Wider ab, Lukas von meinem Traum zu erzählen. Dafür sprach: Es würde für mehr Offenheit zwischen uns sorgen. Dagegen: Es war doch alles bedeutungsloser Quatsch. Aber wenn es Quatsch war, dann konnte es auch nicht schaden, offen zu sein.

»Du ...«

»Ja?«

»Ich habe geträumt, ich hätte Kaja geküsst.«

Er schaute mich an. Dann lachte er auf.

»Du hast Kaja geküsst. Zungenkuss?«

Mich überkam derselbe Zorn wie beim Aufwachen, jetzt weil er meinen Traum auf so drastische und prosaische Weise beschrieb. Veilchenblau; die melancholische und suggestive Melodie der Straßenmusikanten.

»Ja. Wir haben uns geküsst. Mit *Zungen*kuss.«

Lukas warf einen Blick über die Schulter, aber das Paar hinter uns schien kein Schwedisch zu sprechen.

»Sie hat ja mächtig Eindruck auf dich gemacht«, sagte er dann leichthin. »Du bist ganz einfach in sie verliebt.«

»Das habe ich nicht gesagt. Das wäre absurd.«

»Mag sein, aber du bist es auf jeden Fall.«

Er biss von seinem Sandwich ab, während er eine kleine, handliche Londonkarte in Filofax-Format hervorholte.

»Okay, wo wollen wir heute anfangen? Du willst zu Liberty's, oder?«

Ich starrte ihn an. Er saß, den Kopf leicht nach unten gebeugt, über der Karte, kaute und trank einen Schluck Tee mit Milch.

»Stört dich das nicht?«, wunderte ich mich.

Er blickte auf.

»Was denn?«

»Wenn ich nun in Kaja verliebt wäre.«

Er lächelte. »Kein Stück«, antwortete er. »Das geht vorbei. Können wir nicht bei Covent Garden anfangen und einen Weg durch alle Viertel wieder hierher zurücknehmen?«

Er studierte weiterhin die Karte während ich mein Frühstück beendete. Mein Denken setzte aus. Natürlich konnten wir bei Covent Garden anfangen. Von mir aus könnten wir damit anfangen, den Bus nach Wales zu nehmen.

Das melancholische Gefühl des Traums verfolgte mich den ganzen Tag. Lukas und ich verbrachten den Vormittag in unterschiedlichen Geschäften um Covent Garden und aßen in einem Weinlokal zu Mittag, das uns ein englischer Kollege von Lukas empfohlen hatte. Am Nachmittag fuhren wir zu Liberty's und kauften Hemden für Lukas und einen Pullover für mich, anschließend trennten wir uns, sodass ich in aller Ruhe in einer guten Buchhandlung und in einem ebenso gut sortierten Plattenladen stöbern konnte. Ich kaufte mehrere CDs für Kaja, von denen ich hoffte, dass sie ihr gefallen würden: Melissa Etheridge, k.d. lang,

Ferron und Patti Smiths »Easter«. Lukas und mir kaufte ich eine Mix-CD mit alten Discosongs aus den Siebzigern mit »That's the way«, »Ring my bell« und dergleichen, die bei der nächsten Einladung zum Abendessen gut zu gebrauchen sein würde. In der Buchhandlung entdeckte ich eine Dickens-Biografie, die in Schweden unverschämt teuer gewesen wäre, ein paar Romane von Louise Erdrich und Jeanette Winterson. Ich wusste nicht, wie gut Kaja Englisch lesen konnte, aber ein Fotoband von Herb Ritts würde ihr bestimmt gefallen, ebenso wie Madonnas *Sex*, das im Angebot war. Danach musste ich schleunigst ins Hotel, um mich zurechtzumachen, ehe Lukas und ich mit seinen Geschäftsfreunden und deren Angetrauten zum Abendessen ausgingen.

Vom Rücksitz des Taxis blickte ich auf den Londoner Verkehr. Ich war in einer spannenden Weltstadt. Es half jedoch nichts. Die Melancholie hatte sich festgebissen, ich war freudlos, leer. Irgendetwas war heute Morgen mit Lukas Worten zerbrochen: »Du bist in sie verliebt ... Kein Stück, das geht vorbei.« Es war, als sei ein Deckel gehoben worden, eine Blase geplatzt, eine Wunde aufgesprungen; nicht, weil ich es wollte, sondern weil Lukas wie ein geschickter Chirurg mit dem Buttermesser einen ungeschickten Eingriff an einem Geschwür vorgenommen hatte, das noch nicht reif zum Operieren war. Ich fühlte mich beraubt und geschändet, als sei er mit großen Stiefeln auf einem empfindlichen Blumenfeld in meinem Innersten herumgetrampelt, als habe er mit schmutzigen Händen das Veilchenblau herausgerissen, sei hinausgegangen und habe den Straßenmusikanten zugerufen, sie sollten sich wegscheren. Außerdem war ich mir nicht einmal sicher, dass seine Worte der Wahrheit entsprachen. In wachem Zustand hatte ich überhaupt keine Lust, Kaja zu küssen und fühlte mich nicht im Geringsten verliebt. Stattdessen Leere, fast ein Anflug von Verlust. Aber was genau ich verloren hatte, gelang mir nicht einmal vor mir selbst genauer zu fassen.

Als das Taxi vorm Hotel anhielt, konnte ich die Musikschleife nicht mehr hören.

***

Die Woche verging mit Museumsbesuchen, Shopping und netten Abenden in Restaurants mit guten Freunden und Kollegen. Ich kaufte Kleider und Schuhe, ging mir das Originalmanuskript des »Ulysses« von

James Joyce im British Museum anschauen, besuchte das Dickens-Haus. Ich dachte tagsüber ziemlich wenig an Kaja, aber nachts wiederholte sich das Erlebnis vom Samstag; sie tauchte in meinen Gedanken auf und hinderte mich am Einschlafen. Am Donnerstagnachmittag machte sich Lukas auf den Heimweg und ich winkte ihm am Taxi vorm Hotel zum Abschied zu. Wir hatten dreimal miteinander geschlafen – das war öfter als in mehreren Wochen zu Hause. Dennoch war ich beschämt, als mir klar wurde, dass ich über seine Abreise erleichtert war, und ich klammerte mich schuldbewusst an ihn und überhäufte ihn mit Küssen. Es beunruhigte mich, dass ich seine Heimreise so leicht nahm, obwohl ich im Grunde wusste, warum: Unser Liebesurlaub war nicht richtig geglückt. Wir hatten es nett gehabt, aber diese besondere Nähe hatte sich nicht einstellen wollen.

»Immer mit der Ruhe!«, sagte Lukas und lachte über mein Zärtlichkeitsbedürfnis. »Wir sehen uns am Montag! Viel Spaß mit Lydia. Und du, vergiss nicht, Kaja eine Postkarte zu schicken.«

Vor allem wegen dieser Stichelei konnte ich dem Taxi leichten Herzens nachwinken; es war schön, ihn abfahren zu sehen. Was er für einen Scherz hielt, war für mich eine weitere Kränkung und ich war erstaunt über die Heftigkeit meines Gefühls. Sowie das Taxi um die Ecke gebogen war, kehrte ich aufs Zimmer zurück, genehmigte mir ein Bier aus der Minibar und zog meine Schuhe aus. Lydia würde am frühen Abend mit dem Flieger aus Boston eintrudeln, aber bis dahin waren es noch ein paar Stunden. Sogleich nahm ich den Hörer ab, tippte die Auslandsvorwahl ein und wählte die Nummer von Kajas Arbeitsplatz. Ich hoffte, hoffte, hoffte, dass sie ans Telefon ginge.

Es knisterte etwas in der Leitung.

»Hallo, hier ist Robert.«

Zähne zusammenbeißen, natürlich klingen.

»Hallo, Robert, hier ist Sophie. Ist Kaja da?«

»Hallo, Sophie! Bist du zu Hause? Ich dachte, du bist in London!«

»Ich bin in London.«

Er pfiff leise.

»Und rufst Kaja an? Dann will ich dich wirklich nicht aufhalten. ›Is this love, is this love, is this love, is this love that I‘m feeeeling ...‹«

Er legte den Hörer hin und zog ab. Ich spürte, wie ich rot anlief, obwohl ich allein im Zimmer war. Das war eine idiotische Idee gewesen. Was sollte ich sagen? Dass ich eine tolle Jacke gefunden hatte und wissen wollte, welche Größe sie hatte? Was für ein Quatsch; das war alles vollkommen fadenscheinig.

»Sofa.«

Ihre Stimme schnurrte vor Begeisterung. Ich sah sie so deutlich vor mir, als säße sie mir gegenüber.

»Schön, dass du anrufst! Ich habe darauf gehofft, aber ich hätte nicht gedacht, dass du Zeit dazu hast.«

»Ich wollte einfach nur Hallo sagen.«

»Hallo, Sofa.«

»Hallo, Kaja.«

Wir lachten beide. Ich trank einen Schluck Bier, nicht in der Lage, etwas anderes zu sagen. Allein der Klang ihrer Stimme ließ es in meinem Körper kribbeln und blubbern.

»Geht es euch gut? Wo ist Lukas?«

»Unterwegs nach Schweden«, sagte ich. »Er ist gerade abgefahren. Uns ist es ziemlich gut gegangen. Ich habe ein bisschen eingekauft. Und dann haben wir uns mit jeder Menge Freunden getroffen.«

»Wie schön. Ein richtiger Liebesurlaub also.«

»Naja«, sagte ich. »Geht so. Lukas hat auch ziemlich viel gearbeitet. Und außerdem ist alles so ... anders, wenn man verreist ist.«

»Inwiefern anders?«

»Ich weiß nicht«, antwortete ich ausweichend. »Es wird nie genau so, wie man erwartet hat.«

Schweigen.

»Jetzt nur keine Panik«, sagte Kaja. »Aber ich habe von dir geträumt.«

Mir fuhr es wie ein Stoß durch den Körper. Ich wickelte mir langsam die Telefonschnur um die Finger.

»Ach, ja?«, sagte ich in lässigem Ton. »Was hast du geträumt?«

»Ich weiß es nicht mehr so genau«, antwortete Kaja. »Aber der Traum war schön. Als ich aufgewacht bin, da sehnte ich mich danach, dass du nach Hause kommst.«

Schweigen.

»Ich habe auch von dir geträumt«, sagte ich.

»Wirklich?«

»Mmm.«

»Was hast du geträumt?«

»Ich weiß es auch nicht mehr«, log ich. »Aber es war was Schönes, glaube ich.«

Die Telefonschnur war inzwischen um meine ganze Hand geschlungen und mein Herz schlug laut und schnell. Da klopfte jemand intensiv und herausfordernd an die Tür. Ich sprang vom Stuhl auf, rot und heiß; ein Kind, das man beim Naschen aus der Teigschüssel erwischt hatte. Das musste Lukas sein, der zurückgekehrt war, weil er etwas Wichtiges vergessen hatte.

»Ich muss jetzt los«, sagte ich schnell. »Wir sprechen uns wieder, wenn ich nach Hause komme.«

»Okay ...«, sagte Kaja erstaunt. »Viel Spaß mit deiner Freundin!«

»Danke«, sagte ich. »Gleichfalls. Tschüss.«

Schnell legte ich den Hörer auf und ging die Tür öffnen. »Gleichfalls«, was sollte das heißen »Gleichfalls«? Sie bekam doch keinen Besuch von einer Freundin! Es klang vollkommen lächerlich, fast so als würde man aus reiner Gewohnheit am Ende eines Gesprächs »Küsschen, Küsschen!« zu einer unbekannten Person vom Finanzamt sagen. Mit einem erzwungenen Lächeln riss ich die Tür auf. Draußen stand ein etwas stupsnasiger, rothaariger Kellnerlehrling mit einem Tablett.

»Room service«, sagte er. »Cheese sandwich and tea?«

»No«, erwiderte ich gereizt. »You've got the wrong room!«

Er formte mit seinem Mund den Buchstaben »O« und blickte auf seinen Zettel.

»Oh!«, sagte er folglich. »So I have! I'm so very sorry, Madam, to have inconvenienced you!«

»No problem«, fauchte ich und schloss die Tür.

Ich blieb im Halbdunkel vor dem Türrahmen stehen, am ganzen Körper zitternd vor Aufregung, die ich nicht begriff. Dann ging ich zum Telefon und hob den Hörer ab, aber die Leitung war natürlich unterbrochen. Wir hatten aufgelegt, hatten das Gespräch auf mein Betreiben beendet, und ich konnte nicht noch einmal anrufen; das würde viel zu engagiert wirken. Verfluchter Kellnerlehrling! Hoffentlich stolperte er und fiel mit der Nase ins Käsebrot. Eine Sekunde später schämte ich mich. Wer war ich, dass ich mich über die kleinen Irrtümer anderer aufregen durfte, ich, die wegen eines Anrufs bei einer Freundin offensichtlich ein so schlechtes Gewissen hatte, dass ich mich gezwungen fühlte, den Hörer aufzuwerfen, um nicht von meinem eigenen Mann entdeckt zu werden?

Ich sank in einen Sessel und trank mein Bier in großen Schlucken. Bald würde Lydia kommen, sie musste mir verflucht noch mal helfen, Ordnung in diesen Schlamassel zu bringen. Lydia, meine alte College-Freundin; eine Amerikanerin, die eine meiner allerengsten Freundinnen war. Wir hatte unglaublich viel Spaß zusammen; sie war einer der witzigsten Menschen, die mir je begegnet waren. Außerdem war sie hundertprozentig loyal. Um sieben Uhr würde sie kommen; fünf vor sieben nahm ich den Fahrstuhl nach unten. Schwarzer Pagenkopf, Brille, rote Jacke – da war sie! Lydia, mit ihrem glänzenden Haar und ihren Lachgrübchen. Mir ging das Herz auf.

»Da bist du ja schon!«, rief ich und wir umarmten uns lange und fest.

Wir kicherten und gackerten so laut im Foyer, dass ich schon dachte, der Portier würde uns bitten, hoch aufs Zimmer zu gehen, um die anderen Gäste nicht zu stören. Lydia konnte Lukas' Schlüssel übernehmen, und ich half ihr, den Koffer in unser Zimmer zu schaffen. Wir plumpsten sofort aufs Sofa, jede mit einem Bier aus der Minibar, die Füße auf dem Tisch. Plötzlich waren wir wieder achtzehn Jahre alt, erfüllt von all den Dingen, die noch vor uns lagen.

»Wie ist das Leben?«, fragte sie lächelnd. »Meine Güte, wie schön, dich zu sehen!«

»Drei ganze Tage zusammen!«, sagte ich und hielt drei Finger hoch. »Prost, auf uns!«

Wir hoben die Gläser und tranken.

»Ich weiß gar nicht, wo wir anfangen sollen«, sagte Lydia. »Ich habe das Gefühl, ich koche gleich über. Die ganze letzte Stunde des Fluges war ich kurz vorm Platzen.«

»Fang du an!«

»Nein«, widersprach sie. »Ich hatte die längste Reise, ich will jetzt zuhören. Du zuerst.«

»Okay«, sagte ich und legte eine Pause ein.

Lydia war lesbisch und eine erfolgreiche Anwältin. Sie stammte aus einer ziemlich konservativen, angelsächsischen New Yorker Familie, wo die meisten Frauen hoch ausgebildete Hausfrauen waren. Sie hatte der

Familie nichts von ihrer Neigung erzählt und war während der Studienzeit nach San Francisco gezogen, um einer Konfrontation aus dem Weg zu gehen. Aus dem gleichen Grund hatte sie dann eine Stelle in Boston angenommen. Ich vermutete, dass zumindest ihre Eltern Bescheid wussten und begriffen hatten, warum sie nie irgendwelche Freunde mit nach Hause schleppte, aber in Lydias Familie brachte man solche Angelegenheiten nur im äußersten Notfall zur Sprache.

»Halt dich jetzt fest«, sagte ich.

»Ich halte mich fest, keine Sorge!«, entgegnete Lydia. »Bist du schwanger?«

»Nein, schön wär's. Aber ich glaube, ich bin in eine Frau verliebt.«

Lydia stieß einen kurzen Pfiff aus und ließ aus Versehen Asche auf den Teppich fallen. Dann sah sie mich an. Ihr Lächeln wich einer ernsten Miene. Mein Herz klopfte. In dem Augenblick, in dem ich mich die Worte aussprechen hörte, wurde mir klar, dass ich tatsächlich meinte, was ich da sagte. Mir war zum Weinen und zugleich zum Lachen, und ich spürte, wie sich mein Blick vernebelte.

»Oh, nein«, sagte Lydia. »Weiß Lukas davon?«

Ich zuckte mit den Schultern.

»Er behauptet es, sagt aber, es sei ihm egal.«

Lydia rauchte. Jetzt zeigte sich ihre Denkfalte auf der Stirn, die ich nach fünfzehn Jahren wieder erkannte. Lange Nächte über den Büchern zu Unternehmenswirtschaft und Gedichtanalyse, Astronomiehausaufgaben; lass uns beim Chinesen etwas zu essen bestellen. Hast du Kleingeld für den Getränkeautomaten?

»Ihr habt noch keine Kinder«, stellte sie fest. »Das ist gut. Aber du darfst ihm nicht unnötig wehtun. Du musst offen zu ihm sein, damit er selbst die Möglichkeit hat, sich zu entscheiden.«

»Jetzt mal langsam!«, sagte ich. »Nichts ist passiert! Ich weiß nicht mal, ob sie das Gleiche für mich empfindet! Zwischen uns wird vielleicht nie was laufen!«

Lydia schaute mich an.

»Wie heißt sie?«

»Kaja.«

Dann konnte ich ein Lächeln nicht mehr unterdrücken, obwohl ich mich dagegen sträubte. Ich wurde bei der bloßen Nennung ihres Namens zu einem errötenden Schulmädchen, als sei ich zum ersten Mal vom Traum meiner schlaflosen Nächte zum Tanz aufgefordert worden. Lydia schaute mich aufmerksam an. Dann schüttelte sie den Kopf, lächelte auch breit und warf sich nach hinten in die Kissen.

»Du bist hin und weg«, sagte sie. »Du bist total verloren.«

Ich warf ihr ein Kissen an den Kopf. Das schien sie nur noch mehr zu überzeugen.

»Au!«, lachte sie und warf es zurück. »Ich weiß, wovon ich rede, ich habe so was schon durchgemacht. Was hast du vor?«

Ich öffnete den Mund, um etwas Banales von mir zu geben, aber zu meinem Erstaunen war meine Stimme brüchig.

»Ich weiß nicht, was ich machen soll«, antwortete ich. »Ich habe das Gefühl, ich gehe kaputt.«

Mir kamen wieder die Tränen; in mir fuhren meine Emotionen offensichtlich gerade Achterbahn. Lydia blickte mich kleingläubig an. Dann richtete sie sich auf dem Sofa auf.

»Es steht schlimmer um dich, als ich dachte«, meinte sie. »Lass uns das Ganze von Anfang an aufrollen.«

Ich nickte, noch immer nicht in der Lage zu sprechen.

»Und du?«, fragte ich »Wie geht es dir, ehe ich anfange, hier meine Probleme auszuwalzen?«

»Immer mit der Ruhe«, antwortete Lydia. »Wir haben drei Tage vor uns. Kurze Zusammenfassung: Im Job läuft es gut, nach wie vor Single, noch immer nicht offen zu den Eltern, obwohl meine Mutter in letzter Zeit einige lustige Sachen gesagt hat. Ich liebe meine Wohnung, hasse aber meinen Vermieter. Mein Bruder hat Zwillinge bekommen. Ansonsten ist alles beim Alten, aber darüber reden wir später. Jetzt will ich etwas über dich und diese Kiya hören.«

»Kaja«, sagte ich und lächelte.

»Klingt in meiner Sprache wie eine Droge«, meinte Lydia und hob eine Augenbraue. »Aber das ist sie vielleicht auch, oder?«

»Das kann man wohl sagen«, meinte ich. »Anscheinend entwickele ich eine ungesunde Abhängigkeit.«

»Typisch, heterosexuelle Analyse von romantischer Liebe«, sagte Lydia trocken. »Okay. Fang also bei Null an.«

Ich erzählte die ganze Geschichte, während wir das Bier austranken und eine halbe Flasche Champagner kippten, die Lydia im Flugzeug gekauft hatte. Dann setzten wir unser Gespräch im Badezimmer beim Schminken und Umziehen für den Abend fort.

»Wer hätte gedacht, dass sogar du schwach werden würdest!«, sagte Lydia an Ende. »Das hätte ich nie erwartet! Ausgerechnet du, die du immer so viele Typen gehabt hast.«

»Hat das denn wirklich etwas damit zu tun?«, fragte ich. »Es ist wohl kein sexuelles Gefühl. Wahrscheinlich ist es ein rein platonisches Verliebtsein, basierend darauf, dass ich sie sehr gern mag.«

Kaja hob im Spiegel eine Augenbraue in meine Richtung.

»Jetzt klingst du wie alle frisch gebackenen Lesben zu allen Zeiten«, sagte sie. »›Wir sind nur Freundinnen. Das ist im Grunde alles rein platonisch.‹«

Ich seufzte tief.

»Was glaubst du denn?«, fragte ich. »Und komm mir jetzt nicht mit Missionierungs- oder Überredungsversuchen, dann flippe ich aus.«

»Wieso sollte ich?«, sagte Lydia unschuldig. »Nichts liegt mir ferner als eine zu bequatschen, die schon überzeugt ist.«

Ich verzog das Gesicht.

»Im Ernst«, meinte sie, »je mehr ich dich von ihr erzählen höre, um so mehr wird mir klar, dass du ernsthaft verliebt bist. Und es würde mich unerhört wundern, wenn sie es nicht auch wäre.«

»Das steht überhaupt nicht fest. Sie hat schon eine Freundin!«

»Und du hast einen Mann«, stellte Lydia fest. »Das Argument zählt in dieser Situation also nicht mehr.«

Ich schwieg.

»Aber«, fuhr Lydia fort, »eine Schwalbe macht noch keinen Sommer. Das muss natürlich nicht heißen, dass du lesbisch bist. Ich glaube nämlich, dass wir alle bisexuell sind, mit der Anlage sowohl Männer als auch Frauen zu lieben. Vieles hängt davon ab, welche Entscheidung wir treffen und welche soziale Position wir anstreben. Wir haben die Wahl, bestimmte Gefühle zu unterdrücken oder sie auszuleben. Kaja bleibt vielleicht die einzige Frau in deinem Leben, in die du dich verliebst.«

»Das hoffe ich«, entgegnete ich.

»Abgesehen von deiner tief empfundenen Liebe zu mir; aber ich bin bekanntlich außer Reichweite«, meinte Lydia unberührt und zog die

Linien ihres Mundes mit einem Konturenstift nach. »Wie dem auch sei, versuch keine allzu große Sache daraus zu machen, ehe du nicht genauer weißt, was ihr beide füreinander empfindet. Vielleicht geht es vorbei oder auch nicht; dann ist es für dich noch früh genug, eine Entscheidung zu fällen. Aber sei ehrlich zu Lukas, das ist grundlegend wichtig.«

»Ich bin die ganze Zeit vollkommen aufrichtig zu ihm gewesen.«

»Okay. Hör auf, dich fertig zu machen und freu dich, dass du in der Lage bist, so zu fühlen!«, meinte Lydia. »Wir sollten dein Erlebnis feiern und nicht eine Sekunde lang Trübsal blasen!«

Ich sah sie im Spiegel an. Ihr Gesicht strahlte.

»Du bist dermaßen zufrieden über das, was mir passiert ist, dass du nicht weißt, wohin mit dir«, sagte ich. »Gib mal die Wimperntusche her.«

***

Um neun Uhr fuhren wir zu einem Restaurant in Chelsea, einer angesagten Location mit gutem Essen. Dort bekamen wir einen schönen Tisch in einer Ecke. Während des Abendessens sprachen wir über Lydias Leben, unsere jeweilige Arbeit und unsere Familien. Es wurde elf Uhr.

»Okay«, sagte Lydia und schenkte den Rest Wein in unsere Gläser ein. »Wohin gehen wir jetzt? Ich habe einen Tipp von einer Kneipe, die gut sein soll. Aber da sind natürlich jede Menge Anwälte.«

»Anwälte sind okay«, antwortete ich und lächelte.

Wir nahmen ein Taxi zu dem Club, der ganz in der Nähe des Sloane Square lag. Er war stylish eingerichtet und proppevoll von Männern im Anzug – Anwälten – in Begleitung von Frauen in kurzen Röcken – keinen Anwältinnen. Lydia und ich stellten uns jede mit einem Glas Wein an die Bar. Nach ein paar Minuten kamen zwei Männer zu uns. Anzüge, teure Krawatten, zerknitterte Hosen. Blendend weißes Lächeln.

»Hallo«, sagte der eine. »Steht ihr hier ganz allein?«

»Definitionssache«, antwortete Lydia in ihrem freundlichen, trockenen Anwaltsenglisch, dass mich innerlich immer zum Jubeln brachte. »Ich sehe es nicht so, dass wir hier ganz allein stehen; eher befinden wir uns mitten in einem Schwarm. Ein Schwarm, der rein kategorisch ganz eindeutig in eine vorzugsweise juristische Arbeitsstimmung eingeordnet werden kann, mit einem etwas exotischeren Einschlag bei den Weibchen.

Dass wir ›ganz allein‹ stehen, ist viel mehr Wunschdenken als eine konkrete Beobachtung, weil die Behauptung falsch wäre, wir würden uns der Klientel hier drinnen generell zugehörig fühlen.«

»Sie müssen Anwältin sein!«, sagte ihr der Typ mit Bewunderung in der Stimme. »Sie auch?«

Diese Frage stellte er mir. Sein Freund beäugte mich diskret von oben bis unten.

»Nein«, antwortete ich. »Ich bin Schriftstellerin.«

»Schrift-stel-lerin«, wiederholte der Erste. »Oho! Tja, wir sind nur Staatsanwälte. Dürfen wir uns vorstellen? Ich heiße ...«

Sie nannten ihre Namen und wir gaben ihnen die Hand. Lydia sah zu Tode gelangweilt aus. Ich konnte das Lachen kaum unterdrücken. Das war immer ihr Schicksal; sie versuchte, Männer mit einem tödlichen Kommentar abzuwimmeln und stattdessen bissen sie sich umso mehr fest. Sie begriff die heterosexuellen Spielregeln nicht und hatte auch nicht die geringste Lust, sie zu lernen. Darum wurde sie für Männer nur noch interessanter. Sie sah gut aus, hatte einen scharfen Verstand und wirkte vollkommen uninteressiert an ihnen. Während sich die Männer darin überboten, Eindruck bei ihr zu schinden, warf sie insgeheim einen Blick auf die umherstehenden Frauen. Jetzt quatschte uns der eine Staatsanwalt die Ohren voll über einen wichtigen Fall, in dem er mitmischte, und Lydia starrte mit gläsernem Blick vor sich hin. Der andere Typ lächelte unsicher. Er tat mir ein bisschen Leid.

Plötzlich schaute Lydia auf die Uhr.

»Du, wann waren wir noch mit Peter und Mark verabredet?«, fragte sie.

Diesen Trick hatten wir uns 1981 auf einem Schulfest ausgedacht.

»Ach, ja!«, sagte ich und schaute auch auf ihre Uhr. »Wir haben halb zwölf ausgemacht und jetzt ist es schon zwanzig vor! Wir müssen los!«

Wir sahen die Typen an. Sie ließen die Köpfe hängen.

»Entschuldigung«, sagte Lydia, »aber wir haben eine Verabredung.«

»Nett, Sie kennen gelernt zu haben!«, sagte ich, und dann schlängelten wir uns durch die Bar.

Lydia warf einen Blick über die Schulter, als wir den Ausgang erreichten.

»Bin ich etwa ein Magnet für Langweiler?«, fragte sie. »Oder geht das allen Frauen so?«

»Die meisten heterosexuellen Frauen würden sich einen Finger abhakken, um die gleiche Anziehungskraft auf Männer zu haben wie du«, antwortete ich und lachte. »Dein offensichtliches Desinteresse bringt sie dazu, für dich durchs Feuer zu gehen.«

»Das ist nicht normal!«, sagte Lydia mit Nachdruck. »Du hörst ja selbst, wie geisteskrank es klingt. In was für einer Welt leben wir eigentlich?«

Wir standen vor der Bar und sahen uns an.

»Okay«, sagte Lydia. »Wohin?«

»Ich habe einen Vorschlag«, meinte ich. »Lach jetzt nicht!«

Lydia und ich waren früher schon zusammen verreist. Ich hatte sie in San Francisco und Boston besucht und sie war mehrmals in Stockholm gewesen. Unsere Freundschaft unterschied sich nicht von anderen guten Freundschaften und ich bewegte mich mit ihr auf Partys, in Bars und Restaurants, in der Stadt und in den Häusern anderer Leute. Um meine Neugierde zu stillen hatte Lydia mich auf mein Drängen hin in eine lesbische Bar in San Francisco mitgenommen, aber der Abend war ziemlich ruhig gewesen und wir gingen nach nur wenigen Gläsern Bier nach Hause. Lydia war nicht viel in der Lesbenszene unterwegs; womöglich eine der Erklärungen für ihre langen Single-Phasen. Außerdem verschlang die Arbeit sie zu neunzig Prozent. Jetzt zog ich ein Exemplar von *Time Out* aus meiner Tasche und zeigte mit dem Finger auf einen Klub, der in der Zeitung ziemlich weit unten auf der Liste stand.

»Queen of Clubs«, las Lydia. »Donnerstag. Prima Stimmung. Gute DJ's, kein Dresscode, fünf Pfund Eintritt.«

Dann schaute sie die Rubrik und danach mich an. Ihre Augenbrauen schoben sich langsam bis zum Haaransatz hoch.

»Du vergeudest keine Zeit, was?«

»Was kann ich dafür, dass ich neugierig bin?«

Wir nahmen ein Taxi zum Klub, der ziemlich dicht am Piccadilly Circus lag. Es gab keine Warteschlange. Eine blonde Frau um die Fünfzig in schwarzer Lederjacke empfing uns an der Tür.

»Willkommen, meine Damen«, sagte sie.

Sie unterzog uns einer raschen Leibesvisitation.

»Keine Waffen. Treten Sie bitte näher. Für jede fünf Pfund an der Kasse.«

Das Entree war mit rosagemustertem rotem Samt und großen Spiegeln ausgestattet. Lydia und ich stiegen vorsichtig ins Kellergeschoss hinab, legten an der Garderobe ab und traten ein.

Die volle Tanzfläche bot einen fantastischen Anblick. Hier tummelten sich weiße, schwarze und asiatische Frauen, es gab Frauen im Kostüm und Frauen in schwarzem BH und Lederkäppi, manche Frauen standen stramm an der Bar und nippten an ihrem Weinglas, während andere auf der Tanzfläche total abhotteten und zugleich Bier tranken, es gab Frauen in Stilettos und Frauen in Springerstiefeln, welche in Turnschuhen und andere in Pumps – und alle scheinen sich wohl zu fühlen. Hier gab es keine Männer.

»Wow!«, sagte Lydia. »Ich weiß nicht, worüber ich mich im Moment am meisten wundern soll, über dich oder über diese Disco.«

Wir drängelten uns an der Tanzfläche entlang zur Bar und bestellten jede einen Drink. Auf dem ganzen Weg dorthin begegneten mir die Blicke anderer Frauen, die mich von oben bis unten musterten, mich kühl maßen, herzlich lächelten, mir zuzwinkerten. Einige Frauen tuschelten mit ihren Freundinnen und machten eine diskrete Handbewegung in unsere Richtung, wogegen andere uns vollkommen ignorierten. Ich drehte mich zu Lydia um und wollte gerade etwas sagen, als eine Frau vor uns auftauchte. Sie war eine große, schwarze Frau, trug weite Tischlerhosen und darunter ein enges, weißes Hemd.

»Hallo!«, sagte sie. »Euch habe ich noch nicht gesehen. Willkommen. Ich heiße Abbie.«

Wir stellten uns vor.

»Woher kommt ihr?«

»Stockholm.«

»Boston.«

Sie lächelte.

»Liebe überwindet alle Grenzen, was?«

Wir mussten dermaßen lachen, dass wir kaum Luft bekamen. Der Wein in Verbindung mit der Erleichterung darüber, dass wir uns nicht mehr in einer verräucherten Kneipe mit einer Horde von Männern im Anzug befanden. Das hier war unser Abend; hier waren wir richtig.

»Wir sind nicht zusammen. Wir sind alte Schulfreundinnen.«

»Oh.«

Sie schaute uns freundlich an.

»Ich arbeite manchmal hier«, erklärte sie, »aber heute Abend habe ich frei. Sagt Bescheid, wenn ihr etwas haben wollt.«

»Danke.«

»Und übrigens: Die Mädels da drinnen haben gesagt, dass ihr ihnen gern Gesellschaft leisten könnt.«

Wir schauten in die Richtung, in die sie deutete. In einem der Separees an der Wand saß eine Clique von Frauen, die lachten und uns anschauten. Flirtende Lesben, deren Objekt der Begierde im Augenblick wir waren.

»Danke«, sagte Lydia. »Vielleicht später.«

Ich winkte ihnen zu. Abbie entfernte sich.

»Ach, je«, seufzte ich. »Das ist schlimmer als im Café Opera und in Sophies Bar zusammen.«

Lydia hatte Stockholms Klubs und Bars häufig besucht, wenn sie in Schweden war.

»Och, das möchte ich nicht behaupten«, widersprach sie. »Bloß machen sie noch weniger Umschweife. Und sind zugleich freundlicher.«

»Prost«, sagte ich und hob ihr mein Glas entgegen. »Auf unsere Liebe, die alle Grenzen überwindet.«

Wir lachten wieder lauthals und tranken große Schlucke. Ich fühlte mich plötzlich aufgekratzt, leichten Mutes, verspielt und durch den Flirt aufgemuntert. Es war nicht das übliche Gefühl, zum Objekt gemacht zu werden, das man an einem heterosexuellen Ort empfinden konnte – nicht ohne eine gewisse Befriedigung, denn es machte immer Spaß, Bestätigung zu bekommen. Es war eher so etwas wie Neugier und die Lust, etwas anzustellen, dummes Zeug zu machen, die Ulknudel zu spielen; Lebensgenuss ohne festgelegte Regeln.

»Jetzt will ich tanzen«, verkündete Lydia. »Wir müssen die Lage checken.«

Wir gingen zur Tanzfläche. Als wir vorübergingen, hörte ich wie zwei Frauen, die neben uns gestanden hatten, sagten: »Babe alert.«

Ich fragte Lydia, was sie damit meinten, und sie warf lachend den Kopf in den Nacken: »Bräutewarnung«, sagte sie begeistert.

Sie schaute mich amüsiert an.

»Du machst das gut! Ich werde häufiger mit dir ausgehen!«

»Entschuldige mal«, sagte ich, »diesen Klub habe ICH entdeckt.«

Wir betraten die Tanzfläche. Die D-Jane war gut, die Frauen genossen das Tanzen offensichtlich in vollen Zügen, und Lydia hatte sich schon ganz entspannt. Auch ich entspannte mich und bewegte mich mit einer Leichtigkeit wie schon lange nicht mehr. Die Musik floss durch meine Adern, ich war vom Rhythmus erfüllt; mein Körper wie aus einem geschmeidigen Material, das der Musik gehorchte und zugleich alles tat, was ich von ihm wollte. Ich staunte wie ein Kind, das in einen Kaninchenbau gelockt worden war und zum ersten Mal seit meiner Ankunft in London war ich bestens gelaunt. Wohin ich mich auch drehte, hatte ich Frauen, Frauen, Frauen um mich, und das war etwas anderes als von Männern umgeben zu sein. Niemand konnte auf mich Anspruch erheben und mich bedrohte auch niemand, wie einladend auch immer ich mich gab. Wünsche waren nicht Gesetz; ich war nicht verantwortlich für das Begehren eines anderen Menschen und kein anderer war für meins verantwortlich.

Wir blieben bis drei Uhr, dann brachte uns ein Taxi zurück ins Hotel und wir nahmen wieder unsere alten Plätze auf dem Sofa ein, diesmal mit Mineralwasser statt Bier.

»Puh!«, sagte Lydia. »Ich muss duschen; ich bin ganz verschwitzt.«

»Meine Güte, war das schön. Ich fühle mich so frei.«

»Du bist frei«, sagte Lydia. »Das ist der Witz dabei.«

Mit einem Mal war es, als hätte sie ein Rollo hinuntergezogen, obwohl das Gegenteil ihre Absicht war. Mein privater Himmel, der klar und frei gewesen war, soweit das Auge reichte, zog sich mit Wolken zu.

»Ich bin nicht frei«, widersprach ich. »Ich bin mit Lukas verheiratet, ich habe ihm lebenslange Treue versprochen.«

»Du BIST frei, du verwöhnte kleine Göre«, beharrte Lydia und linste mich mit einem Auge über die Mineralwasserflasche an. »Alle Menschen sind frei, aber den meisten liegt nichts dran, das zu erkennen. Das ist keine äußere Definitionsfrage, sondern eine innere. Dir steht es frei, mit deinem Leben zu tun und zu lassen, was du willst, ganz gleich, ob du verheiratet bist oder nicht, und aus was für einer Familie du stammst.«

»Wie meinst du das?«

»Du musst einfach nur den Mut haben, die Konventionen über Bord zu werfen und nur du selbst zu sein.«

»Das ist leichter gesagt als getan. Du bist zum Beispiel nicht offen zu deinen Eltern, obwohl ich verstehe, warum. Aber wie vereinbarst du das mit dem Gefühl, frei zu sein?«

Lydia schaute mich mit einem Lächeln an, das immer breiter wurde.

»Ich habe heute Abend noch nicht alles erzählt«, verkündete sie. »Ich habe nicht von meiner rothaarigen Geliebten erzählt, die Herzspezialistin ist.«

»Deine was?«

»Es ist eine Freundin meiner Eltern, gut zehn Jahre älter als ich. Wir haben uns auf einer Cocktailparty bei meinem Onkel kennen gelernt. Sie ist die Beste im Bett.«

»WAS?«

Lydia lachte.

»Meine Eltern wissen natürlich nichts davon«, sagte sie. »Sie stammt aus einer der ältesten Familien; es gäbe einen großen Skandal in der New Yorker Gesellschaft, wenn das rauskäme und daran hat keine von uns ein Interesse. Aber meiner Meinung nach bin ich frei. Ich liege in ihren Armen und schaue über Manhattan – sie hat eine Wohnung mit Panoramafenster im vierundvierzigsten Stock am Central Park West – und denke darüber nach, wie unabhängig ich bin. Was ich im Bett mache, geht meine Eltern nichts an, obwohl mir klar ist, dass sie genau wissen, was los ist. Sie wollen nicht darüber sprechen, also spreche ich nicht darüber. Warum sollte ich das tun? Hauptsache, ich bin vor mir selbst frei, erlaube mir selbst, zu tun und zu genießen, was ich will.«

Ich nickte stumm.

»Ich versuche meine Entscheidungen mit Mut und nicht aus Angst zu treffen«, sagte Lydia und trank einen Schluck Wasser. »Das ist zu meiner Richtschnur für eigene Entscheidungen geworden. Bei der Arbeit begegne ich ständig ängstlichen Menschen, die ihre Freiheit verloren haben, sowohl äußerlich wie auch innerlich. Ich denke ständig daran, wie glücklich ich es getroffen habe, die ich noch alle meine Wahlmöglichkeiten habe.«

Stocksund. Meine freie Arbeit. Lukas Großzügigkeit. Meine Freundschaft zu Kaja. Alle Faktoren in meinem Leben deuteten in ein und dieselbe Richtung: Ich war unabhängig, so unabhängig, wie ein Mensch es sich nur wünschen konnte, wenn ich nur meine Freiheit nutzte und mich nicht mehr den Konventionen unterwarf, die mir nicht gefielen. Liebe mich, aber die, die ich bin und nicht die, die ich zu sein vorgebe. Das Rollo sauste mit einem Knall hoch, der Himmel war wieder klar und alles sah anders aus.

»Du kleines Miststück!«, sagte ich zu Lydia. »Herzspezialistin! Die Beste im Bett! Und du verlierst den ganzen Abend nicht ein Wort darüber, sondern lässt mich immer weiter quasseln!«

»Ich musste mich so bedeckt halten, damit wir auch morgen noch Gesprächsstoff haben«, meinte Lydia und gähnte. »Nein, ich glaube, jetzt muss ich wirklich ins Bett.«

»Du gehst nirgendwo hin, bis du mir alles erzählt hast!«, rief ich, und Lydia erstickte fast vor Lachen.

***

Das Wochenende verging wie im Flug, in einer wunderbaren Mischung aus langen Mittagessen mit kühlem Weißwein, Spaziergängen durch die Straßen Londons und Abenden in schummerigen Bars. Am Sonntag kehrte Lydia nach Boston zurück und am Montag nahm ich einen frühen Nachmittagsflug nach Hause. Meine Flugangst ließ mich die Zähne zusammenbeißen, weil ich niemanden zum Händchen halten hatte, und ich nahm mir Zeitungen vom Rollwagen, die aber ungelesen auf meinem Schoß liegen blieben. Ich rührte auch das Essen nicht an, sondern trank nur mein Mineralwasser und schaute aus dem Fenster.

Die weißen Wolken bauschten sich weit unter uns. Das Fliegen hatte fast etwas Symbolisches, als ob Probleme, Arbeit und Verantwortung unter der Wolkendecke blieben. Hier oben in der Luft war man abgekoppelt von solchen Dingen; niemand kam an einen heran, niemand konnte Ansprüche an einen stellen, man war von allen Bindungen befreit. Sobald das Flugzeug zur Landung ansetzte und die Wolkendecke durchbrach, war es an der Zeit, die Dinge von Neuem in Angriff zu nehmen. Lydias Worte waren mir in London so richtig und wahr erschienen, aber jetzt begann mein Glauben an sie schon in der Brust zu schmerzen und dieses Gefühl machte mich zutiefst unglücklich.

Der Mensch, nach dem ich mich sehnte, war nicht Lukas, mein Ehemann, der künftige Vater meiner Kinder und die Person, mit der ich gute

und schlechte Zeiten teilen und mit der ich gemeinsam alt werden sollte.
Der Mensch, nach dem ich mich sehnte, war Kaja, lesbische Radikalfeministin.

8

Lukas holte mich von Arlanda ab. Er stand da, als ich durch den Zoll kam, breit lächelnd und die Arme ausgestreckt. Ein großer Bär mit funkelnden Augen. Wir umarmten uns.

»Hallo, meine Süße!«, sagte er dann gut gelaunt. »Hast du es dir gut gehen lassen?«

»Es war ganz wunderbar«, antwortete ich. »Ich liebe Lydia. Sie ist großartig.«

Wir gingen zum Parkhaus.

»Was habt ihr gemacht?«

»Geredet, in Bars rumgesessen, zu Abend gegessen, sind in Klubs gegangen.«

»In bestimmte?«

Queen of Clubs. Frauen, Frauen, Frauen. Ich sah sie ganz deutlich vor mir; ihre Unabhängigkeit, ihre Stärke, ihre Lebendigkeit. Das Dröhnen der Musik, die blinkenden Lichter. Augen, Lippen, der Geruch von Parfüm, Schweiß und Pfefferminz-Kaugummi. Die vielen Fragen, die in mir geweckt wurden.

»Keine, die du kennst, glaube ich.«

»Ist Lydia immer noch lesbisch?«, fragte Lukas, als wir losgefahren waren.

Das Auto verließ das Flugplatzgelände und beschleunigte, als wir die Autobahn erreichten. Es war, als würde man von einer unsichtbaren Kraft zurück in den Sitz gedrückt.

»Ja, natürlich. Warum sollte sie das nicht mehr sein?«

Lukas zuckte mit den Schultern.

»Weiß nicht. Ich dachte, vielleicht ist sie auf andere Gedanken gekommen.«

»Nein, sie ist nicht auf andere Gedanken gekommen. Sie ist immer noch lesbisch, die Männer stehen immer noch auf sie, in ihrem Job läuft es immer noch außerordentlich gut. Sie macht einen glücklichen Eindruck.«

»Hat sie jemanden kennen gelernt?«

»Du stellst aber viele Fragen! Ja, sie hat jemanden kennen gelernt. Aber das ist noch nicht offiziell.«

»Muss anstrengend sein, die ganze Zeit versteckt zu leben«, meinte Lukas und legte den fünften Gang ein, so dass ich spürte, wie mein Bauch eingedrückt und der Hosenbund noch etwas lockerer wurde.

Bäume, Gebüsch und Häuser flogen vorbei. Ich war irgendwie nervös, fast rastlos. Wohl auch, weil ich zehn Tage lang nicht geschrieben hatte; diese Pause war viel zu lang. Der Urlaub war zu meinen Lasten gegangen, aber er war es wert gewesen. Die Dinge schienen mir jetzt langsam klarer zu werden, nach und nach, als würde ein Bild aus den Schatten treten oder sich der Nebel lüften, um eine weitläufige Aussicht preiszugeben.

»Ist zu Hause alles in Ordnung?«, fragte ich Lukas.

»Klar«, sagte er. »Ich habe die Hunde heute Morgen nach Hause geholt, sie warten schon auf dich.«

»Gut. Kommst du heute Abend spät nach Hause?«

Lukas hatte jede Menge Besprechungen eingeplant und musste ins Büro fahren, nachdem er mich abgesetzt hatte.

»Ich glaube nicht, dass ich vor elf Uhr loskomme. Du musst allein essen.«

Wir näherten uns der Abfahrt nach Stocksund. Je langsamer das Auto wurde, desto stärker hatte ich das Gefühl, es würde in mir ein Umkehrprozess einsetzen. Meine nervöse Anspannung steigerte sich. Die Handflächen wurden feucht, mein Herz schlug immer schneller und heftiger. Es kam mir vor, als fielen Weihnachten und Halloween zusammen, als ich daran dachte, was mir bevorstand. Vielleicht war es immer so, wenn man seinen Gefühlen folgte, aber dabei äußere Regeln und Gesetze verletzte.

Lukas ließ mich vorm Haus aussteigen. Wir küssten uns auf die Wange, ich nahm meine Koffer, er fuhr los und ich ging hinein. Nachdem ich die Hunde begrüßt und meinen Mantel abgelegt hatte, setzte ich mich hin und hörte den Anrufbeantworter ab. Jede Menge Nachrichten waren für mich eingegangen, die Lukas gespeichert hatte. Am Schluss kam eine Nachricht von Kaja.

»Hallo, Sofa, hier ist Kaja. Hoffe, ihr habt eine schöne Zeit in London gehabt. Ich glaube, du kommst heute nach Hause. Hier tobt das Chaos; ich liege krank zu Hause im Bett. Rufst du mich an?«

Kratzbürstig, müde, reizbar, unwiderstehlich. Ich hob sofort den Hörer ab. Meine Koffer standen unausgepackt da, ich war noch keine fünf Minuten zu Hause.

»Ja, hier ist Kaja.«

»Ich bin's.«

»Du bist zu Hause!«

»Was ist passiert!«

»Zwischen mir und Anna ist es aus. Und ich bin krank. Mir geht's beschissen.«

Ich schwieg. Die Gedanken wirbelten mir im Kopf herum. Meine Gefühle hielten Augen, Ohren und Mund zu. Nichts sehen, nichts hören, nichts sagen.

»Wie war's in London?«

»Schön. Hast du Fieber?«

»Weiß nicht. Mir geht's grottenschlecht.«

»Ich komme vorbei. Soll ich?«

»Willst du wirklich? Ich würde mich wahnsinnig freuen.«

Ich duschte und zog mich sorgfältig an, Jeans und Baumwollpullover mit V-Ausschnitt, Jeanshemd darüber, Stiefel und Silberschmuck. Zugleich machte ich mir Gedanken über mein Verhalten: Ich machte mich so schön wie möglich, um Kaja zu gefallen, obwohl sie krank im Bett lag. Das Gleiche hatte ich früher für Männer gemacht, für Lukas, als wir zusammenkamen.

Dann wischte ich die Gedanken weg, nahm die Hunde und ging zum Wagen. Ich hielt beim Supermarkt an und kaufte ein. Hühnersuppe war gut bei Erkältung. Zitronen, Mineralwasser, Vitamin C, Blutorangen. Anschließend fuhr ich auf direktem Weg nach Söder.

Kaja öffnete halbnackt die Tür, elend und klein. Ihre Augen waren blutunterlaufen und ihre Lippen vom Weinen geschwollen. Ihr ganzes Wesen überkam mich wie eine Welle, beeindruckte mich dermaßen, dass ich ganz konfus war. Ich umarmte sie, aber wir ließen uns schnell wieder los und sie hüpfte zurück ins Bett. Ich folgte ihr mit meinen Tüten.

»Was hast du da drin?«

»Abendessen, das ich für dich kochen will. Hühnersuppe. Das ist das beste Essen, wenn man erkältet ist.«

»Aber, Sofa, ich bin Vegetarierin.«

Ich erstarrte vollkommen. Wie konnte ich das vergessen? Ich wurde rot vor Scham.

»Aber es gibt nichts Besseres als Hühnersuppe mit gepresstem Zitronensaft!«, versuchte ich mein Glück. »Ich kann das Hühnerfleisch raussieben.«

Sie lachte herzlich.

»Das ändert nichts, du Dummkopf.«

Wir holten Linsensuppe aus dem Gefrierfach, die ich aufwärmte. Dann schickte ich sie wieder zu Bett und machte einen Blutorangensaft mit doppeltem Vitamin C.

»Was ist das für ein Oberklassengesöff?«

Ihr Augen funkelten. Ein Lächeln in den Mundwinkeln.

»Dir scheint es schon besser zu gehen.«

»Mir GEHT es jetzt besser. Seit du da bist und dich um mich kümmerst.«

Sie trank, ich saß auf der Bettkante und schaute zu. Große Schlucke, ein Lamm oder ein Kalb oder ein sehr kleines Kind. Kaja kokettierte mit ihrem Untergewicht, damit, dass sie so dünn sein und trotzdem nicht magersüchtig aussehen konnte. Jetzt trank sie den Saft nur zur Hälfte, schmatzte und holte Luft.

»Trink aus.«

»Ich schaffe nicht mehr.«

»Sei keine Zimperliese. Trink aus!«

Sie trank gehorsam noch ein paar Schlucke, während sie mich über das Glas hinweg ansah.

»Jetzt erzähl! Was ist passiert?«

Kaja stellte das Glas ab und verwandelte sich in ihrer schnellen, unerklärlichen Art vom Kind zur Erwachsenen, lehnte sich in den Kissen zurück und schloss die Augen.

»Sie hat mit einer anderen geschlafen. Ich bekam einen Anfall und habe ihr Motorrad zu Klump getreten.«

»Wie hast du es erfahren?«

»Ich habe einen Brief gesehen. Und daraufhin hat sie es erzählt.«

Kaja fing an zu weinen. Ich streichelte ihr über die Wange. Die Tränen flossen. Die Hunde waren ins Bett gesprungen und hatten die Schnauzen auf ihre Knie gelegt. Kaja streichelte ihre samtweichen Ohren. Ein unerwartetes Gefühl überkam mich: Ich saß im Kreise meiner Familie da. Aber Lukas war doch meine Familie und ich war vorübergehend zu Besuch bei meiner Freundin Kaja.

»Meinst du nicht, ihr findet eine Lösung? Hat sie ein Verhältnis oder war das ein One-Night-Stand?«

»Das war wohl nur ein One-Night-Stand. Aber sie sagt, es sei mit anderen vorher auch schon vorgekommen.«

Ihr kamen wieder die Tränen, so heftig, dass sie unwillkürlich aufschluchzte. Ich beugte mich vor und schloss sie in die Arme. Sie klammerte sich wie ein Kind an mir fest und weinte stoßweise schluchzend, wovon ihr ganzer Körper geschüttelt wurde.

»Liebst du sie?«, fragte ich, als sie sich endlich beruhigt hatte.

»Ja, ich glaube schon«, antwortete Kaja. »Aber nicht genug. Nicht auf die richtige Art. Es hat keinen Sinn. Zwischen uns klappt es nicht.«

Sie setzte sich auf und putzte sich die Nase.

»Weinen tut jetzt gut«, sagte sie. »Und in gewisser Hinsicht bin ich froh, dass das jetzt passiert ist. Zwischen uns ist es schon so lange schlecht gelaufen, dass wir jetzt gleich richtig Schluss gemacht haben. Das ist besser so. Jetzt sind die Verhältnisse wenigstens klar.«

Sie war ruhig und ihre Augen funkelten.

»Erzähl doch mal von London!«, sagte sie. »Ging es euch gut?«

»Es war schön«, antwortete ich.

Aus irgendeinem Instinkt ließ ich den Besuch im Queen of Clubs auch vor Kaja unerwähnt. Das konnte ich später erzählen; jetzt war nicht der richtige Zeitpunkt. Stattdessen redete ich über Lukas, meine Freunde, was wir unternommen und erzählt hatten, über Lydia und meine Tage allein.

»Soll ich dir sagen, welcher Teil der Reise am witzigsten klingt?«, fragte Kaja.

»Nein«, antwortete ich. »Sollst du nicht. Das war nämlich nicht deine Londonreise, sondern meine! Ich treffe mich gern mit meinen Freunden, gehe gern auf Cocktailpartys und in Klubs, auch wenn du nicht begreifst, warum.«

Kaja dachte nach. Sie trug ein verwaschenes T-Shirt mit einem schwarzweißen Fotoaufdruck. Das Bild zeigte ein Brautpaar, flankiert von den jeweiligen Eltern. Die Braut sah fett und langweilig aus und lächelte dämlich, der Bräutigam auch. Die Eltern machten ein Gesicht, als hätten sie gerade erfolgreich ein Geschäft abgewickelt. Der Text unter dem Bild lautete: »Boredom: top breeders recommend it.« (Langeweile: von erfolgreichen Züchtern empfohlen).

»Du bist so voller Widersprüche«, sagte Kaja schließlich. »Du scheinst jede Menge toller Freundinnen wie Baby und diese Lydia zu haben, aber trotzdem bist du so verrückt nach diesen Cocktailpartys und großen Festen. Warum ist das so wichtig?«

»Es macht Spaß!«, antwortete ich. »Es ist kein Widerspruch, echte Freunde zu haben und gleichzeitig gern auf Feste zu gehen.«

»Auf Feste zu gehen«, wiederholte Kaja und verzog das Gesicht. »Auf Feste zu gehen! Du klingst wie Ian Wachtmeister.«

»Das SIND Feste!«, sagte ich. »Feiern, Partys, Bälle. Nenn es, wie du willst, das ändert nichts daran. Ich unternehme gern Dinge in der Gruppe, teile gern mit vielen Menschen ein Erlebnis.«

»Du bringst da was durcheinander«, fand Kaja und putzte sich wieder die Nase. »Jetzt glaubst du, du redest von einem kollektiven Gefühl, aber das tust du ganz und gar nicht. Du beschreibst nur eine Menge von Individualisten, die sich in einer Gruppe amüsieren, weil sie sich zusammen für etwas viel Besseres als das gemeine Volk halten.«

»Sie SIND darin auch besser. Niemand feiert so gut wie die Leute der Oberschicht.«

»Ich spreche hier nicht vom Feiern, du Dummkopf. Sondern von dem Gefühl eines Kollektivs.«

»Erklär mal.«

»Dieses Land hat einmal an das Volksheim und das Kollektiv geglaubt«, verkündete Kaja. »Aber es geht mit diesen Ideen gerade den Bach runter. Frag mich nicht warum, aber so ist es. Jetzt zählt nur noch das Individuum.«

Ich schaute sie an. Sie war zornig und hatte ein verquollenes Gesicht.

»Darf ich mich ins Bett setzen?«

Sie schnitt eine Grimasse.

»Nein, darfst du nicht; ich habe Angst vor weiblichen Bazillen! Was glaubst du denn?«

Ich lächelte und setzte mich neben sie ins Bett. Mein Herz hämmerte schnell. Wir sahen uns an, ganz nah. Ihr Haar schimmerte rot. Eine Sekunde lang kam es mir so vor, als könnte ich geradewegs in sie hineinschauen, ihr Skelett sehen, ihr fein verzweigtes Adergeflecht sehen und das Herz, das flatterte wie ein ängstlicher und schutzloser kleiner Vogel, in dem zerbrechlichen Käfig ihrer Rippen. Ihre Augenlider waren leicht lila, die Lippen blassrosa wie immer. Ein Schneidezahn stand ein ganz klein wenig über dem anderen.

Ich sollte lieber die Diskussion wieder aufnehmen.

»Ich habe noch nie kapiert«, begann ich und spielte an den kaputten Fransen der Decke, »warum wir Schweden dazu erzogen werden, uns für ein schlechtes, unangenehmes Volk voller Neid und Minderwertigkeitskomplexe zu halten. Man könnte glauben, es sei das Letzte, schwedisch zu sein!«

»Nein«, widersprach Kaja. »Schau dir die Neonazis an. Die lieben ihr Volk.«

Sie rückte weiter von mir ab; vielleicht um mich besser zu sehen.

»Ich rede jetzt nicht von Neonazismus, sondern von normaler Liebe zur eigenen Gruppe«, erklärte ich. »Was Neid und all das anbelangt, finde ich nicht, dass sich Schweden nennenswert von anderen Nationen unterscheidet. Amerikaner, Engländer und Deutsche sind genauso. Sie sind alle neidisch, mal freuen sie sich und mal hassen sie es, wenn jemand in ihrer Nähe erfolgreich ist. Schweden sind kein Stück besser oder schlechter als andere, mit dem Unterschied, dass, wo andere Völker Patriotismus entwickeln, wir mit der Muttermilch aufnehmen, unsere eigene Art für ziemlich schlecht zu halten. Schweden hassen andere Schweden, auf Charterreisen, zu Hause in Schweden, in der Nachbarschaft, in der Politik.«

»Jetzt hast du dich aber total verrannt«, sagte Kaja.

Sie nahm ihr Saftglas und trank wie eine Erwachsene, in kleinen, verärgerten Schlucken.

»Ich habe mich ganz und gar nicht verrannt«, widersprach ich. »Das ist eine der Erklärungen dafür, dass wir uns so leicht in das Fiasko-Projekt EU haben locken lassen. Klar, jetzt können wir endlich kontinentaler und internationaler werden – und weniger schwedisch.«

»Da sagst du endlich mal was Vernünftiges.«

Das Glas wurde mit einem Knall auf dem Nachttisch abgestellt. Es war immer noch Saft übrig.

»Jetzt in London, zum Beispiel«, sagte ich und setzte mich in den Schneidersitz. »Vergangenen Dienstag saß ich mit einigen von Lukas' Kollegen in einem Pub, die meisten davon Engländer, aber auch ein Schwede, der dort lebt. Er verleugnete Schweden und die Schweden in bestem Oxford-Englisch. Die Engländer um ihn lächelten und lachten gut gelaunt, gleichzeitig schnitten sie hinter seinem Rücken Grimassen. Dieser Typ, der ganz offensichtlich anglophil ist, wünscht sich nichts lieber, als von den Engländern als ihresgleichen betrachtet zu werden, abgespalten von diesem verhassten Volk der Schweden, die seine eigentliche Familie sind. Er begreift nicht, dass seine langen Hass-Tiraden gegen Schweden das gerade unmöglich machen; dass die Engländer durch ihren Patriotismus und ihr tief empfundenes Gefühl von Loyalität zum eigenen Land und Volk einen solchen Vaterlandsverräter niemals akzeptieren würden. Am Ende hatte ich die Nase voll von ihm und sagte zu ihm: ›Habe ich was an den Ohren nicht oder verleugnest du dein eigenes Volk und Heimatland?‹ Beim erlösenden Lachen, in das daraufhin sämtliche Engländer ausbrachen, wurde er stumm und rot im Gesicht. Ich hätte triumphieren können, aber mir war nur schlecht und ich wollte nach Hause.«

Kaja lachte.

»Auslandsschwede?«

»Auslandsschwede.«

Sie nickte bedächtig.

»Idiot. Ich verstehe, was du meinst«, sagte sie, »aber ich rede nicht von solchen wie ihm. Ich rede davon, dass der Glaube ans Kollektiv als Grundidee in Schweden nicht mehr vorhanden ist, und das ist was anderes als mangelnder Patriotismus. Es gilt mittlerweile als unangebracht und etwas lächerlich, sich gegenseitig zu helfen und sich um die Schwachen zu kümmern. Daraus ist die Ausländerfeindlichkeit entstanden, als wäre es nicht so, dass alle Völker zu allen Zeiten überlebt haben und sich sogar verbessert haben, gerade weil sie Fremde ins Land gelassen haben.«

»Erkennst du den Zusammenhang nicht?«, fragte ich. »Vielleicht liegt es gerade an fehlender Heimatliebe im normalen Rahmen, ohne die fremdenfeindliche Färbung, dass die Neonazis Fuß fassen können.«

Da Kajas Augen rot gerändert waren, leuchteten sie noch mehr als sonst. Im Halbdunkel sahen sie fast grün aus.

»Da bin ich mir nicht so sicher«, sagte sie. »Ich glaube, die hätte es trotzdem gegeben. Aber für mich ist das Kollektiv als Idee wichtiger als der Heimatlandgedanke. Heute haben wir uns in die kapitalistische Idee eingekauft, dass das Individuum an allererster Stelle kommt. Wir schließen uns in unsere Häuser ein, wir häufen bergeweise Geld an, wir kaufen Kram, der dem Nachbarn ins Augen stechen soll. Wir bilden kleine Gettos, zu denen nur die Auserwählten Zutritt haben. Da kriege ich das Kotzen.«

»Du sollst nicht kotzen, du sollst Linsensuppe essen«, sagte ich. »Ich hole wohl mal die Suppe? Hast du Hunger?«

Kaja schüttelte den Kopf und zog die Decke bis zur Nase hoch. Jetzt war sie wieder Kind, höchstens vier Jahre alt.

»Du musst unbedingt etwas essen.«

Ich stand auf, um die Suppe im Topf umzurühren.

Als ich zurückkam, lag Kaja auf der Seite und schaute ins Zimmer. Sie hatte ihren Saft getrunken. Ich setzte mich wieder auf die Bettkante.

»Ist dir klar, dass die Linken genauso schlecht sind wie die Rechten?«, fragte ich. »Es geht euch genauso sehr um Gruppenzugehörigkeit wie den Konservativen draußen in Stocksund.«

»Darum geht es überhaupt nicht.«

Zorniger Blick.

»Doch. Darum geht es.«

»In dem einen Fall muss man einen Burberry-Mantel und so was haben, um dazuzugehören, aber in dem anderen muss man ein Palästinensertuch haben.«

Kaja schnaubte.

»Palästinensertuch! Ich kenne kein Schwein, das mit Palästinensertuch rumläuft. Außer mir selbst.«

Ich lächelte.

»Ich glaube, es ist so«, sagte ich. »Wir – die Konservativen und die Linken – hassen einander aus der Ferne, weil wir dann nichts voneinander zu wissen brauchen. Hass ist nur möglich, wenn er in der Ignoranz Wurzeln schlagen kann. Sobald man zufällig einen Konservativen kennen lernt und feststellt, dass er oder sie weder kleine Kinder frisst noch ein drittes Auge auf der Stirn hat, nimmt die Ablehnung ab. Und wenn ein Linker auf der Autobahn anhält und einem Konservativen Starthilfe mit dem Überbrückungskabel gibt, verändert sich die negative Einstellung des Konservativen gegenüber Linken so radikal, dass er gar nicht weiß, wie ihm geschieht.«

»Konservative halten nie auf Autobahnen an, um einem Linken zu helfen«, meinte Kaja grimmig.

»Schluss jetzt. Mein Schwager hat vor ein paar Wochen angehalten.«

»Für einen Linken?«

»Nee, das war ein Christdemokrat. Aber da wünschte mein Schwager, er wäre vorbeigefahren.«

Wir lachten lauthals. Aber Kaja machte ein nachdenkliches Gesicht. Mir war das Thema, über das wir sprachen, wichtig, auch wenn alles vollkommen selbstverständlich klang. Alle versuchten so lange wie möglich, Grauschattierungen oder Nuancierungen jeder Art zu vermeiden. Das taten nicht nur die Kapitalisten; mit dem Gedanken des großen Kollektivs, der vielschichtigen Gesellschaft, in der man gleichzeitig zusammenhielt, konnten auch die Linken nur schwer etwas anfangen. Sich mit den Konservativen verbünden? Niemals! Stattdessen wollte man lieber die stiernackigen Direktoren und piekfeinen Adelsdamen aus dem Bild entfernen, ob es richtig war oder falsch. Und so wuchsen wir alle in einer Gesellschaft mit falschen Schablonen auf beiden Seiten auf, statt die dreidimensionalen, komplexen Menschen wahrzunehmen, die uns eigentlich umgaben.

»Manchmal tun mir die rechten alten Knacker fast Leid«, meinte Kaja. »Als ich im Pflegedienst gearbeitet habe, sind mir manchmal solche stinkreichen, erfolgreichen Direktoren begegnet, die schon in Pension waren. Die saßen da mit Kisten voller Geld und es ging ihnen beschissen. Plötzlich wurde ihnen klar, dass sie trotz allem verloren hatten. Die Karriere, das Haus, das Geld, das Auto, der ganze Plunder – all das gab ihnen keinen Halt mehr. Was nützt das ganze Vermögen, wenn man sechsundachtzig, geschieden und wegen Krankheit pensioniert ist und die Kinder ausgeflogen sind? Wer lädt eine Witwe zum Abendessen ein, egal wie gutmütig sie auch sein mag und wie gut sie die ganzen Jahre das tüchtige Mädchen gespielt haben mag? Wer sitzt auf der Bettkante eines achtzigjährigen Demenzkranken, nur weil er ein paar Millionen auf dem Konto hat, wenn man ihn als Mensch nicht mag? Wenn alles gesagt und getan ist, wenn die Spielkarten aufgedeckt sind, man die Trümpfe zählt und der Wettkampf vorbei ist, dann sitzen die Individualisten genauso verängstigt und mit langen Gesichtern da. Sie könnten doch ein einziges Mal nachdenken, bevor es zu spät ist.«

Sie schaute mich an.

»So will ich nicht werden. Ich will in einem offenen Heim leben, mit Gastfreundlichkeit und Großzügigkeit. Ich will echte Beziehungen und nicht jede Menge Plunder.«

»Diese Beschränktheit trifft auch auf linke alte Knacker zu«, sagte ich.

»Nicht im gleichen Maß«, widersprach Kaja, schloss wieder die Augen und rekelte sich auf dem Rücken. »Sie leben näher an der Wirklichkeit.«

Sie lächelte wie eine ans Kreuz geschlagene Christusfigur, die Augen geschlossen und die Arme nach beiden Seiten ausgestreckt.

»Das tun sie überhaupt nicht. Jedenfalls nicht automatisch.«

»Wie meinst du das?«

Ich dachte nach.

»In gewisser Hinsicht hast du Recht; Gewinner ist, wer in einem Geflecht mit anderen Menschen lebt«, sagte ich. »Gewinner sind alle, die Familie, Freunde, Verwandte, Beziehungen, Arbeitskollegen haben, alle, die nichts anderes zu Stande bringen als sich selbst. Durch ihre Fähigkeit zuzuhören, sich zurückzunehmen, zu lieben, eine gute Freundin zu sein, haben sie wirklich ein haltbares Netzwerk um sich herum geschaffen, das einen Schutz jenseits von Sozialversicherungen, Rentenversicherungen und Kapitalanlagen bietet. Kapitalist zu sein ist keine Garantie für Erfolg. Aber zur linken Partei zu gehören auch nicht.«

»Derjenige hat aber bessere Chancen als jemand von den Konservativen.«

»Das glaube ich nicht«, widersprach ich. »Schau dir an, wie man in vielen konservativen Familien zusammenhält. Natürlich erreicht man nicht das perfekte Familienidyll, aber jedenfalls fühlt man sich zusammen wohl. Die Familie ist nach wie vor von Bedeutung. Die Leute wissen über ihre Cousinen ersten und zweiten Grades Bescheid, man begeht die Feiertage zusammen. Die Linken monieren zwar den Verfall alter

Strukturen auf der einen Ebene, aber ich sehe nicht, dass sie sie durch etwas anderes als durch Ideologie ersetzten.«

»Jetzt wirst du schwammig«, meinte Kaja. »Der wichtigste Unterschied ist, dass die Linken im Grunde an die Gleichheit aller Menschen glauben. Erst dann ist echte Gemeinschaft möglich. Die Gemeinschaft der Konservativen basiert darauf, dass ›wir‹ besser sind als ›die anderen‹, und dass ›die‹ selbst Schuld haben. Mit einem solchen Denken kannst du langfristig nichts erreichen, weil du immer riskierst, durch Unglück oder Konkurrenz zufällig eine von ›denen‹ zu werden und dadurch von deinem Platz an der Sonne vertrieben zu werden.«

Kaja setzte sich auf, boxte in ein Kissen, um es in die richtige Form zu bringen und warf sich dann wieder auf den Rücken. Zum Teil hatte sie Recht. Verrotzt, verweint und überzeugt war sie, und ich war von großer Zärtlichkeit und Bewunderung für sie erfüllt, auch wenn ich ihr nicht in jedem Punkt zustimmte. Kaja glaubte an Gemeinschaft, sie wollte ihr Leben, ihre Fähigkeiten, ihre Erlebnisse und ihre Überlegungen mit anderen Menschen teilen, um sowohl deren wie ihrer eigenen Einsamkeit entgegenzuwirken. Wie alle anderen schlug sich Kaja mit dem Widerspruch zwischen Ego und Gruppe herum, zwischen dem Wunsch, sich von anderen als Stand-up-Komikerin oder Klassen-Clown abzuheben, und dem Bedürfnis, mit anderen Menschen auf der gleichen Stufe zu stehen. Doch im Unterschied zu Lukas, im Unterschied zu fast allen, die ich kannte, besaß sie eine ausgesprochene Lust daran, im kollektiven Kontext zu denken. Kaja war anderen wohlgesonnen, sie wollte nahe bei anderen Menschen leben, sie wollte nicht isoliert in einem Elfenbeinturm sitzen.

Sie putzte sich abermals die Nase und ich widerstand dem Impuls, die Hand auszustrecken und ihre sommersprossige Haut am Oberarm zu berühren. Kaja war einzigartig, sie hatte Zauberkräfte; ein großäugiger Puck mit Palästinensertuch. Oder war sie vielleicht nur ungewöhnlich menschlich – eine Person mit der Fähigkeit zur Empathie in einer Welt, in der die meisten noch nicht einmal ihre eigenen Gefühle kannten? Hier im westlichen Söder saß eine junge Frau, die mehr begriffen hatte als die meisten alten Knacker und Schachteln auf Rosenbad zusammen. Sie hatte ein Tattoo auf der Schulter und eins am Fuß, man konnte sie unmöglich lenken, und sie liebte es, mich in ihrem Leben zu haben. Und in dem Augenblick wusste ich nichts, was ich mir mehr gewünscht hätte.

***

Wir hatten zu Abend gegessen, Kaffee getrunken, abgespült, Nachrichten geschaut und noch weiter geredet. Es war spät, nach elf. Jetzt saßen wir stumm neben einander in Kajas großem Bett.

»Ich muss bald fahren«, sagte ich. »Lukas kommt nach Hause.«

»Regt er sich auf, wenn du nicht da bist?«

Ich zuckte mit den Schultern.

»Eigentlich nicht. Aber ich bin gerade aus London zurückgekommen. Ich habe noch nicht mal ausgepackt.«

»Warum nicht?«

Ich lächelte.

»Weil ich gleich zu dir gedüst bin, du Dummkopf.«

Sie sah nach unten. Die scharfen, fein geschnittenen Gesichtszüge, wie bei einer Statue oder einem Gemälde. Die ungeschminkten Wimpern waren abwechselnd schwarz, blond und braun. Sie schaute zu mir hoch.

»Danke, dass du gekommen bist.«

Wir schauten uns in die Augen. Mit einem Mal war es wie in meinem Traum. Jetzt, dachte ich, und beugte mich noch weiter zu Kaja vor. Ihre Augen waren weit aufgerissen und groß – schönere hatte ich noch nie gesehen, und der Mund blassrosa in dem schmalen, sommersprossigen Gesicht. Mein Körper agierte, als wisse er mehr als ich über meine Wünsche, ohne dass ich ganz begriff, was vor sich ging. Ich küsste sie. Sie erwiderte meinen Kuss. Wir küssten uns.

Wir küssten uns und ich spürte, wie mir schwindelig wurde, wie ich in ihren Armen schmolz, wie perfekt ich in ihre Umarmung passte und sie in meine. Ihr Mund war warm und weich und trocken und dennoch feucht unter meinen Lippen, mein Körper drehte sich ihrem zu wie eine eben aufgegangene Blume. Mein Wesen schien ein einziges Wort zu flüstern: Ja, ja, das ist richtig, ja, hier bist du zu Hause. Ja.

Als wir uns endlich losließen, war es mit einem Mal so, als sähe ich Kaja besonders deutlich, wie durch Glas; sie trat mit einer Schärfe und kristallklarer Deutlichkeit hervor, die ich bis dahin noch nicht erlebt hatte. Ihre Haut war wie Porzellan, dünn und weich zugleich, weißer Grund mit Sommersprossen als Muster darauf. Das Haar lockte sich als säße ihre Persönlichkeit darin, wild und nicht zu bändigen, schön im freien Fall. Die blassen Augen spielten ins Grünliche, wie das offene Meer im Sonnenschein. Die Lippen sensibel, weich, fein geformt; der Mund einer erwachsenen Frau. Kajas Gesicht war bloß, offen, kindlich und sinnlich zugleich. Sie erinnerte mich an ein Beet wilder Blumen in einer kargen und nackten Landschaft. Hinter ihrer Stirn Myriaden von Gedanken, Erinnerungen, Ansichten; ich konnte mich noch so sehr anstrengen, ich würde nur an einem Bruchteil davon Anteil haben. Zugleich wusste ich plötzlich, dass ich gern den Rest meines Lebens damit verbringen wollte, mehr zu erfahren.

Wer war sie, diese Kindfrau, der ich zufällig über den Weg gelaufen war und von der ich so fasziniert war? War sie eine moderne Hexe, die sich in den Kopf gesetzt hatte, mich zu verzaubern, um mich dann zurückzuweisen? Würde sie mich dazu bringen, Mann, Haus und vorgezeichnete Laufbahn zu verlassen? War das für sie Spiel oder Ernst? Kaja war genauso wachsam wie ich. Aber sie hatte auch die gleiche Ernsthaftigkeit und, wie es schien, fiel es ihr genauso schwer wie mir, mit dieser Situation umzugehen. Was gerade passiert war, betäubte mich; mein Körper war plötzlich ganz neutral, verschlossen, als weise er alle Verantwortung für das Geschehene von sich. Mich ergriff eine Lähmung, als sei es nicht möglich, das Ausmaß des Ganzen zu begreifen.

Ich krabbelte verwirrt aus dem Bett und setzte mich auf die Bettkante.

»Ich sollte gehen«, murmelte ich.

»Warte kurz«, sagte Kaja. »Du kannst doch hier noch etwas sitzen. Wie geht es dir?«

Ich wartete.

»Ich weiß nicht«, antwortete ich. »Ich kapiere nichts. Wie geht es dir?«

Kaja zuckte mit den Schultern.

»Ich weiß es auch nicht«, meinte sie. »Ich weiß nicht, wie es dazu kommen konnte.«

Wir saßen stumm da. Ich schaute sie an; sie war so schön, dass es mir einen Stich versetzte. Ich wollte sie wieder küssen, das wollte ich; was ich fühlte, war ein starkes Verlangen. Ich stand auf.

»Jetzt muss ich wirklich gehen«, meinte ich.

»Ja«, sagte Kaja.

Diesmal unternahm sie nichts, um mich zurückzuhalten.

Sowie ich unten im Auto war, drehte ich das Radio voll auf, um nicht denken zu müssen. Straßen, entgegenkommende Lichter, Mechanik. Lukas war seltsamerweise schon zu Bett gegangen, als ich nach Hause kam. Ich schlief ein, ohne nachzudenken, schlummerte leicht und unruhig und wachte am Morgen gleich nach ihm auf. Es dauerte eine ganze Weile, bis ich begriff, wo ich war. Dann zog ich meinen Morgenmantel an und ging in die Küche, wo Lukas saß und mit der Zeitung frühstückte.

»Lukas.«

»Mmm.«

Er schaute nicht hoch.

»Ich habe Kaja geküsst.«

Im Nachhinein wurde mir klar, was für eine extreme Naivität ich besessen haben musste. Aber mein Verständnis von unserer Beziehung trotzte irgendwo der Tatsache, dass Lukas und ich in einem Haus in Stocksund wohnten, dass er ein Finanzmensch war, dass wir eine Doppelgarage hatten und zu Abendessen für Paare eingeladen wurden. Tief in mir lebte ich noch immer in der Vorstellung, Lukas und ich seien frisch verliebt, leicht beschwipst, fuhren im Jeep durch Stockholms Straßen und knutschten an jeder roten Ampel. Ich glaubte, dass es nach wie vor möglich war, dass mein Körper, meine Gedanken und Ideen ihn anmachten, dass er alles von mir wissen wollte, dass er flüstern konnte, dass er mich in einem öffentlichen Lokal haben wollte und wir uns dann auf die Herrentoilette verdrücken und uns einschließen würden.

Eines Abends vor unserer Hochzeit hatte ich ihm in einem italienischen Restaurant in der Birger Jarlsgatan gegenüber gesessen, meine Spagetti um die Gabel gewickelt und gesagt, dass ich einmal mit einer Frau Sex haben wollte. Nur um es auszuprobieren. Lukas hatte mich mit einem geilen Blick angeschaut, mein Handgelenk gepackt und die Gabel zu seinem Mund geführt. Dann hatte er gesagt: »Ich werde heiß, wenn du so etwas sagst.«

»Wärest du wütend?«

»Komm schon«, hatte er mit schiefem Lächeln und funkelnden Augen gesagt. »Das ist doch eine meiner Sexfantasien.«

Ich hatte ihn angesehen und gedacht: »Wenn wir heiraten, dann wird unsere Ehe alle Wendungen, Tiefschläge und zukünftigen Probleme aushalten. Er liebt mich und er ist großzügig. Er wird mich mein eigenes Leben führen lassen, solange ich vor ihm keine Geheimnisse habe, solange ich geradeheraus und ehrlich bin, solange ich keinen Fauxpas begehe, den er nicht akzeptieren kann.«

Aber jetzt saß ich ihm hier in unserer gemeinsamen Küche gegenüber und erzählte, ich hätte eine Frau geküsst, und er machte nur ein wütendes Gesicht. Kein Funkeln in den Augen, keine Nähe, nicht das geringste Anzeichen für Verständnis.

»Warum das denn?«, fragte er sauer. »Warum hast du das getan?«

Ja, warum?

»Es ist einfach so gekommen«, flüsterte ich.

Ich wollte herausschreien, dass es eine Million Gründe gab, warum es »einfach so gekommen« war und dass wir über diese Gründe sprechen mussten. Doch ehe ich etwas sagen konnte, stand Lukas auf und ging fort.

»Du wusstest, dass ich es ausprobieren wollte, und du hast gesagt, du hast damit kein Problem!«, rief ich aus. »Du hast selbst behauptet, ich sei in Kaja verliebt, aber dass das okay sei! Hast du deine Meinung plötzlich geändert?«

Lukas gab keine Antwort. Er ging ins Badezimmer, um sich die Zähne zu putzen, und ich folgte ihm. Ich konnte ihm ansehen, dass er richtig aufgebracht war.

»Sag mir, was du fühlst!«, forderte ich ihn auf. »Ich hätte nicht gedacht, dass du so reagierst.«

Er lief im Haus herum und ich klebte an ihm wie ein Pflaster, getrieben von einer Mischung aus Wut und schlechtem Gewissen. Als wir ins Schlafzimmer kamen, packte Lukas mich und warf mich aufs Bett. Dann fing er an mich zu küssen. Erstaunen, Lachreiz, Zärtlichkeit; er wollte mit mir schlafen! Er wollte sich beweisen, dass ich ihm und niemand anders gehörte.

»Du bist ein ungezogenes Mädchen gewesen«, fauchte er mir ins Ohr. »Du hast verbotene Sachen gemacht.«

Der Akt war schnell vorbei. Als er kam, war es mit einer Heftigkeit, die ich lange nicht mehr erlebt hatte. Ich selbst kam überhaupt nicht, aber das spielte keine Rolle. Ich war noch immer verschlossen, verstummt, betäubt, verblendet. Mein einziger klarer Gedanke war, dass es lange her war, dass sich Lukas von irgendetwas daran hatte hindern lassen, pünktlich zur Arbeit zu kommen.

***

Ich flüchtete wie üblich in den Wald. Mein Herz klopfte die ganze Zeit wie verrückt, als hätte ich einen Dauerlauf gemacht und sei erschöpft. Ich hatte Kaja geküsst. Nicht sie hatte mich geküsst, ich hatte sie geküsst. Hieß das jetzt, dass ich lesbisch war?

Die Panik zerrte an meinem Körper. Lesbisch. Allein das Wort klang wie eine Beleidigung. Dem Ganzen haftete etwas Altjüngferliches an, eine Aura von gestampftem Lehmfußboden und Fröschen, als müsse man eine Brille tragen und dürfe keinen Humor haben, um richtig lesbisch zu sein. Als ich mich selbst hinterfragte, war ich erstaunt über die Ausprägung meiner eigenen Vorurteile. Ich, die ich mich für relativ offen gehalten hatte.

So viel zu dem Bild, das ich mir im Laufe der Jahre zugelegt hatte. Aber mein Bild vom Lesbischsein in der Realität, das sich langsam durch den direkten Kontakt mit lesbischen Frauen entwickelte, war ein ganz anderes. Es waren starke, unbeugsame, selbstständige und schöne Frauen. Es waren Frauen wie Kaja, Anna und Lydia, wie die Türsteherin Sonja auf ihrer Harley, wie die Frauen in London im Queen of Clubs. Es waren Frauen, die das Leben anpackten und sich nicht von Männern einschränken ließen, weder in sexueller noch in anderer Hinsicht.

Aber die lesbischen Frauen lebten auch immer irgendwie am Rand und bezahlten einen Preis dafür. Viele hatten ein Alkoholproblem, sagte Kaja, viele waren in Therapie, viele hatten die Homophobie der Gesellschaft verinnerlicht und schämten sich im tiefsten Inneren für das, was sie waren. Und dann gab es natürlich haufenweise Frustrierte, politisch korrekt bis zum abgekauten Nagelbett, die keine Abweichung von den eigenen Regeln akzeptieren konnten. Aber in welchen Kreisen oder welcher gesellschaftlichen Klasse war das nicht so? Ich brauchte nur einen Blick über unseren Gartenzaun zu werfen und hatte die Antwort auf meine Frage.

Mit Männern zu leben war anstrengend, das wussten alle. Aber mit Frauen war es offensichtlich auch nicht leicht. Kaja hatte gesagt, dass sich viele Lesben prügelten, dass es in den Beziehungen zu Misshandlungen kam, genau wie bei den Heteros. Wo war der Unterschied, wenn eine Frau von ihrem Mann misshandelt wurde oder von ihrer Frau? Wie gleich oder ungleich waren wir eigentlich? Ich kam nicht umhin, einerseits zu finden, dass Männer vollkommen anders waren als wir, während ich andererseits der Meinung war, dass das größtenteils an der Erziehung und der Sozialisierung lag und nicht an der Biologie.

Menschen sind wie Menschen eben sind. Die Menschen, die ich mochte, hatten meist ähnliche Eigenschaften, egal, ob es sich um Männer oder Frauen handelte. Sie waren intelligent, humorvoll und schlagfertig, stark, jedoch zugleich mit einer empfindsamen Seite, ehrlich und loyal. Humor war für mich eine der wichtigsten Eigenschaften. Ich lachte gern, war gern mit Menschen zusammen, mit denen ich mich entspannen konnte. Mit Lydia ging das am besten, doch Kaja kam gleich dahinter. Sie hatte einen schwarzen Humor, gefärbt von ihrer finsteren Sicht auf das Leben, begleitet von einem Funkeln in den Augen. Sie fand Dinge einfach komisch, zum Lachen. Und sie fand, dass die Menschen es verdienten, dass man über sie lachte – und dass man oft genug selbst eine Figur abgab, über die es sich lohnte, lauthals loszuprusten.

Ich mochte ganze Menschen, Personen, die an sich viele Facetten und Komplexität zuließen. Bei Lesben fand ich eine größere Fähigkeit als bei heterosexuellen Frauen, den eigenen Humor und die eigene Stärke zu zeigen. Das Gleiche fiel mir an Schwulen auf: eine größere Bereitschaft, auch die eigenen schwachen Seiten anzunehmen, als das bei heterosexuellen Männern üblich war. Homosexuelle Menschen gestatteten es sich ganz einfach häufiger als heterosexuelle, sich in ihrer Ganzheit zu zeigen.

Im Wald war es still. Aber in meinem Kopf tobte ein Orkan. Ich setzte mich auf denselben Baumstumpf wie beim letzten Mal, doch diesmal weinte ich nicht. Ich konnte nicht mehr an Kaja denken, es war mir zu viel. Ich wollte eine Pause von ihr. Ich brauchte Zeit.

Zeit.

Stattdessen dachte ich plötzlich über den Stadtteil nach, in dem sie wohnte. Westliches Söder war für mich eine Offenbarung gewesen. Ich hätte es nie für möglich gehalten, dass man sich in diesen tristen Behausungen von Niedrigverdienern so glücklich fühlen konnte. Doch das tat ich, und es kam mir so vor, als pflanzte sich mein Glück bis zu den Häusern, Bäumen und Menschen fort. Als ich am Abend zuvor aus Kajas Wohnung geflohen war, ist mir der ganze Stadtteil plötzlich magisch erschienen. Der graue Hinterhof mit langweiligen Klettergerüsten aus imprägnierten Holz, die Waschküche, wo ich Kaja an einem Abend geholfen hatte, Laken zusammenzufalten, das 24 Stunden geöffnete Taxicafé im Vorderhaus und die vielen Lebensmittelgeschäfte, die zu Fuß erreichbar waren. Ein ganz normaler Stadtteil für die meisten, doch ich wusste es besser. Die ganze Gegend war wie verzaubert, was anderen verborgen blieb, aber für mich offensichtlich war, weil mir dort die Liebe begegnet war. Mir war die Liebe im westlichen Söder begegnet und der Gedanke daran ließ mir das Herz aufgehen.

An diesem Punkt angelangt, zwang ich mich, wieder nüchtern zu denken. Liebe und Liebe – was wusste ich schon darüber? Sicher war hingegen, dass ich Kaja geküsst hatte und Lukas wütend auf mich war. Ich musste irgendeine Entscheidung treffen. Am Freitag hatten wir zum Cocktail eingeladen und Kaja sollte kommen. Wie sollte ich mich verhalten?

Schneefall setzte wieder ein und ich spürte plötzlich, wie mich Panik überkam. Mir schnürte es das Herz zusammen, es war, als würde die Angst in mir auf und ab fahren. Ich musste mich an einen Baumstamm lehnen.

Kaja war meine Freundin, nichts weiter. Wir sollten es dabei belassen. Wir waren Freundinnen und das westliche Söder alles andere als ein magischer Ort, sondern bloß ein langweiliger Teil der Innenstadt. Lukas war mein Mann, mit dem ich in Stocksund lebte, ich würde ihm alles gestehen und um Entschuldigung bitten. Kaja würde ich auf Abstand halten müssen. Das durfte sich nicht wiederholen.

Ich kehrte um und ging bedeutend leichteren Herzens, aber mit erstaunlich schweren Schritten nach Hause.

***

Ehe Lukas am Abend nach Hause kommen sollte, tigerte ich vor dem Telefon auf und ab. Am Ende rang ich mich dazu durch, den Hörer abzuheben und schnell die Nummer einzutippen. Kaja nahm ab. Sie klang kurzatmig und müde, irgendwie nervös.

»Danke für gestern«, sagte ich.

»Danke gleichfalls«, entgegnete sie. »Mir geht es jetzt viel besser, dank deines Oberklassengesöffs.«

Wir lachten beide. Es war sofort entspannter.

»Da kannst du mal sehen«, sagte ich kokett. »Nicht alles ist schlecht, was mit der Oberklasse zu tun hat.«

»Das weiß ich«, antwortete Kaja ruhig.

Wir schwiegen.

»Du«, begann sie. »Ich habe über das nachgedacht, was passiert ist. Dass wir uns geküsst haben. Ich finde, wir lassen das. Es ist nie passiert, einverstanden? Du hast Lukas und dein Leben mit ihm und ich muss nach der Sache mit Anna wieder zu mir kommen. Das gibt sonst nur Chaos.«

Ihre Worte hätten mich erleichtern müssen, doch stattdessen rissen sie in mir ein klaffendes Loch. Schock – das war's dann wohl.

»Gut, dass du das sagst«, meinte ich ebenso ruhig wie Kaja. »Genau das wollte ich dir auch vorschlagen.«

»Dann sind wir uns also einig«, stellte Kaja fest. »Schön. Ich hatte Angst, du wärest traurig.«

»Und ich hatte Angst, du wärest traurig.«

Wir schwiegen wieder. In mir schmerzte und pochte es, aber das würde vorübergehen, sowie wir aufgelegt hatten.

»Hast du mit Anna gesprochen?«, fragte ich. »Wie fühlst du dich jetzt?«

»Nein, wir haben uns beide nicht gemeldet«, antwortete Kaja. »Ich muss das hier allein durchstehen. Eine kann sich nur auf sich selbst verlassen, wenn alles den Bach runter geht. Ich habe vor, eine Weile halblang zu machen.«

In meinem Bauch ballte sich unerwartet ein Knäuel der Unruhe zusammen, hart und feurig leuchtend, mit langen Dornen. Es drehte sich wie verrückt.

»Aber wir sehen uns doch am Freitag«, sagte ich, »Oder?«

»Klar, ja«, antwortete Kaja. »Gut, dass du mich daran erinnerst, bei all dem, was gerade jetzt passiert und ich krank bin und so.«

Der Unruheball loderte und drehte sich. Er fraß sich in Leber und Nieren, Magen, Gedärme.

»Du musst kommen!«, sagte ich. »Liebe Kaja, mach jetzt keinen Rückzieher! Es wird dir Spaß machen, das verspreche ich! Und du wirst jede Menge Freunde von mir kennen lernen. Baby ist auch da! Meine Liebe, komm am Freitag!«

Kaja war still. Ich hörte, wie übertrieben begeistert ich mich anhörte. Mein Herz schlug mir bis zum Hals. Der Ball drehte sich.

»Ich weiß es wirklich nicht, Sophie«, antwortete Kaja. »Ich will erst mal abwarten, wie es mir geht.«

Zum ersten Mal hatte sie mich Sophie genannt. Der Unruheball kam ins Trudeln. Ich ließ mich auf den Telefonstuhl plumpsen.

»Kaja«, sagte ich und hörte, dass meine Stimme zitterte. »Du bist gerade der wichtigste Mensch in meinem Leben. Vielleicht ist es ein Fehler, das zu sagen, und ich weiß nicht genau, warum du es bist, aber so ist es nun mal. Ich ertrage den Gedanken nicht, dass wir uns nicht sehen. Ich stimme dir in allem zu, was du bisher gesagt hast, aber meine Liebe, komm am Freitag. Es ist kein Fest, wenn du nicht dabei bist.«

Ich war bemitleidenswert. Ich hörte förmlich, wie Kaja lächeln musste.

»Du legst dich mächtig ins Zeug«, sagte sie. »Seid ihr aus der Oberschicht immer so dramatisch?«

Sie klang trotz allem etwas zufrieden. Der Unruheball drehte sich langsamer.

»Nenn es wie du willst«, entgegnete ich. »Wenn du nur am Freitag kommst.«

»Mal sehen«, antwortete Kaja.

Am Freitagnachmittag begann es kräftig zu schneien, ich war draußen und schippte den Schnee von unserer Auffahrt. Kaja hatte sich seit unserem Telefongespräch am Dienstag nicht gemeldet und ich war erstaunt, wie sehr ich mir wünschte, sie würde kommen. Ich richtete den Getränketisch und die Snacks her, während draußen die Dunkelheit hereinbrach. Dann zog ich mich um, zündete die Leuchter an, legte eine CD mit Dinah Washington ein und wartete auf die Gäste. Sie sollten ab acht Uhr kommen. Zehn vor acht kam Lukas nach Hause. Er bürstete sich in der Diele den Schnee vom Mantel, sodass der Fußboden ganz nass wurde, und ging dann mit nassen Schuhen hinein. Ich sagte kein Wort, wischte nur hinter ihm auf. Wir hatten seit Dienstag nicht mehr über Kaja oder den Kuss gesprochen.

Viertel nach acht trafen die ersten Gäste ein und danach strömten die Leute ins Haus. Es war eine Mischung aus alten und neuen Bekanntschaften, Kindheitsfreunden und Kollegen, Verwandten und anderen Leuten, die wir kannten. Wir waren fast vierzig, als Baby auftauchte. Ich richtete gerade in der Küche Schnittchen auf einem Tablett an, als sie hereinkam.

»Hallo, meine Süße«, sagte sie. »Wo ist Kaja? War sie nicht eingeladen? Es ist gleich zehn.«

Ich bedachte sie mit einem langen Blick. Ein Gefühl von Panik saß mir im Nacken; Kaja würde nicht kommen. Meine Zukunft war besiegelt. Meine Bestimmung war es, Menschen in Seidenkleidern und Anzügen Schnittchen auf Platten zu servieren.

»Weiß nicht«, antwortete ich. »Vielleicht kommt sie nicht.«

»Nein?«, wunderte sich Baby und sah mich fragend an. »Warum nicht? Was ist passiert?«

Ein Gast ging durch die Küche zur Toilette.

»Was soll schon passiert sein?«, sagte ich steif. »Nichts.«

Baby schaute mich forschend an. Zwei weitere Gäste gingen durch die Küche, zwei in Schale geworfene Finanzyuppies, die ich nicht kannte. Der eine rückte sich den Schlips zurecht, bedachte uns mit einem herablassenden Blick und zog dann weiter zur Gästetoilette. Offensichtlich hielten sie uns für das Personal.

»Kein Wunder, dass es Kaja schwer fällt, hierher zu kommen«, sagte Baby finster. »Was habt ihr heute Abend für Leute eingeladen?«

»Hauptsächlich Freunde, aber die da sind Arbeitskollegen von Lukas.«

»Lass mich das nehmen. Wenn einer von Lukas' charmanten Kollegen mir schon die Rolle des Hausmädchens zugeteilt hat.«

Sie schnappte sich das Tablett und verschwand ins Wohnzimmer. Ich folgte ihr niedergeschlagen. Mir fehlte jeglicher Enthusiasmus. Dann riss ich mich zusammen und spielte wieder die perfekte Gastgeberin, machte meine Runde, betrieb nach links und nach rechts Small Talk, sorgte dafür, dass alle hatten, was sie brauchten. Beata stand an die eine Zimmerwand gelehnt und unterhielt sich mit einem der Yuppies, der nicht auf die Toilette gegangen war.

»Ach, ist das schön!«, sagte Beata begeistert, als ich vorüberging. »Toll, wie es dir gelungen ist, so viele verschiedene Menschen zusammenzubringen!«

Der Yuppie schaute mich fragend und leicht herablassend an. Ich hob die Augenbrauen in seine Richtung.

»Haben wir uns schon vorgestellt?«, fragte ich.

»Ich glaube nicht, Torbjörn«, sagte er.

»Sophie. Ich wohne hier.«

Ich lächelte ihn bissig an und er machte ein etwas beschämtes Gesicht.

»Ich muss dich übersehen haben, als ich gekommen bin«, murmelte er.

»Torbjörn und ich, zum Beispiel, sind uns vorher noch nie begegnet«, erklärte Beata. »Aber es hat sich herausgestellt, dass er mit meiner Großcousine väterlicherseits verlobt ist!«

»Wunderbar!«, sagte ich. »Wirklich unglaublich.«

Ich ging weiter. Es war eine gelungene Cocktailparty, die Leute amüsierten sich, Gespräche und Gelächter waren aus jeder Ecke zu hören. Ich schielte auf meine Uhr. Halb elf. Der Unruheball drehte sich in meinem Inneren wie eine bessere Discokugel, die Dornen ausgefahren wie bei einem Morgenstern. Meine Eingeweide wurden gerade zu Hackfleisch verarbeitet. Baby stand an der Terrassentür, mit dem Tablett in einem gefährlichen Winkel auf der Hüfte wie eine geübte Serviererin und unterhielt sich mit einigen Typen.

»Kannst du mal kurz mit mir nach draußen kommen?«, fragte ich sie durch zusammengebissene Zähne.

Wir gingen zur Hintertür, wo uns niemand hören konnte.

»Du machst einen ganz verstörten Eindruck«, fand Baby. »Was ist los?«

»Ich werde Kaja als Freundin verlieren«, antwortete ich.

Ich klapperte mit den Zähnen und zitterte, als fröre ich. Baby schaute mich nachdenklich an.

»Das verstehe ich nicht«, meinte sie. »Was ist los? Hast du sie verletzt?«

»Nein«, antwortete ich kurz.

»Neihein. Aber was war dann los?«

Baby fuhr fort, bevor ich antworten konnte.

»Und wenn es so wäre, dass sie dich trotz all deiner hervorragenden Qualitäten abservieren würde, so what? Dann ist sie schön blöd und hat dich nicht als Freundin verdient – in welcher Form auch immer.«

Ich wäre fast in Tränen ausgebrochen, als ich Lukas' Stimme hörte.

»Sophie!«

Ich öffnete die Tür zum Esszimmer. Lukas stand mit einem Drink in der Hand und schiefem Schlips da. Er schaute mich mit leichter Feindseligkeit an. Dann machte er auf dem Absatz kehrt.

»Kaja ist da«, sagte er über die Schulter. »Sie steht in der Diele. Du musst dich um sie kümmern.«

Mein Herz schlug Purzelbäume in meiner Brust. Baby verschränkte die Arme und hob eine Augenbraue. Langsam verzog sich ihr Mund zu einem Lächeln, als sie mein Gesicht sah.

»Wir sprechen später weiter«, meinte sie und verschwand.

Kaja stand wirklich in der Diele – in Lederhose, Jeansjacke und Palästinensertuch, nass wie eine ertränkte Katze. Aus den angrenzenden Zimmern schielten etliche Gäste verstohlen zu ihr hin, Kaja wirkte verärgert und gehetzt. Ich ging zu ihr und legte die Arme um sie, obwohl mein Kleid davon nasse Flecken bekam.

»Du bist gekommen!«, sagte ich herzlich.

»Ja, ich bin gekommen«, erwiderte Kaja wütend. »Warum müsst ihr nur so weit draußen wohnen und ich durch dieses Scheißwetter laufen?«

»Vierhundert Meter«, sagte ich. »Hier. Gib mir deine Jacke.«

»Ich habe mich auch noch verlaufen. Es gibt keine Straßenschilder!«

Gezeter und Gekeife. Ich grinste von einem Ohr zum anderen, konnte nicht aufhören damit. Kaja gab mir ihre Jacke, behielt aber den Palästinenserschal um.

»In diesem Umfeld brauche ich Schutz«, sagte sie zornig.

»Du bekommst einen Drink, und dann stelle ich dir meinen Freund Björn vor«, sagte ich und nahm sie bei der Hand. »Komm!«

Wir betraten das Wohnzimmer. Überall drehten sich die Gäste zu uns um und schauten uns an. Ich stellte Kaja eine Menge Leute vor. Seidenkleider und Anzüge traten einen winzigen Schritt zurück, als Kaja ihnen entgegenkam. Kleine weiße Taschentücher in den Brusttaschen, ein Tuch im Kragen bei den Fortgeschrittenen. Wildlederpumps, teurer Schmuck, Haarspray. In ihren derben Schuhen, ihrer Jeansjacke und der Lederhose sah Kaja aus wie eine durchweichte Terroristin. Der Palästinenserschal wurde im Zimmer selbstverständlich sofort zum Mittelpunkt und Gesprächsthema.

»Gustaf, das ist Kaja.«

»Angenehm«, sagte Gustaf und reichte Kaja die Hand.

Ihre Blicke begegneten sich. Krawatte gegen Palästinenserschal, zwei Welten auf Kollisionskurs. Quietschende Bremsen, Schlingern, Metall, das laut krachend auf Metall trifft, als würde es nie aufhören. Splitterndes Glas. Mehrere Tote. Zum Schluss rollte eine Radkappe davon und fiel in der anschließenden Stille scheppernd in den Straßengraben.

»Kaja ist Journalistin«, sagte ich verzweifelt zu Gustaf.

»Aha«, sagte er, und Kaja schaute mich feindselig an.

»Das interessiert ihn bestimmt nicht«, sagte sie ruhig.

»Komm«, sagte ich und zog sie weiter.

Aus den Augenwinkeln sah ich, wie Gustaf mit jemandem neben sich zu tuscheln begann, während beide Kaja nachblickten.

»Sassa«, sagte ich und tippte ihr auf die Schulter, »das ist Kaja.«

Sassa drehte sich zu uns um. Die beiden gaben sich die Hand und schauten sich unverwandt an.

»Ich bin die Ausnahme des Abends, wie ich sehe«, stellte Kaja fest.

»Ja, aber ich auch, mit diesem Bauch«, meinte Sassa.

Kaja blickte hinab auf ihren Bauch.

»Bist du schwanger?«, fragte sie.

Sassa hob die Augenbrauen und sah Kaja mit einem kleinen Lächeln an. »Na, ein Bierbauch ist das nicht, falls du das glaubst.«

Ich zog mit Kaja wieder weiter.

»Hör jetzt auf!«, fauchte sie mir ins Ohr.

»Ich muss dich aber einigen Leuten vorstellen«, widersprach ich.

Ich schwitzte. An der Wand stand noch immer Beata mit dem Yuppie.

»Beata, das ist Kaja.«

Sie gaben sich die Hand. Ich schaute Torbjörn an.

»Du musst entschuldigen«, begann ich, »aber ich habe deinen Namen vergessen.«

»Torbjörn«, antwortete er und schaute Kaja an. »Und wer ist das?«

»Kaja«, sagte Kaja und schüttelte ihm die Hand.

Torbjörn musterte sie von oben bis unten.

»Aha«, antwortete er. »Und woher kommst du?«

Seine Stimme klang dermaßen großspurig und sein Tonfall so unangenehm, dass mir schwindelig wurde.

Doch Kaja schaute ihn unverwandt an.

»Aus einer total fiesen, lesbischen WG auf Söder«, antwortete sie.

Torbjörn lächelte höhnisch.

»Ja, das sehe ich«, meinte er. »Das ist wirklich sonnenklar ... und vielleicht noch mehr als das.«

Beata verzog den Mund. Doch Kaja wandte sich mir zu.

»Nette Freunde hast du«, sagte sie. »Wirklich toll, dass ich sie kennen lerne.«

Dann entfernte sie sich und ich folgte ihr mit lahmen Schritten. Mein Gesicht glühte und mir war, als würde ich gleich in Ohnmacht fallen. In dem Augenblick tauchte Lukas auf und umarmte Kaja, vorsichtig, damit sein Jackett nicht nass wurde.

»Hallo! Schön, dass du gekommen bist!«, sagte er.

»Ja, das war für euch bestimmt lustig«, entgegnete Kaja wutentbrannt. »Da hattet ihr jemand, der euch den Affen macht und den anderen Gästen Gesprächsstoff liefert.«

Lukas war schon wieder unterwegs in die Küche. Auch er hatte nicht vor, sich von seiner besten Seite zu zeigen, das war vollkommen klar.

»Ist er sauer?«, fragte mich Kaja laut.

Ehe ich antworten konnte, kam Björn. Er gehörte zu meinen engsten männlichen Freunden und in dem Augenblick verwandelte er sich in den letzten Strohhalm, an den ich mich klammern konnte.

»Kaja, das ist Björn«, sagte ich matt.

Björn betrachtete Kaja auch erst mal von oben bis unten, doch dann lächelte er herzlich.

»Wunderbar«, sagte er. »Endlich eine Frau ohne Seidenkleid. Du siehst aus, als könnte man sich mit dir unterhalten.«

»Ich habe schrecklich schlechte Laune«, sagte Kaja, »und diese Party wirkt dem nicht gerade entgegen. Nimm dich also in Acht.«

»Und warum hast du schlechte Laune?«

»Unter anderem weil Sophie darauf besteht, mich allen vorzustellen, und sich jede Person, die ich bisher begrüßt habe, als richtiges Schwein erwiesen hat«, erklärte Kaja.

»Herrlich!«, meinte Björn und rieb sich die Hände. »Ich finde, dann lassen wir diese neurotische Gastgeberin in Ruhe und ich gebe dir einen Drink. Dann möchte ich mich da hinten in die Fensternische setzen und die anderen Gründe herausfinden, warum du wütend bist, und anschließend über die anderen Gäste lästern. Was hältst du davon?«

»Versuchst du mich gerade anzubaggern?«, fragte Kaja und starrte ihn an. »In dem Fall verschwendest du deine Zeit. Ich bin lesbisch. Ich stehe nicht auf Männer.«

Björn bog sich vor lachen.

»Das weiß ich doch«, entgegnete er. »Ich habe einige Artikel von dir gelesen. Ich bin auch Journalist. Du bist ziemlich fit!«

Kaja sah etwas milder aus.

»Was hältst du davon?«, fragte Björn. »Ein Wodka Tonic und die Fensternische mit mir?«

»Okay«, sagte Kaja. »Wenn frau da rauchen darf.«

»Frau darf überall rauchen«, antwortete Björn und zog Kaja mit zum Getränketisch.

Ich ging wieder in die Küche. Die Anspannung wich von mir; mein Herz ließ sich wie ein kleiner Vogel in meiner Brust nieder. Kaja war gekommen, sie war hier. Björn würde sich um sie kümmern. Euphorie. Plötzlich erschien mir die Cocktailparty in einem anderen Licht. Alle Farben waren klarer, die Menschen netter. Kaja war hier. Ich konnte sie aus dem Augenwinkel sehen, wo auch immer ich mich aufhielt.

Da tauchte Baby neben mir auf – wie eine Wiedergängerin, der man am liebsten nicht begegnen wollte. Ich hatte Lukas am Dienstagabend versprochen, niemandem von meinem und Kajas Kuss zu erzählen, zumindest nicht ehe er und ich die Gelegenheit gehabt hatten, richtig miteinander zu sprechen.

»Mehr Schnittchen?«, fragte sie misstrauisch.

»Genau«, antwortete ich.

»Können wir unser Gespräch fortsetzen?«

»Welches Gespräch?«, fragte ich unschuldig.

Sie verschränkte wieder die Arme über der Brust.

»Ich wittere einen begrabenen Hund.«

»Ich weiß nicht, wovon du redest«, sagte ich.

Baby sah mich aus zusammengekniffenen Augen an.

»Versuch nicht, mich zum Narren zu halten!«, sagte sie. »Lukas läuft rum wie ein lächelnder Dr. Goebbels und du schienst gerade noch dem Selbstmord nahe, verwandelst dich aber plötzlich in ›everybodys darling‹. All das, nur weil eine bestimmte Person durch die Tür marschiert ist. Okay, wir müssen nicht jetzt auf der Party darüber sprechen. Aber glaub nicht, dass du mir so davonkommst!«

»Baby«, sagte ich, »nie im Leben käme ich auf die Idee, dass ich dir davonkommen könnte. Entschuldige.«

Ich kehrte mit meinem Tablett ins Wohnzimmer zurück und ging zu Björn und Kaja.

»Schnittchen«, sagte ich.

Kaja sah mich mit einem finsteren Lächeln an.

»Was für Dinger?«, sagte sie.

»Schnittchen. Die da links sind vegetarisch.«

Kaja ließ ein schallendes Lachen hören, das Björn und mehrere andere Gäste in den Bann zog, darunter Beata und Torbjörn, die sich umdrehten.

»›Schnittchen‹?«, wiederholte sie und wischt sich die Tränen ab. »Machst du Witze, Sofa? Björne, möchtest du ein Schnittchen? Oder sagt man eine Schnitte?«

»Lach nur«, sagte Björn und nahm sich drei auf einmal, »sie sind wirklich sehr lecker.«

Kaja nahm ein Sandwich zwischen Daumen und Zeigefinger.

»Ja, verdammt lecker«, sagte sie. »Und gratis. Da muss man zuschlagen.«

Beata, die dicht daneben stand, drehte sich zu Torbjörn um und verdrehte die Augen. Torbjörn wiederum beugte sich vor zu Kaja.

»Gibt es in eurer lesbischen WG nichts zu essen?«, fragte er großmäulig. »Weil es so wichtig ist, gratis zu essen?«

Kaja sah ihn mit ausdruckslosem Gesicht an. Dann wandte sie sich an Björn.

»Da ist er«, sagte sie. »Dieser nette, gut aussehende, erfolgreiche Mann, von dem ich dir erzählt habe. Der so viel Stil hat. Und Humor.«

»Oho«, entgegnete Björn, aber mehr konnte er nicht sagen, ehe Kaja sich wieder an Torbjörn wandte und mit dem halb gegessenen Sandwich auf ihn deutete.

»Lass mich raten«, sagte sie. »Yuppie, stimmt's? Du hast BWL studiert und anschließend hast du einen Fuß in irgendeine große Firma gekriegt. Langsam, aber sicher arbeitest du dich nun in die richtige Gesellschaftsschicht hoch. Da bietet sich eine Person wie ich so richtig gut als Sprungbrett an, um vor diesem Mädel den großen Max zu markieren.«

Sie nickte zu Beata hin.

»Habe ich Recht oder habe ich Recht?«, fuhr sie fort und schob sich den Rest des Sandwichs in den Mund.

Torbjörn stand der Mund offen wie einem Fisch, doch dann machte er ihn wieder zu. Sein Gesicht lief hochrot an. Kaja kaute und schluckte, ohne den Blick von ihm abzuwenden.

»Aber was das Essen betrifft, da hast du ganz Recht«, sagte sie. »Wir haben kaum etwas zu essen in der fiesen, lesbischen WG. Wir gehen in den Billigsupermarkt und ernähren uns von biodynamischen Fröschen und gestampften Mohrrüben. Wir haben nicht so viel Geld da unten in der Arbeiterklasse, darum verstehst du bestimmt, dass eine sich ranhält, wenn es Gratisfutter gibt.«

Sie steckte umständlich die Hände in die Taschen, wie um deren Größe zu testen und lächelte Torbjörn schief an.

»Ich glaube, ich kann mir noch ein paar für zu Hause klauen. Was meinst du?«

Torbjörn wandte sich ohne eine Antwort ab. Er und Beata nahmen ihre leise Unterhaltung wieder auf, aber ich sah, wie Beata den Kopf schüttelte und wieder die Augen verdrehte. Björn hingegen bog sich vor Lachen und flüsterte Kaja etwas ins Ohr.

»Entschuldige mich«, sagte ich vor mich hin und zog mit meinem Tablett weiter.

Nach ein paar Minuten, die ich mit Greger im Gespräch verbracht hatte, kam Kaja wieder auf mich zu.

»Leckere SCHNITTCHEN!«, sagte sie. »Darf ich noch eine Schnitte nehmen?«

»Bitte sehr«, antwortete ich.

»Ist er eingeschnappt, der kleine Yuppie?«, fragte sie und biss ins Butterbrot.

»Kaja, das ist Greger«, sagte ich, ohne auf ihre Frage einzugehen. »Greger – Kaja.«

Beide gaben sich die Hand.

»Greif zu, Greger!«, sagte Kaja. »Die sind superlecker! Habt ihr immer so gutes Essen auf euren Cocktailpartys?«

»Das ist nichts Besonderes«, widersprach ich. »Das sind nur Butterbrote.«

»Reines Luxusessen im Vergleich zu dem bei meinen Freundinnen, bei denen sind das höchste der Gefühle Käsechips«, erklärte Kaja und nahm sich noch ein Schnittchen. »Björne möchte eins mit Schinken, sagt er. Welche sind das?«

Ich zeigte sie ihr, sie nahm auch eins für Björn und zog sich dann mit einem Augenzwinkern zu mir in die Fensternische zurück. Wieder konnte ich ihr und Björns fröhliches Gelächter hören. Da hatten sich offensichtlich zwei gefunden.

»Wer ist das?«, fragte Greger. »Torbjörn steht in der Diele und spuckt Gift und Galle.«

»Das ist Kaja. Eine Journalistin, die ich kenne. Er war unhöflich zu ihr und sie hat es ihm mit gleicher Münze heimgezahlt.«

Greger lachte sein rücksichtsvolles Lachen.

»Das erträgt er nicht«, sagte er. »Obwohl er es wirklich verdient.«

Er schaute zu Kaja hinüber.

»Sie ist hübsch«, sagte Greger. »Aber etwas anders, oder?«

Ich nickte.

»Ja, das kann man wohl sagen.«

Ich verkniff es mir, wieder zu Kaja und Björn hinüber zu gehen. Sie machten den Eindruck, als amüsierten sie sich prächtig. Nach einer Stunde sah ich, dass auch Greger sich angeschlossen hatte, und Kaja unterhielt die beiden mit einer Geschichte, die große Gesten erforderte. Sowohl Björn als auch Greger schienen ganz fasziniert und lachten herzlich. Beata hingegen stand noch immer an ihrem Platz auf der anderen Zimmerseite und glotzte zu Kaja hinüber, jetzt eifrig in ein Gespräch mit Gustaf und Sassa vertieft. Kaja war ein exotischer Vogel, der von einem anderen Stern in unser Wohnzimmer gefallen war. Lukas wiederum ließ sich überhaupt nicht blicken, sondern hatte sich offensichtlich mit einigen Kollegen, darunter Torbjörn, in seinem Arbeitszimmer verschanzt, um sich dort voll laufen zu lassen.

Nach einer weiteren Stunde brachen die Leute langsam auf. Ich kam an dem Fenster vorbei, wo Kaja und die Männer standen, und sie rief mir zu: »Sofa! Warum drückst du dich vor uns?«

Sie klang leicht beschwipst. Ich ging zu ihnen. Björn schaute Kaja mit verliebten Augen an.

»Warum hast du diese wunderbare Frau vor uns versteckt?«, rief er aus. »Sie ist großartig!«

Kaja tätschelte ihm die Wange und er biss ihr vorsichtig ins Ohr. Greger schaute lachend zu. Es war unglaublich, aber wahr – Kaja ließ sich zu einem fortgeschrittenen Flirt mit Björn herab.

»Meine Güte, du flirtest mit den Jungs!«, rief ich mit einem Lächeln aus, das meinen Worten die Schärfe nehmen sollte. »Vertragen die das wirklich?«

»Flirten?«, fragte Kaja. »Ich flirte nicht. Björn und ich führen nur ein kleines Gespräch.«

Er lehnte seinen Kopf an ihre Schulter.

»Diese Frau wird die Mutter meiner Kinder«, sagte er glücklich. »Das ist perfekt. Sie ist lesbisch und ich ein überzeugter Junggeselle, der trotzdem Vater werden will. Wir werden die glücklichste Familie der Welt gründen.«

»Da sieht man's wieder«, sagte ich und leerte einen der Aschenbecher neben ihnen.

Da tauchte Baby mit einer Flasche Wein auf und legte Greger eine Hand auf die Schulter.

»Störe ich?«, fragte sie. »Ihr scheint euch gut zu amüsieren.«

»Überhaupt nicht!«, widersprach Björn. »Komm in unsere Mitte! Ich habe gerade die Frau fürs Leben gefunden!«

»Da schau an«, sagte Baby und warf mir kurz einen amüsierten Blick zu. »Du sagst Bescheid, wenn du Hilfe brauchst, ja Sophie? Wir sind hier.«

»Baby«, rief Kaja aus, »gut, dass du gekommen bist. Ich brauche Hilfe, um etwas herauszufinden. Wie kann Greger, der so nett ist, in einem Finanzunternehmen arbeiten?«

»Das kann ich dir erklären«, antwortete Baby und schenkte sich mehr Wein ein. »Das liegt daran, dass Greger aus Norrland kommt. Aber fangen wir beim Anfang an ...«

Ich verließ sie und machte die Runde, um mich zu versichern, dass alle hatten, was sie brauchten. Das hatten sie offensichtlich – alle, außer mir. Der Unruheball hatte sich in eine Statue aus Panzerglas verwandelt, in meinem Bauch aufgestellt und von Königin Silvia eingeweiht – mit Blasorchester und allem Tamtam. Nun stand sie, wo sie war.

Um drei Uhr morgens gingen die letzten Gäste nach Hause. Die

Yuppies waren früh aufgebrochen, ohne sich zu verabschieden. Baby war um zwei Uhr abgezogen und Kaja hatte sich mit Björn, der auch auf Söder wohnte, ein Taxi geteilt. Wir hatten uns zum Abschied ganz flüchtig umarmt, sie fröhlich und wackelig, ich voller nüchterner Härte. Jetzt war ich durcheinander und zutiefst beunruhigt.

»So«, sagte Lukas, als das letzte Taxi abgefahren war. »Das war ja ein Erfolg.«

»Was?«, fragte ich.

Er war betrunken und schwankte in der Küche.

»Kaja war unhöflich zu Torbjörn«, sagte er. »Er war total geschockt.«

»Falsch«, widersprach ich. »Torbjörn war unhöflich zu Kaja und dann bekam er Zunder. Ich fand ihn widerlich, ehrlich gesagt. Er hat auch mich und Baby herablassend behandelt.«

»Was immer du meinst«, sagte Lukas. »Ich gehe ins Bett.«

Lukas ging zu Bett, aber ich putzte bis vier Uhr das Haus. Dann versuchte ich zu schlafen, aber mein Kopf war so voller Gedanken und Überlegungen unterschiedlichster Art, dass es mir nicht gelang einzuschlafen, bevor es schon wieder ganz hell war.

***

Die Woche verging. Kaja rührte sich nicht, rief nicht an und ich tat es auch nicht. Uns fehlte jeglicher Überschneidungspunkt in unserem Leben, sodass keine Gefahr bestand, dass wir uns rein zufällig über den Weg liefen. Ich arbeitete an meinem Manuskript, saß abends neben Lukas auf dem Sofa und schaute fern. Er erwähnte das Geschehene mit keiner Silbe. Ich auch nicht. Ich wusste nicht, was ich machen sollte.

Am Dienstagmorgen reiste Lukas nur für einen Tag nach London. Ich stand in der Küche und füllte Kaffee in die Maschine ein, als mir eine Idee kam: Kaja hatte sich wieder mit Anna vertragen! Oder vielleicht fand sie die Cocktailparty so schrecklich, dass sie nichts mehr mit mir zu tun haben wollte? Oder – unwahrscheinlicher Gedanke – wenn Björn sie nun mit nach Hause genommen hatte? Mir fiel der Messlöffel mit dem Kaffee auf den Boden und das braune Pulver verteilte sich auf dem Teppich. Eine Sekunde später hatte ich Tränen in den Augen. Meine Hände zitterten.

»Du bist verheiratet«, sagte ich mir. »Es ist gut für Kaja, wenn sie sich mit Anna wieder verträgt, es hat Kaja Spaß gemacht, Björn kennen zu lernen. Sei nicht so selbstsüchtig.«

Ich saß den ganzen Tag vor dem Computer, ohne mehr als ein paar Zeilen zu schreiben. Vor meinem inneren Auge: Kajas Augen, Kajas Lippen, Anna zusammen mit Kaja, Kaja zusammen mit Björn. Es verletzte mich, brannte wie Feuer.

Um vier Uhr rief Kaja an.

»Hallo, Sofa. Ich wollte nur mal hören ...«

Ich stürzte mich auf das Telefon.

»Hallo.«

»Sofa! Du bist zu Hause?«

»Natürlich bin ich zu Hause.«

»Du kleine Schwindlerin. Du lauschst wieder heimlich.«

Sie klang selbstsicher, frech, unberührt von allem, was gewesen war. Ich gab mir äußerste Mühe, genauso ruhig und unbeeindruckt zu klingen.

»Man muss die Gespräche sieben, weiß du. Besonders wenn man so berühmt ist wie ich.«

»Die berühmte Schriftstellerin«, meinte Kaja.

Dann waren wir still.

»Danke fürs Fest!«, sagte Kaja. »Es hat mir richtig Spaß gemacht.«

»Das habe ich gesehen«, erwiderte ich. »Du hast mit Björn geflirtet, dass er fast aus der Hose gesprungen wäre.«

»Geflirtet!«, wiederholte Kaja unschuldig. »Ich? Sei nicht dumm, selbstverständlich habe ich nicht geflirtet!«

»Du hast auf Teufel komm raus geflirtet. Niemand auf dem Fest hätte dich für lesbisch gehalten.«

Kaja lachte.

»Björn war super«, sagte sie. »Ich mochte ihn. Aber flirten, nein, jetzt redest du dir aber gewaltig was ein.«

Ich fühlte mich genauso verwirrt und eifersüchtig als wären wir zusammen gewesen.

»Egal«, fuhr Kaja fort, »ich wollte nur mal hören, was du am Wochenende vorhast. Aber du und Lukas habt vielleicht Pläne, oder?«

Mein Herz klopfte so sehr, dass ich kaum klar denken konnte.

»Was ist mit dir und Anna?«

»Wieso, was soll sein? Das habe ich doch erzählt.«

»Habt ihr euch vertragen?«

»Vertragen? Es ist Schluss! Das habe ich dir erzählt. Warst du nicht dabei, oder was?«

»Doch, ich war dabei. Ich war total dabei.«

Wieder schwiegen wir.

»Hast du mit ihm gesprochen?«, sagte Kaja schließlich, und jetzt war ihr scherzhafter Tonfall wie weggeblasen. »Über das, was passiert ist? War er deshalb auf der Party so sauer?«

»Ja«, antwortete ich.

»Was hat er gesagt?«

»Wir haben das noch nicht zu Ende besprochen.«

Wieder schwiegen wir uns an. Das Reden war schwer, das Denken war schwer, das Fühlen war schwer. Alles war schwer. Nichts war eindeutig und einfach.

»Ich finde, du solltest mit ihm reden, bevor wir uns treffen«, fand Kaja. »Und dann kannst du mich anrufen, wenn du Zeit und Lust hast.«

»Ja«, antwortete ich.

Wir warteten.

»Okay?«, sagte Kaja. »Wir lassen wieder voneinander hören.«

»Kaja«, sagte ich.

»Ja.«

»Ich bin in dich verliebt.«

Die Worte kamen irgendwo aus meinem tiefsten Inneren geflogen. In dem Augenblick, in dem ich sie ausgesprochen hatte, kamen mir die Tränen und es tat im Hals weh, sodass ich kein weiteres Wort mehr herausbrachte.

»Und ich in dich«, sagte Kaja.

Sie sagte es leise, so warm, so dicht in den Hörer, dass ich das Gefühl hatte, sie sitze neben mir im Zimmer. Ihr Atmen wärmte mein Ohr. Ich konnte ihren Atem hören, ihren Puls schlagen fühlen, ein lang gezogenes Pochen. Dann legte sie den Hörer auf.

***

Ich musste mit Lukas sprechen. Am Abend fuhr ich zum Flugplatz, um ihn abzuholen, wie wir es verabredet hatten. Er marschierte mit langen Schritten durch den Zoll, gut gelaunt und frisch.

»Hallo, Liebling«, sagte er, hob mich hoch und wirbelte mich herum. »Du siehst total gut aus.«

Die Wiederholung einer Lieblingssendung. Flugplätze, abholen, verlassen. Du siehst gut aus. Du auch; nichts gesagt, nichts getan.

»Danke, gleichfalls«, erwiderte ich.

Ich fühlte mich bis ins Mark erschüttert, doch Lukas schien nichts zu merken. Wir gingen zum Auto und ich setzte mich ans Steuer.

»Willst du, dass ich fahre?«, fragte Lukas.

»Nein«, antwortete ich. »Ich fahre.«

Wir fuhren nach Hause. Draußen war es dunkel und trotzdem sah ich überall glückliche Paare und Mütter mit Kinderwagen. Alle anderen hatten es ruhig und stabil, lebten in heterosexuellen Kleinfamilien ohne Probleme. Mutter, Vater, Kind; kein böses Wort; Liebe, Freude und Harmonie. Wir kamen zu Hause an und Lukas trug seinen Koffer hinein, während ich mich mit zwei Tassen Tee auf dem Sofa niederließ. Nachdem er geduscht hatte, kam er zu mir aufs Sofa.

Mit einem Mal fühlte ich mich so unendlich müde und traurig, und meine Augen füllten sich mit Tränen. Lukas schaute mich an.

»Was ist?«, fragte er und streichelte mir über die Wange.

Ich ertrug all diese Freundlichkeit nicht. Ihretwegen schämte ich mich zu Tode.

»Ich bin verliebt«, antwortete ich. »In Kaja.«

Lukas hob seine Teetasse und trank. Er war eine Sekunde still.

»Das habe ich schon lange gesagt«, meinte er. »Das habe ich schon in London gesagt.«

»Aber begreifst du nicht? Ich bin in sie verliebt. Und verheiratet mit dir.«

Lukas nahm sich eine Süßigkeit aus einer Schale, beäugte sie mit großem Interesse, steckte sie in den Mund, kaute und schluckte.

»Was hast du vor?«, fragte er. »Du hast sie geküsst. Was ist schon dabei?«

»Ich will sie wieder küssen«, erklärte ich und starrte in meine Teetasse. »Ich will mit ihr schlafen. Ich weiß nicht, was mit mir los ist.«

Wir saßen eine Weile schweigend da. Meine Worte hingen wie Eiszapfen zwischen uns in der Luft und machten jedes weitere Gespräch unmöglich. Doch plötzlich ergriff Lukas das Wort.

»Dann schlaf doch mit ihr«, meinte er gut gelaunt. »Mach, was du willst. Ist doch gut, dass du eine Beschäftigung hast, wenn ich weg bin.«

»Was meinst du damit?«, fragte ich. »Bist du nicht traurig?«

»Nein, wirklich nicht«, antwortete er auf eine Art, die ich von ihm kannte, wenn er versuchte, sich selbst und zugleich sein Umfeld zu überzeugen. »Ich habe im Verlauf der Woche ziemlich viel darüber nachgedacht. Und ich bin zu dem Schluss gekommen, dass es für mich in Ordnung ist. Kaja ist eine Frau. Sie genießt sexuelle Immunität.«

Seine Augen funkelten, als sei er damit auf eine wirklich tiefschürfende Erkenntnis gestoßen. Eine Goldader auf dem Grund eines braunen Teichs.

»Was willst du damit sagen?«, fragte ich.

»Sexuelle Immunität. Fast wie diplomatische Immunität«, erklärte er mit strahlendem Lächeln. »Sie zählt nicht.«

»Zählt nicht?«

»Solange du diskret bist. Das ist mir wichtig. Man schätzt mich für meine Integrität, ich will nicht, dass es rauskommt.«

Einerseits hätte ich am liebsten mit der Faust auf den Tisch gehauen, meine Stimme erhoben und gesagt, dass er sexistische Scheiße von sich gab, dass Männer immer sagten, die Sexualität von Frauen zähle nicht und es gäbe folglich auch keine lesbische Liebe. Andererseits hatte ich das Gefühl, mir sei eine ganze Kiesgrube vom Herzen gefallen. Ich konnte mich mit ihr treffen! Ich war ehrlich zu Lukas gewesen, er hatte eine Entscheidung getroffen! Statt zu schimpfen, legte ich die Arme um ihn.

»So was lässt mich an unsere Ehe glauben«, sagte ich, und in dem Augenblick, in dem ich die Worte aussprach, glaubte ich selbst daran. »Du lässt mich mein eigenes Leben haben. Ich liebe dich.«

»Ich liebe dich auch«, sagte er und drückte mir einen Schmatzkuss auf den Mund. »Aber jetzt muss ich arbeiten. Sonst ist morgen die Hölle los.«

Er schnappte sich seine Sachen und verschwand in sein Arbeitszimmer. Und erst als ich hörte, wie er die Tür hinter sich schloss, wurde mir das dritte Gefühl in meiner Brust bewusst.

Warum kämpfte er nicht um unsere Liebe? Seine Reaktion war im Grunde so krank, dass ich es kaum nachvollziehen konnte. Ich fragte mich, ob er wusste, was er tat. War er großzügig oder hatte nur Angst um sein gewohntes Leben? Glaubte er, wenn er offen sprach, dann würde er mich verlieren? Oder interessierte es ihn ganz einfach nicht mehr?

In mir spürte ich, wie die Trauer langsam wuchs, die Trauer darüber, dass unsere Ehe gerade in die Brüche ging. Wir liebten uns nicht richtig. Irgendwann hatte ich mir gewünscht, er würde schreien und ausrasten, Krach schlagen und sagen: Du darfst nicht mit Kaja zusammen sein! Du bist meine Frau und ich liebe dich! Oder vielleicht wäre mir am allerliebsten gewesen, er hätte im Büro angerufen und die Nachricht hinterlassen, er könne am nächsten Tag nicht kommen, weil er Familienangelegenheiten zu klären hätte, die zu wichtig wären, um sie aufzuschieben. Dann hätte er mein Gesicht zwischen seine Hände genommen, mir in die Augen geschaut und gefragt: Sophie, was stimmt in unserer Ehe nicht? Warum verliebst du dich in jemand anderen, in eine Frau? Wie gehen wir damit um?

Doch er nahm nur wie immer seine Aktentasche und verzog sich in sein Arbeitszimmer.

***

Es war gegen Ende November, es war dunkel und regnerisch. Ich wartete im Auto vor Kajas Haustür. Sie kam heraus, in ihrer grünen Bomberjacke und dem Palästinenserschal. Mein Inneres zog sich zusammen, als ich sie sah, das gleiche Schwindel erregende Gefühl wie immer. Sie stieg ins Auto und wir gaben uns ein Küsschen auf die Wange. Kajas Duft, ihre Nähe. Die Wärme ihres Körpers neben meinem.

Das Herz in meiner Brust flatterte unregelmäßig. Ich hatte in der letzten Zeit nicht viel gegessen, hatte bestimmt mehrere Kilo abgenommen. Morgens hatte ich an einer Trainingsstunde im Sturebad teilgenommen, musste aber gegen Ende aufhören, weil ich Herzrasen bekam. Kajas Anwesenheit in meinem Leben brachte meine körperliche Stabilität ins Wanken. Vom Sturebad hatte ich unsere Hausärztin Christina Bergdal angerufen. Schwarzer Haarknoten, dicke Brillengläser, schiefes Lächeln. Auch sie hatte ein goldenes Herz.

»Mein Herz schlägt komisch. Ich wollte es Ihnen nur erzählen, damit

Sie mir sagen können, dass ich mir keine Sorgen zu machen brauche.«

Doktor Bergdal gehörte zu den Menschen, die einem bei einer Erkältung sagten, der Mensch brauche nur vier Dinge: Ruhe, Wärme, Flüssigkeit, Zuwendung. Sie hielt nicht allzu viel von Arzneien. Sie war kühl, intelligent und zugleich voller Mitgefühl.

»Im Gegenteil«, sagte sie jetzt zu meinem großen Erstaunen. »Ich will, dass Sie herkommen, damit wir ein EKG machen und eine Herzmuskelentzündung ausschließen können.«

Ich fuhr mit dem Auto in ihre Praxis, noch immer in meinen Trainingsklamotten. Das EKG ergab nichts anderes als dass mein Herz vollkommen gesund und normal war. Nach der Blutabnahme saß ich in Doktor Bergdals Sprechzimmer.

»Was liegt an?«, fragte sie.

Ärzte hatten Schweigepflicht. Bei Doktor Bergdal war man sicher wie bei einer Verwandten vom alten Schlag.

»Ich habe eine junge Frau kennen gelernt«, begann ich. »Mein Mann ist die Hälfte der Zeit auf Reisen und jetzt bin ich in eine Frau verliebt. Ich esse nichts und schlafe wenig. Spielt das eine Rolle?«

Kurzes Schweigen, sie ließ meine Worte auf sich wirken und dachte darüber nach.

»Kann sein«, antwortete sie dann. »Ich schlage vor, Sie gehen jetzt ordentlich Mittag essen und machen danach ein paar Stunden Mittagsschlaf. Sie sind sehr dünn und dann hat man manchmal nicht mehr so viel Widerstandskraft. Man sollte behutsam mit sich selbst umgehen. Es ist viel besser, sich richtig um sich selbst zu kümmern, um gar nicht erst krank zu werden. Das ist einfacher und angenehmer als umgekehrt.«

»Was sagen Sie da?«, fragte ich. »Ist es kein Problem, eine Frau kennen zu lernen? Ist Ihnen gar nicht klar, wie viele Vorurteile die Leute haben?«

Erneute Pause. Doktor Bergdal kratzte sich kurz an der Nase und schob die Brille auf den Nasenrücken.

»Wie man's nimmt«, antwortete sie dann. »In allen Schichten gibt es Homosexuelle. Kürzlich eröffnete eine Bekannte beim Abendessen, sie lebe mit einer Frau zusammen. Ich halte das für eine Leistung. Doch anschließend hatten andere hinter ihrem Rücken etwas daran auszusetzen und meinten, diese Information sei überflüssig gewesen; gebildete Menschen, die sich auf jede erdenkliche Weise in Gesellschaftsfragen engagierten. Vorurteile tauchen dort auf, wo man sie am wenigsten vermutet, und dort, wo man sie zu finden glaubt, gibt es keine. Aber Sie sind ein Künstlertyp. Die Leute haben bestimmt mehr Verständnis als bei vielen anderen. Aber Sie müssen auf sich aufpassen, das ist wichtig.«

»Doktor Bergdal«, begann ich, »Sie sind schlau wie ein Fuchs.«

Ich ging ins nächste Mittagsrestaurant, bestellte Schweinekoteletts mit Salzkartoffeln und Salat und trank eine Flasche Mineralwasser. Zum anschließenden Kaffee aß ich ein großes Stück Torte.

Doch jetzt war es Abend. Ich hatte ein paar Stunden geschlafen. Lukas war das ganze Wochenende in London und Kaja saß neben mir. Unser beider Atem stieg wie Rauch aus unseren Mündern. Es war schwierig, ein Cabriolet zu heizen.

»Was hat Lukas gesagt?«, fragte Kaja.

»Dass es in Ordnung ist. Dass du nicht zählst, weil du eine Frau bist.«

»Dieser sexistische Scheiß-Idiot«, sagte sie.

»So meint er das nicht.«

Wir saßen eine Weile schweigend da.

»Fahr los«, entschied sie schließlich.

»Wohin?«, fragte ich.

»Egal wohin. Wir fahren einfach ein bisschen im Auto rum.«

Wir bogen von der Autobahn nach Södertälje ab. Draußen war es dunkel und schön, trotz des November-Sauwetters. Kajas Gegenwart erfüllte mich ganz. Nach einigen Ausfahrten wendete ich und fuhr stattdessen nach Norden. Wir ließen Stockholm hinter uns. Als wir am Industriegebiet von Bredden vorbeifuhren, nahm Kaja meine Hand, die durch ihre Anwesenheit feucht war. Sie steckte einen Finger in meinen Handschuh und streichelte sanft meine Handfläche.

»Ich will dir ein Lied vorspielen, dass ich liebe«, sagte ich.

Ich schaltete den Kassettenrecorder ein: Kate Bush mit »You're the only one I want«. Kajas Finger streichelte die Innenfläche meiner Hand, während sie zuhörte. Dann zog sie mir langsam den Handschuh aus und hielt meine bloße Hand zwischen ihren beiden warmen, spielte mit ihr, umschloss sie. Es war genauso sinnlich, wie ausgezogen zu werden. Das

Auto schlingerte, doch ich zog meine Hand nicht zurück.

»Prima, wenn wir uns jetzt tot fahren würden«, sagte ich.

Kaja lachte auf.

»Was die Leute wohl glauben würden? Warum sitzen du und ich um neun Uhr abends im November im Auto auf dem Weg nach Uppsala?«

Bei der nächsten Abfahrt wendete ich den Wagen. Kajas Mitbewohnerin Anni war nicht zu Hause, sie besuchte zum ersten Advent für ein paar Tage ihre Eltern. Ich nahm die Abfahrt Söderleden. Stockholms Lichter blinkten und funkelten auf beiden Seiten der Straße. Das majestätische Gebäude des Rathauses erhob sich zur Rechten, die drei goldenen Kronen schwebten hoch über der schwarzen Nachtluft. Söders Hänge bauten sich gerade vor uns auf, bestückt mit vielen bunten Häusern, in denen die meisten Fenster schwarz klafften. Es war mitten in der Nacht. Die Stadt war wach, aber die Stockholmer schliefen.

»Was willst du machen?«, fragte Kaja. »Wollen wir zu mir nach Hause fahren?«

Wir fuhren zu Kaja. Keine sagte ein Wort, während ich das Auto parkte und wir die wenigen Schritte zu ihrer Haustür spazierten. Oben in der Wohnung setzte Kaja sich aufs Sofa, ohne Licht zu machen. Ich ging in die Küche und holte eine Flasche Whiskey, die seit dem Kartenspiel-Wochenende noch in einem Schrank stand, und zwei Gläser. Dann setzte ich mich neben sie. Alles zitterte und stand zugleich still. Mein Herz schlug besinnungslos schnell. Das Leben war eine kurze Sekunde im Atemzug eines Riesen: ein Einatmen und alles war vorbei. Kaja hatte ein einsames Teelicht angezündet. Die Flamme flackerte unruhig, als seien wir in der Dunkelheit überall von unbekannten Atemzügen umgeben.

»Willst du ein Glas?«, fragte ich Kaja.

Sie schüttelte den Kopf und schaute mich lange an. Ich goss mir ein Glas ein, rührte es aber nicht an. Stattdessen drehte ich mich zu Kaja um. Sie schaute mich mit einem Blick an, den ich noch nie zuvor bei ihr gesehen hatte, die Augen voller Träume. Langsam, unendlich langsam, beugte ich mich vor und streifte ihre Lippen mit meinen. Warme Münder fanden sich als seien sie alte Freunde, trennten sich unnötig aufgrund eines dummen Missverständnisses und vereinten sich jetzt endlich. Wir küssten uns und mir war so schwindelig wie beim letzten Mal. Mein

Körper rief seine Zustimmung und das Echo war in Kajas zu hören; wir küssten uns als hätten wir nie etwas anderes getan. Am Ende setzte ich mich auf und griff nach dem Glas Whiskey. Meine Hand zitterte leicht.

»Bist du sicher, dass du nichts willst?«

Sie nickte. Ich trank. Dann sah ich sie an, lange, ohne ein Wort zu sagen. Sie erwiderte meinen Blick mit großen Augen, in denen Träume Gestalt annahmen und Wirklichkeit wurden.

»Du willst mit mir schlafen!«, sagte sie am Ende leise, fast wie ein Keuchen.

Das war so komisch, dass ich das Lachen kaum unterdrücken konnte. Die aggressive, fortschrittliche Lesbe plötzlich zu zitterndem Espenlaub reduziert, während ich, die heterosexuelle Hausfrau auf der Flucht, die Rolle der Verführerin übernahm.

»Klar«, sagte ich und lächelte.

Kaja packte die Flasche und schenkte sich mit zitternder Hand selbst ein Glas ein. Anschließend kippte sie es hinunter.

»Du nicht?«, fragte ich.

Sie schaute mich wieder an. Ihre Augen waren nicht mehr verträumt, sie waren intensiv und funkelnd. Vielleicht lag es am Whiskey oder aber an meinen Worten, die bei ihr angekommen waren. Ohne zu antworten umfasste sie meinen Nacken und zog mich aufs Sofa.

Teil 2
Der Aufbruch

1

Ich erwachte schlagartig in meinem Bett. Das Herz hämmerte, die Panik hatte mich fest im Griff und mein Körper klebte vor Schweiß. Im Traum hatte mich jemand verfolgt, jemand, der mir etwas richtig Böses antun wollte. Die Schatten wichen zurück, sowie meine Gedanken klarer wurden. Es war Montag, ich müsste aufstehen und arbeiten, Lukas war noch immer in London.

Ich hatte mit Kaja geschlafen.

Langsam quälte ich mich hoch und schleppte mich ins Badezimmer. Blass im Gesicht, aber meine Augen leuchteten. Ich war ein wandelndes Paradox zwischen Freude und Trauer, Hoffnung und Verzweiflung. Eiskaltes Wasser ins Gesicht. Es zog im Bauch, als ich sie vor mir sah. Kaja, wunderbare Kaja. Farben, Düfte, Gefühle rauschten vorbei, den ganzen Tag in ihrer Wohnung. Da fiel mir Lukas' Zahnbürste ins Auge, schwarz mit ausgefransten Borsten. Aus dem Ziehen wurde Schwindel erregender Schrecken, der sich mit einem schlechten Gewissen paarte und ein unbeschreiblich hässliches Wesen mit Hörnern und Geweih gebar.

Ich ging in die Küche und machte Licht. Draußen vorm Fenster schneite es leicht. Obwohl es schon acht Uhr war, war es noch nicht ganz hell geworden. Normale Bewegungen machen, alltägliche Handgriffe ausführen. Ich gab den Hunden Futter und ließ sie nach draußen. Kajas Augen, Kajas Lippen. Die Kaffeemaschine gurgelte, der Duft von frisch aufgebrühtem Kaffee breitete sich im Zimmer aus. Ihre Haut, voller Leben und Lust; Salz auf meinen Lippen. Ich setzte mich mit einer Tasse an den Küchentisch und starrte Löcher in die Luft. In mir ein Schmuckkästchen, angefüllt mit funkelnden Juwelen, die in allen Farben des Regenbogens leuchteten – eine Huldigung an die Liebe. Um mich herum der schmuddelige Wintertag, Hoffnungslosigkeit, das Geschirr vom Vortag im schmutzig grauen Abwaschwasser, die Unwirklichkeit dessen, was geschehen war.

Duschen, anziehen, sich an den Arbeitstisch setzen. Manuskriptstapel, ein Paket weißer Blätter, bedeckt mit unbegreiflichen Zeichen. Kajas Brüste im Gegenlicht vor dem diesigen Fensterrechteck, die Rundung ihres Armes, die Farbe ihrer Augenlider, wenn sie schlief. Ihr Profil das sich fein auf den Kissen abzeichnete, das langsame Atmen, gleichmäßig und ruhig wie ein Versprechen. Getrocknete Rosen, die Flamme des Teelichts. Ich versuchte durchzulesen, was ich in der Woche davor geschrieben hatte, begriff aber den Zusammenhang nicht oder wusste nicht mehr, was ich selbst gemeint hatte. Was wollte ich damals sagen, zu der Zeit? Eine Glaswand zwischen mir und meinem früheren Leben.

Nach zwei Stunden gab ich auf und erhob mich, um Wäsche zu waschen. Praktische Dinge, Sachen, die man sich zumuten konnte. Während die Maschine rüttelnd ihre Umdrehungen machte, saß ich auf dem Badewannenrand und dachte an absolut nichts. Die Wäsche rausholen, die nächste Maschine füllen. Ich spürte die Wärme des Trockenschrankes auf dem Gesicht und an den Händen, während ich Stück für Stück aufhängte. Laken mangeln, Hemden bügeln. Der Duft erhitzter Baumwolle, das beruhigende Geräusch des Dampfes, der in regelmäßigen Abständen aus dem Bügeleisen strömte.

Als alles gewaschen, gebügelt und in den Schubladen verstaut war, setzte ich mich auf die Bettkante, die Hände auf den Knien, die Handflächen nach oben gewendet. Das Haus war still. Nicht einmal die Hunde draußen im Garten bellten. Plötzlich fiel mir ein, dass ich den ganzen Tag nichts gegessen hatte. Ich ging in die Küche, nahm eine Scheibe Knäckebrot und setzte mich auf den Fußboden. Auf der Bank über mir das hellblaue Telefon, das den ganzen Raum mit seiner Gegenwart ausfüllte – wie die Kuppel eines erhellten Tempels. Ich wählte schnell die Nummer, auswendig.

»Ich muss dich sehen«, sagte sie. »Ich kann nicht mal denken. Komm zu mir.«

***

Im Zimmer war es dunkel bis auf ein entzündetes Teelicht am Kopfende des Bettes hinter ihr. Kajas Gesicht lag im Schatten, doch ihre Augen glommen. Das gelockte Haar wurde von hinten von der Kerze angeleuchtet, und ich sah zum ersten Mal, wie sehr es ins Kastanienrot tendierte.

»Komm«, sagte sie und streckte eine Hand nach mir aus.

Ohne ein Wort kroch ich zu ihr ins Bett. Ich schluckte schwer vor Anspannung und Sehnsucht. Das Ganze war vielleicht Zufall gewesen, ein paar Tage flüchtigen Rausches. Ich versuchte nicht zu denken und mich stattdessen darauf zu konzentrieren, wo ich mich befand. Über uns an der Wand, die getrockneten Rosen, die vielen Bilder aus Kajas Leben, die unbekannten Frauen in verschiedenen erotischen Szenen. Und dann das große Bild, das mir so gut gefiel.

Es zeigte zwei Frauen bis zu den Schultern, beide scheinbar nackt, die sich stritten. Eine davon war schwarz, die andere weiß, beide ziemlich jung, vielleicht zwanzig, fünfundzwanzig Jahre alt, beide wirkten außergewöhnlich. Die schwarze Frau zeigte die Zähne in einer Mischung aus Knurren und Lächeln, wogegen die blonde Frau den Mund geöffnet und die Augenbrauen gerunzelt hatte und gerade Schimpfworte zu brüllen schien. Es sah aus, als würde sie sich heftig zoffen. Das Bild war unglaublich sexy.

Jetzt lag ich im Bett neben Kaja und die Kerzenflamme flackerte, als würde sie zittern. Auch sie hatte Angst, sie war wie ich von Grund auf erschüttert. Kaja, die tougheste Frau, die mir je begegnet war, verwandelte sich in ein kleines Kind, wenn starke Gefühle in ihr aufwallten. Jetzt lehnte sie zuerst den Kopf an meiner Schulter und schaute mir dann tief in die Augen.

Wir küssten uns, und es war, als würden wir an genau derselben Stelle weitermachen, an der wir uns ein paar Stunden zuvor getrennt hatten. Selbstverständlich und einfach, richtig und echt; die Liebe wichtiger als alles andere. In meinem Brustkorb loderten Feuerflammen auf und ab. Kajas Hände, weich und warm, streichelten meine Schultern, meine Brüste, meinen Rücken, und mein vor sich hindämmernder Körper wurde überall da zum Leben erweckt, wo sie ihn berührte. Kaja verkörperte Sanftheit und Stärke in einer fantastischen Kombination: starke Finger aus Fleisch und Blut, zugleich voller Sensibilität, Verständnis und Widerstand. Sie war eine magische Mischung, allein für mich geschaffen, ebenso wie ich für sie. Ihre Persönlichkeit konnte auf meiner wie auf einem Instrument spielen und mit jeder Taste, die sie berührte, reagierte ich innerlich mit Musik. Sexuell, sinnlich, eins mit dem eigenen Körper, die Augen geschlossen. Zunge und Hände, Bewegung. Und ich antwortete auf gleiche Weise mit meinem Körper, zum ersten Mal in meinem Leben. Kaja strahlte eine Selbstverständlichkeit aus, die mich enthemmt und hungrig machte.

Doch meine Gedanken waren nicht abzuschalten. Wie konnte ich mich in jemanden gleichen Geschlechts verlieben? Die Antwort auf diese Frage lag in der gesamten Situation, in ihrer Art, in ihren Gesten, ihren Bewegungen, der Farbe ihrer Wimpern, der Form ihrer Füße, dem hellen Flaum auf ihren Armen, der weichen Rundung ihres Hinterns, der Kurve der Lippen, in ihrer Ausdruckskraft, ihren Ansichten, ihrem Humor. Jemand wie Kaja war mir vorher noch nie begegnet. Sie war der Mensch, den Gott bei seiner Schöpfung im Sinn gehabt haben musste. Sie war nicht nur schön, sie war ein Wunder.

Sie wollte mir nahe kommen. Es gab kein Richtig oder Falsch, kein Ob oder Wie oder Wann. Dies war einfach. Und es war gut. Jegliche Einordnung oder Festlegung schien nicht von Belang, ja gar nicht möglich zu sein, sondern nur lächerlich und uninteressant. Ich war keine bisexuelle oder lesbische oder heterosexuelle Person, ich war Sophie, die Kaja liebte, weil wir Zwillingsseelen, Komplizinnen, Ebenbürtige waren, füreinander bestimmt. Die Liebe hatte uns vereint und es war ganz einfach so, wie es sein sollte und kommen musste.

Der Körper übernahm die Führung, meine Gedanken verschwammen immer mehr im Nebel der körperlichen Wahrnehmungen. Kajas Zunge, warm und lebendig in meinem Mund, den Zungen meiner anderen Liebhaber nicht unähnlich. Die Lippen hingegen weicher und sensibler als irgendwelche Männerlippen. Ihre Hände, ihr Körper, ihre Art sich zu bewegen – alles anders, schöner, sensibler, geeigneter für die Liebe. In meinem Herzen forschte ich nach einem Anflug von Ekel, einer Reaktion darauf, dass es eine Frau war, mit der ich mich rhythmisch bewegte, deren Zunge ich im Mund hatte, deren Körper sich unter meinen Händen wand. Doch ein solches Gefühl stellte sich nicht ein. Stattdessen erschrak ich darüber, wie leicht es mir fiel, mit Kaja zu schlafen, jetzt noch leichter als beim ersten Mal. Unsere Körper waren schon dabei, den gegenseitigen Rhythmus zu finden. Das war nicht eklig, das war wunderbar – ein wahres Wunder aus Lippen, Augen, Gefühlen, Erregung, Nacktheit.

Ein klarer Gedanke: plötzlich verstand ich mit der Gesamtheit meines Wesens, warum Männer Frauen liebten und warum es ihnen so schwer fiel, lesbische Liebe zu akzeptieren. Frauen waren für die Liebe geschaffen und unsere Körper für Zärtlichkeit. Kein Männerkörper reichte auch nur annähernd an die Leichtigkeit, die Geschmeidigkeit, die Weichheit eines Frauenkörpers heran. Im Vergleich dazu waren Männer hart, rau, behaart, schwer, ungeschmeidig, unschön, fixiert auf Penetration und auf ein unbefriedigendes Rein und Raus. Ein Mann konnte sich im Bett auf einen wälzen und sich dabei nur auf seinen Penis konzentrieren. Eine Frau hingegen genoss mit ihrem ganzen Wesen und brachte die Gesamtheit ihres Körpers in den Liebesakt ein. Natürlich hatten Männer Angst vor lesbischer Liebe! Wenn Frauen einmal entdeckten, wie schön es war, mit anderen Frauen zu schlafen oder, anders ausgedrückt, das wussten, was Männer schon lange wussten, dann wäre es sehr schwierig, sie wieder dazu zu bringen, nur mit Männern zu schlafen.

Die Gedanken entglitten mir wieder. Kajas Hände überall, Streicheln wie Samt. Ihr Atem ebenso schwer und stockend wie mein eigener. Geil, feucht, Zunge und Lippen erfüllt von einem einzigen Wunsch: ihrem Körper, ihrem Wesen, ihrem ganzen Sein so nahe zu kommen wie nur irgend möglich. Es war, als würden wir endlich von unseren jahrelangen Leiden erlöst und stürzten uns jetzt aufeinander, obwohl wir einander noch so neu waren. Wir atmeten im gleichen Atemzug zusammen, getragen von derselben Welle der Leidenschaft, derselben Lust und Sehnsucht danach, der anderen nahe zu sein. Sie berührte meinen Unterleib und ich zitterte am ganzen Körper. Zugleich berührte ich sie. Sie war feucht.

Der Gedanke war wieder klar, wie die spiegelglatte Oberfläche eines Gewässers, die sich gerade noch bewegt hatte. Davor hatte ich am meisten Angst, vor dem Unterschied zwischen dem harten, trockenen Penis eines Mannes und dem weichen, nassen Schoß einer Frau. Vorsichtig berührte ich Kaja mit der Hand. Ihre Schamlippen waren warm, weich und feucht. Sie fühlten sich an wie nasse Blütenblätter und meine Finger fanden sich zwischen den Falten leicht zurecht. Ich konnte in einer langsamen, erregenden Bewegung vor- und zurückgleiten und hörte sie vor Genuss leicht stöhnen. Meine Finger drangen sachte weiter in sie ein. Sie war weich und geschmeidig wie ich es von mir kannte, Seide und Samt auch hier. Langsam, ein Finger in ihr. In dem Augenblick glitt sie genauso in mich hinein. Unsere Körper bewegten sich simultan, erfüllt von einem so starken Gefühl, dass die Dunkelheit davon hätte erleuchtet werden müssen. Es war Penetration, dann auch wieder nicht; es war Masturbieren, aber mit einem liebenden Menschen; Fantasie und Lust und Wirklichkeit zugleich, ebenso unerwartet wie wunderbar. Als ginge in meinem Inneren das Licht an, begriff ich plötzlich etwas über die Natur der Liebe: Sie war nicht bestimmt durch Vorzeichen, nicht beständig, nicht dazu da, festgehalten zu werden. Die Liebe war etwas Eigenes, ein Wesen, das sich wie ein Schmetterling dort niederließ, wo es ihm gefiel und so lange blieb, wie er Lust hatte. Geschlecht, Alter, Größe, Gewicht, Klasse spielten dabei keine Rolle. Die Liebe lebte überall und nur in der Spannung zwischen Gleichheit und Ungleichheit, zwischen Einverständnis und Missverständnis, zwischen Bestätigung und Herausforderung. Sie ruhte mit ausgebreiteten Flügeln, unvergleichlich schön, aber man konnte sie nicht fangen, zwingen, kontrollieren. Wenn sie landete, galt es, voller Dankbarkeit innezuhalten und still zu beten, dass sie so lange wie möglich verweilen möge.

Ich war berauscht, ich war aufgeregt und beunruhigt, mir war schwindelig und zugleich war ich mir meiner vollkommen bewusst. Mein Körper vermochte Wunderwerke zu vollbringen, er existierte in einem emotionalen Zustand, wo Gedanken immer weniger relevant wurden. Mein Handeln war von Mut, nicht von Angst gesteuert, und ich betrat einen Ort, den ich noch nie zuvor betreten hatte, wo der Tau auf dem Gras glitzerte. Im Halbdunkel begegnete mein Blick dem Kajas und ich lehnte mich zurück, erfüllt von einer ganz neuen Zuversicht.

»Kaja«, sagte ich mit einer Stimme, die ich nicht wiedererkannte, weich, leidenschaftlich. »Ich will dich lecken.«

Sie antwortete nicht, umfasste nur meinen Kopf und zog mich näher. Ihre Schlüsselbeine zeichnete sich wie dunkle Höhlungen umgeben von schimmernder Haut ab. Lippen, Zunge. Ich wanderte ihren Brustkorb hinab, umkreiste mit der Zunge sanft ihre Brustwarzen, küsste mich ihren Bauch entlang abwärts und erreichte ihr Schamhaar. Es war dunkelblond und kraus, weich und leicht zerzaust, überhaupt nicht wie die schwarzen, kratzigen Haarbüschel, die ich von Männern kannte. Wiesen, Weiden, Erde und Wachstum. Ich vergrub die Nase darin, küsste sie, und dann sog ich ihren Duft ein.

Kräuter und Salz und etwas anderes, das ihr eigener Duft sein musste, dann ein leichter Seifengeruch. Unter meinem Kinn war ihre Spalte, ihr Geschlecht, ihre Möse. Goldgrotte, geheime Höhle, gefundene Schatztruhe, der Ort, an dem sich Liebe und Sexualität trafen und es endlich in stillem Jubel herauslassen durften: Münzen und funkelnde Steine in die Luft schleudern, die viele lange Nächte der Einsamkeit und Stille gewartet, gewacht hatten. Hier war ich noch nie gewesen und jetzt war ich da. Meine Erfahrung war gerade mal ein paar Tage alt, ich verlor zum zweiten Mal im Leben meine Unschuld. Meine Angst war auf dem Rückzug, verjagt von Mut und Neugier und Liebe.

Vorsichtige Küsse, abwärts, abwärts, an ihrem Schamhaar entlang. Es war warm, es duftete gut, ähnlich wie meine Hunde warm waren und gut rochen, wenn sie frisch gebadet unter dem Küchentisch im Hundekorb lagen und mich aus erwartungsvollen Augen anschauten. Kaja atmete gleichmäßig, sicher. Meine Zunge, ein Muskel – einer der wichtigsten. Eine neue Begegnung. Vorsichtig, mit breiter Zungenspitze. Haarsträhnen rau in meinem Mund, darunter etwas Weiches, noch einmal wie Samt, mit einem ganz leichten Salzgeschmack. Meer in der Ferne, Meer in der Nähe. Möwenschreie. Ein Versprechen von Regen.

Immer weiter hinunter, leichte Bewegungen mit der Zunge. Anders als Sperma, vollkommen anderes als oraler Sex mit einem Mann. Ein Geschmack von Blut und Eisen, Salz und Erde, aber nur leicht. Verglichen mit der dicken, klebrigen, stark riechenden Spermaflüssigkeit, die bei mir immer Brechreiz verursacht hatte, wirkte das hier so leicht, wie verdünnt. Immer größere rhythmischere Bewegungen, Kajas Stöhnen. Möwengeschrei, unregelmäßig, aber immer lauter. Ihre Hände um meinen Kopf. Plötzlich ihre Stimme.

»Komm«, sagte sie. »Ich will dich haben. Ich mach es dir gleichzeitig.«

Zuerst begriff ich nicht, was sie meinte. Dann: mich gleichzeitig lecken. Mir war nicht klar, was ich machen sollte, wie ich mich hinlegen sollte. Kaja zeigte es mir. Sie drehte sich um, so dass ich mit meinem Schoß genau in der Höhe ihres Gesichts landete. Zwillinge im Mutterleib, Philippinnüsse in einer einzigen Schale. Erbsenschoten, Apfelsinenscheiben, Kälber in einem Pferch. Sterne im gleichen Zeichen.

Männer hatten mir in dieser Stellung nie ein entspanntes Gefühl gegeben, denn immer schwang bei ihnen etwas von Aufopferung mit, selbst wenn es auf ihre eigenen Initiative geschah. Die Nettesten hatten große Augen gemacht: »Weißt du was?! DAS hat mir wirklich Spaß gemacht!«

Offensichtlich war es völlig abwegig, dass es einem Mann tatsächlich gefallen könnte, eine Frau oral zu befriedigen. Die schlechtesten Liebhaber hatten mir geradeheraus gesagt, dass sie froh waren, dass ich nicht so darauf stand, geleckt zu werden, weil ihnen das auch noch nie gefallen hätte. Selbst einen geblasen zu bekommen hingegen schon. Aber nicht gleichzeitig lecken zu müssen. Voller Gewissheit, dass Frauen es liebten, ihnen einen zu blasen. Pornofilme – Frauen schluckten Sperma als sei es ein Protein-Drink, gierig und eifrig, beglückt davon, erniedrigt zu werden, euphorisch, wenn sie eine übelriechende Ladung direkt ins Gesicht bekamen. Sexannoncen suggerierten es: es war ein Genuss und eine Lust, Sperma zu schlucken.

Tatsächlich kannte ich keine einzige Frau, die das Zeug gerne schluckte. Im Gegenteil, unter Freundinnen erzählten wir uns oft lachend und kichernd allerhand unangenehme Erlebnisse. Keine, nicht eine einzige, schien gerade das besonders zu genießen. Die meisten kannten Ausnahmesituationen, wo sie sich, den Mund schon voller Sperma, auf einen Kompromiss eingelassen hatten. Sie schluckten ein bisschen herunter, wovon sich ihnen der Magen umdrehte und sie sich fast übergeben mussten, und spuckten dann den Rest ins Laken, ohne dass der Typ etwas mitbekam. Danach waren sie meist fest entschlossen, nie wieder einen Mann in ihrem Mund kommen zu lassen.

Doch jetzt war es kein Mann, von dem ich den Mund voll hatte, sondern eine Frau, und nichts war fremd oder unangenehm. Mit jeder Bewegung meiner Zunge machte sie das Gleiche bei mir, und sandte Stöße und Wellen der Lust durch meinen ganzen Körper. Das Meer hob sich, die Wellen umspülten die Klippe und zogen sich zurück, um abermals wiederzukommen, immer wieder, in einer unermüdlichen Bewegung. Anders als jedes andere sexuelle Erlebnis, das ich je gehabt hatte. Es war geprägt von Gleichheit und nicht Ungleichheit. Alles, was ich tat, geschah simultan bei mir, mit meinem Körper.

Ihr Schoß vor mir war eine geöffnete Blüte. Streicheln, lecken, genießen – in vollen Zügen. Ich selbst war vor ihr genauso aufgegangen, und ich spürte, wie ich das ebenso genoss. Keine Aufopferung, kein Wettkampf von hart gegen weich, männlich gegen weiblich, vorgetäuschter Lust gegen echte Lust. Reine, tiefrote Sinnlichkeit. Die Erregung wuchs in mir, steigerte die Experimentierfreudigkeit meiner Zunge und Lippen. Rhythmisch, von einer Seite zur anderen, nach oben und wieder nach unten, meine Finger tief in ihr vergraben. Sie wand sich vor Genuss unter mir. Zugleich zauberte sie mit ihrem Körper. Ich flog. Niemand hatte mich je so berührt. Nie zuvor hatte meine Vagina ein Eigenleben gehabt und war trotzdem ein Teil von mir gewesen. Sonst war das mein verborgenster, heimlichster Ort, reserviert für meine intimsten Augenblicke; jetzt war meine Möse mein Stolz, mein zentraler Punkt, mein Zentrum. Der Mittelpunkt des Universums, Sternengeburt und -tod, allgegenwärtiger, pulsierender Rhythmus im äußeren All, in den Organismen der Meerestiefe, in den geheimsten Zellen des Körpers, in unserem Lebenszyklus, in der unerbittlich wunderbaren Bewegung des Orgasmus.

Zunge und Vagina, zwei Muskeln, zwei zentrale Punkte im Körper einer Frau. »Wir sind Urzeittiere«, konnte ich noch denken. Dann ertrank ich in Lauten und Gefühlen, in Empfindungen, in Wellen der Lust, die in meinem Körper aufstiegen und mich laut ausrufen ließen. Gleichzeitiger Höhepunkt, ich spürte, dass auch sie, jetzt, hier, mit mir, in mir und ich in ihr kam. Kajas Schreie mischten sich mit meinen, ihre Möse, die in einer Welle nach der anderen meine Finger umschloss, ein pulsierendes Tier, das sich bewegte, als hätte es ein eigenes Leben. Sie kam mit mir, wir kamen zusammen, zwei Lichtpunkte in einem schwarzen Universum, als wären wir die allerersten Menschen, als hätten wir einander ganz und gar, zum allerersten Mal erreicht.

Danach Windstille, das Meer spiegelblank, Bilder, die langsam wieder auftauchten. Die Möwen hatten die Küste verlassen, vorübergehend. Kaja richtete sich auf und legte sich wieder neben mich, umfasste meinen Kopf mit beiden Händen und bedeckte mein Gesicht mit Küssen, die nach mir schmeckten. Ich war in ihrem Mund und sie in meinem, in jeder Hinsicht im Körper der anderen.

»Hast du mir etwa was vorgemacht?«, fragte sie und lachte. Ihre Zähne funkelten in der Dunkelheit. »Du kannst nicht zum ersten Mal so mit einer Frau geschlafen haben.«

Ich sagte ihr, dass es das erste Mal war. Sie küsste mich wieder, nah, offen.

»Du bist eine Weltmeisterin«, meinte sie.

Dann ordnete sie die Kissen, auf denen wir lagen und streckte die Hand nach den Zigaretten aus. Sie balancierte den Aschenbecher auf dem

Bauch, zündete eine Zigarette an, nahm einen Lungenzug und gab sie mir.

»Probier mal«, sagte sie. »Keine Zigarette schmeckt so gut wie nachdem man sich gegenseitig geleckt hat. Das ist ein ganz unglaubliches Geschmackserlebnis.«

Ich nahm die Zigarette und inhalierte den Rauch. Ihr Geschmack, ihr Duft noch immer überall in meinem Mund, in meinem Gesicht, in meinem Haar, an meinen Fingern. Sex, Möse und Kaja, Rauch und Kräuter, Tabak. Natürlich hatte sie Recht. Die Zigarette war gut, die beste, die ich je probiert hatte. Obwohl ich noch nicht einmal Raucherin war.

***

Dienstagnachmittag, wieder zu Hause. Eine Nachricht von Lukas auf dem Anrufbeantworter: Er bliebe die ganze Woche in London. Ich saß auf dem Sofa, ohne Licht zu machen und starrte vor mich hin, die Köpfe der Hunde auf den Knien. Ständig blitzten Bilder von Kaja vor meinem inneren Auge auf: ihre Augen, ihr Körper, der Raum um sie. Details. In meinem Ohr ihr Lachen, ihre spitzen Bemerkungen. Es waren noch jede Menge andere Anrufe eingegangen; der Anrufbeantworter blinkte stur, aber ich hatte nicht die Kraft, ihn abzuhören.

Während ich so dasaß, klingelte das Telefon und der Anrufbeantworter sprang an.

»Hallo, Schätzchen, hier ist Baby. Wo steckst du? Ich bekomme langsam Entzugserscheinungen. Einen Kaffee zusammen in der Stadt, wenn ich denn kommen und dich im Taxi abholen soll! Kannst du mir nicht ein Telefonzeichen geben, wenn du nach Hause kommst? Bussi, Bussi.«

Das Gerät piepte. Meine Glieder waren steif. Meine Klamotten schmutzig, mein Haar ebenso; ich hatte mir Kaja nicht vom Körper waschen wollen. Wir hatten den letzten Tag nur ein paar Stunden geschlafen. Bei Kaja auf dem westlichen Söder war ich zufrieden wie eine Prinzessin; schön, leicht, glücklich. Hier zu Hause: Überall Spuren von Lukas und ich eine übellaunige, schmutzige, verirrte Frau. Ich stand auf, reckte den Körper, ging ins Badezimmer und zog mich aus, warf die Kleider in die Maschine und sprang unter die Dusche. Als ich mir frische Sachen angezogen hatte, nahm ich den Autoschlüssel, schloss die Hunde im Haus ein und fuhr mit nassen Haaren, die mir ins Gesicht fielen, zum Café am Bahnhof. Der Bahnhof war der neutralste Ort, der mir in dem Moment einfiel.

Ein verschneiter Tag, an dem alles schmuddelig aussah. Windstill, die Bäume blattlos, wie Tote. Nie mehr würde es Sommer werden. Durch den Schneematsch gehen, den Gestank von feuchter Wolle und Benzin riechen. Die Trauer, scharf wie ein Messer, spitz wie eine Schneewehe. Ein Adventsstern in einem Fenster. Ankunft. Weihnachtsdekoration, die jemanden zum Fest erfreute. Mein heimlicher Schatz, die Truhe, die in meiner Brust funkelt und glitzert. Meins. Diebesgut.

»Kaffee?«, fragte der schelmisch aussehende Typ hinterm Tresen.

Ich schaute auf. Er war fast kahl, hatte Sommersprossen auf dem blanken Schädel und graue, buschige Augenbrauen. Frau, erwachsene Kinder, Häuschen in Täby. Oder allein in einer Wohnung lebend, das Café sein Leben. Während er sich in der Küche Strömming und Kartoffeln in einer altmodischen gusseisernen Bratpfanne aufwärmte, strich eine Katze um seine Beine. Bratengeruch, schmieriges Besteck, Fernseher im Schlafzimmer. Tabakbraune Tapeten, ungemachtes Bett.

»Hallo! Wollen Sie Kaffee?«

Er fuchtelte mir mit der Hand vorm Gesicht herum. Ich kam zu mir, verlegen.

»Entschuldigung! Ja, bitte!«

Ich bekam eine Tasse und setzte mich an einen Tisch am Fenster. Die Dunkelheit brach jetzt schnell herein. Statt nach draußen zu schauen, erblickte ich mein eigenes Spiegelbild in der Scheibe. Es trat immer deutlicher hervor, je dunkler es draußen wurde. Hier saß ich, allein auf einem Bahnhof, eine Frau von etwas über dreißig mit nassen Haaren, in der Kälte, ganz ohne Make-up. Ich war kinderlos und hätte genauso gut obdachlos sein können. Wohin wandte sich eine Frau, nachdem sie begriffen hatte, dass sie zu den Bedingungen, die ihr geboten wurden weder leben konnte noch wollte?

Trauer stieg in mir auf, riss und zerrte in meiner Brust. Das Leben, wie es ins Stocken geriet. Auch das Schatzkästchen milderte die Trauer nicht. Wie eine Spielkarte, so fühlte ich mich; ein Kopf an jedem Ende, eine Wirklichkeit von zwei Seiten gesehen. Hausfrau in Stocksund, Lukas' dunkle Augen und Lockenkopf – mir war zum Heulen. Zusammengehörigkeitsgefühl, Feminismus, persönliche Entwicklung, Kaja –

ich jubilierte innerlich. Geteilt zu sein, sich teilen. Ich hatte keine Ahnung, wie man diese Operation durchführte, wenn man nicht als Amöbe geboren war.

Draußen spielten Kinder im Schnee. Meine Sehnsucht, eine Familie zu gründen. Mir kamen die Tränen. Wie viele Jahre hatte ich geplant und mich danach gesehnt, nach dem Klang von Kinderstimmen, Gezänk, Lachen, Erlebnissen. Eine Familie werden, teilhaben, Schöpferin sein. Wie meine Bücher und Fernsehbeiträge, aber diesmal aus Fleisch und Blut und Knochen, mit Gedanken und Gefühlen und ganz eigenständigen Seelen, die ich formen und genau betrachten, respektieren würde.

»Noch eine Tasse?«, fragte der Typ vom Tresen und schwenkte eine gläserne Kaffeekanne hin und her.

Ich schüttelte den Kopf. Sein sommersprossiger Kopf leuchtete unter einer Lichtkugel, die an einer Metallstange von der Decke hing. Ein Hauch der fünfziger Jahre, der Zeit, als meine Eltern frisch verliebt waren und planten, eine Familie zu gründen, meine Existenz und die meiner Schwester. In ihrer Welt gab es meine Erfahrungen nicht, dort hatte man von Kaja und Sophie nur als Teil eines Krankheitsbildes gehört. Ich fröstelte. Mein Haar war in der Kälte steif geworden und trotzdem noch feucht. In meinem Kopf arbeitete es: Wie kam es dazu, wie konnte es soweit kommen? Wie würde meine Familie reagieren?

Lukas, das Leben, das er führte. Harte Arbeit, immer gute Laune, kleiner Prinz Sonnenschein mit dunklen Locken, stets und konsequent darauf bedacht, dem tiefen Eintauchen ins Innere auszuweichend. Das Leben zerrann ihm zwischen den Fingern wie Sand, am besten schnappte man es sich also schnell, schnell, lieber heute als morgen. Seine Frau betrog ihn mit einer Frau. Das war jetzt tatsächlich angekommen, so musste es sein. Schlaflose Nächte im Hotelzimmer. Die Fragezeichen häuften sich. Was hatte er falsch gemacht? Oder hatte er gar nichts falsch gemacht? Gleichzeitig stellte sich Erleichterung darüber ein, dass seine Frau mit den Gedanken woanders war, so dass er ungestört arbeiten konnte, darüber, dass sich jetzt ein Schlupfloch auftat, das einen Ausbruch aus der Ehe ermöglichte.

Ich trank einen Schluck Kaffee und wunderte mich darüber, dass er plötzlich eiskalt geworden war. Ein Blick auf die Uhr sagte mir, dass ich schon über zwei Stunden hier gesessen hatte. Ich musste schnell nach

Hause, um die Hunde zu füttern. Der Stapel Manuskriptseiten neben meinem Computer wartete auch. Ich hatte am Morgen beim Fernsehsender angerufen, um mitzuteilen, dass sich meine Abgabe verzögern würde, hatte aber in letzter Sekunde den Hörer aufgelegt, als ich die Stimme des Produzenten hörte. Nicht das auch noch; ich durfte es nicht vernachlässigen. Schreiben, schreiben, schreiben. Meine Arbeit war der Faden, der mich zusammenhalten würde, bis ich wusste, was ich tun musste. Ich würde weben und weben, wie Penelope, auch wenn ich das, was ich nachts hergestellt hatte, wieder auflösen müsste, weil es nicht für mehr, nicht für viel mehr reichte, als die ungeduldigen Freier bei der Stange zu halten. Schreiben und weben, nicht in Erwartung meines heimkehrenden Gemahls, sondern darauf, dass sich die richtige Entscheidung einstellen würde.

2

Ich arbeitete, schlief, telefonierte mit Kaja, arbeitete und schlief. Bei ihnen lief die Drucklegung der Zeitung, darum hatte sie keine Zeit, sich mit mir zu treffen, außerdem war Anni von ihrem Besuch bei den Eltern zurückgekehrt. Doch unsere Gespräche waren lang und intensiv, wenn auch zerfasert; sie schienen hauptsächlich aus einer Menge rhetorischer Feststellungen zu bestehen.

»Ich bin in dich verliebt.«

»Ich kann nichts essen.«

»Mir war, als hätte ich dich auf der Straße vor unserem Haus gesehen. Mir wäre fast das Herz stehen geblieben.«

»Ich kann nicht schreiben, nicht denken, nicht funktionieren.«

Am Freitagabend hatte Sassa zum Frauen-Abendessen eingeladen, weil Johan verreist war. Ich fuhr mit dem Auto nach Östermalm; ich hatte keine Lust zu trinken. Die Wohnung war gründlich geputzt und überall brannten Kerzen. Die anderen Frauen waren schon alle da, als ich eintraf. Außer Sassa waren es Josefin, Baby, Betty, Hermine, Beata und ich, und noch Marianne, eine alte Freundin von Sassa und Johans Cousine. Quasten, Schleifen, Kleider, deren Markennamen außen zu sehen waren. Ich riss mich zusammen, ich würde versuchen, mich zu amüsieren und den ganzen Abend keine Silbe über Kaja zu verlieren.

Ein großer Salat auf dem Küchentisch, Weißwein, Pastete aus Schalentieren, matschige Schokotorte zum Abschluss. Leichtes Frauen-Essen mit Kalorienbombe zum Nachtisch. So lief das Versteckspiel. Waren Männer dabei, gab es dagegen blutige Beefsteaks, schwere Rotweine, Kaffee ohne Dessert und wir Frauen passten uns an. Wenn sie aber weg waren, verschlangen die Frauen, was sie wollten. Wie die meisten Freundinnen aus der Clique veranstaltete Sassa solche Treffen nur, wenn ihr Mann nicht da war, und irgendetwas an ihren hierarchischen Vorstellungen was das gesellschaftliche Leben ebenso wie die kulinarische Ordnung betraf, machte mich wahnsinnig. Mir passte es nicht, dass Frauen sich beim Dessert »zurückhalten« sollten, wenn ihre Männer anwesend waren, um dann in Kalorienorgien zu schwelgen, wenn die Typen die Stadt verlassen hatten. Mir gefiel es nicht, dass Sassas enge Freundinnen – die sie doppelt so lange kannte wie Johan – keinen selbstverständlichen Platz in ihrem Leben bekamen, sondern abgeschoben wurden, bis sich eine Gelegenheit fand, wenn er nicht zu Hause war.

Wir saßen auf dem Wohnzimmersofa und tranken Campari und Saft, während Sassa in der Küche werkelte. Betty war ihr behilflich. Brot schneiden, kichern, ein bisschen tratschen, etwas, das mir normalerweise Spaß machte. Jetzt konnten mich keine zehn Pferde dazu bringen, ihnen Gesellschaft zu leisten. Stattdessen hörte ich Marianne und Hermine zu. Sie gehörten nicht zu meinen besten Freundinnen, aber ich fand es nett, sie zwischendurch zu sehen. Hermine war eine richtige gesellschaftliche Aufsteigerin, die sich ihre Freunde immer dem dicken Bankkonto und den viel versprechenden Zukunftsaussichten entsprechend ausgesucht hatte. Jetzt hatte sie sich den Sohn eines der reichsten Männer Stockholms geangelt, saß mit zwei Kindern in einer Villa auf Lidingö und freute sich über ihre Millionen.

»Diese Stiefel hat mir Oscar am Samstag geschenkt«, sagte sie vertraulich und streckte einen in scheußliches kognakfarbenes Leder gehüllten Fuß vor.

Zugleich tat sie verlegen. Sie war sehr intelligent, das wusste ich, und hatte erfolgreich als Juristin gearbeitet, bevor die Kinder kamen. Schlagfertiges Mundwerk, hoher IQ. Es war nicht zu fassen, dass sie ein so großes Bedürfnis hatte, sich gleichzeitig als Weibchen zu geben.

»Schön«, sagten die anderen im Chor und schauten leicht gelangweilt auf die Stiefel.

Meine engsten Freundinnen, wie Baby und Josefin, waren nicht so auf Status, Kleider und Aussehen versessen wie Hermine. Ich liebte sie wie Schwestern. Sie waren hochintelligent, lustig und hundertprozentig loyal – einfach durch und durch klasse Frauen. Dennoch konnte ich mich mit ihnen manchmal einsam fühlen. Und sie empfanden es umgekehrt genauso, davon war ich überzeugt. Keine von uns konnte Josefins Passion für Pferde nachvollziehen und keine verstand, wie Baby so belesen sein konnte, aber so unproduktiv mit ihrer Intelligenz umging. Beatas Leben wiederum bestand aus Windelwechseln und drei Töchtern zwischen eins und fünf. Gustaf war als Hilfe zu Hause ein hoffnungsloser Fall, darin waren wir Mädels in der Clique uns einig. Kajas harte Worte klangen mir in den Ohren: »Warum suchen sich nette Frauen immer so blöde, hässliche und unsympathische Männer aus?«

Die Frage war schwer zu beantworten. Ann-Charlotte, die an diesem Abend nicht dabei war, war etwas tougher als die anderen und hatte sich mit Greger, einem ziemlich weichen Mann, auch einen ganz anderen Männertyp ausgesucht. Doch auch Greger war durch seine unvorhersehbaren Wutausbrüche auf seine Weise schwierig. Bei Betty und Olof, die total verliebt wirkten, wusste ich nicht mehr, was ich davon halten sollte und hatte keine Lust, sie zu fragen. Marianne war mit Axel verheiratet, einem Mann aus einer der neueren schwedischen Oberschichtsfamilien. Er war wie ich auf die Östermalm-Schule gegangen und galt damals als Schönling. Schön war Marianne auch. Sie hatten aus Liebe geheiratet, aber wie in allen Beziehungen war zwischen ihnen im Laufe der Jahre etwas passiert. Jetzt wurde Marianne immer dünner und Axel immer fetter. Niemand wusste, wo das noch hinführen würde.

Baby hatte natürlich überhaupt keinen bestimmten Mann. Sie war blitzgescheit und konnte in einem Tempo von 180 km/h sprechen und dabei gleichzeitig essen, was Kaja zu dem Ausspruch veranlasste: »Baby! Atmen! Schlucken!« worauf Baby wiederum ein wenig eingeschnappt reagierte. Sie hatte mit einem intelligenten Typ zusammengelebt, der jedoch versucht hatte, ihre Stärke zu unterdrücken und ihr beinahe erfolgreich eingeredet hätte, sie sei unweiblich, fett und hässlich. Nichts davon stimmte, im Gegenteil. Baby war eine wandelnde Sexbombe, brillant und sehr weiblich. Doch ihr Selbstwertgefühl hatte durch diesen neurotischen Kerl einen Knacks abbekommen. Jetzt lebte sie als Single und verkehrte vorzugsweise mit einer Clique von Jungs um die 25, die sie alle unglaublich bewunderten. Sie waren sensibel und hübsch, bis auf einen, der ein echter Macker war. Diesen hatte Baby zum zeitweiligen Liebhaber auserkoren und es war eine Beziehung, in der es ein bisschen auf und ab ging, wie es sich eben gerade ergab.

Ich hätte mit keiner der am Tisch sitzenden Frauen tauschen wollen. Das hieß nicht, dass eine von ihnen mit mir hätte tauschen wollen. Ganz gleich, was wir füreinander empfanden, konnten wir die Partnerwahl der anderen nicht nachvollziehen, so viel stand fest. Das war immer so, darüber brauchte man eigentlich keine Worte zu verlieren. Trotzdem war es merkwürdig. Es bestätigte meine Theorie, dass jeder Mensch wie ein geschliffener Diamant war, in allen Regenbogenfarben funkelnd, mit Facetten und Flächen, die man aus der freundschaftlichen Perspektive gar nicht sah. Das war weder tragisch noch langweilig, im Gegenteil, das machte das Leben spannender. Schade war es bei einem Menschen wie Lukas, von dem ich glaubte, dass seine anderen Facetten sogar für ihn selbst im Dunkeln verborgen blieben.

Was auf Lukas' anderer Seite war, wusste ich nicht. Es war wie mit der Rückseite des Mondes. Manchmal hatte ich den Eindruck, er selbst glaubte, dort gebe es nur ein großes Loch, das niemand entdecken durfte, weil man ihn dann nicht mehr lieben könnte. Das stimmte natürlich überhaupt nicht – Lukas war ein so warmherziger Mensch, den man schnell gern hatte, und der keine finsteren Geheimnisse hatte. Meine Theorie bestand vielmehr darin, dass seine Persönlichkeit zum Teil vollkommen ungeschliffen war, ohne fertige Facetten, aber das konnte man immer ändern. Wenn man wollte, wenn man dazu in der Lage war.

»So!«, sagte Sassa, als wir uns an den Tisch gesetzt hatten. »Prost und willkommen, Mädels!«

Wir tranken. Rote Fingernägel um den dünnen Stiel des Glases. Zerbrechlich, verletzbar. Der Small-Talk kam in Gang und pendelte zwischen Arbeit und Kindern, Männern und Politik hin und her. Normalerweise diskutierte ich gern, aber jetzt stellte ich fest, dass ich kaum ein Wort sagte. Müde, eine Müdigkeit, die bis in die Knochen ging. Ich blickte mich am Tisch um. Hermines blasses Gesicht und wallende Haarmähne, Josefins hellroter Krauskopf, Babys platinblonde Farah-Diba-Frisur. Ihre Münder bewegten sich wie Fischmäuler im Aquarium und die Stimmen erreichten mich aus sehr weiter Ferne. Wer war Beata hinter der Maske ihres netten Aussehens mit ihren grünen Katzenaugen? Sie schaute mich direkt an, wich aber mit dem Blick aus, wenn ich ihrem begegnete. Wer war Baby, die ich so gut kannte? Vielleicht kannte ich im Grunde keine von ihnen. Ich begriff die Natur der Freundschaft nicht, ebenso wenig wie ich die der Liebe verstand, die für mich ab und zu ziemlich im Nebel verborgen lag.

»Die Leute müssen begreifen, dass sie etwas dafür tun müssen, wenn sie wollen, dass Schweden die Krise überwindet«, sagte Beata mit ihrer ernsthaftesten Stimme und nippte am Wein.

Ich konnte Gustafs Echo darin hören.

»Genau«, meinte Hermine und kicherte wie immer auf ihre unmotivierte Art. »Menschen sind so faul, dass es nicht zu fassen ist. Sie glauben, sie bekommen alles geschenkt. Als ich kürzlich einkaufen war ...«

Ich schaute Hermine genau an. Was vor ein paar Wochen im Haus der Ritterschaft noch lächerliches Benehmen war, erschien mir plötzlich grotesk. Ihre Lippen waren hell, unförmig, verzerrt zu einem gemeinen Lachen. Die Gesichtszüge hager, verurteilend. Plötzlich sah sie aus wie ein böses, altes Männchen, trotz ihrer relativen Jugend und der angeblichen Schönheit. Frauen, Kinder – es gab keine mildernde Umstände für das Wesen eines Menschen. Genauso wie kleine Kinder vollkommene Monster sein konnten, konnten es schöne Frauen ebenfalls sein. Der Mensch hinter der Maske – wie Kätzchen, denen man das Fell abgezogen hatte, hässlich anzusehen in all ihrer rosig schimmernden, sehnigen Fleischlichkeit, überhaupt nicht mehr liebreizend oder niedlich.

Schnell schaute ich in eine andere Richtung. Beatas Auge ruhte wieder auf mir, gierig, grün – eine satte Katze. Sassas Gesicht, durch die Schwangerschaft aufgeschwemmt, strahlte Selbstzufriedenheit und Gleichgültigkeit gegenüber den Lebenssituationen anderer Menschen aus. Sie saß da und drückte ihr neues Doppelkinn zusammen. Mariannes kleine Rattennase und ihr ängstlicher, sehniger Hals, flackernder Blick, während sie an einer Scheibe Brot knabberte wie eine Maus an einer vertrockneten Käserinde. Betty, das dunkelrote Haar offen und um ihre nackten Schultern wallend, mit einem Glanz auf der Haut als würde nur sie allein im Licht eines für uns andere unsichtbaren Scheinwerfers stehen. Josefins rosige Frische, Deckmantel für eine Million tragischer und unausgesprochener Geheimnisse, die ich nie mit ihr würde teilen dürfen. Babys mit Kajal eingerahmte Augen, dunkel, wachsam und blitzschnell unter der hellen Stirn. Dahinter wirbelten eine Million Gedanken umher, einige davon unangenehm, die zu den Schlussfolgerungen und Handlungen führten, die ich nie würde verstehen können. Ich kannte diese Frauen nicht, ich wusste nicht, wer sie waren.

»... und das ist nicht immer so witzig!«, sagte Hermine.

Das Gespräch war nach ein paar Flaschen trockenen Weißwein auf das Thema Sex gekommen, aber ich hatte es nicht verfolgt.

»Aber das ist ja noch gar nichts gegen Olof!«, meinte Betty und zupfte den etwas verrutschten Ausschnitt ihres Pullovers zurecht. »Er kann nur alle vierzehn Tage!«

Nach ihrem Bekenntnis herrschte bedrückende Stille, eine Stille, die über das übliche Maß hinausging. Ich hatte nicht die Kraft, mich zu Wort zu melden, schon gar nicht in dieser Diskussion. Was sollte ich sagen? »Moment mal, Mädels; ihr habt keine Ahnung, wie gut Sex ist. Legt euch mal eine Frau zu, dann reden wir weiter.«

»Anscheinend wollen sie immer weniger je älter sie werden«, vermutete Sassa, »wogegen es bei uns umgekehrt ist.«

»Das sage ich doch«, begann Baby unbekümmert. »Haltet euch an jüngere Männer, so wie ich. Die können länger und öfter.«

»Neeein, hört mal, ich weiß wirklich nicht, ob ich noch länger mitreden will!«, sagte Beata und lächelte fröhlich. »Das Ganze wird für meinen Geschmack etwas zu persönlich.«

»Gut, dann wechseln wir das Thema«, meinte Sassa schnell.

Sie wendete ihr rundes Gesicht mir zu.

»Du bist heute Abend so still, Sophie!«, sagte sie plötzlich. »Das sieht dir gar nicht ähnlich!«

»Ich bin nur müde«, erwiderte ich. »Ich habe die ganze Woche wie eine Verrückte an einem Manuskript gearbeitet.«

»Nimm dir etwas mehr zu essen«, schlug Sassa vor und lächelte. »Das hilft.«

»Vielleicht«, sagte ich und angelte mir die Salatschüssel, um der Aufmerksamkeit zu entkommen.

»Du bist viel zu dünn!«, fuhr Hermine gnadenlos fort und runzelte unter ihrem hellblauen Haarreif die Stirn.

Männchen. Hässliches Männchen mit Haarreif.

»Ja, das stimmt!«, fand Beata und blinzelte langsam mit ihren grünen Augen.

Darauf folgte Stille. Alle schauten wieder mich an. Mir brannte es in den Augen, aber ich starrte hinunter in die Salatschüssel, während ich den Salat mit dem Besteck mischte, damit niemand etwas merkte.

»Wer könnte das schon von sich behaupten!«, sagte Baby laut und lenkte die Aufmerksamkeit auf sich. »Gibt es noch eine, die was über diese neue Diätpille gelesen hat?«

Die anderen wandten sich interessiert von mir ab und setzten die Diskussion fort.

Beata hatte einen Artikel darüber gelesen, Marianne war überzeugt, es sei gefährlich, Josefin hielt alles für Quatsch und Placebos. Ich schaute hoch. Baby schaute mich über das Geplapper der anderen hinweg forschend an und zog eine Augenbraue hoch. Sie hatte mich zwar vor ihnen gerettet, aber ich wusste, dass ich ihr nicht so leicht entkommen würde.

Nach dem Essen setzten wir uns an den Kaffeetisch im Wohnzimmer. Ich saß zwischen Hermine und Betty, und Hermine konnte natürlich wieder mal nicht den Mund halten.

»Betty, jetzt muss ich dich einfach fragen – stimmt es, dass du und Olof euch scheiden lasst?«

Im Raum wurde es mucksmäuschenstill. Die Augen aller richteten sich auf Betty, die stocksteif dasaß und in ihrer Kaffeetasse rührte. Ein kleiner emaillierter Goldlöffel; es klirrte jedes Mal, wenn er an die dünne, fast durchsichtige Porzellanwand der Tasse stieß. Ich spürte, wie ich rot wurde, ignorierte es aber und drehte mich schnell zu Hermine um.

»Meine Güte, du bist eine echte Gerüchte-Schleuder, Hermine!«, sagte ich leichthin. »Kein Wunder, dass die Leute tratschen.«

Aufgerissene blaue Augen.

»Wieso!«, stieß Hermine beleidigt aus. »Es ist doch besser, man fragt direkt, als hinter dem Rücken anderer zu reden, oder?«

»Bestimmte Themen will man vielleicht selbst anschneiden, wenn man dafür den Zeitpunkt für gekommen hält«, warf Baby ein. »Einer von meinen Kumpels, Teddy ...«

Sie verlor sich in einer langen Geschichte über die Freundin der Mutter eines Typen, die ihrer Familie nicht erzählen wollte, dass sie Krebs hatte. Ich schielte zu Betty hinüber. Sie sah vollkommen unbeeindruckt aus, rührte mit dem kleinen Löffel immer noch in ihrer Kaffeetasse und beobachtete die erzählende Baby. Die Münder bewegten sich, Aquariumsfische, die wendeten und in die andere Richtung schwammen, Wasser durch Maul und Kiemen filterten, das Maul nach Futter aufrissen, sich wieder in eine andere Richtung umdrehten. Nach einer Weile waren alle Gesprächsfäden wieder aufgenommen. Ich war so ausgelaugt wie nach einem harten Sportprogramm und stand auf, um auf die Toilette zu gehen.

Kacheln, blank und hart. Eine schwache Spiegelung meiner Person. Ich hielt die Handgelenke unter das fließende eiskalte Wasser und ließ das abgekühlte Blut durch meinen Körper pulsieren. Als ich herauskam, stand Josefin vor der Tür und wartete.

»Wie geht's?«, fragte sie in ihrer unberührten, sicheren Art.

»Ach ja«, antwortete ich. »Geht so.«

Ihr gelassener Blick ruhte auf mir.

»Du hast beim Abendessen etwas abgeschlafft ausgesehen. Ich kann dich anschließend nach Hause fahren, wenn du willst.«

»Danke«, antwortete ich , »aber bin mit dem Auto hier. Nett von dir.«

»Keine Ursache«, meinte Josefin, zog die Augenbrauen hoch und machte einen Schritt vorwärts, um ins Badezimmer zu gehen.«

»Du«, sagte ich und hielt sie auf. »Ich kann dir vielleicht später mal mehr dazu sagen. Wenn das okay ist.«

»Kein Problem«, sagte Josefin und lächelte. »Du weißt, wo du mich findest. Du kannst jeder Zeit anrufen, wenn dir danach ist.«

Sie zwinkerte mir zu und schloss die Toilettentür. Ich kehrte zu den anderen zurück, erfüllt mit Dankbarkeit. Wir kannten einander vielleicht nicht in- und auswendig und würden es wohl auch nie, aber Baby und Josefin verstanden mich und konnten sich außerdem in Zurückhaltung üben und dicht halten. Sie hielten zu mir. Sie waren meine Freundinnen.

Um elf Uhr brach ich auf, obwohl das ziemlich früh war. Baby ließ nicht lange auf sich warten und folgte mir.

»Oh, ich bin auch so müde!«, sagte sie zu Sassa und gähnte demonstrativ. »Ich muss jetzt in die Heia. Danke für den ganz wunderbaren Abend!«

»Soll ich dich nach Hause fahren?«, fragte ich mit einem Lächeln.

»Gern!«, rief Baby mit großem Erstaunen aus. »Wenn dir das nicht zu viel wird?«

Baby liebte Spaziergänge und wohnte nur zehn Häuserblocks entfernt. Ich lächelte in mich hinein, während wir im Fahrstuhl hinabfuhren. Im Auto schaltete ich das Radio und die Heizung ein und dann unterhielten wir uns bis zu ihrem Haus. Das Auto war warm. Ich stellte den Motor ab und schaute Baby an. Jetzt reichte es mit dem Geplänkel, dass erkannte ich deutlich. Ihr Gesichtsausdruck war abwartend, auffordernd. Sie hatte die Arme über der Brust verschränkt und klopfte mit einem Nagel taktsicher auf ihren Mantelärmel.

»Okay«, sagte ich. »Ich bin verliebt. Ich gehe fremd.«

Baby war still. Sie verzog nicht eine Miene.

»Ich habe eine Frau kennen gelernt.«

Jetzt nickte Baby und lächelte vor sich hin.

»Kaja«, sagte sie.

Der Nagel auf der Wolle pickte noch immer wie ein hungriger Vogel.

»Du darfst das nicht weitersagen.«

Für diese dumme und überflüssige Bemerkung bedachte sie mich mit einem vor Verachtung triefenden Blick.

»Ich finde es besser, es einmal zu oft zu sagen!«, meinte ich.

»Please. Weiß Lukas davon?«

Ich klärte sie über seine Sicht der Dinge auf. Baby machte ein gedankenverlorenes Gesicht. Der Nagel war zur Ruhe gekommen.

»Entweder hat er aufgehört dich zu lieben oder er hat so höllische Angst, dich zu verlieren, dass er alles mitmacht.«

»Ich weiß nicht, was von beidem.«

Sie schaute mich an. Jetzt sah sie äußerst besorgt aus.

»Er wird dir untreu sein. Besser, du stellst dich darauf ein.«

»Warum sagst du das?«

»Weil alle Männer in seiner Situation so reagieren. Du brichst sein ganzes Ego. Er sucht jemand anderen, der ihn wiederherstellt.«

Ein einsamer Mann mit einem schwarzen Labrador spazierte auf dem Fußweg an uns vorbei. Beide sahen müde aus. Auf dem Heimweg zu einer der erleuchteten Wohnungen über uns, zu Frau und Kindern, Geborgenheit und Harmonie.

»Verstehst du, wie krank das alles wirkt?«, fragte ich.

»Du hast nicht gesagt, was du für sie empfindest.«

Die Liebe war wie ein Windstoß, der durch die Bäume weht, etwas Unwiderrufliches, etwas, das man nicht selbst beherrschte; noch einer und dann noch einer. Man konnte in einem Liegestuhl liegen, am Strand, unter einem Baum, ausgestreckt im Bikini, und plötzlich vor Kälte eine Gänsehaut an Armen und Beinen bekommen. Man konnte dem Wind zurufen, er solle still schweigen, dass man ihn nicht wünschte, dass man weiter ausgestreckt im warmen Sonnenschein liegen und sich verbrennen wollte, aber das half kein bisschen. Wenn der Wind kam, musste man aufpassen und sich anpassen, aufstehen, um lange Hose, Pullover und dicke Jacke zu holen. Sich dem Wetter, der Liebe entsprechend anziehen. In diesem Jahr weht die Liebe stark. Komm, stellen wir uns auf die Klippe und beobachten, wie sie richtig ausbricht.

»Ich bin so verliebt in sie, dass mir nichts anderes mehr interessant vorkommt. Ich habe mich durch dieses Abendessen gequält und die ganze Zeit nur sie vor Augen gehabt.«

Baby nickte.

»Ich habe gesehen, dass du woanders warst.«

Ich legte den Kopf auf das Steuer und stieß mit der Stirn dagegen. Baby zündete eine Zigarette an und kurbelte das Fenster ein Stück herunter.

»Mach es bitte wieder zu«, bat ich. »Ich will nicht, dass jemand im Vorübergehen mitbekommt, was wir sagen.«

Sie kurbelte das Fenster wieder hoch.

»Was hast du vor?«

Ich schloss die Augen. Mandelförmig, blassblau mit rußschwarzen Wimpern. Der eine Schneidezahn ganz leicht über dem anderen. Eine Wolke aus Sommersprossen.

»Ich will weg«, antwortete ich. »Ich halte es hier nicht mehr aus. Ich will nur verschwinden. Meine Ehe funktioniert nicht, ich bin in eine Frau verliebt. Aber ich kann mich doch nicht scheiden lassen und lesbisch leben!«

Ich lachte auf, ein hohles Lachen. Die Welt war grau, farblos und leer. Der Mann und sein Labrador verschwanden in einem Torbogen. Baby schaute mich an.

»Und warum nicht?«

»›Und warum nicht?‹ Würdest du das etwa machen?«

Baby zuckte mit den Schultern.

»Das weiß ich nicht«, antwortete sie. »Wenn ich richtig verliebt wäre, hoffe ich, dass ich es nicht bleiben lassen würde. Dein Problem ist, dass du immer die Kontrolle haben willst. Du glaubst, die Welt geht unter, wenn du nicht auch das kleinste Detail in deinem Leben bestimmst. Aber so läuft es nicht in der Welt. Es täte dir gut, die Kontrolle abzugeben. Jetzt empfindest du nun mal so! Was willst du daran machen? Folge deinen Gefühlen, sonst machst du dich selbst und Lukas unglücklich. Und solange du offen zu ihm bist, kannst du nicht mehr tun.«

»Ich bin ein schlechter Mensch. Schlecht, schlecht, schlecht.«

Ich schlug bei jedem Wort den Kopf auf das Lenkrad.

»Hör auf, dich selbst zu bemitleiden«, sagte Baby und stieß einen Rauchring aus. »Du bist nicht schlechter oder besser als alle anderen. Willkommen in der Wirklichkeit.«

»Du klingst begeistert.«

»Ich verstehe, dass das anstrengend ist. Aber es wird Zeit, dass dich mal etwas aus dem Gleichgewicht bringt. Das ist nicht das Schlimmste, was dir oder Lukas passieren kann.«

»Zynikerin.«

»Ich bin keine Zynikerin, ich meine es gut mit dir. Mag ich auch ein unergründliches Herz haben, aber meine Freunde liebe ich über alles.«

Das stimmte.

»Das weiß ich«, sagte ich.

Es wurde langsam kalt im Auto. Baby schaute mich mit ernster Miene an.

»Du hast nur ein Leben«, begann sie. »Lebe es! Lukas leidet keine Not; er ist ein junger Mann mit einer Karriere und das wird er weiterhin sein – mit dir oder ohne dich an seiner Seite. Solche wie er fallen nach ihren emotionalen Niederlagen immer wieder auf die Füße. Sie glauben, es gibt wichtigere Dinge. Und du bist verliebt! Das ist wunderbar! Schau mich an: ich kann noch nicht einmal Gefühle für meine eigenen Liebhaber aufbringen! Das ist, wie du dir denken kannst, wirklich anstrengend! Du solltest dich freuen, dass du ein fühlender Mensch bist. Das ist ein Luxus unter uns über Dreißigjährigen. Verlier das nicht aus dem Blick – nicht wegen ein paar blöder Konventionen.«

Wir unterhielten uns noch ein bisschen. Dann wünschten wir uns eine gute Nacht und ich fuhr nach Hause, mit Babys Worten im Ohr und einem wachsenden Gefühl der Hoffnung in meiner Brust. Verliebtheit, ein Luxus für uns über Dreißigjährige. Sie hatte Recht, wie immer hatte Baby vollkommen Recht. Das Schmuckkästchen funkelte schwach im Dunkeln, aber es war da. Es war an mir, es zu hegen und zu pflegen.

Ich bog in unsere Straße ein. Das Haus sah dunkel und verlassen aus. Jetzt war es Zeit, der Angst ins Auge zu sehen. Drei, fünf, sieben Treppenstufen, der gepflasterte Weg, der kalte Stahl des Schlüsselbundes in meiner Hand. Die Hunde, überglücklich, mich zu sehen, als wären wir wochenlang getrennt gewesen. Sie liefen nach draußen und ich holte tief Luft und ging ins Haus, ohne irgendwo Licht zu machen. Ich setzte mich aufs Sofa im dunklen Wohnzimmer. Dann stand ich auf und fing an, herumzuwandern. Meine Augen gewöhnten sich schnell an die Dunkelheit und ich konnte überall herumlaufen, ohne gegen Möbel zu stoßen. Zimmer für Zimmer, durchs ganze Haus, mit pochendem Puls. Mir war, als hörte ich Geräusche hinter mir, um mich, überall, aber ich zwang mich, weiterzugehen. Das lauteste und am meisten Furcht einflößende Geräusch war das Schlagen meines eigenen Herzens. Nachdem ich durchs ganze Haus gewandert war, gestattete ich mir, in die Diele zurückzukehren, die Hunde ins Haus zu lassen und endlich die Lampen anzuschalten. Ich sah mich im Flurspiegel. Blass zwar, aber meine Augen leuchteten vor neuem Mut. Wovor sollte ich eigentlich Angst haben? Vor einem pochenden Herzen? Die Wahrheit war, dass all meine Angst aus meinem Inneren kam.

***

Am Samstag hatte Liza Geburtstag, und Kaja hatte mich zum Abendessen zu sich nach Hause eingeladen. Wir wollten danach auf eine Party gehen, die ihre Zeitung veranstaltete. Außer Kaja, Liza und mir sollten noch Toni und Monika, die Frauen aus Malmö, am Abendessen teilnehmen. Kaja hatte Liza von uns erzählt, genauso wie ich es Baby erzählt hatte. Darüber hinaus wusste niemand davon.

Ich stand zu Hause im Wandschrank, besser gelaunt denn je seit dem Gespräch mit Baby, und überlegte, was ich anziehen sollte. Das Leben war nicht nur die Hölle. Es musste nicht alles auf einen Schlag gelöst werden. Man durfte sich zwischendurch auch einmal entspannen und sich Eitelkeiten und Partys hingeben. Die anderen Frauen trugen bestimmt Hosen, aber das fand ich nicht ideal. Mir gefiel es, weiblich auszusehen, wenn ich tanzen ging, und darum entschied ich mich für einen langen schwarzen Rock und eine schwarze Weste. Dazu ein paar Plateau-Schuhe aus schwarzem Lackleder mit großen Silberspangen, die ich vor langer Zeit für eine 70er-Jahre-Party im Myrorna gekauft hatte.

Ich fuhr mit dem Auto in die Stadt und parkte in einer Seitenstraße. Dann stand ich wieder vor Kajas Wohnungstür und klingelte. »Kein Gehorsam!«, »Wer schweigt, macht mit.« Sie öffnete die Tür wie eine Kriegerin, mit gezückter Zahnbürste und nacktem Oberkörper. Ich starrte sie mit leichtem Entsetzen an. Sie hatte schöne Brüste, aber mir fiel es nach wie vor schwer, mich an den Anblick einer tätowierten Frau zu gewöhnen, die genauso ungeniert wie ein Mann »oben ohne« herumlief, obwohl sie Gäste hatte. Dann erst sah ich Kaja selbst. Ihr Haar, ihre Augen, so wie ich sie in Erinnerung hatte und trotzdem anders. Da stand sie nun und ich verfiel ihr von neuem, wie beim ersten Mal, wie es mir immer ging, wenn wir uns kurze Zeit nicht gesehen hatten. Ihre Arme um meinem Hals, heiße Lippen auf meinem Nacken, meinem Kinn, meinen Lippen. Allein ihren Duft einzuatmen war wie ein Schluck Wasser nach einem langen Stadtspaziergang auf dem heißen Straßenpflaster.

»Komm rein!«, sagte sie. »Die Mädels liegen in der Wanne.«

Sie war warm und weich, als sei sie selbst gerade aus dem Wasser gestiegen. Ihre Schultern waren voller Sommersprossen, auch ihr Gesicht, und die Haut so weich wie Butter. Jetzt ging sie vor mir in die Wohnung, und ich hängte meinen Mantel auf.

»Sofa ist da!«, schrie Kaja ins Badezimmer.

»Sofa! Sofa!«, riefen Stimmen im Chor.

Ich hatte für Liza einen Strauß rosa Rosen gekauft, und jetzt nahm ich das Papier ab und ging ins Badezimmer. Es war dunkelgrün gekachelt und hatte eine Badewanne. Darin lagen, oder viel mehr saßen, Liza, Monika und Toni, ganz nackt. Sie tranken Sekt und hatten ein Fenster geöffnet, das Wasser dampfte so, dass es aussah, als würden sie in einer heißen isländischen Quelle sitzen. Der Traum eines Pornofilmemachers:

drei echte Lesben in einer Badewanne, viel hübscher als die üblichen müden Aktricen. Ein alter Slogan fiel mir ein: »Lesbische Liebe ist kein Porno«. Siebziger Jahre, weit von unserer Zeit entfernt. Kaja machte sich immer über alte Slogans lustig: »Natürlich ist lesbische Liebe Porno, das ist Hardcore-Porno, verdammt noch mal!« Aber das hier war keine lesbische Liebe, das war lesbische Freundschaft.

Ich umarmte alle drei, und dann ließ ich die Rosen direkt ins Wasser fallen. Liza kreischte vor Begeisterung. Toni reichte mir ein Glas Sekt, und dann sangen wir alle für Liza ein Geburtstagsständchen. Monika stimmte »Hoch soll sie leben« an und alle fielen ein. Toni leerte ihr Sektglas über Lizas Kopf aus. Kaja stand im Türrahmen, sang mit und schaute uns alle aus fröhlichen Augen an. Eine große Wärme breitete sich in meinem Körper aus.

Kaja hatte Tagliatelle mit Spinatsoße gemacht. Wir saßen zu fünft um den Küchentisch, tranken guten Rotwein, aßen, lachten und unterhielten uns über das Unvermögen der Frauen, sich das zu nehmen, was sie brauchen.

»Genau das ist das Problem«, sagte Toni. »Zu wenige Frauen bedienen sich hier im Leben. Einfach rausgehen und Bescheid sagen!«

»Viele trauen sich nicht«, sagte ich.

»Nein, genau«, meinte Toni. »Sie haben Angst, unweiblich zu wirken wenn sie sich behaupten und damit zu riskieren, die optimale Belohnung zu verlieren – einen Mann!«

Wir lachten alle über ihren abschätzigen Gesichtsausdruck.

»So ist das«, stimmte Monika zu. »Und die Typen lernen daraus. An meinem Arbeitsplatz muss eine mit der Faust auf den Tisch hauen und dreimal so laut brüllen wie ein Kerl, wenn sie respektiert werden will.«

»Und dann kriegt man einen Scheißdreck dafür«, fand Liza.

»Aber wenn man mutig ist, kann man in die Bresche springen«, sagte ich. »Jemand muss den Anfang machen. Schaut euch selbst an, die ihr offen lesbisch lebt. Ihr tut allen Frauen in der Gesellschaft einen Gefallen, indem ihr euch sichtbar macht. Ihr zeigt, dass es ausgezeichnet funktioniert, ohne Mann zu leben.«

»Ausgezeichnet?«, fragte Kaja mit ihrem üblichen Funkeln im Augen. »Es ist schrecklich, ohne einen Mann zu leben! Ich muss all meine Einkaufstüten selbst tragen.«

»Und Nägel in die Wand schlagen«, lachte Liza albern. »Arme kleine Kaja.«

»Ich habe mir auf den Daumen gehauen!«, rief Kaja. »Gibt es in dieser beschissenen Gesellschaft überhaupt Gerechtigkeit? Ein Hausmann für jede lesbische Frau! Ich fordere das im Namen der Gleichberechtigung!«

»So was wie Zivildienst, meinst du?«, fragte ich.

»Genau!«, antwortete Kaja. »Männerdienst.«

Sie wendete sich an Toni.

»Ist dir klar, was für ein Rekrutierungshit für lesbische Frauen das wäre? Das Einzige, wozu Kerle gut sind, ist schwere Sachen zu schleppen und Nägel einzuschlagen und so was. Wenn dann solche Dienstleistungen von einer Art Sozialdienst ausgeführt würden ... Es gäbe keine Frau mehr, die freiwillig mit diesen Idioten zusammen*leben* wollte!«

»Jetzt bist wohl etwas zu optimistisch«, sagte ich trocken.

»Ja, klar«, meinte Kaja. »Es wird wahrscheinlich schwer sein, im Parlament Zustimmung dafür zu finden. Nun, bis dahin muss sich frau weiterhin bei den Männern einschmeicheln, um das zu kriegen, was sie haben will.«

Sie fuhr sich mit der geballten Faust unters Kinn und beulte mit der Zunge ihre Wange aus.

»Hör auf!« rief ich. »Ich kann dich nicht angucken.«

»Frau muss ein bisschen dafür arbeiten, wenn sie was haben will!«, sagte Kaja. »Wie ist das bei dir, Sofa? Bist du nicht mit den Lebensbedingungen der Frauen vertraut?«

Liza lachte nur und schüttelte den Kopf.

»Glaubt mir, ich kann Schwänze supergut lutschen«, verkündete Kaja. »Fast eine Expertin, wenn ich das mal so behaupten darf. Einfach viel zu wenig Praxis in den letzten fünfzehn Jahren. Aber früher war ich einmal Spitzenklasse!«

Lizas Augen funkelten auf.

»Oho«, sagte sie. »Her mit dem Beweis! Ich habe ein Spielzeug, an dem du es demonstrieren kannst.«

Sie verließ die Küche und kam mit einem großen, rosafarbenen Pimmel aus Gummi wieder. Ich hielt mir die Hand vor Augen.

»Warte mal«, sagte ich. »Erklär es den Unwissenden.«

»Das ist ein Dildo«, sagte Toni. »Ein loser Schwanz. Hast du so was noch nie gesehen?«

»Sofa ist unschuldig«, sagte Liza und wuschelte mir durchs Haar. »Ihr dürft nicht vergessen, wie sie lebt. Sie ist eine verheiratete Frau.«

»Ich lebe natürlich mit so einem Dingsda, aber der ist nicht aus Gummi«, sagte ich.

»Gummi ist leichter zu handhaben.«

Funkelnde Augen.

»Der macht keinen Ärger, wird nicht sauer, versteht nichts falsch.«

Aufgeweckte Blicke, breites Lächeln.

»Mehr als das braucht eine nicht. Der Rest ist nur nerviger Anhang.«

Sie lachten, dass sie sich kaum halten konnten.

»Jetzt guckt mal gut zu«, sagte Kaja.

Sie ergriff den Dildo und begann an ihm zu saugen. Es sah ziemlich gut aus, aber trotz allem nicht wirklich überzeugend. Ich holte tief Luft. Scheiß drauf, man lebt nur einmal.

»Stopp!«, sagte ich herausfordernd und streckte die Hand aus. »Man merkt, dass du viele Jahre mit keinem Mann zusammen warst. Gib her, dann zeige ich dir, wie das geht.«

Sie warf den Dildo über den Tisch und ich fing ihn in der Luft auf. Dann spülte ich ihn sorgfältig ab und setzte mich zur Demonstration wieder hin.

»Man muss die Hand hoch und runter bewegen«, erklärte ich, »so, hoch und runter. Schaut her.«

Ich begann zu saugen, während ich die Hand hoch und runter bewegte, die Augen schloss und so tat, als würde ich mich in die Situation hineinversetzen. Die Frauen jubelten und der Jubel schwoll zu Geheul und Applaus an. Am Ende konnte ich mich vor Lachen selbst kaum noch halten. Als ich die Augen öffnete, saß Kaja da und schaute mich mit einem lächelnden Gesichtsausdruck an, den ich noch nicht an ihr kannte. Ihre Augen glänzten vor Geilheit. Sie wechselte einen Blick mit Liza, die daraufhin in eine Lachsalve ausbrach. Toni entging nichts. Sie schaute uns drei misstrauisch an. Monika hingegen schenkte allen Wein nach und schien sich absolut keiner Anspielung bewusst zu sein. Ganz gleich, was Toni dachte, sie blieb jedenfalls diskret.

»Gut gemacht«, befand sie jetzt unberührt und stand auf. »Kaffee?«

Kaja sprang auf.

»Bleib sitzen«, sagte sie. »Ich mache für uns alle Kaffee.«

***

Auf der Taxifahrt zum Fest waren wir albern und ausgelassen und der Taxifahrer schien ziemlich verblüfft. Wir waren stark geschminkt und gekleidet wie andere Frauen auch, wenn sie auf eine Party wollten, doch Monika und Toni küssten sich und aus der Unterhaltung ging ziemlich deutlich hervor, dass wir lesbisch waren. »Wir?« schoss es mir durch den Kopf. »Moment. Ich nicht. Ich bin hetero, per Definition.«

»Und was ist das für eine Party, zu der Sie wollen?«, fragte der Fahrer.

Kaja und ich wechselten Blicke.

»Zu einer Party für Homosexuelle«, antwortete sie. »Schwule und Lesben. Eine ziemlich lustige Mischung, glaube ich. Wollen Sie mit?«

Der Fahrer lachte so sehr, dass seine Schultern sich hoben und senkten.

»Nee, nee«, sagte er. »Ich bin nicht so einer.«

Kaja hatte unter ihrer Jacke die Hand auf meinen Schenkel gelegt und ich spürte, wie sie mich streichelte. Ich wollte nicht, dass sie aufhörte, aber ich war besorgt, dass Toni oder Monika das Ganze mitbekommen könnten. Toni hatte mich schon mehrmals mit einem Blick angeschaut, der andeutete, dass sie sich ihren Teil dachte. Sie war nicht dumm und selbst wenn Liza keinen Ton sagte, konnte sie sich an fünf Fingern abzählen, was los war.

Wir sprangen aus dem Taxi und bezahlten. Schon in der Tür zum Festsaal stand eine bunte Mischung von Menschen: von Dragqueens bis zu Lederschwulen, die von Kopf bis Fuß in Leder gekleidet waren. Ich blickte mich fasziniert um, ehrlich interessiert an dieser fremden Welt, die nicht meine war. Im Kontrast zum Frauen-Klub besuchten diese Veranstaltung auch Männer und ich fragte mich, wie sie als Menschen waren.

»Hallihallo, meine Süße!«, sagte eine der sorgfältig geschminkten Dragqueens mit tiefer Bassstimme zu Kaja und bedachte sie mit einer Umarmung und einem luftigen Wangenküsschen.

Er – oder besser sie – trug eine rosa Boa um den Hals, hatte schöne Beine in hautengen Netzstrümpfen und zwei, so schien es, ganz natürliche Brüste, die aus der schwarzen Korsage des Kleides quollen. Die

Arme glatt wie ein Babypopo, die Brust auch, Nägel, Haar und Make-up superweiblich, wenn auch reichlich übertrieben, maß man es am Geschmack einer durchschnittlichen Frau.

»Hallo, Dolores!«, sagte Kaja. »Das ist Sofa!«

»Sofa?«, wunderte sich Dolores barsch und musterte mich von oben bis unten, die eine Hand in die Seite gestemmt. »Das glaube ich nicht. Dein Name muss Sophie sein.«

Ich nickte dankbar und lächelte. Dolores sah zufrieden aus.

»Eine richtige kleine Creme brulée mit karamellisiertem Zucker oben drauf. Wo hast du die denn aufgetrieben?«

»Im Fernsehen«, sagte Kaja und nahm meine Hand. »Wir gehen jetzt wohl mal rein.«

»Hab ich's mir doch gedacht«, sagte Dolores und warf sich die Boa über die Schulter. »Denn auf einer von euren schrecklichen lesbischen Partys konnte es doch nicht sein. Da gehen keine Frauen hin, sage ich immer, da sind nur Treckerfahrer.«

»Verglichen mit dir sind wir alle Treckerfahrer, Dolores«, sagte Kaja.

Wir gingen hinein. Im Festsaal wurde ich plötzlich unsicher. Ich wusste nicht, mit wem ich reden oder was ich mit mir anfangen sollte, wenn Kaja plötzlich verschwand. Doch das tat sie nicht. Sie stellte mich allen vor und wich nicht von meiner Seite, außer um Bier zu holen. Wir begrüßten eine Gang von Lederschwulen mit rasierten Köpfen, angeführt von Robert.

»Hallo, ihr beiden kleinen Prinzessinnen!«, sagte Robert und gab Kaja und mir jeweils einen Kuss auf die Wange. »Habt ihr euch mit euren kleinen Bierflaschen und Whiskeydrinks jetzt aufgewärmt?«

»Bää, bää, bää!«, lallte Kaja wie ein Säugling, während sie Roberts Wangen packte und seinen Kopf unsanft hin und her schüttelte. »Ja, jedenfalls haben wir kein Ecstasy genommen. Wie ist die Party?«

»Gelungen«, antwortete Robert. »Bis jetzt. Die Band ist aufgetreten, aber die haben sich wie echte Primadonnen aufgeführt. Verlangten kistenweise Bier und Whiskey von der Bar. Als ihnen der Whiskey verweigert wurde, haben sie ihren zweiten Teil gestrichen.«

»Okay«, sagte Kaja finster. »Halber Auftritt, halbe Gage.«

»Das überlasse ich am Montag liebend gern dir, wenn sie ihr Geld abholen kommen«, verkündete Robert.

Kaja griff in seine Radlerhosen.

»Mach das, mein Kleiner!«, entgegnete sie. »Im Unterschied zu dir, habe ich keine Angst vor mir.«

»Au!«, schrie Robert wütend und fasste sich an den Hintern.

Seine beiden Kumpels lachten. Der eine trug eine schwarze Ledermütze, der andere hatte gepiercte Brustwarzen, die mit einer Kette verbunden waren. Beide trugen Lederhosen.

»Sofa, das sind Bobby und Sture.«

Ich gab ihnen die Hand und versuchte, nicht auf Stures Kette zu starren. Beide hatten einen erstaunlich kräftigen Handschlag. Bobby lächelte mich unter seiner Mütze freundlich an.

»Willkommen in der Familie!«, sagte er.

»Immer langsam mit den jungen Pferden, Bobby«, meinte Robert. »Sie ist noch gar nicht richtig angekommen. Oder irre ich mich da?«

Die letzten Worte hatte er mit einem viel sagenden Grinsen an Kaja gerichtet.

»Versuch doch einfach, das Denken zu lassen«, erwiderte Kaja. »Dabei kommt sowieso nichts raus, das weißt du doch.«

Sie wendete sich an Bobby.

»Sofa ist mit einem Mann verheiratet. Sie ist nur zu Studienzwecken zu Besuch hier.«

»Aha«, sagte Bobby.

»Ach, so nennt man das«, meinte Sture.

Beide lächelten mich breit und Unschuld heischend an. Ich sah, dass sie ihr nicht glaubten. Wir zogen weiter. Nach ein paar Schritten wurde Kaja von Neuem angehalten, diesmal von ein paar bekifften Typen mit Schnauzern und Klamotten, die gerade in waren.

»Oooh«, sagte der Größte von ihnen und streckte die Arme nach Kaja aus. »Mein Lieblingsmädel.«

»Hallo, Petter!«, erwiderte Kaja und umarmte ihn. »Das ist Sofa.«

Petter nahm auch mich in seine Riesenarme und betrachtete uns dann beide genau.

»Ist das deine Freundin?«, fragte er Kaja.

»Nein, du meinst Anna. Wir sind nicht mehr zusammen. Das hier ist Sophie.«

»Aha, da schau an«, sagte Petter und lächelte uns beide fröhlich an.

»Ja, hier ist jedenfalls der Elch los.«

Wir begrüßten seinen Freund Stefan, der wie eine Kopie von ihm aussah, außer dass er andere Farben trug. Und dann hielten wir Ausschau nach den anderen Mädels. Sie standen am Rand der Tanzfläche, tranken Bier aus der Flasche und wir stellten uns dazu. Es war ziemlich voll dort, doch nicht so, dass wir nicht zu fünft hingepasst hätten.

»Kommt!«, sagten Liza und Kaja fast gleichzeitig zu uns anderen, als ein guter Song begann. »Wir tanzen!«

Wir gingen alle zusammen auf den Dancefloor. Ich war das Tanzen in der Gruppe nicht gewöhnt, außer wenn einem danach war, aber hier war die Musik das Wichtige; Musik, Tanzen und was immer man innerlich fühlte.

Eine Frau segelte auf uns zu, umarmte die Frauen und tanzte dann ausschließlich mit mir. Sie faszinierte mich: breiter Mund, schräg stehende Augen, hohe Wangenknochen, langes Haar, das ihren Rücken hinabfiel, überhaupt keine erkennbaren Hemmungen. Mit anderen Worten: Sie machte den Eindruck, als würde sie sich in ihrem Körper vollkommen wohl fühlen und alles genießen, was er tat. Sie warf sich vor mir in ihren zerrissenen Jeans auf die Knie und bog sich mit erhobenen Händen und breitem Lächeln nach hinten, als bete sie mich und meinen Körper an. Es war, als reckte sie mir ihren ganzen Unterleib entgegen, mit funkelnden Augen und ganz ohne Scham. Eine Sekunde später stand sie wieder auf den Beinen, sprang, schüttelte sich und wackelte mit dem Hintern in meine Richtung, fuhr sich mit den Händen durch die Haare und sang den Liedtext mit wie eine Sängerin auf MTV.

Ich starrte sie fasziniert an und konnte mir das Lachen nicht verkneifen. So konnte man als Frau also auch sein, so konnte man sich auch benehmen, obwohl man es in unserer Gesellschaft nirgendwo anders zu sehen bekam als in Pornofilmfantasien von Männern. Sie war wie die verkörperte Sexualität, wie die Vereinigung von Wollen und Tun, schön, gefährlich und unnahbar zugleich.

Ich erkannte etwas von mir selbst wieder, doch hier auf extreme Weise verstärkt. Vor allem erfüllte mich eine unglaubliche Erleichterung. Meine anderen Freundinnen wie Beata und Hermine würden sich nie auf diese Weise auf der Tanzfläche gehen lassen können. Kaja und ich hatten uns über die Leute unterhalten, die sie auf unserer Cocktailparty kennen gelernt hatte, und sie hatte kurz und treffend festgestellt: »Die wirken irgendwie als müssten sie dringend mal Groß.« Ich wusste genau, was sie meinte.

Wir heterosexuellen Frauen der Oberschicht tanzten oft ziemlich schlecht. Nicht, dass es uns an Rhythmus fehlte, dass wir uns nicht bewegen konnten oder plump und ungraziös waren. Im Gegenteil. Aber wir bejahten unsere eigene Sexualität nicht. Wir tanzten zaghaft und verlegen, die Beine leicht zusammengepresst, als gäbe es etwas zu verbergen, etwas, dass man nicht enthüllen durfte. Das war meilenweit davon entfernt, wie diese Frau sich bewegte.

Stellte man heterosexuelle und lesbische Frauen nebeneinander, wurden alle Begriffe auf den Kopf gestellt. Die Heteros waren langweilig, standen für Sackleinen und Wollweste, Laura Ashley und Küsschen, während die Lesben provozierend waren, für Küsse, Dildos, Latexklamotten und befreiendes Tanzen standen. Aber das war ein gut gehütetes Geheimnis. Die Lesben lebten in einer abgeschlossenen Welt, die Durchschnitts-Frauen niemals betraten. Heterosexuelle Frauen wussten nichts über die lesbischen und das war schade. Die lesbischen Frauen besaßen eine Menge Wissen, von dem die heterosexuellen profitieren könnten, Wissen über Sexualität und das Bejahen des eigenen Körpers, über Stärke, den Willen und die Fähigkeit, in einem Patriarchat zu überleben.

Die Discolichter schwenkten in regelmäßigen Abständen über uns auf die Tanzfläche, und wir tanzten wie verrückt, alle miteinander. Die Musik schwoll immer mehr an, als seien wir angetörnt. Wir trieften vor Schweiß. Plötzlich nahm Kaja ihre Bierflasche, schüttelte sie und sprühte Liza nass. Nach einer Sekunde holten alle ihre Flaschen und wir versprühten Bier und Wasser, gossen es uns gegenseitig in den Ausschnitt und über die Köpfe, bis wir von Alkohol und Wasser ganz durchnässt waren. Die Musik wummerte und wir verschmolzen mit ihr und miteinander, in der Freude über unsere Körper und über die totale Freiheit, die man beim Tanzen erleben konnte.

Schlagartig wurde mir klar, was es für eine Frau bedeutete, gegen den Strom zu schwimmen, offen lesbisch zu leben, den Mut zu haben, es laut auszusprechen. Das brachte nicht nur Mühe und Probleme mit sich, das bot auch die Möglichkeit, die eigene Lust und Sehnsucht jenseits von allen gegebenen Normen von Weiblichkeit und Sexualität zu leben.

Lesbische Frauen standen zwar ganz unten auf der gesellschaftlichen Leiter, nach allen Männern und Frauen, niedriger als die Schwulen, weiter unten als ihre »normalen« Mitschwestern. Ich war »normal«, ich war eine ihrer durchschnittlichen Mitschwestern. Doch für gewöhnlich tanzte ich nicht auf unseren Festen zu Hause; so viel Gemeinschaft empfand ich nicht mit meinen Freundinnen in Stocksund, wenn wir uns austobten. Wenn ich auf irgendeiner unserer Partys die Lautstärke aufdrehte und mir einen tanzlustigen Typen schnappte, dann drehten sich die anderen Frauen immer weg und unterhielten sich weiter über ihre Kinder.

Es war seltsam, so zu sein wie ich. Eine Frau über dreißig durfte Bands wie Nirvana und Offspring nicht gut finden und nicht auf den Knien liegend in ihrem Ballkleid Luftgitarre spielen. Eine Frau über dreißig durfte nicht laut darüber reden, wie sie einem Mann einen blies, oder es gar plastisch darstellen. Eine Frau über dreißig durfte nicht anders zu ihrer Stärke und ihrem Mut stehen, als innerhalb des vorgeschriebenen Rahmens, der heterosexuellen Kernfamilie. Sie durfte in der Freizeit, bei den Kindern ihre Stimme erheben und wenn sie politisch aktiv war, auf den Parteiversammlungen der Konservativen, doch sie durfte sie nicht um ihrer selbst willen erheben. Das war unpassend. Doch jetzt war ich mit Frauen zusammen, die sich einen Dreck darum scherten, was angemessen war und was nicht und stattdessen machten, was ihnen passte. Und ich fühlte mich mit dieser lesbischen Lebenseinstellung wohl, sie machte mich frei, fast glücklich.

Als das Fest gegen vier Uhr vorüber war, traten wir auf die Straße und zitterten in unseren durchgeschwitzten Kleidern. Mein Herz schlug nach diesem heftigen Tanz noch immer schnell. Ich schaute Kaja an. Ihre Augen glänzten. Sie zwinkerte mir mit einem Auge langsam zu und wie immer zog es in meinem Körper.

»Du ist wirklich eine Dancing Queen, Sofa!«, meinte Monika und deutete einen Schlag in meinen Bauch an. »Man könnte dich fast für eine Lesbe halten!«

Kaja zog unschuldig die Augenbrauen hoch und schaute vor sich hin. Liza lächelte und drehte sich weg.

»Taxi!«, rief Toni und winkte einem freien Wagen zu, der angerauscht kam.

Wieder zu Hause zogen wir unsere feuchten Klamotten aus, duschten nacheinander und tranken gemeinsam in der Küche Tee, ehe wir ins Bett fielen. Toni und Monika wollten mit dem Morgenzug nach Malmö und Liza würde sie zum Bahnhof fahren.

»Willst du hier übernachten?«, fragte mich Monika erstaunt.

Ich nickte.

»Mein Mann ist verreist. Ich habe Angst im Dunkeln.«

Das klang in meinen Ohren nach einer mechanischen Erklärung. Doch Monika nickte verständnisvoll.

»Angst im Dunkeln zu haben ist nie schön«, sagte sie.

»Sofa darf in meinem Zimmer schlafen, weil ihr alle im Wohnzimmer pennt«, erklärte Kaja. »Mein Bett ist groß genug.«

Toni wich unseren Blicken aus, als sie das hörte. Stattdessen sprang sie auf und nahm den Kessel vom Herd.

»Mehr Tee?«, fragte sie lächelnd.

***

Als Kaja und ich morgens aufwachten, waren die anderen schon weg. Wir saßen, jede in einen Bademantel gehüllt in der Küche und schauten einander über die Kaffeetassen hinweg an. Ohne Schminke sah Kaja an diesem Morgen höchstens wie zwölf aus.

»Du siehst wie ein Kind aus«, sagte Kaja und streichelte mein Gesicht. »Du bist innerlich ganz rein und weiß. Mein weißer Frosch.«

»DU siehst wie ein Kind aus«, sagte ich. »Ich habe gerade das Gleiche gedacht.«

»Gestern war es super.«

»Es war spitzenmäßig. Hat Toni was mitgekriegt?«

»Ich glaube schon. Aber sie ist dermaßen diskret, dass sie noch nicht mal Liza fragt. Sie versteht, warum wir es geheim halten müssen.«

»Gut.«

Wir saßen schweigend beisammen und schauten einander an.

»Ich weiß nicht, was ich machen soll«, begann Kaja und lächelte schief. »Es ist wie in ›Die Abenteuer des Herrn Picasso‹, Lena Nymans finnische Sängerin, du weißt schon. Kalla-koko-a. Wenn du nicht da bist, verschwinden alle Farben aus dem Zimmer. Wenn du zurückkehrst, kommen auch alle Farben wieder, genau wie bei Lena Nyman.«

»Mir geht es genauso.«

»La-la, la-kalla-koko-aaa ...«, sang Kaja und ich kicherte.

Sie sprang mit der Kaffeetasse vom Stuhl auf und sang und tanzte durch den Raum. Ihre Augen funkelten und ihre Mimik imitierte eine finnischsprachige Nachtclub-Sängerin. Ich lachte bis mir der Bauch weh tat.

»Kaja, meine Kaja«, dachte ich. »Nichts macht Spaß, wenn du nicht dabei bist. Kalla-koko-a.«

3

In zwei Wochen war Weihnachten und ich saß mit meinem Kumpel Björn im Nobelkaufhaus NK und aß das Weihnachtsmenü. Das machten wir jedes Jahr, oft in Bobergs Speisesaal, einem der schönsten Mittagsrestaurants in Stockholm – »Hierher geht man wegen der Holzvertäfelung«, wie Björn immer sagte. Es machte Spaß, sich stundenlang mit ihm zu treffen, zu scherzen, herumzualbern, zu diskutieren und zu streiten. Ich liebte Björn, das tat ich wirklich. Doch wie bei den meisten Männern, die ich kannte, war ich froh, dass ich nicht mit ihm zusammen war. Jetzt saßen wir nebeneinander auf »unserem« Sofa ganz hinten im NK-Restaurant, beide mit dem Rücken zur Wand und dem vollkommenen Überblick über alle anderen Gäste. Kontrolle, ein lustiges Schlüsselwort, wenn man über Leute tratschte und diskutierte. Ein notwendiges Schlüsselwort, wenn man persönliche Geheimnisse offenbarte.

»Ich muss dir was sagen«, begann ich.

»Was denn?«

Björn schaute mich aus ruhigen, braunen Augen an. Er war neugierig, aber ich konnte mich auch hundertprozentig auf ihn verlassen. Ich hatte beschlossen, mit ihm zu sprechen, um seine Meinung über diese Sache zu erfahren. Baby und Björn, meine engsten Freunde in Stockholm. Sie konnten eingeweiht werden. Beide würden niemandem ein Wort verraten.

»Über das, was ich dir jetzt sage, darfst du mit niemand sprechen.«

»Einverstanden.«

Seine Augen leuchteten. Björn liebte Geheimnisse.

»Das ist wirklich wichtig. Verstehst du?«

»Habe ich dich je im Stich gelassen?«

»Nein. Okay, erinnerst du dich, dass ich all die Jahre erzählt habe, dass ich mal ausprobieren wollte, wie Sex mit einer Frau ist?«

Er lächelte.

»Aha. Und jetzt hast du es ausprobiert. Weiß Lukas davon?«

»Moment! Die Sache ist die: Ich bin verliebt. Ich weiß nicht, was ich machen soll.«

Björn lehnte den Kopf zurück ans Sofa und schaute zur Decke.

»Du bist verliebt. Aha. Wir lange bist du jetzt mit Lukas verheiratet?«

»Das weißt du doch. Zwei Jahre.«

»Zwei Jahre.«

Er saß für einen Augenblick unbeweglich da. Dann lachte er in sich hinein, schaute mich an und trank ein paar große Schlucke Weihnachtsbier.

»Aha!«, sagte er dann und stellte das Glas ab. »Und wer ist die Glückliche? Doch nicht etwa Baby?«

»Baby!«, schrie ich und brach in Gelächter aus. »Ist doch klar, dass es nicht Baby ist!«

Eine Vision aus platinblondem Haar, Kurven, kurzen Röcken, beißendem Zynismus. Genauso gut könnte ich mit meiner Mutter zusammen sein.

»Das könnte man aber glauben, weil ihr so viel Zeit zusammen verbringt«, erklärte Björn.

»Ja, sie ist es aber auf keinen Fall. Es ist Kaja.«

»Oh, die kleine Kaja. Meine Frau. Die Mutter meiner Kinder.«

Björn lachte wieder und machte ein zufriedenes Gesicht. Er hatte seit der Cocktailparty bei uns häufig von Kaja gesprochen und schien sehr zufrieden damit, dass sie zu meinem Bekanntenkreis gehörte, weil das »meine engen, adeligen Ansichten« erweitern würde, wie er sich ausdrückte. Björn war immer ziemlich provozierend, hetzte die Leute gern in alle Richtungen auf. Es machte ihm Spaß, fremde Macho-Typen in den Oberarm zu kneifen und ihnen zu sagen, sie hätten einen schönen Bizeps und dass sie gern einmal seine Brustmuskeln anfassen durften, wenn sie wollten – nur um zu sehen, ob sie wütend wurden. Bisher hatte er vermeiden können, eins auf die Mütze zu kriegen, hielt es aber nur für eine Frage der Zeit. Björn war versessen darauf, Leute zu reizen, die ihm anmaßend vorkamen; das war natürlich der Grund, warum wir uns mochten. Auch aus diesem Grund hatten sich Kaja und er so gut verstanden.

»Du verstehst, warum ich sie mag«, sagte ich.

»Klar, sie ist wunderbar. Sexy. Aber ziemlich gefährlich, oder?«

»Wieso gefährlich?«

Er zuckte mit den Schultern.

»Ich weiß nicht. Gefährlich! Ist sie treu?«

Ich begriff, was er meinte. Wie viele andere hatte Björn sich von ihrem Terroristinnen-Look beeindrucken lassen und glaubte jetzt, sie könne so nicht gleichzeitig sexy und treu sein.

»Sie ist extrem monogam, wenn es das ist, was du wissen willst. Und sexy. Sie ist fantastisch!«

Er lächelte gut gelaunt.

»Willst du dich jetzt scheiden lassen?«

»Meine Güte, du hast es aber eilig! Wir sprechen gerade einmal zwei Minuten darüber und du hast schon die ganze Geschichte aus mir rausgequetscht! Was ist los mit dir, brennt's irgendwo?«

»Nein, ich sehe nur gern Ergebnisse, wenn ich mich mit einer Sache beschäftige! Ich will schon mal zusammenzählen, damit ich weiß, was wir haben!«

Björn sah begeistert aus, als er in sein Brötchen biss und ich kam nicht umhin zu glauben, dass das mehrere Gründe hatte. Er hatte mich immer wie eine Schwester geliebt, obwohl er auch oft wütend auf mich war. Ich hatte den Eindruck, er sei beinahe erleichtert bei der Vorstellung, ich würde mich vielleicht scheiden lassen. Die Männer, die mich liebten, taten es auf eine merkwürdige, sehr eifersüchtige Weise. Sie konnten es hinnehmen, dass ich andere Männer als Freunde in meinem Leben hatte. Aber sie konnten nicht wirklich akzeptieren, dass ich mit einem Mann verheiratet war und mit diesem stärker verbunden war als mit ihnen.

»Björn«, sagte ich. »Reiß dich zusammen. Was soll ich verdammt noch mal tun?«

»Da gibt es doch nicht viel zu diskutieren. Du musst dich natürlich von Lukas scheiden lassen. Sofern er es nicht aushält, dass du eine andere Beziehung parallel laufen lässt. Oder hat er nichts dagegen? Ich kenne Lukas nicht.«

»Nein, natürlich hält er es nicht aus! Das tun wir beide nicht.«

»Dann lass dich scheiden und lebe stattdessen mit ihr, wenn es das ist, was du willst.«

Zweiter Biss ins Brötchen. Zufriedenes Kauen, amüsiertes Lächeln. Björn konnte jedem Menschen das Gefühl vermitteln, ein Erdbeben sei interessant und zugleich ein bisschen lächerlich.

»Findest du, ich bin ein schlechter Mensch?«, fragte ich.

»Schlecht? Nein, das finde ich nicht. Egozentrisch vielleicht, aber das sind wir wohl alle in unterschiedlichem Maß. Aber vor allem musst du tun, was du tun musst. Und an die Sache mit Lukas habe ich nie besonders geglaubt. Darum glaube ich, dass Kaja viel besser ist. Sie wirkt stark. Oder ist sie das nicht?«

»Verwirrend stark.«

»Gut. Das ist genau das, was du brauchst. Du wirst sonst unbeherrschbar. Du brauchst nicht so einen wie Lukas, den du übergehen und um den Finger wickeln kannst. Du brauchst einen Menschen, der dir ebenbürtig ist und der mal auf den Tisch haut und offen mit dir redet. Das habe ich schon all die Jahre gesagt und dazu stehe ich immer noch.«

»Was wird jetzt passieren? Werde ich mir meine Karriere ruinieren, alle meine oberflächlichen Bekanntschaften und mein gesamtes gesellschaftliches Leben?«

Er kicherte.

»Quatsch! Im Gegenteil! Im Verlag sind die wahrscheinlich überglücklich. Es wirkt bedeutend spektakulärer und interessanter, eine lesbische Aktivistin statt eine Hausfrau aus Stocksund zu haben. Du kannst auch da an eine gute Tradition anknüpften: Selma Lagerlöf, Karin Boye, Edith Södergran.«

»Das sind nur lesbische Frauen, die Zeit zum Schreiben hatten«, sagte ich verbittert.

Ich sah sie vor mir, eine Reihe von Frauen in gestärkten Kleidern und Dutt im Nacken, mit leerem Schoß, unfruchtbar, aber mit ihren Stahlfedern oder auf altmodischen Schreibmaschinen emsig schreibend. Ein Leben in Stille. Höchstens ein Briefwechsel mit einem anderen Haarknoten in einer fremden Stadt. So hatte ich mir mein Leben nicht gerade vorgestellt.

Es funkelte in Björns Augen, als könne er meine Gedanken lesen.

»Und was das gesellschaftliche Leben angeht«, fuhr er fort, »So werden wohl einige aus deiner scheißvornehmen Verwandtschaft entsetzt sein, aber mein Gott, das sind sie doch bestimmt schon, wenn man bedenkt, was du bisher geschrieben hast, oder?«

»Doch, an sich schon.«

»Na, also. Und der Rest wird dich mit offenen Armen empfangen. Wart's mal ab. Es ist eine bekannte Tatsache, dass es jeder Party gut tut, wenn man wenigstens ein homosexuelles Paar unter den Gästen hat, woran ich oft denke, wenn ich zu einer Gesellschaft einlade. Das verleiht dem Ganzen eine pikante Note. Das wird einfach als Bereicherung betrachtet, wart's ab.«

Die Serviererin kam. Björn nahm seine Speisekarte mit vergnügter Miene zur Hand.

»Aha! Das war's also. Wollen wir bestellen?«

***

Björns Fröhlichkeit war nicht echt; er war ein Mensch, der viel und tiefschürfend dachte. Ich war nicht auf den Kopf gefallen und begriff, dass er versuchte mir die Situation zu erleichtern, indem er nicht betonte, welche Konsequenzen meine Entscheidung haben würde. Doch die Gedanken hatten mich weiterhin fest im Griff. Wir blieben im Bobergs, unterhielten uns und lachten, bis man uns hinauswarf. Dann fuhr ich mit der Roslagsbahn nach Hause.

Der Zug war halb leer. Ich saß für mich allein und schaute aus dem Fenster. Was war richtig und was war falsch? Ich musste noch einmal mit Lukas reden, so ging es nicht weiter.

Lukas schaute fern, als ich nach Hause kam. Ich legte ab, ging zu ihm und gab ihm einen Kuss. Danach holte ich ein Manuskript und setzte mich damit aufs andere Sofa. Eine Stunde verging. Ich legte meine Papiere aus der Hand.

»Björn lässt dich grüßen«, sagte ich.

»Danke«, sagte Lukas.

Seine Aufmerksamkeit galt uneingeschränkt dem Fernseher.

»Was guckst du denn da?«, fragte ich.

»Weiß nicht«, sagte er.

Ich starrte ihn an. Plötzlich packte mich die Wut. Es war immer dasselbe: Er futterte Popcorn und starrte mit leerem Blick in die Glotze.

Seine Kiefer mahlten, aber ansonsten sah er völlig abwesend aus und es war unmöglich, Kontakt mit ihm aufzunehmen. Ich vertiefte mich wieder in meine Unterlagen, doch jetzt fiel es mir schwerer, mich bei den Geräuschen vom Fernseher und Lukas' Schmatzen im Hintergrund zu konzentrieren. Und wegen der Wut, die ich zu unterdrücken versuchte.

»Kannst du ein bisschen leiser stellen?«, fragte ich.

Lukas nahm wortlos die Fernbedienung und tat, was ich wollte. Ich schaute ihn an.

»Bist du wegen irgendetwas sauer?«

»Nein«, antwortete er, ohne die Augen vom Fernseher abzuwenden.

»Warum bist du dann so still?«

»Weil ich fern schaue.«

Er war offensichtlich verärgert. Ich legte meine Papiere aus der Hand.

»Ist das wichtig für dich? Kannst du nicht ein bisschen erzählen, wie es auf der Arbeit war, statt die ganze Zeit in die Glotze zu gucken? Können wir uns nicht unterhalten?«

Er seufzte demonstrativ laut und schaltete das Gerät ab. Es war still, erschreckend still.

»Was willst du wissen?«

Zwei braune, eingeschnappte Augen auf mich gerichtet.

Ich seufzte wiederum.

»Meine Güte, bist du genervt«, stellte ich fest. »Wenn du sauer bist, dann sag es! Aber spiele nicht die ganze Zeit Theater.«

»Natürlich, Sophie. Was immer du sagst, Sophie. Möchtest du noch etwas anderes, Sophie?«

Ich starrte ihn an, nahm seine ganze Erscheinung in mir auf. Das verknitterte Hemd, den Schlips, den er aufs Sofa geworfen hatte, wo ich ihn am nächsten Morgen einsammeln durfte, während ich mich seiner schmutzigen Strümpfe annahm, die irgendwo unter dem Tisch lagen. Sein Unwille zu reden, sich zwingen zu lassen, sich zu öffnen, sein Innerstes zu offenbaren. Die Wut darüber, dass nicht alles nach Plan lief, dass das Leben voller Ereignisse und Gefühle war, über die man keine Kontrolle hatte. Die Vogel-Strauß-Taktik, den Kopf einfach in den Sand stecken, dann wird sich schon alles finden.

»Ich dachte, es wäre vielleicht ganz gut, wenn wir zur Abwechslung einmal miteinander reden würden!«, meinte ich.

»Aber wir reden doch.«

Es wurde ganz still. In meine Verärgerung mischte sich Erschöpfung gepaart mit einem Gefühl von Hoffnungslosigkeit. Es hatte keinen Zweck, natürlich hatte es überhaupt keinen Zweck. Ich stand auf und raffte mein Manuskript an mich.

»Scheiß drauf«, sagte ich. »Wenn es dir so lieber ist, dann bitte sehr. Mach weiter so, verdammt noch mal.«

Ich verließ das Wohnzimmer, schlug die Tür hinter mir zu, ging ins Schlafzimmer und warf mich aufs Bett. Dann lag ich da und starrte an die Decke. Mir kamen die Tränen. Wir benahmen uns beide wie verwöhnte Kinder. Wie hatte es so weit kommen können? Ich erinnerte mich an unsere Hochzeit im Dezember vor zwei Jahren, eine sonnige, muntere und fröhliche Stimmung in einem verschneiten Stockholm. Brautjungfern im Pelz, blasse Gesichter mit rosigen Wangen, Pferde mit Schellen. Wir hatten mit dem Wetter wirklich Glück gehabt, das sagten alle.

Ich setzte mich im Bett auf, steckte mir ein Kissen in den Rücken und versuchte an meinem Manuskript zu arbeiten, aber es fiel mir noch immer schwer, mich zu konzentrieren. Nach einiger Zeit hörte ich, dass Lukas ins Badezimmer ging und sich für die Nacht fertig machte. Danach kam er ins Schlafzimmer, sah mich nicht an und legte sich mit dem Rücken zu mir ins Bett. Ich legte meine Papiere weg.

»Lukas«, sagte ich bittend. »Lieber Lukas, wir müssen reden.«

»Ich bin müde. Lass uns ein andermal reden.«

»Das sagst du immer! Aber dann tun wir es nie.«

»Ich will heute Abend nicht reden. Das musst du respektieren.«

Ich wartete. Trauer und Wut wallten in mir auf. Lukas rührte sich nicht, aber sein Atem wurde immer gleichmäßiger und langsamer. Das Licht meiner Lampe störte ihn nicht im Geringsten, er konnte selbst bei einem Feuergefecht schlafen, wenn es sein musste.

»Sind die Hunde draußen gewesen?«, fragte ich zuletzt.

»Nicht, wenn du nicht mit ihnen draußen warst«, antwortete er schlaftrunken.

Ich stand auf.

»Ich gehe mit ihnen«, verkündete ich. »Gute Nacht.«

Lukas gab keine Antwort.

Ich ging in die Diele und zog mir Schal und Mantel an. Ich war stocksauer. Die Hunde tänzelten mir um die Füße. Zumindest mochten Meryl und Goldie mich und waren bereit, auf ihre einfache Art mit mir zu kommunizieren, mit Schwanzwedeln und Kläffen. Auf die Hunde war immer Verlass. Ich nahm sie an die Leine und wir traten hinaus in die Winternacht.

Draußen schneite es, es war leichter, schöner Schneefall, der mir einen Stich gab. Sommersprossen, Gespräche, Schnee, warmer Tee. Westliches Söder. Ich sehnte mich nach Kaja. Rasch ging ich noch einmal ins Haus zurück, schnappte mir mein Mobiltelefon und machte mich durch die Schneeflocken auf den Weg. Jetzt fühlte ich mich plötzlich wie eine Verbrecherin, als hätte ich etwas Schlimmes getan. Eine Bonnie ohne Clyde, Calamity Jane ohne Pferd, eine überlebende Missetäterin, die um die Häuser strich.

Ich ging die Straße entlang. Vier, fünf Häuser weiter wählte ich ihre Nummer. »Hoffentlich«, dachte ich, »treibt sich um diese Zeit niemand anders hier rum.«

»Ja, hier ist Kaja.«

Ich lächelte. Der Empfang war glasklar.

»Hallo«, sagte ich. »Ich bin's.«

Sie gab wie üblich ihr grunzendes Schnauben von sich, wie sie es immer tat, wenn ich anrief. Es sollte ein Schwein darstellen oder einen Bär oder einen Bullterrier. Blinzelnde Augen, gerümpfte Nase, lächelnder Mund.

»Du bist's?«, sagte sie dann mit Wärme in der Stimme.

Ich lächelte. Ich musste einfach lächeln, wenn sie ihre Spielchen trieb. Eins davon hatte mit Skorpionen zu tun. Sie lebten an der Zimmerdecke, landeten immer bei mir im Bett, kletterten auf meinen Körper und kniffen mich; stachen nicht, sondern kniffen. Ich heulte jedes Mal vor Lachen, wie ein kleines Kind. Am allerschlimmsten war der alte Skorpion, ein schwerer, Furcht einflößender Brocken, der entsetzlich fest kniff. Ich schrie fast bis zur Besinnungslosigkeit, weil es so wehtat, doch Kaja machte nur große Augen unter unschuldig hochgezogenen Brauen.

»Das sind die Skorpione!«, erklärte sie. »Was kann ich dafür?«

Wenn wir schlecht gelaunt waren, weigerten sich die Skorpione hervorzukommen. Sie fuhren mit dem Wohnwagen ins Baskenland in den Urlaub, erklärte sie, und kämpften für die Befreiung des Baskenlandes. Sie standen für einen der Träume, die Kaja hegte. Sie wäre gern dabei gewesen und hätte im spanischen Bürgerkrieg gekämpft. No pasarán! Eine Frau in Hosen, mit rotem Halstuch, aufgekrempelten Hemdsärmeln, die geballte Faust hoch erhoben. No pasarán! Das war wie Kajas persönlicher Kampfschrei: An mir kommt niemand vorbei, nicht ohne Folgen.

»Du bist da«, sagte ich jetzt leise, liebevoll.

Ich hatte oft einen Kloß im Hals, wenn ich mit ihr sprach. Die Zärtlichkeit, die mich überflutete, war so stark, dass sie mir alle Kraft nahm.

»Ja, ich bin da. Was machst du?«

»Ich gehe mit den Hunden spazieren.«

»Wie geht's dir?«, fragte sie weich. »Wie geht's den Schweinen?«

»Die Schweine gehen mit mir spazieren«, antwortete ich, »nicht umgekehrt. Sie haben mich an der Leine.«

Das stimmte. Die Hunde liefen voraus, die Leine ständig fest im Maul, mit schnellen, kleinen Schritten, Tatzenspuren im Schnee. Ich war diejenige, die ihnen folgte.

Kaja lachte.

»Umarme sie von mir«, sagte sie. »Die Gorillas!«

Kaja nannte meine Hunde die Gorillas, die Schweine, die Grizzlybären, alles in gleichbleibend liebevollem Ton. Sie liebte Tiere jeder Art und Größe. Am liebsten mochte sie Bullterrier, diese hässliche, schweineartige Rasse. Sie gefielen ihr so gut, dass sie immer Tränen in den Augen hatte, wenn sie so einen Hund sah.

Ich schaute die Straße entlang: In fast jedem Haus wohnten Leute, die ich kannte. Jetzt war ich am Ende der Straße angelangt und bog nach links ab. Plötzlich fiel es mir ein: Da vorn lag eine Schule. Ich beschleunigte meine Schritte und bog dann auf das Schulgelände ab. Hier war ich von allen Seiten vor Blicken geschützt, hier lag der Schnee unberührt. Niemand würde mitten in der Nacht auf den Schulhof kommen.

»Rate mal, wo ich jetzt bin?«, fragte ich. »Auf einem Schulhof. Ich will nicht, dass jemand, den ich kenne, mich sieht.«

»Weiß er, dass du dort bist?«

»Nein. Er ist stinksauer.«

»Warum?«

»Weiß nicht. Er sagt nichts. Starrt nur in die Glotze, isst Popcorn und ist einfach wütend.«

»Er ist natürlich eifersüchtig.«

»Aber warum sagt er dann nichts? Wir müssen darüber reden, was passiert!«

Schweigen.

»Er weiß vielleicht nicht, wie das geht«, vermutete Kaja.

Wir waren still.

»Kaja«, sagte ich schließlich. »Ich habe mich in dich verliebt. Weißt du das?«

»Ja«, antwortete sie. »Ich bin auch in dich verliebt.«

Jetzt hatte ich eine halbe Runde um den Schulhof gedreht. Irgendwo in der Ferne schlug eine Uhr. Ich kreuzte meine eigenen Spuren und ging daneben weiter. Es schneite ununterbrochen, ein luftiger, wirbelnder Schneefall mit großen Flocken.

»Erzähl, was du heute gemacht hast«, sagte ich.

»Nichts Cooles«, antwortete Kaja. »Ich habe ein Interview mit einer Feuerwehrfrau gemacht. Sie war ziemlich anstrengend. Dann habe ich meinen Artikel über Melissa Etheridge geschrieben. Robert hatte jedenfalls gute Laune. Seine Tagesform bestimmt die Atmosphäre in der ganzen Redaktion.«

»Mein ehemaliger Chef war ein Märtyrer«, sagte ich und lachte. »Er hat uns allen Magengeschwüre bereitet mit seiner sauertöpfischen Miene und seinen unausgesprochenen Vorwürfen. Das ist das Problem mit den meisten Chefs; sie haben nicht den Mut, der Boss zu sein. Sie ertragen es nicht, sich unbeliebt zu machen, während ihre Laune jedoch alles bestimmt. Und das ist meiner Meinung nach oberstes Kriterium in einer Führungsposition.«

»Unbeliebt zu sein?«

»Es auszuhalten, sich unbeliebt zu machen. Das ertragen die Leute nicht. Die haben total Schiss. Sie wollen das Sagen und Macht haben, ertragen es aber nicht, unpopulär zu sein. Darum trauen sie sich nicht, es offen zu sagen, wenn sie sauer sind. Stattdessen laufen sie wie Märtyrer rum, ohne zu sagen, was los ist, und sorgen dafür, dass es allen total mies geht.«

Kaja lachte.

»Ich mag meine jetzige Chefin beim Fernsehen«, sagte ich. »Sie ist steinhart, sagt ehrlich, wenn sie unzufrieden ist. Das gefällt mir. Kein

Um-den-heißen-Brei-Herumgerede.«

Klein, rotes Haar. Entschlossener Mund. Spitze Titten. Einen Dialekt, den ihre Angestellten nachäfften, weil sie sich nicht trauten, sie auf andere Art zu konfrontieren.

»Ach, wie schön«, sagte Kaja. »Das wäre für mich genau das Richtige. Warum ist es immer so? Männer sind streitsüchtig, Frauen direkt.«

Ich lächelte. Jetzt kreuzte ich zum dritten Mal meine Fußspuren.

»Sitzt du im Bett?«

»Mmm. Ich habe eine Kerze angezündet, als ich gehört habe, dass du es bist.«

»Ich wünschte, ich wäre jetzt bei dir«, sagte ich.

»Was hast du vor?«

»Ich weiß es nicht. Mir schwirrt der Kopf.«

Die Fenster der Schule glänzten schwarz. Meine eigene Kindheit, meine eigene Schulzeit; so weit fort von hier.

»Du«, sagte Kaja.

»Mmmm?«

»Du musst deine Entscheidung von dir aus treffen. Okay? Ich will nicht die Verantwortung für dein Handeln haben. Ich glaube nicht an langfristige Versprechen, an Ehe, an eine Menge Vorstellungen, die sich nach einiger Zeit in Luft auflösen. Egal, wie du dich entscheidest, es muss immer darum gehen, dass du das in deinem Leben willst, mit mir oder ohne mich. Ich sag das nur, damit du weißt, wie ich das sehe. Auch wenn ich in dich verliebt bin.«

Ich lächelte in mich hinein. Ihre Brutalität tat weh, aber sie schmerzte auf die richtige Weise. Ein Dauerlauf am Strand zu früher Stunde, kalter Sand unter den Fußsohlen, eiskaltes Bad im Meer.

»Das weiß ich. Und ich will jedenfalls jetzt noch nicht alle Brücken zwischen Lukas und mir einreißen. Ich will warten, bis er sein Londonprojekt abgeschlossen hat.«

»Wann hat er es abgeschlossen?«

»Im Sommer. Irgendwann im Sommer. Spätestens dann will ich ihn zu zwingen, sich mit mir auszusprechen, wenn er es vorher nicht tut.«

Sie war still. Ich konnte ihren Atem hören und meinen eigenen Herzschlag.

»Ich habe Sehnsucht nach dir«, sagte ich. »Und mir gefällt es, dass du direkt bist. Das tut mir gut. Du hast Recht; die Entscheidung liegt bei mir. Mit dir oder ohne dich.«

Die Schneeflocken wirbelten umher. Das Schulgebäude war dunkel und still. Ich stand allein mit meinem Handy im Dunkeln. Einige hundert Meter weiter schlief mein Mann in unserem gemeinsamen Zuhause. Das hier war die Schule, in die unsere Kinder hätten gehen sollen, wenn wir welche bekommen hätten.

Keine grammatische Konstruktion passte auf meine gegenwärtige Situation.

***

Weihnachten kam schnell. Adventssterne hingen in allen Fenstern. Das Weihnachtsgeschäft lief auf Hochtouren, mit einer Inbrunst, die ans Perverse grenzte. Anzeigetafeln, Litfasssäulen, Schilder, blinkende Lichter. Menschen, die sich knufften und pufften, rissen und zerrten; Münder, die sich bewegten und in ihrer Zufriedenheit, das Gewünschte ergattert zu haben, in alle Richtungen Speichel versprühten; Finger, die vom stundenlangen Hantieren mit Geld mit Druckfarbe beschmiert waren. Ich dekorierte unser Haus mit all dem alten Weihnachtsschmuck, den ich geerbt hatte. Ich liebte das Weihnachten, das man zu Hause feierte, bei dem es um Nähe, Spiele, Ruhe und Traditionen ging. Kaja wiederum war eine Weihnachtshasserin, fluchte und spottete über den Kommerz und all die armen Schweine, die zu Weihnachtsschinken verarbeitet wurden. Gnädigerweise hatte sie dieses Jahr zugelassen, dass Anni einen Adventskranz kaufte. Das war aber auch das Höchste der Gefühle. Ich hatte beschlossen, für Kaja ein richtig dickes und teures Marzipanschwein an der Luxus-Schoko-Theke bei NK zu kaufen.

Zehn Tage vor Weihnachten wollte ich hinaus auf den Landsitz der Familie fahren, der etwas außerhalb von Nyköping lag. Ich wollte mit meinen Nichten und Neffen ein Pfefferkuchenhäuschen backen, meine Eltern treffen, meine Weihnachtspost erledigen. Ich hatte zu nichts Lust. Draußen war es kalt, minus acht Grad, und ich fror. Das Quecksilber sank. Ich verfrachtete die Hunde mit meinem Gepäck ins Auto. Alles schien falsch, wie Heuchelei. Unschuldiges Lächeln. Von meiner Familie wusste niemand etwas über mein Leben. Und Lukas wollte nicht mit mir reden.

Raureif auf der Windschutzscheibe, ein Eiskratzer. Der Atem wie Rauch. Die Hunde saßen steif hinter mir, die Schnurrhaare waagerecht abstehend. Ich nahm zunächst die E4 nach Süden, riss aber in letzter Sekunde das Steuer herum und bog stattdessen nach Södermalm ab. Wie eine Ertrinkende griff ich nach meinem Mobiltelefon. Kaja nahm nach dem ersten Klingelzeichen ab.

»Ich bin's. Hast du zu tun? Darf ich vorbeikommen?«

Die Hunde sausten wild wedelnd in die Küche, um nach Krümeln zu schnüffeln. Kaja in meinen Armen duftete leicht nach frisch gebackenem Brot. Ich küsste ihre Handfläche, die feucht und voller kleiner Linien war, die jenen ihre Zukunft verrieten, die geneigt waren, an so etwas zu glauben. Vor Zärtlichkeit tat mir die Brust weh und ich wünschte, ich könnte der ganzen Welt zeigen, was ich fühlte. Diese Zärtlichkeit wurde mir langsam vertraut, wohl vertraut; ich ahnte, wie Entdeckungsreisende früherer Zeiten sich gefühlt haben mussten, wenn sie einen neuen Kontinent kartiert hatten. Jetzt nahm sie mich an die Hand und zog mich ins Schlafzimmer. Wir versanken in eine Welt aus Decken, Haut, Haaren, Küssen, Wellen der Zärtlichkeit und Leidenschaft. Kartiert, wohl bekannt, aber immer noch unsere eigenen Entdeckungen, unsere eigenen Kontinente.

Auf der Fahrt über die Liljeholmsbron rief ich meine Mutter an.

»Ich komme etwas später.«

Sie redete drauflos wie immer: Ob ich beim Landhandel anhalten könne, um Sahne und Baguette zu kaufen, und ich solle die Post im Briefkasten nicht vergessen. Meine Mutter in praktischen Sandalen und wadenlangem Rock, in einem Soßentopf rührend. Die Sonne versank hinter dem Horizont, ihre Strahlen breiteten sich wie ein Fächer über den grünblauen Winterhimmel aus. Aus meinen Autokassettenrekorder sang Tori Amos eine melancholische Ballade über den Winter, die mir direkt in die Knochen fuhr. Die Dämmerung senkte sich langsam über die Winterlandschaft und überall wurden Kerzen angezündet. Alles erinnerte mich an Lukas und unsere Hochzeit, an den ganzen magischen Wintermonat, der diesem Ereignis vor zwei Jahren vorausgegangen war.

Untreue – sicherlich die banalste Art von Problemen, die man haben konnte. Aber ganz so einfach war es nicht. Jedes Mal, wenn man sich richtig verliebte, glaubte man, es sei die leidenschaftlichste Liebe, die man je erlebt hatte oder je erleben würde. Ich konnte noch Kajas Küsse auf meinen Lippen spüren, die Berührungen ihrer Hände auf meinem Körper. Mit ihr zusammenzuleben war ein Ding der Unmöglichkeit, zugleich war sie mir wie ein Gift ins Blut gegangen. Verheiratet, vergiftet.

Die Sonne war fort, der Himmel brannte im Westen und die Straßen waren anscheinend trocken und vereist. Ich stellte mir ein Leben mit Kaja vor, offen vor allen meinen Freunden und Verwandten, vor den Medien – ein öffentliches Leben. Es war vollkommen hoffnungslos, unvereinbar mit meinem Lebensstil, meiner Schicht, meiner Herkunft. Außerdem war ich heterosexuell. Ich konnte nicht plötzlich in eine Frau verliebt sein!

Während die Bauernhöfe, an denen ich vorbeifuhr, allmählich in der zunehmenden Dämmerung verschwanden, stellte ich mir andererseits meine Zukunft mit Lukas vor, nachdem meine Beziehung mit Kaja beendet sein würde, was unweigerlich früher oder später passieren musste. Lukas und ich konnten Kinder bekommen, ein Sommerhäuschen und ein Boot kaufen, ein normales Leben führen wie alle anderen. Küsschen, Küsschen, Liebling, wie ist es heute bei dir gewesen? Danke, ganz gut. Tedde und Louise haben gefragt, ob wir am Samstag nicht zum Abendessen kommen wollen. Das geht nicht, da gehen wir zu Christer und Charlotte.

Ein normales Leben, ein Leben ohne Kaja. Ich spürte einen innerlichen Schnitt, als hätte ich mich physisch verletzt. Handgelenke, Rasierklinge, Blut an allen Wänden. Sinn, Sinnlosigkeit. Lukas zu hintergehen war schrecklich, ihn zu verlassen wäre noch schlimmer. Ich hatte ihm eine Zukunft versprochen, ich hatte versprochen, ihn in guten wie in schlechten Tagen zu lieben. Vor Gott und einer ganzen Gemeinde, bestehend aus hundertfünfzig Verwandten und Freunden, hatte ich ihm die Treue geschworen und schon jetzt das Versprechen gebrochen, weil ich ihm untreu war. Zwar mit seinem Wissen, aber trotzdem. Sich von Lukas zu trennen wäre schrecklich. Und zugleich: Augen, Lippen, Haut, Tattoos, Gruppenzugehörigkeit, etwas mehr als wir gegen die; gute Absichten, gutes Herz, offener Geist. Kaja zu verlassen hieße, mich selbst ganz und gar zu verraten. Und ab dem Punkt wusste ich nicht, wie das Leben weitergehen sollte.

***

Auf dem Land bei meinen Eltern war alles beim Alten. Ich parkte das Auto im ehemaligen Stall, der jetzt zwar eine Garage war, aber noch immer genauso roch wie in meinen Kindertagen. Anschließend trug ich mein Gepäck in den Flügel, den meine Eltern für mich hergerichtet hatten. Die Heizung war an und es gab schon warmes Wasser. Mein Vater dachte an alles. Dann ging ich ins Hauptgebäude hinüber, um mit meinen Eltern zu Abend zu essen. Meine Mutter: genoppter Pullover, herzliche Umarmung, große Freude, mich zu sehen. Ein bisschen Tratsch. Wollten wir Soße oder Bratensaft zum Fleisch? Die Bohnen waren zerkocht, weil Tante Elsa während des Kochens angerufen hatte. Brauchte ich drüben mehr Handtücher? Wollte ich etwas waschen, denn sie würde ohnehin eine Maschine Weißwäsche bei 60 Grad waschen? Mein Vater: abgetragener Pullunder, herzliche Umarmung, glücklich, dass ich da war. Kurzer Lagebericht von den Nachbarhöfen, ein paar Flaschen guten Weines oben in meinem Haus, wenn ich sie haben wolle.

»Wir müssten nach dem Essen dringend über die Subventionierung der Landwirtschaft durch die EU sprechen«, sagte er. Ob ich wolle, dass er morgen mein Auto mit dem neuen Druckluftgerät wusch, ob ich ihm behilflich sein könne, im Wald einen Schlagbaum zu versetzen?

Wir aßen Mutters gutes Essen, unterhielten uns über meine Arbeit und Lukas' Londonprojekt, die Verwandtschaft und die Bauern in der Nachbarschaft, anschließend schauten wir Nachrichten. Meine Mutter brach eine Tafel Schokolade in Stücke und schaukelte in ihrem Schaukelstuhl, mein Vater schlief auf dem schwarzen Kanapee ein. Wir gingen alle drei früh zu Bett: Gute Nacht, gute Nacht, traust du dich allein zu schlafen? Ruf mich an, wenn du Angst im Dunkeln bekommst. Ich schlief unruhig, aber dafür lange in den nächsten Morgen hinein. Kaffee in der Küche mit meiner Mutter, mein Vater mit dem Pächter draußen im Wald. Am Vormittag erledigte ich berufliche Telefonate, schloss die Arbeit an meinem Manuskript ab und versetzte dann mit meinem Vater den Schlagbaum. Den Nachmittag verbrachte ich mit Schreiben. Es hatte von Neuem zu schneien angefangen. Ich würde wieder mit beiden zu Abend essen, aber ich spürte, dass ich es in diesem Vakuum nicht aushielt. Zuerst musste ich mit meinem Vater sprechen. Ich bat ihn, mich auf einen Spaziergang zu begleiten, und wir gingen mit den Hunden über die Felder.

»Ich muss dir etwas sagen.«

Er starrte vor sich hin, wie er es immer tat, wenn er Dinge anstrengend fand. Zugleich hatte er den gleichen entschlossenen Gesichtsausdruck wie immer, wenn ich oder meine Schwester in Schwierigkeiten geraten waren. Diese Miene sagte: Ich weiß zwar nicht, was kommt, aber was es auch sein mag, ich werde es mit Fassung tragen.

»Was denn?«

Wir liefen durch den Schnee.

»Ich habe Probleme«, sagte ich.

Und dann brach ich in Tränen aus. Vielleicht hatte ich Angst vor seiner Reaktion, vielleicht wurde ich nur von der Trauer in mir überwältigt, darüber, wie schwer das Ganze tatsächlich war. Mein Vater strich mir über die Schulter. Wir gingen weiter.

»Erzähl«, sagte er. »Ich tue alles, um dir zu helfen. Das weißt du.«

Der Schnee wirbelte um uns. Ich schielte zu meinem Vater hinüber. Er trug seine Mütze, seinen alten Lodenmantel und einen Wollschal. Alle seine Kleider hatten einen altmodischen Schnitt – oder einen klassischen, je nach Sichtweise. Sie waren bei diversen Londoner Schneidern gekauft worden und er war stolz darauf, dass einige seit zwanzig, dreißig Jahren hielten. Er war vom Scheitel bis zur Sohle ein Adeliger alten Schlages. Hier auf dem Land liefen er und meine Mutter oft in Jeans und löcherigen Pullovern herum, weil es sich darin besser arbeiten ließ. Doch mein Vater fuhr nie ohne Schlips und Anzug in die Stadt. Das gehörte zu seinen Prinzipien.

»Ich habe jemand anderen kennen gelernt«, erklärte ich schließlich.

»Aha«, sagte mein Vater. »Das ist schade.«

»Es ist eine Frau.«

Mein Vater war einige Sekunden lang still.

»Ich habe mich in eine Frau verliebt. Verstehst du? Wenn du nicht mehr darüber wissen willst, können wir jetzt aufhören zu reden und nach Hause gehen.«

»Ich tue alles, um dir zu helfen, das weißt du. Wenn du in Schwierigkeiten geraten bist, werden wir versuchen, dies zu klären.«

»Das ist schwierig. Das ist total schwierig.«

Mein Vater ging schweigend weiter.

»Wir sind zusammen. Wir haben ein Verhältnis.«

Schweigen.

»Ehrlich gesagt, weiß ich nichts über solche Dinge«, sagte mein Vater schließlich. »Ich habe so etwas in meinem ganzen Leben nicht gemacht. Deine Mutter und ich haben nie Liebschaften gehabt ... Wir haben gewusst, dass es das gibt, aber mir ist das nie passiert ... Weiß Lukas Bescheid?«

»Er weiß über alles Bescheid«, antwortete ich. »Aber er will nicht darüber reden.«

Ich erzählte die Geschichte von Anfang an. Wir waren am Ende des Feldes angekommen, als es zu dämmern begann.

»Was sagst du dazu?«, fragte ich, nachdem ich fertig war. »Willst du jetzt nichts mehr mit mir zu tun haben?«

Wir standen am Grabenrand und schauten uns an. Der Schnee auf der Nase meines Vaters schmolz und seine Brillengläser waren leicht beschlagen.

»Ich liebe dich«, antwortete mein Vater. »Ich werde dich immer lieben, was immer du auch tust. Deine Mutter und ich tun alles, um dir zu helfen, das weißt du.«

Ich hakte mich bei ihm ein und wir machten uns durch das Schneegestöber langsam auf den Rückweg. Der schlimmste Schock für meinen Vater legte sich langsam. Er versuchte wie üblich die Ursachen für das Problem außerhalb der Familie zu suchen.

»Das wäre nie passiert, wenn Lukas eingesehen hätte, dass du dich genauso viel für deine Arbeit engagieren musst wie er für seine.«

»Das stimmt nicht«, widersprach ich. »Lukas unterstützt mich auf jede erdenkliche Weise.«

Mein Vater beschwerte sich den ganzen Heimweg erbittert über Lukas. Wir waren uns einig, vorerst meiner Mutter und meiner Schwester nichts zu sagen.

»Das ist bestimmt nur vorübergehend. Das liegt daran, dass du nicht den richtigen Mann gefunden hast. Hättest du jemanden kennen gelernt, der viel älter gewesen wäre als du und intellektueller als Lukas, dann wäre das nie passiert.«

»Vielleicht ist es vorübergehend«, sagte ich, »aber das glaube ich nicht. Ich liebe sie.«

»Hast du Lukas geliebt, als du ihn geheiratet hast?«, fragte mein Vater.

Es tat weh, obwohl mir klar war, dass er mich nicht verletzen wollte.

»Ja«, antwortete ich. »Ich weiß nicht, warum ich so bin.«

Wir waren beim Haus angekommen. Die Dämmerung hatte uns eingehüllt. In dem erleuchteten Küchenfenster sahen wir, dass meine Mutter am Spülbecken stand und beim Kochen war. Es sah aus, als würde sie zum Abendessen einen Braten zusammenbinden. Sie stand genauso da, wie sie es all die Jahre getan hatte, wie ich sie immer in der Küche hatte stehen sehen. Sie trug einen Pullover, den sie schon jahrelang hatte – Sparsamkeit war eine Tugend. Ihr Gesicht breit und viereckig wie meins, das Haar mit einem Haarreif zurückgeschoben, zurückgekämmt und dauergewellt. In ihr vereinten sich die typischen Familienmerkmale, eine Tochter aus zwei Adelsfamilien, praktisch veranlagt, mit beiden Beinen auf der Erde, die Fußspitzen nach außen gerichtet. Wie würde sie es aufnehmen? Der unvermeidbare Klatsch, wie würde meine Mutter damit fertig werden?

»Es tut mir Leid, dass ich euch enttäusche«, sagte ich. »Ich kann nichts dafür, dass ich so bin, wie ich bin.«

»Du enttäuscht uns nicht«, meinte mein Vater. »Wir sind stolz auf dich. Du bist so tüchtig. Denk an all deine Bücher, alles, was du geleistet hast.«

»Ich habe keine Kinder«, entgegnete ich.

»Du wirst die beste Mutter der Welt«, sagte mein Vater.

Er schaute mich an. Ich erkannte, dass er sich einen weiteren tröstlichen Gedanken zurecht gelegt hatte.

»Du klingst ein bisschen wie Strindberg«, fand mein Vater.

Ich konnte mir ein Lächeln nicht verkneifen. Er war gerade dabei, sich selbst zu überzeugen und es war kein Problem. Wenn es um mich und meine Schwester Madde ging, war er bereit, fast alles Mögliche zu glauben.

»Strindberg war drei Mal oder mehr verheiratet«, fuhr mein Vater mit Überzeugung fort. »Du hast nur noch nicht den Richtigen getroffen. Davon geht die Welt nicht unter. Lukas wird wohl traurig sein, aber ihr habt keine Kinder. Er wird es überleben, der Mann schaut nach vorn und ist ehrgeizig. Und bei dir ist so gekommen, weil du eine so lebhafte Fantasie, einen so lebendigen Intellekt hast. Man kann dann vielleicht nicht jahrein und jahraus mit ein und demselben Menschen verheiratet sein. Das verstehen deine Mutter und ich nicht, aber wir sind auch nicht so begabt wie du.«

Seine Übertreibung machte mich verlegen, aber seine aufrichtige

Liebe wärmte mich und tat mir gut. Ich schaute ihn an. Hinter ihm war meine Mutter zu erkennen. Sie waren ein ehrgeiziges Paar, sie hatten über vierzig Jahre zusammengehalten. Sie kannten einander auswendig, sie waren die besten Freunde. Dies war ein Schlag für sie. Doch sie stellten die Liebe an die erste Stelle, das taten sie wirklich. Ihre Liebe zu den Kindern, zur Familie, zu einander.

»Ich liebe dich«, sagte ich und umschlang seinen Arm.

»Ich dich auch, ich dich auch«, erwiderte mein Vater und lächelte.

Er klopfte mir fest auf die Schulter, wie er es immer tat, wenn er etwas verlegen war. Wir gingen ins Haus.

***

Die Tage draußen auf dem Land waren angenehmer als ich dachte und es war schön, mit meinen Eltern und den Kindern meiner Schwester auszuspannen. Eine Woche später zurück in der Stadt, würde ich mein Manuskript einreichen, die letzten Weihnachtsgeschenke besorgen und das Haus wieder abschließen. Lukas und ich würden Weihnachten mit meiner Familie auf dem Land feiern, um dann am ersten Feiertag seine Eltern zu besuchen. Am zweiten Feiertag wollten ein paar Verwandte zum Mittagessen kommen.

Ich putzte das ganze Haus, packte meine Sachen und trug alle Wertgegenstände in den Tresor im Keller. Wir würden nur eine Woche fort sein, aber das reichte. Das Einbruchrisiko war während der Weihnachtsfeiertage am größten.

Am nächsten Tag fuhr ich in die City, um die letzten Weihnachtsgeschenke zu kaufen. Ich wollte Kaja am Nachmittag kurz treffen. Lukas würde mit der Abendmaschine aus London kommen und am nächsten Morgen wollten wir die Stadt verlassen. Zusammen aufs Land. Ebenso gut könnten wir uns in einem Ruderboot hinaus aufs Meer begeben.

NK war mein Lieblingsgeschäft für Weihnachtsgeschenke. Ich ging in die Süßigkeitenabteilung und kaufte das große Marzipanschwein für Kaja. Dann arbeitete ich meine anderen Besorgungen ab und ging anschließend die Hamngatan entlang, um ein paar Kleinigkeiten zu erledigen. Als ich in die Biblioteksgatan eingebogen war, blieb ich stehen. Lichterketten überall, ein Gefühl von Festlichkeit und Hochstimmung.

Die Idee schlug bei mir ein wie der Blitz: Ich hatte eine Steuerrückzahlung erhalten, ich würde Kaja einen Armani-Hosenanzug kaufen.

Kaja hatte so gut wie keinen persönlichen Besitz. Das meiste, was sie besaß, waren Geschenke von Freunden, vor allem ihre Kleidung. Dennoch hatte ich festgestellt, dass sie schöne Dinge liebte. Bei unterschiedlichen Gelegenheiten hatten wir uns immer mal wieder über hübsche lesbische Frauen unterhalten und ich wusste, dass Armani die bevorzugte Marke war. Kaum eine Lesbe, die ich über Kaja kannte, konnte sich Kleider von Armani leisten, aber alle schienen nur auf diese Hosenanzüge zu stehen, zumindest auf den Fotos.

Ich ging in das Geschäft und erwischte eine Verkäuferin; ungeschminkt, hohe Wangenknochen, hübsch wie ein Fotomodell. Ich fühlte mich durch ihr Aussehen fast belästigt. Sie sah aus, als wäre sie einem Armani-Katalog gesprungen.

»Ich möchte einen Hosenanzug«, sagte ich schüchtern.

Die Verkäuferin trug fünf, sechs Anzüge zusammen, und ich ging damit in die Umkleidekabine. Die ersten beiden waren zu langweilig, der dritte etwas zu feminin. Aber der vierte war perfekt. Er war etwas breiter in den Schultern, aber figurbetont geschnitten, mit geraden, weiten Hosenbeinen und schönen Taschen auf dem Jackett, das Revers breit und klassisch. Er war schweineteuer. Mir selbst hatte ich noch nie einen Armani-Hosenanzug gegönnt. Ironisch dachte ich, dass das noch ein Vorteil war, mit einer Frau und nicht mit einem Mann zusammen zu sein: Wenn Kaja ihn nicht haben wollte, könnte ich ihn anziehen.

»Als Geschenk, bitte«, sagte ich an der Kasse und spürte, wie ich rot wurde.

Ich bildete mir ein, dass sowohl die Verkäuferin als auch alle anderen im Laden, Verkäufer wie Kunden, mich seltsam anschauten, als sie begriffen, dass es ein Geschenk war. Welche Frau kaufte einen Armani-Hosenanzug für eine andere Frau? Eine Lesbe, natürlich! Außerdem bezahlte ich mit Kreditkarte und ich fragte mich wie immer, ob man mich erkannte. »Aha, die ist also lesbisch?«, »Ja, das Gefühl hatte ich schon immer.« Aber daran war nicht viel zu ändern.

»Der ist für meine Schwester«, presste ich heraus. »Kann sie zwischen den Feiertagen kommen, um die Hosenbeine kürzen zu lassen? Oder um ihn umzutauschen, wenn er ihr nicht gefällt?«

»Selbstverständlich«, sagte die Verkäuferin lächelnd.

Vermutlich war das Lächeln nett gemeint, aber ich meinte, etwas Ironisches darin zu erkennen. Für meine Schwester. Ein Armani-Hosenanzug. Welch schwesterliche Liebe! Was für eine erbärmlich schlechte Lüge.

***

Ich hatte den Armani-Hosenanzug in einen großen Karton gelegt und zugeklebt. Jetzt stand er auf dem Boden in Kajas Flur, das Päckchen mit dem Marzipanschwein obendrauf. Kaja stützte sich auf einen Wischmopp, trug zerrissene Jeans-Shorts, ihr »Boredom«-T-Shirt und Birkenstocksandalen. Nach allen normalen Maßstäben hätte sie abstoßend aussehen müssen, doch das tat sie nicht; nur erotischer denn je. Nicht einmal die Armani-Verkäuferin hätte hübscher sein können. Kaja war beim Putzen, als ich kam. In der ganzen Wohnung duftete es nach Zitrone.

»Was ist das da?«, fragte sie jetzt.

»Das sind deine Weihnachtsgeschenke«, antwortete ich. »Du darfst sie erst an Heiligabend auspacken.«

Die Weihnachtshasserin Kaja hatte glänzende Augen. Sie stellte den Wischmopp in die Ecke und untersuchte ihre Pakete, hob sie hoch und schüttelte sie.

»Nein, nein!«, sagte ich und gab ihr etwas auf die Finger. »Erst an Heiligabend habe ich gesagt!«

Kaja lächelte mich in der Hocke sitzend an.

»Ich habe auch für dich ein paar Weihnachtsgeschenke«, sagte sie. »Da ich weiß, dass du auf Weihnachten stehst, bin ich von meinen Prinzipien abgewichen und bin einkaufen gewesen.«

Sie nahm mich bei der Hand und ich folgte ihr ins Schlafzimmer. Wir legten uns ins Bett, Kaja zündete eine Kerze an und holte dann mehrere kleine Päckchen hervor.

»Mach sie auf!«, sagte sie.

»Jetzt?«, fragte ich. »Das kann ich nicht machen! Weihnachtsgeschenke darf man erst an Heiligabend aufmachen.«

»Aber ich will dein Gesicht sehen, wenn du sie auspackst!«

»Das geht nicht«, protestierte ich und schüttelte den Kopf. »Ich muss sie aufheben, damit ich mich auf etwas freuen kann, wenn ich nicht mir dir zusammen bin.«

»Na, gut«, sagte Kaja.

Sie zog mich mit erstaunlicher Kraft zu sich heran.

»Dann musst du dir was anderes einfallen lassen, was wir in der nächsten halben Stunde machen können, bis du gehst.«

»Hmmm«, sagte ich und setzte eine nachdenkliche Miene auf. »Da muss ich wirklich scharf nachdenken und überlegen, ob mir was einfällt.«

***

Mein breites Lächeln verging in dem Augenblick, da ich Kaja nicht mehr winkend am Fenster sehen konnte. Jetzt hatte ich wieder eine ganze Woche Weihnachten vor mir, ohne den geringsten Schimmer von Kaja. So lange waren wir noch nie getrennt gewesen, seit wir zusammen waren. Auf dem Heimweg bog ich nach Riddarholmen, einem Stockholmer Stadtteil, ab und hielt an der Kirche. Riddarholmen, die Ritterinsel, alle alten Adelsfamilien stammten aus Stockholm. Im Inneren war es kühl und dunkel unter hohen Gewölbedecken. Ich setzte mich auf einen Stuhl neben einem Pfeiler, schloss die Augen und versuchte meine Kopfschmerzen wegzudenken. Kaja und ich würden uns mindestens sieben Tage nicht sehen.

In der Kirche, ausgerechnet in dieser Kirche hatte ich Lukas Treue gelobt – »vor Gott und dieser Gemeinde« – und dann meine Treue gebrochen, sowie sich eine Gelegenheit bot. Ich war nicht wie meine Vorfahrinnen, die vor hunderten von Jahren ihren Fuß auf diese Insel gesetzt hatten, ich war nicht die pflichtgetreue und loyale Ehefrau, die ich sein sollte. Ich war wild, zügellos, verwöhnt und eigensinnig. Hätten wir ein paar Generationen früher gelebt, wäre ich hart bestraft worden. Dennoch empfand ich erstaunlich wenig Schuld bei dem Gedanken an die Familie, an die Geschlechter, die mir vorausgegangen waren. Ich hielt meine eigene Fahne so hoch ich konnte, indem ich tat, was ich für richtig, wahr und ehrlich und – wichtig – in meinem Leben hielt. Mehr konnte man als Mensch nicht tun. Doch das bedeutete nicht, dass ich mich Lukas gegenüber nicht schuldig fühlte.

Jetzt saß ich in der Riddarholmskirche und ließ mich vom Schuldgefühl überwältigen. Konnte man hier Trost, einen Fingerzeig finden? Engel, Heilige, vielleicht einen Erlöser, der die Lasterhaften verstand? In jüngeren Jahren war ich ausgesprochen christlich gewesen. Ich interessierte mich für alles Religiöse, sang im Schulchor, glaubte an die Bibel. Dann erwachte meine feministische Ader und ich lehnte jede Form von patriarchaler, organisierter Religion ab. Ich prüfte die Anbetung von Göttinnen als mögliche Alternative und stand zeitweilig mit Hexen in Verbindung. Frauen, Göttinnen, Schöpfungskraft; Rituale und Werkzeuge, Treffen bei Vollmond auf einsamen Berggipfeln außerhalb von San Francisco. Aber nachdem ich nach Schweden zurückgekehrt war und Lukas kennen gelernt hatte, war alles wieder soweit auf den Kopf gestellt, dass ich zugestimmt hatte, Vater-Mutter-Kind mit kirchlicher Hochzeit und Haus in Stocksund zu spielen. Ansgars Gott war trotz allem ein Patriarch, der auf das Wohl der Kleinfamilie bedacht war.

Jetzt war Kaja in mein Leben getreten. Ich wusste nicht genau, welche Einstellung die protestantische Kirche zur Homosexualität hatte, aber man musste nicht allzu viel Fantasie haben, um sich auszurechnen, dass lesbisch zu leben mit einer organisierten, patriarchalen Religion nicht besonders gut vereinbar war. Gottlose Frauen mit rasiertem Schädel, Scham, Schuld, Abschaum der Gesellschaft. Lieber ein Tattoo mit einem altertümlichen Symbol auf der einen Brust als ein kleines Goldkreuz um den Hals. Wie konnten es die Lesben wagen, in dieser Weise an sich selbst zu glauben? Das Herz schlug bis zum Hals. Die Überzeugung von der eigenen Stärke, Schöpfungskraft, Gott in mir. Gott in mir selbst. Vielleicht war Gott viel eher eine lesbische, schwarze Frau als ein alter Knacker mit Rauschebart.

Kaja hatte von einer Kindstaufe erzählt, die von einer lesbischen Pastorin abgehalten wurde, und das hatte mir einige meiner Hoffnungen zurückgegeben. Die Pfarrerin hatte beim Ritual ganz deutlich »im Namen der Lebensspenderin« gesagt, statt sich einfach an die üblichen männlichen Begriffe »des Vaters, des Sohnes und des heiligen Geistes« zu halten, und darüber war ich hocherfreut. Doch sie gehörte bestimmt zu den absoluten Ausnahmen. Die Kirche war nach wie vor die Hochburg des Konservatismus und der Konvention und wie ich so auf meinem Stuhl saß, die Stirn an den Pfeiler gelehnt, wurde mir klar, dass es für mich als

Frau in einer lesbischen Beziehung hier niemanden mehr geben würde, den ich um Unterstützung und Rat bitten konnte. Apropos Kirche: warum die Problematik darauf beschränken? Kajas Worte klangen mir in den Ohren: Wenn es Gott gäbe, dann hätte sie schon längst dafür gesorgt, dass es hier auf Erden nicht so katastrophal zuging wie es der Fall war. Es gab dort ganz einfach niemanden, weder da oben noch da unten. Oder wie Kaja sagte: Frau muss sich auf sich selbst verlassen.

***

Lukas kehrte aus London zurück und wir fuhren ein paar Tage vor Weihnachten hinaus aufs Land. Wir waren beide müde, aber freundlich zueinander und sprachen über nichts. Sogar der Heiligabend kam und ging in einem Orkan aus Aktivitäten, mit Weihnachtsstrümpfen, gemeinsamem Frühstücken, Spaziergängen, Donald Duck im Fernsehen, Glühwein trinken, Besuch des Weihnachtsmannes, Weihnachtsbüfett und Verteilen der Weihnachtsgeschenke. Als es Abend wurde, waren wir alle vollkommen fertig und wollten nur noch ins Bett.

Lukas legte sich sofort schlafen, sobald wir unseren Flügel betreten hatten. Ich blieb noch auf und las, was ich mittlerweile häufiger tat. Doch nach einer Weile schlug ich das Buch zu und starrte vor mich hin.

Mehr denn je spürte ich, dass ich meine Gefühle entwirren musste. Ich hatte geglaubt, ein Besuch bei der Familie würde mir gut tun und mich etwas auf Distanz zu Kaja und allem, was passiert war, bringen. Doch das funktionierte nicht. Ich konnte nicht monatelang auf den Abschluss von Lukas Projekt warten. Ich konnte kein Doppelleben ohne jegliche Kommunikation führen.

Ich legte das Buch aus der Hand, zog Mütze und Mantel an und ging nach draußen. Es war kalt und klar und die Bäume waren mit Raureif überzogen. Knackende Äste, die gefrorenen Tränen des Mondes oder Tropfen eines Waldweibleins, das mit frisch gewaschenem Haar in die Kälte gegangen war. Ich taumelte zwischen den stillen Häusern herum, ging um die Scheune und die Remise, um den Viehstall und den alten Stall, kreuzte meine eigenen Spuren, lief im Bogen hinter die Häuser und kam auf der anderen Seite wieder heraus. Ich hatte ein Päckchen Zigaretten mitgenommen – ich, die sonst nur auf Festen rauchte – und qualmte jetzt eine nach der anderen. Es musste inzwischen zwei Uhr sein, wir wollten in nur wenigen Stunden zur Christmette aufstehen.

Plötzlich entdeckte ich in einem Fenster des Haupthauses meine Mutter, in einen großen, hellrosa Morgenmantel gehüllt. Sie schaute zu mir hinaus, dann eilte sie hinunter und öffnete die Haustür.

»Was ist, meine Kleine?«, fragte sie. »Kannst du nicht schlafen?«

»Nein«, antwortete ich. »Ich muss über ein paar Sachen nachdenken.«

»Über Lukas? Oder über deine Arbeit?«

»Ich werde es dir später erzählen«, antwortete ich. »Ich muss erst nachdenken. Leg dich wieder hin. Bis morgen.«

Sie zog sich wieder zurück und ich setzte meinen Rundgang fort, sowohl physisch als auch mental. Wollte ich mich von Lukas trennen? Oder sollte ich mit Kaja Schluss machen? Meine Argumente pendelten hin und her. Plötzlich fiel mir mein Therapeut ein. Er hatte mir geraten, wenn ich durcheinander war, alle Punkte auf einem Blatt Papier aufzulisten, das sei die beste Lösung, um Ordnung in das zu bringen, was wie ein Chaos erschien. Ich drückte die Zigarette aus; das Waldweiblein nickte zur guten Nacht. Dann ging ich ins Haus und setzte mich wieder in das Wohnzimmer meines Flügels. Die Hunde hoben die Köpfe und sahen mich erstaunt an.

»Heia machen«, sagte ich zu ihnen. »Gute Nacht, Hunde.«

Sie klopften ein paar Mal matt mit den Schwänzen. Dann schnarchten sie weiter. Und ich teilte ein Blatt Papier in zwei Rubriken auf. Lukas: Pro und Kontra. Und Kaja: Pro und Kontra.

Im Stillen fragte ich mich, ob das wirklich funktionieren konnte oder ob ich mich dafür schämen sollte, so methodisch an eine Herzensangelegenheit heranzugehen. Aber ich hatte keine bessere Lösung parat und hatte das Gefühl, dass mir sonst der Kopf platzen würde.

Pro und Kontra, Pro und Kontra. Außen und innen. Was für Lukas sprach, waren all die äußeren Attribute, die meiner Meinung nach mein Mann haben sollte. Mit den inneren, bei denen es um Nähe, Liebe und Verständnis ging, sah es bei ihm schlechter aus. Da spürte ich, dass Lukas sich mir nicht annäherte und ich mich ihm ebenso wenig. Und worin lag denn der Sinn einer engen Beziehung, wenn man nicht bereit war, aufeinander zuzugehen und sich gemeinsam weiterzuentwickeln?

Auf der inneren Ebene sprach für ihn, dass er ein unglaublich warmherziger und liebevoller Mensch war. Er wollte, dass es den Menschen um ihn herum gut ging, und wenn er nicht gezwungen wurde, sich selbst zu analysieren, war er bereit, sehr weit zu gehen, um einer anderen Person zu helfen. Man konnte ihn um fast alle möglichen praktischen Dinge bitten, die er einem gewährte, wenn er dazu in der Lage war. Lächelnd, mit warmen Augen, zwei starken Händen, einem bereitwilligen und offenen Gesicht.

In der Hinsicht erinnerte er an meinen Vater. Beide waren gut darin, in praktischen Dingen zu helfen, verabscheuten es aber, wenn man in ihrem Inneren herumstocherte. Und auf lange Sicht wollte ich mit so einem Menschen ganz einfach nicht zusammenleben.

Ich ging also zu Kajas Rubrik über. Was das Äußere betraf, sprach fast alles gegen sie. Sie war eine Frau, stammte aus der Arbeiterklasse, war linksradikal; bei unseren gesellschaftlichen Rollen gab es nicht eine einzige Übereinstimmung. Sprache, Stil, Kleidung, ungeschriebene Gesetze; wir kamen vom Jupiter beziehungsweise vom Saturn. Doch sie besaß eine starke Integrität, sie war in jeder Hinsicht sie selbst, während sie für andere Menschen viel Herzenswärme übrig hatte.

Außerdem schnitt sie auf der inneren Ebene sehr gut ab. Kaja hatte den starken Willen, sich weiterzuentwickeln, sich selbst zu analysieren und weiterzukommen. Sie sprach gern über ihr eigenes Zu-kurz-gekommen-Sein und ihre Bedürfnisse, sie verstand mich, wenn ich von meinen sprach. Wir hatten ähnliche Ziele, sie war bereit zu versuchen, mir entgegenzukommen und sich mit mir gemeinsam in die Tiefe zu begeben. Sie wollte dieselbe Art von Nähe wie ich.

Aber sie hatte einen rabenschwarzen Humor und hasste es, kritisiert zu werden; ein Straßenkind im wahrsten Sinne des Wortes. Verletzte Raubtieraugen, toughe Tattoos. Kaja war vor Schreck erstarrt, wenn ihr die Nähe begegnete, nach der sie sich gleichzeitig sehnte, hatte Todesangst, verletzt zu werden. Ich wollte alles in meiner Macht stehende tun, um ihr nahe zu kommen, doch ich wusste nicht, ob es möglich war, ihre Angst zu überwinden. Vorläufig hatte ich ihr keine Geborgenheit zu bieten, nur Verwirrung. Ich befand mich mitten in einer ungeklärten Ehe, eine Närrin im gesetzlich festgelegten Rahmen der Liebe; die Kappe schief, mit traurigen Augen über einem lächelnden Mund.

Ich lehnte mich zurück, nahm meine Auflistungen genau in Augenschein und versuchte dabei, objektiv zu sein. Es blieb nur eins zu tun: mich frei zu machen. Was war mir am wichtigsten?

Wenn ich Lukas verließ, würde ich einen Teil der äußeren Annehmlichkeiten verlieren, die das Leben leichter machten. Andererseits hatte ich mich selbst, ich hatte meine eigene soziale Sicherheit, ich hatte all die Kontakte und Freunde, die ich mit in die Ehe gebracht hatte und die ich auch wieder mitnehmen würde, fast als hätten wir darüber einen Ehevertrag abgeschlossen. Ihn zu verlassen würde aus einer Menge Gründe schmerzlich sein, aber es wäre nicht unmöglich.

Wenn ich bei ihm bliebe, würde ich Kaja für immer verlieren. Sie würde weiter meine Freundin bleiben, aber mich nicht auf die Weise respektieren, wie sie es bisher getan hatte, weil sie meine Leidenschaft für sie gesehen hatte und wusste, wogegen ich mich ausschließlich aufgrund äußerer Umstände entschieden hatte. Der Verlust von Kajas Respekt wog schwer wie Blei, viel schwerer als der Verlust von Lukas als Ehemann und dem mutmaßlichen äußeren Respekt, den mir mein Umfeld zollte.

Wenn ich stattdessen zu Kaja ging, was wäre das für ein Gefühl? Ein unbekannter Weg, den niemand in meinem Umfeld vor mir beschritten hatte. Staubig und verlockend erstreckte er sich im Sonnenschein, wand sich hinter einer Kurve fort; was sich dahinter verbarg, konnte ich nicht erahnen. Ganz andere Lebensbedingungen, ohne Sicherheit, ohne Rente im Rahmen einer gesetzlich verankerten Ehe mit Kindern und Enkeln innerhalb eines sozialen Netzwerkes von Gleichgesinnten. Kaja und ich konnten ein, zwei oder zehn oder dreißig Jahre zusammen sein; sie würde mich vielleicht verlassen, wenn ich siebenundvierzig war und keine Kinder mehr bekommen konnte; ich würde ohne gesicherte Zukunft leben müssen. Kaja glaubte nicht an Versprechen, an Garantien, nicht daran, sein Leben im Voraus festlegen zu können. Für mich würde das womöglich bedeuten, allmählich depressiv zu werden und nicht zu wissen, was ich dann machen würde.

Es würde aber auch bedeuten, dass ich im Leben etwas gewagt hätte, dass ich einmal meinem Herzen gefolgt wäre, dass ich tatsächlich auch ein fühlendes Tier war und nicht nur ein intellektuelles mit großem Kontrollbedürfnis. Es würde mir die Chance bieten, mich auf allen Ebenen zu entwickeln, es würde mich zwingen, meinen eigenen Defiziten zu begegnen – meiner Unsicherheit, meinen Psychomacken, meiner Angst vorm Alleinsein, meinem großen Bedürfnis, für alles Garantien und Fallschirme einzubauen – und etwas dagegen zu unternehmen, weil auch Kaja finden würde, dass es anstrengend war, mit diesen Defiziten zu leben.

Wenn ich Kaja verließ? Vom bloßen Gedanken schmerzte es in meiner Brust: nie mehr. Vor meinem inneren Auge sah ich, wie ich, durch mein eigenes Weinen geweckt, mich in unsere Küche schleppte, wo Lukas frühstückte, wie er alles tat, um mich zu trösten, mir versprach, gemeinsam wegzufahren, um mich auf andere Gedanken zu bringen, wie er seine Wut über meine Egozentrik hinunterschluckte, es ihm aber nicht gelang, wie die zementierte Mauer zwischen uns stehen blieb, wie ich bald wieder gezwungen sein würde, die Einzelteile meines Ichs zusammenzusammeln und weiterzumachen, als sei nichts passiert, während Lukas und ich wussten, dass das, was uns jetzt trennte, nie überwunden werden konnte.

Ich verdrängte die verzweifelten Gedanken. Ordnung – es gab nur zwei Alternativen. Die eine war, mit Lukas Schluss zu machen und mit Kaja zu leben.

Wenn es gut ging, würde ich mich mutig und stark fühlen, wir würden glücklich zusammenleben und sie wäre die große Liebe meines Lebens. Ich würde Widerstand erleben und neue Erfahrungen machen, mir würde es gut gehen, weil ich ehrlich zu mir selbst war und den Respekt meines Umfelds erlangte. Außerdem würde ich vermutlich besser schreiben und obendrein vielleicht sogar das politische Engagement entwickeln, das in mir schlummerte.

Wenn es schlecht lief, würden unsere Flitterwochen in Wut und Tristesse übergehen. Zahnpastatuben und Probleme mit der Waschmaschine, wer würde was und warum machen, wie kannst du verlangen, dass ich mich nach dir richte, wenn ich mein eigenes Leben lebe? Es würde damit enden, dass sie mich oder ich sie verlassen wollte. In der Situation hätte ich mich von meinem alten Leben entfernt und Lukas aufgegeben, wobei mir dann aufginge, dass ich ihn eigentlich liebte, aber dann wäre es zu spät.

Aber wenn ich stattdessen bei Lukas bliebe und mit Kaja Schluss machte?

Wenn es gut ging, würden Kaja und ich ziemlich schnell über unsere Verliebtheit hinwegkommen und Lukas und ich ein glückliches Leben führen, da wir beide den Traum von der Kleinfamilie hatten und ich trotzdem meiner Kreativität und meinem Bedürfnis freien Lauf lassen konnte, Menschen kennen lernen konnte, ohne dass es ihm etwas ausmachte. Feministische Frauen-Abende schlossen eine Hochzeit in Weiß nicht aus und umgekehrt.

Wenn es schlecht lief, würde ich mich die ganze Zeit hysterisch nach Kaja sehnen und Lukas nicht mehr lieben können. Ich würde mich zwangsverpflichtet und eingesperrt fühlen und anfangen Lukas zu hassen, schwanger werden und mich als Mutter grottenschlecht fühlen, würde mich wegsehnen und wünschen, ich hätte mich anders entschieden. Doch Kaja hätte dann schon eine andere Frau kennen gelernt und wäre außerdem so wütend über meine Entscheidung, dass sie mich nie mehr wiedersehen wollte.

Soviel zu den beiden Alternativen. Aber gab es noch einen dritten Weg, der mir als Person und meinen spezifischen Wünschen gerecht wurde? Was wollte ich eigentlich?

Ich wollte Freiheit und Unabhängigkeit, wie jetzt, aber zugleich eine gewisse Sicherheit. Ich wollte progressiv sein, aber nicht so, dass mir irgendwelche Türen verschlossen sein würden. Mir war nicht wohl bei dem Gedanken, vielleicht zu konventionell zu sein, mir ging es aber auch nicht gut damit, mich von meinem Ursprung entfremdet zu fühlen. Auf lange Sicht wollte ich Kinder haben, aber auch jede Möglichkeit, mich weiterzuentwickeln und ich fühlte mich definitiv nicht dazu geschaffen, mein Leben vor dem Fernseher zu verbringen, eingesperrt mit einem Menschen, der keine Nähe suchte.

Wie sähe der Idealzustand aus? Die Wahrheit war, dass ich beides haben wollte, mir wünschte, den Kuchen zu haben und ihn gleichzeitig aufessen zu können. Ich wollte eigentlich Ehe und Kinder mit einem Mann haben, zugleich liebte ich Kaja und sehnte mich danach, viel Zeit mit ihr zu verbringen, mit ihr zu verreisen und Dinge mit ihr zu unternehmen, ohne dass er auch nur den geringsten Anteil daran hatte.

Das war schrecklich viel verlangt.

***

»Sei gegrüßt, du schöne Morgenstunde«, stimmten wir im Halbdunkel der Christmette an. Ich saß zwischen meiner Mutter und Madde, mein Vater auf der anderen Seite meiner Mutter. Lukas hatte in letzter Sekunde einen Rückzieher gemacht, sich im Bett umgedreht und gemurmelt, er sei zu schlapp. Claës, Maddes Mann, hatte schon am Heiligabend verkündet, dass er nicht mitkäme.

Ich liebte die Christmette. Es war etwas Besonderes gerade am Morgen des ersten Feiertags in die Kirche zu gehen, was meinen ganzen Körper zum Singen brachte, meiner religiösen Bedenken zum Trotz. Es ging mehr um Tradition als um Religion; alle Schatten wichen von mir, meine Seele war licht und leicht, eingebunden in ein Ritual, an dem schon viele Generationen vor uns teilgenommen hatten. In der Nacht hatte ich nicht viel geschlafen, hatte mich noch nicht einmal ausgezogen und mich ins Bett gelegt. Stattdessen dämmerte ich in meinem Sessel vor mich hin, bis meine Mutter an die Tür klopfte. Dann hatten wir vier unten in der Küche Kaffee getrunken und uns anschließend im Auto auf den Weg zur Kirche gemacht.

Ich schielte zu meiner Mutter, meinem Vater und meiner Schwester hinüber. Sie waren verschlafen und hatten vor Müdigkeit kleine Augen, waren der Tradition aber ebenso verbunden wie ich. Ich liebte sie. Meine Schwester lächelte mich an, während ich sang.

Vor der Kirche begrüßten wir diverse Nachbarn und Bekannte – Pelzkragen, Stollen unter den Schuhen. »War der Winter nicht ungewöhnlich schön?« Anschließend fuhren wir wieder nach Hause. Die Sonne ging gerade auf. Wir nahmen gemeinsam ein ziemlich rasches Frühstück ein, und danach überwältigte mich die Müdigkeit. Lukas erwachte, als ich schlafen ging. Es war kurz nach acht Uhr.

»Wir müssen um zehn fahren«, sagte er. »Meine Eltern erwarten uns um halb zwölf.«

Ich schaute ihn an. Und mit einem Mal schien alle Luft aus mir zu entweichen. Ich ließ ihn im Stich, ich tat es bewusst.

»Fahr allein«, sagte ich. »Ich bin zu schlapp.«

Das hatte ich noch nie getan, Lukas allein zu seiner Familie fahren lassen. Aber ich hatte keine Energie mehr, keine Kraft, keine Nerven. Ich war nicht in der Lage, »bella figura« zu machen und den ganzen Tag vor seinen kritischen Eltern die perfekte Schwiegertochter zu spielen. Ich ließ ihn bewusst im Stich, drehte mich im Bett um und schlief ein.

Als ich aufwachte, war es Nachmittag und Lukas war fort.

***

Der Wald stand unbeweglich vor meinem Fenster; schneebeschwerte Zweige, blaue Spuren im Sonnenschein. Es war vollkommen windstill. Ich rief Kaja an.

»Ja, hier ist Kaja.«

»Frohes Fest. Ich bin nicht eher dazu gekommen, dich anzurufen.«

Sie holte Luft.

»Du spinnst. Du bist total verrückt, weißt du das?«

Ich lachte.

»Gefällt er dir?«

»Der ist der totale Wahnsinn. Ich bin gestern hier zu Hause darin rumgelaufen, bis plötzlich Bengtsson mit einem Haufen Anarchistinnen an der Tür klingelte, weil sie nicht wussten, wohin. Du kannst es dir vorstellen, ich musste schreien, ich stünde unter der Dusche und mir dann was anderes anziehen, ehe ich aufmachen konnte.«

Wir lachten beide.

»Danke, Sofa.«

»Keine Ursache. Danke gleichfalls!«

Ich hatte Seifen aus dem Body Shop bekommen, Karten mit vom Aussterben bedrohten Walen, einen Kalender, ein Buch über Frauen. Jetzt strich ich mit der Hand über das Buch, während ich ihrer Stimme lauschte.

»Wie läuft's?«, fragte sie.

»Beschissen. Reden wir nicht davon. Er ist zu seiner Familie gefahren, aber ich bin nicht mit. Ich habe keine Kraft. Die Gedanken wirbeln mir immer wieder im Kopf herum, aber nichts wird klar.«

»Komm bald nach Hause, dann kümmere ich mich um dich«, flüsterte Kaja. »Komm nach Hause, dann machen wir da weiter, wo wir aufgehört haben.«

***

Am Abend des ersten Feiertages blieben Madde und ich bei einem Spielfilm vor dem Fernseher sitzen. Alle anderen waren zu Bett gegangen. Lukas hatte angerufen und gesagt, er übernachte bei seinen Eltern und kehre erst am nächsten Tag zurück. Niemand in meiner Familie gab dazu einen Kommentar ab oder fragte, warum ich nicht mit ihm gefahren war. Die anderen Familienmitglieder verstanden anscheinend instinktiv, dass etwas ernsthaft nicht stimmte.

Als der Film vorbei war, sagte ich zu Madde, ich wolle mit ihr reden. Ich hatte Herzklopfen, wusste aber nicht, wovor ich eigentlich Angst hatte. Vielleicht, dass das Ganze in irgendeiner Form meine Beziehung zu ihren Kindern beeinflussen würde, sodass wir nicht mehr den ungezwungenen Umgang miteinander hätten wie bisher. Ich liebte die Kinder meiner Schwester über alles und ich wollte nicht, dass irgendetwas zwischen uns stand. Madde schaute mich mit einem ruhigen Gesichtsausdruck direkt an. Ich brach in Tränen aus.

»Sag doch, was los ist«, meinte sie ruhig. »Ich glaube, ich ahne es schon.«

»Wieso?«, schluchzte ich.

»Vielleicht irre ich mich, aber ich habe das Gefühl, es geht um Untreue«, erklärte sie.

Ich nickte.

»Sowohl Claës als auch ich haben gemerkt, dass es zwischen dir und Lukas nicht gut läuft«, sagte sie. »Hast du jemand anderes kennen gelernt?«

»Ja«, antwortete ich. »Aber es ist nicht so, wie du denkst. Es ist eine Frau.«

Madde schaute mich forschend an.

»Ich weiß nicht warum«, meinte sie, »aber ich bin nicht besonders überrascht. Wer ist sie? Kennen wir sie?«

»Nein«, antwortete ich und konnte ein Lächeln hinter den Tränen nicht unterdrücken. »Sie ist eine lesbische Radikalfeministin.«

»Oh«, sagte Madde und lächelte ebenfalls. »Alles auf einen Streich. Ist es was Ernstes zwischen euch? Weiß Lukas davon?«

»Lukas weiß alles. Und es ist was Ernstes«, sagte ich.

Ich erzählt ihr ebenso detailliert wie meinem Vater, was passiert war. Madde hörte zu, aß Süßigkeiten, schaute mich konzentriert an.

»Eins musst du mir versprechen«, sagte sie mit gespieltem Ernst. »Wenn du dich von Lukas trennst, dann musst du dafür sorgen, dass du die Gläser behältst, die wir euch zu Weihnachten geschenkt haben.«

Wir lächelten beide.

»Das ist schade«, sagte Madde, »weil ich Lukas mag. Und er tut mir schrecklich Leid. Das musst du verstehen. Und die Kinder sind so begeistert von ihm. Aber das ändert nichts zwischen dir und mir oder zwischen dir und den Kindern, das ist dir hoffentlich klar. Du bist meine Schwester und ich liebe dich wie du bist, wie auch immer du lebst. Was du im Bett machst und mit wem, das ist deine Privatangelegenheit.«

Ich schaute sie an. Sie war konventionell, schlug nicht wie ich über die Stränge. Madde war beständig, vorhersehbar, analysierte nichts, lebte nach den Regeln, die ihr vorgegeben wurden. Aber sie war trotzdem cool. Sie verzichtete auf gewisse Dinge, weil anderes wichtiger war, sie war klassisch und zeitlos wie die Frauen so vieler Generationen vor uns. Und bei ihr kam die Familie an erster Stelle, vor allem anderen. Ich kam nicht umhin, großen Respekt für sie zu empfinden. Meine Schwester wusste, was im Leben wichtig war.

***

Am zweiten Weihnachtsfeiertag, als die Mittagsgäste endlich aufgebrochen waren, schnappte ich mir meine Mutter. Ich fragte, ob sie mit mir spazieren gehen wolle, und das wollte sie. Wir waren schon ziemlich weit gelaufen, als ich die Katze aus dem Sack ließ.

»Ich habe ein Problem, Mama. Aber wenn du nicht mit mir darüber diskutieren willst, wenn du hörst, worum es geht, dann ist das auch okay.«

»Hat es was mit dem Lesbischen zu tun?«

Besorgte Augen unter ihrem alten abgetragenen Wollturban. Ich hielt mitten im Schritt inne und starrte sie nur an. Auf meinen Vater konnte ich mich verlassen und auf Madde auch. Sie hatten sicher kein Wort verraten. Wie hatte sie das herausgefunden?

»Nein, sie haben keinen Ton gesagt«, antwortete meine Mutter auf meine direkte Frage. »Aber du selbst hast im Laufe der Jahre immer mal wieder darüber gesprochen und mir ist aufgefallen, dass es dir und Lukas nicht gut geht.«

Wir gingen weiter. Unsere Spuren, parallel im Schnee, ihre etwas nach außen gerichteten, meine eigenen von trendigen Schuhen. Ich offenbarte ihr die ganze Geschichte. Sie seufzte.

»Was sagst du jetzt?«

»Tja, was soll ich sagen? Meine Kleine, du kommst aber auch immer auf Ideen!«

Grüne Augen mit einem vorwurfsvollen Ausdruck auf mich gerichtet.

»Von wegen auf Ideen kommen, ich habe mich verliebt!«

»Aber was will das schon heißen, sich verlieben?«, fragte meine Mutter. »Verliebt und begeistert kann man wohl häufig in seinem Leben sein. Doch das bedeutet nicht, dass man gleich untreu und all das sein muss. Eine Ehe ist etwas ganz anderes als eine Verliebtheit.«

Diese Art von Diskussion kannte ich schon, die hatten wir früher schon geführt. Meine Mutter hatte behauptet, Sex sei nichts Wesentliches, es sei wichtiger, dass man einen Partner fand, auf den man sich verlassen konnte und so weiter. Einerseits stimmte ich ihr nicht zu. Andererseits hatten sie und mein Vater viele Jahre glücklich zusammengelebt und hatten es in jeder Hinsicht gut zusammen gehabt. Aber um welchen Preis?

Ich betrachtete ihre Beziehung von außen, ich sah, wie mein Vater trotzdem das Sagen hatte und meine Mutter gehorchte, ich sah, wie das Patriarchat in unserer Familie herrschte. Mein Vater war Oberhaupt, Oberbonze und meine Mutter verhielt sich manchmal immer noch wie ein kleines Mädchen. Sie hatte das getan, was zu ihrer Jugendzeit das Übliche war, sie hatte ihren Vater wegen eines anderen Mannes verlassen, ohne dazwischen innezuhalten und sich zu fragen, wer sie war. Meine Mutter hatte sich mit einer Art von Erleichterung in die sicheren Arme meines Vaters begeben und ihm alles überlassen. Somit waren ihre wechselseitigen Machtpositionen festgelegt. Und dabei war es geblieben.

Ich fragte meine Mutter nach ihren Gefühlen, während wir auf unseren eigenen Spuren den Weg zurückgingen. Ihre Augen, ihre Haut; eines der Gesichter auf der Welt, das ich am besten kannte, seit meiner Kindheit in meine Netzhaut eingebrannt, heute noch und bis in alle Ewigkeit. Trotzdem wusste ich nicht, wie die Falten da hingekommen waren, wie sie im Laufe der Jahre gealtert war. Bestimmt nach und nach aufgrund meiner Eskapaden.

»Ich glaube nicht, dass es das Richtige für dich ist, meine Kleine«, sagte sie jetzt.

»Neihein.«

»Das ist Lukas vielleicht auch nicht. Du müsstest einen viel älteren Mann kennen lernen, einen Intellektuellen, der dich versteht.«

»Ich bin nicht besonders intellektuell, Mama. Und jetzt habe ich eine gleichaltrige Frau kennen gelernt, die mich versteht.«

Meine Mutter seufzte schwer.

»Ich kann nichts daran ändern, aber ich glaube nicht, dass du so bist.«

»Was meinst du mit ›so‹? So lesbisch, meinst du?«

»Ich finde es widerlich, ich kann nichts dafür«, antwortete meine Mutter hilflos. »Du wirst immer meine Tochter bleiben und ich liebe dich, aber diese Sache begreife ich nicht.«

Ich sagte nichts, nahm nur ihre Hand und hielt sie fest in meiner.

***

Die Weihnachtsfeiertage waren vorbei. Lukas und ich saßen im Auto auf dem Rückweg nach Stockholm, die Dunkelheit brach schnell herein. Der schöne, weiße Schnee wurde langsam zu Matsch und man spürte, dass bald wieder grauer Alltag einkehren würde. Doch zuerst sollte Neujahr mit Glanz und Gloria gefeiert werden. Bis dahin waren es noch ein paar Tage. Lukas steuerte den Wagen mit verbissener Miene.

»Was ist mit dir?«, fragte ich.

Wir hatten seit dem ersten Feiertag kein richtiges Gespräch mehr geführt. Wir waren im Haus nur höflich umeinander geschlichen, waren jeweils einzeln mit der Familie zusammen, hatten jeweils allein mit den Kindern gespielt, uns mit all den Dingen beschäftigt, mit denen man sich Weihnachten eben beschäftigte. Die ganze Zeit hatte ich das Gefühl, Lukas könne es kaum erwarten, dass die Feiertage vorbei waren, dass er sich mit jeder Faser seines Körpers zurück an seinen Arbeitsplatz sehnte.

»Tja«, antwortete er. »Ich denke darüber nach, ob ich dich mit dem Gepäck zu Hause absetze, damit ich heute Abend noch mal kurz ins Büro gehen kann.«

Er würde mir nicht eine Minute lang die Möglichkeit für ein Gespräch geben, das war vollkommen klar. Wir kamen auf die gerade Strecke und Lukas beschleunigte. Bäume und Gebüsch flogen vorbei, vom Scheinwerferlicht angestrahlt, blinkend, vor dem dunklen Himmel.

»Bist du wütend, dass ich am ersten Feiertag nicht mit dir nach Drottningholm gefahren bin?«, fragte ich schließlich.

Lukas schwieg eine Weile.

»Ich fand das verdammt mies von dir«, antwortete er dann kurz.

Ein Reh sprang vor uns über die Straße. Ich hielt den Atem abrupt an, und Lukas stieg auf die Bremse. Der Wagen scherte aus, kam aber nicht ins Schleudern und das Reh verschwand im Gebüsch auf der linken Seite. Mein Herz setzte aus.

»Auweia«, sagte ich.

Lukas schaltete anscheinend unberührt wieder in den nächsten Gang hoch.

»Ich finde, du könntest zumindest ein ganz normales Verhalten an den Tag legen«, sagte er. »Du wusstest, dass wir die ganzen Weihnachtsfeiertage bei deiner Familie sein wollten, und dass wir meine Eltern nur einmal treffen würden. Du hättest dich verdammt noch mal überwinden können.«

Ich dachte darüber nach. Es war natürlich vollkommen richtig.

»Ich stimme dir zu«, sagte ich. »Und ich bitte um Entschuldigung, das war nicht gut. Aber ich habe die ganze Nacht nicht geschlafen, ich war total fertig. Ich werde deinen Eltern schreiben und es erklären.«

»Nein, das tust du nicht«, widersprach Lukas. »Lass es! Das ist vollkommen überflüssig. Sie erwarten nichts von dir.«

Seine Lippen waren verkniffen. Ich holte tief Luft. Zwei Jahre perfekte Schwiegertochterei und dann ein Fauxpas. Sie erwarten nichts von dir.

»Schön«, sagte ich, »von mir aus. Aber findest du es nicht in jedem Fall wichtig, dass wir beide miteinander darüber reden, wie es mit uns so weit gekommen ist?«

Es war lange still. Entgegenkommende Fahrzeuge waren nicht zu sehen und Lukas schaltete das Fernlicht ein. Eine Allee aus stillen Bäumen, ein Trauerzug, Totenwache in weiß und dunkelgrün.

»Nein«, sagte er schließlich. »Ich habe jetzt keine Lust, darüber zu reden. Ich will meine Arbeit gut machen und das Londonprojekt abschließen, das hat bei mir Priorität. Wir müssen irgendwann später reden.«

Ich schwieg. Eine unendliche Reihe weißer Striche verschwand in rasender Folge unter dem Auto.

»Aha«, sagte ich am Ende. »Hast du was dagegen, wenn ich jetzt das Radio einschalte?«

»Nein«, antwortete Lukas.

Ich drehte das Radio an, lehnte mich zurück und dachte stattdessen an

Kaja. Freiheit, Wahrheit, Schönheit. Vor uns wurde der Himmel von den vielen Lichtern Stockholms erhellt. Es sah seltsam aus. Ein künstlicher Himmel. So viele Menschen, die dennoch unter ihm lebten.

4

Über Weihnachten hatte ich Kaja jeden Tag eine Postkarte geschickt, farbenfrohe Karten mit liebevollen Mitteilungen, immer in einem Briefumschlag, damit Außenstehende nicht erkennen konnten, wer die Absenderin war. Sie sollte wissen, dass ich an sie dachte, dass ich so sehr ich konnte für sie da war. Nach Weihnachten beschloss sie, einen kurzen Besuch bei ihrer Mutter zu machen. Sie würde erst am 2. Januar zurückkommen. Dazwischen lag Silvester, und Lukas und ich waren zu einem Fest eingeladen.

Wir standen in der Diele und machten uns fertig, während wir auf das Taxi warteten. Es war fast wie vor unserem Essen im September, ehe ich Kaja kennen gelernt hatte, ehe alles passiert war. Es war entsetzlich lange her.

Lukas band sich seine Smokingfliege. Ich überzeugte mich davon, dass die Nähte meiner glänzenden, schwarzen Strümpfe gerade saßen.

»Du siehst fesch aus«, sagte ich zu ihm.

»Danke«, sagte er.

Er sah mich nicht an, er sagte nichts über mein Aussehen. So, als wäre ich gar nicht da; ich war klar, durchsichtig, wie Luft.

Im Taxi schwiegen wir auf der ganzen Fahrt zum Fest, während die Stadt in ihrer Neujahrserwartung vor den Fenstern vorüberglitt. Der Sveaväg war öde und fast menschenleer, vor vielen Türen brannten Partykerzen und nur ab und zu sahen wir Jugendliche, die sich mit Chinaböllern amüsierten. Das Fest sollte bei Beata und Gustaf stattfinden und es würden viele unserer Freunde kommen. Kaum hatten wir das Appartement betreten, da ließ die Anspannung in uns beiden nach und wir brachen in eine Sturzflut aus leichtem Geplauder, Wangenküssen und lustigen Bemerkungen aus. Das Essen war ziemlich unterhaltsam und ich amüsierte mich prächtig mit meinem Tischherrn. Nach dem Essen ging ich zur Damentoilette und in der Warteschlange stieß ich auf Ann-Charlotte.

Sie trug eine eng sitzende schwarze Bluse, so herausfordernd tief ausgeschnitten wie immer, und sie kam mir ein wenig angetrunken vor.

»Ooo, Sophie«, sagte sie. »Kann ich nicht mit dir zusammen Pipi machen?«

Sie beugte sich zu mir vor. Ihre sorgfältig nachgemalte Augenbraue hob sich; ihre Oberlippe entblößte einen weißen Eckzahn, ihre Ohrgehänge waren solide, golden und fingen das Licht des Kronleuchters ein.

»Ich brauch einen kleinen GUTEN RAT«, flüsterte sie theatralisch.

Ich folgte ihr auf die Toilette und sie setzte sich.

»Er ist so verdammt anstrengend«, sagte sie und verdrehte ihre großen, schwarz umrandeten Augen. »Ich weiß nicht, was ich machen soll. Aber du verstehst dich mit Greger doch so gut, kannst du nicht mal mit ihm sprechen?«

»Was ist denn überhaupt los?«

»Er ist eifersüchtig und komisch. Er wird aggressiv, wenn ich mit anderen rede. Und bei der Arbeit geht es auch nicht so gut. Aber da kann ich ihm nun wirklich nicht helfen.«

»Ich auch nicht«, sagte ich.

Lukas hatte erwähnt, dass Greger einen Durchhänger hatte, und dass er deshalb möglicherweise aus dem Londonprojekt ausgeschlossen werden würde. Ich hatte das nicht weiter ernst genommen. Wer Greger auch nur fünf Minuten kannte, musste doch erkennen, dass diese Entscheidung ihm das Rückgrat brechen müsste.

»Aber Greger ist doch tüchtig!«, sagte ich.

Ann-Charlotte zuckte mit den Schultern.

»Er ist fantastisch. Aber ... unberechenbar. Und das können wir bei diesem Projekt eben nicht brauchen.«

Ich starrte sie im Spiegel an. Sie war von der Toilette aufgestanden, wusch sich die Hände und malte sich die Lippen an.

»Aber was soll ich denn daran ändern?«, fragte ich. »Du bist schließlich mit ihm zusammen! Du musst ihn unterstützen.«

»Das weiß ich«, sagte Ann-Charlotte. »Aber wir reden so viel und manchmal ist es schwer, wenn man einander zu nahe kommt. Und du verstehst dich doch SO GUT mit ihm.«

Sie legte ihren Lippenstift mit einem leisen Scheppern in seinen Behälter und lächelte mich an.

»Bitte, Sophie! Ich bin so frustriert, ich weiß nicht, was ich machen soll! Ich liebe ihn doch! Kannst du nicht wenigstens versuchen, mit ihm zu reden?«

»Ich werde sehen, was ich tun kann«, sagte ich.

Ich fand Greger beim Tisch mit den Getränken, einsam und ein wenig übellaunig. Plötzlich kam mir die Erkenntnis: Er trank, natürlich. Deshalb war er so unausgeglichen, trotz seines soliden norrländischen Äußeren.

»Greger«, sagte ich. »Komm doch einen Moment mit Luftschnappen.«

Wir gingen hinaus auf den Balkon. Es war ein sternenklarer Abend. Fast zwölf, bald würde das Feuerwerk beginnen.

»Wie geht's dir denn so?«, fragte ich.

Greger trank einen großen Schluck. Er schüttelte den Kopf.

»Nicht so besonders«, sagte er.

Danach schaute er mich an.

»Ich saufe. Hat Ann-Charlotte das gesagt?«

Ich schüttelte den Kopf.

»Kein Mensch hat gesagt, dass du säufst. Warum tust du das?«

Er schüttelte sich wie ein nasser Hund. Dann versank er wieder in Gedanken.

»Mir geht's überhaupt nicht gut«, sagte er. »Aber Scheiße, ich weiß nicht, wieso nicht.«

»Weißt du was«, fragte ich. »Ich finde, du solltest über alles ehrlich mit Ann-Charlotte sprechen. Vielleicht solltest du dir eine andere Arbeit suchen.«

Er starrte mich aus rot unterlaufenen, glasigen Augen an.

»Was zum Teufel soll das denn? Was hat Lukas gesagt? Soll ich gefeuert werden?«

»Niemand hat gesagt, dass du gefeuert werden sollst. Aber du sagst doch, dass es dir nicht gut geht. Und da solltest du vielleicht in deinem Leben irgendetwas ändern.«

Er räusperte sich. Dann spuckte er hinunter in den Hof. Ich hoffte, dass dort unten niemand stand.

»Ich glaube, sie betrügt mich«, sagte er. »Das spüre ich einfach.«

»Ann-Charlotte«, sagte ich zweifelnd. »Das glaube ich nicht. Sie kann zwar ganz schön gemein sein, aber ich glaube nicht, dass sie dich belügen würde. Dazu ist sie viel zu ehrlich. Außerdem liebt sie dich. Das hat sie mir gesagt, und zwar erst vor sehr kurzer Zeit.«

»Scheiße, glaub ich nicht«, sagte Greger.

In der Ferne gingen einige Raketen hoch. Gleich darauf stürzte Gustaf mit einem Telefon in der Hand auf den Balkon, seine Smokingfliege hatte sich gelockert und baumelte um seinen Hals. Er sah überglücklich aus und rief nach allen, die er entdecken konnte.

»Johan und Sassa haben einen Jungen bekommen!«, schrie er. »Johan und Sassa haben einen Jungen bekommen!«

Beata und einige andere Gäste kamen heraus und drängten sich um Gustaf. Alle sahen überglücklich aus. Strahlende Augen, breites Lächeln. Ein neues Mitglied in der Herde und noch dazu in passendem Alter. Zukünftige Teilnehmerlisten für Segel- und Konfirmandenfreizeiten füllten sich. Vielleicht war das hier der angehende Ehemann für eine der bereits existierenden Töchter?

»Erzähl! Wann denn? Und wie ist es gelaufen?«, rief Beata und fuchtelte mit ihren reich beringten Fingern vor Gustafs Gesicht herum.

Danach nahm sie ihm ganz einfach das Telefon ab. Gustaf verschwand in der Wohnung und Beata teilte uns übrigen mit, was Johan sagte. Eine kleine Simultandolmetscherin aus Öfvre Östermalm.

»Hallo, Johan, hier ist Beata! Herzlichen Glückwunsch! Das ist doch wunderbar! Ja ... ja ... das wollen alle wissen!«

Sie warf uns begeisterte Blicke zu, während sie zuhörte und redete.

»Ach was ... drei Kilo und sechshundertachtundvierzig Gramm ... zweiundfünfzig Zentimeter ... acht Stiche ... vierzehn Stunden, aber so blutig war es wohl nicht? Ach, war es doch ...«

Ich kicherte vor mich hin. Gustaf brachte eine große Zigarrenkiste und eine altmodische Zigarrenschere.

»Jetzt wird GEFEIERT!«, schrie er ins Telefon. »Johan, du alter Gauner, komm und hol dir eine Zigarre, verdammt, dann können wir feiern, dass du zum Mann geworden bist.«

Er wanderte mit der Kiste und einer fetten Zigarre zwischen den Zähnen umher und bot allen eine an. Greger musterte die Zigarre angeekelt.

»Ich hasse Zigarren«, sagte er. »Nie im Leben könnte ich Vater werden.«

Hinter den gegenüberliegenden Dächern brannten mehrere Raketen ab, während sich immer neue Gäste zu uns gesellten. Beata stand in einer Balkonecke, streichelte das Telefon und erkundigte sich mit greller Stimme nach dem Zustand des Mutterkuchens. Lukas kam mit einer brennenden Zigarre in der Hand aus der Wohnung, trat neben mich, und ich nahm seine freie Hand. Die war trocken und kühl. Gustaf reichte Champagnergläser herum. Und dann ging der Krach los. Die Raketen zischten über den Himmel oder öffneten sich hoch über uns zu großen, lautlosen Sternenregen. Hier und dort schien eine Wolke aus großen, blauen Sternen zu explodieren.

Ich hatte einen plötzlichen Flashback: Genauso war es mit Kaja gewesen. Beim ersten Mal. Ihr Gesicht in der Dunkelheit, ihr Atem, ihre Hände überall auf meinem Körper. Nachzugeben, Gefühlen und körperlichen Sensationen gleichzeitig ihren Lauf zu lassen. Vor meinen Augen hatte es blaue Sterne geregnet, genau wie im Film: Es war also möglich. Kleine Sterne rieselten von meinem privaten Himmel, hinter geschlossenen Augenlidern, so, wie jetzt über den dunklen Himmel Stockholms.

»Sassa lässt grüßen!«, schrie Beata, um das Knallen der Raketen zu übertönen, und hielt das Telefon in die Luft. »Ich habe sie an der Strippe. Wünscht Sassa ein schönes neues Jahr!«

»Schönes neues Jahr, Sassa«, schrien wir alle wie aus einem Mund. »Schönes neues Jahr!«

Ein weiterer blauer Sternenregen füllte den Himmel und ließ mich verstummen.

***

Der Neujahrstag zog herauf, graukalt, wolkig und windstill. Lukas und ich gingen wie auf Eiern, um einander nicht zu irritieren. Er hatte einen argen Kater und den ganzen Tag hielt er das Glas mit dem Kopfschmerzmittel fest umklammert. Ich selbst war deprimiert. Alles war Grau in Grau; Schatten, Tage, Licht und Dunkel. Ich sehnte mich so sehr nach Kaja, dass es wehtat, irgendwo in meinem Brustkorb. Wir hatten einander seit über zehn Tagen nicht mehr gesehen und jetzt hatte ein neues Jahr begonnen.

Um die Lage zu entspannen und den Abend zu überstehen, fuhr ich los, kaufte Sushi und lieh ein Video aus, danach saßen Lukas und ich auf dem Sofa, jeweils mit einem Hund auf den Knien. Goldie lag auf dem Rücken und bedeckte Lukas' Hose mit weißen Haaren, während Meryl mit dem Kopf zwischen meinen Knien laut schnarchte. Für einen unbeteiligten Beobachter hätten wir ausgesehen wie das perfekte Paar. Aber graue Wirbel rührten sich unter der Oberfläche; nur konnte ich mich dieser Herausforderung jetzt nicht stellen. Um Mitternacht fiel Lukas ins Bett und ich seufzte erleichtert auf. Ein wärmerer Farbton stahl sich ins Wohnzimmer, als gehe hinter dem Haus die Sonne auf und gebe allem einen neuen Schimmer. Am nächsten Morgen musste Lukas wieder nach London fliegen und ich würde Kaja nachmittags um vier von der Bahn abholen.

Am Morgen stand ich mit Lukas auf, machte Frühstück für ihn und küsste ihn, ehe er losfuhr. Ich kam mir verlogen dabei vor, als spielte ich »Trautes Heim, Glück allein« für unsichtbare Zuschauer. Kaum war Lukas verschwunden, fiel ich in einen Sessel und brach in Tränen aus. Ich griff zum Telefon und rief Baby an, die sich mit hellwacher Stimme meldete.

»Hallo.«

»Entschuldige die frühe Störung«, schniefte ich.

»Komm sofort her und nimm die Hunde mit«, sagte sie. »Dann kann ich wach werden und Kaffeewasser aufsetzen.«

Ich stopfte die Hunde ins Auto und fuhr zu Baby. Ich brauchte nur eine Viertelstunde. Sie öffnete, hellwach und zerzaust, im T-Shirt. Kaum hatte sie mich reingelassen, sprang sie zurück ins Bett. Die Hunde machten sich daran, methodisch die ganze Wohnung zu untersuchen. Hier fanden sie allerlei interessante Dinge, da Baby vom Großreinemachen nichts hielt, es gab Brotkrümel, Kippen, Bonbonpapiere, alte Sektkorken.

»In der Küche ist Kaffee«, sagte sie und rieb sich die Augen. »Und fang mit dem Anfang an.«

»Das geht nicht«, sagte ich. »Es gibt keinen Anfang und kein Ende. Lukas ist nach London gefahren und um vier Uhr kommt Kaja zurück. Ich sehne mich dermaßen nach ihr, dass ich platzen könnte.«

»Ist das denn nicht gut so?«

»Gut? Ich bin ein Ungeheuer. Kaum ist mein Mann aus dem Haus, schon wende ich mich meiner Geliebten zu.«

»Hmmm«, sagte Baby und zwinkerte mir zu. »In meinen Ohren klingt das doch ziemlich nett.«

»Mach keine Witze«, sagte ich. »Ich geh so langsam kaputt, ich bin innerlich zerrissen. Ich kann das einfach nicht mehr aushalten. In der einen Minute glaube ich, eine Lösung gefunden zu haben, in der nächsten ist alles wieder ganz anders. Ich weiß nicht, was ich machen soll.«

»Du gehst überhaupt nicht kaputt«, sagte Baby. »Du bist so stark wie ein Lastesel und was dich nicht kaputtmacht, macht dich nur noch stärker. So ist es jedes Mal. Ich weiß wirklich nicht, wie du auf die Idee gekommen bist, du seist so schwach und gebrechlich. Du bist ein Pitbull, also stell dich nicht so an.«

Ich wischte mir die Tränen ab.

»Warum weiß ich das denn nicht selbst?«, jammerte ich.

»Weil du dich nie auf die Probe stellst. Du musst aufhören, dir über alles den Kopf zu zerbrechen, du musst die Sachen jetzt einfach in der Wirklichkeit austesten.«

»Hat mein Therapeut dich bestochen, dass du das sagst?«

Baby lächelte.

»Schön wär's«, sagte sie. »Mein Rat ist aber leider gratis. Bringst du mir auch einen Becher mit?«

Ich ging in die Küche und holte uns zwei Tassen Kaffee.

»Das Problem ist, dass ich nicht weiß, wo ich anfangen soll«, sagte ich, als ich zurückgekommen war und mich in Babys Sessel gesetzt hatte.

»Ich finde einfach keinen Faden, an dem ich erst mal ziehen könnte.«

»Einen Faden gibt es immer. Und wenn du ihn nicht siehst, dann tu ich das. Lass mich nachdenken.«

Sie schlürfte ein wenig Kaffee und runzelte die Stirn.

»Okay«, sagte sie dann. »Der Faden beginnt bei dir. Danach führt er von Lukas zu Kaja. Das ist der einzig denkbare Fadenlauf. Aber in welcher Reihenfolge du ihn nehmen willst, ist deine Entscheidung.«

»Ich will wissen, was ich tun soll.«

»Ungeduldig, meine Güte!«, sagte Baby belustigt. »Na gut. Tu etwas Konkretes. Hol Kaja von der Bahn ab, fahr nach Hause, liebe sie und stelle fest, was du dabei empfindest. Ihr wart jetzt zehn Tage voneinander getrennt und habt eure Zeit mit Familie und euren eigenen Bekannten verbracht. Hast du Sehnsucht nach ihr?«

»So sehr, dass es überall wehtut.«

»Immer so dramatisch«, sagte Baby trocken. »Ich beneide dich um diese interessanten Gefühlsaufwallungen. Wenn mir etwas körperlich wehtut, dann einfach nur, weil ich Hunger habe.«

»Und dann ?«

»Dann esse ich und es ist wieder gut.«

»Hör auf.«

»Okay, okay. Ich meine nur, dass du dir ein wenig Zeit lassen musst! Du darfst es nicht immer so verdammt eilig haben. Du musst dir die Möglichkeit lassen, deine Gefühle auszuloten und aufhören, so verdammt mental und verbal zu sein.«

»Und das sagst du!«

»Ich bin hier nicht die Frau mit dem wehen Herzen«, sagte Baby und gähnte. »Fang an ein wenig zu leben, statt nur herumzugrübeln. Ich sag es nicht zum ersten Mal: Nur so kannst du herausfinden, was du wirklich willst.«

Darüber dachte ich nach.

»Vielleicht hast du nicht Unrecht.«

»Ich hab sogar gewaltig Recht. Na gut, jetzt hast du mich geweckt, jetzt musst du mich auch unterhalten«, sagte Baby und schob sich eine blonde Haarsträhne hinters Ohr. »Wer war auf dem Fest? Und ist irgendein Skandal passiert?«

Baby hatte die Einladung zu Beata und Gustaf ausgeschlagen und mit ihrem fünfundzwanzigjährigen Knaben Silvester gefeiert.

»Baby«, sagte ich, statt ihre Frage zu beantworten. »Warum können wir nicht zusammenwohnen, du und ich und ein paar andere Mädels in einem Haus voller glücklicher Frauen? Wohin ich mich auch drehe und wende, überall stoße ich auf Paare mit Problemen. Das ist so nervig! Männer und Frauen können einander nicht verstehen. Warum aber wollen wir dann unbedingt zusammenleben?«

»Konventionen und Hormone«, sagte Baby, gähnte wieder und schaute auf die Uhr. »Viertel nach acht. Zeit für die erste Zigarette dieses Tages.«

***

Der Hauptbahnhof war riesig und laut, protzig wie ein Bau aus einer anderen Zeit, ein römisches Bad, ein Amphitheater. Verglichen mit unserem kleinen Bahnhof in Stocksund war er wie eine andere Welt. Hier toste und brauste das Leben, hier herrschte Stress, hier saßen Leute herum und glotzten. Ganz gewöhnliche Schweden vermischt mit Menschen aus vielen unterschiedlichen Kulturen bewegten sich hin und her: Sie saßen, standen und gingen, sie waren erwartungsvoll vor einer Abreise oder einer Ankunft, sie waren ängstlich oder gleichgültig. Um den kreisrunden »Spucknapf« mitten im Hauptgebäude, einem beliebten Treffpunkt, standen ein paar nicht mehr ganz junge Männer. Diplomatenkoffer, die Hände tief in den Taschen vergraben, in leise Gespräche vertieft. Sie alle schienen in mehr oder weniger illegale Transaktionen und Aktivitäten verwickelt zu sein, und die Möglichkeit, den Reisenden auf der unteren Bahnhofsebene auf den Kopf zu spucken, war vermutlich noch die unschuldigste.

Ich hatte genug Zeit und setzte mich deshalb in das kleine Café, um en Mineralwasser zu trinken. Wie immer in Bahnhöfen, Flughäfen oder anderen mit Abreisen verbundenen Orten hatte ich das Gefühl, dass eine Menge neuer Möglichkeiten durch die Luft schwebte, die fast ebenso real wirkten wie Farben und Düfte. Hier unter dem hohen, gewölbten Dach herrschte immer eine Spannung, eine Vorahnung, dass noch alles möglich war.

Meine Gedanken verloren sich in allerlei Richtungen. Baby hatte Recht, Baby irrte sich. Natürlich konnte man Erkenntnis erlangen, wenn man seine Gefühle auf die Probe stellte und alle möglichen Situationen durchprobierte, aber viel ließ sich auch durch Nachdenken klären. Und jetzt grübelte ich plötzlich über extreme Möglichkeiten nach. Wenn ich nun Kaja sah und sie nicht mehr attraktiv fand? Sie war vielleicht überhaupt kein außergewöhnlich wunderbarer Mensch, sondern einfach irgendeine Frau, für die ich aus purer Torheit fast mein ganzes Leben auf den Kopf gestellt hätte. Das konnte ich doch nicht machen, sicher war es eine fixe Idee, die wieder vergehen würde. Meine starke Sehnsucht nach ihr war in diesem Moment plötzlich abgekühlt, ungefähr wie ein wütender Hunger, der ins Gegenteil umschlug – wenn man nichts zu essen bekam, sich dann endlich zu Tisch setzte, konnte man kaum noch einen Bissen herunterbringen. Anderseits hatte ich mir vielleicht nur Verteidigungsmauern aufgebaut; in dem Versuch mich zu distanzieren, damit ich nicht enttäuscht sein würde, wenn sie sich nicht mehr so für mich interessierte wie bisher.

Kajas Zug kam sechs Minuten zu früh, aber ich stand schon lange auf dem Bahnsteig. Die Luft war kalt und beißend; Stockholm im Januar. Die

Bahngleise zeigten in einem eleganten Bogen nach Riddarholmen hin. Tief hinten im Tunnel blinkten zwei klare Lichter. Der Zug kam. Er näherte sich dem Bahnhof in hohem Tempo und mein Herz überschlug sich fast. Dann hatte er den Bahnsteig erreicht und plötzlich war alles wie verwandelt – Luftdruck, Gerüche, sogar der Geschmack in meinem Mund. Der gewaltige Zugrumpf war silbern und blau, stark und unbändig. Plötzlich sah ich Kaja durch ein Fenster und lief am Bahnsteig entlang, um ihren Wagen einzuholen. Mit einem Zischen und einem Ruck bremste der Zug und kam zum Stillstand. Die Fahrgäste quollen heraus und ich reckte den Hals so sehr, dass ich ihn fast ausgerenkt hätte. Plötzlich war sie da, zart und heftig und sommersprossig; funkelnde Augen und ein Lächeln, das Tote hätte erwecken können.

Wir umarmten einander. Sie duftete wie immer; sie fühlte sich an wie immer. Patschuli. Sommersprossen. Feste Kleidung, weiche Haut. Der Fahrstuhl, der in mir auf und abjagte. Plötzlich war überhaupt keine Zeit vergangen, seit wir uns kurz vor Weihnachten in ihrer Wohnung gesehen hatten.

»Wie war's denn bei dir?«, fragte ich.

»Gut. Und bei dir?«

»Gut.«

»Ich hatte Sehnsucht nach dir.«

»Ich auch. Nach dir.«

Wir standen uns in der beißenden Luft auf dem Bahnsteig gegenüber, lachend und verlegen, und die Leute strömten auf allen Seiten an uns vorbei. Kaja wie eine Marmorstatue, besser zu sehen als alle anderen, klar und kontrastreich neben grauen, vorübereilenden Figuren.

»Komm«, sagte ich und nahm ihre Tasche.

Wir verließen den Bahnhof und gingen zu meinem Auto, beide schweigend, aber mit breitem Lächeln. Kaja sah mich an, als sei ich die erste und einzige Frau auf der ganzen Welt. Dann saßen wir im Wagen.

»Sofa«, sagte sie, nahm meinen Kopf zwischen ihre Hände und drehte ihn langsam hin und her. »Wir fahren zu mir nach Hause, wo ich alles Mögliche mit dir machen kann, ohne mich schämen zu müssen, und wo niemand uns sieht.«

Danach küssten wir uns und in meinem Bauch stob ein ganzer Schmetterlingsschwarm hoch. Aber gerade, als ich in Kajas Arme gesunken war, hupte neben uns ein Auto und ich schrak zusammen. Wir blickten beide auf. Ein Mann in einem Volvo fuhr an uns vorüber. Er starrte uns angeekelt an, sagte durch seine Fensterscheibe etwas, das wir nicht hören konnten und zeigte uns den Finger. Kaja riss ihre Tür auf und sprang hinaus, doch gleichzeitig sprang die Ampel um. Rote Haare, schwarze Lederhose, eine Wut so stark, dass sie fast flüssig wirkte. Aber sie konnte nur noch die Faust auf seinen Kofferraum knallen. Dann drehte sie sich empört zu mir um und kam wieder ins Auto.

»Mieses Schwein«, sagte sie.

»Scheiß drauf«, sagte ich. »Wir fahren jetzt nach Hause.«

Kaja gab keine Antwort. Motorendröhnen, Blinker nach links, wir fuhren. Sowie das Auto auf der Fahrbahn war, legte sie los.

»Wie sind die Männer bloß auf die Idee gekommen, sie könnten die Krone der Schöpfung sein?«, fragte sie. »Ich frag ja nur. Aber deshalb führen sie sich so auf. Wie können sie sich nur einbilden, dass es okay ist, Lesben anzupöbeln?«

»Das tun auch manche Frauen«, sagte ich.

»Aber nie in diesem Ausmaß«, sagte Kaja.

Da hatte sie Recht.

»Und das ist ja noch nicht alles«, fügte sie hinzu. »Wieso bilden sie sich ein, dass sie immer das Beste bekommen und das meiste verdienen und als erste an die Reihe kommen sollen? Dass es normal ist, sich an der Schlange im Waschsalon, in der Autoschlange, in der Fahrstuhlschlange vorzudrängen; dass es normal ist, dass sie mehr verdienen als die Frau im Nebenzimmer, die genau dieselbe Arbeit macht und das genauso gut; dass es akzeptabel ist, sich Sex zu erzwingen oder seine Frau zu schlagen oder seine Kinder zu bedrohen?«

»Das weiß ich nicht«, sagte ich.

Kaja aber hatte gerade erst angefangen.

»Wie können sie sich einbilden, dass es akzeptabel ist, wenn ihnen der überwiegende Teil allen privaten Kapitals gehört, während Frauen nur einen Bruchteil besitzen, dass es natürlich ist, dass sie fast alle wichtigen Chefposten besetzen, während Frauen nur ab und zu einen Alibiposten abbekommen, dass es in Ordnung ist, dass sie fast hundert Prozent aller politischen Führungspositionen und Präsidentensitze auf der ganzen Welt einnehmen?«

Ich lächelte. Kaja, meine Kaja. Ihr Gesicht glühte, ihre Augen funkelten vor Leben.

»Warst du in einem blöden Abteil?«, fragte ich sanft.

»Blöd?«, schrie Kaja. »Ich habe drei Stunden hintereinander mit fünf Männern zusammen gesessen und mir ihr verdammtes Gefasel anhören müssen. Da muss frau doch einfach durchdrehen, das kannst du mir glauben.«

»Ich glaube dir.«

»Und trotzdem wollen sie nicht einsehen, dass die Gesellschaft so nicht funktionieren darf. ›Das ist ein Überbleibsel von früher‹, sagen sie, schmatzen zufrieden und pflegen ihr Old-Boys-System, als sei nichts passiert. ›Das ändert sich langsam, aber sicher‹, sagen sie und kneifen die Augen zu, wenn ihnen die Zahlen vorgelegt werden, aus denen hervorgeht, dass die Einkommensschere zwischen Männern und Frauen immer stärker auseinander geht, dass Misshandlungen, Vergewaltigungen und Inzest zunehmen, dass Männer die Oberhand haben, ohne dafür auch nur einen Finger rühren zu müssen. Dass sie sich nicht schämen!«

»Ihr hattet offenbar eine Diskussion.«

»Diskussion!«, sagte Kaja. »Nach einer halben Stunde musste ich mich einfach einmischen. Die haben solchen Scheiß geredet, ich wäre fast explodiert. Du hättest mich mal sehen sollen, ich war knallrot im Gesicht.«

»Das glaube ich gern. Wer hat gewonnen?«

»Drei sind in den Speisewagen gegangen. Die anderen beiden haben mich angebrüllt und danach den Schaffner gezwungen, ihnen andere Plätze zu geben.«

Ich lachte laut.

»Ja, so war das«, sagte Kaja zufrieden und ließ sich zurücksinken. »Aber kampflos habe ich mich nicht ergeben.«

Wenn hier eine ein Pitbull war, dann Kaja. Ich schielte aus dem Augenwinkel zu ihr hinüber. Ab und zu konnte ich kaum glauben, dass sie aus Fleisch und Blut war. Ihre Haut war so hell und sommersprossig, ihre Ohrläppchen schienen trotz der Kälte zu glühen. Sie trommelte mit den Fingern auf die Tasche, die auf ihren Knien lag.

»Bist du nervös?«, fragte ich.

»Wieso denn nervös?«

»Weil wir uns sehen. Wo du doch so viel redest.«

Sie verstummte für einen Moment.

»Natürlich bin ich nervös«, sagte sie dann. »Du vielleicht nicht?«

Ich lächelte.

»Doch.«

»Na also.«

Wir saßen schweigend da, fühlten uns plötzlich unsicher. Auf unserer rechten Seite passierten wir das Rathaus, auf der linken das Haus der Ritterschaft. Vor uns lagen die Anhöhen von Söder, über uns hing der Januarhimmel, schwer und grau. Stockholm, eine auf dem Wasser ruhende Stadt, schön und majestätisch wie ein Schwan aus Granit. Unsinkbar.

»Weißt du, was ich oft mache?«, fragte ich, um das Schweigen zu brechen.

»Erzähl.«

»Ich stelle mir vor, was passieren würde, wenn eine Expedition aus dem Weltall auf der Erde landete, nachdem sie unser Leben und unsere Sitten eine Zeit lang beobachtet haben«, sagte ich. »Dann überlege ich mir, wie wir ihre interessierten Fragen beantworten würden. Früher oder später würden sie nämlich fragen: Und der Mann? Der so viel größere Macht besitzt und in den meisten Bereichen Frauen gegenüber so unendlich viele Vorteile hat, wir sind nicht so ganz sicher, was unsere Beobachtungen des Mannes angeht.«

»Ja, das geht nicht nur denen so.«

»Wir glauben, dass wir hier etwas Grundlegendes übersehen haben«, sagte ich nun. »Aber sicher könnt ihr unsere Wissenslücken schließen. Sagt uns, nimmt der Mann diese überlegene Position ein, weil er so viel intelligenter ist als die Frau? – Nein, leider, würden wir dann antworten müssen. So ist das nicht. – Liegt es also daran, dass er kulturell höher steht?«

»Ha, ha«, sagte Kaja.

Wir fuhren in den Tunnel.

»Aber ist er vielleicht großzügiger, kümmert er sich mehr um Kinder und Schwache, arbeitet er effektiver?«, fragte ich mit lauter Stimme, um den Verkehrslärm im Tunnel zu übertönen. »Leider, auch das nicht. Frauen sind meist effektiver, verfügen über größere Simultankapazität, sind fürsorglicher – nicht von Natur aus, sondern aus purem Überlebensinstinkt und aus Sorge um sich und ihre Kinder.«

»Genau«, sagte Kaja düster.

»Ja, aber ihr guten Leute, würden die Außerirdischen dann mit verwirrter Miene sagen, für diese Ungleichheit, die auf der Erde zwischen den Geschlechtern besteht, muss es doch eine Erklärung geben. Irgendwie muss der Mann doch besser sein als die Frau, er muss es doch auf irgendeine Weise verdient haben, dass er sich diese Freiheiten herausnehmen kann. Also bitte, sagt endlich, was seine Verdienste sind.«

»Ja, tu das«, sagte Kaja.

»Leider, Raumwesen, würden wir zugeben müssen«, fuhr ich fort, »es gibt nichts, was diese groben Übergriffe, diese brutale Unterdrückung von Frauen, Kindern und fast allen Lebewesen auf der Erde durch die Männer rechtfertigen würde. Es gibt keinen einzigen Grund dafür. Nicht einmal den Schatten eines Grundes.«

»Peinlich, aber wahr«, sagte Kaja.

Wir kamen aus dem Tunnel heraus. Der Hammarby Fabriksväg, Tristesse, Lagerhäuser. Ich bog ab in Richtung Stadt, zu Kajas Revier.

»Die Raumwesen würden schließlich resignieren, mit den Schultern zucken, sich in ihr Mutterschiff begeben und sagen: Da unten gibt es ein größeres Rätsel als alles, worauf wir im Universum bisher gestoßen sind. Lasst uns in Zukunft doch einen großen Bogen um die Erde machen, das scheint ein überaus gefährlicher Ort zu sein. Dort wird so viel Hass verdrängt, dort findet so unermessliche Unterdrückung statt, dort werden in jeder Sekunde dermaßen schreckliche Verbrechen begangen, dass dieser Planet eines schönen Tages einfach explodieren muss. Und dann wäre es besser, weit davon entfernt zu sein.«

»Das ist eine schöne Geschichte«, sagte Kaja. »Schreib sie auf.«

Wir hatten Kajas Haus erreicht. Ich hielt an. Wir trugen ihre Taschen nach oben und stellten sie in die Diele, wir schlossen die Wohnungstür und schafften es bis ins Schlafzimmer. Und da blieben wir stehen. Haut an Haut, raue Zungen, glatte Finger, nasse Augen, Ruhe nach dem Sturm. Um zehn Uhr zogen wir alte, verwaschene Trainingsanzüge über und machten mit den Hunden einen kurzen Spaziergang durch die feuchtkalte Abendluft, und um halb ein Uhr nachts aßen wir am Küchentisch bei Kerzenschein Knäckebrot, das einzig Essbare im Haus, da man von Liebe allein ja doch nicht leben kann.

***

Ich erwachte vor Kaja, blieb im Bett liegen und sah sie an. Sie war so schön, dass mein Zwerchfell sich zusammenzog. Die feingemeißelten Züge, der Schwung der Nasenflügel, die dunklen Wimpern. Im Schlaf war sie wehrlos, nackt wie ein Kind, und alles Zähe, Harte war verschwunden. Erst jetzt ging mir auf, wie sehr sie mir gefehlt, wie sehr ich mich nach ihr gesehnt hatte. Endlich konnte ich mir diese Gefühle erlauben, jetzt, wo sie wieder bei mir war.

Als ich noch dort lag, und während ich vorsichtig und ohne sie zu wecken ihren Arm streichelte, ihre Haare, ihre Wange, dachte ich nach. Ich wollte Kaja schöne Träume schenken, sie lächelte im Schlaf. Manche Menschen erfüllen uns einfach mit Zärtlichkeit. Natürlich nicht nur Liebespartnerinnen oder Partner, sondern auch Arbeitskollegen, Freundinnen, kleine Kinder, alte Menschen. Und durchaus nicht alle, die wir lieben. Ab und zu finden wir uns in einer Beziehung wieder, in der das Gegenüber so stark, so lebenshungrig, so sexy oder so unerträglich ist, dass Zärtlichkeit einfach keinen Platz hat. Mit solchen Personen kann man reisen, lachen, arbeiten oder einfach nur lieben, man kann ungeheuer viel aus einer solchen Beziehung gewinnen und trotzdem niemals eine tiefgehende Zuneigung empfinden.

So war Kaja nicht. Sie füllte mich mit so viel Zärtlichkeit, dass ich kaum wusste, wo ich damit hinsollte. Ich sah ihre Fehler und Unzulänglichkeiten, aber auch ihre positiven Seiten. Ich registrierte ihre Grenzen, aber auch ihre Möglichkeiten. Sie war eigentlich nicht stark, sondern eher zäh, ausdauernd, zugleich aber auch zerbrechlich, auf eine Weise, bei der ich mich fragte, wie sie damit jemals erwachsen werden sollte. Denn das musste sie. Kaja lebte noch immer in ihrem Teenagerdasein und auf die Dauer würde das weder für sie noch für andere auszuhalten sein. Aber um erwachsen zu werden, musste sie den Rahmen des lesbischen Radikalfeminismus überschreiten und feststellen, auf welche Weise ihre Persönlichkeit facettenreicher und noch komplizierter werden und wie sie selbst sich weiter entwickeln könnte.

Aber das alles musste ja nicht sofort passieren. Ich ließ mich im Bett zurücksinken und fuhr mit dem Zeigefinger über ihre Wange. Es war früher Morgen, ein rechteckiger Sonnenflecken fiel über unsere Körper und ließ sie leuchten. Ich war glücklich.

In diesem Moment erwachte Kaja. Sie reckte sich und schnurrte wie eine Katze. Wenn sie aufwachte, war sie wehrlos; sie hatte noch keine Zeit gehabt, ihre Schutzschilder zu positionieren. Sie sah aus wie höchstens siebzehn, schmal und graziös, feingliedrig wie ein Model, aber dennoch stark und weiblich. Sie war so schön, dass es mir den Atem verschlug, schwach, kindlich, wehrlos und zugleich streitsüchtig und zäh.

Sie gähnte wie ein Tier oder wie ein sehr kleines Kind mit weit aufgerissenem rotem Schlund und in den Nacken gelegtem Kopf und streckte alle viere von sich. Sie hatte sogar schöne Füße. Ich hatte noch nie eine so starke Zärtlichkeit empfunden, ich wollte sie an mich drücken, sie beschützen, sie behüten. Und zugleich wollte ich sie aller Welt zeigen.

Ich schloss die Augen und ließ mich noch einmal auf die Kissen sinken. War das darunter zu verstehen, dass Liebe blind macht? Für mich war das Gegenteil der Fall. Ich sah und konnte nicht verstehen, dass nicht alle anderen auch sahen. Warum standen nicht alle Lesben Schwedens vor unserer Tür Schlange, um wenigstens nur einen kurzen Blick auf sie zu werfen? Warum wurden nicht alle heterosexuellen Frauen in Kajas Umgebung – so, wie ich auch – zum lesbischen Lebensstil bekehrt? Und ich konnte nicht begreifen, warum die Männer in ihrer Bekanntschaft sich nicht das Leben nahmen, wenn ihnen klar wurde, dass sie bei ihr keine Chancen hatten.

Blind? Nein, sehend! Während ich sie, ihre Haut, ihre Haare, ihre Farben, ihre Seele, ihren Humor, ihre Selbstsucht, ihre Bildungslücken, ihr Mitgefühl, ihren guten Willen sah, sah ich auch sie und sie füllte mein gesamtes Blickfeld. Zugleich wusste ich mit meinem Intellekt, dass nur ich sie so erlebte. In den Augen der anderen wirkte sie anders.

Für die war sie eine streitsüchtige Lesbe, eine kleine Terroristin, die man entweder leiden konnte oder die einen gewaltig störte. Viele sahen nicht einmal, dass sie schön war, sie nahmen nur ihre Klassenherkunft wahr und taten sie ab als Arbeitergöre und radikale Linke, weshalb sie für diese Leute uninteressant war. Aber ich erlebte sie und wollte sie lieben und ihr das Gefühl geben, geliebt zu werden, mit einer Liebe, die zwar nicht bedingungslos ist, aber so überwältigend, dass man ihr einfach nicht widerstehen kann.

Ich wollte ihr zeigen, dass sie all meine Wünsche erfüllte, dass sie meine Verheißung war, meine Zukunft, mein Recht auf Entwicklung, meine Lust und meine Sehnsucht – dass sie meiner so sicher sein konnte, wie man es eines anderen Menschen jemals sein kann.

»Guten Morgen, Süße«, sagte ich.

Sie schaute mich aus einem Auge an. Dann schmiegte sie sich an mich und biss mich knurrend in die Schulter. Und schon ging es wieder los.

***

Als ich am Nachmittag mit dem Wagen nach Hause fuhr, musste ich an die Männer denken, die ich geliebt hatte. Ich stimmte Kaja natürlich darin zu, dass viele Typen Idioten waren, aber es gab auch akzeptable Kerle. Jedenfalls einige. Zwei. Und ich wusste, dass sie ebenfalls dieser Meinung war, genauso wie es ja auch unglaublich nervige Frauen gab.

»Ja, Göttin«, konnte sie sagen, wenn das Thema zur Sprache kam. »Denk doch nur an all die albernen, oberflächlichen Frauen, die uns umgeben. Wenn ich ein Mann wäre, würde ich durchdrehen, weil es so wenige gescheite Heteromädels gibt.«

Es existierten nicht sehr viele Männer, die ich wirklich mochte, aber diejenigen, auf die das zutraf, waren großartig. Ich liebte jeden davon auf seine ganz besondere Weise, ich hatte Spaß mit ihnen, konnte gut mit ihnen reden, verließ mich auf sie. Aber ich hätte nicht mit ihnen verheiratet sein mögen, wirklich mit keinem einzigen unter ihnen.

Nicht, weil ich eine Männerhasserin gewesen wäre; ich schätzte Männer wegen ihrer guten Eigenschaften. Aber ich sah eben auch ihre vielen Schwächen, weshalb ich sie am liebsten mochte, solange ich eine gewisse Distanz einhalten konnte. Nicht zuletzt deswegen, weil ich wusste, was in Beziehungen zu Männern mit mir selbst passierte.

Ich war in zahllose Männer verliebt gewesen, einige verliebten sich in mich, und wir sahen uns häufig. Doch sobald langsam eine romantische Beziehung daraus entstand, waren wir beide wie verwandelt. Die Typen wurden immer weniger interessant, witzig und charmant und nahmen auch mich immer selbstverständlicher hin. Und ich wurde immer weniger selbstständig und immer klammernder und abhängiger, wie die Frauen, die ich zu meinen Single-Zeiten verachtete. Schließlich verlosch die Glut und dann war Schluss.

Die Zeiten zwischen den Beziehungen waren immer die lustigsten in meinem Leben gewesen, gespickt mit Reisen und Erlebnissen, mit eigener Initiative. Das Seltsame war also meine Beziehungsfixiertheit. Zwischen zwei Beziehungen lagen niemals viele Monate, und ab und zu überschnitten sich zwei Verhältnisse sogar. Offenbar hatte ich schreckliche Angst davor, allein zu sein. Tatsache war, dass diese Angst mich mehr antrieb als alles andere in meinem Leben: die Angst, mich um mich selber kümmern zu müssen. Einem grauenhaften Leerraum ausgeliefert zu sein, einer Hexe in der Finsternis, einsam an meinem Altar.

Aber warum war das Alleinsein schlimmer als eine schlechte Beziehung? Weshalb war es so entsetzlich, allein in sauberer Bettwäsche zu erwachen, am offenen Fenster die frische Morgenluft einzuatmen, selbst zu entscheiden, wann man aufstehen wollte, in aller Ruhe die Zeitung zu lesen, die Radiosendung einzuschalten, die man beim Frühstück hören wollte, und dann den Tag allein oder mit anderen Menschen zu planen, ganz nach Lust und eigener Laune eben? Warum war das schlimmer, als neben jemandem zu erwachen, den man nicht mehr liebte? Was war so beängstigend am Leben auf eigene Faust?

Die heterosexuelle Zweisamkeit hatte vor allen Dingen eine kommerzielle Funktion in der Gesellschaft. Die Firmen wollten ihren Kram auf jeden Fall verkaufen, und deshalb hatten sie beschlossen, Paarbeziehungen und romantische Liebe zu propagieren. Frauen glaubten, sie müssten sich immer schöner machen, als sie wirklich waren, gaben Milliarden für Schminke, Push-up-BHs und Seidenunterwäsche aus. Die Männer ihrerseits versuchten, sich mit Rasierwasser, Krawatten und schicken Unterhosen herauszuputzen. Danach konsumierte man Musik, Bücher, Zeitschriften und Filme, die das Banner der Romantik vor sich hertrugen, was für deren Produzenten eine fast grenzenlose Gewinnspanne eröffnete. Liebe fördert den Konsum. Alleinsein oder Freundschaft tun das nicht.

Freundschaft war in unserer Mediengesellschaft vollkommen unterbewertet, obwohl die meisten heterosexuellen Paarbeziehungen von begrenzter Dauer sind, verglichen mit denen zwischen Freundinnen, zwischen Eltern und Kindern, zwischen Verwandten, zwischen Militärkameraden, zwischen Geschwistern, zwischen alten Leuten, die einander fast ihr ganzes Leben lang gekannt haben.

Alle diese Beziehungen sorgen dafür, dass die Gesellschaft funktioniert, dass sie voranschreitet. Die Liebe zwischen zwei romantisch Liebenden ist wie die Rosine auf dem Kuchen, ein leckeres Zubehör, sie ist aber wohl kaum das, was die Substanz eines Menschenlebens ausmacht. Die Substanz ist die kontinuierliche Freundschaft ohne romantischen Inhalt.

Ich selbst hatte immer das Gefühl, dass etwas nicht stimmte, wenn ich mich von meinen Liebesgeschichten total vereinnahmen ließ. Zugleich wusste ich nicht, wie ich daran etwas ändern sollte. Mein Dasein war vergleichbar mit der Nahrungskette; ich brauchte alle die darin vorkommenden Teile, um mich wohl zu fühlen. Ich konnte einzelne Stapel anhäufen: Liebe, Arbeit und Einkommen, enge Freundschaften, geselliger Umgang, Familie, physisches Training, politisches Engagement, Freizeitaktivitäten. In keinem dieser Bereiche, abgesehen von der Liebe, beeinflusste meine Beziehung, ob ich ein zufriedenstellendes Leben hatte oder nicht.

Aber dennoch tappte ich immer wieder in dieselbe Falle; ich war mit jemandem zusammen und diese Person wurde zu meiner ganzen Welt. Ich spürte, dass ich mich auf eine sozialisierte, heterosexuell feminine Weise verhielt, komplett mit Schminke und kurzen Röcken, Warten am Telefon und schlaflosen Nächten. Das bedeutete, nicht stark zu sein, sondern auf klassische weibliche Weise schwach zu sein. Und nur eine Bevölkerungsgruppe hatte Vorteile von dieser emotionalen Reaktion, nämlich die Männer.

Natürlich hatten die Männer alles zu gewinnen, wenn uns Frauen eingeredet wurde, dass wir um jeden Preis in heterosexueller Zweisamkeit leben mussten, und wenn behauptet wurde, dass wir ansonsten nur ein halber Mensch waren, der sich dauernd auf der Jagd befindet. Diese Auffassung wurde zu einer unsichtbaren Leine, die uns in unserer Eigenständigkeit behinderte, weshalb wir unsere Aufmerksamkeit weiter darauf konzentrierten. Aus diesem Grund konnten Bücher wie »Wenn Frauen zu sehr lieben« erscheinen, deshalb verharrten Frauen in Beziehungen zu Männern, die sie misshandelten, vergewaltigten und erniedrigten. Das alles geschah, damit wir Frauen langsam aber sicher davon überzeugt würden, dass das Zusammensein mit einem Mann in einer romantischen heterosexuellen Beziehung der eigentliche Grund unserer Existenz sei, und dass wir ohne diese niemals glücklich sein könnten. Ohne einen Mann müssten wir entweder zu Lohnsklavinnen oder zu Huren werden, das war die Moral dieser Geschichte.

Die Möglichkeit eines lesbischen Lebens öffnete für mich eine Tür und warf ein neues Licht über mein ganzes Dasein. Aber ich musste auf der Hut sein. Ich musste aufpassen, dass ich nicht eine Frau blieb, die zu sehr liebte, auch wenn der geliebte Mensch selber eine Frau war.

Ich schreckte aus meinen Überlegungen auf, als meine Nachbarin ans Autofenster klopfte. Ich saß seit Minuten in Tränen aufgelöst vor meinem Haus.

»Geht's dir nicht gut?«, rief die Nachbarin.

Ich lächelte und öffnete die Autotür. Die Hunde sprangen heraus und liefen schwanzwedelnd auf sie zu.

»Doch, sehr gut. Ich war einfach in Gedanken versunken und hatte ganz vergessen, wo ich war.«

»Das müssen ja ungeheuer tiefe Gedanken gewesen sein«, sagte die Nachbarin und ging in ihr Haus.

In der Nacht erwachte ich, allein in meinem Bett und im ganzen Haus. Ich lauschte der Stille, ohne Angst zu verspüren. Dann drehte ich mich auf die Seite, auf der Lukas immer lag, streckte mich zu meiner vollen Länge, breitete die Arme aus und schlief wieder ein.

5

Zwei Tage später war Lukas wieder zu Hause, beladen mit Tüten aus dem Duty-Free-Shop, und ich hatte beschlossen, mit ihm zu reden. Abends packte ich den Stier bei den Hörnern. Lukas lag auf dem Bett und las die *Financial Times*. Ich stellte mich mit dem Rücken zur Schlafzimmertür und sagte es ganz offen:

»Lukas, ich liebe sie. Wir schlafen miteinander. Ich weiß nicht, was ich machen soll. Verstehst du, was das bedeutet?«

Vielleicht hatte ich harte Worte erwartet, vielleicht auch dieselbe Freundlichkeit wie beim vorigen Mal. Aber nicht das, was jetzt kam. Er faltete die Zeitung zusammen – Schlagzeilen über irgendeine Finanzkrise – und schaute mich über ihren Rand hinweg an. Große braune Augen, ein wenig erstaunt, ein wenig vorwurfsvoll. Mir unbekannt. Wie

Augen auf einer Filmleinwand, ein wenig feucht, attraktiv, aber unwirklich in ihrer ganzen Schönheit.

»Ich weiß, was du treibst«, sagte er. »Ich bin nicht dumm. Ich habe Augen im Kopf. Und ich kann zwei und zwei zusammenzählen. Aber eins musst du respektieren: Ich will es nicht wissen. Ich habe nicht vor, über diese Angelegenheit zu diskutieren, solange das Londonprojekt nicht unter Dach und Fach ist. Ich habe gesagt, dass du tun kannst, was du willst, und dazu stehe ich, aber dann musst du mich auch in Ruhe lassen. Und noch eins: Das hier darf nicht herauskommen. Egal, was du treibst, behalte es für dich.«

Danach faltete er die Zeitung wieder auseinander. Die Tokioter Börse schwankte. Ich stand an der Tür, perplex. Das also war seine Haltung, seine Einstellung. Das hier war der Mann, mit dem ich verheiratet war. Seine braunen Haare leuchteten im sanften Licht der Leselampe und schienen seinen Kopf wie ein Heiligenschein zu umgeben.

»Na gut«, sagte ich und riss mich zusammen. »Gute Nacht.«

Ich wollte gerade das Zimmer verlassen, als mir ein Gedanke kam. Ich drehte mich um.

»Lukas?«

Er legte die Zeitung beiseite. Lange, dichte Wimpern um seine Augen. Seine Mutter stammte aus einer alten wallonischen Familie.

»Hast du eine andere?«

»Sei nicht albern. Natürlich habe ich keine andere. Nicht alle sind so wie du.«

Ich warf die Tür so fest ins Schloss, dass eine kleine Nippesfigur auf dem Dielentisch zitterte. Danach ging ich ins Gästezimmer mit der Rosentapete und versuchte zu schlafen. Das fiel mir schwer. Schatten und Lichter von der Straße fegten über die Wände. Das Geräusch von Automotoren jagte vorüber, als würden im Kino die Stereoeffekte demonstriert werden. Die Decken, die ich von meiner Großmutter geerbt hatte, rochen nach Malerfarbe. Meine Füße waren eiskalt.

Wie konnte er nur so eine Scheißhaltung einnehmen? Wir hatten in unserer Ehe ein Problem, ein großes Problem; es war kein mieser kleiner Zahnpastastreit. Aber er wollte es nicht sehen, wollte nicht daran rühren, wollte es nicht klären. Wartete er darauf, dass ich mich zur Scheidung entschloss? Oder darauf, dass er selbst genug Mut aufbrachte, mich zu verlassen? Wenn er nicht mit mir reden wollte, wie sollten wir dann weiterkommen? Ich begriff gar nichts mehr. Scheinwerferlicht fegte über die Wand. Die Stunden vergingen.

Plötzlich bildete sich ein Gedanke, der nicht gleich wieder verflog: Ich musste ihn beiseite schieben. Das hier war meine Entscheidung, genau wie so viele andere Dinge in unserer Beziehung. Ich musste mich entscheiden, ob ich bleiben oder gehen wollte, ob ich mit Lukas verheiratet sein wollte oder nicht. Er sollte das nicht für mich entscheiden, er konnte ja nicht einmal seinen eigenen Entschluss fassen. Er verdrängte alles, überließ es mir, genau wie er das mit Einladungen, Danksagungen und allgemeinem Briefwechsel machte. Das gehörte in meine Rolle als Frau, als Ehefrau, fiel unter die Rubrik »gefühlsmäßige Fragen«. Er selbst war offenbar weder kompetent noch interessiert genug, um sich zu engagieren. Es war meine Sache, hier eine Lösung zu finden und er würde dann die Konsequenzen meiner Entscheidungen tragen müssen.

***

»Ich will dich ficken«, sagte Kaja.

Alles in mir prickelte. Es war einige Abende später und wir waren in Kajas Wohnung. Lukas war zwar nicht in London, aber das spielte für mich keine Rolle mehr. Er sprach nicht mehr mit mir und war so sauer und unleidlich, dass ich mit den Hunden nur noch fliehen wollte, sowie er zu Hause auftauchte.

Kaja saß mir gegenüber auf der Bettkante und ihre Augen funkelten in der Dunkelheit. Blauschwarze, glitzernde Weiher auf einer Waldlichtung, das Spiegelbild der Tannen dunkel in der Finsternis, mit einem kleinen weißen Stück Sommerhimmel gleich daneben. Zwischen uns gab es eine sexuelle Spannung, die nicht anders war als die zwischen mir und einem Mann, zwischen anderen Menschen, in einer normalen Paarbeziehung. Ich wollte sie und sie wollte mich; unsere Körper sehnten sich nach einander.

Kaja besaß einen Dildo, sie hatte ihn mir schon einmal gezeigt. Er war aus schwarzem Gummi und sie konnte sich ihn mit einem Gürtel umschnallen. Ich hatte vor Lachen geschrien und war rückwärts im Bett umgekippt, als ich ihn zum ersten Mal gesehen hatte. Zugleich fand ich ihn ja doch ein wenig spannend und verboten.

»Was findest du aufregender?«, hatte ich gefragt. »Ficken oder gefickt werden?«

»Ich finde beides toll«, sagte Kaja. »Ich finde es schön, wenn variiert werden kann, wenn es nicht die ganze Zeit immer nur das eine ist.«

Sie hatte mir von ihren früheren Beziehungen erzählt, in denen sie und ihre Partnerinnen immer wieder die Rollen getauscht und einander auf jede erdenkliche Weise geliebt hatten. Manche Lesben konnten Dildos überhaupt nicht ausstehen. Sie hatten schreckliche Erinnerungen an Inzest und andere Übergriffe oder sie hatten ganz einfach keine Lust darauf. Andere dagegen wollten entweder nur ficken oder nur gefickt werden. Manche wechselten gern ab. Liebe in allen Formen, alles war erlaubt; nichts war unmöglich, da die ganze Beziehung nach gesellschaftlichen Normen ohnehin anormal war. Und deshalb wurde alles möglich und war zugleich auf besondere Weise verboten und spannend. Man konnte Frau sein, man konnte wie ein Mann sein, man konnte sich ausleben und alle Seiten seiner Persönlichkeit spielerisch erfahren. Man war ein ganzer Mensch, im wahrsten Sinne des Wortes.

»Dieses ganze Gerede von Butch und Femme, dass die eine innerhalb einer Beziehung der Mann ist und die andere die Frau, das ist doch bloß Scheißgerede«, hatte Kaja gesagt, als ich diese Frage neugierig zur Sprache gebracht hatte. »Das entspringt nur dem Bedürfnis der Umwelt danach, eine lesbische Beziehung zu etwas zu machen, was sie nicht ist, nämlich zu einer Kopie einer heterosexuellen Beziehung. Sie wollen unsere Sexualität nicht so sehen, wie sie ist, eben ungeheuer vielseitig und sozusagen sowohl als auch. Wir können als Lesben auf sämtlichen Hochzeiten tanzen und das treibt die konservativen gesellschaftlichen Normaufsteller natürlich zum Wahnsinn.«

Jetzt lagen wir hier in der Dunkelheit. Ich fragte mich, was wird es für ein Erlebnis sein, im Vergleich zur Liebe mit einem Mann? Es wird bestimmt nicht schön. Und was, wenn sie mir wehtut? Mein Herz hämmerte, vor Spannung und vor Angst gleichermaßen. Aber vor allem empfand ich eine gewaltige Neugier.

Kaja fing an, mich zu streicheln, und bald brannte ich unter ihrer Berührung so wie immer. Aber jetzt war noch mehr da, ein tieferes Gefühl der Erregung bei der Vorstellung, dass sie mich bald genauso lieben würde wie ein Mann, ohne deshalb jedoch ein Mann zu sein. Sie war Kaja, ein Mensch, dem ich Liebe entgegenbrachte, eine Frau mit rußdunklen, dichten Wimpern und drei Tätowierungen, und sie würde mich auf alle Arten lieben, die sie kannte, und diese hier war eine davon.

Kaja liebkoste mich und ich wurde immer erregter. Ihr Mund war ein Teil meines Körpers und zugleich etwas außerhalb meiner selbst, von dem ich nicht genug bekommen konnte. Ich wollte Kaja überall haben, in mir, um mich herum, unter mir, durch mich. Wir küssten uns heftig, wie ausgehungert. Danach kam sie in mich hinein.

Es war ein unbeschreibliches Gefühl. Es war, wie einen Mann zu lieben, aber es war Kaja, die Frau, die ich von ganzem Herzen begehrte, die mein Gegenstück war. Es war kein Mann, der mich unterdrücken wollte, über mich bestimmen, mich erniedrigen, seinen Samen in mich spritzen. Das hier war eine Frau, die mit mir zusammen geil war, die mich liebte und mich deshalb glücklich machen wollte.

Sie begann, sich zu bewegen, vor und zurück, ruhig und behutsam. Ich merkte, wie ich mich entspannte, und zugleich wurde ich immer erregter. Kaja liebte mich, besser, als das jemals irgendein Mann getan hatte. Vielleicht lag es daran, dass sie physisch nicht direkt mit dem verbunden war, was hier passierte. Der ganze Akt diente nur meinem Genuss und meiner Befriedigung, bei ihr gab es kein selbstsüchtiges Motiv. Sie bewegte sich sinnlich, geschmeidig, als sei der Dildo ein Teil von ihr, aber zugleich waren ihr meine Bedürfnisse und ich ganz klar bewusst. Ihre Hände überall auf meinem Körper, ihr Mund an meinem Mund, wir waren ineinander und aufeinander und untereinander. Ich hörte Kajas Atem an, wie erregt sie war, aber zugleich war sie durch und durch die Herrin der Lage.

Ich selbst konnte mich überhaupt nicht mehr kontrollieren. Ich rieb mich an ihr, packte sie, hart. Kaja steigerte ihren Rhythmus und liebkoste mich zugleich. Ich konnte einfach nicht dagegen an. Ich zerkratzte sie, ich kam mit lautem Schreien, in lang anhaltenden Wellen, die ganze Zeit unter ihrer vollständigen Kontrolle. Ihr Gesicht über mir in der Dunkelheit, die Augen jetzt ganz schwarz, Lippen, Haare, Haut, alles war Kaja Kaja Kaja. Mein Herz wandte sich ihr zu, öffnete sich und ließ sie mit Lippen, Handflächen, Körper und Seele ihre Abdrücke hinterlassen. Sie gehörte mir und ich gehörte ihr, wir waren Schwestern,

Partnerinnen, Komplizinnen bis ans Ende des Lebens.

Danach schmiegte sie sich an mich, küsste mich auf Augenlider, Lippen, Stirn und lächelte strahlend.

»Das hat dir gefallen«, sagte sie.

Ich umfasste ihr Gesicht mit beiden Händen und küsste sie innig auf den Mund. Abdrücke, Abdrücke. Kumpel, Partnerin, Freundin. Meine Geliebte.

»Keiner hat mich je so gut geliebt wie du«, sagte ich. »Keiner, kein einziger von meinen Männern ist auch nur in deine Nähe gekommen. Wo hast du das denn bloß gelernt?«

»Angeboren«, sagte Kaja und lächelte.

***

»Das Leben ist wie eine Eiche«, sagte mein Therapeut Håkan und schaute mich über seinen Brillenrand an.

Ich hatte ihm soeben von Kaja und unserer Liebe erzählt, von meiner Angst, von der Entscheidung, die ich treffen musste. Ich war völlig unschlüssig, wie alles weitergehen sollte und hoffte nun, Håkan werde mir helfen, das zu tun, was ich wollte. Mein Therapeut war der hässlichste Mann, den ich in meinem Leben je gesehen hatte: klein und mager, total kahl, schwarze Pfefferkornäuglein, ich war total verliebt in ihn. Er war klug, witzig und umsichtig; seine Logik war klar und inspirierend, wie mundgeblasenes, geschliffenes Glas.

Viele Therapeuten im Laufe der Jahre; ich war an alles geraten, von hysterischen schwedisch-amerikanischen Frauenzimmern, die mir mein Geld abnehmen wollten, bis zu beängstigenden Männern, die mich aufforderten, mich oben herum auszuziehen, damit sie den »Schmerz lokalisieren« könnten. Håkan war anders und ich brachte ihm tiefen Respekt entgegen. Er hörte mir zu, nicht nur, weil ich ihn bezahlte – er war als vielbeschäftigter Forscher und linker Parteipolitiker kein Mensch, der Besitz anhäufte –, sondern weil ihm das, was er da machte, wirklich zusagte.

»Findest du mich total verrückt?«, fragte ich.

Er lächelte zufrieden.

»Nein, ich finde dich interessant.«

Ich hatte keinen Grund, ihm zu misstrauen. Zugleich war er nicht bereit, sich mit meiner Entwicklung unnötig zu belasten. Er hielt es für meine eigene Verantwortung, zu entscheiden, wann und wie ich etwas machen wollte. Aber er konnte mir kluge Worte mit auf den Weg geben.

»Das Leben ist wie eine Eiche«, sagte er jetzt. »Nichts steht in Stein geschrieben, nichts ist unabänderlich, bis auf zwei Dinge: Dass wir sterben müssen, und dass wir, falls wir uns Kinder zulegen, die Verantwortung für sie übernehmen müssen. Diese beiden Dinge – Geburt und Tod – lassen sich nicht beeinflussen. Ansonsten ist das Leben wie eine Eiche mit vielen Ästen. Es steht uns frei, nicht nur aufwärts zu klettern, sondern in alle Richtungen, in die wir uns bewegen wollen, vorwärts, rückwärts, seitwärts. Wir können von einem Ast zum anderen springen oder wir können eine Zeitlang still sitzen bleiben. Das Leben ist keine gerade Linie. Es ist eine Eiche und wir können unsere Bahn genau so formen, wie wir sie haben wollen. Deshalb ist nicht jede Entscheidung so wichtig, wie sie uns im Moment vielleicht vorkommt. Wenn wir eine falsche Entscheidung treffen, können wir ein Stück weiter vorn eine neue Wahl treffen.«

Seine Argumentation gefiel mir. Sie passte dazu, wie ich selbst denken, wie ich argumentieren wollte. Das Leben war eine Eiche und es war in Ordnung, aus einer Ehe auf eine lesbische Beziehung umzusteigen und von den Konservativen zu den Linken, wenn man das wollte. Ging die Sache nicht gut, konnte man immer zurücksteigen oder nach einer neuen Alternative suchen, das stand mir und allen anderen frei.

»Theoretisch hört sich das gut an«, sagte ich.

Ich sah Lukas' Gesicht vor mir und dann Kajas. Lukas und Kaja.

»Wie soll ich denn den Mut aufbringen, einen Entschluss zu fassen und ihn dann noch in die Tat umzusetzen?«

Håkan lachte und streichelte meine Hand.

»Sophie«, sagte er. »Wie oft müssen wir das noch durchgehen? Du weißt genau, was du zu tun hast, um zu der richtigen Entscheidung zu gelangen und dich dann entsprechend zu verhalten. Geh jetzt nach Hause und tu es!«

***

Den restlichen Tag verbrachte ich mit ausgedehnten Manuskriptdiskussionen im Sender, die keinen Moment für Grübeleien ließen. Abends, als ich nach Hause kam, hatte sich Lukas zu meiner großen Überraschung um das Essen gekümmert. Er hatte Steaks gebraten und einen Salat aus warmen Maiskolben gemacht. Wir saßen im Esszimmer und tranken dazu eine Flasche Rioja. Lukas war plötzlich gesprächig und umgänglich. Ich dagegen war erschöpft, nicht in der Lage, mich zu unterhalten. In der vergangenen Woche hatte meine Müdigkeit so ungefähr alles übertroffen, was ich je erlebt hatte. Wir waren mehrmals zum Essen eingeladen gewesen und ich hatte alle Einladungen mit unterschiedlichen Begründungen abgelehnt, wahren wie gelogenen. Ich brachte es nicht über mich, Menschen zu treffen, auf Fragen zu antworten, wie es mir ging und wie Lukas' Arbeit voranschritt. Ich schaffte es kaum, hier zu Hause am Esstisch aufrecht zu sitzen, geschweige denn, mich fein zu machen und irgendwelche Gelegenheiten wahrzunehmen, bei denen Konversation und charmantes Auftreten vonnöten war. Lukas war endlich aus seinem zornigen Schweigen erwacht, aber ich hatte keine Kraft, ihm entgegenzukommen.

Während wir noch am Tisch saßen, klingelte das Telefon und der Anrufbeantworter schaltete sich ein.

»Hallo, hier ist Beata. Seid ihr zu Hause? Hallo! Sophie, hör nicht einfach zu!«

»Willst du nicht rangehen?«, fragte Lukas.

Ich schüttelte den Kopf.

»Bin zu müde.«

Beata plapperte im Hintergrund weiter. Ich stocherte zerstreut im Essen herum und legte den Kopf auf eine Hand. Ein Ballon, in den jemand – oder etwas – ein Loch gestochen hatte.

»Müde?«, fragte Lukas.

»Das kannst du wohl sagen.«

»Wie war's beim Fernsehen?«

»Meine Güte. Lange Diskussionen, wie immer. Aber ich glaube, es kann gut werden.«

Lukas erzählte nun von seiner Arbeit und ich war dankbar für diesen Monolog, der mir ersparte, etwas zum Gespräch beizutragen. Nach dem Essen spülte ich und setzte mich dann mit einem Buch vor den Kamin. Lukas ließ sich neben mir nieder und streichelte meinen Nacken. Er schien meine Gedanken gelesen zu haben, zu spüren, dass ich kurz vor einer Entscheidung stand, die er nun instinktiv verhindern wollte.

»Wie geht es dir eigentlich?«, fragte er und massierte mir den Nacken.

»Das weißt du«, sagte ich. »Mir geht es total mies.«

Wir schwiegen.

»Und wie geht es dir selbst?«, fragte ich.

»Ich glaube, dass wir in London langsam Land sehen«, sagte er. »Höchstens noch zwei Monate. Ich habe überlegt, ob wir im Sommer ein Ferienhaus in den Schären mieten sollen. Was meinst du?«

Was ich meinte? Ich wollte mich hinlegen und sterben. Ich wollte nicht, dass Lukas mir jetzt entgegenkam, mir mit Freundlichkeit begegnete, dass er Vorschläge machte und der Möglichkeit, unsere Probleme zu klären, neues Leben einhauchte. Ich war eine angefahrene Katze, die sich in Qualen wand, ohne gesund zu werden oder sterben zu können.

»Ich weiß es einfach nicht. Lass mich erst mal darüber nachdenken.«

Lukas stand auf und ging in die Küche. Neben mir lag sein Lieblingskleidungsstück, ein verwaschener Kaschmirpullover, den wir kurz vor unserer Hochzeit zusammen gekauft hatten, und der durch Benutzung und Liebe ungeheuer weich geworden war. Er duftete nach Lukas, er war Lukas, er symbolisierte unser gemeinsames Leben. Jede kleinste Faser, jeder Fussel an diesem dunkelblauen Pullover schrie mir ins Gesicht, dass Lukas und ich zusammengehörten, dass wir ein Paar waren, verheiratet; unsere ungeborenen Kinder warteten darauf, in einer kommenden kühlen Sommernacht in diesen Pullover gewickelt zu werden, in einem Motorboot, das über den Kanholmsfjärd düste, und das Lukas steuerte, während ich unter meiner Schwimmweste kleine Hände wärmte und im Halbdunkel nach Laternen Ausschau hielt.

»Ich setz Teewasser auf«, rief er. »Für dich mit?«

Die Tränen liefen mir über die Wangen, aber das konnte er nicht sehen.

»Nein, danke«, sagte ich und stand auf. »Ich geh schlafen. Gute Nacht.«

Ich hörte nicht mehr, was Lukas antwortete. Ich schloss die Badezimmertür ab und drehte die Wasserhähne so weit auf wie überhaupt nur möglich, denn er sollte mein lautes Weinen nicht hören.

***

Nach seinem fehlgeschlagenen Versuch, mir durch Abendessen und Kommunikation näher zu kommen wurde Lukas abermals zerstreut und abwesend. Er verschwand am frühen Morgen und kam erst spät abends zurück, oft, wenn ich schon schlafen gegangen war. Am Wochenende war ich in die Arbeit vertieft und Lukas besuchte seine Eltern. In der darauffolgenden Woche verbrachte er sechs Tage in London und ich war mehr oder weniger zu Kaja gezogen. Bei seiner Abreise bat Lukas um ihre Telefonnummer, ohne auch nur mit einer Miene zu verraten, was er von diesem Arrangement hielt. Ich gab ihm mit ebenso ausdrucksloser Miene einen Zettel, den er wortlos in die Tasche steckte.

Jetzt lagen Kaja und ich bei Kerzenschein in ihrem großen Bett. Mitternacht war schon vorbei. Wir hatten mit Anni gegessen, die danach früh schlafen gegangen war. Ich hatte mich den ganzen Abend nach Kaja gesehnt und fing jetzt an, sie zu küssen. Sie entzog sich mir. Ich erstarrte vor Schreck. Hatte sie mich schon satt?

»Was ist los? Willst du nicht?«

Sie schüttelte den Kopf und gähnte.

»Nicht heute Abend. Ich bin nicht in Stimmung.«

»Wieso nicht? Hab ich etwas Falsches gesagt?«

Sie schaute mich überrascht an.

»Nein. Ich hab nur eben keine Lust.«

In mir kam Panik auf, ich wusste nicht, wie ich mich verhalten sollte. Ich verspürte den plötzlichen Impuls, mich anzuziehen und wegzufahren. Ich riss mich zusammen.

»Hast du mich nicht mehr lieb?«, fragte ich so ruhig ich nur konnte.

»Doch, natürlich«, antwortete sie gereizt. »Aber ich hab jetzt gerade keine Lust auf Sex. Ist das denn so schwer zu akzeptieren?«

Jetzt war sie sauer. Ich dagegen weinte los, wie ein Kind. Sie legte den Arm um mich, war mir aber überhaupt nicht nahe.

»Ich möchte jetzt einfach nicht. Verstehst du?«

Ich nickte. Zugleich war ich aufgewühlt, auf eine Weise, die ich nicht erklären konnte.

»Ich werde wütend«, sagte ich.

Sie erstarrte am ganzen Leib.

»Wieso denn?«

Ich zuckte mit den Schultern. Ihr ganzes Zimmer sah plötzlich gespenstisch aus, mit langen, flatternden Schatten über den getrockneten Rosen und den erotischen Fotos. Leichenhaus, dachte ich plötzlich. Die Wohnstatt der gestorbenen Liebe.

»Ich kann das nicht erklären. Es ist einfach ein schreckliches Gefühl.«

»Soll ich also Sex mit dir haben, obwohl ich keine Lust habe? Willst du das? Okay, dann leg los. Ich liege ja hier, also kannst du machen, was du willst.«

Demonstrativ drehte sie sich auf den Rücken. Ich schaute sie kurz an, dann stieg ich aus dem Bett und zog die Tür so hart hinter mir ins Schloss, wie ich es überhaupt wagte, ohne Anni zu wecken. Durch die Dunkelheit, hinaus ins Badezimmer: erfüllt von einer Eiseskälte, die mir Angst machte. Mein Herz hämmerte heftig, meine Tränen flossen. Ich führte mich auf wie eine Vollidiotin. Warum? Irgendwo in mir spürte ich, dass es damit zusammenhing, dass sie lesbisch war und ich heterosexuell. Sie sollte immer Lust auf Sex mit mir haben und wenn hier eine nicht wollte, dann war ich das; alles andere erschien mir als Demütigung. Vollständig unsinnig, aber so war es eben.

Ich setzte mich nackt auf den kalten Badezimmerboden und weinte. Es gab auf der ganzen Welt keinen einzigen Lichtblick, alles war Elend, Chaos und Krise. Nichts würde jemals wieder gut werden. Zugleich wusste ich, dass ich wahnsinnig übertrieb. Aber so hatte ich schon als kleines Kind reagiert – unlogisch, extrem, theatralisch; meine Gefühle überwältigten mich und ließen sich nicht beiseite schieben. Håkans Worte hallten in meinen Ohren wider: aufstehen, logisch denken, nicht immer den Teufel an die Wand malen. Im Moment aber fiel es mir schwer, seinen Rat zu befolgen. Kalte, grüne Fliesen, mein Leben lag in Scherben, und nun würde auch Kaja mich verlassen.

Die Tür ging auf. Kaja kam herein. Sie hockte sich neben mir auf den Boden, auch sie war nackt.

»Sofa, was ist denn mit dir los?«

Ich schüttelte den Kopf. Meine Tränen strömten nur so. Ich putzte mir mit dem Handgelenk die Nase.

»Ich versteh dich nicht. Kannst du das erklären?«

Sie legte die Arme um mich. Ich weinte an ihrer Schulter, heulte lange und ausgiebig.

»Ich weiß ja, dass ich spinne«, schluchzte ich, »aber ich fühle mich so erniedrigt, wenn du nicht mit mir Liebe machen willst. Als sei es deine Verantwortung, dass wir zusammen sind, als seist du die treibende

Kraft. Du darfst den Sex nicht ablehnen, denn damit vernichtest du mich. Du bist homo, ich bin hetero; es ist demütigend für mich, dich um Sex bitten zu müssen. Verstehst du?«

Kaja nickte. Kalte Chromhähne hinter ihrem Rücken, schmutzige Wäsche im Korb, Dunkelheit. Weil ihre Arme noch immer um mich lagen, wurde alles erträglich, jedenfalls für einen Moment. Wärme, Geborgenheit, nicht verlassen, noch nicht den Dämonen der Einsamkeit preisgegeben zu werden, obwohl die sich schon danach sehnten, sich über mich herzumachen.

»Ich glaube schon«, sagte sie. »Das hört sich ungefähr so an wie eine altmodische Beziehung zwischen Mann und Frau, wo dir als Frau oder Hetera Sex nicht verweigert werden darf, denn das würde dich zur Hure machen. Ich als Mann – oder Lesbe – habe immer zu wollen und zu können.«

Ihre Stimme klang jetzt wieder wie immer. Kaja war heiß wie ein altmodischer Backofen und weich wie Seide.

»Genau«, sagte ich. »Und das ist doch bescheuert.«

»Nein, ist es nicht«, sagte Kaja. »Ich bin kein Mann, du bist nicht meine Frau und ich bin in dieser Beziehung nicht mehr treibende Kraft als du. Wir sind beide Frauen, wir sind einander ebenbürtig und deshalb musst du selbst die Verantwortung dafür übernehmen, wann du Sex willst. Und wann du nicht willst. Genau wie ich. Ich werde dich niemals lieben, wenn ich nicht will, ich werde kein Spiel spielen, werde im Bett nicht ›mitmachen‹. Wenn überhaupt, dann wäre doch das erniedrigend? Und ich will, dass du das als Zeichen der Sicherheit siehst, weil du dich darauf verlassen kannst, dass ich wirklich Lust habe, wenn ich mit dir schlafe.«

Ich nickte und seufzte lange und bebend an ihrer Schulter. Das hier war Lichtjahre davon entfernt, wie Lukas und ich mit Sex umgegangen waren. Spielzeug, Verkleidung, Identitätswechsel. Ich Tarzan, du Jane. Halterlose Strümpfe, einen Schluck Wein, um in Gang zu kommen, roter Lippenstift und Rollenspiele. Kajas Überlegungen schienen von einem anderen Planeten zu stammen, aber in meinen Ohren hörten sie sich gut an.

»Komm«, sagte sie jetzt und nahm meine Hand. »Hier können wir nicht sitzen bleiben. Sonst erkälten wir uns noch.«

Sie führte mich zurück ins Schlafzimmer, das jetzt wieder zu einer

Liebesgrotte mit warmen, flackernden Kerzen geworden war, mit getrockneten Rosen und schönen Bildern. Kaja umarmte mich fest und die Härchen an ihren Armen funkelten im Kerzenschein wie Gold. Ich schlief in ihrer Umarmung ein.

Der nächste Tag war kalt und regnerisch, und wir waren beide in mieser Stimmung. Ich saß mit einer Tasse Kaffee am Küchentisch und zerbrach mir den Kopf darüber, wie ich alle Texte schreiben sollte, die ich zugesagt hatte, während Kaja auf dem Boden hockte und ihre Stiefel schnürte. Vor mir lag die aufgeschlagene Zeitung, der Regen strömte über die Fensterscheibe, Kaffeeduft zog durch die ganze Küche. Die Lampe brannte, obwohl draußen doch angeblich helllichter Tag war. Ich hatte eigene Schlüssel zu Kajas Wohnung bekommen und konnte kommen und gehen, wann ich wollte. Am liebsten hätte ich mich im Schlafzimmer verkrochen und mir die Decke über den Kopf gezogen, zusammen mit Kaja.

»Was hast du heute vor?«, fragte ich.

»Arbeiten natürlich«, sagte Kaja gereizt. »Was hast du denn gedacht? Verdammter Scheißschnürsenkel!«

Ihr Schnürsenkel war gerissen. Sie sprang auf, versetzte einer offenen Schranktür einen Tritt, woraufhin diese krachend zufiel, und durchwühlte dann eine Schublade auf der Suche nach einem neuen. Der Inhalt der Schublade ergoss sich hinter ihrem Rücken über den Boden. Holzlöffel, Messbecher, ein altes Kochbuch, aus Zeitungen rausgerissene Rezepte, Comics.

»Hallo«, sagte ich. »Könnten wir bitte kommunizieren? Kommst du zum Essen nach Hause oder nicht?«

Kaja sah mich an. Schwarze Augen. Zutiefst irritiert.

»Aber das weiß ich doch nicht!!! Du hast Schlüssel, du kannst machen, was du willst. Reicht das nicht? Ich bin gestresst, mein Schnürsenkel hat seinen Geist aufgegeben, kannst du mich nicht in Ruhe lassen?«

Ein kalter Schauer lief über mein Rückgrat, wie ein verirrter Wassertropfen.

»Musst du so abweisend sein?«

»Ich bin nicht abweisend, ich bin gestresst. Muss ich denn jede Sekunde rund um die Uhr für dich das Benimmbuch beherzigen?«

Sie wandte sich wieder der Schublade zu. Ich starrte sie an, ihre schmalen Beine in den abgewetzten Röhrenjeans, ihre ungekämmten Haare, ihre Bomberjacke. Sie hätte auch dreizehn sein können, keine dreißig. Das hier war also ihr wahres Wesen, kindisch und ungehemmt, garniert mit Wutausbrüchen und Stimmungsschwankungen? Ich hatte plötzlich Lust, meine Habseligkeiten zusammenzusuchen, nach Hause zu fahren, meine Beziehung zu Lukas zu kitten und Kaja nie mehr wiederzusehen. Das hätte sie dann davon! Im selben Moment schämte ich mich, dass ich genauso kindisch war wie sie.

»Du kannst ja wohl ein bisschen rücksichtsvoll sein«, sagte ich. »Ich bin schließlich nicht schuld daran, dass dein Schnürsenkel gerissen ist!«

»Aber ich hab im Moment einfach keinen Bock, rücksichtsvoll zu sein«, schrie Kaja. »Ich hab keine Zeit. Kapierst du das nicht?«

»Aber kannst du nicht einfach sagen, was du heute vorhast?«

Sie gab keine Antwort. Mich überkam eine tiefe Unruhe. Schwarze Schatten flogen in lilafarbener Dämmerung über ein Feld, Fledermäuse hingen nebeneinander an endlosen Telefonleitungen mit dem Kopf nach unten. Das Übliche, der alte Zwang zu wissen, wo sie war, wenn ich sie brauchte. Früher Lukas und Baby, jetzt war die Reihe also an Kaja gekommen. Ich war eine Schlingpflanze, eine Ranke, zu nichts gut; ein kleines Kind im Körper einer erwachsenen Frau, unfähig, allein zurechtzukommen.

»Warum willst du mir nicht sagen, was du heute Abend machst?«

Sie starrte mich wütend an. Ihr Brustkorb hob und senkte sich, die bunten Ringe an der Kette um ihren Hals – die Farben des Regenbogens, ein Symbol für Homosexualität – klirrten leise. Kristalle. Ruhe. Ich war bis in mein Innerstes hinein erschöpft.

»Aber ich hab doch schon gesagt, dass ich das nicht weiß! Was willst du eigentlich? Okay, ich ruf an, wenn ich mit der Arbeit fertig bin, und dann sage ich, wo ich hingehe. Bist du jetzt zufrieden?«

»Ja«, sagte ich, trank einen kalten Schluck Kaffee aus meiner Tasse und stand auf.

Ich ging ins Schlafzimmer, um mich umzuziehen, und war schockiert über ihr Verhalten. Sie fand es also akzeptabel, dass alle unter ihrer schlechten Laune leiden mussten. Ich sah das nicht so. Ich kochte vor Wut, war zugleich starr vor Erstaunen und von etwas anderem, das ich nicht ganz definieren konnte. Ich ließ mich aufs Bett sinken und presste die Fingerspitzen auf die Augen. Nach einigen Minuten stand ich auf und fing an, mich anzuziehen. Kaja kam herein. Sie schien sich zu schämen. Sie hatte neue Schnürsenkel in ihren Stiefeln und die Hände in den Jackentaschen. Sie schaute mich unter ihrem Pony hervor an.

»Entschuldige bitte«, sagte sie, kam auf mich zu und legte die Arme um mich. »Du kannst ja nichts dafür, dass ich gestresst bin.«

Ich küsste sie auf die Stirn. Die Leere in mir wich Zärtlichkeit, als öffnete man eine Tür zu einem dunklen Zimmer und durch den wachsenden Türspalt ströme Sonnenlicht.

»Du kannst gern böse sein und schlechte Laune haben«, sagte ich, »aber lass das nicht an mir aus. Das ist ungerecht.«

»Das mache ich doch nicht «, sagte sie, und wieder klang ihre Stimme gereizt. »Es ist einfach so anstrengend, wenn du über alle meine Schritte Bescheid wissen willst.«

»Das ist mein Verfolgungswahn«, murmelte ich kleinlaut. »Ich habe solche Angst, nicht zu den Menschen zu können, bei denen ich mich geborgen fühle.«

»Das weiß ich«, sagte Kaja. »Und ich gebe mir doch alle Mühe, okay? Aber ich finde es schrecklich, mich unfrei zu fühlen.«

Wir küssten uns. Danach ging Kaja und ich schaute ihr durch das Fenster nach. Eine kleine Gestalt in grüner Jacke und engen Jeansbeinen unten auf der Straße, die um die Ecke bog, ohne sich umzusehen. Dieser reizbare Zug an ihr war mir bisher nicht aufgefallen. Aber vermutlich hatte auch sie die Seite an mir, die ich eben vorgeführt hatte, noch nicht gekannt.

Ich hatte meinen Laptop mit in Kajas Wohnung genommen und setzte mich an die Arbeit. Zu meiner Überraschung lief es gut und ich schaffte viel. Baby und ich waren zu einem späten Mittagessen verabredet, deshalb fuhr ich mit dem Wagen zum Dala Deli in Vasastan, wo wir uns zwischen blau angestrichenen Tischen und allerlei zum Verkauf ausgestellten Dingen treffen wollten. Alles im Dala Deli war mit einem Preis ausgezeichnet, es war eine tolle Idee. Als ich hereinkam, wartete Baby schon mit Kaffee, aufgeschlagener Zeitung und einer Fluppe im Mundwinkel. Blonder Pony bis zum Mundwinkel, ein Hauch teuren Parfüms.

»Ich weiß nicht, ob Kaja und ich unsere Beziehung schaffen können«, sagte ich, als wir Brote bestellt hatten und an einen der Tische ganz hinten umgezogen waren.

Überraschenderweise waren wir die einzigen Gäste im Lokal.

»Jetzt schon?«, sagte Baby und nahm einen Schluck Kaffee. »Erklär das mal.«

»Ich fange an zu klammern«, sagte ich. »Genau wie früher bei dir und bei Lukas; ich will wissen, wohin sie geht und wann sie nach Hause kommt. Und Kaja findet, dass ich ihre Freiheit einschränke und bestraft mich mit Liebesentzug, sowie sie sich unter Druck gesetzt fühlt, anstatt mir entgegenzukommen. Ich mache mir wahnsinnig viele Gedanken über ihr Verhalten und darüber, wie ich das ändern kann.«

Große, braune Augen musterten mich skeptisch.

»Du musst ihr ihre Freiheit lassen«, sagte Baby. »Denk nicht so viel über ihr Verhalten nach und konzentrier dich lieber auf deins.«

»Glaubst du wirklich, das reicht? Das Grundproblem liegt doch bei ihr, nicht bei mir. Im Gegensatz zu ihr weiß ich genau, was ich alles an mir ändern muss. Was soll ich also machen?«

Baby lächelte.

»Du kannst ihr das nur klar machen, wenn du ihr das so sagst wie mir eben, den Rest muss sie selbst wollen. Sie ist nicht dumm, sie weiß, was du meinst. Aber fang doch erst mal an, dein Verhalten zu ändern, dann werden wir ja sehen, wie weit wir kommen. Du kannst nicht einfach so tun, als wäre es nicht auch deine Verantwortung, denn dann verhältst du dich genau wie sie. Und wie willst du dann entscheiden können, wessen Fehler es nun ist?«

Leider hatte Baby Recht.

»Aber wie kann ich ihr das verständlich machen?«

»Du kannst es nur versuchen. Wenn sie nicht will, dann will sie nicht. Aber jetzt sage ich es zum dritten Mal: Hör auf, sie unter Druck zu setzen, ändere dich lieber selbst.«

Die bleiche Nachmittagssonne fiel durch die Fenster, die auf Straßenhöhe lagen, da das Café sich im Souterrain befand. Baby aß ihr Brot und ich musterte sie nachdenklich. Das hier waren ganz neue Töne für mich. In all den Jahren hatte ich meine Freunde aufs Absurdeste unter Druck gesetzt, ich hatte »die Männer geliebt, zu denen ich sie machen wollte« und entsprechend hatte ich die ganze Beziehung aufgebaut: Ändere dich! Natürlich hatte das auf die Dauer keiner ausgehalten, in meinen Beziehungen hatte es unerhört oft Streit gegeben.

Und doch war zumeist ich diejenige, die Schluss gemacht hatte, die sich die Sache anders überlegt hatte, die weitergegangen war. Ich hatte immer das Gefühl, dass ich den Menschen entwuchs, dass ich mich änderte, einen anderen Weg einschlug, neue Interessensgebiete fand. Im Grunde war ich vielleicht rastlos, aber ich hatte vor allem das Gefühl, von einer enormen Neugier auf das Leben angetrieben zu werden. Das Leben war spannend und ich konnte keinen Grund sehen, warum ich in einer nicht funktionierenden Beziehung Moos ansetzen sollte, nur, um auf diese Weise Geborgenheit zu erlangen. Björn nannte das meine »Perioden«, er behauptete, ich lebte so, wie Picasso gemalt hatte, in wechselnden Phasen mit wechselnden Beziehungen. Zuerst eine blaue Periode, dann eine rosa, dann eine grüne. Björn behauptete, dazu gehöre Mut. Und vielleicht hatte er Recht.

Zugleich war ich ein Feigling. Ich sorgte oft dafür, dass ich eine Beziehung erst dann satt bekam, wenn ich einen neuen Mann getroffen hatte, um ein Verhältnis ins andere übergleiten zu lassen, anstatt ohne Partner dastehen zu müssen.

»Ich bin ein feiges Miststück«, sagte ich jetzt.

»Nicht mehr als andere«, meinte Baby freundlich. »Bild dir bloß nichts ein. Das ist ja dein Problem, oder jedenfalls eins deiner Probleme: Du glaubst die ganze Zeit, das, was du tust oder erlebst sei einzigartig. Aber du bist nicht merkwürdiger als alle anderen.«

Ich schnitt ihr eine Grimasse. Baby lächelte und biss wieder in ihr Brot. Ich hatte meins noch nicht einmal angerührt.

»Ich scheiß drauf, ob die ganze Welt genauso empfindet wie ich«, sagte ich. »Das macht die Sache für mich doch nicht einfacher.«

»Geh jetzt mal ein bisschen methodisch vor«, sagte Baby. »Klappt's mit dem Schreiben?«

»Ja.«

»Na also. Das ist wichtig. Und danach nimmst du dir jede Beziehung gesondert vor. Halte vor allem das Problem Lukas und das Problem Kaja auseinander. Deine Ehe läuft nicht gut; wenn Kaja nicht dazwischen gekommen wäre, dann wäre es jemand anders gewesen. Diese Frage musst du zuerst klären, unabhängig von Kaja und der neuen Beziehung. Wenn du damit fertig bist, dann kannst du den nächsten Punkt angehen: deine Beziehung zu Kaja. Vielleicht passt ihr ja nicht zusammen, wenn doch, dann hat das nichts mit Lukas zu tun. Verstehst du? Aus diesem

Labyrinth wirst du nie hinausfinden, wenn alle Teile die ganze Zeit zusammenhängen sollen.«

Ich schaute sie voller Bewunderung an. Im Spiel der Sonnenstrahlen auf ihrem Wasserglas leuchtete ihre Haut weiß wie Sahne. Sie trug mehrere große Ringe an ihrer Hand, die funkelten, als sie nun eine Zigarette aus einer zerknüllten Packung fischte, sie so gerade wie möglich bog und sie sich dann zwischen die Lippen schob.

»Darf man rauchen?«, fragte sie und winkte mit dem Feuerzeug. »Du isst so entsetzlich langsam.«

»Sicher«, sagte ich.

Baby gab sich Feuer und stieß zwei Rauchfäden genüsslich durch ihre Nase aus. Dann ließ sie sich zurücksinken und betrachtete mich schweigend.

»Weißt du, was?«, fragte ich. »Für eine verwöhnte Müßiggängerin aus Öfvre Östermalm hast du verdammt viel Durchblick.«

»Was für ein schönes Kompliment«, sagte Baby und nahm einen tiefen Zug von ihrer Zigarette.

Den ganzen Nachmittag und noch ein Stück in den Abend hinein arbeitete ich am Laptop. Kaja machte um acht Uhr Feierabend, um viertel nach stand sie mit einer Tüte voll Lebensmitteln und beleidigtem Gesicht in der Diele. Ich kniff sie in den Bauch und am Ende jagte sie mich durch die ganze Wohnung.

»Warum machst du so ein großes Geschrei um deine Unabhängigkeit, wenn du doch nur nach Hause kommen und mit mir zusammen essen willst?«, lachte ich, als sie sich auf dem Küchenboden rittlings auf meinen Bauch setzte und mich kitzelte.

»Du sollst mir nicht sagen, was ich zu tun habe«, rief Kaja in halb gespieltem Zorn und kniff mich so heftig, dass ich aufschrie. »Ich entscheide SELBST über mein Leben!«

Wir verschlangen das Essen auf dem Küchenboden, danach verschwanden wir im Schlafzimmer und kamen erst am nächsten Morgen wieder zum Vorschein.

***

Ich war zwar wütend auf Lukas, aber eins war mir jedenfalls klar: Ich würde seinen Wunsch respektieren und mich diskret verhalten. Die einzigen, mit denen ich sprach, waren Baby, Björn und meine Familie. Kaja ihrerseits hatte nur Liza, Anni und ihre Mutter informiert. Auch ihr war daran gelegen, dass die Sache nicht publik wurde; ihre linksradikalen Genossinnen brachten mir arge Skepsis entgegen. Wir mussten uns einige komplizierte Ablenkungsmanöver einfallen lassen.

Wenn ich ohne Lukas ein Fest oder ein Essen besuchte, musste ich danach allein mit dem Taxi losfahren. Wenn ich gefragt wurde, was ich in letzter Zeit unternommen hätte, dann antwortete ich – wahrheitsgemäß –, dass ich an einem Roman arbeitete, und – nicht ganz wahrheitsgemäß – dass ich ziemlich viel Zeit in London bei Lukas verbracht hätte und sonst oft auf dem Land bei meinen Eltern sei, um in Ruhe zu arbeiten.

Am Tag nach meinem Treffen mit Baby war ich mit Josefin verabredet. Wir wollten abends zusammen essen und danach bei Sassa und Johan vorbeifahren, da bisher keine von uns das Baby gesehen hatte, obwohl es inzwischen schon März war. Es war ein Junge, der nach Sassas englischem Vater George benannt war. Josefin und ich trafen uns im Sturehof, wo wir einen Tisch mit Blick auf den Frühlingswinterabend fanden. Es war schön, Josefin wiederzusehen, unser letztes Treffen lag etliche Wochen zurück. Sie sah munter und gesund aus und mir ging auf, dass meine eigene Blässe neben ihrem rosigen Teint ganz besonders auffallen musste. Sie war frisch wie ein Apfel oder wie ein Kind aus einem Buch von Elsa Beskow; strahlend und rosenrot und mit großen, grünblauen Augen.

»Meine Güte, was siehst du gut aus!«, sagte ich, als wir uns gesetzt hatten. »Bist du verliebt?«

Josefin lachte schockiert.

»Woher weißt du das?«, fragte sie. »Ich hab das niemandem gesagt.«

»Das steht dir ins Gesicht geschrieben«, sagte ich. »Wer ist es?«

»Er heißt Åke und ist der ältere Bruder einer Freundin meiner Schwester«, sagte Josefin. »Er arbeitet bei einer Computerfirma, aber er kommt auch sehr gern aufs Land. Und ich soll ihm Reitunterricht geben.«

Ihre Augen strahlten. Sie sah einwandfrei verliebt aus.

»Ist er der Mann deines Lebens?«

»Das weiß ich nicht. Aber bisher finde ich ihn toll.«

»Wie sieht er aus?«, fragte ich belustigt.

»Klasse«, sagte Josefin. »Dunkel, mit großen blauen Augen. Oder graublau, je nachdem. Ich kann diese Farbe nicht richtig beschreiben.

Das ist irgendwie ... irgendwie zwischen Blau und Grau.«

Offenkundig verliebt. Total.

»Und das macht mich in gewisser Weise nervös«, sagte sie. »Dass er so gut aussieht. Da frag ich mich doch, warum er sich für mich interessiert.«

»Er kann ja durchaus der ehrenwerteste Mann aller Zeiten sein und aussehen wie Mister Universum«, sagte ich, »aber er hat trotzdem verdammt noch mal dankbar dafür zu sein, dass er deinen kleinen Zeh küssen darf. Du bist eine wunderbare Frau.«

Josefin lachte verlegen. Sie war in vielerlei Hinsicht stark, aber wenn es um die Liebe ging, wurde sie seltsam unsicher. Sie war nicht die einzige, der es so ging; die meisten Frauen meiner Bekanntschaft litten unter diesem geringen Selbstvertrauen. Die Karriere konnte noch so glänzend verlaufen; wenn es um Männer ging, verwandelten sie sich trotzdem in beschämte Jungfrauen. Ich doch nicht, oder? Meinst du wirklich mich? Bist du sicher, dass du mich nicht mit der Frau hinter mir verwechselst?

Wir bestellten – Josefin hatte natürlich keinen Appetit, aber ich zwang mich, nach den vielen vegetarischen Mahlzeiten zur Abwechslung ein Stück Fleisch zu verzehren –, danach sprachen wir zwei Stunden lang über Åke, seine vielen Vorzüge und seine eventuellen Mängel.

Beim Kaffee blickte Josefin mich plötzlich forschend an.

»Aber was ist mit dir«, fragte sie. »Jetzt rede ich die ganze Zeit nur von mir. Wie geht es euch? Fehlt dir Lukas nicht schrecklich, jetzt, wo er in London ist?«

Die Frage kam so plötzlich, dass ich mich verschluckte.

»Sowohl als auch«, sagte ich, als Josefin und der Kellner mir auf den Rücken geklopft hatten und ich wieder Luft bekam. »Wir leben und arbeiten doch ziemlich selbstständig. Ich meine, natürlich ist das Haus leer ohne ihn und ich habe Angst in der Dunkelheit. Aber das ist ja auch eine gute Übung.«

Meine Antwort klang ebenso absurd, wie sie es tatsächlich auch war. Josefin sah mich an, als habe sie nicht so recht verstanden, wie ich das gemeint hatte. Und dann schlug sie plötzlich die Augen nieder und ließ ihre Gabel über den Tisch wandern. Sie zeichnete kleine Muster in die Tischdecke, die ein wenig an die geheimnisvollen Kreise erinnerten, die immer häufiger in Kornfeldern in aller Welt auftauchten. Das Leben von oben gesehen. Rund und rund, scheinbar ohne Anfang oder Ende. Unerklärliches, über das man die Nächte vergrübeln kann.

»Ich will ja nicht allzu neugierig sein«, sagte sie. »Aber ist alles so, wie es sein soll? Versteht ihr euch noch gut? Du brauchst nicht zu antworten, wenn du nicht willst.«

Ich seufzte und schaute mich um, um Zeit zu gewinnen. Der Sturehof war ein Stockholmer Traditionslokal, mit staubigen Vorhängen und alter Täfelung an den Wänden. Hier saßen seit über einem Jahrhundert Menschen, genauer gesagt Männer, und diskutierten über ihre Ehen und ihre Affären. Das war nichts Neues, nicht sonderlich pikant. Doch, vielleicht ein wenig, immerhin waren Kaja und ich vom selben Geschlecht. Auch das hatte es immer schon gegeben, aber vielleicht war es gerade im Sturehof nicht oft diskutiert worden. Und ich war außerdem an mein Versprechen gebunden.

»Nein, besonders gut verstehen wir uns nicht, Lukas und ich«, sagte ich. »Mehr kann ich nicht verraten.«

Josefin sah mich besorgt an.

»Entschuldige, dass ich die ganze Zeit nur über mich geredet habe«, sagte sie. »Kann ich irgend etwas für dich tun?«

»Natürlich reden wir über dich, wo du doch frisch verliebt bist«, sagte ich. »Ich kann dir jetzt nichts erzählen. Sowie ich das Gefühl habe, das ich es dir sagen kann, werde ich es tun. Aber um eins möchte ich dich bitten.«

Josefin lächelte.

»Egal, was«, sagte sie und legte ihre Hand auf meine. »Ich mag dich so verdammt gern.«

»Gleichfalls«, sagte ich. »Und zwar bitte ich dich, niemandem zu erzählen, dass Lukas und ich Probleme haben. Ich will nicht, dass es herauskommt.«

»Natürlich«, sagte Josefin. »Ehrenwort. Das wird ganz und gar unter uns bleiben. Aber versprich mir, dass du zu mir kommst, wenn du Probleme hast oder glaubst, dass ich dir auf irgendeine Weise helfen kann.«

Ich nickte. Plötzlich hatte ich einen Kloß im Hals und Tränen in den Augen. Ihre Freundlichkeit beschämte mich und zugleich sehnte ich mich nach einer Mama, nach einer, die mich auf ihren Schoß setzen, mir eine kühle Hand auf die Stirn legen und mir sagen könnte: Alles wird wieder gut. Aber so eine Mama gab es nicht. Ich war die einzige, die sich um mich kümmern, die Entscheidungen treffen und die Verantwortung dafür übernehmen konnte, dass mein Leben wieder lebenswert würde.

Wir plauderten noch eine Weile über gemeinsame Bekannte, danach spazierten wir zu Sassa und Johan.

»Kannst du eigentlich was mit Babys anfangen?«, fragte Josefin, als wir im Fahrstuhl standen.

»Absolut nicht«, sagte ich. »Und du?«

Josefin schüttelte den Kopf. Ein Stockwerk nach dem anderen jagte an uns vorbei.

»Erst, wenn sie schon etwas älter sind.«

Sassa empfing uns in einem weißen Morgenrock, mit dem jetzt zweieinhalb Monate alten George an ihrer Schulter, und führte uns ins Wohnzimmer, wo Johan vor dem Fernseher saß. Sie wirkte dicker als vor der Schwangerschaft und ihr Gesicht war ein wenig aufgedunsen. Zugleich strahlte sie; aus ihren Augen leuchtete eine Ruhe, die ich bei ihr noch nie gesehen hatte. Ich kannte sie nicht ohne Schminke, da sie stets höchsten Wert auf ihrer Erscheinung legte, ob sie nun ein Fest besuchte oder in der Nähe irgendeines Landsitzes Wasserski lief. Plötzlich war es für sie scheinbar das natürlichste auf der Welt, uns ungeschminkt im Morgenrock zu empfangen, mit einem Pickel auf der Wange. Sie sah reizender aus als je zuvor.

»Wie schön, dass ihr gekommen seid!«, sagte Sassa, als wir uns gesetzt hatten.

Sie bot uns nichts zu essen und nichts zu trinken an, ein Fauxpas, der der alten Sassa niemals unterlaufen wäre. Es war schon witzig.

»Es ist mir ja so peinlich, dass ich nicht längst gekommen bin«, sagte ich.

»Mir auch«, ergänzte Josefin. »Aber erzähl. Wie war das denn alles?«

Sassa schilderte die Entbindung mit einer Routine und einer Betonung, die verrieten, dass sie diese Geschichte schon häufiger vorgetragen hatte. Josefin lauschte interessiert und ich versuchte ebenfalls, ein enthusiastisches Gesicht zu machen. Gleichzeitig musste ich George die ganze Zeit anschauen. Flaum im Nacken. Ein Körper wie eine Wurst, O-Beine in einem zerknitterten Frotteeschlafanzug mit angenähten Füßen. Sein Gesicht war an Sassas Hals gekuschelt und er schlief, was Säuglinge offenbar die meiste Zeit taten. Sassa unterbrach sich mitten im Satz und lachte mich an.

»Du scheinst ja total auf ihn fixiert zu sein«, sagte sie. »Hier, willst du ihn mal einen Moment halten?«

Ohne auf meine Antwort zu warten, reichte sie mir George herüber, und ich nahm ihn so in Empfang, dass er mit dem Gesicht nach oben und zur Seite hängenden Armen dalag. Ich staunte darüber, dass er so leicht und so schwer zugleich war; dass ein Mensch wirklich so klein sein und doch alles haben konnte, was nötig war, um heranzuwachsen und größer und schwerer zu werden als ich. In diesem Moment wachte George auf. Er gab keinen Ton von sich, schlug nur die Augen auf und schaute mir ins Gesicht. Seine Augen waren groß und dunkelblau – aus ihnen schien eine unendliche Weisheit zu sprechen. Sein Blick verschlug mir fast den Atem.

» ... Epiduralbetäubung, aber das habe ich abgelehnt, da Johan und ich beide das Gefühl hatten, dass ...«, sagte Sassa irgendwo in weiter Ferne.

Georges blaue Augen hielten mich fest; die anderen hatten noch nicht gemerkt, dass er wach war. Er schien in mich hineinzublicken, durch mich hindurch, schien seinen Blick irgendwo in meiner Seele zu verhaften und mich seiner Billigung zu versichern. Ich war in Ordnung, ich war ein guter Mensch mit guten Absichten. Unsere Seelen streiften einander, und sei es nur in meiner Fantasie. Sein Blick antwortete meinem, gelassen und klar. Im nächsten Moment gähnte er, nun wieder verwandelt in einen Säugling mit kleinen geballten Fäusten, wehrlos und auf meine Fürsorge angewiesen. Sassa und Josefin sahen uns an.

»Ist er wach?«, fragte Sassa. »Ich kann ihn nehmen.«

Sie nahm mir George aus dem Arm. Und damit schien sie mir die Möglichkeit zu nehmen, mit einer Person Bekanntschaft zu schließen, der ich gern Zeit und Interesse entgegengebracht hätte. Es kam mir unwiderruflich und abrupt vor, ebenso falsch wie der plötzliche Verlust einer uns nahe stehenden Person durch einen Unfall.

Abends fuhr ich durch Stockholms Straßen nach Hause, ohne das Autoradio einzuschalten. Die Stadt war regennass und menschenleer, die Hamngata eine Kulisse in einem US-amerikanischen Krimi. Der Sergels Torg unwirklich wie in einem Traum. Mich erfüllte tiefe Melancholie, aber zugleich empfand ich eine Art Freude. Auch ich könnte vermutlich Mutter werden, auch ich könnte mir Kinder zulegen, was immer das

Leben sonst für mich bereithalten mochte, oder wie leicht oder schwer es sein würde, diese Möglichkeit in die Tat umzusetzen.

***

Kaja und ich trafen uns so oft wie möglich, immer bei ihr zu Hause, nie bei mir. Wir lebten unser heimliches Liebesleben, liebten uns, stritten, redeten miteinander, lachten, waren sauer, wuschen Wäsche, badeten, besuchten Feste wie normale Freundinnen. In regelmäßigen Abständen wurden wir unabhängig voneinander zu denselben politischen Veranstaltungen eingeladen, oft mit feministischem Hintergrund, und dann spielten wir unser ziemlich riskantes Spiel. Freundinnen, ganz einfach, ich verheiratet und sie lesbisch, ich bürgerlich und sie linksradikal. Wir waren miteinander befreundet, mehr aber auch nicht. Wenn wir dasselbe Treffen besuchten, sorgten wir dafür, dass wir nicht gleichzeitig dort ankamen, gingen später aber gemeinsam fort. Oft machten wir nicht einmal das, sondern verabredeten uns an einem Ort einige Ecken weiter. Das war schwer, aber es war auch spannend und witzig.

Das Ganze wurde durch die Reaktionen der Umgebung auf unsere Freundschaft erschwert. Was mich anging, so zerbrachen sich nicht viele den Kopf darüber, was ich da so trieb. Ich musste mir zwar Kommentare anhören wie »Was machst du eigentlich da hinten am linken Rand?«, aber das auch nicht öfter als früher. Kajas Freundinnen waren eher ein Problem. Erika Persdotter, die zwar heterosexuell war, zugleich aber in Kaja verliebt zu sein schien, war mir gegenüber ziemlich misstrauisch, und das umso stärker je häufiger Kaja und ich zusammen auftraten. Wenn Erika und ich uns ein seltenes Mal unter vier Augen unterhielten, verstanden wir uns immer hervorragend, doch sobald Kaja auftauchte, war Erika wie ausgewechselt. Und wenn ich nicht dabei war, erzählte Kaja, wurde sie laut und aggressiv.

»Was wollt ihr denn mit dieser bürgerlichen Kuh?«, schrie sie einmal Anni und Liza an. »Auf die ist doch kein Verlass, das hab ich im Gefühl.«

Eines Abends saßen wir im Frauenzentrum in der Svartensgata und besprachen, was am Internationalen Frauentag in Stockholm stattfinden sollte. Kaja saß auf der einen Seite des Zimmers neben Erika und einigen anderen Feministinnen, ich saß auf der anderen. Kaja sagte etwas, und mitten in der Diskussion wandte sie sich an mich.

»Liebling, was hast du gestern noch gesagt?«, fragte sie.

Gleich darauf huschte ein Schatten über ihr Gesicht, als ihr aufging, was sie da gesagt hatte. Mir wurde kalt vor Schreck. Schweigen senkte sich über den Raum und alle starrten uns an.

»Liebling«, sagte Kaja noch einmal, jetzt aber in ziemlich aufgesetztem Tonfall.

Sie schaute sich um.

»Das ist meine Frau«, erklärte sie. »Ich wollte immer schon über meinen Stand heiraten.«

Die Anwesenden verzogen ein wenig den Mund.

»Du weißt doch, was du gestern am Telefon gesagt hast«, sagte Kaja gespielt gelassen.

»Mein Mann findet es einfach toll«, sagte ich halblaut zu meiner Nachbarin, in dem Versuch, den leichten Tonfall beizubehalten. »Also, was ich gestern gesagt habe, war ...«

Nach diesem Patzer beschlossen Kaja und ich, unsere gemeinsamen Kontakte zur Außenwelt auf das absolute Minimum zu beschränken und natürlich niemandem zu sagen, dass ich jetzt mehr oder weniger bei ihr wohnte. Das war allerdings nicht leicht.

Eines Morgens Ende März saßen wir in der Küche beim Frühstück, als es plötzlich an der Tür läutete. Anni war schon vor über einer Stunde aus dem Haus gegangen und würde den ganzen Tag fortbleiben, sie konnte es also nicht sein. Kaja sprang auf, schaltete das Radio aus und hielt sich den Zeigefinger an die Lippen.

»Psssst!«, flüsterte sie. »Wir sind nicht zu Hause.«

Wir starrten die Tür an. Wieder wurde geklingelt, ausdauernd, wütend und gebieterisch, die Türklinke zitterte. Aufmachen, ich weiß, dass ihr da seid.

»Verdammt«, fauchte Kaja. »Ich glaube, das ist Erika.«

Ich überlegte kurz. Mein Wagen stand in einer Querstraße, den konnte sie nicht gesehen haben. Solange wir nicht aufmachten, würde sie nicht erfahren, dass ich hier gewesen war. In diesem Moment kamen die Hunde leicht verschlafen aus dem Wohnzimmer getrottet. Sie stellten sich schwanzwedelnd vor die Tür.

Kaja sah mich an und verdrehte die Augen. Ich schnippte mit den

Fingern, um die Hunde dazu zu bewegen, sich außer Sichtweite des Briefschlitzes hinzulegen. Keine Chance. Sie blieben eifrig wartend bei der Tür stehen. Wieder wurde geklingelt, es war eine Folge kurzer, gereizter Signale.

Danach hob jemand die Klappe des Briefschlitzes. Kaja und ich drückten uns ans Fenster, um von der Tür aus keinesfalls gesehen zu werden.

»Kaja, du alte Frustfotze«, rief nun Erika durch den Briefschlitz. »Wo steckst du denn bloß?«

Ein Hund schnaubte. Dann nieste er heftig, genau in den Briefschlitz. Die Klappe knallte nach unten. Kaja und ich schauten einander an, jede von uns kurz davor, einen hysterischen Lachanfall zu bekommen. Dann ging die Klappe wieder hoch.

»Kaja, zum Teufel! Bist du da? Sofa? Ist irgendwer zu Hause?«

Kaja schlug die Hände vors Gesicht. Ihre Schultern bebten. Der Briefschlitz schloss sich wieder. Wir warteten einige Minuten. Dann fiel ein Zettel durch die Öffnung und danach hörten wir Erikas Schritte auf der Treppe.

»Weg ist sie«, sagte ich.

Kaja stürzte los, holte den Zettel, kam zurück und setzte sich wieder.

»Kaja, du alte Dreckslesbe«, las sie laut. »Ich weiß nicht, was du treibst, aber ich brauche KONTAKT! Zieh gefälligst den Gummischwanz aus der Möse und ruf mich an, ja? Deine alte Heterofreundin und Genossin Erika.«

Wir wechselten einen Blick.

»Hat sie mitbekommen, dass ich hier bin?«

»Keine Ahnung. Das werden wir ja erfahren.«

Kaja legte sich den Zettel aufs Gesicht und ließ sich auf dem Stuhl zurücksinken.

»Hilfe, Hilfe, ich bin blind, ich kann nichts sehen.«

Ich schaute aus dem Fenster. Ein Stück weiter überquerte Erika gerade die Straße. Sie drehte sich nicht um.

Karolin, eine andere alte Feministin und Vorkämpferin, der Erikas vulgäre Züge ganz und gar fehlten, hatte zu Hause auf meinem Anrufbeantworter die Nachricht hinterlassen, dass sich an diesem Abend einige Frauen treffen und über ein für den Sommer geplantes Frauenfestival reden wollten. Da ich Interesse am Projekt bekundet hatte, könnte ich doch vorbeikommen. Ich hörte den Anrufbeantworter ab und notierte die Adresse.

»Erika wird auch da sein«, sagte Kaja. »Und noch andere ziemlich krasse Typen.«

»Na und? Wir brauchen ja nicht gemeinsam anzukommen.«

Das Treffen begann um sechs. Ich traf um fünf vor ein, Kaja um zehn nach. Es dauerte zwei Stunden, dann beschlossen alle, sich in die Kneipe Kvarnan zu begeben, wo schon andere Frauen saßen. Ich wich Kajas Blick aus.

»Komm doch mit, Sophie«, sagte Karolin herzlich. »Das wäre doch lustig. Ich hab ungeheuer viel mit dir zu besprechen.«

Sie hakte sich bei mir unter und wir gingen auf die Straße hinaus. Irgendwo hinter uns im Gewühl waren Kaja und Erika. Erika war mir gegenüber wie üblich die Freundlichkeit in Person gewesen, doch jetzt hörte ich, wie sie Kaja anpöbelte.

» ... treibst du eigentlich, verdammt noch mal? Was waren das für Hunde, die da in deiner Diele rumgekläfft haben? Ich hätte fast einen Herzinfarkt bekommen, Scheiße, als der eine versucht hat, mich durch den Briefschlitz zu beißen!«

»Das sind Sofas Hunde«, sagte Kaja verbissen.

»Das ist mir schon klar! Aber warum stehen die in deiner Wohnung?«

» ... und es ist so unerhört wichtig, eine Zusammenarbeit über Parteigrenzen hinweg in die Wege zu leiten«, sagte Karolin in mein linkes Ohr.

»Sofa baut gerade ihre Küche um«, antwortete Kaja. »Und die Hunde haben Angst vor den Handwerkern. Außerdem sind sie allergisch gegen Staub.«

Bei dieser elenden Lüge musste ich mich innerlich krümmen.

»Kann ihr verdammter Liberalenfan von Mann ihr keine Hundepension bezahlen?«

»Kannst du nicht endlich die Klappe halten?«, fauchte Kaja plötzlich. »Die Hunde wohnen bei mir und Anni, da gibt's nichts zu diskutieren. Was ist denn los mit dir? Du hörst dich an wie eine Platte mit einem Sprung!«

Karolin zog mich um eine Ecke. Kaja und Erika trotteten hinterher und Erikas Antwort ertrank in vagem Gemurmel.

»Oder was meinst du?«, fragte Karolin und schaute mich voller Interesse an.

Blaue, freundliche Augen. Narbige Haut, aber ein Herz aus Gold, das stand jedenfalls fest.

»Aber sicher«, murmelte ich, ohne eine Ahnung zu haben, was sie gesagt hatte. »Auf jeden Fall.«

Im Kvarnen saßen sie alle um einen langen Tisch. Ich sah Bengtsson, Anni, Liza und eine Gruppe Radikalfeministinnen und junge Anarchistinnen, von denen Kaja gesprochen hatte, und von denen mir einige auch schon bekannt waren. Bengtsson winkte Kaja und Erika fröhlich zu, ihre Miene verdüsterte sich jedoch, als sie mich entdeckte. Meine Aktien standen offenbar auch bei ihr nicht hoch im Kurs.

»Komm«, sagte Karolin und zog mich zur anderen Seite des Tisches.

Ich schaute mich um. Es war gemütlich im Kvarnen, ich war schon einige Male mit Kaja dort gewesen. Es erinnerte mich ein wenig an das Pelikan, nur etwas weniger trendbewusst. Im Kvarnen waren die Tische eher rustikal, das Klo war schmutzig, das Essen gut und das Bier billig, über dem Tresen hingen die obligatorischen altmodischen runden Lampen. Das Kvarnen war ein Zufluchtsort, ein Außenposten für die radikalsten Elemente von Söder, die es sich noch leisten konnten, auszugehen, einen Mund voll zu essen und ein Bier zu trinken.

Wir setzten uns. Die Stimmung am Tisch war ziemlich gut. Erika und Kaja landeten zufällig uns gegenüber. An Kajas anderer Seite saß eine Frau namens Katta, eine aktive Linke. Hartes Kajal, selbst gefärbtes Halstuch, ungekämmte Haare. Ich kannte mich mit diesen Uniformen mittlerweile aus, fast so gut wie mit den Östermalmkostümen samt Schuhen mit Goldschnallen und Tüchern von Hermès. Schon nach wenigen Minuten wandte Katta sich an Kaja und zeigte zugleich mit ihrem dicken Zeigefinger auf mich.

»Wer ist denn die Schönheitskönigin?«, fragte sie.

Erika schüttelte sich vor Lachen. Ich wusste nicht so recht, warum Katta sich so verhielt, aber vermutlich erinnerte ich sie an irgendeine Tusse, die sie im Fernsehen gesehen hatte. Ihre Frage war jedenfalls nicht als Kompliment gemeint. Ich nahm die Sache aber gelassen hin, ich hatte nicht vor, mich von einer Bande, die nicht die geringste Ahnung davon hatte, wer ich war oder was ich aus meinem Leben machen wollte, fertig machen zu lassen. Kaja dagegen schien dieser harte Tonfall etwas auszumachen.

»Kennt ihr euch noch nicht?«, fragte sie sofort. »Sofa – Katta.«

Katta ließ sich zu einem Händedruck und einem kurzen Nicken herab, nahm aber dann sofort ihr Gespräch mit Bengtsson, ihrer anderen Sitznachbarin, wieder auf. Sie lästerten über irgendwelche bürgerlichen Feministinnen, die sie einfach nicht ausstehen konnten.

»Die haben doch nur Brei im Kopf und Milch in den Titten«, sagte Bengtsson. »Und sie kapieren nicht, welchen Schaden sie anrichten.«

»Wenn sie wenigstens die Klappe halten könnten«, sagte Katta.

»Einiges von dem, was sie schreiben, ist schon in Ordnung«, sagte Bengtsson. »Nur sind sie eben so verdammt naiv. Die plappern drauflos, ohne zu begreifen, dass das dann irgendwann gegen uns verwendet werden wird.«

Ich musterte Bengtsson, während sie das sagte. Runzliges Gesicht, kurzgeschorene Haare, intensiver Blick. Sie war auf eine grobe, zornige Weise schön. Auch Katta sah gut aus. Beide strahlten eine Stärke aus, die ebenso greifbar war wie bei Frauen ungewöhnlich. Trotzdem stimmte ich ihnen nicht zu und brannte vor Lust, mich einzumischen.

»Ich scheiß drauf, ob der Inhalt in Ordnung ist oder nicht«, sagte Katta. »Ich will diesen Pisskram nirgendwo sehen, schon gar nicht, wenn sie darauf bestehen, ihr Geseich als Feminismus zu bezeichnen.«

Jetzt konnte ich mich nicht mehr beherrschen.

»Ich begreife nicht, was ihr meint«, sagte ich. »Es ist doch verdammt noch mal besser, wenn es in der Gesellschaft immer mehr Feministinnen gibt, als dass die Frauenbewegung alle Frauen abschreckt, die rechts von den Sozis stimmen. Das sind nämlich beängstigend viele!«

Bengtsson und Katta musterten mich mit exakt gleichem Gesichtsausdruck. Es war die Miene von zwei Durstigen, denen gerade ihr zweites Glas Milch eingeschenkt worden war, in das eben eine tote Ratte aus dem Milchkarton geplumpst war. Auch Erika hatte zugehört und sie fand die Sprache als erste wieder.

»Sollen die doch abhauen«, sagte sie gelassen und lächelte mich zugleich wenig freundlich an. »Denk an die alte Parole: ›Frau kann nicht Feministin sein, wenn sie nicht auch Sozialistin ist.‹«

»Was ist das für ein Achtundsechziger-Unfug?«, fragte ich. »Das klingt doch total verstaubt.«

Jetzt blitzten Bengtssons Augen auf.

»Zeig mir eine bürgerliche Feministin mit Durchblick, dann ändere ich meine Ansichten«, knurrte sie. »Aber erst dann.«

Ich zögerte für den Bruchteil einer Sekunde, aber es war wirklich nur ein Bruchteil.

»Ich bin eine bürgerliche Feministin«, sagte ich.

Jetzt zeigte es sich, dass im Milchkarton ein ganzes Rattennest herumgeschwappt war, und zu allem Überfluss schien die ganze Sippe auch noch an Tollwut zu leiden.

»Bist du bürgerlich?«, fragte mich Katta und warf zugleich Erika einen Blick zu. »Na gut. Aber dann nenn dich verdammt noch mal nicht Feministin.«

»Wieso nicht?«, fragte ich. »Ich finde die Frauenfrage wichtiger als die sonstige Politik. Für mich ist das der wichtigste Punkt von allen.«

Inzwischen waren fast alle verstummt. Kaja schien zu schwitzen, sie war leichenblass und hatte dunkle Ringe unter den Augen.

»Sofa, red keinen Scheiß«, sagte sie. »Du bist überhaupt nicht bürgerlich. Du hast dich nur noch nicht mit anderen Themen als der Frauenfrage beschäftigt und außerdem wählst du nur aus alter Gewohnheit so wie deine Kumpels aus Stocksund. Aber du denkst wie eine Linke.«

»Jetzt tust du genau das, was du den Bürgerlichen immer vorwirfst«, sagte ich. »Du predigst. Du führst dich auf wie eine Lehrerin, so, als ob ich nicht selber denken könnte.«

»Ja, da hat sie wirklich Recht, Kaja«, sagte Bengtsson grimmig und drehte sich zu Kaja um.

Ich hob die Augenbrauen, überrascht über diese unerwartete Unterstützung. Aber im selben Moment sah Bengtsson mich ausdruckslos an. Sie war mit mir noch nicht fertig, das stand jedenfalls fest.

»Und das meinst du also?«, fragte sie. »Findest du Bildt in Ordnung? Was macht dich denn so verdammt bürgerlich? Was hast du denn überhaupt für Ansichten?«

Ich fühlte mich ein wenig unter Druck. Politik war nicht gerade meine starke Seite.

»Ich meine Folgendes«, sagte ich. »Egal, was ich in anderen Fragen denke, und wen ich wähle, so müssen wir innerhalb der Frauenbewegung zusammenhalten. Wir dürfen uns von den Männern mit ihrer üblichen Teile-und-herrsche-Technik nicht auseinander bringen lassen.«

»Ich glaube nicht, dass meine Frauenbewegung dieselbe ist wie deine«, sagte Katta und lächelte abermals Erika an.

»Meine auch nicht«, sagte Erika und erwiderte Kattas Lächeln.

Aus irgendeinem Grund mochten weder Katta noch Erika mir in die Augen sehen. Sie hätten wohl am liebsten so getan, als sei ich gar nicht da; sie schienen von meiner Anwesenheit peinlicher berührt zu sein als ich von ihren Versuchen, mich wegzuekeln. Und das wiederum war für mich nun wirklich eine Belastung. Ich mochte ihre flackernden Blicke nicht, sie waren genau das, was ich von den Linken nicht erwartet hätte. Ich hätte mir Menschen gewünscht, wie sie in alten kommunistischen Kampfschriften beschrieben wurden, hocherhobenen Hauptes und mit geballter Faust unter einer wehenden Fahne. Dieses Lächeln, die gegenseitige Anbiederei und die ausweichenden Blicke, während sie zugleich schlecht über mich sprachen, waren mir unangenehm. Dann lieber eine gerade Rechte – oder wohl eher Linke. Das hätte doch irgendwie viel besser zu ihren hochgepriesenen Idealen gepasst.

»Ja, ich weiß nicht«, sagte Erika und wich meinem Blick schon wieder aus. »Aber ich finde es ja doch seltsam, wenn die Mädels aus Djurholm über Ungerechtigkeiten klagen.«

»Mit denen können wir nicht zusammenarbeiten«, brüllte Bengtsson und sah mich abermals böse an. »Solange denen Klasse wichtiger ist als Geschlecht.«

Bengtsson hielt keine Predigten. Sie griff zu der Taktik, nach der die, die am lautesten schreit, Recht hat oder zumindest die Einschüchterndste ist und deshalb ihre Gegnerinnen zum Schweigen bringen kann. Noch eine typische Machttechnik, neben der, Leute durch schulmeisterliches Gerede zu beschämtem Schweigen zu bringen.

»Wollt ihr denn die Hälfte aller Frauen abschrecken?«, schrie ich deshalb laut und zornig. »Alle Feministinnen, die liberal und konservativ stimmen, zählen die nicht mit? Begreift ihr nicht, dass die Männer das so wollen, damit sie die Kontrolle über uns behalten können? Sie wollten keine Zusammenarbeit von Frauen über die Blockgrenzen hinweg, denn dann werden wir plötzlich stark.«

»An sich hast du nicht Unrecht«, sagte Erika diplomatisch. »Aber zugleich ist es schwer, Vertrauen zu diesen Oberklassemädels zu haben. Frau spürt doch irgendwie, dass sie heimlich hinter unserem Rücken mit Männern zusammenarbeiten.«

»Das glaube ich nicht«, sagte ich.

Kaum hatte ich das gesagt, da ging mir auf, dass ich keine Ahnung hatte, wovon ich hier redete. Was wusste ich denn eigentlich über bürgerliche Feministinnen? Mit denen, die ich kannte, hatte ich mich immer gestritten, da wir nur selten einer Meinung waren, abgesehen davon, dass wir für gleichen Lohn kämpfen mussten. War ich denn wirklich so bürgerlich? Ich war vielleicht viel radikaler, als mir selbst bewusst war.

Als hätten sie meine Zweifel erraten, wandten sich plötzlich alle von mir und der laufenden Diskussion ab. Bengtsson unterhielt sich leise mit Katta und Erika kehrte uns den Rücken zu und rief etwas zu einem anderen Tisch hinüber. Nur Kaja sah mich über den Tisch hinweg an. Sie versuchte, aufmunternd zu lächeln, aber ihre Augen waren traurig. Ich konnte ihren Schmerz fast spüren; sie war gespalten, geteilt. Liebe gegen Genossinnen.

Von der anderen Seite wandte sich Karolin an mich.

»Ich finde, du hast absolut Recht«, flüsterte sie.

»Dann sag es doch«, sagte ich. »Bleib nicht stumm, wenn du so denkst.«

Sie schüttelte ängstlich den Kopf.

»Nicht hier. Ich bin nicht so streitsüchtig wie du.«

Während des ganzen Abends gingen die Gespräche hin und her. Als das Kvarnen um ein Uhr dichtmachte, zogen wir allesamt in einer langen Prozession in die Malmens Bar um und diskutierten dort weiter. Und ich erkannte voller Entsetzen, was ich im Grunde schon die ganze Zeit geahnt hatte: Die Linke war im Prinzip ebenso borniert wie die Konservativen, mit dem Unterschied, dass sie die entgegengesetzten Ansichten vertrat.

Ich schaute mich im Lokal um. Bengtssons runzliges Gesicht, eine Frau, die ich zu respektieren gelernt hatte. Erikas schlagfertige Intelligenz, die mehr Anerkennung verdiente als sie von der Öffentlichkeit bekam; sie leistete an einem Nachmittag an ihrem Computer mehr als ich in einem ganzen Jahr. Katta, das stellte sich nun heraus, engagierte sich leidenschaftlich in Flüchtlingsfragen und half Frauen aus Zuwandererfamilien in Stockholms Vorstädten. Das hier waren Menschen, die ich in gewisser Hinsicht zutiefst bewunderte, da sie etwas aus ihrem Leben machten und bereit waren, für das Wohlergehen anderer zu arbeiten, statt nur zu reden. Das wurde mir besonders bewusst, wenn ich sie mit den Konservativen draußen in Stocksund verglich, mit meinen alten Freundinnen und Freunden, mit meiner Verwandtschaft, meiner Familie oder meinen publicity-geilen Kolleginnen und Kollegen von der Presse und der Buchbranche, deren einziger Ehrgeiz es war, ihr persönliches Glück und ihren Erfolg voranzutreiben. Das hier waren keine Kaffeehauslinken, es waren Menschen, die bereit waren, etwas zu opfern, damit es anderen besser ging; die sich mit Zeit, Geld oder Arbeit einbrachten. Aber das machte sie nicht zu offeneren Menschen. Sie waren trotzdem beschränkt, konservativ in ihrer Einstellung gegenüber anderen Menschen, chauvinistisch, besessen von der Vorstellung »wir gegen die da«, sie waren genauso wie die schlimmsten Bürgerlichen.

»Wir wollen hier keine Scheißoberklasse«, schrie eine an dem Tisch, wo Erikas Clique saß, und damit war ganz offenbar ich gemeint.

So unhöflich war man in Djurholm nicht. Niemand dort würde schreien »Wir wollen hier keine Scheißarbeiterklasse«, weder im Restaurant noch in den eigenen vier Wänden. Aber eigentlich spielte das keine Rolle, denken würden sie es ja schließlich doch.

Das Ganze kam mir hoffnungslos vor. Die Rechte wollte die Stärke der Linken nicht sehen, ihre hochentwickelte Empathie, ihre Bereitschaft, sich für andere zu opfern, auf eine Weise, die auch ihnen selbst zugute kam, in Form von Gemeinschaft, Kameradschaft und Geborgenheit, weit über Rentenversicherungen und hohe Abfindungssummen hinaus. Und die Linke wollte nicht die Kraft des Bürgertums sehen, wollte nicht akzeptieren, dass es auch dort Menschen mit guten Absichten gab, magere Direktoren, die priemten, statt Zigarren zu rauchen, die Arbeitsplätze schufen und sich danach um ihre Angestellten kümmerten, Oberklasse-Mädels, die für gleichen Lohn, bessere Behandlung von Flüchtlingen und für Rechte von Homosexuellen kämpften. Es gab einfach keinen Platz für irgendwelche Nuancen.

Ich fragte mich, ob das vielleicht der Fehler der Parteiideologen sein könnte, der Menschen, die uns vor jeder Wahl mit Klischees voll stopften, um ihre eigene Machtposition zu sichern. Alle Parteien machten sich gegenseitig schlecht und brachten fette Wahlversprechungen, statt offen für die Kompromiss- und Koalitionslösungen einzutreten, auf die sie am Ende ja doch angewiesen sein würden. Sie übergingen ihre Wähler, schnitten hinter unserem Rücken Grimassen, überhäuften uns mit Lügen, die uns dazu brachten, uns untereinander nur noch zu hassen, und danach verschwanden sie zufrieden in ihren Büros und kungelten ohne unser Wissen miteinander.

Wirtschaft und Gewerkschaften; Medien und Parteien, sie alle streuten uns Sand in die Augen. Und wir Bürger sahen nicht mehr, dass es unsere Aufgabe war, unsere Pflicht, es ihnen nachzumachen, über alle Klassen- und Parteigrenzen hinweg zusammenzuarbeiten, um eine stärkere, bessere und gerechtere Gesellschaft zu entwickeln, in der die Macht wirklich vom Volk ausging. Stattdessen schluckten wir die falschen Dogmen, mit denen die Parteien uns fütterten, und griffen dann zu den Waffen, stiegen auf die Barrikaden und fingen an, uns gegenseitig zu beschimpfen. Während die Parteiideologen und die eigentlichen Machthaber munter und zufrieden hinter den Vorhängen des Regierungsgebäudes hervorlugten und danach hinter unserem Rücken ihre fruchtbare Zusammenarbeit und ihre unheiligen Allianzen fortführten.

Im Malmen waren wir alle inzwischen beschwipst.

»Du miese Bürgerkuh!«, schrie Erika quer über den Tisch. »Was hast du hier überhaupt zu suchen? Verpiss dich doch ins Café Opera!«

»Danke für den Vorschlag«, brüllte ich zurück. »Ist das hier die berühmte Gastfreundschaft von Söder?«

Karolin musterte uns verängstigt. Ich jedoch deutete Erikas Grobheit als Annäherung, besser als zuckersüße Schmeicheleien. Katta hingegen würdigte mich keines einzigen Blickes. Ganz bewusst setzte ich mich deshalb neben sie.

»Kannst du nicht ein bisschen über deine Flüchtlingsarbeit erzählen?«, fragte ich. »Das fände ich wirklich interessant.«

Katta erstarrte.

»Was willst du hören?«, fragte sie.

»Wie ihr arbeitet«, sagte ich.

»Natürlich«, sagte Katta. »Ich muss nur kurz mit einer Freundin etwas besprechen.«

Sie stand auf, nahm ihr Bierglas und ging zum Tresen. Dort setzte sie sich neben eine Freundin auf einen Barhocker, ohne mich auch nur eines einzigen Blickes zu würdigen. Ich begriff, dass sie nicht zurückkommen würde. Nach einigen Minuten stand ich ebenfalls auf und ging hinüber zu Bengtsson, die mit einigen Anarchistinnen an einem kleinen Tisch saß.

»Darf man sich setzen?«, fragte ich.

»Sicher«, sagte Bengtsson gleichgültig und redete weiter mit den anderen.

Ich versuchte, mich am Gespräch zu beteiligen, aber das war schwer. Nach einer Weile wollten sich die Anarchistinnen neues Bier holen, und ich saß allein mit Bengtsson da.

»Ist es wirklich so schrecklich, wenn jemand von der anderen Seite kommt?«, fragte ich.

Bengtsson bedachte mich wieder mit ihrem ausdruckslosen Blick.

»Wieso denn schrecklich? Das haben wir doch nicht gesagt.«

»Warum will dann keine mit mir reden?«

Sie gab sich ungeheuer langsam Feuer und sah mich danach an, während sie das Streichholz schüttelte, um es zu löschen.

»Vielleicht hat einfach keine Interesse daran.«

»Verdammt, was seid ihr arrogant«, rief ich. »Muss man wirklich dermaßen abweisend sein, wenn jemand eine andere Meinung hat? Das sind doch die puren Faschomethoden, verdammt noch mal.«

»Du wirfst ja mit allerlei Begriffen um dich«, sagte Bengtsson. »Weißt du überhaupt, wovon du da redest?«

»Fang bloß nicht wieder mit dem Lehrerinnenton an.«

»Ich frag ja nur«, sagte sie. »Und außerdem, hast du dich überhaupt schon mal gefragt, warum diese Menschen hier sich dir gegenüber so arrogant verhalten?«

»Nein, das nicht«, sagte ich. »Eine Erklärung wäre also nicht schlecht.«

Bengtsson sah mich an.

»Ich habe dich eigentlich für ziemlich clever gehalten«, sagte sie. »Es überrascht mich, dass du es nicht selbst erraten hast. Du kommst hier mit deinem adligen Nachnamen und deiner Prominenz und der ganzen Chose. Und dann glaubst du, wir sollten für dich den roten Teppich ausrollen. Kapierst du das nicht? Es muss gar nicht um dich persönlich gehen, aber SOLCHE WIE DU haben uns seit Jahrzehnten unterdrückt. Und vorher unsere Eltern und davor deren Eltern. So weit zurück, wie die Erinnerung überhaupt reicht.«

Ich dachte darüber nach. Sie hatte wirklich nicht ganz Unrecht.

»Also sei jetzt nicht sauer, wenn du nicht mit Samthandschuhen angefasst wirst«, sagte Bengtsson. »Bisher hast du uns absolut nicht gezeigt, wer du bist. Noch nicht.«

Die Anarchistinnen kamen mit Bier für sich und für Bengtsson zurück. Mich hatte keine gefragt, ob ich auch eins wollte.

»Okay«, sagte ich und erhob mich. »Schon verstanden.«

Die Anarchistinnen sahen mich nicht einmal an, als sich ging. Am Tresen stieß ich auf Kaja. Ich blieb stehen und holte tief Luft.

»Wie sieht's aus?«, fragte sie und streichelte meine Wange.

»Sieh dich vor«, sagte ich und schaute mich um.

Keine würdigte uns auch nur eines Blickes.

»Waren sie gemein zu dir?«

»Und wie«, sagte ich. »Sie gastfreundlich zu nennen, wäre wirklich übertrieben.«

»Ich hab dich ja gewarnt.«

»Ich bin sauer«, sagte ich. »Das ist alles. Geschlagen, aber nicht besiegt. So leicht geb ich nicht auf.«

Ich lächelte sie strahlend an. Kaja sah mich an. Sie war beschwipst und ihre Augen glänzten.

»Du bist toll«, sagte ich. »Das weiß ich jedenfalls. Du bist die Beste.«

»DU bist die Beste.«

Wir kamen einander gefährlich nahe.

»Willst du hören, was die Dichterin sagt?«, fragte sie dann.

»Immer«, sagte ich.

»Das hier kann ich ausnahmsweise sogar auswendig«, sagte Kaja schwankend. Ihre Augen waren wie Brunnen, verträumt, tief.

Sie erinnerten mich an George, wie er in meine Seele geblickt hatte. Dann fing sie an zu rezitieren, aus der Erinnerung heraus, ohne mich aus den Augen zu lassen.

»Kein satter Tag sei unser Los,
der Tag wird durch den Durst erst groß.

Der Weg führt irgendwann ans Ziel,
doch zählt der Weg genauso viel.

Das Ziel ist dann ein ruhiger Herd,
in Eile wird das Brot verzehrt.

Kehren wir dort nur einmal ein,
wird guter Schlaf uns sicher sein.

Brich auf, brich auf! Im Morgengrauen,
weil auf das Abenteuer wir vertrauen!«

Ich sah sie an. Ihr Gesicht blass, schmal und voller Sommersprossen; ihre Lippen leicht geöffnet, als sei sie kurz davor, in Lachen oder Weinen auszubrechen.

»Das kenne ich«, sagte ich.

In diesem Moment schob Erika sich zwischen uns und lehnte sich mit dem Rücken an den Tresen.

»Hallo, du, du alte Lesbenfotze«, sagte sie nuschelnd zu Kaja.

Dann sah sie mich an.

»Bürgerkuh«, sagte sie. »Seid ihr zwei ineinander verliebt oder was zum Teufel treibt ihr hier? Dieses viele pst, pst, Liebling hier und Liebling da, was zum Teufel läuft hier eigentlich?«

»Ja, wir lieben einander über alles und Sofa kriegt ein Kind von mir«, sagte Kaja ironisch. »Willst du ein Bier?«

»Ich muss scheißen«, sagte Erika.

»Dann komm ich mit aufs Klo«, sagte Kaja.

»Ich glaub, ich geh nach Hause«, sagte ich.

Wir hatten verabredet, zu unterschiedlichen Zeitpunkten aufzubrechen und uns dann in der Wohnung zu treffen.

»Dann mach's gut, Sofa«, sagte Kaja.

Sie umarmte mich wortlos. Erika tat es ihr nach. Dann gingen sie los, Kaja ohne sich umzusehen. Ich blieb noch eine Minute sitzen. Mein einziger klarer Gedanke war, dass ich mich niemals an ihren Jargon gewöhnen würde.

***

Lukas kam zum Wochenende und wir gingen miteinander um wie Geschwister in Anwesenheit älterer Verwandter; nach Außen hin freundlich, doch innerlich voller Aggressionen. Ich kam mir vor wie neben einer Zeitbombe – früher oder später würde sie explodieren. Aber wir griffen das Thema, das die ganze Zeit in der Luft lag, beide nicht auf.

Ich gab vor, in meine Arbeit vertieft zu sein, Lukas vergrub sich in sein Londonprojekt und unsere Empfindungen behielten wir für uns.

Am Sonntag schien die Sonne, der Schnee schmolz und wir waren zur Taufe bei Sassa und Johan eingeladen. Nicht als Paten, sondern als enge Freunde der Familie. Auf der Fahrt zur Kirche sprachen wir kein einziges Wort. Schneematsch spritzte um die Reifen; ich ertappte mich dabei, dass ich mich danach sehnte, Ski zu laufen. Der Freiheit, mit Wind in den Haaren und Sonne im Gesicht einen Hang hinunter zu schießen. Zickzack, niemand sieht mich, niemand interessiert sich dafür, was ich mache. Das Schlimmste, was mir passieren kann, ist ein Beinbruch.

Es war schwer, mit Pumps aus dem Wagen zu steigen, ohne im Schneematsch einzusinken, aber ich wollte mir lieber nasse Füße holen als Lukas zu bitten, anderswo zu parken. Die Taufe fand in der Oskarskirche statt und draußen in der Sonne standen schon alle bereit. Neben der unmittelbaren Familie waren Gustaf und Beata da, Greger und Ann-Charlotte, Betty und noch andere, die ich nicht näher kannte. Auch Ludvig und Eva, dieses unangenehme Paar von der Housewarming-Party, waren mit von der Partie. Johan hielt George auf dem Arm und machte ein Gesicht wie einer, der soeben einen neuen Erdteil entdeckt hat, während sich Sassa und Beata, die Patin, mit dem Pastor unterhielten. Es war schwer zu sagen, welches Gewand schrecklicher war, Beatas oder das des Geistlichen. Laura Ashley mit sakralem Touch. Sassa ihrerseits sah in ihrem klassischen Kostüm elegant aus.

»Lukas, das musst du einfach probieren«, sagte Johan selig, als wir ihn erreicht hatten. »Wenn ich gewusst hätte, wie toll das ist, dann hätte ich schon längst angefangen. Worauf wartet ihr noch? Los jetzt.«

»Sicher, sicher«, sagte Lukas herzlich. »Beim Endspurt holen wir euch dann wieder ein.«

Wir küssten alle Anwesenden zur Begrüßung.

»Die jungen Turteltauben, endlich wieder vereint«, sagte Beata voll Wärme, als wir bei ihr ankamen, und ich hätte gern gewusst, ob ich mir das einbildete, oder ob in ihrer Stimme tatsächlich ein Hauch von Ironie mitschwang. »Ich mach mal schnell ein Bild von euch.«

Lukas und ich mussten dicht nebeneinander vor Beatas Kamera stehen und mit zusammengekniffenen Augen in die Sonne schauen. Lukas legte mir den Arm um die Taille, aber ich spürte, dass er darauf wartete, ihn so schnell wie möglich wieder wegnehmen zu können. Dann war es Zeit, in die Kirche zu gehen.

Während der gesamten Zeremonie wechselten wir nicht einen Blick. Die üblichen Choräle wurden gespielt, und ich stimmte mit ein. »Fest soll mein Taufbund immer stehen« und »Endlos reichet Gottes Liebe«. George in den Armen der Patentante Beata vor dem Taufbecken, auf allen Seiten von Laura Ashley-Kleidern und dem Gewand des Pastors umgeben; er war für mich in gewisser Hinsicht bereits verloren. Dieses Gefühl tat weh und war zugleich absurd; ich kannte George nicht, er war nicht mein Kind. Aber das half nichts, das Gefühl war so stark, dass mir Tränen in die Augen traten. Ich wurde plötzlich von einer unglaublichen Sehnsucht nach eigenen Kindern erfasst, nach diesem blauen Blick so voller Weisheit, der nicht gebrochen und an Konventionen verloren wird, die mir nicht natürlich erscheinen. Dieses Gefühl tat mir auch körperlich weh und ich schaute verstohlen zu Lukas hinüber.

Er war nicht der passende Vater für meine Kinder.

Diese Erkenntnis war ein derartiger Schock, dass ich laut nach Luft schnappte, so laut, dass ich ein Husten vortäuschen musste. Aber so war es; Lukas hatte nicht die Eigenschaften, die ein Vater meiner Ansicht nach besitzen muss. Kaja hatte sie. Aber sie könnte mir ja nun wirklich keine Kinder schenken. Die Emotionen überkamen mich, packten mich und zogen mich in alle Richtungen; erschöpft sank ich auf die Kirchenbank. Der Pastor goss George Wasser auf den Kopf. George schrie. Ich hätte ihm so gern geholfen. Meine Kinder würden im Freien getauft werden, mit körperwarmem Wasser.

Danach gingen wir die wenigen Schritte zum Empfang, der zu Hause bei Sassa und Johan stattfand. Lukas und ich gingen herum, tranken Weißwein, aßen Paté mit Cumberlandsoße und grünem Salat, stießen an, überreichten unser Taufgeschenk – eine kleine Silberschale, in die Datum und Name eingraviert waren –, sahen Sassa beim Öffnen der Geschenke zu, tranken Kaffee und ein wenig Sherry und aßen buntverzierte Torte. Wir lachten und scherzten, mit anderen und miteinander. Niemand von den vielleicht zwei Dutzend Anwesenden konnte auch nur ahnen, dass es in unserer Beziehung irgendein Problem gab.

»Ach, wie schön, euch mal wieder zusammen zu sehen!«, rief Sassa und umarmte uns. »Und jetzt werdet ihr uns im Elternverein bald

Gesellschaft leisten, ja?«

Beim letzten Satz zwinkerte sie vielsagend. Wir lachten beide, charmant, fröhlich. Wir waren schön, wir waren elegant, wir standen ganz dicht nebeneinander und meine linke Hand lag auf Lukas' Schulter.

»Mach dir keine Sorgen«, sagte Lukas zu Sassa. »Wir werden euch überholen und uns lieber gleich Zwillinge zulegen. Du weißt doch, wie rational ich vorgehe, wenn ich erst anfange?«

Sassa lachte und streichelte seine Wange.

Nach dem Kaffee saß ich allein auf einem Sofa und schaute mich voller Verständnislosigkeit um. Sollte man denn so sein Leben verbringen? Machten andere Menschen das? Betty war ohne Olof zur Taufe erschienen, sie hatten vor kurzem beschlossen, sich scheiden zu lassen. Keiner der Gäste erwähnte das ihr gegenüber auch nur mit einem Wort. Stattdessen wurde über alles und nichts geplaudert, über das Wetter, über den Frühling, über das letzte Fest. Es war unbegreiflich. Aber ich selbst sagte ja auch nichts. Wie viele empfanden wie ich, fanden es ebenso schrecklich und dachten dasselbe darüber?

Der scheußliche Ludvig stolzierte umher, als gehöre ihm die ganze Welt, und obwohl ich ihm bisher ausgewichen war, hatte ich seine Kommentare über Ausländer, Arbeitslose und Sozialhilfeempfänger doch nicht überhören können.

»Ach, die sind so faul, das ist nicht zu fassen, und außerdem lügen sie die ganze Zeit«, hörte ich, als die Paté verzehrt wurde.

»Die Vorstädte ausräuchern, sage ich. Schickt sie wieder nach Hause«, sagte er halblaut im Nebenzimmer, während Beata die Pakete öffnete.

»Ich muss schon sagen, dass ich sie durchaus verstehen kann«, teilte er beim Kaffee mit, als Betty über Neonazis und Rechtspopulisten klagte.

Ludvig wirkte wie seine eigene Karikatur, er war in seinen Äußerungen dermaßen übertrieben, dass er mich eher müde machte als wütend. Ich schämte sich seinet- und meinetwegen, da ich mich auf demselben Fest aufhielt wie er. Wenn Bengtsson und die anderen aus dem Kvarnen dabei gewesen wären, wären sie in ihren Vorurteilen bestätigt worden.

Als wir uns zum Gehen anzogen, half eine für diesen Tag angestellte Frau in schwarzem Kleid und kleiner weißer Schürze Ludvig in den Mantel. Er schaute sie beifällig an und wandte sich dann an Johan.

»Süßes kleines Ding«, sagte er. »Wo hast du die denn aufgegabelt?«

In mir explodierte etwas; mein Puls hämmerte dermaßen, dass ich ihn bis in meine Schläfen spürte. Ansonsten war ich ganz ruhig. Die Frau wurde rot, Johan lachte verlegen, doch ehe er etwas sagen konnte, trat ich vor und verpasste Ludvig eine schallende Ohrfeige. So laut, dass es in der Diele widerhallte. Ludvigs Kopf kippte zur Seite, seine Wange wurde feuerrot und meine Hand zitterte vor Schmerz. Ludvig verschlug es die Sprache, ich selbst war eiskalt. Die schwarz gekleidete Frau starrte uns verängstigt an. Aus dem Glas, das Johan schräg in der Hand hielt, schwappte Sherry auf den Boden, sein Mund war halb offen. Lukas konnte ich nicht sehen, er stand hinter mir.

»Wenn du auch nur einen Hauch von Anstand im Leib hast«, sagte ich langsam zu Ludvig, »dann bittest du sie um Entschuldigung, ehe du dieses Haus verlässt. Und dann bittest du die Gastgeber, dir die vielen blöden chauvinistischen, rassistischen und sexistischen Witze zu verzeihen, die du hier die ganze Zeit von dir gegeben hast.«

Ich drehte mich zu Johan um und küsste ihn auf die Wange.

»Danke, das war ein schönes Fest«, sagte ich.

Dann hatte ich plötzlich die Wohnung verlassen, saß im Auto und meine Hände zitterten. Die Tränen strömten mir über die Wangen und mein Herz schlug wie wild. Lukas reichte mir sein Taschentuch, sagte aber erst etwas, als wir die Autobahn erreicht hatten.

»Ludvig ist ein Esel«, sagte er. »Du hast das ganz richtig gemacht.«

Es half nichts. Ich konnte nicht aufhören zu weinen. Aber ich drückte seinen Arm mit beiden Händen.

»Danke«, sagte ich.

***

Am nächsten Morgen versuchte ich zu schreiben, doch ich konnte mich nicht konzentrieren. Ich begriff noch immer nicht so ganz, was am Vortag passiert war, aber ich hatte abends Sassa angerufen, und sie und Johan hatten versichert, dass alle Anwesenden einschließlich der schwarzgekleideten Frau mich – gleich nach George – für die Heldin des Tages hielten. Ich hätte die Stimmung nicht ruiniert, behaupteten sie, und Ludvig sei ohne Kommentar nach Hause gegangen. Vermutlich würde er die Geschichte allerlei Bekannten ziemlich verzerrt wiedergeben, aber das war eigentlich egal.

»Dass das hier auf seiner Taufe passiert ist, ist ein gutes Omen für Georges zukünftiges Leben«, sagte Sassa begeistert. »Ich wünschte, ich wäre so mutig wie du.«

Ich fühlte mich überhaupt nicht mutig, sondern eher feige und überspannt, als ich da saß und aus dem Fenster schaute. Ich versuchte, alle Gedanken an den Vortag zu verdrängen und sehnte mich schrecklich nach Kaja. Die Sehnsucht nach einem anderen Menschen kann unterschiedliche Formen annehmen und in meinem Fall hatte ich eine fixe Idee, die auf den ersten Blick weit von unserem vielen Gerede über tiefe Gefühle entfernt lag: Ich wollte meine Kleider im selben Kleiderschrank sehen wie Kajas.

Jetzt hingen sie neben Lukas' Anzügen und wenn man die Tür öffnete, sah man sofort, wer wir waren. Ich besaß Kleidungsstücke in vielen Farben, seine dagegen waren vor allem braun, blau und schwarz. Meine waren aus flauschigem Stoff oder aus gröberem Material mit Pailletten und Federn, seine waren aus Baumwolle und Wolle. Ich besaß ziemlich viele Schuhe, mit hohen Absätzen, Rosetten, Schnallen und bunten Mustern, während Lukas einige wenige bequeme Schuhe in gedämpften Farben hütete. Ich war Frau, er war Mann. Ich konnte über Beziehungen reden, er konnte das Videogerät programmieren. Ich konnte Wunden säubern und verbinden, er konnte Sicherungen wechseln.

Ab und zu verpasste ich Leuten unerwartete Ohrfeigen.

Kajas Garderobe war ganz anders. Sie hatte nur wenige Kleidungsstücke und erzählte voller Stolz, dass sie die meisten nicht gekauft, sondern bekommen hatte. Sie glaubte nicht an Konsum, sondern an Wiederverwendung, und ihre Kleider zeigten, wer sie war: schlichtes Material, abgewetzte Jeans, T-Shirts mit politischen Slogans, Baumwollhemden von H&M.

Bisweilen saß ich bei Essenseinladungen da und verglich in Gedanken Kajas Aussehen mit dem meiner eleganten Freundinnen, aber immer zogen dabei die Freundinnen den Kürzeren. Kaja hatte einen Körper, dem fast alles stand: lange Beine, schmale Hüften und gerade Schultern, zugleich aber einen tollen Busen und einen wohlgeformten Hintern. Sie war ein jungenhaftes Mädchen mit der sexuellen Ausrüstung einer Frau und konnte alte Fetzen anziehen und einfach hinreißend aussehen. Sie war schlank; sie konnte es nicht leiden, wenn jemand zu viel aß, solange andere Hunger leiden mussten. Aber sie war nicht mager. Ich verglich das alles mit meinen Freundinnen aus der Oberklasse, die Gourmetrezepte und neue Diätmethoden austauschten und in Leggings in Neonfarben zur Problemzonengymnastik gingen.

Kajas Garderobe bestand bewusst aus Unisex-Klamotten. Sie hatte keine Kleider wie ich, aber auch keine Anzüge wie Lukas. Sie hatte die Kleidungsstücke eines jungenhaften Mädchens, die Kollektion, die zu einem politisch bewussten androgynen Menschen passte, und ich sehnte mich danach, meine Sachen neben ihre zu hängen. Ich wollte in Kajas Hemden herumlaufen, wollte im Alltag ihre Jeans tragen, wollte nachts ihre ausgewaschenen T-Shirts auf meiner Haut spüren. Ich wollte meine eigene Garderobe aussortieren, nicht, damit sie in Zukunft größere Ähnlichkeit mit ihrer hätte, sondern, damit sie mehr zu meiner eigenen würde und keinen Kontrast mehr zu der von Lukas bildete.

Diese Vorstellung war zugleich fast unerträglich beängstigend. Man konnte nicht mit einer anderen Frau zusammenziehen, eine romantische Beziehung mit ihr führen und seine Kleider neben ihre hängen, nicht bei dem Leben, das ich führte. Und, schlimmer noch, wenn ich anfing, zwischen Pailletten und Flausch aufzuräumen, was würde dann überhaupt noch bleiben?

Eine unausweichliche Tatsache blieb: Kaja war der einzige Mensch in meiner Bekanntschaft, der die Ohrfeige mit derselben Selbstverständlichkeit wie ich ausgeteilt hätte.

***

Am nächsten Tag schien eine bleiche Frühlingssonne und Baby kam überraschend zu Besuch. Ich saß am Schreibtisch, als sie plötzlich mit schwarzer Sonnenbrille und Webpelz vor der Tür stand. Sie brachte eine Tüte mit, die einen Karton mit zwei Fastenkringeln enthielt.

»Die ersten in diesem Jahr«, sagte sie. »Also her mit dem Kaffee, Alte.«

Wir saßen im Wohnzimmer und »kafften«, wie Baby das nannte. Ich hatte eigentlich keine Zeit, weil ich meinen Artikel am nächsten Tag abgeben musste, aber ich konnte sie doch nicht wieder wegschicken, wo sie den ganzen Weg nach Stocksund gefahren war.

»Und was«, sagte ich, »verschafft mir diese große Ehre?«

»Habe nachgedacht«, sagte Baby und runzelte beim Kauen die Stirn. »Über dich. Muss diskutieren.«

»Ach?«, fragte ich. »Was denn?«

Baby verschlang ihr Gebäck so schnell, als hinge ihr Leben davon ab. Als sie fertig war, ließ sie sich auf dem Sofa zurücksinken, mit dem Becher auf dem Bauch und einer Zigarette zwischen den Fingern.

»Friede und Freude«, sagte sie zufrieden. »Nichts schenkt so tiefe innere Ruhe wie der erste Fastenkringel des Jahres, der erst im März verzehrt werden darf. Dann weiß man wirklich, dass alles sich zum Besseren gekehrt hat.«

»Weiß man das?«, fragte ich.

Ich hatte erst die oberste Schicht von meinem abgeknabbert.

»Ich mach mir Sorgen um dich«, sagte Baby. »Und da dachte ich, ein kleines Gespräch könnte sich gut machen. Ich habe nämlich gewisse Fragen, die du beantworten solltest, finde ich.«

»Na gut«, sagte ich. »Schieß los.«

»Erstens. Wie geht es dir?«

»Wieso? Und warum gerade jetzt?«

Baby hob vielsagend die Augenbrauen, schwieg aber.

»Du hast von der Ohrfeige gehört«, sagte ich.

Sie nickte.

»Die Telefonleitungen zwischen Östermalm, Lidingö und Djurholm laufen jetzt schon den ganzen Tag heiß«, sagte sie.

»Herrgott«, sagte ich.

»Kein Grund zur Beunruhigung«, sagte Baby. »Ja, du wirst wohl bei Ludvigs Hochzeit nicht als Brautjungfer gefragt sein. Aber das überlebst du vielleicht?«

»Ich glaube, schon.«

»Die meisten finden, dass du das ganz richtig gemacht hast. Einige sind sauer, aber das sind sie ja schon, wenn du nur niest. Ich habe natürlich unablässig auf dein freies und selbstständiges Wesen gepocht, aber ich muss doch unter vier Augen fragen dürfen, wie es dir denn eigentlich geht.«

Ich dachte nach.

»Es geht so schnell«, sagte ich. »Es wirbelt einfach davon. Ich merke, dass ich dabei bin, die Kontrolle zu verlieren.«

»Hab ich's mir doch gedacht«, sagte Baby.

»Aber das wäre doch eigentlich gut, du findest mich doch so kontrollfixiert!«

»Immer das goldene Mittelmaß bewahren«, sagte Baby.

»Natürlich möchte ich mein Leben im Griff behalten. Ich will einfach, dass es mehr meine Angelegenheit ist und weniger die von anderen.«

»Und was würde es mehr zu deiner Angelegenheit machen?«

»Das weiß ich nicht.«

Baby saß schweigend und mit gerunzelter Stirn da. Dann schaute sie mir in die Augen.

»Erzähl mir von deinen Gefühlen für Kaja«, sagte sie. »Ich glaube nicht, dass ich die bisher richtig durchschaut habe.«

Ich lächelte. Es war, wie auf einen Knopf zu drücken, wie Wasser aus einem überfüllten Stausee zu lassen.

»Ich bin ungeheuer verliebt in Kaja«, sagte ich. »Sie ist eine der größten Lieben meines Lebens. Ich liebe ihr Verhalten, ihre Persönlichkeit, ihre Ansichten und die Art, wie sie damit umgeht, ich liebe ihr Engagement, ihren Willen und ihr Verantwortungsgefühl, ich liebe ihre Selbsterkenntnis und ihren Humor. Ich liebe es, dass sie gefühlvoll und klug und witzig und beredt und ein richtig toller Theater-Affe ist.«

Ich verstummte und Baby hob ermutigend die Augenbrauen.

»Soll ich weitermachen?«

»Ja, unbedingt.«

»Zugleich glaube ich, dass ich auch ihre Mängel sehe. Sie ist immer wieder depressiv, unglücklich, niedergeschlagen, verwirrt und stocksauer. Sie kann ihre Gefühle nicht analysieren, jedenfalls, so lange sie mitten darin steckt. Sie kann sich auch nicht gut um die Gefühle von anderen kümmern, sie weicht zurück und wird kalt, hat Angst und schlägt um sich. Psychisch ist sie unreif, ungeübt. Aber darum geht es ja gerade, glaube ich: um Training. Das kann sie sich mit der Zeit verschaffen, das will sie auch. Und ansonsten bleiben ihre Eigenschaften, die fast alle gut sind. Verstehst du? Sie hat sicher auch noch andere Mängel, die ich noch nicht entdeckt habe, aber die werden sich schon zeigen. Ich glaube nicht, dass Liebe blind macht, nicht diese hier jedenfalls. Leider, möchte ich fast sagen. Es ist anstrengender, sie klar zu sehen, mit Mängeln und alldem, und ihr trotzdem so unerhört starke

Gefühle entgegenzubringen. Verstehst du, was ich meine?«

»Sonnenklar«, sagte Baby.

Ich schwieg eine Weile.

»Aber ich weiß nicht, was ich mit diesen vielen Gefühlen machen soll«, sagte ich. »Ich komme mir treulos vor, ich habe das Gefühl, Lukas im Stich zu lassen. Ich schäme mich nicht meiner Gefühle und meines Verhaltens, dafür ist das alles viel zu großartig. Aber ich kann sehen, dass ich unerhört egoistisch war, als ich diese Sache ohne die geringsten Skrupel angefangen habe.«

Baby schwieg.

»Ich war wie üblich eine Erlebnis- und Gefühlskapitalistin«, sagte ich dann. »Ich greife einfach zu und pfeife im Grunde darauf, wie es anderen geht. Solange alles nur so wird, wie ich es will, solange ich Liebe und Erlebnisse bekomme. Verstehst du?«

»Natürlich«, sagte Baby. »Aber ich bin nicht deiner Ansicht. Lukas ist erwachsen, er hat dich nicht unbesehen gekauft, er ist nicht hilflos. Auch er muss Verantwortung dafür übernehmen, was mit ihm und in eurer Ehe passiert. Er scheint sich als Mensch nicht besonders weit entwickeln zu wollen, sondern eher auf seine Karriere zu setzen und ansonsten vor dem Fernseher zu hängen. Wenn ich das richtig verstanden habe, dann stört dich das, weil du das Gegenteil anstrebst und deshalb nach Menschen mit anderen Voraussetzungen und Zielen suchst. Das ist hart, aber verständlich.«

Ich sah sie an. Dieses eine Mal war Baby ganz ernst; nicht der Hauch eines Lächelns, keine Spur von Ironie. Plötzlich begriff ich, wie sehr sie sich für mich engagiert hatte, durch ihre Entscheidung, herzukommen und mich vom Computer wegzuholen, mich zum Sprechen zu bringen. Ich wurde von tiefer Dankbarkeit erfüllt.

»Danke, Baby«, sagte ich. »Dafür, dass du hier bist.«

Baby machte eine ungeduldige Handbewegung.

»Erzähl schon weiter. Wo waren wir stehen geblieben?«

»Ich spiele ernsthaft mit dem Gedanken, Lukas zu verlassen, für Kaja.«

Zum ersten Mal hatte ich das laut gesagt. Ich hatte das Gefühl, dass meine Worte im ganzen Haus widerhallten.

»Ich möchte so viel mit ihr machen«, ergänzte ich dann. »Ich sehne mich die ganze Zeit danach, in ihrer Nähe zu sein, Zugang zu ihr zu haben, sie zu hören und zu sehen. Ich will sie viel häufiger sehen als jetzt, ich wünschte, wir könnten den Alltag miteinander teilen.«

Baby nickte langsam.

»Es ist witzig, wie Gefühle sich verändern, wenn sie tiefer werden«, sagte ich. »Anfangs wollte ich sie nur in der Kneipe sehen. Es war aufregend, mit ihr zusammenzusein, wenn sie herausgeputzt, geschminkt und attraktiv war – ich dachte, vielleicht würde sie mich langweilen, wenn sie ungeschminkt und alltäglich wäre. Und es war auch ungefährlich, sich draußen zu treffen – in der Öffentlichkeit kann doch kein böser, lesbischer Sex stattfinden.«

»Nein, natürlich nicht«, sagte Baby trocken.

»Aber je tiefer meine Gefühle wurden, desto stärker spürte ich, dass ich Öffentlichkeit und Glamour loswerden und mich nach Nähe und Alltag sehne. Nicht, dass ich mir Montage und strömenden Regen wünsche, weil ich beides so toll finde, ich bin keine Masochistin. Und ich gehe noch immer gern mit ihr aus und auf Feste.«

Babys Gesicht war ausdruckslos.

»Es geht hier wohl eher um Nähe und Alltag, ungeschminkt und natürlich, wie Linsensuppe und Fernsehnachrichten, Gespräche und natürlich massenhaft böser, lesbischer Sex, Sex, Sex«, sagte ich. »Und das macht mir Angst. Denn ich weiß, dass ich ihr in der Öffentlichkeit nahe kommen kann, geschminkt und zurechtgemacht, spannend und distanziert. Aber was soll ich tun, um sie in meinen Alltag zu holen? Was soll ich tun, um sie an einem verregneten Montag voller Tristesse in mein Leben zu holen? Im Moment habe ich das Gefühl, zu allem bereit zu sein, komplett mit Alltagsmorgen, schlechter Laune und allem, nur, um immer in ihrer Nähe sein zu können.«

Wir schwiegen einige Augenblicke. Ich fühlte mich erschöpft, wie umgestülpt und wieder zurückgedreht. Baby machte ein nachdenkliches Gesicht.

»Ist es ein gutes Gefühl, wenn ihr zusammen seid?«, fragte sie. »Bist du auf dem richtigen Gleis?«

Ich überlegte.

»Ich glaube schon, obwohl es zugleich ganz falsch ist, falls du verstehst, was ich meine. Ich muss herausfinden, wer ich bin; ich will nicht in einer Lüge oder mit der halben Wahrheit leben. Du weißt doch, dieser Sumpf, durch den ich stapfe, von dem ich immer rede?«

Der Sumpf war mein Lieblingsvergleich. Alle Menschen lebten in ihrem eigenen Sumpf, aber wenn sie ihre Schritte nur langsam und vorsichtig machten, mit Gefühl, dann könnten sie aus ihm herausfinden.

»Hm«, sagte Baby.

»Im Moment ist es finster im Sumpf, nicht das übliche Alltagslicht, in dem ich mir sonst meinen Weg suche, und das macht die Wanderung doppelt schwer«, sagte ich. »Aber bisher habe ich meine Füße an die richtigen Stellen gesetzt.«

»Und woher weißt du, dass es einen Weg gibt?«, fragte Baby. »Nur so als kleine Zwischenfrage einer unwissenden Sumpfbesucherin. Vielleicht sind es ja eher kleine Inseln und du musst von einer zur anderen springen?«

»Es gibt einen Weg«, sagte ich, »und ich kann ihn finden. Ich werde es schaffen, sogar dann, wenn es schwierig wird. Ich werde feststellen, wer ich bin und wohin dieser Weg führt. Ich werde aufhören, mein Leben als eine Art Hälfte zu leben.«

»In dieser Hinsicht stimme ich dir zu«, sagte Baby. »Es wird Zeit für dich, zu leben. Leb und finde heraus, wer du bist.«

»Ich gebe mir alle Mühe!«, sagte ich. »Es ist wohl nicht so dumm, wenn ich mich traue, mit einer Lesbe Sex zu haben?«

»Absolut nicht. Und jetzt kommt eine unfeine Frage«, sagte Baby.

»Schieß los«, sagte ich.

»Apropos Sex mit einer Lesbe. Wie ist das eigentlich?«

Ich lächelte. Natürlich war Baby neugierig. Für einen Moment dachte ich an sie und Liza zusammen in Kajas Küche.

»Ich habe neulich Morgen erst Gott dafür gedankt«, sagte ich. »Was für eine Ironie, was? Die Kirche hasst Lesben doch bestimmt. Aber ich musste das einfach tun! Ich habe Gott dafür gedankt, dass ich es erleben darf, auf diese Weise mit Kaja zusammen zu sein. Und egal, was noch passiert, so habe ich Orgasmen mit ihr erlebt, unter ihr, unter ihren Händen. Die fühlen sich anders an als gewöhnliche Orgasmen. Es ist wie ein Sternenregen, schön und stark und doch weich, ohne Zweifel, Schmerzen, Verleugnung und Erniedrigung, die sich einstellen können, wenn man mit einem Mann schläft.«

»Ja, das kann man nur unterschreiben«, sagte Baby. »Das hört sich fantastisch an.«

»Aber ich weiß eigentlich nicht, was es bedeutet«, sagte ich. »Ich will nicht behaupten, es sei ›das Beste‹, was ich je erlebt habe. Es ist verdammt toll, aber das war es auch früher schon sehr oft. Aber jetzt wage ich, ich selbst zu sein. Ich habe keine Angst davor, mich ihr zu zeigen, sondern ich fühle mich dabei ungeheuer geborgen und echt. Deshalb ist es anders, und deshalb ist es ein wunderbares Gefühl.«

»Jetzt komme ich mir bald vor wie in einem Hollywoodfilm aus den fünfziger Jahren«, sagte Baby. »Gibt es denn irgendwas, was NICHT toll ist?«

Ich überlegte.

»Ich sollte wohl Streit mit ihr aus dem Weg gehen«, sagte ich. »Ich glaube, es kann Probleme geben, wenn wir uns zu oft streiten. Aber sie reizt mich solange, bis ich einfach den Verstand verliere, und früher oder später werde ich einfach explodieren.«

»Das ist doch gut für dich«, sagte Baby. »Sie redet dir nicht nach dem Mund, sondern gibt dir Kontra. Genau das, was du brauchst.«

»Aber ich habe solche Angst davor, abgewiesen zu werden, und das kann ich nicht ertragen«, sagte ich. »Das ist das alte Gefühl von früher; Schmerzen in der Brust, Verlassenheit. Das geht zurück auf Typen, die mich verletzt haben, aber auch auf Augenblicke, an die ich mich nicht einmal mehr erinnern kann: in Krankenhausbetten, im Kindergarten, wenn ich alleingelassen wurde. Ich kann die Vorstellung nicht ertragen, dass mich meine Liebe verlässt, meine Geborgenheit. Momentan verlässt mich mein bisheriges Leben. Und ich will das nicht mit Kaja empfinden müssen.«

Baby schwieg. Ich redete einfach drauflos, fast so, als wäre ich allein zu Hause.

»Ich glaube nicht, dass sie mich je verlässt, wenn ich sie nicht verscheuche. Und wenn sie das doch tut, dann wird sie mich zerbrechen, nach und nach. Und später, dann werde ich mich wieder zusammenflicke, Stück für Stück. Es wäre ja nicht das erste Mal. Das schaffe ich. Aber bis auf Weiteres kann ich versuchen, sie nicht durch wütende Streitereien zu verscheuchen, ihr und auch mir zuliebe.«

»Du redest von allerlei unterschiedlichen Dingen auf einmal«, sagte Baby.

»Das weiß ich«, sagte ich. »Es fällt mir schwer, meine Gefühle zu sortieren. Ich weiß nicht, was Politik ist und was sexuelle Neugier und was Liebe. Ich spüre, dass ich Kaja in meinem Alltag haben will. Romantischere Gefühle kann man doch keinem Menschen entgegenbringen. Mit Lukas war das nicht so, nicht auf diese Weise, nicht einmal vor unserer Hochzeit.«

»Nein, das weiß ich noch«, sagte Baby trocken.

»Versteh mich nicht falsch«, sagte ich. »Ich finde meinen Alltag mit Lukas absolut nett und in Ordnung oder zumindest war das bisher so. Ich fühle mich wohl mit Lukas – habe mich mit ihm wohlgefühlt. Aber ich habe auch das Gefühl, dass mein Alltag mit Kaja eine Herausforderung wäre, voller Weinen und Lachen und Lächeln. Sie würde viel größere Ansprüche an mich stellen und das erscheint mir als wunderbare, wahnwitzige, lang ersehnte Vorstellung. Aber das kommt mir vielleicht nur jetzt so vor, weil ich frisch verliebt bin? Vielleicht würde es aufhören, zum Beispiel, wenn wir uns zu viel stritten? Obwohl ich es eben nicht weiß, ich weiß es nicht.«

»Ich auch nicht«, sagte Baby.

»Rede ich zuviel? Du musst Bescheid sagen, jetzt bin ich nämlich wirklich in Fahrt.«

»Im Gegenteil«, sagte Baby. »Plappere du nur. Ich glaube, dass ich so langsam ein klares Bild bekomme.«

»Was sexuelle Lust angeht«, sagte ich, »so hängt die vor allem mit der Verliebtheit zusammen, ich habe noch nie so für eine andere Frau empfunden. Und ich fahre nicht auf Kaja ab, weil sie eine Frau ist. Verstehst du? Die Lust kommt erst an zweiter Stelle. Sie hat einen anderen Körper als ein Mann und Sex mit ihr ist etwas anderes. Aber es ist Kaja, mit der ich Liebe mache – keine Frau um des Experimentes willen und kein Mann um der Konvention willen, sondern Kaja, um der Liebe willen, aus Liebe. Deshalb ist es auch nicht so peinlich, wie ich es mir vorgestellt hatte. Das Einzige, was mir Angst macht, ist, dass ich mich so schnell daran gewöhne und dass ich so gelehrig bin und dass es so schön ist.«

Baby musterte mich mit unergründlicher Miene. Ich konnte nicht entscheiden, ob sie mir nicht glaubte, oder ob sie über ihr eigenes Sexualleben nachdachte.

»Na gut«, sagte sie dann. »So viel zum Sex. Aber was ist mit der

Klassenfrage? Und der Politik?«

»Politik ist das schwierigste Kapitel«, sagte ich. »Ich stelle mein ganzes Weltbild und sehr viele meiner bisherigen Überzeugungen in Frage. Ich weiß nicht, was ich eigentlich glaube, aber ich muss es herausfinden. Kaja sorgt dafür, dass ich viel gebildeter sein möchte, als ich jetzt bin, ich möchte lernen, zu diskutieren und Vorträge zu halten, ich möchte mich für Dinge engagieren, die nicht mich persönlich betreffen.«

»Klingt edel«, sagte Baby.

»Mach dich nicht lustig über mich. Ich meine das ernst! Ich will nicht, dass es in meinem Leben nur um mich und meine Kinder und unsere Feste geht, wie es bei den meisten Frauen meiner Bekanntschaft der Fall ist. Außer der Familie keine andere wichtige Beschäftigung zu haben, muss doch zu Tristesse und Sinnlosigkeit führen. Und das will ich nicht. Ich will ein eigenes, separates Leben mit einem Lebensstil, der Jahrzehnte und Liebesbeziehungen überlebt, mit Menschen und Aktivitäten, die mich stimulieren, statt mich zu langweilen, wie das jetzt meist der Fall ist.«

»Hart, aber gerecht«, sagte Baby. »Ich hoffe, ich lande in der richtigen Kategorie.«

»Es ist schwer, von dir gelangweilt zu sein«, sagte ich. »Wenn man bedenkt, dass man sich die ganze Zeit davor hüten muss, nicht schnell zwischendurch einen Arm abgebissen zu bekommen.«

»Schmeichlerin«, sagte Baby. »Das erzählst du garantiert allen deinen Freundinnen.«

Ich wurde wieder ernst.

»Es ist anstrengend«, sagte ich. »Wann immer ich eine solche Phase erlebe, entwickle ich mich so rasch und intensiv, dass meine alten Bekannten einfach nicht mithalten können. Du weißt doch genau, was ich meine.«

»Und später?«, fragte Baby. »Du musst aufhören, den Mythos deiner Konsequenz und deiner Loyalität zu pflegen und wagen, nach deiner eigenen, wahren Persönlichkeit zu leben.«

»Aber das ist so schwer und peinlich«, sagte ich. »Und was, wenn dann niemand mit mir befreundet sein will? Und wenn ich von den anderen nicht akzeptiert werde?«

»Das wurdest du bisher doch immer«, sagte Baby, »egal, was du angestellt oder geschrieben oder in der Glotze gesagt hast.«

»Ja, das schon«, sagte ich.

»Vor allem«, sagte Baby, »musst du das alles tun, ohne Kaja hineinzuziehen. Was willst du, wenn sie nicht mit von der Partie ist? Du darfst nicht von deiner Verliebtheit ausgehen, sondern von deinem Kopf und deinem Herzen, wenn es um die Fragen geht, die dich berühren. Wenn sie dann später noch dabei ist, ist das okay, oder genauer gesagt, verdammt toll, aber du darfst sie nicht in den Vordergrund stellen, wenn du deine Entscheidung triffst. Das wird mir immer klarer, je länger ich dir zuhöre.«

Wir schwiegen. Ein bleicher Sonnenstreifen zitterte zwischen uns in der Luft. Es würde doch wieder Sommer werden, trotz allem.

»Ich muss so viel aufholen«, sagte ich schließlich. »So viele Jahre der Erziehung, der blinden Akzeptanz, der sozialen Prägung mit dem, was im Leben wichtig ist. Und du hast Recht, ich darf nicht die eine Sorte Gehirnwäsche – die Traditionen – durch eine andere ebenso negative – die Verliebtheit – ersetzen. Auch, wenn es verdammt toll wäre, irgendwann alles mit Kaja zusammen zu machen, politisch und sozial, meine ich.«

»Aber das ist der zweite Schritt«, sagte Baby. »Der erste besteht darin, dass du feststellst, was du willst, warum du es willst und wie du es bewerkstelligen kannst. Ohne herumzulaufen und die ganze Welt ohne Vorwarnung zu ohrfeigen. Und versteh das jetzt nicht falsch, dieser schreckliche Ludvig hätte es wirklich verdient, mehrmals täglich vorwärts und rückwärts durch die Mangel gedreht zu werden.«

Ich sah Baby an. Ich registrierte ihre platinblonden Haare, ihre hochgezogenen Augenbrauen, die lachende Kurve des Mundes. Sie hatte ein Bein über das andere gelegt, zwischen ihren Fingern hing eine brennende Zigarette und ihre Fingernägel waren schmutzig wie immer. In diesem Moment verspürte ich eine tiefe und echte Liebe zu ihr.

»Baby«, sagte ich. »Du bist wirklich eine Freundin.«

»Himmelarsch«, sagte Baby zufrieden und aschte auf den Teppich.

6

An einem Morgen Mitte April flog Lukas wie so oft nach London. Vor unseren Fenstern bekamen die Bäume erste Knospen und die Nachbarin von gegenüber hatte mitten in der Nacht eine Garnitur neuer Hundebabys bekommen. Das Londonprojekt war jetzt fast unter Dach und Fach, ihnen blieben nur noch einige Wochen Arbeit übrig. Lukas küsste mich, ehe er aus dem Haus ging, und bat mich noch einmal, mir zu überlegen, ob wir im Sommer ein Ferienhaus auf einer Schäreninsel mieten sollten oder nicht. Ich sah zu, wie er durch den Garten ging, und ich dachte, dass wir bei seiner Rückkehr Entscheidungen treffen mussten, bei denen es nicht nur um den Urlaub geht.

Dienstagnacht kam ich spät nach Hause, es war schon zwei Uhr, denn ich hatte zusammen mit Baby bei Ljunggrens gegessen. Mein Kopf war noch immer voll von Eindrücken und Zigarettenrauch; überschlagene Beine in glänzenden Strümpfen und zwei Italiener am Nachbartisch, mit denen wir uns zum Nachtisch zusammengetan hatten. Ab und zu war das Leben gar nicht so schlecht. Mir wurde immer wieder aufs Neue bewusst, wie kindisch ich war, wie gern ich nach wie vor mit fremden Männern flirtete und mir von Unbekannten Komplimente machen ließ. Es war eine Art Ausstieg aus dem Alltag, ungefähr so wie der erste Schluck eines guten Rotweins. Als ich die Hunde aus dem Haus gelassen und meine Lederjacke aufgehängt hatte, ging ich zum Anrufbeantworter. Er blinkte. Ich ließ das Tonband abspielen und setzte mich mit Papier und Kugelschreiber in den Telefonsessel. Vor der Haustür bellte Meryl. Sie hatte unmöglich so schnell pinkeln können. Das Band lief ab. Mehrere Mitteilungen. Das war ungewöhnlich, denn in letzter Zeit war meine Leitung nicht so heißgelaufen wie sonst. Die Leute hatten es wohl satt, dass ich nie zurückrief. Ich machte die Tür einen Spaltbreit auf und atmete die Luft der Frühlingsnacht ein, die ein wenig nach Rauch und Schnee roch.

»Sei still. Jetzt beeil dich, piss endlich!«

Meryls große Augen, unschuldig und vorwurfsvoll zugleich: »Ich brauche nicht zu pissen, ich will da sein, wo du bist.« Ich runzelte die Stirn und schloss die Tür, denn jetzt liefen die Nachrichten vom Band des Anrufbeantworters ab.

»Hallo, hier ist Mimi vom Drama. Wir haben ein paar Probleme mit der Regie deines Abschnittes und wir würden dich gern mit dem Regisseur zusammenbringen. Kannst du mich morgen anrufen? 784 66 69. Danke.«

Der Anrufbeantworter piepste.

»Hallo, du, hier ist Beata. Offenbar ist niemand zu Hause. Ich wollte nur fragen, ob ich euch am Siebzehnten zum Essen zu mir locken kann. Wenn ihr nicht schon vergeben seid natürlich, bei euren vielbeschäftigten Terminkalendern. Ruf mich an. Kuss!«

Der Anrufbeantworter piepste. Die Hunde schwiegen, sie hatten wohl doch eine widerwillige Runde um das Haus gedreht und jetzt pinkelten sie in irgendein Beet. Die Aufnahme knackte wie bei einem Auslandsgespräch.

»Hallo, Sophie, hier ist Lukas. Ich wollte nur schnell anrufen und dir etwas sagen. Es ist ein bisschen komisch, das per Anrufbeantworter zu machen, aber ich muss es eben loswerden ... Es ist so, dass es zwischen mir und Ann-Charlotte zu einem kleinen Seitensprung gekommen ist. Ich wollte es nur sagen, damit du es von mir zuerst erfährst. Ich rufe morgen wieder an.«

Der Anrufbeantworter piepste viermal. Keine weiteren Nachrichten. Ich sah ihn an. Er war schwarz und blank. Dieses seltsame Material. Bakelit. Frigolit? Ich ließ das Band noch einmal ablaufen. Wieder war Lukas' Stimme zu hören. »Es ist so, dass es zwischen mir und Ann-Charlotte zu einem kleinen Seitensprung gekommen ist.«

Es war genau dieselbe Mitteilung. Ich hatte richtig verstanden. Zuerst starrte ich eine Zeit lang vor mich hin. Dann nahm ich den Hörer ab, las den Zettel, den wir an die Wand geklebt hatten, und wählte die Nummer von Lukas' Hotel. Meine Hand zitterte und mein Herz überschlug sich. Es klingelte sehr lange, dann hatte ich einen müden Nachtportier an der Strippe.

»Could you put me through to room 346, please?«

Das Telefon in Lukas' Zimmer klingelte. Es klingelte und klingelte, keine Antwort. Er war nicht dort. Es war mitten in der Nacht, er war auf Geschäftsreise, aber er war nicht auf seinem Zimmer.

»I'm sorry, but there is no answer. Can I take a message?«

»No, thank you. No message.«

Ich legte auf und starrte zwei Minuten lang vor mich hin. Der Boden in der Diele musste gebohnert werden. In der Ecke unter den Mänteln lagen Wollmäuse, die vor allem aus Hundehaaren bestanden. Wie lange war ich wohl schon zu Hause? Vielleicht eine Viertelstunde. Wie spät mochte es sein? Um zehn vor zwei hatte ich mich am Stureplan von Baby verabschiedet. In London war es eine Stunde früher als bei uns. Oder zwei Stunden? Wir hatten die Uhren noch nicht auf Sommerzeit umgestellt. Oder vielleicht doch? Meine Gedanken strömten langsam und zähflüssig durch mein Gehirn. Dann hob ich automatisch den Arm und drückte auf den Repeat-Knopf. Wieder dieses Knacken. Langes Klingeln. Dann der müde Hotelportier.

»Could you put me through to the room of Ann-Charlotte Smedström, please?«

Ich musste den Namen buchstabieren. Langes Warten. Dann war der Portier wieder da.

»I'm sorry, but she has checked out.«

»Really. When?«

»This morning, madam.«

Höfliches Englisch. Aufforderndes Warten. Die Sekunden vergingen.

»You see«, sagte ich. »I'm a close friend of hers calling from Stockholm, Sweden ...«

Ich erklärte, etwas wirklich Ernstes sei geschehen und ich müsse sie unbedingt erreichen. Dann nannte ich den Namen ihrer Firma und fragte, ob der Portier vielleicht eine Ahnung habe, in welches Hotel sie umgezogen sein könne. Das hatte er. Tatsache war, dass die Hotelleitung eng mit einem um die Ecke gelegenen Hotel zusammenarbeitete.

»Sometimes their employees stay with us and sometimes with them. But it is a little bit irregular that they switch hotels in the middle of a stay.«

Er lachte höflich. Ja, ja, auf was für Ideen die Leute doch kamen! Mittendrin das Hotel zu wechseln. »Ha-ha-ha«, sagte auch ich, so gut ich das konnte. In meinen eigenen Ohren klang es eher wie das Krächzen einer Krähe.

Drei Minuten später hörte ich Ann-Charlottes schlaftrunkene Stimme.

»Hallo?«

Ich keuchte wie nach einem Marathonlauf. Mein Herz überschlug sich wieder. Du-dunk-DUNK, du-dunk, du-dunk, du-dunk, DUNK. Einen Schlag für mich, einen Schlag für Kaja. Einen Schlag für Lukas, unregelmäßig, irgendwo dazwischen.

»Ich will mit Lukas sprechen.«

»Sophie ...«

Sie holte Luft. Dann war alles still. Ich hörte gedämpfte Geräusche im

Hintergrund, jemand schien die Hand auf die Sprechmuschel gelegt zu haben. Die Sekunden vergingen. Dann hörte ich Lukas' Stimme. Müde. Eben erst erwacht. Ich wusste, wie er aussah, die dunklen Haare hingen ihm in die Augen. Nackt in seinem Bett. Oder in einem anderen.

»Hallo, Sophie.«

»Was zum Teufel soll das denn nun?«

Ein kurzes Lachen, heiser und ironisch.

»Diese Frage sollte wohl kaum von dir kommen. Weißt du, wie spät es ist?«

Wie spät es war?

»Was soll das, verdammt noch mal?«

»Ich will diese Diskussion jetzt nicht führen. Es ist mitten in der Nacht.«

Ich biss die Zähne zusammen. Du-dunk-DUNK-DUNK.

»In Anbetracht der Mitteilung, die ich soeben hier in Schweden auf meinem Anrufbeantworter vorgefunden habe: Hättest du vielleicht die Güte, mir zu erklären, was du in Ann-Charlottes Bett treibst? Und warum sie – ihr – das Hotel gewechselt habt?«

Meine Stimme war eiskalt. Es folgte ein kompaktes Schweigen, danach ein tiefer Seufzer; Lukas holte Luft. Wie immer; ich konnte ihn immer austricksen, ihn überwältigen, härter sein als er.

»Na gut. Was ich hier treibe, hast du bereits begriffen. Und Ann-Charlotte hat das Hotel gewechselt, weil Greger alles entdeckt hat und droht, uns beide umzubringen.«

Meine Gedanken prasselten auf mich herab wie ein Hagelschauer und trafen mich so heftig, dass ich fast das Gleichgewicht verloren hätte. Aber meine Stimme war noch immer ruhig und klar.

»Und das nennst du also einen kleinen Seitensprung?«

»Sophie, ich ... ich will jetzt nicht darüber sprechen. Morgen werde ich dir alles erklären.«

Jetzt schien er Angst zu haben, ich wusste nicht so recht, wovor.

»Wie lange läuft das schon so?«

Er seufzte abermals tief. Ich hörte, wie Ann-Charlotte ihm aufgeregt etwas zuflüsterte. Schwarze Haare, breite Brust mit dunklen Brustwarzen, ein Kissen auf den Bauch gedrückt. Mir wurde schlecht.

»Lukas. Kannst du wenigstens antworten, wenn ich dich etwas frage?«

»Hör mir zu, Sophie. Ich will jetzt nicht darüber sprechen. Wir reden morgen darüber.«

Vorgetäuschte Autorität, ein zitternder Hase zwischen den Hotellaken. Jetzt musste ich einfach verächtlich schnauben.

»Und Ann-Charlotte? Meine liebe Freundin? Was sagt sie? Führt sie im Hintergrund gerade Regie?«

Ein gedämpftes Murmeln folgte. Offenbar hatte Lukas die Hand über die Sprechmuschel gelegt. Dann war er wieder da.

»Sophie, das hier ist hart für alle Beteiligten. Tu mir den Gefallen und lass uns morgen darüber reden. Bitte. Versuch, ein wenig zu schlafen. Okay?«

Ich war stumm.

»Schlaf gut«, sagte er.

Er legte auf. Ich hörte, wie die Verbindung unterbrochen wurde. Ich blieb einige Minuten lang ganz still sitzen. Dann drückte ich auf die Wiederwahl-Taste. Der Nachtportier meldete sich und ich nannte Ann-Charlottes Namen.

»I'm sorry, but there's no such person staying at the hotel.«

»That's very funny. I just spoke to her.«

»Terribly sorry, madam, but these are my instructions. There's no such person staying at the hotel at the moment.«

There's no such person. Sie hatten bereits angeordnet, keine Gespräche mehr durchzustellen. Ich wusste ihre Zimmernummer nicht, auf diese Weise konnte ich es also auch nicht versuchen. Abgeschnitten. Die Frage war, wovor sie größere Angst hatten, vor meiner Stimme oder vor Gregers Morddrohungen. Ich legte den Hörer wieder auf. Wie ferngesteuert wählte ich die Nummer der Taxigesellschaft. Danach stand ich auf, nahm meinen Mantel und die Hundeleinen und ging hinaus, um in der Kälte zu warten. Bei den Nachbarn war Licht, aber niemand war zu sehen und Klaviermusik konnte ich auch nicht hören. Vielleicht hatten sie einfach nur vergessen, das Licht zu löschen. Unsere Auffahrt musste gefegt werden. Aber andererseits, dachte ich träge, werde ich ja nicht mehr lange hier wohnen.

Die Scheinwerfer des Taxis strahlten weit über die Straße.

Stockholm zeigte sich majestätisch auf der anderen Seite des Wassers. Schillernde Lichter, wogende Laternen und eine unbeschreibliche, überragende Einsamkeit. Haus an Haus, voller allein lebender Menschen. Nachtwache haltende Menschen, Sorgen, graue Köpfe hinter verdunkelten Fenstern. Ich kniff mir so hart in den Arm, dass es wehtat. Noch war ich jung, ich war fruchtbar, mein Leben war noch längst nicht zu Ende. Das wusste ich immerhin.

Als ich bei Kaja ankam, waren sie und Anni schon schlafen gegangen. Nur Liza war noch wach, sie saß mit ihrem Tagebuch und einer Tasse Tee am Küchentisch. Die Hunde stürzten schwanzwedelnd auf sie zu und wir ermahnten sie zur Ruhe.

»Was ist passiert?«, fragte Liza. »Du siehst total verstört aus. Möchtest du einen Tee?«

Wir setzten uns. Ich hatte das Gefühl, nach Hause zu kommen, von der Wärme in dieser Wohnung umfangen zu werden, ganz anders als in unserer großen, öden Villa. »Lukas hat mich betrogen«, sagte ich.

»Oi«, sagte Liza. »Was ist das für ein Gefühl?«

Ich konnte es nicht in Worte fassen. Ich war innerlich leer, wie erstarrt. Harte Stahlschienen auf einer glatten Schlittschuhbahn; undurchsichtige, graue Eismasse.

»Ich weiß nicht«, sagte ich. »Ich bin wie erstarrt.«

In diesem Moment brach ich zu meiner eigenen Überraschung in Tränen aus. Liza stieß ein mitleidiges Geräusch aus und streichelte meine Wange. Dann holte sie eine Daunendecke und wickelte mich hinein.

»Ich hätte es schon längst begreifen müssen«, sagte ich, als sie sich wieder gesetzt hatte. »Baby hat schon vor langer Zeit gesagt, dass es passieren würde. Und Baby irrt sich nie.«

Liza lachte.

»Nein. Baby irrt sich nie. Und wer ist die Frau, mit der er dich betrogen hat?«

»Sie heißt Ann-Charlotte«, sagte ich. »Sie ist auch eine Freundin von mir. Noch zu Silvester hat sie mich wegen ihres Typen um Rat gefragt und behauptet, ihn zu lieben. Was für ein Scheißgerede.«

»Aber macht das die Sache für dich nicht ein wenig einfacher?«, fragte Liza. »Auch wenn ich verstehen kann, wie schrecklich das gerade jetzt ist.«

Bevor ich antworten konnte, stand Kaja plötzlich in der Tür, besorgt, verschlafen und in einem viel zu großen T-Shirt. Lange, schmale Beine, knochige Ellbogen, Myriaden von Sommersprossen hießen mich durch die Dunkelheit willkommen.

»Was ist denn passiert?«, fragte sie schlaftrunken.

Bei ihrem Anblick legte ich den Kopf auf die Tischplatte und kniff die Augen zusammen. Liza erklärte und Kaja kam zu mir und nahm mich in den Arm. Eine Hand, die über meine Haare fuhr, ein Finger an meinen Augenbrauen. Dann nahm sie meine Teetasse und ergriff meine Hand.

»Komm. Wir gehen zu mir«, sagte sie.

Ich ließ mich in ihr Schlafzimmer führen. Kaja machte Licht und drückte mich im Bett an sich. Mein Kopf ruhte zwischen ihren Brüsten.

»Was ist dabei das Schlimmste?«, fragte sie.

Ich schüttelte den Kopf.

»Ich weiß nicht«, flüsterte ich. »Dass er gelogen hat, glaube ich. Dass er mich hinters Licht geführt hat, während ich die ganze Zeit mit offenen Karten gespielt habe.«

»Die Menschen sind eben unterschiedlich«, sagte Kaja.

Sie streichelte meine Haare, ließ ihre Fingerspitzen über meine Lippen wandern. Ruhige Stimme, weiche Haut, Sommersprossen, Sommersprossen, Sommersprossen. Ich schloss die Augen. Hinter meinen Lidern zitterten Farbtupfer, in meinen Ohren bebten die Töne.

»Jedenfalls müsst ihr jetzt miteinander reden«, sagte Kaja mit sanfter Stimme. »Ist das nicht an sich schon gut?«

»Doch«, sagte ich.

Ich blickte zu ihr hoch. Ihr Gesicht war von einer Seite beleuchtet, eine weiße Scheibe, der Halbmond in meinem privaten All.

»Jetzt bin ich allein«, sagte ich. »Jetzt gibt es nur noch dich und mich.«

Kaja gab keine Antwort. Sie streichelte mich einfach nur und lächelte.

***

Am nächsten Morgen stand ich früh auf und ging nach Hause. Ich fühlte mich nüchtern, ruhig, wütend. Die Konturen Stockholms zeichneten sich vor meinen Augen seltsam scharf ab, mit schwarzen Schatten und weißen Mauern und blassgrünen Kupferdächern. Wasserstraßen, Abzweigungen; ich folgte der Schnellstraße. Kaum hatte ich das Haus betreten, da ließ ich mich in den Sessel in der Diele fallen und rief Lukas in London an.

»Na gut. Was ist also passiert?«

»Eigentlich nichts Besonderes. Nur ...«

»WAS IST PASSIERT? Kannst du jetzt aufhören, herumzudrucksen und mir sagen, was los ist? Kannst du versuchen, ein wenig ehrlich zu sein? Ich war die ganze Zeit über offen zu dir, egal, wie du über mein Verhalten denkst.«

Er verstummte. Die beiden Hunde lagen vor mir auf dem Boden, jeder in seinem eigenen Halbkreis. Drei plus drei Kohlenstücke im gelben Fell, Auge, Auge, Nase, Auge, Auge, Nase. Es waren meine Hunde, die würde er mir nicht wegnehmen können.

»Ann-Charlotte und ich ... wir hatten – wir haben – ein Verhältnis«, sagte er.

»Seit wann das?«

Er zögerte mit der Antwort. Goldie leckte genussvoll eine ihrer Pfoten. Meryl seufzte tief und drehte sich auf die Seite.

»Eine Zeit lang.«

»Hör auf. Wie lange?«

»Zwei Monate.«

Zwei Monate.

»Wart ihr zu Neujahr zusammen?«

»Das weiß ich nicht mehr genau. Sophie, mach das hier nicht schwieriger, als es ohnehin schon ist.«

Ich schaute zur Decke hoch und gab mir alle Mühe, mich zu beherrschen. Er sollte schließlich nicht aus purer Angst schweigen.

»Das hier ist wichtig für mich, Lukas«, sagte ich mit freundlicherer Stimme. »Du kannst mir doch wohl genau sagen, was Sache ist.«

Er seufzte. Es knackte in der Leitung.

»Na gut. Zum ersten Mal ist es kurz vor Weihnachten passiert. Wir waren allein in London und wir waren beide traurig. Greger war gemein zu Ann-Charlotte gewesen, er hatte sie bedroht und versucht, sie zu schlagen und was weiß ich nicht noch alles.«

Wie unangenehm.

»Und ich war niedergeschlagen wegen uns beiden«, sagte Lukas jetzt defensiver, obwohl ich doch gar nichts gesagt hatte. »Ich meine, ich finde schon, dass du die Letzte bist, die mir Vorwürfe machen dürfte ...«

»Warum hast du nichts gesagt?«

Er gab keine Antwort. Die Frage blieb zwischen uns in der Luft hängen, über dem Wald, über dem Wasser, über den vielen Meilen, die Stockholm von Göteborg und Göteborg von London trennten.

»Ich habe dich vor zwei Wochen offen gefragt, ob du eine andere hast, falls du dich noch daran erinnern kannst, und da hast du ›Nein‹ gesagt. Du hast ironisch erklärt, nicht alle seien so wie ich. Warum? Ich war die ganze Zeit ehrlich zu dir. Warum warst du nicht ebenso aufrichtig?«

Er holte tief Atem.

»Ich glaube nicht, dass ich Rechenschaft über mein Verhalten ablegen muss. Nicht, nachdem du dich so aufgeführt hast.«

Ich holte tief Luft, um die Ruhe zu bewahren.

»Ich verstehe«, sagte ich. »Wir sehen diese Fragen offenbar ein wenig anders.«

»Mein Gott, Sophie«, sagte Lukas ungeduldig. »Was glaubst du, was es für ein Gefühl ist, von seiner Frau mit einer anderen Frau betrogen zu werden?«

»Das ist sicher schrecklich«, sagte ich. »Aber ich war dir gegenüber die ganze Zeit offen, seit dem Moment als ich damals nachts von ihr geträumt habe, noch bevor wir uns überhaupt geküsst hatten. Was glaubst du, was es für ein Gefühl ist, zu erfahren, dass mein Mann ein Verhältnis mit meiner Freundin hat? Und das seit Monaten, ohne auch nur ein Wort darüber zu verlieren? Begreifst du, wie lächerlich ich mich verhalten habe, als ich dir jeden Kuss präsentiert habe, jedes kleine Gefühl, damit du dich nicht hintergangen fühlst? Damit du das Recht behältst, eine Entscheidung zu treffen?«

Lukas schwieg.

»Das lässt sich nicht vergleichen«, sagte er endlich.

»Nein«, sagte ich. »Da hast du allerdings Recht.«

Wir schwiegen beide. Zwei fremde Planeten in einem stockfinsteren Universum. Wir hätten einander niemals begegnen dürfen, hatten ganz unterschiedliche Bahnen, drehten uns jeweils um unsere eigene Sonne.

»Sag mir eins«, sagte ich endlich. »Warum per Anrufbeantworter? Warum hast du es mir nicht persönlich gesagt, von Angesicht zu Angesicht? Oder gewartet, bis ich zu Hause war, um es mir direkt zu sagen, statt es auf Band zu sprechen?«

Lukas holte tief Atem.

»Wenn ich nicht angerufen hätte«, sagte er, »dann hätte Greger das gemacht. Und du solltest es auf jeden Fall zuerst von mir hören.«

Ich musste kurz und schnaubend lachen. Es klang fast wie ein Schniefen, höhnisch und traurig zugleich. Irgendetwas starb in diesem Moment, etwas, das nie wieder zum Leben erweckt werden könnte.

»Wie großzügig von dir«, sagte ich. »Mit anderen Worten, du hattest plötzlich Angst. Und wenn Greger euch nicht auf die Schliche gekommen wäre, dann hättest du weiterhin geschwiegen?«

»Ich glaube, wir sollten dieses Gespräch jetzt beenden«, sagte Lukas.

***

An diesem Tag war ich mit Björn im Restaurant der Königlichen Bibliothek zum Mittagessen verabredet. Wir hatten unser Treffen schon vor einiger Zeit abgemacht, doch als wir uns nun endlich sahen, war er nicht darauf vorbereitet, mich so wütend zu sehen. Meine Trauer war inzwischen einem tiefen Zorn gewichen.

»Verstehst du?«, fragte ich ihn empört. »Damit habe ich nun wirklich jeden Rest Respekt vor Lukas verloren. Finito. The end.«

»Ich kapiere nicht ganz, was du meinst«, sagte Björn. »Du hast ihn doch selbst mit einer anderen Frau betrogen. Das ist dann doch wohl kein Wunder?«

»Nein, das ist kein Wunder«, sagte ich. »Nicht seine Affäre an sich. Aber dass er mich belogen hat, das kann ich nicht ertragen. Ich habe ihn erst vor zwei Wochen gefragt, ob er ein Verhältnis hat.«

Ein Kellner brachte für Björn ein Bier und für mich ein Mineralwasser.

»Manche Leute würden wohl meinen, dass du etwas seltsame moralische Ansichten vertrittst«, sagte Björn leise und lächelte mich an.

Der Kellner verschwand.

»Findest du sie seltsam? Findest du es so unbegreiflich, dass ich auf Unehrlichkeit so reagiere?«

»Nein, das verstehe ich«, sagte Björn und nahm einen großen Schluck. »Meine Güte, tut das gut. Aber du vergisst, was du für ein Mensch bist. Dir fällt es leicht, über solche Dinge zu sprechen. Anderen fällt es schwer. Es muss für ihn ungeheuer schwierig gewesen sein, überhaupt irgend etwas zuzugeben.«

»Ja, aber Herrgott«, sagte ich. »Wie kann er mir denn so einfach ins Gesicht lügen?«

»Weil er schwach ist«, sagte Björn und deutete ein Lächeln an. »Iss jetzt was.«

»Ich hab keinen Hunger.«

»Du musst essen. Nichts wird besser, wenn du hungerst und dich damit interessant machst.«

Mir traten Tränen in die Augen, aber ich nahm einen Bissen. Björn schaute mich an und wischte sich den Mund mit der Serviette ab.

»Verzeihung«, sagte er. »Das war blöd ausgedrückt. Ich verstehe ja, wie schlimm das für dich ist. Aber diese Suppe hast du dir zweifellos selbst eingebrockt.«

»Erklär mir, was du damit meinst, dass er schwach ist.«

»Lukas war immer schon schwach. Und da ist er nicht der Einzige. Nur du willst immer so aufrichtig und stark sein. Das macht anderen Angst.«

Wieder lächelte er mich an.

»Auf diese Weise sind wir uns ähnlich, du und ich. Du hättest lieber mich heiraten sollen.«

Ich dachte an Lukas. Übrig war nur noch ein Rest, ein glattes Lächeln, ein gutes Aussehen, das nichts bedeutete, einfach nichts.

»Heute Nacht hat meine Ehe geendet«, sagte ich.

Björn sah mich überrascht an.

»Aber liebe Sophie«, sagte er. »Die war schon lange zu Ende.«

Nach dem Essen fuhr ich mit dem Auto nach Hause, als ich plötzlich und vehement erkannte, was passiert war. In meinem Gehirn lief ein Bild nach dem anderen ab. Lukas und Ann-Charlotte nackt zusammen in einem großen Bett, aufeinander, ineinander, überall miteinander. Liebe. Sexualität, alles, was wir geteilt hatten, wurde jetzt zwischen ihnen geteilt. Mir wurde schlecht, ich merkte, wie ich am ganzen Körper zu zittern begann und ich bog in ein nicht weit von unserem Haus entferntes Wäldchen ab. Dort schaltete ich den Motor aus und ließ der Sache ihren Lauf. Ich weinte, ich heulte, ich schlug die Hände vors Gesicht. Das Radio lief und ich drehte es lauter, um nicht gehört werden zu können. Eine muntere Stimme erzählte von den Ereignissen des Abends: Kabarett in Mosebacke, Sonderkonzert einer bekannten Popgruppe, Straßenarbeiten in einem wichtigen Ausfahrtstunnel.

Meine Tränen waren heiß, sie brannten sich ihren Weg über meine Wangen. Lukas sonnengebräuntes Gesicht, im Hintergrund der Berg Åreskutan, während wir zusammen Ski liefen. Unsere tropischen Flitterwochen, heiß und feucht. Unser erster Besuch im Haus in Stocksund, wo Lukas sich den Finger in der Autotür eingeklemmt hatte. Lukas an einem späten Abend am Küchentisch, eine Hand zu mir ausgestreckt, ohne dass er von seinen Papieren aufgeschaut hätte. Seine Haare, die sich an seinen Schläfen lockten. Das Zimmer, das wir als Gästezimmer nutzten, das wir aber »Kinderzimmer« nannten, dort sollte unser erstes, zukünftiges Kind schlafen. Tage, viele Tage, die hinter uns lagen, voller Leben und Ereignisse, und Tage, endlos viele, die vor uns gelegen hatten, wie unbeschriebene Blätter, um mit Erlebnissen, Zwischenfällen, glücklichen Momenten, Unruhe, Freude, Kummer gefüllt zu werden. Das alles und unfassbar viel mehr rieselte wie Sand durch meine Finger, während ich zusah, und hinterließ nichts anderes als eine große Leere, eine Lüge, die zur Wahrheit wurde und damit alle diese Möglichkeiten auslöschte, als hätten sie niemals existiert. Und es war nicht nur die Tatsache, dass das Stundenglas zerbrochen war, sondern auch die Art, in der das geschehen war. Lukas.

Nach langer Zeit strömten meine Tränen nicht mehr so heftig. Ich schaute mich um, putzte mir die Nase, ließ den Motor an und fuhr nach Hause. Es war ein kühler, klarer Aprilnachmittag. Meine Gedanken wurden klar. Ann-Charlotte war meine Freundin gewesen und sie hatte nichts mit Kaja zu tun. Wie hatte sie mir das antun können? Und wie konnte Lukas es Greger antun? Ich hielt vor unserer Auffahrt, dann ging ich ins Haus, setzte mich vor den Computer und versuchte vergeblich, eine Zeitlang zu arbeiten. Ich konnte den Computer nicht einmal einschalten, meine Gedanken waren weit weg. Lukas kam mir jetzt weniger wichtig vor, stattdessen kreiste ich um Ann-Charlotte. Eine Wut, die ungeahnte Ausmaße anzunehmen begann, wuchs in mir heran. Alle Umarmungen, alle vertrauten Gespräche, jedes Lachen, das wir geteilt hatten. »Du gehörst zu meinen besten Freundinnen«, hatte sie einmal gesagt. Ihre Lippen, rot und lächelnd. »Was sollte ich ohne dich machen?« - »Du bist mir eine so große Hilfe.« Und wie war das zu Silvester gewesen? »Bitte, Sophie ... ich weiß nicht, was ich machen soll ... ich liebe ihn ... du verstehst dich doch so gut mit ihm.«

Dann hörte ich Gregers Stimme.

»Ich spüre, dass sie mich betrügt.«

Meine Hände zitterten. Mehrere Male griff ich zum Hörer, um Ann-Charlotte anzurufen, aber jedes Mal war ich dermaßen überwältigt von meiner Wut, dass ich es doch nicht tat. Es war vier Uhr, als dann plötzlich das Telefon schellte, und ich fuhr vom Stuhl hoch. Der Computer starrte mich mit seinem schwarzen Bildschirm an. Es kam mir unwirklich vor, dass mich in diesem Moment jemand erreichen konnte. Ohne zu Zögern nahm ich den Hörer ab, statt den Anrufbeantworter laufen zu lassen, und ich staunte darüber, dass meine Stimme so klar klang, fast normal.

»Hallo?«

Ein Knistern. Auch dieser Anruf kam aus London; der Anruf, den Lukas befürchtet hatte, der, der ihn dazu gebracht hatte, die Nachricht auf meinem Anrufbeantworter zu hinterlassen. Es war Greger.

»Sophie. Weißt du, was passiert ist?«

Der blondgelockte, herzensgute Greger. Norrländisch solide, norrländisch nervös. Er hörte sich ziemlich fertig an. Vielleicht hatte er getrunken. Ein Wunder wäre das ja nicht.

»Ja«, sagte ich. »Ich habe es heute Nacht erfahren, als mein Mann mit eingekniffenem Schwanz meinen Anrufbeantworter angerufen hat, damit du ihm nicht zuvorkommst.«

»Ich bring den Arsch um«, sagte Greger. »Ich bring sie beide um.«

Wenn so etwas überhaupt irgend jemandem zuzutrauen war, dann Greger. Und Lukas und Ann-Charlotte wussten das natürlich auch.

»Reg dich jetzt ab«, sagte ich. »Wenn du eine Dummheit begehst, dann triffst du damit nur dich selber. Versuch lieber, Ruhe zu bewahren. Wie lange weißt du es schon?«

»Seit gestern«, sagte Greger. »Jetzt sind sie verschwunden. Sie haben aus beiden Hotels ausgecheckt. Verdammt, ich weiß nicht, wie ich sie finden soll.«

Und dann fing er plötzlich und unerwartet an zu weinen. Mich überkam der brennende Wunsch, ihn zu trösten und ich musste die Zähne zusammenbeißen.

»Das ist wirklich blöd«, sagte ich.

Meine Stimme hörte sich ruhig an, um einiges ruhiger, als mir zumute war.

»Verdammt«, sagte Greger wütend. »Warum musstest du auch diese Frau kennen lernen? Das hat alles kaputtgemacht.«

Ich erstarrte. Eine Sekunde lang glaubte ich, doppelt zu sehen. Zwei Becher mit Gary-Larson-Cartoons, zwei Manuskriptstapel, zwei Armbanduhren. Vier gelbe Hunde.

»Woher weißt du das?«

»Weil Lukas mit Ann-Charlotte darüber gesprochen hat. Sie haben beschlossen, dass sie beide ungeheuerlich zu bedauern sind, und dann ist es eben passiert. Im Büro wissen es auch noch andere. In Stockholm übrigens auch, in eurem Freundeskreis.«

Ich lächelte vor mich hin, es war ein Lächeln voller Verachtung und Überraschung.

»Lukas hat also darüber geredet. Mich hat er gebeten, niemandem ein Wort zu sagen, aber er selbst hat geredet.«

»Ich weiß es jedenfalls schon seit einigen Wochen. Über dich wird ziemlich viel geklatscht.«

Something to talk about. Plötzlich begriff ich, warum ich in letzter Zeit so selten ein Gerücht gehört hatte, warum mein Telefon seit Wochen so ungewöhnlich stumm blieb. Sie redeten über mich. Scheiß-Lukas. Der Klatsch unter Bekannten war mir egal, aber meine engen Freunde, die, denen ich ihn vorgestellt hatte, die mir etwas bedeuteten, mit denen ich zuerst sprechen wollte, unter vier Augen. Und das hatte er mir genommen.

»Ich bring ihn um«, sagte Greger noch einmal.

Mit größter Mühe kehrte ich zu meinem Gespräch mit Greger zurück. Sein Vorhaben schien mir nicht mehr so abwegig zu sein.

»Denk lieber an dich«, sagte ich jedoch. »Das ist das Einzige, was du tun kannst.«

Greger schwieg, aber ich konnte ihn atmen hören, schwer und unregelmäßig. Immerhin weinte er jetzt nicht mehr.

»Warum eine Frau?«, fragte er plötzlich streitsüchtig.

Auf diese Frage war ich durchaus vorbereitet, es war die erste in einer langen, langen Reihe. Zahllose und langwierige Diskussionen würden auf mich zukommen.

»Warum eine Frau?«, wiederholte ich langsam, wie an mich selbst gerichtet. »Warum geht die Sonne auf? Warum gibt es am Himmel Sterne? Warum hat Lukas dunkle Haare? Ich hab mich in sie verliebt.

So, wie ich mich sonst in Typen verliebt habe.«

»Warst du immer schon so?«, fragte Greger.

Ich musste einfach kurz lachen.

»So?«, fragte ich. »So eine, die sich in andere Menschen verliebt? Ja, so war ich immer schon. Aber bisher war es noch nie eine Frau.«

Greger begann wieder, sich darüber auszulassen, was er machen würde, wenn er Ann-Charlotte und Lukas erst gefunden hätte, und ich merkte plötzlich, dass ich nicht länger mit ihm sprechen wollte. Wir legten auf und ich ging in die Küche und machte mir einen starken Kaffee. Langsam kehrte mein Zorn zurück, jetzt mit voller Wucht, und er richtete sich auf Lukas und Ann-Charlotte gleichermaßen. Ich hätte in die Welt hinausschreien können, wie wütend ich war. Aber was hätte das genutzt? Ich war als Erste untreu gewesen; dass ich Lukas gegenüber mit offenen Karten gespielt hatte, spielte keine Rolle, da mein Ehebruch vor seinem gelegen hatte. Außerdem war ich mit einer Frau zusammen gewesen. Damit stand allgemein fest: Ich war schuld. Ich war unmoralisch, ich war nicht normal.

Ich ging wieder zum Telefon und rief Kaja an.

»Bist du da?«, fragte ich. »Hier bebt die Erde.«

»Schweinchen. Natürlich bin ich da.«

»Ich meine, bist du wirklich da?«

Pause. Ihr Atem in meinem Ohr, wie eine wortlose Liebkosung.

»Ja, ich bin wirklich hier.«

Abends fuhr ich wieder zu Kaja und wir machten mit den Hunden einen Spaziergang. Es wehte ein kalter Wind und große Wolkenfetzen jagten am Mond vorbei. Wir sagten nicht viel, aber ich hatte die Hand tief in ihrer Tasche vergraben. Die Welt war ein seltsamer, unbegreiflicher Ort, an dem mein Platz nicht selbstverständlich war. Ich konnte nur einen Tag nach dem anderen angehen, ein Ereignis nach dem anderen, ein Gefühl nach dem anderen, und dabei hoffen, dass ich »nach Hause« finden würde. Was immer dieses »zu Hause« nun sein mochte.

***

Am nächsten Tag schaltete ich den Computer ein, danach rief ich Ann-Charlotte an. Ich erwischte sie im Büro. Sie hatte offenbar nicht mit meinem Anruf gerechnet.

»Hallo. Hier ist Sophie.«

»Sophie! Ich ... wie geht es dir?«

Kurze, schwarze Haare. Brüste, die sich hoben und senkten, ein tiefes Dekolleté. Englische Chefs, Gin Tonic vor dem Mittagessen. »You are such an exceptional woman.«

»Was glaubst du?«, fragte ich. »Wie geht's dir denn selbst?«

Sofort fing sie an zu weinen. Ich hörte sie auf Englisch zu irgendjemandem sagen, es sei okay, dann wurde eine Tür geschlossen.

»Es tut mir Leid, dass es so gekommen ist, Sophie«, schluchzte sie. »So war das nicht gemeint.«

»Nicht so gemeint? Wie war es denn gemeint? Dass du weiter mit meinem Mann ins Bett gehen würdest, ohne mich davon in Kenntnis setzen zu müssen?«

»Du hast ihn schrecklich verletzt. Er brauchte mich.«

Große Augen voller Tränen. Wie hatte ich nur so dumm sein können, auf ihre Tricks, ihre Heuchelei, ihre gespielte Freundschaft hereinzufallen?

»Erspar mir das«, sagte ich. »Jetzt will ich über dich und mich reden, über unsere Freundschaft. Ich glaube, ich weiß nicht so recht, wer du bist. Erklär mir Silvester.«

»Was?«

»Silvester. Wie konntest du mich wegen Greger um Rat fragen und mir in die Augen schauen, während du gleichzeitig hinter meinem Rücken ein Verhältnis mit Lukas hattest? Damals hattest du doch schon mit ihm geschlafen.«

Sie schwieg einen Moment.

»Hat er das gesagt?«

Vorsichtsmaßnahme. Sie wusste nicht, wie viel sie zugeben musste. Es war erbärmlich.

»Ja. Ann-Charlotte, das hat er gesagt; ich versuche nicht, dir ein Geständnis zu entlocken. Er hat erzählt, dass euer Verhältnis kurz vor Weihnachten begonnen hat, und jetzt reden wir von Silvester. Oder was?«

Sie atmete zitternd ein.

»Für dich ist alles so leicht«, sagte sie, und ihre Stimme hatte jetzt einen bitteren Tonfall angenommen, der sie echter klingen ließ. »Du gehst einfach geradeaus durchs Leben und dir gelingt alles. Lukas und ich sind nicht so.«

Lukas und sie?

»Und wie, wenn ich fragen darf, seid ihr, du und Lukas?«

»Können wir dieses Gespräch nicht beenden? Ich will nicht mit dir reden, wenn du so aggressiv bist.«

»Beantworte lieber meine Frage. Wie seid ihr also?«

»Ich weiß nicht! Vielleicht sensibler als du. Nicht immer so geradeheraus, nicht so verdammt überzeugt von der eigenen Vortrefflichkeit.«

Ich betrachtete einen Riss im Boden. Das würde ich jetzt die ganze Zeit zu hören bekommen; dass alles meine Schuld sei, weil ich so geradeheraus war. Überzeugt von meiner eigenen Vortrefflichkeit, selbstgerecht, weil ich die Karten auf den Tisch legte und anderen die Möglichkeit gab, ihre eigenen Entscheidungen zu treffen. Plötzlich kam ich mir schwach vor, einsam, klein.

»Ich war eine Idiotin«, sagte ich leise. »Ich habe dich für meine Freundin gehalten.«

Ich hörte mich pathetisch an.

»Aber das bin ich doch, Sophie!«, sagte Ann-Charlotte. »Glaub mir, ich BIN deine Freundin!«

Eine neue Hoffnung in der Stimme. Sie hatte wahnsinnige Angst. Ich hatte genug gehört.

»Ich glaube nicht, dass wir dieselbe Definition von Freundschaft haben, du und ich«, sagte ich gelassen. »Lebwohl, Ann-Charlotte.«

Dann legte ich auf.

***

Es schienen nur wenige Sekunden vergangen zu sein, als das Telefon wieder klingelte. Es war Lukas, angetrieben von einem heiligen, selbstgerechten Zorn.

»Was hast du zu Ann-Charlotte gesagt? Sie ist total aufgelöst!«

Und heulte im Büro an seiner Schulter. Das Mitgefühl der Sekretärinnen, zärtliche Blicke und Kleenex. Die lesbische Gattin in Stockholm, ein Monstrum in Frauengestalt.

»Wenn Ann-Charlotte nicht ganz in Form ist, dann hat das wohl kaum mit mir zu tun.«

»Lass sie in Ruhe!«

Lukas, der Ritter ohne Furcht und Tadel. So viel Energie hatte ich an ihm schon lange nicht mehr erlebt. Jedenfalls hatte er sie meinetwegen nicht aufgebracht.

»Es tut mir Leid, dich daran erinnern zu müssen, Lukas, aber Ann-Charlotte und ich waren bis vor sehr kurzer Zeit eng befreundet und hatten eine ganz spezielle Beziehung. Dass sie mir ins Gesicht gelogen hat, hat deshalb sehr wenig mit dir zu tun.«

»Du lässt sie in Ruhe.«

Ich richtete meinen Blick auf einen bestimmten Punkt auf dem Teppich. Plötzlich kam mir alles sauber und schlicht vor, wie frischgefallener Schnee auf einem großen, sonnenbeschienenen Feld, früh am Morgen, ehe irgendwer dort seine Spuren hinterlassen konnte. Doch, ein Hase vielleicht. Aber nur einer. Vogelgezwitscher in der Ferne, irgendwo hoch oben in einer Tanne. Klarblauer Himmel. Zwei Grad unter Null.

»Lukas«, sagte ich langsam. »Ich will dich so bald wie möglich aus dem Haus haben. Klingt das in deinen Ohren vernünftig?«

Im Stillen dankte ich meinem Vater, weil er mir damals dermaßen wegen Gütertrennung in den Ohren gelegen hatte. Das Haus gehörte mir; Lukas war nicht einmal Mitbesitzer. Jetzt schnaubte er laut.

»Mach dir keine Sorgen«, sagte er. »Ich habe der Firmenleitung schon mitgeteilt, dass ich so schnell wie möglich nach London ziehen werde.«

Er knallte den Hörer auf die Gabel, vermutlich, um sofort zu Ann-Charlotte zurückkehren und sie zu trösten.

***

Wir hatten hier monatelang in einem Vakuum gelebt, in dem nichts passiert war, außer dass sich die Beziehung zwischen mir und Kaja – und offenbar auch die zwischen Lukas und Ann-Charlotte – vertieft hatte. Lukas und ich waren einander höflich aus dem Weg gegangen, und die kleinen Vorstöße, die wir beide unternommen hatten, um uns wieder anzunähern, waren von beiden Seiten gleichermaßen erfolgreich ignoriert worden. Aber jetzt überstürzten sich die Ereignisse. Nach meinem Gespräch mit Lukas lag ich die ganze Nacht wach und hatte das Gefühl, dass mein Körper aus lose zusammengesetzten Teilen bestand. Mein Gehirn war wie ein Kaleidoskop, in dem sich dieselben Überlegungen und Eindrücke zu immer neuen und unbeständigen Formationen zusammenfügten.

In der Morgendämmerung stand ich auf und machte eine Liste mit dem, was jetzt zu erledigen war. Ich musste Lukas' Habseligkeiten aus dem Haus schaffen. Einen Makler mit dem Verkauf der Villa beauftragen. Mit Kaja darüber sprechen, zusammenzuziehen oder mir eine eigene Wohnung suchen. Trotz meiner schlaflosen Nacht war ich überraschend ruhig, tatkräftig und methodisch; ich spürte, dass ich trotz allem über einen funktionierenden Körper verfügte. Die Küche sah aus wie immer, die Kaffeemaschine stand an ihrem Platz und arbeitete vorschriftsmäßig, die Hunde umsprangen mich mit erhobenen Vorderpfoten und wollten Futter, danach liefen sie aus dem Haus und bellten wie jeden Morgen alle an, die dort vorbeikamen.

Die folgende Woche verflog, unwirklich, aber erfüllt von konkreten Aufgaben. Ich rief Lukas' Brüder an, sie kamen gemeinsam und besprachen die Lage mit mir. Lukas und ich führten mehrere ruhige, vernünftige Telefongespräche und einigten uns über die praktischen Details. Er kam zum Wochenende nach Hause und fing an zu packen, und als er am Montagmorgen nach London zurückkehren musste, machten seine Brüder weiter. Als alles verstaut war, bestellten wir einen Möbelwagen, und eine Woche später war von Lukas keine Spur mehr vorhanden. Plötzlich war das Haus halbleer und ich saß eines Abends gegen halb sieben auf dem blanken Parkettboden des Wohnzimmers – die Sofas hatten ihm gehört – und kniff mich in den Arm. Es war unfassbar, aber wahr: Lukas und ich trennten uns und später würden wir uns natürlich scheiden lassen. Das Leben stand auf dem Kopf und ich musste mich nun an diesen neuen Zustand gewöhnen.

Der Boden war hart und kalt, das ganze Zimmer sah aus meiner neuen Perspektive anders aus, jetzt, wo die Hälfte der Möbel verschwunden war. Die Bilderrahmen waren unten nicht verstaubt – das gehörte zu den Dingen, die mir jetzt auffielen. Baby stand in der Küche und kochte Kaffee; sie hatte in der vergangenen Woche auf eigene Initiative bei mir gewohnt, um mir bei den praktischen Dingen zu helfen, auch wenn uns beiden klar war, dass sie wohl eher an den emotionalen Aspekt der Sache dachte. Aber meine Gefühle waren auf Null gestellt. Ich hatte nicht mehr geweint, seit ich mit dem Auto auf dem Waldweg gestanden hatte. Meine

Augen waren seltsam trocken, keinerlei Reaktion stellte sich ein. Ich war nur erfüllt von der Überzeugung, dass das, was ich hier tat, richtig war, durch und durch richtig.

»Am Ende des Ganzen wirst du ein neuer und glücklicherer Mensch sein«, sagte Baby, als sie den Kaffee brachte.

»Ich habe nicht vor, schon jetzt irgendwelche Schlussfolgerungen zu ziehen«, sagte ich, und dieses eine Mal hatte Baby keine Antwort parat.

Kaja und ich hatten kaum Zeit, uns zu treffen, so viel musste ich erledigen. Aber wir telefonierten jeden Abend bis zum Einschlafen und am folgenden Samstag trafen wir uns bei Lasse, einem Lokal im Park bei Hornstull, das soeben für die neue Saison eröffnet hatte. Es war ein warmer Aprilnachmittag und wir saßen draußen im Park. Der Wind spielte in Kajas Haaren, über dem Tuch, das sie sich als Stirnband umgebunden hatte. Ihre Hände waren schön, fein geformt, geädert; an einer steckten auf allen Fingern Silberringe. Sie bedeckte meine Hand mit ihrer, hob sie an ihren Mund, küsste sie und lächelte mich an.

»Zieh zu mir«, sagte sie. »Anni und ich reden schon seit einer Ewigkeit davon, dass sie ausziehen will. Sie möchte eine eigene Wohnung und jetzt hat sie wohl auch eine gefunden. Und du weißt, wie geizig ich bin. Ich werde dir ewig dankbar sein, wenn du die halbe Miete übernimmst.«

Sie versuchte zu scherzen, aber ich sah den Ernst in ihren Augen. Sie war erfüllt von Mitgefühl, von Liebe; ihr Mund war blass und ungeschminkt, mit schön geformten Lippen und nach oben gebogenen Mundwinkeln.

»Wird es unserer Beziehung den Todesstoß versetzen, wenn wir zusammenziehen?«, fragte ich.

Kaja zuckte mit den Schultern.

»Dann ist sie es nicht wert, dass wir dafür kämpfen«, sagte sie.

Wir schwiegen.

»Ich hab ebenso große Angst wie du«, sagte Kaja. »Vor allem, weil es so schnell geht. Aber wir müssen es ausprobieren, wenn wir die Antwort wissen wollen.«

Ich nickte langsam.

»Was machst du mit deiner Familie, deinen Freunden und allen anderen?«, fragte Kaja. »Hast du schon mit ihnen gesprochen? Wissen sie, dass wir zusammen sind, und dass du dich von Lukas getrennt hast?«

»Bisher habe ich nur mit Baby und Björn gesprochen«, sagte ich. »Aber Lukas scheint es in alle Welt hinausposaunt zu haben und Ann-Charlotte ist dazu fähig, notfalls ganz Schweden im Laufe eines Nachmittags zu informieren. Ich kann mir lebhaft vorstellen, wie sie im Moment jeden Arsch anruft. Sie will sicher ihre Version loswerden, ehe ich meine anbringen kann.«

Plötzlich wurde mein Kopf schwer, wie durch viel zu starken Blumenduft. Ich würde keine Möglichkeit haben, all meinen Freunden, die so wichtig für mich waren, selbst von den starken Gefühlen zu erzählen, die ich Kaja entgegenbrachte, darüber, wie wichtig sie in meinem Leben war. Alles würde bereits aufgedeckt sein, entlarvt; verdüstert von der negativen Version, die Lukas und Ann-Charlotte zu präsentieren beschlossen hatten. Aber daran konnte ich nicht viel ändern.

»Du kannst doch auch anrufen, wenn du willst«, sagte Kaja.

»Nein«, sagte ich. »Ich hab nicht vor, mich an Ann-Charlottes Sensationszug anzuhängen, nur, um ihr widersprechen zu können. Ich mach das später, bei denen, die mir wichtig sind.«

»Egal wie«, sagte Kaja und drückte wieder meine Hände, »jedenfalls bist du auf Västra Söder herzlich willkommen. Du und die Schweine.«

Ich schaute auf. Blaugrün, rußschwarz, ohne mit dem Blick auszuweichen. Ihre Augen meine Sterne; ich konnte mich daran nicht satt sehen.

Als ich an diesem Nachmittag nach Hause kam, hatte Josefin eine Nachricht auf dem Anrufbeantworter hinterlassen. Sie sagte nicht, worum es ging, sie bat mich nur um Rückruf. Sie klang besorgt, überrascht.

»Ich hab jede Menge Klatsch über dich gehört«, sagte sie, als ich mich meldete. »Ich sage allen, dass ich mir nichts anhören will, solange ich noch nicht mit dir gesprochen habe.«

»Okay«, sagte ich und ließ mich auf den Dielenboden sinken.

Auch der Telefonsessel hatte Lukas gehört.

»Wo soll ich anfangen?«

»Wo du willst«, sagte Josefin. »Wenn du nicht darüber sprechen willst, dann kann ich das auch verstehen. Aber der Klatsch breitet sich in der Stadt aus wie ein Lauffeuer.«

»Das meiste, was behauptet wird, ist sicher wahr«, sagte ich. »Lukas und ich trennen uns. Ich habe eine Frau kennen gelernt. Und Lukas hat ein Verhältnis mit Ann-Charlotte.«

Josefin blieb stumm.

»Soll ich rüberkommen und dir was zu Essen kochen?«, fragte sie endlich. »Ich bin ja keine Meisterköchin, aber ich habe zu Hause Spaghetti und tiefgefrorenen Spinat. Was sagst du?«

»Ja, bitte«, sagte ich und hörte, dass meine Stimme zum ersten Mal seit Wochen schwankte, »Tu das, bitte, bitte tu das.«

Josefin kam, kochte und übernachtete bei mir. Wir saßen am Küchentisch und redeten bis tief in die Nacht hinein. Ich sah ihr Gesicht im Schein einiger Kerzen und ich spürte, dass es mitten in allem Elend doch immer Lichtpunkte gab, Menschen mit Rückgrat, Leute, die man noch immer achten und mögen konnte. Und in diesem Moment kam mir das wichtiger vor als alles andere.

Dann war es Zeit für den nächsten Schritt. Ich sprach mit meinen Eltern und einer Spedition und gemeinsam räumten wir innerhalb von zwei Wochen das Haus aus. Anni nutzte die Gunst der Stunde und übernahm eine Wohnung im östlichen Söder, während ich mit einigen Möbeln bei Kaja einzog. Meine übrigen Sachen brachten mein Vater und ich zu meinen Eltern auf den Dachboden. Der Monat Mai verstrich, ohne dass ich es bemerkte. Die Blüte der Traubenkirschen kam und ging, meine Lieblingsblüten, aber ich war absolut nicht dabei. Der Frühling schien zu kommen, zu verblühen und zu verschwinden, während ich beim Makler und in der Spedition und beim Anwalt saß. Mein Makler war effektiv und munter und gab große Annoncen für diese gemütliche Villa in Stocksund auf. Witzigerweise und ganz unerwartet hatten wir sofort Erfolg. Schon nach zwei Wochen war die Villa an eine sympathische Familie mit zwei hellblonden Kindern und einem irischen Setter namens Lucky verkauft, der sofort sein neues Revier markierte. Von Lukas und meinem gemeinsamen Leben im Haus waren keine greifbaren Spuren mehr vorhanden.

***

Alle Gefühle in mir legten eine Pause ein, bis auf meine Liebe zu Kaja, zu meiner Familie und meinem engsten Freundeskreis. Gefühlsmäßig war ich erschöpft und bis aufs Skelett abgemagert; nur wesentliche, positive Dinge hatten noch Platz. Hass, Trauer, Wut, Sehnsucht; für keines dieser Gefühle hatte ich noch Energie oder Raum. Meine Eltern machten sich schreckliche Sorgen um mich, aber sie unterstützten mich zugleich in meinem Entschluss, Lukas zu verlassen und das Haus zu verkaufen. Bekannte riefen von überall her an und wollten reden; mein Anrufbeantworter piepte wie besessen, ich hatte eine extrem lange Liste von Anrufen, die ich beantworten musste, brachte es aber einfach nicht über mich. Ich beschloss, dass Kaja, die Familie, meine Freunde und die Arbeit die Einzigen waren, die meine Zeit belegen durften. Ansonsten isolierte ich mich von meiner Umwelt.

Mitte Mai fuhren Kaja und ich nach Kopenhagen und verbrachten einige Tage in einem romantischen Hotel. Wir liefen durch Strøget, saßen in Nyhavn und tranken Bier, aßen Softeis mit Schaumkugeln. Mitten auf dem Kongens Nytorv zog ich sie an mich und küsste sie vor aller Augen, zum ersten Mal an einem öffentlichen Platz. Leute blieben stehen und starrten. Kaja musterte mich mit ihrem intensiven Blick.

»Ganz schön mutig, was?«, fragte ich.

»Ungeheuer mutig«, sagte Kaja, legte mir die Hand um den Nacken und erwiderte meinen Kuss.

Als wir uns wieder losließen, ging mir auf, dass Leute uns anschauten. Nicht alle, die meisten ignorierten uns einfach. Für die, die uns anstarrten, hob ich die Augenbrauen und lächelte. Sie wendeten den Blick verlegen ab und gingen weiter.

Ich nahm Kajas Hand und so durchquerten wir Strøget. Ich liebte sie, sie war meine Freundin, wir hatten nichts zu verbergen. Zugleich hämmerte mein Herz, ich hatte schreckliche Angst davor, Bekannten zu begegnen. Es könnte doch jemand aus Schonen beschlossen haben, an einem so sonnigen Tag im Mai einen Ausflug nach Kopenhagen zu unternehmen, und Lukas und ich waren ja noch nicht geschieden. Nach einer Weile trug der Stolz dann den Sieg davon und bezwang die Angst in meiner Brust. Das hier war meine Freundin, das hier war meine Beziehung; dazu stand ich. Ich liebte sie. Zum ersten Mal bewegten wir uns durch die Öffentlichkeit, ohne unsere Liebe zu verstecken.

Bei Kaja in Stockholm richtete ich dann mein neues Arbeitszimmer ein – Annis altes Schlafzimmer –, mit Schreibtisch, Sessel, Teppich und Lampe, und baute meine technischen Geräte auf. Meine Kleider landeten nach und nach neben Kajas im Kleiderschrank. Plötzlich lebten wir zusammen. Es war rascher und leichter gegangen, als wir es erwartet hatten, und wir waren nicht darauf vorbereitet. Aber bis auf Weiteres gab es nur uns beide, die Hunde und das große Bett.

Anfangs schlief ich schlecht und das Schreiben fiel mir schwer. Ich hatte mein Telefon an Annis alten Anschluss angesteckt, aber meistens ging ich nicht dran und ließ den Anrufbeantworter ganz leise laufen, sodass ich nicht hörte, wer da anrief. Ich konnte mich der Umwelt nicht stellen, ich konnte kaum die Tatsache ertragen, dass meine Blazer und Ballkleider neben Kajas zerfetzten Jeans hingen, genau wie in meinem Tagtraum, jetzt jedoch in Wirklichkeit, ohne die Möglichkeit gehabt zu haben, sich miteinander in Ruhe bekannt zu machen.

Einen Großteil meiner Zeit verbrachte ich bei meinen Eltern auf dem Land. Auf dem Dachboden fand ich meine alten Fotoalben. Es war an einem schönen Abend Anfang Juni, ich setzte mich auf den Boden und blätterte eines nach dem anderen durch. Als ich die letzte Seite erreicht hatte, hatte ich das Gefühl, dass ich jetzt sterben könnte, es würde mir nichts ausmachen. Ich hatte ein ungeheuer witziges und ereignisreiches Leben geführt, nichts würde das noch ändern können. Dankbarkeit und Wehmut erfüllten mich bei dem Gedanken daran, was ich erlebt hatte, an Freunde, die jetzt tot oder weit fortgezogen waren, an alle, die ich liebte, die im Ausland wohnten und die ich nur einmal im Jahr sah.

Und plötzlich schien in mir ein Schlüssel umgedreht zu werden, eine Tür wurde geöffnet und alle Gefühle konnten frische Luft schnappen. Hass, Zorn und Trauer brachen aus mir heraus wie Lava aus einem Vulkan und ich hätte mich fast übergeben wollen. Mich erfasste eine schreckliche Angst, ich sprang auf und hielt mich an der nächsten verstaubten Tischplatte fest. Der Raum schwankte und wogte, ich hatte das Gefühl, jeden Moment sterben zu können; Übelkeit und Angst ließen meinen Körper beben. Dann verschwand die Angst so schnell, wie sie gekommen war und ließ mich abermals voller Ruhe zurück, aber mit zitternden Händen und Schweißtropfen auf der Stirn.

Durch das ungeputzte Dachbodenfenster sah ich meine Mutter mit einem Wäschekorb unter dem Arm über den Hofplatz gehen. Ein bleicher Junimond hing über den Tannenwipfeln. Das war also jene Panik, mit der ich rechnen musste, rasch, intensiv und beängstigend unbehaglich, aber vergänglich. Niemand konnte mir helfen, das war klar. Das hier war eine Katharsis, mit der ich selber fertig werden musste. Ich schloss das letzte Album mit zitternden Fingern und versuchte, mich daran zu erinnern, was meine Angst ausgelöst hatte. Vermutlich der Blick in die Fotoalben, das Gefühl, Rückschau zu halten, mit alten Freuden, mit Kummer und mit unwiderruflichen Entscheidungen. Mir fiel meine Aufgabe für die nächste Therapiestunde ein.

»Stell dir vor, dass du mit fünfundsechzig Jahren in den Spiegel schaust und zufrieden damit bist, was du erreicht hast und wo du dich befindest«, hatte Håkan gesagt. »Was willst du sehen, wenn du zurückblickst? Und wie soll dein Leben dann aussehen?«

Ich hatte sehr viel über diese Frage nachgedacht, hatte aber keine wirkliche Antwort finden können. Jetzt, auf dem verstaubten Dachboden, mit der Angst, die mir noch im Rücken saß, kam mir das plötzlich und unerwartet wie eine gute Gelegenheit vor.

Mit fünfundsechzig wollte ich ausgeglichen sein und in einer guten und funktionierenden Liebesbeziehung leben. Ich wollte viel Kontakt zu engen Freunden haben, dazu eigene Kinder, die mich mochten und respektierten und für die ich ebenso empfand. Ich wünschte mir eine anregende Arbeit, mit der ich auch im Rentenalter weitermachen könnte, dazu eine politisch aktive Funktion in der Gesellschaft, durch die ich eine Rolle einnehmen konnte. Ich wollte mit Tieren und im Einklang mit der Natur leben. Ein wichtiger Wunsch war, bis dahin meinen Verfolgungswahn und meine Angst vor dem Alleinsein besiegt zu haben, außerdem sollte meine Beziehung aus Freude und freier Entscheidung entstehen und nicht durch Zwang oder Konvention. Und dann wollte ich mich mit dem Tod auseinander gesetzt haben und ihn nicht mehr dermaßen fürchten. Ich wollte Kummer weiterwandern lassen, während Liebe und Freude blieben; ich hoffte, geschätzt und geliebt zu werden und viel geliebt zu haben.

Das war ein ziemlich langer Wunschzettel, aber er kam mir durchaus erfüllbar vor.

War Kaja der Mensch, mit dem ich im Alter von fünfundsechzig Jahren zusammenleben wollte? Das wirkte nicht unvorstellbar. Aber die Frage nach einer Lebenskameradin bezog sich mehr auf das Hier und Jetzt als auf ein zukünftiges Sicherheitsnetz; ich konnte mich nicht für ewig an Kaja oder auch an irgendeinen anderen Menschen binden. Lukas und ich hatten es versucht – es ging nicht. Wichtig war stattdessen, Bindungen zu Menschen einzugehen, die mich wachsen lassen, die keine Angst davor haben, für ihre Meinungen und Gedanken einzustehen, die mit ihren Taten ein Ziel verbinden. Solche Menschen brauchte ich zumindest in meiner Nähe, um selber zu einem mutigeren Menschen zu werden und das zu schaffen, was ich mit meinem Leben vorhatte; ich brauchte das sehr viel dringender als ein Versprechen in einer Kirche und einen Trauring an meinem Finger. Und in dieser Hinsicht machte es keinen Unterschied, ob ich dreiunddreißig war oder fünfundsechzig.

Inzwischen war die späte Sommerdämmerung über den staubigen Dachboden hereingebrochen. Mein Vater hatte mir eine Lampe mit langer Schnur mitgegeben und jetzt zog ich den Stecker aus der Wand. Normalerweise wäre ich nicht im Halbdunkel allein auf dem Dachboden geblieben. Aber jetzt erfüllte mich eine neue, seltsame Ruhe, vielleicht als Folge der Angst von vorhin. Der Hofplatz war leer, aber der blasse Mond hing noch immer über dem Wald und zeichnete sich immer stärker vor dem veilchenblauen Himmel ab. Ich sah das warme Licht, das aus den Fenstern des Wohnhauses schien. Blühende Büsche umgaben das Haus auf mehreren Seiten, Flieder mit abwechselnd weißen und violetten Blüten. Ich ahnte ihren Duft noch hier oben auf dem verstaubten Dachboden.

Dann drehte ich mich um und schaute in die Dunkelheit. Als Kind hatte ich schreckliche Angst vor staubigen, dunklen Dachböden gehabt; dort hausten die Gespenster. Jetzt wartete ich, bis meine Augen sich an die Dunkelheit gewöhnt hatten. Langsam traten die Umrisse der Möbel hervor, manche zugedeckt, vergessen, seit vielen Jahren nicht mehr benutzt. Manche Gegenstände konnte ich nicht einmal identifizieren – Dinge, die für den Fall aufbewahrt wurden, dass irgendwer irgendwann Verwendung dafür finden würde. Viele schöne Dinge, aber auch allerlei Schrott; so war das wohl in allen Familien. Das hier war meine Familie. Ich lehnte mich gegen den Fensterrahmen und fühlte mich plötzlich ganz und gar geborgen. Die Luft war staubgeschwängert und roch nach Mottenkugeln. Das hier war unser Dachboden, in den Ecken gab es nichts Beängstigendes oder Gefährliches. Alles hier hatte eine Geschichte, einen Sinn, einen Zusammenhang mit der Vergangenheit und mit der Zukunft.

Lukas und ich saßen in meinem Auto und schauten auf Brunnsviken hinaus. Es war ein grauer Frühsommertag und morgens hatte es geregnet, aber jetzt war es trocken. In mir tobten widersprüchliche Gefühle, vor allem Trennungsangst, die mich seit kurzem belastete. Lukas trug

Jackett und Hose, keinen der Anzüge, die ich für ihn gekauft hatte, sondern einen ganz anderen; seine Füße sahen groß aus in den blanken, schwarzen Schuhen. Viel größer als Kajas. Er trug seinen Trauring nicht mehr. Ich sah seine behaarten Handgelenke. Männer sahen so aus, Frauen nicht, die hatten schmalere Handgelenke mit unsichtbaren Haaren. Aber Haare hatten sie auch.

»Ich will jedenfalls die Scheidung«, sagte er. »Ich habe alle Papiere bei mir.«

Das Weinen blieb mir im Hals stecken. Trennungsangst, ein leichtes Gefühl von Erniedrigung, weil er bereits alle Papiere besorgt hatte; meine Schwierigkeit damit, einen Entschluss zu fassen, stellte sich wie immer unmittelbar vor einer endgültigen Entscheidung ein. Zugleich war ich erleichtert, das hier wollte ich doch. Es wäre viel unangenehmer gewesen, wenn er gezögert oder vorgeschlagen hätte, es doch noch einmal miteinander zu versuchen.

Natürlich würden wir uns scheiden lassen. Aber ich konnte nichts dafür, dass mich plötzlich große Trauer überkam. Unsere Zukunft, alles, was wir noch vorgehabt hatten. Die Kinder, die wir uns gewünscht hatten – und deren Namen ich sogar schon ausgesucht hatte – und die Enkelkinder, die unser Alter hätten vergolden sollen. Das Haus, in dem wir wohnen und das wir gemütlich einrichten wollten, die Reisen, die wir geplant hatten, die Erlebnisse, die wir irgendwann miteinander teilen wollten. Zum ersten Mal seit ziemlich langer Zeit liefen mir Tränen über die Wangen. Lukas dagegen schien völlig unberührt zu sein.

»Bist du denn gar nicht traurig?«, fragte ich und wischte mir die Wangen ab.

Er war knapp, effektiv; sein Blick war irgendwo weit weg gefangen, an dem anderen Ufer der Bucht.

»Jetzt nicht mehr. Vorher war ich traurig, aber das ist vorbei.«

Er schaute weiter mit einem Lächeln aus dem Fenster, ich kannte ihn jedoch gut genug, um zu wissen, dass er im tiefsten Herzen doch betroffen war. Immer dieselbe Ruhe, dieselbe Fassade, positiv bis zum Letzten. Er würde mir die Papiere geben und danach zu seinem eigenen Auto hinübergehen, das Radio einschalten und losfahren und ganz bewusst würde er versuchen, mich mit jedem ihm zur Verfügung stehenden Mittel aus seiner Erinnerung zu tilgen.

»Zieht Ann-Charlotte auch nach London?«, fragte ich.

»Das weiß ich nicht«, sagte Lukas. »Ihr ist ein Job in New York angeboten worden.«

»In New York?«, fragte ich überrascht. »Wollt ihr dahin ziehen?«

»Nur sie ist gefragt worden«, sagte Lukas gelassen. »Wir werden sehen.«

Ich schwieg eine Weile. Kurze schwarze Haare, elegantes kleines Kostüm, tiefer Ausschnitt an der Ecke Madison und Fünfundvierzigste. Eine Frau in Bewegung, die einem Taxi winkt. »You are such an exceptional woman.« Lukas war auf diesem Bild nicht zu sehen und es war klar, dass er nicht weiter über Ann-Charlotte sprechen wollte.

Aber Greger, wie empfand Lukas denn nun für ihn? Erinnerungsbilder von beiden, an einem Septemberabend vor unendlich langer Zeit; beide balancierten Kaffeelöffel auf der Nasenspitze und lachten dabei schallend. Sie tanzten im Wohnzimmer, hatten die Arme umeinander gelegt und sangen »Like a virgin«.

»Und Greger?«, fragte ich. »Ihr wart doch befreundet.«

Lukas zuckte mit den Schultern.

»Das Leben geht weiter«, sagte er. »Man entwickelt sich in unterschiedliche Richtungen. Greger war ziemlich anstrengend, aber das ist dir wohl nie aufgefallen.«

Illoyalität einem Freund gegenüber, schlimmer als das, was er mir angetan hatte. Wieder blieb ich lange stumm.

»Wie denkst du eigentlich über alles?«, fragte ich endlich. »Es ist so wahnsinnig schnell gegangen. Kommst du da noch mit, rein gefühlsmäßig? Liebe, Freundschaft, ich selbst bin total verwirrt.«

»Ich nicht«, sagte Lukas glatt. »Ich habe in den vielen Monaten, in denen wir nicht miteinander gesprochen haben, so schrecklich viel über alles nachgedacht. Das hier ist ganz natürlich in mir herangewachsen.«

»Aber noch im April hast du immer wieder vorgeschlagen, dass wir uns im Sommer ein Haus auf einer Schäreninsel mieten sollten. Warum wolltest du das, wenn du deiner Sache doch so sicher warst?«

Ein Ausdruck von Gereiztheit huschte über Lukas' Gesicht.

»Wollte ich das?«, fragte er und schaute mich kurz an. »Naja. Vielleicht war ich mir doch nicht hundertprozentig sicher. Bist du jetzt zufrieden?«

»Zufrieden?«, fragte ich verwundert. »Warum sollte ich zufrieden sein? Ich versuche nur, zu begreifen, was passiert. Ich würde gern über alles mit dir sprechen, von Anfang bis Ende, um dich vielleicht verstehen zu können, um zu begreifen, warum alles so gekommen ist. Wie es möglich war, dass unsere Ehe nicht funktioniert hat, der Anlass, aus dem ich Kaja kennen gelernt habe, der Grund, weswegen du dich mit Ann-Charlotte zusammengetan hast.«

Lukas sah mich mit einem ruhigen Lächeln an. Seine Gereiztheit war wie weggeblasen.

»Rede du nur, wenn du das Bedürfnis danach hast«, sagte er und verschränkte die Hände vor seinem Knie. »Ich höre. Aber für mich ist das jetzt alles überstanden.«

Wie großzügig von ihm. Meine Trauer verwandelte sich plötzlich wieder in Wut.

»Ich wollte einen Dialog mit dir«, sagte ich. »Den haben wir, nach all diesen Monaten und Ereignissen, noch immer nicht geführt.«

Lukas zuckte mit den Schultern.

»Ich weiß nicht, was du willst«, entgegnete er mit leichter Ungeduld. »Ich habe nichts zu sagen.«

Ich seufzte.

»Her mit den Papieren«, sagte ich. »Wir reden ein anderes Mal darüber.«

Er gab mir die Scheidungspapiere, küsste mich auf die Wange und ging zu seinem Auto, genau, wie ich es mir vorgestellt hatte. Ich hörte, wie er den Motor anließ und das Radio voll aufdrehte, und ich sah, wie er losfuhr und dabei mit den Fingern auf das Lenkrad trommelte. Ich blieb sitzen. Ein einsamer Schwan flog langsam durch den Nieselregen über die öde Bucht. Ich hörte noch im Auto das Geräusch seiner Flügelschläge: kwa-kwa-kwo-kwa-kwa-kwo-kwo-kwa ... Das Wasser war grau, der Himmel auch. Der Schwan verschwand im Schatten des Waldes auf der anderen Seite, eine einsame Gestalt in Bewegung, mit seinem Spiegelbild auf der Wasseroberfläche als einzigem Begleiter, vermutlich auf Jagd nach einer Gefährtin. Vielleicht handelte es sich um einen Witwer oder eine Witwe. Schwäne sind monogam, sie haben im Leben nur einen Geliebten und dem sind sie treu bis in den Tod.

Lukas war verschwunden und der Himmel war grau. Kleine Regentropfen zogen einen Schleier über meine Windschutzscheibe. So hatte ich mir das letzte Gespräch vor der Scheidung nicht vorgestellt. Ich hatte mir ausgemalt, wie Lukas und ich endlich reden und weinen und ein für allemal die Luft reinigen würden; wir hätten alle Fragen stellen können, die uns zu schaffen gemacht hatten, und das sagen können, was wir uns bisher verkniffen hatten. Mein Kopf an seiner Schulter, seiner auf meinem Knie, eine Hand durch seine Haare. Greifbar die Liebe, die es eben doch gewesen war, deutlich die Freundschaft, die allen unseren gemeinsamen Entscheidungen und Erlebnissen zugrunde gelegen hatte. Ich hatte mit quälenden Behauptungen gerechnet und mit noch schmerzlicheren Antworten, hatte gehofft, die Karten offen auf dem Tisch liegen zu sehen, zusammen mit Neugier, Aufrichtigkeit. Mit anderen Worten: Was Lukas anging, so hatte ich nichts dazugelernt.

Wenn ich mich verhalten hätte wie früher, wenn unsere Rollen unverändert gewesen wären, dann hätte ich mich verantwortlich dafür gefühlt, dass diese Arbeit getan werden würde. Ich hätte Bewegung in die Sache gebracht, vermutlich, indem ich losgeheult hätte, hysterisch geworden wäre, ihn zu Gefühlen gezwungen hätte, ihm Anschuldigungen an den Kopf geworfen und ihn in jeder Hinsicht geistig erschüttert hätte. Aber diese alte Rolle passte mir jetzt nicht mehr, schon gar nicht um fünf vor zwölf in unserer Ehe; es war keine Rolle, die ich noch länger spielen wollte. Aber ich hatte mir auch nicht vorgestellt, dass wir auf diese Weise auseinander gehen würden. Ich hatte von unserer heutigen Begegnung etwas ganz anderes erwartet.

Andererseits, wenn es denn eine andere Seite gegeben, wenn Lukas sich auf neue, fremde Weise verhalten hätte, wenn er zur Kommunikation im Stande gewesen wäre, wenn er über seine Gefühle gesprochen, mit mir geweint, diese Fragen gestellt, von seinen Gedanken erzählt hätte; wenn unsere Begegnung an diesem Tag so verlaufen wäre, dann wäre alles anders gewesen. Das Wasser war grau, spiegelglatt, es lag unbeweglich vor mir: Ich war der einzige Mensch auf der Welt, gerade hier, gerade jetzt. Wenn Lukas sich anders verhalten hätte, dann hätten wir gar nicht erst mit den Scheidungspapieren hier im Auto gesessen, und die Papiere hätten garantiert nicht von einem zur anderen gewechselt. Zwischen mir und Lukas war alles so, wie es immer gewesen war, er hatte sich von Anfang an immer gleich verhalten.

Und damit war der Fall erledigt und unsere Ehe war beendet.

Teil 3
Der Ausbruch

1

Mit Kaja zusammenzuziehen, war eine der größten Herausforderungen, der ich mich jemals gestellt hatte. Leidenschaft, wütende Streitereien.

»Was machst du?«, fragte sie, als ich anfing, weiter Dinge auszupacken, die ich von meinen Eltern mitgebracht hatte.

»Ich ziehe ein.«

»Aber da kannst du sie nicht hinlegen.«

»Wohin denn dann? Hier liegt doch überall dein Kram herum.«

Dieser einfache Dialog führte zu einem Streit, der fast drei Stunden dauerte. Integrität, Überschreitung, Kompromiss. Was gehörte ihr und was mir? Und wo sollte nun eigentlich Platz für mich sein?

»Du grenzt mein Leben ein!«, schrie Kaja.

»Du musst doch unter diesen Umständen auch ein bisschen Rücksicht nehmen«, brüllte ich zurück.

Der Streit ging hin und her, Stunde um Stunde. Als wir dann endlich erschöpft und eng aneinander geschmiegt wie zwei blinde Katzenjunge im Bett einschlafen wollten, fanden wir uns aufs Neue – nicht sexuell, sondern wie zwei Menschen, deren Liebe im Moment nicht verbal zum Ausdruck kommen konnte. »Es tut mir Leid«, sagte Kaja am nächsten Morgen beim Frühstück.

Sie sah normal, nüchtern und ungeschminkt aus, mit einem trockenen Knäckebrot in der Hand.

»Ich will doch nicht, dass du dich unwillkommen fühlst. Ich werde die Hälfte aller Schränke und Schubladen frei räumen, das hätte ich schon längst tun sollen. Und du bekommst Annis Abstellraum.«

Sie biss in ihr Brot, dass es in der ganzen Küche krachte. Ich sagte nichts.

»Es ist nur so, dass ich es stressig finde, dass wir plötzlich zusammenwohnen, ohne irgendeine Vorbereitungszeit«, sagte sie nach einer Weile. »Aber ich begreife ja auch, wie hart das für dich ist. Ich will versuchen, dir zu helfen, so gut ich kann.«

Ich packte die nötigsten Sachen aus, der Rest konnte warten. Dann verschwand ich in meinem Zimmer – Annis altem Zimmer – und vertiefte mich in meine Arbeit. Sie war ein sicherer Zufluchtsort, die Arbeit. Die Hunde wanderten mit großen Augen und überrascht umher und schnupperten in den Ecken, sie schienen nicht begreifen zu können, wohin Herrchen verschwunden war und warum ihr Korb plötzlich in Kajas Wohnung stand.

Aber nach einigen Wochen hatte sich vieles gefunden und zwischendurch lachten wir über uns selbst; wir lachten und liebten und genossen es, zusammensein zu können, so viel wir wollten. Wir aßen auf dem Balkon Erdbeeren und Frühkartoffeln und tranken in den Nächten, die nie ein Ende zu nehmen schienen, kalten Weißwein. In meiner Brust gab es eine Leere, einen Hohlraum, wo die Sehnsucht nach Lukas hätte sein müssen. Aber sie war nicht da. Ich konnte Lukas nicht vermissen, wenn ich doch mit Kaja zusammenlebte. Sie war tiefgründig, wo er oberflächlich war, sie war anspruchsvoll, wo er nachgab, sie war eine Boxpartnerin, wo er mich gewinnen ließ, um mir dann Falschspiel vorzuwerfen. Bei Kaja war ich immer erschöpft, vor Liebe, Sex, Schlafmangel oder Streit. Aber alle Farben sahen klarer aus, alle Geschmacksempfindungen und Düfte waren intensiver als früher, jedes Gefühl in meinem Körper lebte sein eigenes Leben und nutzte jede Gelegenheit, um sich in Erinnerung zu rufen.

Das Scheidungsverfahren verlief parallel zu meinem Einzug bei Kaja. Ich war wie eine Schlange, die sich häutete, war empfindlich und wehrlos, war unsicher, wo das alles hinführen und was zum Vorschein kommen würde, wenn die alte Haut verschwunden wäre. Niemand konnte mit Sicherheit sagen, ob ich die gleichen Flecken, Streifen und Zickzackmuster wie zuvor aufweisen oder ob ich von einem neuen Gewand, einer neuen Haut überrascht werden würde, vielleicht sogar von einer, die besser zu mir passte.

An einem verregneten Sommernachmittag einige Tage später war ich mit Meryl in der Tierklinik Babarmossen gewesen, um einen Knubbel an ihrem Bauch untersuchen zu lassen. Der Knubbel hatte sich als harmlos erwiesen, aber Meryl hasste Tierärzte und Tierkliniken mehr als alles andere auf der Welt und keuchte und knurrte wie verrückt, sowie wir aus dem Auto ausgestiegen waren. Im Wartezimmer nahm sie entschlossen die Leine ins Maul und versuchte, mich aus der Tür zu ziehen, und als ihr das nicht gelang, setzte sich mit dem Rücken zum Zimmer in die Ecke und klapperte so laut mit den Zähnen, dass es überall zu hören war. Die Sprechstundenhilfe musterte uns belustigt über ihre Brille hinweg.

»Ein bisschen nervös«, sagte sie.

»Nur ein bisschen«, sagte ich mit aufgesetztem Lächeln.

Im Sprechzimmer war alles sehr schnell und absolut schmerzfrei vorüber, es waren nur einige einfache und vorsichtige Handgriffe nötig, dann jagte Meryl wie jemand der nur knapp dem Tod entronnen ist, mit der Leine im Maul hinaus. Jetzt lag sie total erschöpft neben mir im Auto, kniff die Augen zusammen und schnarchte laut.

Auf dem Armaturenbrett lag der weiße Briefumschlag, den ich einwerfen sollte – der von mir unterschriebene Scheidungsantrag. Es gab nichts mehr zu machen, ich hatte voller Überzeugung unterschrieben und den Umschlag zugeklebt. Jetzt musste ich ihn nur noch abschicken. Aber so albern es auch sein mochte; etwas in mir wollte ihn nicht in einen Briefkasten in der Nachbarschaft einwerfen, zum Beispiel in den, der Kajas Haus gegenüberstand. Ich wollte nicht riskieren, jedes Mal, wenn ich aus der Tür kam, denken zu müssen: In diesen Briefkasten habe ich das Scheidungsgesuch geworfen. Ich war bereits auf die Hauptstraße nach Södermalm gefahren, aber jetzt bog ich wieder ab und fuhr in Richtung Enskede. Nach einigen Minuten bog ich abermals nach links ab und gab mir dann alle Mühe, mich in Björkhagen zu verirren. Hierher würde ich nicht so schnell zurückkehren. Einige Querstraßen nach rechts und nach links und nach einer Weile hatte ich keine Ahnung mehr, wo ich mich befand. In diesem Moment entdeckte ich einen Briefkasten. Ich hielt an, ließ den Motor laufen, stieg aus dem Wagen und zögerte dann für eine Sekunde. Die Luft war erfüllt vom Geruch versengten Grases und die Sonne verschwand immer wieder hinter den Wolken. Wetterumschwung, Elektrizität, große Veränderungen. Es erinnerte an einen altmodischen schwedischen Spielfilm.

Ich betrachtete den Umschlag in meiner Hand. Es ließ sich nichts mehr ändern: Auch wenn ich die Scheidung verweigerte, würde sie irgendwann durchgehen, wenn Lukas sie seinerseits beantragte. Und ich weigerte mich ja gar nicht, im Gegenteil. Meine Handlungen und meine Entscheidungen waren daran schuld, dass ich jetzt hier stand. Aber trotzdem. Adieu, Lebewohl. Ich war sentimental, ich hasste Endgültigkeiten und unwiderrufliche Entschlüsse. Die Sonne verschwand hinter einer Wolke, tauchte aber ebenso rasch wieder auf. Die Wahrheit war, dass nichts unwiderruflich war. Wenn Lukas und ich plötzlich und gleichzeitig – und aus im Moment unerklärlichen Gründen – beschließen würden, dass wir ohne einander nicht leben möchten, dann könnten wir wieder heiraten. Mein Zögern hatte nichts damit zu tun, dass ich unsere Entscheidung nicht für richtig hielt; ich fand es nur so schrecklich, Abschied nehmen zu müssen. Das Ganze hatte etwas so Unangenehmes, dass mir der Schweiß ausbrach.

Adieu, Lukas.

Der weiße Umschlag fiel mit leisem Scheppern in den Kasten und war verschwunden. Der Deckel klappte zu. Ich blieb stehen und lotete meine Gefühle aus. Auf einer Rasenfläche ein Stück von mir entfernt rief ein Kind einem anderen Kind etwas zu und bekam eine ausführliche Antwort. Keine Trauer, kein Schmerz, keine Welle der Panik. Nur eine Stille, wie die Ruhe vor oder nach einem Sturm, dazu der Duft von verbranntem Gras. Vermutlich war es dieser Geruch, den ich mehr als alles andere mit meiner Scheidung verbinden würde. Ich stieg wieder ins Auto, erleichtert und niedergeschlagen zugleich. Der Himmel im Osten schien dunkel zu werden, vielleicht wurde er im Westen aber auch hell. Es war schwer zu sagen, ob es vorbei war oder eben erst begonnen hatte.

Abends saßen Kaja und ich auf dem Balkon, jede mit einem Teller auf den Knien, hinter uns aus den Lautsprechern sang Melissa Etheridge. Wir schauten hinaus auf die Straße. Es hatte ein wenig geregnet und der Himmel war bedeckt von blaugrauen Sommerwolken. Die Luft war warm und duftete nach Blumen. Kajas Augen sahen in der Dunkelheit bleich aus und ihre Sommersprossen verschwammen fast. Ich verspürte eine Mischung aus Begehren und Müdigkeit, aus Erschöpfung und Abenteuerlust. Der Sommer hatte gerade erst begonnen.

»Du siehst müde aus«, sagte Kaja, als habe sie meine Gedanken gelesen.

»Ich glaube, ich brauche Urlaub«, sagte ich.

Ich wollte zu meinen Eltern aufs Land fahren und mich einfach nur ausruhen. Aber ich hatte Angst, Kaja könne sich verletzt und verlassen fühlen. Sie würde erst eine Woche später Urlaub bekommen und dann wollten wir verreisen. Jetzt schenkte sie sich neuen Wein ein. Melissa spielte im Hintergrund ein fetziges Gitarrensolo und sang in gedehnten Tönen über Liebeskummer.

»Warum fährst du nicht ein bisschen zu deinen Eltern? Für eine Woche oder so.«

Ich war leicht verdutzt. Fast schon sauer.

»Wäre dir das denn recht? Ich dachte, du wärst dann vielleicht traurig.«

Sie lächelte und verzog die Nase wie eine Wühlmaus. Dabei äffte sie mich mit aufgesetzter Stimme nach.

»Wäre dir das denn recht? Wäre dir das denn recht? Du WILLST, dass ich traurig bin, darum geht es hier doch.«

Ich warf eine Kartoffel nach ihr. Sie zog den Kopf ein.

»Ich bin daran gewöhnt, dass man gewisse Rücksichten nimmt«, sagte ich.

»Rücksichten, meine Güte«, sagte Kaja. »Ihr in der Oberklasse verquirlt doch wirklich alles zu einer unappetitlichen Soße. Es geht doch wohl nicht darum, Rücksicht zu nehmen, zu leiden und auf das verzichten zu müssen, was man will, oder? Mir ist es nicht nur recht, wenn du fährst, ich fände es sogar ziemlich angenehm. Ich bin nicht daran gewöhnt, dass du den ganzen Tag neben mir stehst. Und das finde ich ziemlich anstrengend.«

Zuckerbrot und Peitsche. Und die redete von unappetitlicher Soße!

»Ach, was hörst du dich mal wieder liebevoll an.«

»Du weißt genau, was ich meine.«

Und das tat ich ja auch. Nicht zuletzt, weil es mir teilweise genauso ging.

»Ich hatte vor allem Angst, dass es dich verletzt, wenn ich jetzt fahre, wo du gerade Urlaub bekommen hast«, sagte ich.

Wieder lächelte sie dieses irritierende Lächeln.

»Davor brauchst du wirklich niemals Angst zu haben. Ich bin gern allein, ich will meine Freundinnen treffen und auf eigene Faust etwas unternehmen. Wenn ich Urlaub habe, will ich auf Nytorget Kaffee trinken und mich im Tanto sonnen, will durch die Stadt stromern, mit den Schwulen Völkerball spielen und mit Laban Bier trinken. Du brauchst nie Angst davor zu haben, etwas ohne mich zu unternehmen. Das verspreche ich dir. Ich glaube an Freiheit und Selbstständigkeit, daran, dass auch ein Paar aus zwei getrennten Individuen besteht.«

Irgendwie klang das in meinen an Zweisamkeit gewohnten Ohren wie eine Drohung und eine Verheißung zugleich. Aber vor allem freute ich mich doch über ihre Reaktion. Am folgenden Tag packte ich eine Tasche, schickte zwei Artikel los, reichte beim Fernsehen ein Manuskript ein und fuhr mit den Hunden zu meinen Eltern aufs Land. Als ich im strahlenden Sonnenschein aufbrach, zu der Strecke, die ich ein halbes Jahr zuvor wie in einem früheren Leben in der Dämmerung durch eine Schneelandschaft hinter mich gebracht hatte, dachte ich daran, wie ungeheuer viel seitdem passiert war, und wie rasch sich alles veränderte. Ich war noch derselbe Mensch und doch war ich eine andere, glücklicher, aber auch geläuterter, freier, aber dennoch durch neue Begrenzungen gefesselt. Vielleicht war es nicht möglich, ein Leben in Freiheit zu leben und sich zugleich gelassen und glücklich zu fühlen. Möglicherweise musste man immer eine Entscheidung treffen: Freiheit oder Geborgenheit, Wurzellosigkeit oder Teil einer Gemeinschaft. Dieses sowohl als auch, das ich anstrebte, mochte eine Utopie sein. Aber ich hatte einen Rettungsring, an dem ich mich festhielt; ich glaubte nicht an Unehrlichkeit, an Untreue im tiefsten Sinne dieses Wortes. Ich wollte in meinem Leben sehr vieles gleichzeitig haben, aber niemals auf Kosten von Aufrichtigkeit und des Rechtes anderer auf ihre freie Entscheidung. Und das war doch immerhin etwas, woran ich mich festhalten konnte.

Es wurde jetzt Hochsommer und die Rapsfelder zeichneten sich knallgelb vor dem dunkelgrünen Tannenwald ab. Felder, Wiesen und kleine Seen, weidende Kühe, blauer Himmel und viele Kilometer mit relativ unberührter Natur. Schweden war ein wunderschönes Land, ich liebte es mit einer Liebe, die kein Neonazi auf der ganzen Welt entstellen und besudeln konnte. Die Vaterlandsliebe der Neonazis war eine aufgetakelte, blondierte und geliftete Missgestalt im Vergleich zu der schlichten, reinen Liebe zum Lande, wie echte Patrioten sie empfanden. Die kleinen Neonazis nahmen uns normalen Schweden die Möglichkeit, die Nationalhymne ohne einen Misston zu singen. Auf diese Weise erwiesen sie Schweden einen ungeheuren Bärendienst, obwohl sie ja glaubten, das genaue Gegenteil sei der Fall. Kein Durchschnittsschwede hisst noch gern die Flagge und huldigt dem Vaterland, nachdem er Bilder von diesen fetten, asynchron marschierenden Glatzköpfen in zu großen Stiefeln gesehen hat, die abwechselnd die Nationalhymne und alte Hitler-Slogans brüllen. Ich hatte vor,

Schweden weiterhin zu lieben, die Neonazis zu hassen, und beide Gefühle sich gegenseitig stärken zu lassen.

Meine Eltern nahmen mich mit offenen Armen in Empfang. Sie waren besorgt, aber sie konnten beide auf jeweils ihre Art damit umgehen.

»Bist du sicher, dass du das Richtige tust?«, fragte meine Mutter mich unter vier Augen.

»Ich bin sicher, dass du das Richtige tust«, sagte mein Vater zu mir unter vier Augen.

»Was ist das Richtige?«, fragte ich mein Spiegelbild.

Abends packte ich aus und legte meine Kleider in die Kommodenschubladen. Von meinem Schlafzimmerfenster aus konnte ich auf den See blicken und sah das alte Boot am Steg liegen, wie in allen Sommern, an die ich mich überhaupt erinnern konnte. In diesem Boot waren Mama und ich losgerudert, hatten Barsche und Hechte geangelt. »Pst, da hat sich einer bewegt. Wir wollen sie doch nicht verscheuchen. Schhhhh.« Mama in ihrem roten Anorak, ich in meinem blauen, in stiller Übereinkunft dessen, was getan werden musste, einem Gefühl von Unweiblichkeit mitten in der Frauenrolle. Papa konnte nicht einmal Würmer ausgraben und hatte nur vage Vorstellungen davon, wie sie am Haken befestigt werden. Mama wusste, wie man Hechte anlockte und dass man sie am schnellsten tötet, indem man ihnen mit einem einzigen Handgriff das Messer ins Gehirn stößt. Monatelang Sonnenbaden und Spiel auf dem Steg, stumme Stunden mit der Angel, das Ächzen der Ruder und ein plötzliches Platschen eines großen Fisches in einer Bucht, an der man eben noch vorbeirudern wollte. Tief unter dem Wasserspiegel unter uns, ein Leben, zahlreich und vielfältig wie unser eigenes. Augen, die in der Dunkelheit leuchteten, Empfindungen, die Fähigkeit, Gerüche und Geschmacksrichtungen wahrzunehmen, die für uns Menschen unzugänglich waren. Gedanken, die mich als Kind ansprachen, die ich in meinem Kopf hin und her bewegte, ehe ich abends zwischen sauberen, frisch gemangelten Laken einschlief. Was machten die Fische nachts? Was machten die Fische im Winter?

Aber das war damals und jetzt war jetzt. Meine Mutter kam hinter mir mit einem Stapel Zeitschriften ins Zimmer.

»Was ist das für ein Gefühl?«, fragte sie und streichelte meine Wange.

»Ja, eben«, sagte ich. »Was ist das für ein Gefühl?«

Mama zuckte mit den Schultern. Sie sah besorgt und ein wenig müde aus.

»Es ist ja nicht gerade das, was Papa und ich uns für dich erträumt hatten«, sagte sie. »Aber wir lieben dich und stehen zu dir, egal, wofür du dich entscheidest, das weißt du.«

»Kaja ist wunderbar«, sagte ich.

Ein grüner Blick. Es gab Grenzen, auch wenn sie diese weder selbst gezogen hatte noch richtig begriff.

»Wir essen um sieben«, sagte Mama.

Es war ein heißer Sommer. Ich lag in der Sonne und badete und schrieb und spielte mit den Hunden und aß mit meinen Eltern und schaute fern, und ich hätte ebenso gut auch wieder zehn Jahre alt sein können. Nachts ließ ich das Fenster offen stehen und schaute hinaus auf den See, wo leichte Dunstschwaden aufstiegen und sich senkten. Ich schaltete das Licht aus, nahm alles nur schemenhaft wahr, stellte mir vor, dass ich auch im 18. Jahrhundert hätte leben können. Mit einer Ausnahme: meiner Lebensentscheidung. Keine meiner Ahninnen hätte sich dafür entscheiden können, so zu leben wie ich. Mama hatte mir von Frauen erzählt, an die sie sich aus ihrer Kindheit erinnerte, allein stehende ältere Verwandte, die ihre »Gesellschaftsdamen« hatten, als Begleiterinnen durch gute und schlechte Zeiten. Mit heutigen Augen gesehen war ihre Situation leicht zu beschreiben: eine lesbische Liebesbeziehung zwischen Frauen aus unterschiedlichen Gesellschaftsklassen. Aber so leicht war die Sache vielleicht nicht, in einer Zeit, in der eine Frau dazu gezwungen sein konnte, mit einer anderen Frau zusammenzuleben, nur um ihr eigenes Überleben zu sichern. Kaja als meine Gesellschaftsdame, mit Korsett und Schulterklappen und selbstauferlegtem Maulkorb nach den Regeln der Etikette. Herrgott, ich hätte dankbar sein müssen, wenn sie mich nicht schon vor Ende des ersten Tages mit meinen Seidenstrümpfen erwürgt hätte.

Und zugleich war es damals so ungeheuer leicht gewesen, sozusagen auf sämtlichen Hochzeiten zu tanzen. Eine unverheiratete Dame aus der Oberklasse mit ihrer Gesellschaftsdame; niemand konnte eine dermaßen unschuldige Kombination von Weiblichkeit in irgendeiner Weise eines unsittlichen Lebenswandels verdächtigen. Kein Mann wurde jemals über ihre Schwelle gelassen, deshalb konnte eben nichts Sündhaftes geschehen. Glaubten sie. Mir kamen Bilder, die Kaja mir gezeigt hatte, in den

Sinn. Bilder von Frauen in Paris, Berlin und Stockholm, in den zwanziger Jahren, lesbisches Sexspielzeug vom Anfang des zwanzigsten Jahrhunderts, das unser modernes bei weitem übertraf. Das Machodenken der Männer setzte der Phantasie natürliche Grenzen – »ohne uns geht nichts« – und damit wurde alles möglich, ohne Verlust von Ansehen oder gesellschaftlicher Privilegien. Gertrude Stein und ihre Kühe. Heilige Kühe, unzugänglich und für Männer kaum zu dechiffrieren. Eine Kuh ist eine Kuh ist eine Kuh, und sei es zwischen den Laken der Gesellschaftsdame.

Aber bei mir sollte es nicht so kommen, so heimlich und diskret konnte ich niemals sein. Meine Mutter sprach von meinem »Ehrlichkeitswahn«, der zwanghaften Lust, alles zu gestehen und alle Karten offen auf den Tisch zu legen. Vielleicht war es eine Zwangsvorstellung, vielleicht war ich einfach unreif. Aber dann wollte ich auch nicht geheilt werden und nicht erwachsen werden. Ich liebte meine Aufrichtigkeit, wie andere ihre schönen braunen Augen oder ihre schönen Brüste liebten. Und was spielte es im Grunde auch für eine Rolle? »Am Ende sterben wir ja doch«, wie Kaja so oft ironisch sagte. Da war es doch besser, wirklich zu leben, solange das möglich war, statt zu heucheln und sich zurückzuhalten und am Lebensabend dann über alle verpassten Möglichkeiten zu weinen. Das würde ich jedenfalls nicht nötig haben; das zu bereuen, was ich nicht getan hatte, die Liebe, die ich abgewiesen hatte.

Nach zehn Tagen packte ich meine Sachen, ließ die Hunde bei meinen Eltern und fuhr zurück in die Stadt. Kaja und ich wollten durch Schweden fahren, bis hinunter nach Schonen, dann wieder gen Norden, und das Ganze auf einer Schäreninsel beenden, wo ich über einen Kollegen ein Haus gemietet hatte. Am Abend vor unserer Abreise flogen bei uns die Fetzen. Ich stand in einem Wäschehaufen und wollte packen, Kaja bügelte eine Hose. Das war so typisch: endlich wollten wir unseren ersten Liebesurlaub antreten, nur wir beide, offen und ohne zu heucheln. Und dann war die Hölle los.

Es fing mit einer blöden Kleinigkeit an. Kaja fragte, wie viel Gepäck ich denn eigentlich mitnehmen wollte. Als sie erfuhr, dass ich einen Rucksack und eine Tasche und eine Tüte mit Zeitungen gepackt hatte, lachte sie zuerst, dann wies sie mich zurecht.

»Verdammt, wir ziehen doch nicht um«, sagte sie. »Ich habe eine Tasche, musst du deine ganze Garderobe mitschleppen?«

»Was spielt das denn für eine Rolle?«, fragte ich. »Niemand hat dich gebeten, meinen Kram zu tragen. Pack du deine Sachen, dann packe ich meine.«

Nach diesem Wortwechsel lag eine gereizte Stimmung in der Luft. Um zehn Uhr, als wir beide müde und gestresst waren, wegen nicht abgeschlossener Jobs und Rechnungen, die wir vor unserer Abreise noch bezahlen mussten, knallte es dann wirklich. Ich hatte einen Pullover eingepackt, den Lukas mir einmal geschenkt hatte, und Kaja fragte, warum ich den mitnehmen wollte. Sie fand ihn viel zu elegant für unseren geplanten Urlaub, aber ich erwiderte, er gehöre zu meinen Lieblingspullovern. Nach zehn Minuten schrien wir laut, knallten mit den Türen und führten uns auf wie Rotzgören. Normalerweise hielt ich gewisse Grenzen ein, doch dann sah ich nur noch rot und verlor jegliche Kontrolle. Ich pöbelte Kaja auf eine Weise an, die sie stumm und verschlossen machte und ihr die Tränen in die Augen trieb.

»Du bist doch total verrückt«, schrie ich. »Und außerdem hast du nicht die geringste Ahnung von deinen eigenen Gefühlen! Du musst eine Therapie machen! Lass dir helfen, zum Teufel, und hör auf, deine Phobien auf mich zu übertragen! Du bist auf einen alten Pullover eifersüchtig, der nicht das Geringste mit Lukas zu tun hat. Das ist doch total gestört. Und dann stauchst du mich zusammen, weil ich mehr Klamotten einpacke, als deine Exfreundinnen das getan haben. Dann sei doch wieder mit einer von denen zusammen und lass mich mitnehmen, was ich will!«

Kaja warf einen letzten Blick auf mich und verließ das Zimmer.

»Du bist doch total verrückt«, sagte sie. »Lass mich in Ruhe. Ich fahr ja wohl nicht mit dir in irgendeinen Scheißurlaub.«

Und damit verschwand sie im Wohnzimmer und ließ ihre ungepackten Sachen liegen. Ich starrte mit hämmerndem Herzen hinter ihr her und langsam erfasste mich die Angst. Vermutlich hatte sie das ernst gemeint. Ich wusste ja bereits, dass Kaja sich durchaus plötzlich umentscheiden konnte. Vor uns hatten zwei Wochen Ferien gelegen, die jetzt offenbar nur noch an einem seidenen Faden hingen. Ich lief zu ihr ins Wohnzimmer und ging hinter ihrem Sessel in die Hocke.

»Es tut mir Leid«, sagte ich. »Das war doch alles nicht so gemeint. Ich explodiere einfach so schnell, aber das bedeutet nicht, dass ich sage, wie mir wirklich zumute ist. Ich will dich nur so weit wie möglich verletzen, weil ich selber wütend bin.«

Kaja starrte vor sich hin.

»Können wir jetzt nicht rübergehen und zu Ende packen?«, fragte ich verzweifelt.

Kaja starrte mich an.

»Bist du schwerhörig geworden?«, fragte sie. »Ich hab nicht vor, mit dir in irgendeinen Scheißurlaub zu fahren. Du führst dich auf wie eine Wahnsinnige. Du spinnst doch. Lass mich in Ruhe.«

Mir war schon aufgegangen, dass sie, bewusst oder unbewusst, eine Taktik anwendete, die niemals fehlschlug. Wir fingen Streit an und redeten uns immer mehr in Rage. Dann verlor ich die Hemmungen und pöbelte sie an. Und sie reagierte damit, dass sie mich niederschoss, dass sie mir den Boden unter den Füßen wegzog. Es ging immer um dasselbe, darum, etwas Geplantes abzusagen oder mich und unsere ganze Beziehung zu verlassen. Ich schoss mit einer normalen Pistole auf sie, und wenn ich traf, dann griff sie zu einer Kalaschnikow und riss mich in Stücke. Nun saß ich weinend zu ihren Füßen und flehte sie an, nicht wegen eines blöden Streits unsere ganzen Ferien abzublasen. Zugleich war ich wütend und fühlte mich erniedrigt, weil ich sie dermaßen anbetteln musste. Das war nicht gerecht: Sie hatte sich mit mir ebenso gestritten wie ich mich mit ihr. Aber ich konnte meine Wut nicht ablassen. Es gab keinen Platz dafür.

Kajas Gesicht war steinhart, verschlossen, wie eine Maske. Mitten in meiner Wut kam mir ein Gedanke: Hier lag ich auf den Knien und flehte und war nur noch schwach, während es unter der Oberfläche doch genau anders war. Eigentlich war ich die Starke und sie war so ängstlich und furchtsam, dass sie zu ihrer allergröbsten Artillerie greifen musste, um sich zu schützen. Die Stunden vergingen, die Diskussion wogte hin und her. Ab und zu ging ich hoch, ab und zu sie, ab und zu hätten wir uns fast geeinigt. Wir schliefen in dieser Nacht nicht und beschlossen am nächsten Morgen, zu Hause zu bleiben. Einen Tag darauf erwachten wir dicht nebeneinander im Bett, aber ein einziger Blick in Kajas verschlossenes Gesicht verriet mir, dass ich noch einen langen Tag der Überredung brauchen würde, bis sie mich an sich heranließe. Zugleich wurde ich von einem neuen tiefen Zorn erfasst, einer Wut, die ich zurückhalten musste. Es kam mir ungerecht vor, dass sie zu dermaßen schwerem Geschütz greifen durfte, wenn wir uns stritten. Sie arbeitete mit einer unehrlichen Taktik, mit Schlägen unter die Gürtellinie, was ihr unverdientermaßen die Oberhand verlieh und mich zu einem wimmernden Wurm reduzierte. Und so sollte es in einer Beziehung nicht zugehen.

Nach dem Frühstück gingen wir in den Park Tantolunden und legten uns auf eine Decke. Ich las Zeitschriften und versuchte, Kaja aufzumuntern. Sie hatte den Kopf unter die Decke gesteckt. Ich verstand sie nicht, ich konnte sie einfach nicht verstehen. Ich selbst spürte, wie meine Lebensgeister zurückkehrten, und dass sie bald voll und ganz da sein würden, wenn Kaja mir nur entgegenkäme. Unser Urlaub hatte soeben begonnen, wir brauchten ihn uns doch nicht von Streit und Zankerei verderben zu lassen. Wenn wir uns nur wieder einigen könnten, standen uns noch immer alle Möglichkeiten offen. Ich las Kaja aus der Zeitung vor, ich kaufte Eis, ich badete mit den Hunden. Kaja lag, wo sie eben lag, wie eine Leiche, ihr ganzer Körper strahlte Schwermut aus. Nach einigen Stunden gab ich auf. Ich sah sie an. Das war Kaja, die Frau, für die ich Mann, Ehe und Konventionen aufgegeben hatte. Sie war so verdammt nervig, dass ich nicht wusste, was ich machen sollte. Dennoch glaubte ich auf irgendeine seltsame Weise, sie jetzt besser zu verstehen, wenn ich sie so sah. Sie steckte fest zwischen einer harten Kindheit und ihrem jetzigen Weltbild, die einzige Wahrheit, die für sie in jeder Lage galt, war, dass man lieber härter zuschlug als die anderen, denn dann wusste man, dass man nicht den Kürzeren ziehen würde. Zugleich sah ich ihr an, wie schlecht es ihr ging. Am Ende kroch ich zu ihr, wortlos, und nahm sie nur in die Arme. Sie blieb stumm. Aber dann kam ein kleines Signal, ein Streicheln, ein Druck der einen Hand. Ich sah ihr ins Gesicht. Sie weinte mit geschlossenen Augen, ich war mit meiner Freundlichkeit durchgekommen, während alle harten Worte die Mauer zwischen uns nur erhöht hatten. Ich küsste ihre Wange und sie weinte noch mehr. Dann stieß sie mich wütend ab und jammerte lauthals los.

»Du machst so verdammt viel kaputt«, schniefte sie. »Alles musst du zerstören. Du hast keine Ahnung, was du anrichtest!«

Sie schob mich weg, aber das war mir egal. Ich zog sie an mich und umarmte sie, während sie weinte, ich streichelte ihre Haare und küsste ihre nassen Wangen. Als sie sich beruhigt hatte, gab ich ihr meine

Sonnenbrille, danach packten wir ein und gingen nach Haus. Kaja war schweigsam, aber sie war nicht mehr verschlossen. Ich kochte für uns Rote Bete, anschließend packten wir unsere Taschen und gingen schlafen, um am nächsten Morgen früh aufbrechen zu können.

***

Unsere Ferien wurden zu einem großen Erfolg. Wir sahen zusammen den Sonnenaufgang über dem See Vättern, wir grillten mit Kajas Bekannten an der Westküste, wir segelten vor Göteborg. In Schonen besuchten wir meine Verwandten und danach fuhren wir langsam die Ostküste hoch zu der Schäreninsel, wo ich das Haus gemietet hatte. Wir machten Halt in Småland, wohnten in kleinen Pensionen, fuhren Kanu und aßen süße Himbeeren. Und wir liebten uns. Wir liebten uns in schmalen Hotelbetten und auf Decken im Wald, an menschenleeren Stränden und unter einem knallgelben Vollmond auf einem Bootsanleger. Das sommerliche Schweden umgab uns von allen Seiten, überall, und es war ein ungewöhnlich heißer und schöner Juli. Kaja hatte so viele Sommersprossen, dass sie von Punkten übersät war, die drohten, sich zu einer dunkelbraunen Masse zusammenzuschließen. Ich hatte einen schlimmeren Sonnenbrand denn je. Natürlich trug ich die ganze Zeit dieselben Kleidungsstücke, ein kurzes, enges Kleid, Jeansshorts und den Pullover, den ich von Lukas bekommen hatte. Der Rest lag überflüssig in meinem Gepäck. Kaja trug einen blauweißgestreiften Seglerpullover und ebenfalls Jeansshorts, das Leben kam mir einfach vor und zugleich erfüllt von Bedeutung und Genuss.

Als wir eines Abends an einem See saßen, dessen Namen keine von uns kannte, nahm Kaja meinen Kopf zwischen ihre Hände und küsste mich auf den Mund. Sie schmeckte nach Himbeeren und Wein.

»Ich werde dich immer lieben«, sagte sie. »Egal, was zwischen uns passiert.«

»Warte du nur ab«, sagte ich. »Das werde ich vielleicht eines Tages gegen dich verwenden.«

»Spielt keine Rolle«, sagte Kaja. »Ich liebe dich als Mensch. Du kleiner Dussel.«

Am nächsten Tag fuhren wir auf die Schäreninsel und richteten uns in einem dunklen Häuschen unter hohen Tannen ein. Zum Haus gehörten ein Motorboot und sonnenüberflutete Felsen einige hundert Meter weiter, auf denen wir eine ganze Woche verbrachten. Wir gingen nur ins Haus, um uns etwas zu Essen zu holen. Ansonsten sonnten wir uns, badeten, spielten Karten, liebten uns und schliefen. Es war der schönste Sommer, den ich bis dahin jemals erlebt hatte.

Nach dieser Woche packten wir alle unsere – oder eher meine – überflüssigen Sachen in den Wagen und fuhren zurück nach Stockholm. Die Sonne stand unten am Westhimmel, der Sommer hatte sich bereits gewendet und wir gingen der dunklen Jahreszeit entgegen. Aber das spielte keine Rolle: Ich hatte genügend Sonne, Salz und Liebe getankt, um den langen Winter zu überleben. Kaja war kompliziert, sie war zickig, sie war anstrengend. Aber sie war auch ein Naturkind, ein kleiner Troll und zugleich eine Prinzessin, und wenn ich ihre Hand hielt und den Duft von frischgemähtem Gras einsog, von feuchten Tannennadeln, von Tang oder Meerwasser, dann spürte ich plötzlich, was wirklich wichtig war und was wirklich meine Entscheidung gelenkt hatte. Der Wagen fuhr geschmeidig über den sonnenwarmen Asphalt, wir hatten das Verdeck geöffnet und unsere Schirmmützen nach hinten gedreht, die warmen Sommerwinde streichelten uns beide und noch immer war alles möglich.

***

In Stockholm war Spätsommer, Altweibersommer, noch um sechs Uhr abends hatten wir fünfundzwanzig Grad und alle Straßencafés waren überfüllt. Ich saß mit Baby, Josefin und Sassa vor dem East am Stureplan und wir hatten schon zur Vorspeise eine Flasche Weißwein getrunken. Unser Tisch stand in der einen Ecke, gleich an der Straße, was uns ermöglichte, uns ungestört zu unterhalten und zugleich genau zu sehen, wer kam und ging.

»Aber was für eine süße Sahneschnitte«, sagte Sassa mit ihrem ausgeprägten englischen Akzent und schaute zu einem langbeinigen, dunkelhaarigen Touristen mit Rucksack hinüber, der über den Bürgersteig wanderte und die Hände in den Hosentaschen vergraben hatte.

»Zu alt«, sagte Baby und rümpfte die Nase. »Der ist doch mindestens dreißig.«

»Herrgott«, sagte Sassa. »Macht doch nichts. Ein wenig Erfahrung, Himmel.«

Baby musterte sie belustigt, während eine leichte Brise Sassas Haare bewegte.

»Irgendetwas ist passiert«, deklamierte Baby. »Etwas, ach, etwas!«

»Irgend*wo*«, korrigierte ich. »Irgendwo in uns sind wir immer zusammen. Irgendwo, ach, irgendwo. Erik Lindegren.«

»Ja, ja, kann schon sein«, sagte Baby. »Schwedische Dichtung und du mich auch. Aber in Sassas Fall ist es verdammt noch mal so, dass etwas, ach, ETWAS passiert ist.«

Wir alle sahen Sassa an. Sie schaute fröhlich zurück und kräuselte die Oberlippe. Sie hatte sich verändert, sah unverschämt gut aus, ein wenig braun, fülliger als früher, aber absolut durchtrainiert. Ihre Haare waren länger und leicht gelockt und sie wirkte ungewohnt leger in Jeanshemd und Lederjacke.

»Was ist aus deiner Landsfrau Laura Ashley geworden? Ist sie tot?«, fragte Baby.

Ich stutzte kurz. Aber ich wusste, dass Baby und Sassa sich im Sommer oft getroffen hatten. Baby hatte Grenzen im Gefühl. Im Fingerspitzengefühl.

»Jäh verschieden«, sagte Sassa und lachte. »May she rest in peace.«

»Und Friede ihrer Seele«, sagte Josefin. »Mein Typ war sie eigentlich nie.«

»Jedenfalls siehst du großartig aus«, sagte ich zu Sassa. »Kommt das vom Kinderkriegen?«

Sie schüttelte den Kopf. Sie hatte Haargel benutzt, was der alten Sassa niemals passiert wäre.

»Das kommt, wenn man mehrere Männer in seinem Leben hat«, sagte sie. »Und ich habe jetzt zwei: Johan und George. Das gibt mir ein ganz neues Selbstbewusstsein.«

Baby nickte langsam.

»Das ist das beste Argument, das ich jemals für eine Familiengründung gehört habe«, sagte sie. »Und es ist wirklich schön, das so richtig von Herzen sagen zu können.«

»Find ich auch«, sagte ich. »Auf Sassa, Prost! Die neue Mutter Erde mit Gel und Lederjacke. So wäre ich eigentlich auch gern.«

Wir tranken.

»Aber du bist ja auch nicht so dumm«, sagte Sassa zu mir. »Ich dachte, das lesbische Leben mache verhärmt und deprimiert, und nicht sonnenbraun und elegant und lebhaft.«

Die anderen sahen mich und einander leicht verlegen an. Wir hatten über meinen neuen Lebensstil noch nicht offen gesprochen; zum ersten Mal seit dem Frühling trafen wir uns alle zu einem Essen unter Freundinnen.

»Lesbianism agrees with her«, sagte Baby entschieden und nickte.

»Vermutlich ist es so«, sagte Josefin und lächelte so breit, dass ihre Lachgrübchen tiefer wurden, »dass man entweder mehrere Männer im Leben braucht oder gar keinen.«

»Sehr gutes Argument«, sagte ich. »Sassa und ich repräsentieren hier am Tisch die beiden Extreme, den einzig richtigen Umgang mit den Typen.«

»Während Josefin und ich für das trockene Mittelmaß stehen«, sagte Baby seufzend. »Nur ein Mann auf einmal, was wirklich nichts Spannendes hat.«

Josefin lachte fröhlich. Sie und ihr Computerfritze schienen miteinander sehr glücklich zu sein.

»Aber wie ist es denn jetzt?«, fragte Sassa mich, nachdem sie sich mit einem Schluck Wein Mut angetrunken hatte. »Ich finde, wir sollten die Karten offen auf den Tisch legen. Ich bin ungeheuer gespannt auf deine Freundin. Darf man jetzt fragen, was man wissen möchte, oder was?«

»Schieß los«, sagte ich.

Alles verstummte. Plötzlich war Lärm vom Tresen her zu hören, das Dröhnen der Automotoren, dazu die Gespräche an den Nachbartischen.

»Ich weiß wirklich nicht, was ich sagen soll«, sagte Sassa. »Meine Güte, wie albern. Ich hab einfach ein Loch im Kopf. Und dabei hatte ich so viele Fragen!«

»Verlegenheit; ein kleiner Laura Ashley-Spuk, der seine leise Runde um den Tisch dreht«, sagte Baby trocken.

Sassa kniff sie mit gespieltem Zorn in den Arm.

»Dann fange ich an«, sagte Josefin. »Hast du immer schon gewusst, dass du auf Frauen stehst?«

Sie wurde rot, sowie sie diese Frage gestellt hatte.

»Auf dich hatte ich immer schon ein Auge geworfen«, sagte ich und schaute sie gespielt sinnlich an.

Josefin lachte verlegen.

»Ich weiß, dass das eine blöde Frage ist«, sagte sie.

»Das ist überhaupt keine blöde Frage«, sagte ich. »Die meisten Lesben in meiner Bekanntschaft haben schon mit zwölf, dreizehn Jahren andere Mädchen gemocht. Aber bei mir war das nicht so. Ich hab immer nur Männer angesehen. Das tu ich übrigens weiterhin. Aber sagt das Kaja nicht.«

Den letzten Satz sagte ich halblaut, während zugleich zwei scharfe Typen vorüberkamen und uns musterten. Die Mädels lachten.

»Das ist wirklich so«, sagte ich. »Ich habe auch nicht das Gefühl, dass es etwas mit Sexualität zu tun hat. Sondern mit der Person Kaja, die ich liebe. Und dann geht es darum, dass es schwer ist, mit Männern zu leben, aber das ist etwas anderes.«

»Amen«, sagte Sassa.

»Halleluja«, sagte Baby.

»Ich finde euch ja doch ein bisschen hart«, sagte Josefin.

»Frisch verliebt«, sagte Baby und nickte zu ihr hinüber. »Wir sprechen nächsten Sommer noch mal darüber, dann werden wir ja sehen, was sie zu sagen hat.«

»Aber es ist schon klar, ich finde es ja selbst ziemlich unglaublich«, sagte ich. »Dass man auf diese Weise reagieren kann. Ich meine, wer hätte geglaubt, man könnte sich plötzlich in eine Frau verlieben? Ich wusste nichts von dieser Fähigkeit, oder wie ich das ausdrücken soll.«

»Die haben wir alle«, sagte Baby. »Versuch hier nicht, dich als etwas Besonderes darzustellen.«

»Schon, schon«, sagte ich. »Das glaube ich ja auch. Aber trotzdem. Einerseits liebe ich sie. Aber ich habe auch das Gefühl, dass Kaja mich befreit, auf eine bestimmte Weise, nach Jahren voller anstrengender Beziehungen zu Männern. Und ich stelle mir vor, wenn mehr Frauen begriffen, dass sie zusammen sein können, dann würden große Teile des weiblichen heterosexuellen Angebotes vom Markt verschwinden.«

»Das habe ich mir auch schon überlegt«, sagte Sassa. »Mir kommt es lustiger und leichter vor, mit einer Frau zu leben. Stimmt das?«

»Sowohl als auch«, sagte ich. »Wir streiten und fetzen uns wie jedes andere Paar. Aber ich finde es leichter, mit ihr zu sprechen, als mit irgendeinem Mann. Sie will ja immerhin reden, was mehr ist, als wir über die meisten Männer sagen können.«

»Stimmt.«

Baby, natürlich.

»Finde ich auch«, sagte Sassa.

»Und sie ist als Mensch spannender und interessanter als irgendein Typ«, sagte ich. »Und besser im Bett.«

Die Mädels stöhnten auf.

»Nein, jetzt brauch ich wirklich eine Fluppe«, sagte Sassa und schnappte sich eine von Baby.

»Bitte sehr«, sagte Baby. »Der Spätkauf hat noch auf, da kannst du mir gleich eine neue Packung holen.«

»Ich würde es so gern ausprobieren«, sagte Sassa sehnsüchtig, als sie sich Feuer gegeben hatte. »Aber ich hab noch nie eine Frau getroffen, die mich so wirklich interessiert hat.«

»Ganz meine Rede«, rief ich. »Das habe ich immer gesagt und habe mich bei Lydia und anderen Lesben in den USA beklagt. Ich dachte, für mich wäre der Zug abgefahren. Bis plötzlich Kaja auftauchte.«

»Und dann hat es gefunkt«, sagte Baby freundlich.

»Ja, und wie«, sagte ich. »Wie beim König und Silvia.«

Der Kellner brachte das Essen.

»Und noch eine Flasche Wein, was?«, fragte Sassa. »Das ist bei mir das erste Mal seit dreizehn Monaten. George wird morgen wunderbar beschwipst sein.«

»Natürlich brauchen wir noch eine Flasche, sagte ich. »George wird lammfromm sein und endlich seine wahre Persönlichkeit zeigen.«

»Wozu es nie zu früh ist«, sagte Baby.

»Außerdem muss Johan sich morgens um ihn kümmern«, sagte Sassa. »Gott, ist das schön.«

»Wir geht's euch denn, Johan und dir?«, fragte ich.

»Nicht so schnell«, sagte Sassa. »Wir sind noch nicht fertig mit dir.«

»Okay«, sagte ich. »Aber dann müsst ihr mir auch ein paar Zwischenfragen erlauben.«

»Als da wären?«, fragte Baby. »Über uns weißt du doch schon alles.«

»So war das nicht gemeint«, sagte ich. »Aber zwei Dinge wüsste ich gern. Erstens: Habt ihr Probleme damit, dass ich jetzt eine Freundin habe?«

»Ganz und gar nicht«, sagte Baby. »Du bist jetzt doch so ruhig und umgänglich. Das ist mehr, als man zu Lukas' Zeiten von dir behaupten konnte. Da warst du irgendwie ... auf irgendeine Weise immer unruhig.«

»Mich stört es auch nicht«, sagte Josefin. »Auch, wenn ich manchmal ein bisschen peinlich berührt bin, das muss ich zugeben. Und ich habe mir schon überlegt, dass ich vielleicht auch für lesbisch gehalten werde, weil ich mit dir befreundet bin.«

Sie lachte verlegen.

»Hab ich dich jetzt verletzt?«, fragte sie. »Das war vielleicht taktlos von mir.«

»Kein bisschen«, sagte ich. »Ich finde es gut, dass du ehrlich bist. Und ich bin nicht verletzt, wenn du das nicht bist.«

»Nein, natürlich bin ich das nicht«, sagte Josefin. »Ich freue mich für dich. Und ganz egoistisch kann ich sagen, dass es auch mein Leben spannender macht, dass du diese Entscheidung getroffen hast. Ich kenne sonst keine, die lesbisch lebt.«

»Darauf wollte ich auch gerade zu sprechen kommen«, sagte Sassa. »Für mich war es ein Wahnsinnskick. Ich glaube fast, dass Laura Ashleys plötzliches Verscheiden ein wenig mit dir zu tun hat.«

»Joh«, sagte ich, »Klasse. Das ist das Beste, was ich bisher gehört habe.«

»Aber sicher spielt George in diesem Zusammenhang die größte Rolle«, sagte Sassa. »Ansonsten hat Josefin Recht, für mich ist es auch spannend und aufregend. Und ich bin noch nicht auf die Idee gekommen, dass irgendwer mich nun auch für lesbisch halten könnte. Nur finde ich – wenn wir schon ehrlich sein wollen – den vielen Klatsch manchmal ein wenig nervig.«

»Das war die andere Frage, die ich stellen wollte«, sagte ich. »Wird viel getratscht? Ich weiß nichts, mir wird jedenfalls nichts direkt zugetragen.«

»Klar wird getratscht«, sagte Baby. »Du hättest mal die Weibsen am Strand von Falsterbro hören sollen, in der Pferdewoche. Die hätten sich fast bepisst. Sie brauchten nicht mal zu ihren Ferngläsern zu greifen, wo du dieses Jahr ja nicht da warst. Sie konnten sich einfach einander zuwenden und über ihren Plastikgläsern mit dem warmen Weißwein zischen.

Was für ein Skandal! Die waren seit vielen Saisons nicht mehr so glücklich. Und es ging die ganze Zeit weiter, es kamen ja immer neue dazu, die auf den letzten Stand gebracht werden mussten.«

»Soll ich jetzt traurig sein?«, fragte ich und sah sie alle an.

»Ach was«, sagte Sassa ungewöhnlich nachdrücklich und schenkte mehr Wein ein. »Kein bisschen. Diese Menschen haben in ihrem Leben doch nichts Besseres zu tun. Lass sie klatschen. Du tust ihnen einen Gefallen, indem du ihrem Dasein einen Inhalt gibst. Ansonsten nimmt sie doch niemand ernst. Die können uns im Grunde nur Leid tun.«

Ich war gerührt von der Inbrunst dieser Erklärung. Sassa war durch ihre Schwangerschaft wirklich zu ihrem Vorteil verwandelt worden. So munter und lebhaft hatte ich sie noch nie erlebt.

»Und hier oben in Stockholm?«, fragte ich.

»Nicht so viel«, sagte Sassa.

Josefin schüttelte den Kopf.

»Ich habe fast nichts gehört«, sagte sie. »Aber das tu ich eigentlich nie, das braucht also nicht soviel zu bedeuten.«

»Doch, natürlich wird geklatscht«, sagte Baby. »Aber ich muss sagen, dass ich vor allem Positives gehört habe. Die Leute respektieren deine Entscheidung. Du bringst ein wenig Würze in unser aller Dasein.«

»Aber jetzt möchte ich endlich Kaja kennen lernen«, sagte Sassa. »Ich will zu denen gehören, die mit ihr gesprochen haben, wenn ich das nächste Mal Tratsch höre.«

»Ich sag ihr Bescheid«, sagte ich, »dann kann sie ihr Palästinensertuch und ihre Priemdose hervorholen und allen Erwartungen entsprechen.«

»Lukas hat einen blöden Spruch drauf«, sagte Josefin vorsichtig. »Das habe ich jedenfalls gehört. Aber ich weiß nicht, ob du davon weißt.«

»Nein, ich glaube nicht«, sagte ich. »Was sagt er denn?«

»Er sagt, dass er eine neue Freundin hat. Und dann fügt er hinzu: Und Sophie hat auch eine.«

Ich lächelte ein wenig schräg. Klasse.

»Platz für dicke Lachsalven«, sagte Baby. »Die nicht kommen. Das habe ich auch schon mitgekriegt. Kein Grund zur Aufregung.«

»Ich bin Lukas und Olof im Grodan begegnet«, sagte Sassa. »Die wirken vor allem wie zwei verbitterte, verlassene Männer, die sich alle Mühe geben, ihre glatte Fassade zu erhalten.«

»Ich will, dass es Lukas gut geht«, sagte ich. »Ann-Charlotte dagegen kann bleiben wo der Pfeffer wächst.«

»Die zieht ja offenbar nach New York um«, sagte Sassa.

Baby schnaubte. Keine konnte so schnauben wie sie, der Mensch, über den sie geschnaubt hatte, war keinen Pfennig mehr wert. Wir bogen uns vor Lachen.

»Ich gebe ihr und Lukas höchstens noch einen Monat«, sagte sie, ohne eine Miene zu verziehen. »Und dann angelt Ann-Charlotte sich einen Börsendachs mit Penthouse am Central Park und Schluss ist mit dem braunäugigen Herzensbrecher aus Stocksund.«

»Weiß eigentlich niemand, wie es Greger geht?«, fragte ich.

Baby schüttelte den Kopf.

»Ich glaube, er will nach Norrland zurück«, sagte ich. »Aber das ist eine bisher unbestätigte Information. Er hat jedenfalls einen neuen Job.«

Wir schwiegen eine Weile.

»Ich weiß nicht, ob das stimmt«, sagte Josefin. »Aber ich habe gehört, dass Betty schwanger ist. Von einem neuen Typen.«

»Schnelle Arbeit«, sagte Baby. »Ich glaube, die Scheidung ist noch nicht mal durch.«

Dann sah sie mich an.

»Da bist du besser dran«, sagte sie. »In deinem Fall bringen die Leute dir Sympathie entgegen und bewundern deinen Mut. In Bettys Fall landet alle Sympathie bei Olof.«

»Gott, wie sich alles innerhalb so kurzer Zeit verändern kann«, sagte ich. »Denkt doch nur, wie das vor einem Jahr war. Im September, als Lukas und ich das Fest bei uns hatten.«

»Das ist eine der buddhistischen Wahrheiten«, sagte Sassa. »Nothing stays the same.«

»Und niemand kann zweimal in denselben Fluss steigen«, sagte Baby. »Und überhaupt. Aber am Ende läuft eben alles darauf hinaus, dass die Leute deine Entscheidung ungeheuer gelassen aufnehmen. Du wirst zu den üblichen Festen eingeladen, sie rufen dich an, und die, die Scheiß reden, hätten sowieso über dich geklatscht, nur eben aus anderen Gründen, genauso wie früher. Du bist verliebt und glücklich und hast es gewagt, dich von der Menge abzuheben. Was kann man vom Leben sonst noch verlangen?«

»Du hast Recht«, sagte ich. »Wie üblich.«

»Ihr wisst, dass das auf Babys Grabstein stehen wird, nicht wahr?«, fragte Sassa. »Sie hatte Recht.«

»Das habe ich von meiner Mama geerbt«, sagte Baby zufrieden. »Die hatte nämlich auch immer Recht.«

»Ja, Herrgott«, sagte Sassa. »Ich bedauere zusehends, dass ich nicht Baby als Patentante genommen habe, statt Beata, die zwar viele gute Seiten hat, die aber trotzdem eben nicht immer richtig liegt.«

»Es ist noch nicht zu spät«, sagte Baby strahlend. »Quetsch noch ein Kind aus dir raus und dann werde ich's euch zeigen.«

»Quetsch doch selbst«, sagte Sassa. »Ich muss zuerst die Schwangerschaftsstreifen loswerden. Jesus, ich glaube, ich hab einen Schwips.«

Sie leerte ihr Weinglas. Dann sah sie mich an.

»Man merkt schon, dass ich wegen Schwangerschaft und Stillzeit lange nichts getrunken habe«, sagte sie. »Egal. Kann die Fragestunde jetzt weitergehen?«

»Aber sicher«, sagte ich.

Sassa lächelte.

»Und wie ist Sex mit einer Frau denn nun wirklich?«, fragte sie.

Drei Augenpaare starrten mich dermaßen konzentriert und aufmerksam an, dass ich losprusten musste.

»Habt ihr was zum Schreiben?«, fragte ich.

***

Als ich an diesem Abend nach Hause kam, saß Kaja auf dem Balkon, rauchte und las ein Buch. Sie hatte sich die Haare gewaschen und ein Handtuch wie einen Turban um den Kopf gewickelt. Ich holte mir eine Flasche Mineralwasser aus dem Kühlschrank und setzte mich neben sie. Die Luft war warm, fast schienen wir uns in einem anderen Land zu befinden. Was wir vielleicht ja auch taten.

»Wie war's denn?«, fragte Kaja.

»Wunderbar«, sagt ich. »Meine Güte, ich finde meine Freundinnen ja so toll. Sie sind einfach wunderbar. Sie sind einfühlsam und ehrlich, kritisch und lieb, lustig und ernst. Und es kommt mir unglaublich vor, dass wir schon so lange befreundet sind. Wir haben so ungefähr alles zusammen erlebt, und das hier ist hoffentlich noch immer nur der Anfang.«

Kaja musterte mich mit sanftem Blick.

»Ich liebe dich«, sagte sie. »Du weißt, was wichtig ist. Komm her.«

Ich beugte mich zu ihr vor und wir küssten uns. Meine Freundinnen, Kajas Bekannte: Trotz unserer Ungleichheiten in Bezug auf Klasse, Temperament und Wesen, gab es diesen großen, gemeinsamen Nenner, das Bedürfnis nach Freundinnen, die Liebe zu den Frauen, die wir durchs Leben begleitet hatten und von denen wir begleitet worden waren. Es war witzig, es war wichtig. Es war das Leben. Beziehungen kamen und gingen, aber die Freundschaft zwischen Frauen hatte Bestand. Ich sah Kaja an und empfand großen Respekt vor ihr. Zugleich sah ich voller Freude, dass ich für mich selbst denselben Respekt hegte.

Am nächsten Morgen öffnete ich beim Frühstück die Zeitung. Das erste, was ich sah, war Ninas Todesanzeige. »Geliebt - vermisst.«

2

Ich hatte unsere wenigen gemeinsamen Bekannten angerufen, um in Erfahrung zu bringen, was passiert war. Nina war an einem plötzlichen Herzstillstand gestorben, das wurde jedenfalls behauptet. Ich hatte keinen Kontakt zu ihrer Familie und wollte auch keinen. Ich wollte nicht zur Beerdigung gehen. Aber ich schickte einen großen Kranz und weinte mich bitterlich bei Kaja aus. Schuldgefühle. Weil ich mich nicht rechtzeitig gekümmert hatte. Die Zeit verschlang uns alle, es war wichtig, rechtzeitig etwas zu tun.

»Ich war so verdammt zufrieden mit mir selbst«, klagte ich mich an. »Und ich habe keinen Finger gerührt, um ihr zu helfen. Sie hat sich bei mir gemeldet, sie wollte mich treffen. Aber ich hab mich nicht getraut. Und dann hatte ich keine Zeit, fand ich. Bis heute. Und jetzt ist es zu spät.«

»Davon, dass du dir Vorwürfe machst, wird nichts besser«, sagte Kaja. »Du hast getan, wozu du im fraglichen Moment in der Lage warst. Mehr kann kein Mensch.«

Ich lief wie ein Tiger in der Küche hin und her. Mein Herz hämmerte wie besessen gegen meine Brust. Nina in der Sonne, Nina mit ihrem Eis. Nina, deren Kaugummiblase plötzlich platzte und ihr halbes Gesicht verdeckte. Nina im Krankenhaus, gealtert, sterbend. Und wir rührten keinen Finger, um daran etwas zu ändern.

»Sie ist tot!«, sagte ich zu Kaja. »Begreifst du, dass sie tot ist! Sie ist nicht mehr da! Nichts, was ich tue, kann daran etwas ändern! Ich habe nichts unternommen, als es noch möglich war. Und jetzt ist die Zeit gekommen, um sich deswegen anzuklagen!«

Die Trauer schien mich innerlich zu zerreißen. Was hatten Kaja und ich gemacht, während Nina dem Ende entgegengegangen war? Wir hatten uns auf den Schären gesonnt, uns im Vollmond geliebt, Himbeeren, Erdbeeren und Brombeeren des Sommers genossen, unsere Düfte, unseren Geschmack. Und das alles, während Nina sich durch heiße Stadtstraßen geschleppt hatte, ein Schatten ihres früheren Selbst, ausgehungert, vertrocknet, zusammengebrochen, zerstört. Ihr Körper hatte aufgegeben, das hatte ich schon bei unserer zufälligen Begegnung im Oktober gesehen, damals hatte ich erkannt, dass sie dem Tod nahe war. Warum hatte ich nichts unternommen? Warum hatte ich mich nicht um sie gekümmert? Vielleicht hätte ich sie retten, ihr helfen oder zumindest ihr Ende auf irgendeine Weise erleichtern können.

Plötzlich gingen mir die Ausmaße des Dilemmas auf, in dem sich die meisten von uns früher oder später befinden. Das Dilemma zwischen der Mühe, die ein kranker, elender, alter oder auf irgendeine Weise anderer Mensch für uns bedeutet, weil er sich außerhalb der Norm befindet, dem Normalen, der Art, in der die meisten von uns leben – Drogensüchtige, Trinker, Magersüchtige, psychotische Menschen oder sogar Neurotiker – und dem tiefen Gefühl der Trauer, das uns überkommt, wenn dieser Mensch plötzlich nicht mehr da ist. Diese viele Mühe, die Belastungen, die wir um jeden Preis gemieden hatten, während dieser Mensch noch am Leben gewesen war, die viele Arbeit, der wir so weit wie möglich ausweichen wollten, schrumpfte plötzlich und wurde zu etwas, das geleistet, akzeptiert und durchgehalten werden konnte, wenn es diesen Menschen nicht mehr gab. Aber dann war es zu spät.

Es kam mir unvorstellbar vor, dieses Telefongespräch nicht geführt, jenen Brief nicht geschrieben, mich nicht ein einziges Mal gemeldet zu haben: Dass ich nicht einmal beim Sozialamt oder dem Hausarzt angerufen hatte, nicht mit einer Blume oder einem Leckerbissen zu ihr gegangen war oder sie wenigstens irgendwo in der Stadt zu einem Kaffee eingeladen hatte. Wer konnte denn sagen, welchen Unterschied diese einfachen Taten bedeutet hätten? Wer konnte wissen, welche kleinen Dinge die Tragödie verhindert und diesen gefährdeten Menschen, den Mitmenschen, den Freund oder die Freundin, die Schwester oder den Bruder, einen ehemaligen Geliebten, ein Familienmitglied, eine Kollegin, einen Bekannten, Schritt für Schritt zu neuen Gedanken, neuem Verhalten, neuen Lebensmustern geführt hätten? Jetzt war es zu spät, jetzt war das Dilemma da, jetzt war der Abgrund zur Tatsache geworden. Und vielleicht war es ja so, dass der nicht getrunkene Kaffee, der nicht geschriebene Brief, die nie gewählte Telefonnummer und das niemals geführte Telefongespräch die kleinen, schlichten Dinge waren, die diesen tiefen Abgrund erst entstehen ließen. Man würde das nie erfahren. Nur eins stand fest: Der Abgrund war jetzt da und er würde bleiben, für den Rest unseres Lebens.

***

Die Wochen vergingen, der Sommer ging in den Frühherbst über. Kaja und ich versuchten, einen gemeinsamen Rhythmus zu finden, aber unsere Unterschiede traten immer deutlicher hervor, je näher wir einander kamen. Ich war sehr gesellig und hatte einen großen Bekanntenkreis, sie beschränkte sich auf wenige Freunde. Sie war politisch aktiv und regte sich entsetzlich über Zeitungsartikel auf, auf die ich zwar auch reagierte, die ich danach aber einfach weglegen konnte. Wir fühlten uns beieinander oft einsam, während wir einander auch ungeheuer nahe kamen. Es war ein zweischneidiges Schwert, auf der einen Seite speisten unsere Unterschiede die Leidenschaft und ließen uns noch intensiver brennen, auf der anderen Seite war es schwer, den Alltag im Griff zu behalten, wenn jede in ihre eigene Richtung zog. Im Sommer war ich meinen Freunden und Bekannten weitgehend ausgewichen, aber jetzt wollte ich die Sache wieder angehen. Das Essen im East war der Startschuss gewesen, jetzt wollte ich wieder auf das Gesellschaftskarussell aufspringen. Ninas Tod hatte mich in meiner Überzeugung bestärkt, dass ich den alte Freundschaften pflegen musste. Ich war dazu bereit, die alten Freunde aus meiner neuen Situation heraus zu treffen. Und dabei wollte ich Kaja gern bei mir haben.

Anfang September war ich zu einem großen Ball in der Marineoffiziersmesse eingeladen. Ein paar alte Freunde wollten dort gemeinsam feiern. Die Einladung war schon Ende Juli eingetroffen und ich hatte sie für mich angenommen. Mitte August startete ich meinen Angriff auf Kaja.

»Warum kommst du nicht mit?«, fragte ich sie leichthin, als wir eines Abends über den Herbst sprachen und ich unter anderem dieses Fest erwähnte.

Kaja hob eine Augenbraue.

»Machst du Witze?«

»Wieso denn Witze? Natürlich nicht.«

»Ich soll auf einen Ball gehen?«

»Ja«, sagte ich. »Was ist daran so komisch? Das sind meine Freunde. Du kannst ihnen nicht bis in alle Ewigkeit ausweichen.«

»Ich weiche deinen Freunden nicht aus«, sagte Kaja. »Wir haben abgemacht, dass sie zum Essen herkommen. Von Smokinggelagen war nicht die Rede.«

»Aber das sind auch meine Freunde«, sagte ich. »Früher oder später musst du sie kennen lernen. Sie gehören zu meinem Leben und jetzt sind du und ich zusammen. Da ist es doch natürlich, dass wir unsere Freundeskreise teilen, jedenfalls Stück für Stück.«

»Stück für Stück ist okay«, sagte Kaja. »Aber ich will nicht auf einen Ball gehen und mich verkleiden. Ich komme mir vor wie ein Transvestit, wenn ich ein Kleid anziehen muss.«

»Dann nimm einen Smoking«, sagte ich. »Du kannst anziehen, was du willst.«

»Ich kann nicht im Smoking ankommen, wenn alle anderen Mädels Ballkleider tragen, kapierst du das nicht?«, fauchte Kaja. »Und warum soll ich überhaupt mitkommen? Ohne mich kannst du dich doch viel besser amüsieren.«

Damit hatte sie nicht ganz unrecht. Es macht mehr Spaß, ein Fest zu besuchen, wenn man nicht die ganze Zeit daran denken muss, ob jemand sich amüsiert oder nicht – vor allem dann nicht, wenn dieser Jemand wirkt wie ein Fisch auf dem Trockenen und jedes Glas Wein als Klassenverrat und jedes Stück Fleisch als einen gemeinen und barbarischen Angriff auf Mutter Natur betrachtet. Zugleich war mir Kajas

Tonfall unangenehm. Bedeutete das, dass sie auch in Zukunft nie mit mir auf Feste gehen wollte, nicht einmal dann, wenn sie auch eingeladen war? Irgend etwas an ihrer Haltung ließ meine inneren Alarmglocken losschrillen. Aber ich wollte die Krisen nicht schon im Voraus durchleiden. Dieses Problem würden wir später noch lösen können.

»Okay«, sagte ich. »Dann gehe ich allein.«

»Mach das«, sagte Kaja zufrieden.

Jetzt stand ich in der Diele, angezogen und geschminkt. Kaja hatte die ganze Zeit an mir gehangen wie ein Kind, hatte mir beim Schminken zugesehen und meinen Schmuck, meinen Nagellack und meine Unterwäsche kommentiert. Sie fand den ganzen Prozess spannend, hatte aber keine Lust, sich daran zu beteiligen. Wenn Lukas und ich ausgegangen waren, hatten wir uns getrennt angekleidet, er trug dann Smoking oder Frack, ich ein Abendkleid, und wir hatten unterschiedliche Rituale und unterschiedliche Zeitabläufe. Er interessierte sich nie besonders für das, was ich machte; er musste nach verschusseltem Zubehör suchen, ohne das er nicht fertig wurde, Knöpfe und Fliege, zum Beispiel. Kaja dagegen fand es lustig, was ich hier machte. Zugleich stellte sie sich als Zuschauerin an den Rand, nahm nicht teil. Ich fragte mich, was das auf die Dauer für unsere Beziehung bedeuten würde.

»Amüsier dich«, sagte Kaja.

Sie war noch immer braun nach dem heißen Spätsommer und von Sommersprossen übersät. »Hast du bei Gegenwind Tabak ausgespuckt?«, war sie als Kind oft gefragt worden. Jetzt stand sie in abgeschnittenem T-Shirt und zerfetzten Jeansshorts vor mir und strahlte mich an.

»Elegant«, sagte sie beifällig und lächelte mich an. »Geh mit den Jungs flirten. Aber nicht zu sehr!«

Ich trug ein schmales, grünblaues Paillettenkleid, das ich liebte, und ich freute mich wirklich auf den Abend, obwohl Kaja nicht mitkommen wollte. Es war immer ein wenig langweilig, allein zu einem großen Fest zu erscheinen, aber ich war vorher zu einem Aperitif nach Östermalm eingeladen worden und hatte dankend angenommen. Die meisten trafen sich vor solchen großen Festen auf ein Glas und fuhren dann mit einem Taxi zum eigentlichen Anlass weiter.

Die Taxifahrt durch die leeren Straßen zur Grevgata dauerte nicht lange. Kaum hatte ich die Wohnung betreten und meinen Mantel aufgehängt, hatte ich das Gefühl, dass sehr viele Blicke in meine Richtung gingen. Doch auf dem Gesicht der Gastgeberin war nicht das kleinste Anzeichen zu entdecken, dass hier etwas anders war als sonst.

»Schön, dich zu sehen«, sagte sie und führte mich ins Zimmer. »Wie wäre es mit einem Martini?«

Ich bekam ein Glas und drehte dann eine Begrüßungsrunde. Im Raum hielten sich höchstens zehn Personen auf, Olof war der Einzige, den ich richtig kannte. Als ich alle begrüßt hatte, ging ich deshalb zu ihm.

»Wie geht es dir?«, fragte ich leise.

»Meine Güte«, sagte er und schaute mich mit einem spöttischen kleinen Lächeln an. »Das sollte ich wohl eher dich fragen. Ich muss schon sagen, du hast den Klatsch wirklich wunderbar von mir und Betty abgelenkt.«

»Das scheinst du ja fast zu bedauern«, sagte ich in dem Versuch, einen freundschaftlichen Scherz anzubringen.

»Wirklich? Ich habe ja eher das Gefühl, dass du es bedauern würdest.«

Sein Tonfall schockierte mich, aber ich hielt mich zurück.

»Schalt mal einen Gang zurück«, sagte ich gelassen. »Ich hab damals zu dir gehalten, vergiss das nicht.«

Er nahm sich zusammen und musterte mich von der Seite. Ich wurde ein wenig rot, hatte aber wirklich nur meine ehrliche Meinung gesagt. Und witzigerweise hatte ich damit Erfolg.

»Entschuldige«, sagte Olof. »Ich wollte dich nicht verletzen. Ich kann ja verstehen, dass du eine ziemlich harte Zeit hinter dir hast.«

»Sowohl als auch«, sagte ich. »Es gab auch viel Positives. Wie die Reaktion meiner Familie und meiner Freundinnen. Das ist schon interessant, wenn Sturm aufkommt, da sieht man, was man von den Leuten zu halten hat. Findest du nicht?«

Olof lachte ein wenig verlegen und zuckte mit den Schultern.

»Ich weiß nicht«, sagte er. »Im Grunde hatte ich wohl Glück, was Freunde und Bekannte angeht, aber das ist ja nicht alles. Betty ist schwanger, weißt du.«

Er schaute mir ins Gesicht, auf andere Weise als früher. Etwas von der Verlegenheit des alten Olof schien verschwunden und einer neuen Offenheit gewichen zu sein. Aber darüber musste ich ja nicht gerade jetzt mit ihm sprechen.

»Ich habe Gerüchte gehört«, sagte ich. »Habt ihr darüber gesprochen?«

Olof lachte bitter.

»Sie hat mir einen Brief geschrieben und mir freundlicherweise mitgeteilt, dass sie Weihnachten Mutter wird. Unsere Scheidung ist vor zwei Wochen durchgegangen, am 25. August, um genau zu sein. Den Rest kannst du dir selber denken. Nicht, dass ich hier den Prüden spielen will, aber es ist schon eine komische Vorstellung, dass ihr Nachwuchs noch während unserer Ehe entstanden ist.«

Plötzlich kam mir ein Gedanke.

»Besteht irgendeine Möglichkeit, dass es dein Kind sein könnte?«

Olof zuckte mit den Schultern.

»Ich habe nachts nicht wachgelegen und Tage gezählt«, sagte er, »aber in dieser ganzen Zeit ging es bei uns ziemlich hin und her. Noch im Mai hat sie eine Art Versöhnungswochenende arrangiert und mich verführt. Kurz darauf hat dieser Kerl ihr einen Heiratsantrag gemacht, da hat sie beschlossen, mich doch noch zu verlassen. Und seither waren wir nicht mehr zusammen.«

»Aber das Kind wird zu Weihnachten geboren?«

»Das Weihnachtsgeschenk des Jahres.«

Bei dieser Vorstellung wurde mir schwindlig.

»Mit anderen Worten, du weißt nicht, ob es deins ist?«

Olof lächelte.

»Ich werde wohl niemals richtig wissen, ob es mein Kind ist oder nicht«, sagte er. »Aber sein Vater werde ich jedenfalls nicht sein, das weiß ich.«

Zum ersten Mal ging mir auf, wie hilflos ein Mann eigentlich ist, wie unmöglich es für ihn ist, jemals sicher zu sein, dass er wirklich der Vater seiner eigenen Kinder ist. Auch als Feministin fiel es mir schwer, Frauen wie Betty irgendeine größere Sympathie entgegenzubringen.

»Und du selbst?«, fragte Olof. »Bist du glücklich? Warum ist sie übrigens nicht hier, ist sie nicht eingeladen worden?«

Wieder so ein kleiner, hämischer Unterton. Ich begriff nicht, warum.

»Sie ist nicht eingeladen. Und außerdem interessiert sie sich nicht für solche Veranstaltungen.«

»Nicht? Ist sie ein Snob?«

Er lachte vielsagend. Der arme Olof, ihm ging es offenbar viel schlechter, als mir klar gewesen war.

»Ich hoffe, dass sich bei dir alles findet«, sagte ich und drückte seine Schulter ein wenig.

Die ganze Gesellschaft fuhr mit dem Taxi nach Skeppsholmen, aber ich landete nicht im selben Wagen wie Olof. Wir gingen in der Reihenfolge ins Haus, in der wir eintrafen, und hängten unsere Mäntel auf. Ich kam zum ersten Mal seit Jahren ohne Mann zu einem solchen Fest. Albernerweise war ich deshalb ein wenig nervös. In den vorderen Räumen wurden Getränke serviert, viele alte Bekannte waren schon dort. Ich musste also die Zähne zusammenbeißen und hineingehen.

Ich begrüßte und küsste Wangen, plauderte und begrüßte abermals. Etliche der Anwesenden schienen sich über mein Erscheinen zu freuen, sie sagten, sie hätten mich in letzter Zeit vermisst. Niemand erwähnte Lukas. Plötzlich sah ich ein, wie sehr ich auch in gesellschaftlicher Hinsicht selbstständig war, wie wenig ich einen Mann brauchte. Alle, die ich hier kannte, waren mit mir befreundet, nicht mit Lukas. Ich hatte ihn diesen vielen Menschen vorgestellt, nicht umgekehrt. Ich war eine unabhängige Frau mit eigenem Bekanntenkreis und die Menschen hier mochten mich.

Bei dieser Erkenntnis hob ich den Kopf ein wenig höher. Ich fing an, mich zu entspannen. Tatsache war, dass ich schrecklich gern Feste besuchte. Mir gefiel das ganze Ritual, ein warmes Bad zu nehmen, mir die Nägel zu lackieren, mich sorgfältig zu schminken, die dünnen, glänzenden Nylonstrümpfe hochzuziehen, Abendkleid und Schmuck hervorzusuchen. Das alles fand ich wunderbar. Und danach das eigentliche Fest; umherzulaufen und mich schön fühlen zu dürfen, am Champagner zu nippen, eine Menge alter Bekannter zu treffen und zu erfahren, was sie alle so machten. Einen Tischherrn zu bekommen, hoffentlich einen sympathischen, mit dem ich beim Essen plaudern und lachen könnte. Die obligatorischen drei Gänge. Das Gerede am Tisch, die Reden, bei denen alle schwiegen und niemand aß, sondern trank und an den passenden Stellen -lachte, das Gespräch mit dem Mann an meiner anderen Seite – meistens während des Hauptgerichts, während die übrige Zeit dem eigentlichen Tischherrn gewidmet wurde. Das Zuprosten, die Unterhaltung, der sich steigernde Rausch, der allen Glanz in die Augen und Farbe auf die Wangen trieb, während die Rotweingläser geleert wurden. Und dann der Kaffee, bei dem man eine kesse Lippe riskierte und quer über die Tische scherzte, bis plötzlich die Musik aufspielte und der Tanz begann. Zuerst die Tänze mit dem Tischherrn, dann nach freier Wahl mit den übrigen Männern.

Fest. Tanz. Abendkleidung. Champagner. Und, nicht zu vergessen, Flirt.

Ich flirtete gern mit Männern. Ich ging gern auf diese Weise mit ihnen um, ließ mich verehren, machte selbst Komplimente. So mochte ich sie am liebsten; gefühlsmäßig eine Armlänge von mir entfernt, verbal und sozial aber in engem Kontakt. Vielleicht hatten mich die vielen James-Bond-Filme negativ beeinflusst, aber ich kam nicht dagegen an – ich fand Männer im Smoking sexy. Ich tanzte eng mit ihnen und roch ihr Rasierwasser, ich fand es wunderbar, vor der Bar mit ihnen herumzualbern, ich tanzte mit ihnen, bis mir der Schweiß ausbrach. Aber weiter mochte ich eben nicht gehen. Ihre Gattinnen konnten sie gern behalten. Ich hatte keine Lust, verheiratete Typen zu küssen, geschweige denn, mit ihnen Sex zu haben. Was mir Spaß machte, war eben der unschuldige Cocktailflirt, bei dem man im Prinzip Dienstleistungen tauscht – »Ich zeige dir meine Wertschätzung, du zeigst mir deine «.

Ich hatte noch nie viel für zufällige Sexualkontakte übrig gehabt. In meinem ganzen Leben hatte ich noch keinen einzigen »One-Night-Stand« absolviert. Allgemein betrachtet fand ich die Vorstellung, mit Fremden Körperflüssigkeiten auszutauschen, ziemlich übel. Sie entsprach einfach nicht meiner Vorstellung einer ergiebigen Kommunikation. Mir gefiel der Gedanke, dass alle ihren Partner oder ihre Partnerin hatten, dass man aber auf Festen großzügig sein und ein gewisses Maß an platonischem Austausch zur Selbstbestätigung gestatten konnte. Denn darum ging es im Grunde doch immer.

Der Person, mit der ich zusammen war, konnte ich in dieser Hinsicht die gleiche Freiheit bieten. Während ich diesen Ball besuchte, war Kaja bei einem Fest auf Söder. Ihre Freundin Moa veranstaltete im Café 44 irgendeinen Umtrunk. Dort würden sich Lesben en masse einfinden, hübsche und hässliche, einige vielleicht interessiert an Kaja, und auf jeden Fall mindestens eine Handvoll, die einem kleinen Flirt nicht abgeneigt war. Ich stellte mir vor, wie sie mit ihnen tanzte, ihnen Feuer gab, mit ihnen lästerte, an der Bar mit ihnen scherzte, ihnen einen ausgab. War das für mich ein Problem? Nein, wirklich nicht. Ich war Kaja gegenüber ebenso großzügig wie sie es mir gegenüber war. Aber wenn ich diesen

Gedanken weiterspann und mir vorzustellen begann, dass sie mit einer anderen Frau herumschmuste, sah die Sache schon anders aus. Dann wurde ich wütend und hatte keinerlei Lust, Großzügigkeit zu zeigen.

***

Es wurde wirklich ein schönes Fest. Ich hatte einen sympathischen und humorvollen Tischherrn namens Göran. Normalerweise konnte man schon feststellen, ob man sich amüsieren oder einfach nur Konversation machen würde, ehe man sich zu Tisch gesetzt hatte. Ich brachte irgendeinen dummen Spruch, um die Reaktion meines Tischherrn zu testen, und meistens traf meine Prognose später dann ein. Göran trat auf mich zu und bot mir seinen Arm, als es an der Zeit war, sich zu Tisch zu begeben, und ich sagte sofort: »Wie witzig. Ein Mann von Welt. Ich finde es gut, einen Arm festhalten zu können, dann weiß man doch, dass man auf dem richtigen Stuhl landen wird.«

Göran gab keine Antwort, er bog einfach nur im rechten Winkel ab und lotste uns durch eine Seitentür, sodass wir in der Küche landeten. »Huch«, sagte er, lächelte kurz und kehrte dann in den Speisesaal zurück.

Ich musterte ihn. Ziemlich gut aussehend. Freundliches Lächeln. Wirkte sympathisch.

»Solche Veranstaltungen nenne ich immer die Gelage, die Gott vergessen hat«, flüsterte er mir ins Ohr, als wir hinter unseren Stühlen warteten, bis alle hereingekommen waren und wir uns setzen konnten. »In Schweden gibt es doch sonst wohl niemanden mehr, der diese Art von Festen veranstaltet?«

»Ich glaube ja eher, dass das hier das Gelage ist, an das Gott sich gut erinnert«, sagte ich. »Das kann die Oberklasse noch immer besser als alles andere: Feste feiern.«

»Sicher«, sagte Göran. »Ich hatte jetzt auch nicht an Schnaps und Tanz gedacht. Sondern an die Tatsache, dass die Gastgeber Geburtstag haben und ich mindestens drei alte Tanten mit zusammengefalteten Papierbögen unter dem Arm gesehen habe. Schau mal!«

Ich drehte meinen Kopf in die Richtung, in die er gezeigt hatte. Dort saß dann auch wirklich eine silberhaarige Dame, die allein Platz genommen hatte und mit der Brille auf der Nase in einen Text vertieft war, bei dem es sich offenbar um eine lange Rede handelte.

»Aha«, sagte ich. »Alles klar.«

»Da sind noch zwei«, sagte Göran und hob zwei Finger. »Zwo!«

In diesem Moment nahmen die Gastgeber mit ihren Tischdamen Platz und wir folgten ihrem Beispiel. Das Essen war gut und dauerte lang und es gab dazu wirklich eine Anzahl von Reden, von denen einige durchaus komisch waren. Außerdem rissen Göran und ich Witze und brüllten vor Lachen. Zum Kaffee landeten wir auf einem Sofa, zusammen mit Gustaf, der strahlender Laune war, und seiner Tischdame, die ein ziemlich freches Mundwerk hatte. Nach einer Weile hatten wir es geschafft, ein Glas Cognac auf dem Tisch zu verschütten, ich sprang auf, um einen Lappen zu holen, während Göran sich um Alkoholnachschub kümmern wollte.

Auf dem Weg zur Bar lief mir mein Verwandter Henrik über den Weg. Er war von der steiferen Sorte, einer, dem es wichtig ist, in der Öffentlichkeit alles richtig zu machen. Er war erzkonservativ und wir waren nicht immer einer Meinung, auch wenn wir sehr viel voneinander hielten. Ich dachte, jetzt oder nie. Da hatte Henrik mich schon in eine Ecke gedrängt und lehnte sich lächelnd und mit verschränkten Armen an die Wand.

»Jetzt erzähl schon, Sophie«, sagte er. »Wie sieht's aus?«

»Große Veränderungen«, sagte ich.

»Ach?«, fragte mehr. »Mehr noch als das, wovon wir neulich bei Douglas gesprochen haben?«

Wir waren einige Monate zuvor gemeinsam auf einem Fest gewesen, aber ich wusste nicht mehr, worüber wir damals geredet hatten.

»Um was ging es denn da?«

»Dass du bei den nächsten Wahlen links stimmen wirst.«

»Ach so«, sagte ich. »Das hat dich ein wenig empört, glaube ich mich zu erinnern.«

»Empört?«, fragte er. »Mich doch nicht. Wenn du nur weißt, was du tust. Oder, ja, doch, es hat mir schon ein wenig schwer im Magen gelegen, wenn ich mir das genauer überlege.«

»Wie geht's dir denn selbst?«, fragte ich, um Zeit zu gewinnen und meine Gedanken zu sammeln.

»Ja, danke«, sagte er. »Sehr gut. Paris wird mit der Zeit immer besser.«

Henrik lebte in Paris. Er war Finanzmann und ein alter Spitzensportler und in der Hinterhand hatte er einen Herrensitz in Sörmland; er wäre ein richtig guter Fang für eine heiratslustige Frau mit Oberklassenambitionen. Aber ich stellte mir vor, dass es ziemlich schwer sein würde, mit ihm zusammenzuleben. Andererseits, bei wem war das schon anders?

»Also«, sagte er. »Ich warte.«

»Verstellst du dich oder hast du wirklich kein Gerücht gehört?«, fragte ich.

»Ich habe rein gar nichts gehört. Ich war seit Ostern nicht mehr zu Hause. Was für Gerüchte sollen das denn sein?«

»Ich habe eine Frau kennen gelernt«, sagte ich.

Henriks Gesicht war zuerst ausdruckslos. Ich wartete. Reaktion: Vorwürfe. Werte, Ideale, guter Name in den Schmutz gezogen, und so weiter. Aber diese Reaktion blieb aus. Stattdessen hob Henrik plötzlich so energisch die Augenbrauen, dass sie mit seinem Haaransatz kollidierten – was ich niemals für möglich gehalten hätte – und seine Augen begannen zu funkeln. Er ließ die Augenbrauen wieder sinken und musterte mich mit etwas, das aussah wie aufrichtige Begeisterung.

»Ja, verdammt«, sagte er.

»In der Tat«, sagte ich.

»Warum erzählt mir eigentlich niemand was?«, fragte er dann. »In Paris erfährt man alles immer zuletzt. Und was ist mit Lukas?«

Henrik war bei unserer Hochzeit dabei gewesen. Er hatte sogar eine Rede gehalten, eine etwas säuerliche, arrogante, die mir klargemacht hatte, dass er Lukas nicht gerade innig liebte.

»Es ging nicht so gut«, sagte ich. »Im Grunde waren wir wohl nicht füreinander geschaffen. Tatsache ist, dass wir in Scheidung leben.«

»Das habe ich von Anfang an geahnt«, sagte Henrik gelassen, ebenso selbstverständlich wie Björn. »Du bist viel zu dominant für ihn. Du brauchst jemanden, der dir Kontra gibt. Und wer ist nun diese Dame?«

Jetzt musste ich einfach losprusten.

»Eine lesbische Radikalfeministin«, sagte ich. »Sie heißt Kaja.«

Jetzt lachte auch Henrik, laut und schallend und mit in den Nacken geworfenem Kopf. Dann musterte er mich voller Wärme und schüttelte den Kopf. Ich war so erleichtert und zugleich so erstaunt, dass es mir die Sprache verschlug. Hier stand einer der erzkonservativsten Angehörigen meiner Sippe und lachte einfach nur. Ich hätte mit jeder anderen Reaktion eher gerechnet.

»Unglaublich«, sagte er.

Ich lächelte.

»Wie ist sie denn so?«, fragte Henrik. »Ich kenne nicht sehr viele ... wie hast du das noch genannt?«

»Lesbische Radikalfeministinnen.«

»Ja, genau.«

»Sie ist einfach wunderbar.«

Henrik musterte mich lächelnd und schüttelte wieder den Kopf.

»Man kann über dich ja sagen, was man will, Sophie«, sagte er dann. »Aber bei dir ist es jedenfalls nicht langweilig.«

»Gut.«

Wieder lachten wir beide, Henrik richtig schallend, ich selbst spürte, wie in mir vor Heiterkeit alles perlte.

»Aber jetzt mal ernst«, sagte Henrik dann, als wir uns beruhigt hatten. »Ich finde es mutig von dir, deinen Gefühlen zu folgen. Das ist gut. Das werde ich dir immer zugute halten. Du bist jedenfalls nicht feige.«

Er hob sein Cognacglas.

»Prost. Hoffentlich wirst du glücklich.«

»Selber Prost«, sage ich voll Wärme und spürte, wie sehr ich ihn mochte. »Gleichfalls.«

***

Der Tanz begann, und Göran und ich absolvierten den obligatorischen ersten Walzer.

»Du bist eine tolle Frau«, sagte er, als wir zwischen den vielen anderen Paaren über den Tanzboden wirbelten. »Können wir uns nicht mal wieder treffen?«

»Aber sicher«, sagte ich.

Ich hatte ihm erzählt, dass ich mit Kaja zusammenlebte und wir hatten ausführlich darüber diskutiert. Er selbst hatte vor kurzem eine mehrjährige Beziehung mit einer Frau beendet, da er zu der Erkenntnis gekommen war, dass er sie doch nicht heiraten wollte.

»Wir können ins Kino gehen«, sagte er. »Es gibt jede Menge Filme, die ich sehen möchte.«

»Ruf einfach an«, sagte ich. »Dann fällt uns schon etwas ein.«

Wir tanzten noch einige Tänze, dann trennten sich unsere Wege. Ich wollte zur Bar, wurde unterwegs aber von Henrik geschnappt. Er war genauso ein Boogie-Fan wie ich und wir schafften zehn Titel hintereinander. Danach war ich schweißnass. Abermals ging es zur Bar. Abermals wollte jemand mit mir tanzen. Ich konnte einfach nicht Nein sagen, es machte zu großen Spaß.

Nach zwei Stunden ging ich zur Toilette und dort stieß ich auf Beata. Wir hatten uns beim Aperitif begrüßt, aber ich hatte nicht viel mit ihr sprechen können. Jetzt standen wir allein vor dem Spiegel.

»Ach, was ist Gustaf lustig«, sagte ich. »Beim Kaffee haben wir wirklich viel gelacht.«

»Wie schön«, sagte Beata und puderte sich die Nase.

Ihre Stimme klang ein wenig gepresst. Ich schielte zu ihr hinüber.

»Wie war es denn bei dir?«

Beata hatte neben einem der Gastgeber gesessen, was immer eine Art Auszeichnung war.

»Großartig«, sagte Beata.

Noch immer sah sie mich nicht an. Plötzlich wurde die Tür zu einer Toilette geöffnet, und eine Frau kam heraus. Ich winkte Beata zu, um ihr den Vortritt zu lassen.

»Nein, nein«, sagte sie. »Geh du nur.«

Ich betrat die Zelle mit einem unangenehmen Gefühl im Bauch. Beata hatte mich vorgelassen, mit einer Geste, die mir ihre starke Ablehnung verriet. Sie hätte fast sagen können: Geh du, ich will nicht pissen, wenn eine Lesbe vor der Tür steht.

Als ich von der Toilette kam, war Beata verschwunden. Sie lehnte draußen an der Wand und unterhielt sich mit Olof, und als ich herauskam, lächelte sie säuerlich und verschwand wieder im Toilettenvorraum. Ich begriff gar nichts mehr. Aber es hatte auch keinen Zweck, mir jetzt darüber den Kopf zu zerbrechen; die Erklärung würde sicher irgendwann erfolgen, ob ich sie nun wollte oder nicht.

Ich ging wieder zur Bar, wo ich auf Jacob, einen alten Bekannten, und seinen Freund Otto stieß. Wir rissen Witze, dann tanzte ich nacheinander mit beiden. Einige Stunden darauf landeten wir wieder zu dritt nebeneinander und mir wurde bewusst, dass die beiden eigentlich ziemlich komisch waren. Als die Musik gegen zwei Uhr verstummte, kamen sie jedenfalls zum dritten Mal auf mich zu. Ich überlegte gerade, ob ich direkt nach Hause fahren oder Henrik zur Nachfeier bei Beata und Gustaf begleiten sollte.

»Komm jetzt, Sophie«, sagte Jacob. »Es geht weiter.«

»Wohin denn?«

»In die Stadt«, sagte Otto. »Zur Trap Bar.«

»Zur Trap Bar?«, fragte ich skeptisch. »So?«

Ich in meinem kurzen blaugrünen Paillettenkleid. Die Jungs im Smoking. Die Trap Bar war ein ziemlich trendiger Laden, der nicht gerade von Ballgästen frequentiert wurde.

»Ja, so«, sagte Jacob. »Das wird klasse.«

Und verdammt, warum sollte man nicht ausnahmsweise mal etwas anderes machen? Ich küsste Gustaf und Beata auf die Wange und erklärte, dass ich weiterwollte.

»Tu nichts, was ich nicht auch tun würde«, sagte Beata mit vielsagendem Zwinkern.

Beata gehörte zu den wenigen, die sich mir gegenüber seltsam benommen hatten, seit die Scheidung von Lukas und mir bekannt geworden und ich mit einer Frau zusammen war. Sie schien meine Entscheidung zu verurteilen, ohne dass ich gewusst hätte, warum genau. Auf irgendeine seltsame Weise hatte ich das Gefühl, dass sie fast neidisch auf mich war, dass sie jedoch lieber sterben würde, als das zuzugeben. Als ich jetzt Gustafs langhaarigen Nacken im Taxifond verschwinden sah, konnte ich sie durchaus verstehen. Er war betrunken, wurde fett, war ab und zu gemein zu ihr, auch wenn er uns anderen gegenüber noch so witzig und charmant sein konnte. Ein solches Verhalten kannte ich von Hunderten von anderen Paaren und ebenso vielen Festen. Und ich hatte das Gefühl, dass Beata es mir einfach nicht richtig gönnen konnte, dass ich in meinem Leben eine Alternative gefunden hatte, einen anderen Lebensstil als diese Zweisamkeit. Zugleich wusste sie natürlich nichts von der Unruhe und Unsicherheit, die sich einstellte, wenn man bewusst den etablierten Rahmen verließ. Beata war einfach allgemein skeptisch, wenn andere etwas hatten, was sie sich teilweise selber wünschte.

»Versprochen«, sagte ich jetzt zu ihr. »Aber das gilt dann umgekehrt auch für dich.«

Dann sprang ich ins Taxi, ohne zu erklären, wie ich das gemeint hatte. Beata schaute hinter uns her, ehe sie zu Gustaf in das andere Taxi stieg.

»Haben wir uns amüsiert?«, fragte Jacob und drehte sich zu Otto und mir um, als unser Taxi sich in Bewegung setzte.

»Tolles Fest«, sagte Otto.

»Spitzenmäßig«, stimmte ich zu. »Meine Füße sind völlig erledigt.«

Jacob schaute meine Stilettos mit ihren dünnen Riemchen und den halsbrecherisch hohen Absätzen an.

»Kein Wunder, wenn man diese Fußbekleidung sieht«, sagte er.

»Du weißt doch, warum Frauen solche Schuhe tragen?«, fragte ich. »Damit wir nicht so schnell laufen können, wenn ihr uns verfolgt. Sonst würden wir immer entkommen und ihr würdet wie üblich unversorgt bleiben. Deshalb habt ihr so bequeme Schuhe, damit die Sache für euch so einfach wie möglich wird.«

»Sicher nicht ganz falsch«, sagte Otto mit gespieltem Ernst und nickte.

»Aber manchen gelingt die Flucht eben doch«, sagte Jacob und warf einen vielsagenden Blick auf mich.

Ich sagte nichts dazu. Vor der Trap Bar stand eine Schlange.

»Oh nein«, sagte ich. »So wie wir angezogen sind, will ich nicht draußen warten müssen.«

»Das begreift der Türsteher auch«, sagte Otto.

Wir sprangen aus dem Taxi, bezahlten und gingen zum Eingang. Der Türsteher musterte uns kurz, dann ließ er uns durch.

»Viel Spaß«, sagte er freundlich.

Wie immer empfand ich eine Mischung aus Freude und Abscheu bei dieser kleinen Begebenheit. Meine elitäre Seite fand es witzig, vorgezogen zu werden, während mein Gerechtigkeitssinn laut aufschrie und behauptete, wir sollten lieber zu McDonald's in der Hamngata gehen und einen Burger essen, statt uns an Leuten vorbeizudrängen, die länger gewartet hatten als wir.

Im Inneren stand noch eine Türsteherin. Und zwar Sonja, die Frau aus Kajas schwullesbischem Club. Sie war so freundlich wie immer und außerdem ebenso hart und machohaft. Als sie mich sah, strahlte sie, trat drei Schritte vor und küsste mir die Hand.

»Wunderbar«, sagte sie mit ihrer tiefen Stimme. »Willkommen, schöne Frau.«

Ich umarmte sie und stellte ihr Jacob und Otto vor. Die schienen ein wenig verwundert zu sein, dass ich sie kannte, begrüßten sie aber immerhin freundlich. Sonja zwinkerte mir zu. Danach gingen die Jungs und ich in den ersten Stock. Dort saß eine grobe und ziemlich laute Bande. Wir stellten uns vor sie an die Balustrade und schauten nach unten. Es machte Spaß, in diesem Aufzug in der Trap Bar zu sein, das hatte ich noch nie probiert. Aber es kam mir auch komisch und ein wenig peinlich vor, so, als könnten wir mit allem rechnen, von physischer Gewalt bis zu unangenehmen Kommentaren. Die Leute starrten uns an, als seien wir soeben vom Mars gekommen. Ein Kellner kam auf uns zu.

»Champagner«, sagte Otto. »Eine Flasche bitte.«

Wieder dieses zwiespältige Gefühl. Innerlich krümmte ich mich angesichts dieser großspurigen Bestellung , während Champagner natürlich gerade jetzt das passende Getränk war, hier, und in dieser Kleidung. Ich wartete geradezu darauf, dass eine Horde wütender Männer Jacob und Otto eine scheuern und mich mit den Silbersandaletten vorweg auf die Straße werfen würden. Aber stattdessen erschien ein ziemlich kleiner Typ mit langem Pferdeschwanz und Lederjacke und sprach mich an. Er hatte dunkle Ringe unter den Augen und sinnliche Lippen.

»'n Abend«, sagte er. »Ich wollte dir nur sagen, wie schön du bist. Du siehst aus wie eine richtige Frau.«

Meine Güte.

»Danke«, sagte ich.

»Bist du mit deinem Mann hier, oder was?«

Er nickte zu Jacob und Otto hinüber, die am Geländer lehnten und sich miteinander unterhielten.

»Nein«, sagte ich lächelnd.

»Aber du hast doch sicher einen Mann?«, fragte er.

Ich lachte und schüttelte den Kopf.

Zwei hoffnungsvolle Lichter leuchteten in seinen Augen auf.

»Nicht? Hör doch auf. Hast du keinen Typen?«

Ich überlegte. Es wäre so leicht gewesen, jetzt zu lügen. Ich kannte diesen Mann nicht und der Fall wäre damit erledigt gewesen.

»Nein«, sagte ich. »Ich habe keinen Typen. Aber ich habe eine Frau.«

Er sah mich an.
»Verzeihung? Ich habe nicht richtig gehört. Die Musik.«
»Ich habe eine Frau«, sagte ich dicht an seinem Ohr. »Eine Freundin.«
Er starrte mich an und seine Augen schienen aus seinem Schädel quellen zu wollen.
»Eine Freundin? Soll das heißen, du bist mit einem Mädel zusammen?«
Ich nickte und lächelte. Er musterte mich von Kopf bis Fuß; das Paillettenkleid, die silbernen Schuhe mit den dünnen Riemchen, mein geschminktes Gesicht. Ich sah, wie diese Information in ihm arbeite. So sahen Lesben nicht aus, das wusste er. So einfach war das. Er begriff gar nichts mehr.
»Wieso, bist du denn so eine, die Männer hasst?«
Sein Tonfall klang plötzlich drohend. Ich schüttelte den Kopf und musste wieder lachen.
»Nein, ich hasse Männer nicht. Ich mag Männer. Bisher war ich immer mit Typen zusammen. Aber jetzt hab ich mich eben in eine Frau verliebt. So was passiert, du weißt schon. Man verliebt sich, ganz einfach.«
Er musterte mich mit aufrichtiger Verwunderung. Dann schüttelte er den Kopf.
»Dann bist du jedenfalls besetzt?«
Ich nickte.
»Und wie. Besetzt bin ich.«
Er seufzte, schüttelte noch einmal den Kopf und fing zugleich an, diskret in der Menge Ausschau zu halten. Am Tresen stand eine hübsche Frau mit großen Brüsten. Er drehte den Kopf und sah mich wieder an, diesmal mit freundlichem Lächeln.
»Na gut. Dann sollte ich mich wohl für die Unterhaltung bedanken«, sagte er. »Und viel Glück mit der Frau.«
»Ebenfalls«, sagte ich.
Und damit war er verschwunden. In diesem Moment wurde der Champagner gebracht. Der Kellner präsentierte die Rechnung, ich nahm sie, ehe Jacob zugreifen konnte. Aber Otto entriss sie mir wieder, ohne dass ich das hätte verhindern können.
»Die teilen wir«, sagte er zu Jacob.
»Nichts da«, sagte ich. »Ich mache mit.«
»Hör jetzt auf«, sagte Otto. »Wir teilen zu zweit.«

»Zu dritt«, sagte ich und zog Geld aus der Tasche. »Wir gehen zusammen aus, also teilen wir durch drei.«

Otto sah Jacob an. Jacob zuckte mit den Schultern und nahm dann mein Geld.

»Na gut, du sture halbe Frau!«

Er lächelte mich an.

»Alter halber Kerl«, sagte ich und nahm mein Glas.

Ich beugte mich über das Geländer und Jacob trat neben mich. Ich fragte mich, ob er sich für mich interessieren könnte, so nah, wie er die ganze Zeit an mich herankam. Er meinte, wir müssten bald mal zusammen essen gehen und einander ein wenig besser kennen lernen. In diesem Moment wurden wir unterbrochen. Ein reichlich angetrunkener Blonder stand hinter uns. Er hatte uns beiden eine Hand auf die Schulter gelegt. Wir fuhren herum.

»Und was seid ihr denn?«, fragte er. »Seid ihr so eine Art Scheiß-Artisten?«

Er starrte uns verächtlich an, in seinem Mundwinkel hing ein Zahnstocher. Bälle waren nicht sein Stil, das war klar. Und deshalb sollte wohl auch niemand anders hingehen. Vermutlich hätte er Menschen wie uns am liebsten gleich von der Erdoberfläche entfernt. Wir waren für ihn wie eine unangenehme Krankheit, Leute, die nur Ärger machten.

»Ja, du meine Güte«, sagte ich und hob freundlich, aber energisch seine Hand von meiner Schulter. »Erkennst du uns nicht? Wir spielen in ›Some like it hot‹. Ich heiße Regina Lund, aber eigentlich bin ich ein Mann. Wir haben eben einen Preis für die genderneutralste Aufführung bekommen. Möchtest du einen Schluck Champagner?«

Der Typ schnaubte unsicher und starrte uns an, wusste aber offensichtlich nicht, was er jetzt noch sagen sollte. Deshalb ließ er von uns ab. Jacob beugte sich wieder zu mir vor und schaute mir tief in die Augen.

»Wir müssen uns wirklich treffen«, sagte er. »Ich möchte dich besser kennen lernen.«

»Jacob«, sagte ich. »Ich muss etwas mit dir besprechen.«

»Was denn?«

»Weißt du, dass ich eine Freundin habe? Dass ich mit einer Frau zusammenlebe?«

Er lächelte breit und schaute auf die Leute im Erdgeschoss hinunter.

»Natürlich weiß ich das. Die Gerüchte wandern doch weiter.«

Ich biss die Zähne zusammen. Die Gerüchte wandern weiter.

»Ja, ich wollte das nur sagen, damit du Bescheid weißt.«

Er sah mich an.

»Ich habe keine finsteren Hintergedanken, wenn du das meinen solltest. Ich finde es lustig, mit dir unterwegs zu sein.«

Otto beugte sich vor.

»Prost, zum Teufel! Was habt ihr denn hier zu tuscheln?«

»Nichts«, sagte Jacob. »Prost.«

Wir tranken. Aber hinter uns brüllte jetzt ein anderer Typ los.

»Was wollen die denn hier?«, schrie er und zeigte auf uns. »Was soll das denn? Was ist das für ein Scheiß Oberklassenkram?«

Otto und ich wechselten einen Blick. Wir hoben beide eine Augenbraue. Dann drehten wir uns um. Der Schreihals saß auf dem Sofa. Die ganze Runde um ihn herum starrte uns an. In ihrer Umgebung gab es freie Plätze. Wir gingen hin, Otto mit dem Sektkühler unter dem Arm. Jacob kam vorsichtig hinterher.

»Darf man Platz nehmen?«, fragte Otto. »Möchte hier irgendwer einen Schluck Schampus?«

Die Frauen in der Gruppe kicherten entzückt, leerten ihre Gläser und streckten sie uns hin.

»Nein, nein«, sagte Otto. »Wir brauchen richtige Gläser.«

Er winkte einem vorübergehenden Kellner.

»Könnten wir noch ein paar Champagnergläser und noch eine Flasche haben?«

»Natürlich.«

Der Kellner verschwand und kehrte dann mit vielen Gläsern und einer neuen Flasche zurück. Otto nahm sie und schenkte für uns alle ein. Danach reichte er der Gruppe auf dem Sofa ihre Gläser.

»Ich heiße Otto«, sagte er. »Prost! Jetzt wollen wir trinken und fröhlich sein.«

Der Typ, der anfangs herumgeschrien hatte, sah leicht vergrätzt aus. Er musterte uns misstrauisch, vor allem Otto.

»Was seid ihr denn für welche?«, fragte er sauer.

»Wir waren auf einem Geburtstagsfest«, sagte Otto gelassen. »In der Marineoffiziersmesse. Deshalb sind wir dermaßen aufgeputzt. Und als das Fest zu Ende war, haben wir beschlossen, herzukommen und nette Leute zu treffen.«

»Wie heißt ihr?«, fragte ich und schaute mich um.

Ich hielt dem übellaunigen Typen meine Hand hin. Er nahm sie und murmelte seinen Namen.

»Lasse.«

»Hallo, Lasse.«

Ich strahlte ihn an und drückte seine Hand. Sein Gesicht öffnete sich nun doch zu einem kleinen Lächeln. Nach einer Weile waren er und Otto ins Gespräch gekommen. Ich plauderte ein wenig mit den Frauen, dann ging ich wieder zu Jacob.

»Was sind die Leute doch misstrauisch«, sagte er.

»Traurig, ja«, sagte ich. »Man muss immer um Entschuldigung bitten, wenn man sich fein macht.«

»Früher war das anders«, sagte Jacob und grinste. »Da musste die Arbeiterklasse um Entschuldigung bitten und sich schämen, wenn sie in verschlissener Kleidung vornehme Orte aufsuchte. Jetzt soll man sich schämen, wenn man zwischen Lederjacken im Smoking auftaucht. Man soll sich gewissermaßen zurücknehmen und muss auf jeden Fall klarstellen, dass man trotz allem ein brauchbarer Typ ist. OBWOHL man fein angezogen ist.«

»Mir ist es egal, aus welcher Richtung das kommt«, sagte ich. »Ich finde es immer traurig, wenn jemand Vorurteile hat. Warum sollen wir Vielfalt nicht toll finden? Das kann ich einfach nicht begreifen.«

Jacob nickte vor sich hin und lachte leise.

»Vielfalt«, sagte er. »Ein unbekannter, aber interessanter Begriff.«

Plötzlich wurden hinter uns Stimmen laut. Lasse, der vergrätzte Typ, ärgerte sich über etwas, das Otto gesagt hatte.

»Du spinnst doch, Mann!«, schrie er.

Jacob und ich wechselten einen Blick, gingen dann zurück zum Tisch und fragten was denn los sei.

»Tut mir Leid, wenn wir nicht einer Ansicht sind«, sagte Otto. »Aber ich sehe das jedenfalls so.«

Lasse starrte ihn feindselig an, eine der Frauen aber war auf Ottos Seite.

»Hör jetzt auf, Lasse«, sagte sie. »Er darf ja wohl denken, was er will!«

»Nicht, wenn er dermaßen bescheuert ist«, sagte Lasse drohend.

»Verzeihung«, sagte ich, »aber ich glaube nicht, dass du so behandelt werden möchtest.«

Lasse starrte mich wütend an.

»Es ist doch reichlich blödsinnig«, fügte ich hinzu, »irgendwen bescheuert zu nennen, bloß weil er anders denkt als du.«

»Das finde ich auch«, sagte die Frau, die Otto zu Hilfe gekommen war.

Wir lächelten einander zu. Über Lasses Kopf schwebte eine Gewitterwolke. Ich setzte mich neben ihn.

»Erzähl mal, worum es geht«, sagte ich. »Vielleicht bin ich ja ganz deiner Meinung. Aber Otto muss trotzdem sagen können, was er denkt.«

Wir blieben noch ungefähr eine Stunde sitzen und redeten hin und her. Es stellte sich heraus, dass Lasse und ich ungefähr einer Meinung waren; wir fanden es beide blödsinnig, dass manche Clubs eine Altersgrenze von dreiundzwanzig hatten, während Otto und Jacob diese auf fünfundzwanzig anheben wollte.

»Es ist doch der reine Wahnsinn«, sagte Lasse, »dass man mit achtzehn zur Truppe muss und wählen darf, dass man aber erst mit zwanzig Schnaps kaufen darf, und dass man mit zweiundzwanzig noch immer nicht in jede Kneipe kommt.«

»Find ich auch«, sagte ich.

»Ich darf für mein Land den Heldentod sterben, aber ich darf nicht mit irgendeinem Mädchen tanzen gehen«, sagte Lasse jetzt aufgebracht.

»An sich kann ich euch ja verstehen«, sagte Otto. »Aber ich finde, dass in den Stockholmer Clubs das Durchschnittsalter immer so niedrig ist. Im Ausland ist das anders, da mischen die Altersgruppen sich auf andere Weise. In Stockholm ist es so verdammt traurig, dass man sich mit fünfunddreißig überall schon wie ein Greis vorkommen muss. Und deshalb hätte ich gern einige Lokale mit höherer Altersgrenze.«

»Mann«, sagte Lasse. »Darum geht es doch nicht. Es geht darum, dass die die Leute auf eine Weise kontrollieren wollen, zu der sie einfach kein Recht haben.«

»Da sagst du allerdings was Wahres«, sagte Jacob. »Absolut.«

Um fünf ging ich auf die Straße, um mir ein Taxi zu nehmen. Die Jungs kamen mit, sie wollten mich ins Auto setzen, aber danach noch mit Lasse und einigen Mädchen zu einer Nachfeier in Sundbyberg fahren. Auf der Straße wären wir fast mit ein paar Pennern in Streit geraten.

»Ja Scheiße«, schrie einer, als wir herauskamen und torkelte auf mich zu. »Was zum Teufel hast du denn da an?«

»Was glaubst du?«, fragte ich.

Er runzelte die Stirn und starrte mich aus seinen glänzenden Augen drohend an. Gefurchte, sonnenverbrannte Haut. Narben, außen und innen. Ein Atem, der von stetigen Saufereien und jahrelanger Angst erzählte. Plötzlich merkte ich, dass Widerworte hier nicht angebracht waren.

»Ich wollte mich nur fein machen«, sagte ich leise.

Er sah mich wieder an. Der in der Luft hängende Schlag fiel unverrichtet zu Boden.

»Du bist doch fein«, sagte er mit unerwarteter Freundlichkeit und klopfte mir auf die Schulter.

Das traf. Verlegenheit, schlechtes Gewissen; eine gesellschaftliche Schuld, die zu meiner persönlichen wurde. Er machte kehrt und trottete schweigend davon. Ich schaute ihm hinterher. Dann gab ich Otto und Jacob einen Gute-Nacht-Kuss und sprang ins Taxi.

»Danke für diesen schönen Abend«, sagte ich durchs Fenster.

»Den werden wir wiederholen«, sagte Jacob. »Bald.«

Das Taxi fuhr los. Die Stadt sah frischgewaschen aus. Der Herbst lag in der Luft, dazu ein Duft von Regen, bald würde die Sonne aufgehen. Als ich nach Hause kam, ging ich ins Schlafzimmer. Kaja schlief tief, doch als ich sie küsste, streichelte sie meine Haare, ohne die Augen zu öffnen. Danach drehte sie sich auf die andere Seite.

Ich ging hinaus auf den Balkon und schaute über Stockholm. Es würde wohl ein schöner Tag werden, einer von diesen glasklaren Herbsttagen; wie ein reifer Astrachan-Apfel. Eine Eiche mit blutroten Blättern wurde von den ersten Sonnenstrahlen berührt und zum Auflodern gebracht. Ich war kein bisschen müde, deshalb holte ich mir eine Decke und setzte mich noch für eine Weile nach draußen. Der Abend hatte all meine Erwartungen übertroffen. Ich war nicht verstoßen, ich war wegen meiner Lebensentscheidung nicht ausgeschlossen worden. Die Leute hatten sicher Millionen von Fragen, Kommentaren und Ansichten, von denen ich noch nichts wusste, aber alles hatte Zeit. Bis auf Weiteres reichte es, dass sie mich nicht wegzuekeln versuchten, dass ich ebenso willkommen war wie früher.

Dann dachte ich wieder an Nina, zum ersten Mal an diesem ganzen Abend. Daran, dass wir das Leben bejahen müssen. Statt Nein zu sagen, uns auszugrenzen, uns langsam erwürgen und in eine Rolle zwingen zu lassen, die nicht unsere eigene ist, nur, weil die Leute Erwartungen und Vorstellungen an ein Geschlecht, eine Klasse, eine Gruppe haben. Dass wir wagen müssen, zu tun, was wir wollen, auch wenn wir Frauen sind, die selbst in unserer Zeit noch immer dazu angehalten werden, gehorsam zu sein. Beatas dunkle Haare im Spiegel, ihre unzufriedenen, grünen Katzenaugen. Kaja im Bett, der Aufkleber an ihrer Tür: »Nicht gehorchen.« Gehorche um Himmelswillen nicht, vor allem dann nicht, wenn du eine Frau bist. Sei ungehorsam, sei so richtig durch und durch ungehorsam und baue dir dein eigenes Leben so, wie du es haben willst; eine wunderbare Mischung aus Champagner, Demos, schönen Kleidern und Feministinnen in selbstgefärbten Kleidern an einem Küchentisch. Alles ist okay, alles ist trotz allem okay. Niemand dankt uns dafür, dass wir eine falsche Entscheidung treffen, uns dem Joch beugen und anfangen, zu gehorchen, zu gehorchen, zu gehorchen.

Ninas schmaler, schlaksiger Mädchenkörper im Sonnenschein im Sveaväg, das halbgeschmolzene Eis in ihrer Hand. Wie sie die Nase rümpfte, lachte und in der Sonne die Augen zusammenkniff. Ich fröstelte und zog die Decke enger um mich. Auch deinetwegen, Nina, dachte ich, während die Sonnenstrahlen langsam über die gegenüberliegende Hausfassade wanderten. Auch deinetwegen.

3

Einige Wochen später saß Kaja eines Abends am Küchentisch und rauchte. Sie sah völlig fertig aus; sie hatte nicht einmal ihre Jacke ausgezogen, als sie nach Hause gekommen war, sondern sich einfach auf den Stuhl fallen lassen. Ihr Gesicht ruhte schwer in ihrer Hand.

»Wie war es?«, fragte ich.

Kaja hatte an diesem Abend zusammen mit Bengtsson und Erika gegessen und ihnen von unserer Beziehung erzählen wollen.

»Frag nicht«, sagte sie jetzt.

»Wieso nicht? Was haben sie gesagt?«

Ich stellte mir eine wütende Bengtsson vor, die Kaja ausgeschimpft und eine Szene gemacht hatte. Ihre Mundbewegungen, ihre gerunzelte Stirn, ihr starrer Blick, die zerzausten Haare, eine kalte Zigarette zwischen den Fingerspitzen. Es kam mir extrem vor, aber möglich war alles.

»Sag nicht, dass sie sauer waren«, sagte ich. »Jetzt hast du doch alles erzählt.«

»Reg dich ab«, sagte Kaja. »Nein, sie waren nicht sauer.«

Sie zog zweimal energisch an ihrer Zigarette. Ihr Gesicht war bleich unter der Sonnenbräune. Sie sah gar nicht gut aus.

»Aber was war denn dann los?«, fragte ich.

»Sie waren nicht sauer«, sagte Kaja noch einmal. »Ich soll dich grüßen. Wir haben geredet und geredet und geredet. Wir waren den halben Nachmittag und den ganzen Abend bei Bengtsson.«

»Und?«

Kaja zuckte mit den Schultern. Ihr ganzer Körper signalisierte Depression, eine tiefe Trauer, Unruhe. Diese Stimmung griff auf mich über, und mir wurde schlecht. Die alte Unruhekugel von früher nahm langsam Form an und verursachte ein hässliches Gefühl in meinem Bauch.

»Irgendetwas stimmt nicht«, sagte Kaja. »Ich bekomme es nicht zu fassen. Es hat nichts damit zu tun, was sie sagen. Sie behaupten, dass sie sich für mich freuen, dass sie es toll finden, dass wir zusammen sind, dass du Mut hast und überhaupt. Aber ich spüre, dass zwischen uns etwas nicht stimmt, etwas, das schief hängt und das wir nicht gerade rücken können.«

»Du musst ihnen noch Zeit lassen!«, sagte sie. »Sie müssen das doch erst mal verdauen.«

Kaja gab keine Antwort. Sie machte nur weitere Lungenzüge und starrte vor sich hin. Sie hatte einen besonderen Gesichtsausdruck, einen unergründlichen Blick, den ich kannte, und der mir immer dasselbe Gefühl der Hilflosigkeit gab. Zugleich liebte ich diesen Blick, denn sie bekam ihn, wenn sie beschloss, etwas trotz allem am besten zu wissen, sich auf sich selbst und keine andere zu verlassen, egal, was nun auch kam. Es war ein Blick, der klar wie Glas und hart wie Stein war, und wenn Integrität physische Form annehmen konnte, dann tat sie das in solchen Fällen in Kajas Augen. Ich sah ihr an, dass es keine Rolle spielte, was Bengtsson oder Erika sagten, und auch nicht, welche aufmunternden Zurufe ich von mir gab. Sie hatte vor, ihrem eigenen Instinkt zu folgen und zu sehen, wohin der sie führen würde. In diesem Moment führte er sie zu der Einsicht, dass ihre Freundinnen und sie selbst weit voneinander entfernt waren und keine besonders guten Aussichten bestanden, einander wieder näher zu kommen. Und das größte Hindernis zwischen ihnen, die ärgste Bedrohung für ihre Freundschaft, war offenbar ich.

Zugleich war ich wütend über die Rolle, die mir hier zugeteilt wurde. Ich hatte nie versucht, zwischen sie zu treten. Im Gegenteil. Seit ich sie kannte, brachte ich Erikas Forscherinnentätigkeit und Bengtssons radikaler Einstellung und ihrer konsequenten Arbeit, ihrem klaren Intellekt und ihrem Einsatz für Frauenfragen großen Respekt und tiefe Bewunderung entgegen. Außerdem fand ich sie ziemlich toll. Mit ihrer offenen Art und ihren bewussten Grobheiten waren sie auf charmante Weise unweiblich. Nicht ich persönlich störte auf irgendeine Weise Kajas Beziehung zu ihnen oder stellte mich zwischen sie. Aber trotzdem war ich an allem schuld, als Symbol für das eigentliche Problem.

Aber ich verstand auch, was Kaja meinte; ihre Trauer, ihre Resignation. Alles hatte sich verändert, auch für sie, äußerlich weniger als bei mir, aber unter der Oberfläche vielleicht umso mehr. Kaja war jetzt mit mir zusammen, sie hatte eine Frau aus der Oberklasse kennen gelernt, eine Frau mit Auto und Hunden, die Bälle besuchte und gern Champagner trank. Das war keine leichtverdauliche Kombination für ihre linken Genossinnen.

Als wir uns nachts geliebt hatten und Kaja eingeschlafen war, setzte ich mich wieder an den Küchentisch, fischte eine von Kajas Zigaretten aus der Packung und schaute aus dem Fenster. Das hier war eine Klassenfrage, an der ich nichts ändern konnte. Meine Freunde aus der Oberklasse hatten meine Beziehung zu Kaja auf eine Weise akzeptiert, die ich niemals für möglich gehalten hätte. Sie hatten es hingenommen, als sei es selbstverständlich, dass eine von uns plötzlich mit einer Person ihres eigenen Geschlechts zusammenlebte. Ich war von dieser Flexibilität überrascht und schockiert gewesen, mehr, als ich es von der entgegengesetzten Reaktion gewesen wäre. Aber die Wahrheit war auch, dass die Oberklasse sich eben so verhielt, so sah das Rollenspiel es vor, zu dem wir erzogen worden waren. Akzeptanz, Toleranz und freundliches Verhalten, solche Dinge wurden uns mit der Muttermilch verabreicht. Aber das bedeutete nicht, dass sich ein Mensch in meiner Lage sicher fühlen durfte. Freundliches Entgegenkommen und verbale Zustimmung von Seiten der Oberklasse bedeuteten nicht, dass das nun wirklich ihre Ansichten waren. Hinter meinem Rücken konnten die Gehässigkeiten weiterhin ausgetauscht werden, was tatsächlich von mir gehalten wurde, war der freundlichen Stimmung, mit der ich empfangen wurde, nicht zu entnehmen.

Bei Kaja und ihren Freundinnen war das ganz anders. Der Linken, den Feministinnen und Arbeitern, war Aufrichtigkeit immer wichtiger als gesellschaftliche Harmonie. Hier war keine gespielte Akzeptanz angesagt. Es war vermutlich die Wahrheit, wenn sie sagten, dass sie sich, rein intellektuell, für Kaja und mich freuten. Aber das bedeutete nicht, dass sie auch in ihren Herzen darüber glücklich waren und sie konnten ihre Gefühle nicht so gut verstellen wie die Angehörigen der Oberschicht. Und, schlimmer noch, vielleicht würde die Freundschaft zwischen ihnen und Kaja auf Dauer unmöglich werden. Das mochte extrem, dramatisch und in jeder Hinsicht übertrieben wirken, aber so war es eben. So war es, denn während in der Oberklasse meine Beziehung zu Kaja als pikante Lebensentscheidung betrachtet wurde, erschien für die Arbeiterklasse Kajas Beziehung zu mir als Klassenverrat, der, solange er stattfand, ein wirklich vertrauliches Verhältnis zu Kaja unmöglich machte. Ich wurde zum Symbol für die Unterdrückung und Kaja wusste das ebenso gut wie ich. Und da war es doch kein Wunder, dass sie traurig war. Wir waren wie zwei Figuren auf einem Schachbrett, beide gleich geformt, aber von unterschiedlichen Farben, ohne Kontrolle über die nächsten Züge, dazu verurteilt, niemals gleichzeitig auf einem Feld zu stehen.

Am Morgen war Kaja müde und gereizt. Ich ließ sie in Ruhe und setzte mich an die Arbeit. Sie ging zur Redaktion, kam erst spät abends nach Hause und war dann weit fort von mir. Es konnte keine Rede von Nähe oder Liebe sein. Wir aßen und schauten fern, und als wir ins Bett gingen, drehte ich mich zu ihr hin.

»Wo bist du?«, fragte ich. »Du bist so distanziert.«

»Bin ich überhaupt nicht«, fauchte Kaja. »Ich war den ganzen Abend hier. Wer anderswo ist, das bist du.«

»Nein, das bin ich nicht. Ich wollte mich nur nicht aufdrängen, wo du gerade all diese Auseinandersetzungen mit deinen Freundinnen hattest.«

Kaja starrte schweigend zur Decke hoch. So vergingen mehrere Minuten. Tiefdruck. Wolkenbildung. Eine blauschwarze Wolke huschte über ihr Gesicht, aber dann hellte es sich plötzlich und unerwartet auf. Sonnenschein, Regenbogen.

»Robert hat kommentiert, dass ich deine Jacke anhatte«, sagte sie und sah mich an. »Weißt du, wie er die genannt hat?«

Ich schüttelte den Kopf. Erleichtert. Hoffnungsvoll.

»Keine Ahnung«, sagte ich und lächelte. »Wie denn?«

»Östermalmspersenning«, sagte Kaja. »Fesche Östermalmspersenning, hat er gesagt, als ich heute morgen gekommen bin.«

Kaja hatte sich meine englische Öljacke ausgeliehen, ohne etwas über deren klassenmäßige Signale zu wissen. Aber Robert, ein Spross der oberen Mittelklasse, erkannte eine Barbour-Jacke, wenn er sie sah. Jetzt drehte Kaja den Kopf und blickte mich wieder an. Wir prusteten beide gleichzeitig los.

»Das ist doch ziemlich witzig?«, sagte sie.

»Östermalmspersenning«, sagte ich. »Das muss ich mir merken.«

Wir schliefen eng umschlungen ein, einander näher, doch noch immer im Schatten einer unausgesprochenen Bedrohung. Die Wolken schoben sich am Horizont zusammen, nur ein Windstoß war vonnöten, um sie wieder in unsere Richtung zu befördern. Aber da sie nicht von meiner Seite kamen, wusste ich nicht so recht, was ich tun könnte, um sie zu zerstreuen.

***

Der nächste Tag war ein Samstag. Kaja und ich machten zusammen Frühstück und anfangs war alles ziemlich gemütlich. Die Sonne schien, draußen war schönes Wetter, ich trug einen weiten Morgenrock und Kaja einige alte, verschlissene Teile, in denen sie sich überaus wohlfühlte, wie ich wusste. Wir hörten Radio und kommentierten das Gehörte, wir lachten und waren absolut guter Dinge. Doch als der Tisch dann gedeckt war, ging Kaja die Zeitung holen. Ich hatte das Abonnement bestellt: Kaja und Anni hatten geglaubt, sich keine Morgenzeitung leisten zu können. Jetzt sah ich überrascht zu, wie Kaja sich mit aufgeschlagener Zeitung vor mich hinsetzte und zu lesen anfing, während sie sich das erste Brot schmierte.

»Hallo«, sagte ich. »Musst du jetzt lesen?«

Überraschte blaue Augen sahen mich an.

»Ja, natürlich, wieso fragst du?«

Ich musterte sie leicht sauer.

»Wir sitzen beim Frühstück. Und dann reden wir miteinander und hören Radio.«

»Hör jetzt auf«, sagte Kaja und las weiter.

Ich hätte ihre extrem geraden Schultern als Warnsignal verstehen müssen, aber das tat ich nicht.

»Das ist mein Ernst«, sagte ich. »Ich finde es einfach mies, wenn du beim Frühstück Zeitung liest. Du kannst doch wohl stattdessen mit mir reden?«

Funken, dicht neben einem Pulverfass.

»Was zum Teufel soll das denn heißen?«, fragte Kaja und sah mich aus Augen an, die jetzt ganz und gar schwarz waren. »Soll das heißen, dass ich beim Frühstück nicht lesen darf?«

»Ja, das soll es heißen«, sagte ich ebenso irritiert. »Ich finde das unmöglich.«

Kaja sprang vom Frühstückstisch auf, schnappte sich die Zeitung und warf sie unter den Tisch. Danach starrte sie mich an. Sie atmete schwer.

»Du spinnst doch total!«, schrie sie. »Ich will nicht mit einer zusammenleben, die mein ganzes Leben kontrollieren will! Darf ich ohne deine Zustimmung nicht mal mehr Zeitung lesen? Ja dann frühstück' du eben allein und ich geh woanders hin!«

Sie schmiss ihr Brot auf den Tisch und stampfte aus dem Zimmer. Türen knallten. Ich seufzte tief. War es wirklich so schrecklich, wenn sie während des Essens las? Dieser Gedanke wirbelte mir durch den Kopf. Ich wollte mich nicht wie eine misshandelte Frau fühlen, wie eine Person, die ihre Meinung je nachdem änderte, wie laut ihre Umgebung sie anschrie. Aber das war vermutlich falsch. Ich stand auf und ging zu Kaja hinüber. Sie saß auf dem Bett, die Jacke neben sich, und schnürte sich wütend ihre Stiefel zu. Ich setzte mich neben sie.

»Es tut mir Leid«, sagte ich.

Kaja gab keine Antwort.

»Gehst du?«, fragte ich.

»Hier kann man doch nicht sein!«, rief sie empört. »Du verstehst mich nicht. Ich fühle mich unfrei. Du erstickst mich. Ich habe keinen Platz!«

Ich legte die Arme um sie. Sie atmete heftig, wie ein kleines Kind oder ein Vogel. In mir fand ich dieselbe Gefühlsmischung wie immer; Zärtlichkeit für Kaja, Wut über ihr kindisches und dramatisches Verhalten, das mich zum Nachgeben zwang, Beschämung, weil ich nicht stark genug war, ihr die gleiche Härte entgegenzusetzen, Erstaunen darüber, dass sie hier etwas sagte, von dem ich bisher nichts gewusst hatte. Das Wissen, dass etwas sich ändern musste, aber dass es noch zu früh war, um sagen zu können, was.

»Du hast schon Recht«, sagte ich deshalb. »Es ist nicht so schrecklich, beim Frühstück Zeitung zu lesen. Komm jetzt, dann essen wir weiter.«

Wir blieben noch eine Weile bewegungslos sitzen. Am Ende legte Kaja den Kopf auf meine Schulter.

»Man kann doch wohl zusammensein, ohne die ganze Zeit zu reden«, murmelte sie. »Ich kann diese ewigen Analysen nicht ertragen. Ich will nicht, dass immer über alles geredet wird. Ich finde es so schön, wenn es auch mal still ist, wenn man einfach zusammen ist, auch, wenn man unterschiedliche Dinge tut. Ich finde es schön, wenn man zusammen lesen kann.«

Wir gingen wieder in die Küche. Kaja hängte ihre Jacke über die Türklinke.

»Okay«, sagte ich und griff zu der zusammengeknüllten Zeitung. »Aber ich will mit dem Feuilleton anfangen.«

»Egoistin«, sagte Kaja.

Dann lachte sie ein wenig.

»Entschuldige, dass ich die Zeitung einfach so auf den Boden geschmissen habe.«

»Du bist entsetzlich kindisch«, sagte ich. »Und du kannst dich als erstes um dein Brot kümmern.«

Ich schlug das Feuilleton auf und vertiefte mich in einen Artikel über den schwedischen Film, während Kaja die Reste ihres Kaviarbrotes von der Tischplatte kratzte.

***

In der ersten Zeit meiner Bekanntschaft mit Kaja hatte ich mich fast vor ihr gefürchtet. Sie sah aus wie eine Terroristin und hatte einen harten Jargon und eine Schlagfertigkeit, die mich aus der Fassung brachte. Aber niemals setzte sie mich irgendwelchen Gemeinheiten aus, immer war sie lieb und freundlich. Und sie brachte mich zum Lachen, auf eine Weise, wie es seit Lydia niemandem mehr gelungen war.

Trotzdem fürchtete ich mich so instinktiv vor ihrem Klassenbewusstsein und ihrem negativen Tonfall wie der Teufel vor dem Weihwasser. Kaja sandte all jene Signale aus, denen ich auszuweichen und wie die Pest zu hassen gelernt hatte, da sie meine Existenz und die meiner ganzen Klasse bedrohten. Kaja kam zu unseren Treffen in T-Shirts mit schwullesbischen Sprüchen und Lederweste, mit einem Taschentuch als Stirnband und einem einzigen Ohrring in Form einer Fledermaus, und sie war grob, frech und gehässig, während ihr Freiheit und Gerechtigkeit zugleich über alles gingen. Mein ganzes System fühlte sich bedroht. Aber meine Persönlichkeit, der Teil, der nicht klassenmäßig dressiert war, sondern nur mir und meinen Vorlieben gehörte, jubelte vor Freude.

Als ich Kaja mit der Zeit besser kennen lernte, legte sich meine Unruhe mehr und mehr. Sie wich einer Verwunderung über Kajas Kindlichkeit und ihre weichen Seiten. Kaja war bei weitem nicht so hart, wie man auf den ersten Blick glauben konnte; sie war außerdem sanft, freundlich und unsicher. Sie liebte Tiere. Sie hatte eine Gürtelschnalle in Form eines Bullterriers, die sie sehr liebte, und die sie, mit gekünstelter Aussprache und unglaublich niedlichem Tonfall das »Schweun« nannte, als sprächen wir hier von einem kleinen süßen Ferkel. Und als ich ihren Ohrring ansah, sagte sie: »Flöder-meus«, im selben Kindersprachenton. Ich hatte das Gefühl, einen Blick in ihre geheime Welt zu werfen, wo sich außer ihr nur Hunde und Ratten, Schweune und Flödermeuse, Grizzlybären und Nilpferde aufhielten.

Außerdem war Kaja kindisch und fast schon naiv. Aber stets, wenn ich mich zu dieser Erkenntnis durchrang, wechselte sie in einer Diskussion auf einen reifen, klugen und überaus scharfen Tonfall über. Ich fragte mich, ob ihr politisches Engagement sie dazu zwang, sich mit Kindersprache und Tierbildern zu entspannen, oder ob ihre Persönlichkeit eben eine Kombination aus Härte und Weichheit darstellte, aus extremer Schärfe und reizender Niedlichkeit.

Morgens erwachte sie in ihrem Bett, streckte sich und gähnte wie ein kleines Mädchen. Danach schmiegte sie sich in meine Arme, schnurrte wie eine Katze, wollte gestreichelt und liebkost werden. Das dauerte einige Minuten, bis sie sich plötzlich und unerwartet aufsetzte, für eine Sekunde das Gesicht in die Hände stützte und aus dem Bett sprang, um den Tag anzugehen, plötzlich ein ganz anderer Mensch, eine erwachsene Frau, eine, die weit von mir entfernt war und die absolut keine Zärtlichkeit brauchte.

Es fiel mir schwer, diesen Umschwüngen zu folgen, und ab und zu machten sie mir durchaus Schwierigkeiten. Wenn sie sich zu mir hindrehte, um liebkost zu werden, dann öffnete ich mich, und wenn sie in der nächsten Sekunde abblockte und unberührt wirkte, war das für mich wie eine emotionale Ohrfeige. Irgendwo zwischen diesen Extremen mussten meine Bedürfnisse ihren Platz finden. Gleichzeitig hätte ich andauernd über ihr Verhalten losprusten können. Sie hatte sogar in ihrem Egoismus etwas so Selbstverständliches, dass ich nur noch hin und weg sein konnte. Mir war nie zuvor ein so natürlicher Mensch begegnet.

Am Tag nach unserem Streit über das Zeitunglesen war es wieder so weit. Ich war abermals zu einem Ball eingeladen, diesmal zusammen mit Kaja. Erfreut legte ich Kaja die Karte hin, in der Hoffnung, dass sie mitkommen würde, um einige meiner Freunde kennen zu lernen. Aber sie sagte nur: »Geh du. Ich will nicht.«

»Warum nicht?«

»Weil ich nicht will.«

Das reichte, um nun mich zum Explodieren zu bringen. Warum konnte sie sich nicht mir zuliebe auch ein wenig Mühe geben? Ich ging überall mit ihr hin und kannte fast ihren ganzen Freundeskreis. In einer langen Tirade machte ich ihr meine Gefühle klar. Das Ergebnis ließ nicht auf sich warten. Jetzt stand sie mir im Wohnzimmer gegenüber und brüllte mich an.

»Ich will nicht! Ich hab keine Lust. Ist das so schwer zu kapieren?«

»Aber warum nicht?«, schrie ich zurück. »Das ist ein Fest, das ist LUSTIG, verdammt noch mal! Du brauchst nur ein Kleid anzuziehen und gut zu essen und Wein zu trinken, dich zu Cocktails einladen zu lassen und zu tanzen. Ist das denn wirklich so schwer?«

»Ich will nicht!«, schrie Kaja noch einmal und warf ihr Buch auf den

Boden. »Warum kannst du mich nicht in Ruhe lassen?«

Sie stürzte aus dem Zimmer. Ich blieb zurück und kochte vor Wut. So war das einfach nicht richtig: Ich ging mit ihr in Lesbenclubs, zu feministischen Treffen, ins Kvarnen, zum Essen bei ihren Freundinnen; sie ging mit mir nirgendwo hin, nicht ohne nervenaufreibenden Streit, jedes verdammte Mal. Ich war allein, unbeschreiblich allein. Und Kaja war nur zugänglich, solange ihre eigenen, selbstsüchtigen Bedingungen erfüllt wurden.

Ich folgte ihr ins Schlafzimmer. Sie saß auf dem Bett und hielt ihre Tasche auf den Knien. Ihr Gesichtsausdruck signalisierte, dass ich ihr vom Leib bleiben sollte.

»Kaja«, sagte ich und setzte mich. »Kannst du mir das nicht erklären? Ich begreife einfach gar nichts.«

»Aber das hab ich doch schon getan! Du hörst mir einfach nicht zu. Ich bring es nicht, das zehnmal erklären zu müssen.«

Innerlich biss ich die Zähne zusammen. Und versuchte, zuzuhören.

»Versuch es noch einmal«, bat ich. »Ich versteh das wirklich nicht. Was willst du denn eigentlich?«

Sie sah mich an.

»Ich hab nichts anzuziehen! Ich komm mir blöd vor! Ich hab doch einfach keine Gemeinsamkeit mit diesen Menschen! Sie verachten mich, das spüre ich.«

»Das tun sie überhaupt nicht«, sagte ich. »Das sind meine Freunde. Die interessieren sich für dich.«

Sie erhob sich und lief im Zimmer hin und her.

»Wir sind eben unterschiedlich«, sagte sie wütend. »Zwischen mir und denen gibt's nicht einen gemeinsamen Nenner! Ich kapier nicht, warum du immer wieder darauf herumreiten musst!«

»Weil das meine Freunde sind«, schrie ich. »Ich nehme an deinem Leben teil, warum kannst du nicht an meinem teilnehmen? Du führst dich auf wie so ein fetter Mann im verschwitzten Netzhemd, der sich mit seinem Bier vor die Glotze setzt und auf seine Frau und ihre Freunde und Verwandten einfach scheißt. Du scheinst zu erwarten, dass dein Leben genauso weitergeht wie zuvor, außer, dass du mich jetzt auch noch kennst, wohingegen ich dich überallhin begleiten soll.«

Kaja starrte mich an. Ihr konnte nichts Schlimmeres passieren, als mit einem Mann verglichen zu werden, vor allem mit so einem. Ihr Gesicht war verschlossen, stumm. Schon wieder.

»Das hier läuft nicht«, sagte sie. »Ich kann nicht mit dir zusammenwohnen. Ich will mit keiner leben, die mich so sieht.«

»Aber du führst dich auf eine Weise auf, die du bei Männern schrecklich findest.«

Während ich das sagte, spürte ich, wie die Panik in meiner Brust aufstieg und sich die Angst wie eine Gewitterwolke in mir ausbreitete. Ich war genauso wütend, wie ich gesagt hatte. Aber meine Angst nahm darauf keine Rücksicht. Mein Mund war wie ausgedörrt, schwarze Flecken tanzten vor meinen Augen. Verlass mich nicht, rief ich durch meine Wut hindurch, noch eine Trennung halt ich jetzt nicht durch. Zugleich musste ich zwischen der Angst vor dem Alleinsein und der Liebe zu ihr unterscheiden. Ich konnte meine Wut nicht aus Angst davor, auf eigenen Beinen stehen zu müssen, hinunterschlucken.

»Ich fühle mich nicht frei«, sagte Kaja streitlustig. »Ich fühle mich gebunden, erstickt, unfrei. Ich weiß nicht, wer ich bin, wenn ich mir dir zusammen bin.«

Meine Angst steigerte sich und wurde gleichzeitig kleiner. Mein Bauch kündigte Durchfall an. Meine Nerven waren zum Zerreißen gespannt.

»Ich liebe dich«, sagte ich. »Aber willst du mich dazu zwingen, den Mund zu halten, wenn ich wütend bin, und drohst du mir deshalb, mich zu verlassen, wann immer ich ein wenig lauter werde? Ist es nicht wichtig, dass ich mich in unserer Beziehung ebenso wohl fühle wie du?«

Sie gab keine Antwort.

»Liebst du mich nicht mehr?«, fragte ich.

Sie seufzte tief. Dann sah sie mir in die Augen.

»Doch, das tu ich. Aber ich weiß nicht, ob ich das hier aushalte.«

Wieder Zuckerbrot und Peitsche, immer abwechselnd. Das hier war schlimmer als Folter. Ich kroch vor und holte mir eine dicke Ohrfeige. Ich wich zurück und wurde mit schönen Worten angelockt. Wie waren wir nur hier gelandet, in dieser Suppe aus Schuldgefühlen und Forderungen? Vor kurzem war doch alles noch leidenschaftliche Liebe mit großen Plänen gewesen.

»Aber dann sag doch, was du willst«, rief ich, vollständig außer mir.

»Ich kann dieses dauernde Hin und Her nicht mehr aushalten. Ich vertrag es nicht, dass du nicht nachgeben kannst, dass du mich nicht an dich heranlässt, dass du nicht auch etwas geben willst! Was ist das Problem? Liegt es wirklich an mir? Oder nicht auch an dir?«

Kaja schluckte. Ich sah, wie sie mit sich rang.

»Doch, das kann schon sein«, sagte sie. »Aber so empfinde ich das eben! Mir geht es schlecht in unserer Beziehung. Begreifst du das nicht?«

Sie redete sich in Rage, was damit endete, dass sie zur Wohnungstür lief. Ich trug nur meinen Morgenrock. Trotzdem stürzte ich hinterher.

»Kaja! Wo willst du hin?«

Sie ging durch die Tür und ich blieb ihr auf den Fersen.

»Ich muss weg hier.«

Die Treppen hinunter, aus dem Haus.

»Bitte, geh nicht! Geh nicht!«

Sie drehte sich mit gequältem Blick zu mir um.

»Doch, ich will gehen! Ich brauche meine Ruhe. Ich muss nachdenken und herausfinden, was ich wirklich will.«

Dann machte sie kehrt und lief weiter. Wir hatten die Straße erreicht. Kaja ging einfach weiter. In diesem Moment bremste etwas in mir. Ich ließ sie los, ließ sie um die Ecke verschwinden. Dann geh doch, dachte ich. Geh. Ich drehte mich um und ging zurück in die Wohnung. In einigen Stunden würde sie wohl zurückkommen. Zugleich war es entsetzlich hart für mich, nicht zu wissen, wohin sie gegangen war. Was hatte das zu bedeuten? Wo war Baby? Es war Samstag, die Sonne schien. Konnte ich wohl irgendwen anrufen? Was sollte ich machen, wenn ich in Panik geriet?

In der Wohnung kamen dann die Tränen. Ich ging ins Schlafzimmer, ließ mich aufs Bett fallen und heulte los. Der Kummer riss und zerrte an mir. Ich wusste nicht, was ich machen sollte, wohin ich mich wenden könnte. Niemand würde mich verstehen, alle würden es für meinen eigenen Fehler halten. Ich hatte meinen Mann betrogen und mich mit einer Frau eingelassen. Ich war ein Fiasko, eine Versagerin, ich war nicht normal. Eine wie mich konnte man nicht lieben, niemand konnte das; nicht Lukas, nicht Kaja, und auch sonst kein Mensch.

Ich würde niemals Kinder bekommen, niemals mehr harmonisch und zufrieden sein. Ich würde niemals in die Nähe des Glücks kommen, das ich in dem Frühling empfunden hatte, in dem Lukas und ich uns verlobt hatten, eine der Perioden meines Lebens, in der es mir wirklich gut gegangen war. Das war jetzt lange her und ich hatte meine Chancen ruiniert, jemals wieder ein glückliches Leben zu führen. Kaja wollte mich nicht mehr, diese ganzen großen Umwälzungen waren vergeblich gewesen, hatten nichts genützt. Ich weinte und weinte, ohne zu wissen, wie ich jemals aufhören sollte. Zugleich meldete sich in meinem Hinterkopf eine kleine nüchterne Stimme zu Wort. Sie schien einer ungewöhnlich klar blickenden Beobachterin zu gehören.

»Ja, ja«, sagte die nüchterne Stimme. »Wein dich erst mal aus. Danach wirst du dich besser fühlen.«

Diese nüchterne Stimme gehörte ebenfalls mir, auch wenn sie schwach war. Mein Weinen schüttelte meinen Körper und ließ mich so laut schreien, dass ich mich fragte, ob ich wohl auf der Straße zu hören war. Wie konnte Kaja so grausam sein? Wie konnte ich mich so behandeln lassen? Was sollte ich tun? Sie verlassen? Weggehen? Packen und verschwinden? Nichts kam mir erträglich vor, nichts wäre richtig gewesen. Ich sah einfach keinen Ausweg.

»Wein du nur«, sagte die nüchterne kleine Stimme gelassen. »Danach kannst du dann besser nachdenken.«

Ich weinte mich aus. Zugleich verwoben sich neue Gedanken mit den alten, destruktiven. In einigen Stunden würde Kaja zurückkommen und um Entschuldigung bitten, das tat sie ja immer. Sie liebte mich ungeheuerlich, ich war die große Liebe ihres Lebens; das wusste ich eher intuitiv als intellektuell. Sie war ein verwirrtes Wesen, eine Person, die ihr Leben nicht in den Griff bekam. Aber alles würde besser werden, die Zeit würde alles klären.

Außerdem tat es mir gut, auf ein wenig Widerstand zu stoßen. Das war genau das, was ich brauchte. Jetzt würde ich dazu gezwungen sein, mich mit Arbeit, Training, Freunden zu befassen; mit praktischen Dingen, die in dieser hektischen Zeit liegen geblieben waren; ich würde Dinge und Sachen angehen, auf die ich viele Monate lang gepfiffen hatte. Ich hatte meine Angst vor der Einsamkeit alles bestimmen lassen, statt mit Kaja zu sprechen und danach diese Angst selber zu bearbeiten. Meine Angst war stark, aber es ließ sich etwas dagegen unternehmen.

Ich führte einen Dialog mit der nüchternen Stimme in meinem Hinterkopf.

»Aber wenn sie mich nun verlässt?«

»Wie wahrscheinlich ist das? Sie liebt dich, im tiefsten Herzen weißt du das. Und sie braucht dich mindestens so sehr, wie du sie brauchst. Das weiß sie auch. Deshalb spielt sie dieses Spiel. Sie wehrt sich gegen die selbst angelegten Zügel, ohne zu sehen, dass sie die abnehmen muss, ohne zu begreifen, dass die nicht dasselbe sind wie du. Und auch, wenn sie dich verlassen sollte, was wäre das Schlimmste, was dann passieren könnte?«

»Dass ich einsam und unglücklich werde, dass ich nie wieder jemanden kennen lerne und mich am Ende umbringe.«

»Ach, was für eine dramatische Ader! Offenbar hat die Welt an dir eine große Schauspielerin verloren. Wenn mit dir und Kaja Schluss ist, wäre es nicht wahrscheinlicher, dass du jemand anderen triffst, mit dem du glücklich wirst und mit dem du vielleicht sogar eine Familie gründen kannst?«

»Mein Leben wird nie wieder glücklich sein.«

»Nächste Station Greta Garbo. Dein Leben IST glücklich, an allen Tagen, außer dann, wenn ihr euch gerade gestritten habt. Ganz ruhig also, rück die Sache ein wenig in die richtige Perspektive. Wie alle anderen bist auch du deines eigenen Glückes Schmiedin. Nimm dir einfach die Teile, die nicht an ihrem Platz liegen, und bring das in Ordnung. Lade häufiger Freunde zu euch ein. Sag Nein zu Kaja, wenn sie sich daneben benimmt. Konzentrier dich auf deine Fehler, nicht auf ihre.«

»Ich bin ein Wrack.«

»Herrgott. Du bist eine erfolgreiche Karrierefrau mit einem wunderbaren Leben, zwei herrlichen Hunden, einer außergewöhnlichen Beziehung, Massen von Freunden und einer tollen Familie. Spiel also nicht die verwöhnte Rotzgöre!«

»Wir passen nicht zueinander, alles war ein einziger großer Fehler.«

»Ihr passt in gewisser Hinsicht zueinander und in anderer auch wieder nicht. Aber so ist das in allen Beziehungen. Ihr gebt einander ungeheuer viel, während es eben gerade deshalb so viel Energie kostet, zusammen zu sein. Jede Entwicklung kostet! Und es ist kein Fehler, sich zu entwickeln, im Gegenteil. Das ist der einzige Weg vorwärts. Wer weiß, wohin das führt? Entweder zu einer besseren Beziehung mit Kaja oder zu einer neuen mit jemand anderem. Aber wenn du nicht wagst, diesen Weg zu betreten, dann bleibst du genau dort, wo du bist, also in einer teilweise schlechten, teilweise unentwickelten Beziehung zu Kaja. Und das willst du nicht! Das einen Fehler zu nennen, wäre absurd. Im Gegenteil: Es wäre im Moment das einzig Richtige. Und damit bist du in deinem Leben weitergegangen und stehst jetzt vor einer Menge neuer Möglichkeiten.«

Ich lag ganz still da. Plötzlich ertönte die kleine nüchterne Stimme mit neuer Kraft.

»Hör auf sie.«

Das klang vertraut. Was, wieso sollte ich auf sie hören?

»Hör auf sie. Hör auf sie.«

Vermutlich war das der springende Punkt. Was hatte Kaja eigentlich gesagt? Zwischen den Zeilen hatte sie mir vermittelt, dass sie sich in der Oberklasse nicht wohl fühlte, dass sie Angst hatte, nicht fein genug zu sein, dass sie sich davor fürchtete, verachtet zu werden. Und ich konnte nur hoffen, dass sie sich von mir helfen lassen würde. Aber ich konnte ihre Angst nicht verurteilen. Die war herkunftsbedingt und ich wusste eigentlich nichts darüber. Für mich war alles so leicht: Ich konnte in allen gesellschaftlichen Zusammenhängen zurechtkommen und mit allen Menschen umgehen. Ich fühlte mich nur selten unwohl in meiner Haut und hatte niemals Angst, nicht »fein« genug zu sein; ich fühle mich nie fehl am Platz. Wenn die Leute mich wegen meiner Klassenzugehörigkeit nicht mochten, dann war das ihr Problem: Ich nahm das nie persönlich. Und, mehr als alles andere, das sah ich plötzlich ein, mehr als Gut, Geld, Status, Kontakte oder Feste, kennzeichnete das die Oberklasse und war ihr enormer Vorteil gegenüber allen anderen Gruppen. Kaja hatte von allem nichts. Sie war einsam und ängstlich und kam sich in allen möglichen Zusammenhängen auf eine Weise dumm vor, die ich nie im Leben erfassen könnte. Das musste ich immer im Hinterkopf haben, immer musste ich mir ihrer Unsicherheit bewusst sein. Aber die Angst gab ihr nicht das Recht, mich schlecht zu behandeln oder sich meinetwegen keine Mühe zu geben.

Wir würden dazu gezwungen sein, darüber zu reden.

Nach einer Weile rappelte ich mich aus dem Bett auf und ging ins Badezimmer. Die Hunde sprangen unruhig um mich herum.

»Aber, aber«, sagte ich ihnen. »Das ist doch nicht schlimm. Frauchen ist ein bisschen traurig, aber das geht vorbei. Brave Wauwaus. Aber, aber.«

Dann schaute ich in den Spiegel. Meine Augenlider waren geschwollen. Ein wenig Wasser und Gesichtscreme und schon sah ich viel besser aus. Ich schaute in meine Augen. Rot, blau und weiß. Es war Samstag und die Sonne schien. Düfte, Freude, keine Arbeit. Da wollte ich nicht länger hier herumliegen und flennen. Ich wollte losgehen, mit den Hunden herumlaufen, in der Stadt Kaffee trinken, ich wollte Leute finden, mit denen ich reden konnte.

Laban.

Ich rief Laban an, Kajas Freundin, die ich auch kennen gelernt hatte und mochte. Sie wohnte nicht weit von uns entfernt und meldete sich nach dem ersten Klingeln.

»Laban.«

»Hallo, hier ist Sophie.«

»Hallo, Sofa. Wie geht es dir?«

»Na ja.«

Ich hörte an ihrer Stimme, dass sie sofort begriff.

»Habt ihr euch gestritten?«

»Ja.«

»Dann komm ich sofort rüber.«

Schon nach einer Viertelstunde stand sie vor der Tür, ich hatte es gerade geschafft, mich anzuziehen und Kaffeewasser aufzusetzen. Laban, klein und quecksilbrig wie immer, mit dem dicken, rotbraunen Pony, der ihr in die Augen hing. Sie legte ihre Jacke ab und umarmte mich. Dann zog sie einen Flachmann und zwei Gläser aus der Jackentasche. So war sie, tatkräftig und fürsorglich, mitten im Elend. Es war nicht möglich, in der Nähe einer solchen Person deprimiert zu sein, jedenfalls nicht für lange Zeit.

»Ein kleiner Martini Dry«, sagte sie. »Bringt uns in Schwung.«

Ich lachte.

»Du weißt, was man braucht, wenn man so tief unten ist«, sagte ich.

»Nur ein kleiner Helfer in der Not«, sagte sie. »Prost.«

Wir tranken. Schauten einander an und lachten. Ihre Augen waren auch ziemlich rot.

»Wie geht's dir?«, fragte ich.

»Na ja«, sagte sie. »Vor einer halben Stunde hab ich noch heulend im Badezimmer gestanden.«

»Wieso das denn?«

Sie zuckte mit den Schultern.

»Wieso nicht, wenn eine lesbisch ist und allein und vermutlich niemals Kinder bekommen wird und die Ausbeute an der Frauenfront so ist wie gestern Abend? Ich war mit ein paar Freundinnen aus und konnte nur feststellen, dass es absolut betrüblich aussah. Nein, sagte ich zu ihnen, wir müssen es so machen wie Kaja und uns fesche Heterobräute suchen.«

Ich lachte.

»So himmlisch leicht ist das aber auch nicht«, sagte ich.

»Und warum habt ihr euch gestritten?«

Ich leerte mein Glas.

»Können wir nicht woanders darüber reden? Ich hätte heute gern noch ein bisschen Sonne, ehe es zu spät ist. Das scheint einer der schönsten Tage in diesem Herbst zu sein.«

»Ist es auch. Du hast Recht, wir ziehen los und reden über das Leben.«

Wir gingen in die Stadt. Es war ein strahlend schöner Tag und in den Parks wimmelte es nur so von Leuten. Laban und ich setzten unsere Sonnenbrillen auf.

»Schützt unser Inkognito«, sagte ich schmunzelnd.

»Die Leute sollen doch nicht sagen, da kommt Laban, die Heulsuse«, sagte Laban.

»Und die verschniefte Sofa«, sagte ich.

Wir gingen den ganzen Weg von Söder in die Innenstadt. In der Hornsgata wimmelte es nur so von Flaneuren beim Samstagseinkauf. Wir bogen zum Söder Mälarstrand ab und gingen langsam weiter bis Slussen. Stockholm schnurrte im Sonnenschein wie eine Katze und alle Menschen sahen verhältnismäßig zufrieden und glücklich aus. Das Leben war eigentlich gar nicht so kompliziert. Glitzernd blaues Wasser, schöne Gebäude, Aufgaben, die ab und zu sinnvoll waren. Gute Freunde, ein wenig Liebe und Politik, Arbeit, Essen, Kleider, Vergnügen und Entspannung.

Meine Stimmung hob sich, als wir von Stadtteil zu Stadtteil gingen. Die Altstadt links von uns wie ein zusammengedrücktes Akkordeon, erfüllt von mittelalterlichen Tönen, die sich hervorlocken ließen, sobald sich die richtige Stimmung einfand. *Wir sind drei Musikanten und komm'n aus Skaraborg.* Norrbro, einst ein Provisorium, jahrzehntelang leer stehend.

Die unkleidsamen, orangen Markisen des Grand Hotels, unmöglich, sich dort irgendeine andere Farbe vorzustellen. Das Opernhaus, ein Haufen aufeinander gestapelte Bauklötze, hier und dort mit einem Schleifchen verziert, spannende Pakete, von kulturell oder kulinarisch Bewanderten zu öffnen. Die alten Gassen und Winkel von Tintomara, schattig und unbeweglich über der hämmernden Discomusik der Nächte. Das Leben ging weiter. Es brachte nichts, verlorenen Träumen nachzuhängen; viel besser war es dann doch, die Gegenwart zu betrachten. Das Café Piccolino zum Beispiel, halb im Schatten der hohen Ulmen, die nur wütende und auf Bäume kletternde Stockholmer hatten retten können. Hinter ihnen, im Park Kungsträdgården, die beiden Symbole für Schwedens Könige: ein von vier Krügen umringter Löwe und ein Krug umgeben von vier Löwen. Victoria, schäumend vor Leben und Lebenslust, wie ihr Name es verhieß. Alles ging weiter, Mal für Mal.

Laban und ich holten uns zwei Café au Lait und setzten uns an einen Tisch im Piccolino. Ich musterte sie verstohlen. Sie hatte diese weiße, feine Haut, die man nur bei Fotomodellen oder ganz jungen Mädchen sieht. Vielleicht lag es daran, dass sie lesbisch war; sie benutzte nur ganz selten Schminke. Frisch wie ein Landei oder ein kleines Kind, obwohl sie im Finanzamt arbeitete und rund um die Uhr den Abgasen der Stadt ausgesetzt war.

»Lass hören«, sagte sie jetzt.

Bisher hatten wir vor allem über gemeinsame Bekannte gesprochen, über unsere Arbeit, über Stockholms Geschichte. Aber jetzt sah sie mich aus ihren grauen Augen an und wartete auf eine Antwort. Sie erinnerte mich an eine dunkelrote Katze, die den Kopf aus dem Milchnapf hebt und nachdenklich ihre Umwelt betrachtet.

»Klasse und Geschlecht«, sagte ich. »Was soll ich sonst noch sagen?«

Sie nickte langsam.

»Das hab ich mir auch schon überlegt«, sagte sie. »Und das hier ist vermutlich erst der Anfang.«

»Das klingt ermutigend«, sagte ich.

Sie lächelte.

»Ich sag das nicht, um dich runterzuziehen«, sagte sie, »sondern, weil ich glaube, dass es euch besser von Beginn an bewusst sein sollte. Es ist schwer genug für Heteros mit demselben Hintergrund oder aus derselben

Klasse miteinander auszukommen und in ihrer Ehe oder Beziehung zu bleiben. Es ist noch viel schwerer, wenn man aus unterschiedlichen Klassen kommt, auch, wenn man immer noch heterosexuell ist. Und es ist verdammt schwer für homosexuelle Menschen ganz allgemein, ihre Beziehungen trotz des ewigen Drucks ihrer Umgebung aufrechtzuerhalten. Ihr beide habt wirklich alle Probleme gleichzeitig zusammengetragen und das nicht zu knapp. Ihr seid zwei starke Persönlichkeiten, dazu lesbisch, und zu allem Überfluss kommt ihr auch noch aus der obersten Oberklasse beziehungsweise vom extremen Linksaktivismus und aus der Arbeiterklasse. Ich kann mir nur vorstellen, wie schwer das ist.«

»Ja, danke«, sagte ich.

Sie schwieg eine Weile.

»Und dann ist Kaja, so wie sie ist«, sagte sie. »Sie ist Waage, sie hat ein fast schon pathetisches Gerechtigkeitsempfinden. Alles muss ausbalanciert werden, bis zur letzten Krone. Man wird wahnsinnig, wenn man mit ihr in die Kneipe geht und ihr ein Bier ausgeben will. Sie muss zurückzahlen. Wenn es um siebenunddreißig fünfzig geht, dann muss sie am Tresen wechseln, um die Rechnung auf fünfzig Öre genau zu begleichen.«

Das stimmte. Kaja konnte die Vorstellung, irgendwem irgendetwas zu schulden, einfach nicht ertragen.

»Aber das liegt nicht daran, dass sie geizig wäre«, sagte Laban jetzt überaus zutreffend. »Das genaue Gegenteil ist der Fall. Sie kann es nicht hinnehmen, nicht ihre Schuldigkeit getan zu haben.«

»Himmel, was für eine lutherische Haltung«, sagte ich, »für eine überzeugte Atheistin. Zugleich ist der Ausdruck ›ihre Schuldigkeit getan haben‹ etwas, das sie wahnsinnig macht, wann immer sie ihn hört. Sie hasst diese altmodische Art, der Masse Moral zu predigen, um sie unten zu halten und dafür zu sorgen, dass alle sich gleich verhalten. Ich versteh die Frau einfach nicht!«

Kaja in der Kneipe; sie fand es schrecklich, wenn ich sie einladen wollte. Oft versuchte sie, für mich zu bezahlen, obwohl ich wusste, wie knapp bei Kasse sie war.

»So ist das jedenfalls«, sagte Laban und lächelte. »Da hast du wirklich alle Hände voll zu tun.«

»Ja, danke, das ist mir auch schon aufgefallen«, sagte ich.

»Und sie hat bestimmt auch zu tun. Mit dir zusammenzuleben ist sicher auch kein Honigschlecken.«

»Ich bin ungeheuer einfach und sanft wie eine Sommerbrise.«

Jetzt lächelten wir beide spöttisch.

»Ihr habt beide gekriegt, was ihr verdient habt. Aber das wolltet ihr doch auch, oder?«

»Vermutlich«, sagte ich. »Ich glaube nicht an den Zufall.«

»Ich auch nicht«, sagte Laban.

Ich sah mir die Menschen in unserer Umgebung an. Das Piccolino war ein Lokal, das von Homosexuellen, Punks und Anarchisten besucht wurde, es gab aber auch Jungs von Östermalm in Lambswoolpullovern und Ray Bans; schwarz gekleidete Künstler von den Höhen Söders; Teenies mit lautem Lachen und minimalen Rucksäcken, ältere Herren im Anzug, deren Spazierstock am Tisch lehnte. Ganz hinten in der Sonne trank eine winzige Dame Kaffee, ihr kleiner Finger war im rechten Winkel abgespreizt und zu ihren Füßen lag ein überaus elegant geschorener Pudel. Laban folgte meinem Blick.

»Ist das da eine Tante oder ein Transvestit?«, fragte sie.

Ich prustete los.

»Die Dame oder der Hund?«, fragte ich.

»Beide«, sagte Laban.

»Weiß nicht«, sagte ich lächelnd. »Wäre vermutlich auch egal.«

Die Sonne kroch auf der Tischplatte immer weiter auf uns zu. Es war warm und schön, der Sommer hielt sich noch immer, obwohl wir schon ziemlich weit in den September gekommen waren.

»Und selbst?«, fragte ich. »Jetzt haben wir so viel über mich gesprochen.«

Laban zuckte mit den Schultern.

»Da gibt es nicht viel zu erzählen«, sagte sie. »Ich hänge einfach ganz allgemein durch. Ich trinke zu viel. Ich finde einfach keine, die mir so gefällt, dass ich mich um eine Beziehung bemühen will. Mein Job ist langweilig. Ich hätte gern eine größere Wohnung. Meiner Mutter musste die eine Brust abgenommen werden. Kurz gesagt, jede Menge von den Problemen, unter denen alle Menschen leiden. Aber nichts Außergewöhnliches.«

Nicht alle, dachte ich, aber das behielt ich für mich. In Gedanken verglich ich Labans Darstellung mit Beatas Gejammer bei unserem Mittagstreffen einige Tage zuvor. Ich sah sie deutlich im Coco & Carmen bei der Banérgata vor mir; das war einer »unserer« beliebtesten Zufluchtsorte unter Freundinnen. Beata quengelte darüber, dass sie und Gustaf Probleme mit dem Kindermädchen hatten, dass sie für den nächsten Sommer noch kein Ferienhaus in Falsterbro gefunden hatten, dass sie Schmerzen in der Hüfte hatte und fürchtete, deshalb Probleme mit ihrem Handicap beim Golf zu bekommen. Außerdem: Wie sollte sie es schaffen, die beiden Kleider zu nähen, die sie für die verschiedenen Hochzeiten der kommenden Woche brauchte? Ihre ganze Körperhaltung signalisierte, dass sie aufs Tiefste zu bedauern war.

Die Probleme tauchten in unterschiedlichen Größen auf, das taten sie zweifellos. Jetzt sah ich wieder Laban an. Sie war wie die meisten Lesben meiner Bekanntschaft: nicht bereit, sich den »normalen« Regeln zu fügen, die für Frauen in unserer Gesellschaft gelten. Sie lebte allein mit ihrer Katze, sie tanzte und feierte gern und häufig sagte sie laut, was sie dachte. Laban war keine extreme Rebellin, aber sie war doch völlig anders als die braven Familienmädchen, mit denen ich großgeworden war. Und der Preis, den sie dafür bezahlte, für etwas, das eigentlich das selbstverständliche Recht jedes erwachsenen Menschen sein sollte, war unerhört hoch. Sie hatte es bei unserer ersten Begegnung selbst gesagt: Vermutlich würde sie niemals Kinder und eine Familie haben. Durch ihr offen lesbisches Leben waren für sie und eine eventuelle zukünftige Freundin alle Möglichkeiten zu einer Adoption versperrt. Außerdem war das Angebot an Lesben gering; es würde ihr nicht leicht fallen, eine zu finden, mit der sie zusammenleben könnte. Vielleicht würde sie also ihre Last allein durchs Leben tragen müssen.

Viele Lesben lebten so. Mit ihrer Entscheidung gegen die »übliche« Sexualität hatten sie sich auch gegen vieles andere entschieden. Die weibliche Sexualität sollte für Männer zugänglich bleiben, so lautete die Botschaft, denn sonst würde das Leben doch gar zu kompliziert. Viele von ihnen versanken in einem Sumpf aus Einsamkeit, Hoffnungslosigkeit und Alkoholproblemen. Wenn eine nicht bereit war, sich den Normen der Männergesellschaft anzupassen, dann sollte sie auch deren Früchte nicht genießen dürfen. Dann musste sie ohne Schutz auskommen, bitte sehr, ohne Kinder, Familie, Unterstützung und hohes Einkommen.

Was hier herrschte, war eine Art sozialer Faschismus, der jeglichen Ansatz einer heterogenen Gesellschaft unterdrückte, obwohl wir doch in einer Welt lebten, die vor allem davon geprägt war, von Vielfalt. Die Gesellschaft gab sich alle Mühe, die Gruppen klein zu halten, die nicht den klassischen Normen in Bezug auf das Familienleben entsprachen. Lesbische Frauen waren eine der vielen Gruppen, die davon betroffen waren. Es war dermaßen ermüdend, immer wieder zu spüren zu bekommen, dass die eigene Lebensentscheidung als Fehler gesehen wurde, dass sogar Mut und Stärke – auf die man im tiefsten Herzen doch ungeheuer stolz war – als negativ galten. Ich sah, wie Labans Haare in der Sonne glänzten, ich sah Labans schmale, weiße und überraschend sensible Hände, die sich um die Kaffeetasse schlossen. Ihre grauen Augen, die von feinen Wimpern umgeben waren, schauten in die Ferne. Ich empfand die plötzliche Sehnsucht, auf jede Weise, die mir überhaupt nur einfiel, für sie zu kämpfen. Ich fühlte mich ganz einfach dazu gezwungen.

Wir trennten uns vor der Oper. Laban wollte noch bummeln gehen, ich wollte nach Hause, um nachzusehen, ob Kaja zurückgekommen war. Ich spazierte vorbei am Haus der Ritterschaft und der Westseite von Gamla Stan und bekam Lust, noch einen Rundgang um Riddarholmen zu machen. Gleich im Westen spiegelte sich Långholmen im Gegenlicht, während die Västerbro sich vor dunstigen Sonnenstrahlen abzeichnete. Hier auf Riddarholmen lagen die Justizeinrichtungen aus alten Zeiten, hier hatte man einst geglaubt, der Gerechtigkeit in der Stadt zu ihrem Recht zu verhelfen. Gerechtigkeit war jedoch nur ein relativer Begriff, eine Funktion der Moral, von der eine Gesellschaft und ihre Mitglieder glaubten, sie sich leisten zu können.

Stockholm loderte in den Strahlen der immer tieferstehenden Sonne. Ich entschied mich für einen umständlichen Heimweg, durch Bellmansgata und Skinnarviksberg. Ich sah die Stadt bei schönem Wetter gern von oben und vom Skinnarviksberg hatte man eine fast unübertreffliche Aussicht. Während ich die Treppe hochstieg, dachte ich weiter über meinen Streit mit Kaja nach. Worin bestand eigentlich der Unterschied zwischen dem Zusammenleben mit einem Mann und dem mit einer Frau? Wenn man es verglich, konnte man feststellen, dass es große Unterschiede gab, aber auch viele Parallelen. Streit zum Beispiel.

Es war wunderbar, einer Frau nahe zu kommen, einer Feministin, einer

Seelenfreundin. Kaja und ich konnten einander bei einem Essen gegenübersitzen, Blicke tauschen und wissen, dass die andere genau dasselbe dachte, wenn gewisse Männer am Tisch großspurige Analysen und Verteidigungsreden für die männliche Unterdrückermentalität in der Gesellschaft zum Besten gaben. Wir lasen Zeitung und empörten uns aus demselben Grund über das, was wir dort lasen. Wir konnten fernsehen und über dasselbe Programm weinen und uns getroffen fühlen. Wir staunten gemeinsam über das kindische Verhalten von Männern, die niemals älter zu werden schienen als zwölf, und die in so vielerlei Hinsicht abstoßend waren. Und dann konnten wir uns einander zuwenden und uns in einem Kuss vereinen, einander mit weichen Körpern liebkosen und in einem Kokon aus Weiblichkeit, Sexualität und tiefem Verständnis verschwinden.

Aber das Geschlecht stellte nur ein Teil einer Beziehung dar. Hinzu kamen Klassenzugehörigkeit, Finanzen, Verhalten; Geborgenheit kontra Abenteuer, persönliche Entwicklung, Charaktereigenschaften und Vorlieben. Alles vom Frühstücksbrot bis zur Zahnpastatube, alles, angefangen davon, wie offen das Zuhause sein sollte, bis dahin, wie viel Freiheit man der anderen einräumen mochte. Und zu allem Überfluss trafen in unserem Fall zwei äußerst temperamentvolle Personen aufeinander. Kaja war streitlustig, leidenschaftlich und argumentativ; sie wollte die Kontrolle, wollte bestimmen und Recht behalten, sie konnte Wutausbrüche hinlegen, bei denen sie mit Türen knallte oder Gläser auf den Boden warf.

Mit anderen Worten: Sie war genau wie ich.

In einer lesbischen Beziehung führte Dauerstreit zu einer Leere und Erschöpfung, die nicht mit dem zu vergleichen war, was man zusammen mit einem Mann erlebte. Auf den war man natürlich in regelmäßigen Abständen stocksauer, aber damit rechnete man ja ohnehin. Er konnte überaus irritierend, verständnislos, egozentrisch und unfähig zur Kommunikation sein. Dann rief man Freundinnen an oder traf sich und redete darüber, wie anstrengend die Männer doch seien. Oder man rief einen guten Freund an, der dann versuchte, sich mit der Anruferin zu solidarisieren und zugleich zu erklären, wie Männer denken und warum einer sich eben so aufführte.

Dann ging man irgendwann wieder nach Hause und versöhnte sich mit ihm und das Ganze verlief in ziemlich klaren Bahnen. Es war so zu erwarten, es war ein Teil des Lebens, das man als Frau zusammen mit einem Mann lebte. Wenn man sich dann wieder versöhnt und sich leidenschaftlich geliebt hatte, sah man diesen Mann an und dachte: Ach, was sind wir doch unterschiedlich! Aber er ist ja schließlich ein Mann und ich bin eine Frau, so ist es kein Wunder, dass wir nicht gleich denken oder einander durch und durch verstehen.

Aber so war das nicht, wenn man mit einer Frau zusammenlebte und es richtig Krach gab. Dann stellte sich nämlich das große Gefühl von Verlassenheit ein. Plötzlich wurde die Welt zu einem öden und menschenleeren Ort, an dem man hilflos und einsam herumstand. Es war eine selbst verschuldete Einsamkeit. Warum stand man denn hier im eiskalten Wind, außerhalb der normalen Gesellschaft, und schaute durch warme, helle Fenster hinein zu Familien, die um den Kamin herum Mama, Papa, Kind spielten und innerhalb der üblichen Parameter lebten? Es war ein selbst gewähltes Exil, weshalb man an allem Elend selbst schuld war.

Wenn man sich mit seiner lesbischen Freundin stritt, dann brachte das die ganze Welt ins Schwanken. Man empfand eine völlige Isolation und Einsamkeit, die sich vermutlich nur mit der anderer Minderheiten vergleichen ließ. Man hatte das Gefühl, dass alle Verteidigungswälle einstürzten, die ganze aufgebaute Erklärungsmauer, warum man sich aus dem geborgenen, umhegten, »normalen« Leben, das man mit Mann, Familie, Verwandtschaft und heterosexuellen Freunden gelebt hatte, hinaus in die Kälte gewagt hatte.

Solange man in einer harmonischen lesbischen Beziehung lebte, konnte man hocherhobenen Kopfes dastehen, die Welt draußen war nicht kalt, sondern schön und wild, wie ein Stück freier Natur neben einem übermäßig kultivierten Garten. Rosen wuchsen überall einfach drauflos und man wanderte umher als absolut losgelöster, aber ungeheuer starker Mensch, geleitet von der Liebe und damit vom wichtigsten und richtigsten Teil des Lebens.

Aber wenn man sich mit der Geliebten stritt, dann zogen Wolken vor die Sonne. Die schöne und karge Wildnis verwandelte sich in eine sterile Mondlandschaft mit eisigem Wind und Schneegestöber und man stand draußen, ohne Handschuhe, mit Fingern, deren Knöchel vor Kälte rot wurden. Drinnen in dem gepflegten, behüteten Lebensraum sah alles warm und geborgen aus, aber hier draußen war es kalt, bitterkalt.

Vom Skinnarviksberg her sah Stockholm phantastisch aus. Aber die Sonne war in einer tief hängenden Wolkenbank verschwunden und ich spürte plötzlich, dass der Herbst in der Luft lag. Ich fröstelte. Es brachte nichts, hier stehen zu bleiben. Besser, ich machte kehrt und ging nach Hause.

***

Als ich die Wohnung betrat, war Kaja schon da. Ihre Miene war verschlossen, stumm und voller Reue. Sie kam angerannt und bohrte ihren Kopf in meine Schulter.

»Verzeih mir«, sagte sie. »Tut mir leid, dass ich einfach so abgehauen bin.«

»Du bist hart zu mir«, sagte ich. »Damit kann ich nicht so richtig umgehen.«

Sie biss sich in die Unterlippe, runzelte die Stirn und kniff mir energisch in den Arm.

»Ich MUSS einfach hart zu dir sein!«, sagte sie. »Sonst wirst du unausstehlich.«

»Nicht ich bin unausstehlich, sondern du«, sagte ich.

Kaja zwang mich zu Boden und kitzelte mich, bis ich schrie.

»Entschuldige dich!«

»Nie!«

Das Spiel ging in Küsse über und danach landeten wir im Schlafzimmer. Kaja war seit mehreren Stunden zu Hause. Sie hatte Essen gekauft, aufgeräumt und Blumen für mich mitgebracht. Etwas später kochten wir gemeinsam, zogen dicke Pullover an und aßen draußen auf dem Balkon. Die Sonne ging gerade unter. Kaja blickte mich grimmig an.

»Ich komm mit auf dieses Fest«, sagte sie. »Aber du musst mir ein Kleid besorgen, ich will mich ja nicht blamieren.«

Ich sah sie an. Mein Herz füllte sich mit Stolz und Zärtlichkeit.

»Egal, wie«, sagte ich. »Wir kaufen ein Kleid oder mieten eins oder du leihst eins von mir. Das kannst du entscheiden.«

Ich ging um den Tisch herum und umarmte sie. Wir küssten uns. Danach setzte ich mich wieder hin.

»Was willst du eigentlich?«, fragte ich. »Ich will nicht wieder Streit anfangen, wir können doch vorsichtig vorgehen und genau nachsehen, wohin wir unsere Füße setzen. Aber ich möchte das wirklich wissen. Ich will dich verstehen.«

»Du und deine Vergleiche«, sagte Kaja.

Dann dachte sie eine Weile nach.

»Wenn ich zaubern könnte«, sagte sie, »dann würde das so weitergehen. Du würdest einsehen, dass ich Freiräume brauche. Ich könnte dann selbst entscheiden, wann ich mit zu Festen und Essen kommen will, und wenn ich nicht will, dann gibt es deshalb keinen Streit. Ich werde es niemals über mich bringen, diese Millionen von Feiern und Umtrünken und Cocktailpartys zu besuchen, auf denen du dich die ganze Zeit herum treibst. Das kannst du auch gleich vergessen. Aber ich kann ab und zu mitkommen, wenn ich nur das Gefühl habe, die Wahl zu haben.«

Ich sagte nichts.

»Das ist so, wie wenn es mir schlecht geht«, sagte sie dann. »Ich möchte, dass du mich nicht unter Druck setzt und die ganze Zeit herumnervst, sondern, dass du mich zu dir kommen lässt, wenn ich es selbst will. Ich wünschte, du würdest zu mir sagen: ›Ich bin hier. Komm, wenn du mit mir reden willst, aber nur, wenn du willst. Ich werde dir helfen, so gut ich kann, wenn du mich brauchst. Aber nicht meinetwegen, sondern deinetwegen.‹«

Jetzt sah sie mich aus etwas freundlicheren Augen an, wie immer, wenn sie fertig geredet hatte, ohne unterbrochen zu werden.

»Verstehst du?«, fragte sie.

»Ich glaube, schon.«

Wir schwiegen einige Minuten.

»Aber was willst du?«, fragte sie dann. »Sag schon.«

Ich überlegte.

»Ich glaube, vor allem möchte ich spüren, dass du da bist«, sagte ich. »Ich will ja, dass wir eigene Identitäten und eigene Leben haben, aber auch, dass es jede Menge Liebe und Verliebtheit und Zärtlichkeit und Sex zwischen uns gibt. Ich wünschte, wir hätten beide unseren eigenen Bekanntenkreis und dann noch einen gemeinsamen, und dass wir uns oft zu irgendwelchen Anlässen begleiten, genauso, wie ab und zu auch getrennte Wege zu gehen, wenn wir Lust dazu haben. Ich will deine

Freunde akzeptieren oder ablehnen können, aber ich will mir zugleich große Mühe geben, damit alles so harmonisch wie möglich verläuft, wenn wir uns sehen. Und ich wünschte, du könntest es mit meinen Freunden ebenso halten. Mein Traum wäre, mit dir eine Familie zu haben, mit Kindern und Hunden, wo wir dann miteinander in Harmonie leben könnten.«

»Lange Liste«, sagte Kaja.

»Gerade passend«, sagte ich und lächelte.

Sie runzelte die Stirn.

»Ich will mich frei fühlen«, sagte sie. »Ich will über mein Leben bestimmen. Ich bin nicht so abhängig von Bekannten und Verwandten wie du. Und ich bin nicht einmal davon überzeugt, dass ich mir Kinder zulegen oder mit Kindern leben will.«

Wir schwiegen wieder.

»Dann haben wir ein Problem«, sagte ich.

»Aber keins, das wir hier und jetzt lösen müssen«, sagte Kaja.

»Nein.«

Die Sonne war jetzt ganz untergegangen und es wurde dunkel.

»Machen wir einen Spaziergang?«, fragte ich.

Wir nahmen die Hunde mit und gingen den ganzen Weg bis zum Söder Mälarstrand. Vor uns lag die Innenstadt von Stockholm, mit dem Rathaus als zentralem Blickfang. Ich hatte noch nie bewusst wahrgenommen, wie ungeheuer schön dieses Haus doch war. Das Licht von Hunderten von Laternen spiegelte sich im Riddarfjärd wider.

Kajas Hand, trocken und warm, in meiner. Ich schaute ihr Profil an, sah ihr energisches Kinn und ihre Augen, die unter den dunklen Wimpern funkelten. Und ich dachte: »Auch, wenn ich hundert Jahre alt werde, wird mir niemals wieder eine wie du begegnen.« Sie war einzigartig, war fantastisch. Sie war verdammt anstrengend, das Zusammensein mit ihr war in vielerlei Hinsicht die Hölle und wir wollten nicht einmal dasselbe vom Leben. Aber sie war einzigartig. Sie war ehrlich, sie war natürlich und sie hatte ein instinktives Gefühl für Prioritäten, das ich noch nie erlebt hatte, bei keinem anderen Menschen.

Abermals war ich von Zärtlichkeit für sie erfüllt. Ich wollte sie in die Arme nehmen, sie vor allem Bösen beschützen und dafür sorgen, dass sie sich glücklich und geborgen fühlte. Aber das war nicht leicht. Zuerst musste sie nämlich feststellen, ob sie mit einer Oberklassenfrau wie mir leben könnte, ob das Leben einen Sinn hatte, was sie mit ihrer Zukunft anfangen wollte, wie sie es hinnehmen konnte, dass das Auto und die Hunde mir gehörten, wie sie sich den Oberklassenmenschen gegenüber verhalten sollte, die ich in ihr Leben zerrte. Und ich meinerseits musste feststellen, wo die Grenzen zwischen meinen Wünschen verliefen, zwischen meiner Liebe zu Kaja und meiner Sehnsucht nach Kindern, zwischen meiner Lust auf ein eigenes Leben und meinem Besuch von Festen, und meiner Sehnsucht nach einer Partnerin, mit der ich meine Erlebnisse teilen konnte.

Aber wie auch immer, Kaja war eine Person für sich, ein Mensch, dem ich tiefen Respekt entgegenbrachte und für den ich große Liebe empfand. Sie hatte in ihrem Leben gekämpft, sie hatte sich Hindernisse stellen müssen, die komplizierter waren als bei den meisten anderen Menschen, außerdem hatte sie mit den vielen Schuldgefühlen und Komplexen zu kämpfen, die ihre Herkunft zwangsläufig in die Beziehung zu mir einbrachte. Ich dachte; es ist bestimmt schwer, Kaja zu sein, ganz entsetzlich schwer. Und für einen Moment war mir klar, dass es noch viel schwerer sein musste, Kaja zu sein, als ich zu sein und dass ich damit in ihrer Schuld stand. Ich war ihr den Versuch schuldig, sie zu verstehen, sie zu erreichen, sie zu lieben, ihr treu zu sein, und zu versuchen ihr mein wahres Ich zu zeigen, während ich zugleich in jeder Hinsicht zu meiner Freundschaft und Liebe zu ihr stand. Es war noch schwerer, Kaja zu sein, als ich zu sein, und diese Erkenntnis machte die Liebe erst wirklich und zum allerersten Mal zu einer Realität und einer Möglichkeit.

***

Wir wollten Freundinnen zu uns zum Essen einladen, damit Kaja meine engsten Freundinnen in einem entspannteren Rahmen kennen lernen konnte. Liza war in der Stadt, deshalb würde auch sie dabei sein. Ansonsten kamen Baby, Josefin, Sassa und Beata. Den ganzen Tag lang war ich wie aufgezogen, als stünde ich vor einem schwierigen Examen. Ich versuchte, mir einzureden, dass das nicht weiter merkwürdig sei, aber das half nichts. Auch Kaja war aufgekratzt.

»Herrgott, musst du denn so pingelig sein!«, rief sie, als ich jede Menge Kram und Kleider auflas, die in der ganzen Wohnung verstreut waren.

»Ich will, dass er hier schön ist, wenn meine Freundinnen kommen!«, sagte ich.

»Wenn MEINE Freundinnen kommen, ist es das aber nie«, sagte Kaja wütend.

Aber schon eine Stunde darauf ertappte ich sie dabei, wie sie allerlei in den Schrank legte. Ich sagte nichts. Eine weitere halbe Stunde darauf kam sie aus dem Schlafzimmer, mit einem eleganten Pullover und unversehrten Jeans.

»Ich seh doch unmöglich aus.«

»Du bist ganz toll«, sagte ich. »Ich muss mich auch noch umziehen.«

Kaja murmelte etwas Unverständliches und ging dann in die Küche. Ich trottete hinterher. Sie setzte sich mit angezündeter Zigarette an den Küchentisch und runzelte gewaltig die Stirn. Schwarze, blanke Augen.

»Die werden mich nicht mögen!«, stieß sie aus, ehe ich auch nur den Mund öffnen konnte. »Ich will nicht auf diese Weise durch die Mangel gedreht werden!«

»Reg dich ab«, sagte ich. »Die werden dich wunderbar finden.«

Um fünf nach sieben wurde an der Tür geklingelt und da stand die ganze Bande mit einem Blumenstrauß. Kaschmir, Levi's, Busnel, Lacoste. Auf der anderen Seite Aufkleber mit »Nicht gehorchen«, »Nicht reagieren ist akzeptieren«, »Frauenpower«. Beata, Josefin und Sassa schauten sich erstaunt in allen Richtungen um und mir fiel mein und Babys erster Besuch hier ein.

Ich stellte alle einander vor, dann gingen wir ins Wohnzimmer. Ein Hauch von Parfüm. Ein Hauch von Patschuli.

»Ach ja«, sagte ich. »Wie schön, dass ihr hier seid.«

Alles schwieg für eine Sekunde.

»Ich bin so nervös«, sagte dann Sassa, worauf alle losprusteten. »Das muss ich einfach loswerden!«

Kaja lächelte sie freundlich an und streckte eine Hand aus.

»Komm, dann kriegst du was zu trinken«, sagte sie.

Kaja und Sassa verschwanden in der Küche. Gleich darauf war von dort ein lautes, gemeinsames Lachen zu hören.

»Klug wie ein Pudel«, sagte Baby und zwinkerte mir zu.

»Welche denn?«, fragte ich lächelnd.

Liza setzte sich neben Baby.

»Und wie geht's dir heute«, fragte sie lächelnd. »Elegant wie immer.«

»Igitt«, sagte Baby.

Sie trug wie meistens einen engen Pullover und einen kurzen, schiefen Rock. Bestätigung dort, wo Bestätigung zu holen war. Ich spürte, dass es höchste Zeit war, mich Josefin und Beata zu widmen.

»Wie schön, dass ihr kommen konntet«, sagte ich zu ihnen und öffnete eine Flasche. »Wollt ihr einen Schluck Wein?«

So schnell, wie beide mir ihre Gläser hinstreckten, war Sassa hier wohl nicht als einzige nervös. Rote, flüssige Ruhe mit der Farbe warmer Rubine. In diesem Moment kamen Sassa und Kaja aus der Küche zurück.

» ... und damit wäre er doch niemals einverstanden gewesen«, sagte Sassa.

»Und was hast du gemacht?«, fragte Kaja.

»Gekündigt«, sagte Sassa. »Und danach an die Firmenleitung geschrieben. Er bekam eins auf die Finger und später wurde sein Vertrag nicht verlängert.«

»Ach, wie gut«, sagte Kaja.

Ihre Gesichter im Profil, einander zulachend. Ähnlichkeiten, Unterschiede. Danach wandte Kaja sich an uns alle.

»Wer möchte einen Drink? Ich sehe, dass Sofa euch nur Wein eingeschenkt hat.«

»Das ist doch gut so«, sagte Beata mit aufgesetztem Lächeln und legte die Hand oben auf ihr Glas.

Kaja betrachtete diese Hand belustigt. Beatas Trauringe funkelten.

»Nun, ich will dir ja keinen Schnaps aufzwingen«, sagte Kaja. »Du kannst also deine Hand wegnehmen. Und du?«

Diese Frage galt Josefin, die den Kopf schüttelte und dermaßen lächelte, dass ihre Grübchen tiefer wurden.

»Nein, danke, ich fahre. Ich darf nur ein Glas Wein trinken.«

»Kannst du nicht in der Stadt übernachten?«, fragte Kaja. »Du kannst hier schlafen, wir haben ein Gästebett.«

Josefin schüttelt energisch ihren hellroten Schopf. Entsetzliche Vorstellung, in einer lesbischen Wohngemeinschaft übernachten zu müssen. Vorsichtige Schritte durch die Dunkelheit, fummelnde Finger.

»Danke, das ist lieb, aber ich muss nach Hause.«

Beata und Josefin. Hier würde es anstrengend werden. Ich stand auf und ging in die Küche. Ich hatte Kaja zwischen Sassa und Baby setzen wollen, aber das war nicht nötig. Zwischen Sassa und Josefin würde alles viel besser laufen. Um Beata musste ich mich selber kümmern. Als ich ins Wohnzimmer zurückkam, waren Kaja und Sassa lachend in ein Gespräch vertieft und Baby sprach mit Beata. Liza hatte sich zu Josefin gesetzt, die sie mit warmen Blicken musterte. Sie sprachen über Pferde, klippeti-klapp. Liza war im zwischenmenschlichen Kontakt ein Wunder, immer fand sie einen gemeinsamen Nenner. Im Gegensatz zu Kaja – sie fuhr rücksichtslos ihre eigene, unverfälschte Persönlichkeit auf und dann musste das Schicksal seinen Lauf nehmen. Wenn es nicht ging, dann folgte die Katastrophe.

»Jetzt wird gegessen«, sagte ich, als das Essen fertig war, und sofort strömten alle in die Küche.

Das Essen verlief mit Gelächter und Gesprächen. Die Kombination Sassa und Kaja war der pure Erfolg. Liza und Baby befanden sich auf ihrem eigenen Planeten und redeten vor allem miteinander, was zu erwarten gewesen war. Ich sprach mit Beata über Verwandte und Feste, und danach versuchte ich, Sassa ins Gespräch zu ziehen, damit Kaja und Josefin sich miteinander unterhalten könnten. Zum Kaffee fingen wir dann plötzlich alle an zu reden, dafür hatte Sassa gesorgt. Blanke Augen, vom Wein ein wenig Farbe im Gesicht.

»Manchmal wünschte ich mir auch, ich lebte mit einer Frau zusammen«, sagte sie. »Das kommt mir so gemütlich vor.«

Alle schwiegen für eine Sekunde. Beata rührte eifrig in ihrer Kaffeetasse. Ein leises, rhythmisches Klirren. Meine Cousine.

»Du hast ja keine Ahnung, wie oft frau sich das anhören muss«, sagte Kaja mit kurzem Lachen. »Immer und immer wieder.«

»Wirklich?«, fragte Sassa mit gespielt beleidigter Miene. »Und da hatte ich mich für etwas ganz Besonderes gehalten.«

Sie spielte ein wenig an ihren Halsketten herum. Nervös.

»Ich glaube, viele Frauen sind neugierig«, sagte Baby. »Aber wenn es darauf ankäme, würden sie es wohl doch nicht wagen.«

»Nein, auch das kommt dauernd vor«, sagte Kaja. »Oder was, Liza?«

Liza lachte und starrte auf die Tischplatte. Dann schleuderte sie ihre

Haare zurück und schaute uns aus lachenden Augen an.

»Ja, es gibt schon allerlei Ärger mit Heterabräuten, die sich die Sache um kurz vor zwölf doch noch anders überlegen«, sagte sie. »Und ihren irrsinnigen Männern, die ankommen und sich schlagen wollen.«

»Wirklich?«, fragte Josefin mit großen Augen.

»Wie heißt das?«, fragte Beata mit angestrengtem Lächeln. »Hete ...«

»Heterabräute«, sagte Liza. »Heterosexuelle Frauen, die das Leben mit einer Frau ausprobieren wollen, wenn sie ihre Männer satt haben.«

»Das ist mir ziemlich häufig passiert, als ich jünger war«, sagte Kaja. »Aber doch nicht so oft wie dir.«

Sie lachten einander an. Josefin sah neugierig aus, Baby und Sassa ebenfalls. Beata dagegen war wie erstarrt, ein Besenstiel in Lacoste-Jacke.

»Das musst du erklären«, sagte Kaja.

»Oft ist es so«, sagte Liza, »und das geht nicht nur mir so, nicht, dass ich besonders toll im Bett wäre oder so. Aber ich höre das immer wieder aus allen Richtungen. Frau lernt eine Heterabraut kennen – eine heterosexuelle Frau –, die ihren Mann satt hat. Dann entwickeln sie eine Beziehung und wenn die beiden sich geliebt haben, findet sie, dass sie in ihrem ganzen Leben noch nie so etwas Tolles erlebt hat, und dann will sie ihren Mann verlassen und überhaupt. Aber damit fängt dann das Problem an.«

»Das ewige Hin und Her«, sagte Kaja.

»Und das Blöde ist«, sagte Liza, » dass die, die ihren Mann nicht verlassen, sondern im alten Trott ausharren, dafür immer denselben Grund anführen.«

»Was denn?«, fragte Baby. »Nichts ist so einfach wie die Heterosexualität, natürlich?«

Ironisch verzogener Mund. Baby formulierte diese Frage seltsam vieldeutig.

»Nein leider«, sagte Liza augenzwinkernd. »Es liegen immer praktische Gründe vor. Haus und Geld und Schwiegereltern und was sollen die Leute sagen und die Kinder und die Freundinnen und das Gerede im Büro ... Gefühlsmäßig und sexuell gibt es für sie nur noch Frauen und ihre Männer lieben sie nicht mehr. Aber alles andere, zusammengenommen, wiegt am Ende dann doch schwerer.«

»Aber das ist doch Wahnsinn!«, sagte Sassa empört. »So feige könnte ich niemals sein. Hoffe ich.«

Wieder die Hand an der Halskette.

»Das ist sicher schwer vorherzusagen«, sagte ich. »Was meinst du, Beata?«

Beata schüttelte den Kopf, rot im Gesicht, als habe sie sich verschluckt, und schlug sich auf die Brust.

»Ich muss sagen«, sagte sie, als sie dann endlich wieder Luft bekam, »das ist alles so fremd für mich, dass ich dazu überhaupt keine Meinung habe.«

Sie schaute mich mit einem fast flehenden Blick an. Beata war heterosexuell und konservativ, sicher hatte sie noch niemals ihren Fuß in eine Wohnung auf Söder gesetzt oder gar mit homosexuellen Menschen etwas zu tun gehabt. Und warum nicht?

»Ihr findet mich vielleicht blöd«, sagte sie. »Aber ich finde das alles eben seltsam.«

Wieder verstummten alle. Beata starrte verlegen in ihre Kaffeetasse. Ich wusste nicht, was ich sagen sollte. Aber plötzlich meldete Kaja sich zu Wort.

»Verurteilst du uns?«, fragte sie. »Findest du, dass wir falsch leben?«

Beata sah sie an und schüttelte heftig den Kopf.

»Absolut nicht«, sagte sie. »Aber für mich ist das ebenso anders als ... als ob ich zum Essen bei einer Familie aus Südamerika oder Japan eingeladen wäre! Und deshalb komme ich mir ein bisschen blöd vor, weil ich nicht so begeistert bin wie Sassa.«

»Hab ich jetzt was falsch gemacht?«, fragte Sassa. »Bin ich übertrieben positiv?«

»Nein, so war das nicht gemeint«, sagte Beata. »Mir kommt das alles nur so fremd vor.«

Plötzlich senkte sich bedrücktes Schweigen über die Küche. Die Sonne schien sich hinter Wolken zu verziehen.

»Ja, aber«, sagte endlich Josefin. »Ich glaube, ich kann Beata verstehen. Wir sind nicht linksradikal und wir sind nicht lesbisch. Da ist es doch klar, dass uns das hier seltsam vorkommt. Ich kann mir absolut nicht vorstellen, Åke gegen eine Frau einzutauschen. Das ist nicht meine Art und auch nicht meine Veranlagung.«

Wieder Schweigen. Baby rauchte und schaute zur Decke hoch, Liza ließ sich auf dem Stuhl zurücksinken und trommelte mit den Fingern auf die Tischplatte. Sassa hing über ihrem Weinglas und wirkte irritiert, und Kajas Gesicht konnte ich nicht einmal sehen. Sie war in Dunkelheit gehüllt.

»Aber Kaja«, sagte ich. »Du hast dich auf unserer Cocktailparty in Stocksund doch ebenso anders gefühlt, oder nicht?«

Kaja nickte.

»Dann müsstet ihr einander doch verstehen«, sagte ich. »Es ist derselbe Zusammenprall der Kulturen, in beiden Fällen.«

»Um es einfach zu sagen«, sagte Baby und räkelte sich bewusst lässig. »Leben und leben lassen. Das ist doch wohl nicht weiter seltsam. Jetzt will ich noch einen Schluck. Sonst noch jemand?«

***

Der Abend verlief schlussendlich doch noch recht gut. Beata und Liza sprachen über Kochen und Gartenpflege. Was machst du mit den Gurken? Ich hab da von meinem Großvater einen alten Trick gelernt. Josefin und Kaja fanden einander am Spülbecken. Seifenblasen und Fussel, die Geborgenheit der alltäglichen Dinge.

»Mein Freund hasst das Spülen«, sagte Josefin und stellte ein frisch abgewaschenes Weinglas ins Trockengestell. »Also hab ich ihm gesagt, dass er dann eben waschen soll. Und jetzt läuft das sehr gut.«

»So gut möchte ich es auch mal haben«, sagte Kaja mit finsterem Blick auf mich, nahm das Glas und fing an, es abzutrocknen.

Kaja behauptete, dass sie viel mehr Hausarbeit machte als ich. Sie hatte nicht ganz Unrecht.

»Also, das geht so«, sagte Josefin und gestikulierte mit der Spülbürste. »Wenn Sophie nicht spurt, dann führst du ein Punktesystem ein.«

»Punktesystem?«, fragte Kaja. »Wie das denn?«

Josefin lachte. Sie wirkte jetzt ganz entspannt.

»Das dürfte ich vielleicht nicht erzählen«, sagte sie. »Aber als Åke und ich zusammengezogen sind, hat er nie gespült. Irgendwann reichte es mir. An einem Wochenende war er allein zu Hause gewesen und in der Küche türmte sich das schmutzige Geschirr. Ich nahm den ganzen Kram, stellte ihn auf seine Seite des Frühstückstisches und spülte für mich eine einzige Tasse. Und ich schrieb auf einen Zettel ›Åkes Frühstück‹ und legte ihn auf den Stapel. Am nächsten Morgen kam er wie immer zum Frühstück und da saß ich mit meiner Teetasse und las Zeitung. Aber auf seiner Seite stand eben das schmutzige Geschirr.«

»Großartig«, sagte Kaja. »Was hat er gesagt?«

»Er hat gelacht«, erwiderte Josefin zufrieden. »Er konnte nicht anders.«

»Wie gut«, sagte Kaja und sah mich an. »Das merk ich mir.«

»Aber in der nächsten Woche war es nicht ganz so lustig«, sagte Josefin. »Denn da hatte ich vergessen, zu waschen, und das macht er sonst immer, ohne dass ich etwas zu sagen brauche. Ich kam also eines Abends spät nach Hause und wollte einfach nur meine Tasche umpacken, weil ich am nächsten Morgen zum Training musste. Åke schlief schon. Als ich meinen Schrank öffnete, lag da nichts Sauberes zum Anziehen, rein gar nichts. Also ging ich ins Schlafzimmer und da lag ein Haufen Klamotten auf meinem Bett, allesamt schmutzig. ›Josefins Training‹, stand auf einem Zettel.«

Kaja kicherte, aber jetzt nicht mehr so energisch. Sie sah mich nicht an.

»Seither haben wir eine ganz gute Abmachung getroffen«, sagte Josefin. »Ich glaube, das ist eigentlich ziemlich einfach. Man muss einfach entscheiden, wer was macht, und dafür sorgen, dass die Aufgaben einigermaßen gerecht verteilt sind.«

»Sehr gutes System«, sagte ich. »In jeglicher Hinsicht.«

»Warte nur«, sagte Kaja, »bis ich mir einen richtig breiten Filzstift gekauft habe.«

»Ich warte«, sagte ich. »Voller Spannung.«

Als alle außer Baby gegangen waren, setzten sie, Kaja, Liza und ich uns auf den Balkon. Die Nachtwanderer unter uns, Josefin, Beata und Sassa im Auto irgendwo in der Dunkelheit, unterwegs nach Hause. Ich hörte in Gedanken ihre Kommentare:

»Ist sie nicht ziemlich aggressiv?«

»Nein, mir hat sie gut gefallen.«

»Sophie hat sich so verändert.«

»Findest du? Aber wenn, dann zum Besseren.«

Samtblaue Dunkelheit, das weiche Rollen des Autos. Aber hier oben stand alles still, wie in Erwartung.

»Was sagen wir?«, fragte ich.

Die Mädels griffen zu ihren Zigaretten. Die verschiedenen Rauchschlingen vermischten sich über uns in der Luft.

»Wir sagen, dass es gut gegangen ist«, sagte Baby.

»Den Umständen entsprechend, ja«, sagte Liza.

Ich wandte mich an Kaja. Sie blies Rauch aus ihren Nasenlöchern.

»Sassa hat mir gefallen«, sagte sie dann. »Die ist lustig. Und Josefin war reizend, auch wenn sie mir ein bisschen schüchtern vorkommt.«

»Sie ist wunderbar«, sagte ich.

»Aber deine Cousine krieg ich nicht zu fassen«, sagte Kaja. »Was wollte die eigentlich?«

»Ich glaube, ich habe verstanden, was Beata gemeint hat«, sagte Liza und machte einen Lungenzug. »Aber ich begreife nicht, warum sie es gesagt hat, sie wollte ja nachher nicht mehr darüber reden. Ich hab es versucht.«

»Ich weiß nicht, was sie damit bezweckte«, sagte ich, »aber ich hatte Mitleid mit ihr. Sie kam sich so fehl am Platze vor, so ausgeschlossen. Und ich glaube, das ist ihr nicht zum ersten Mal passiert.«

»Da irrst du dich«, sagte Baby. »Sieh dir Sassa an. Sie schafft das mit der anderen Welt. Sie fühlt sich nicht fehl am Platze, weil sie ihrer selbst eben sicher ist. Das ist Beata nicht. Aber du kannst ja auch nicht erwarten, dass alle es gleich gut schaffen.« Pause.

»Der wahre Unterschied zwischen Beata und den anderen beiden«, sagte sie dann, »ist, dass sie überhaupt nicht hier sein wollte. Und ich glaube nicht, dass sie so bald zurückkommen wird. Das musst du einfach akzeptieren.«

Wir dachten alle schweigend über diese Aussage nach, während die Dunkelheit um uns herum zunahm.

4

Einige Wochen darauf traf ein brauner Briefumschlag vom Gericht ein. Darin wurde kurz mitgeteilt, dass Lukas und ich nun geschieden seien. Es war ein Dienstag und ich war allein zu Hause. Ich ging zum Telefon und wählte Babys Nummer.

»Ach, ach, ach.«

Baby meldete sich am Telefon stets auf unterschiedliche Weise. Nur sehr selten nannte sie ihren Namen oder ihre Telefonnummer. Ab und zu sagte sie »yes«, »hallo, ja« oder »ja?«, aber häufiger »gerade am Davonstürzen« oder »mitten beim Essen« oder »mitten im Film«. Wenn sie, so selten dies auch vorkam, offiziell mit jemandem liiert war, konnte sie sagen »mitten im Streit«, und einmal hatte ich sie tatsächlich sagen hören, »mitten im Vorspiel«.

»Ich bin's.«

»Das höre ich. Was ist passiert?«

»Klinge ich so schrecklich?«

»Ja und nein. Wie eine Mischung aus guten und schlechten Nachrichten.«

»Meine Scheidung ist durch.«

»Sieh an. Meine Sensoren funktionieren also doch noch.«

»Können wir einen Spaziergang machen?«

»Natürlich«, sagte Baby.

Wir trafen uns draußen in Djurgården, bei der geschlossenen Eisbude am Kanalufer. Es war ein kalter Oktobertag und der Tiergarten war mehr oder weniger verlassen. Gelbes, feuchtes Laub an den Spazierwegen und auf der stillen Wasseroberfläche, so viele Erinnerungen an den Sommer, der eben zu Ende gegangen war. Ich ließ die Hunde laufen und vergrub die Hände in den Taschen, dann gingen wir am einen Ufer entlang und am anderen zurück. Hier waren Lukas und ich vor langer Zeit spaziert, als wir frisch verliebt waren, an einem klaren, kalten Januartag. Wollschal, bleiche Lippen, leuchtende Augen. Er küsste meine Fingerspitzen, die in abgeschnittenen Handschuhen steckten. Er war damals unglaublich niedlich gewesen.

»Was soll man sagen?«, fragte ich jetzt.

»Gott sei Dank«, sagte Baby unberührt.

Ich gab keine Antwort. Manchmal konnte Babys Schlagfertigkeit mir auf die Nerven gehen. Aber mit ihrer unfehlbaren Intuition nahm sie das natürlich wahr und redete in vorsichtigerem Tonfall weiter.

»Du solltest deinem Glücksstern dafür danken, dass ihr keine Kinder habt«, sagte sie. »Lukas hat nicht zu dir gepasst, das weißt du auch. Eure Ehe war das, was ihr beide wolltet, als ihr sie eingegangen seid, aber für euch beide wäre sie auf die Dauer nicht das Richtige gewesen. Und das habt ihr erkannt und Verantwortung dadurch gezeigt, dass ihr euch getrennt habt. Das ist mehr, als den meisten Menschen, die ich kenne, je gelingt. Darauf solltest du stolz ein.«

Ich ging schweigend weiter und versetzte dem Laub Tritte.

»Es kommt mir vor wie das Ende eines Lebensabschnittes«, sagte ich. »Ein Teil meiner Jugend, meiner Unschuld und meiner Hoffnungen ist mit meiner Ehe gestorben. Das musst du doch verstehen?«

»Auf die Unschuld und die Hoffnung, die von Lukas ungekämmten Haaren und seinen schlechten Tischmanieren repräsentiert werden, würde ich dankbar verzichten, wenn ich an deiner Stelle wäre«, erwiderte Baby trocken. »Verzeih mir, aber das ist die schlichte Wahrheit.«

Ich gab keine Antwort.

»Sei nicht sauer über das, was ich jetzt sagen werde«, sagte Baby. »Du weißt, dass ich deine Bücher wunderbar finde. Ich bin ein Fan von dir, sind wir uns da einig?«

Ich lächelte. Baby war eine treue Leserin, aber sie war auch ehrlich und ungefähr so rücksichtsvoll wie ein Presslufthammer. Was zu den Dingen gehörte, die ich an ihr am meisten liebte.

»Komm mir jetzt nicht mit falschen Schmeicheleien«, sagte ich. »Zurückhaltung steht dir nicht. Also, schlag zu. Meine Bücher findest du wunderbar. Aber?«

»Aber du hast ab und zu einen Hang zu Sentimentalität und leichtem Pathos. Das gefällt mir, das habe ich dir ja schon mal gesagt.«

Ich wartete auf die Fortsetzung. Die kam nicht. Auch Baby versetzte dem Laub Tritte.

»Ja?«, fragte ich dann endlich. »Wie sind wir plötzlich auf die Literatur gekommen? Worauf willst du hinaus?«

»Ich hab mir nur die passende Formulierung überlegt«, sagte Baby. »Aber es ist ja meistens besser, nicht so lange nachzudenken, sondern gleich zur Sache zu kommen.«

»Dann los.«

Sie blieb sehen und schaute mir in die Augen.

»Du siehst deine Scheidung viel zu sentimental«, sagte sie. »Das ist überhaupt in deinem Leben ein Problem, nicht nur in deinen Büchern. Du verbeißt dich leicht in einen Sachverhalt und stellst ihn auf sentimentale und ein wenig pathetische Weise übertrieben positiv dar. Lass das jetzt lieber. Es gibt keinen Grund, dein verlorenes Leben mit Lukas zu betrauern. Du solltest lieber froh darüber sein, dass alles sich so gut gelöst hat, dass dein Papa so klug war, auf Gütertrennung zu bestehen, und dass du heute den kleinen Zettel bekommen hast, der das alles bestätigt. Her damit, dann rahme ich ihn für dich ein. Er ist die Eintrittskarte in dein weiteres Leben.«

Sie war ungeschminkt und blass, fast ein wenig verschlafen, obwohl die Mittagszeit schon vorbei war, in ihrem weiten Pullover unter der verschlissenen Lederjacke. Baby, Verkünderin der Wahrheit und Freundin.

»Vielleicht will ich sentimental sein«, sagte ich. »Ich will vielleicht am Bonbon lutschen und mir selbst ein bisschen Leid tun.«

»Hör auf damit«, sagte Baby. »Das kann zwischen dir und Kaja nur zu Problemen führen. Es gibt nur wenige Menschen auf der westlichen Halbkugel, denen es so unverschämt gut geht wie dir.«

Das stimmte. Wir gingen weiter.

»Wohin ist denn die ganze Liebe verschwunden?«, fragte ich kleinlaut. »Die, die es einmal zwischen Lukas und mir gegeben hat.«

Ich hörte selbst, wie diese Worte mir im Hals stecken blieben.

»Aber entschuldige mal, ›Liebe‹«, sagte Baby. »Zwischen dir und Lukas gab es ein Gemisch von Hormonen und eine unstillbare Sehnsucht nach Tafelsilber und Leinenservietten, die du jetzt Gott sei Dank unter Kontrolle zu haben scheinst.«

Ich musste trotz allen Kummers lachen.

»Ein Kombination, die vermutlich Grund für die meisten Ehen ist«, fügte sie hinzu. »Aber das Liebe zu nennen, ich weiß nicht. Da glaube ich doch, dass deine Gefühle für Kaja der Sache um einiges näher kommen.«

Sommersprossen. Freche Sprüche. Heiße Küsse. Eine kleine heiße Welle der Zuneigung wogte in mir auf und hob meine Stimmung.

»Wie geht's dir selbst denn mit der Liebe?«, fragte ich.

Baby hatte keine große Lust, ihre Liebhaber mit mir zu diskutieren. Unsere Rollenverteilung lief darauf hinaus, dass wir über meine Beziehungen und ihre Eltern redeten, nicht umgekehrt.

»Gelassen«, sagte Baby.

Ihr Tonfall machte klar, dass das Thema damit erschöpft war. Wir hatten das Ende des Kanals erreicht und die kleine Brücke überquert, jetzt gingen wir auf dem anderen Ufer zurück. Die bewegungslosen Zweige der Bäume spiegelten sich im stillen Wasser. In der Luft lag Regendunst. Die Welt war ein unwirklicher Ort in Schwarz, Grau und Weiß, mit gelben Einsprengseln auf dem Boden, und wir waren dort die einzigen lebenden Wesen.

Oktober.

»Wo wir schon über Beziehungen reden«, sagte Baby, »und jetzt, wo du vernünftig warst und sie in der richtigen Reihenfolge zur Sprache gebracht hast, wie läuft's mit Kaja?«

»Klasse und Geschlecht«, sagte ich.

Das wurde langsam zum Mantra.

»Was ist schwieriger?«

»Die Klasse, ganz sicher.«

»Für sie oder für dich?«

Ich musste eine Weile nachdenken.

»Eins nach dem anderen, also«, sagte ich. »Geschlecht: Sie ist die verbissene Lesbe. Aber manchmal kommt sie mir homophober vor als ich. Ich habe keine Probleme damit, dass wir zusammen sind. Die meisten unserer Bekannten wissen Bescheid. Ich bin keine gute Geheimniskrämerin, wie du weißt.«

»Abermals die Klassenfrage«, sagte Baby lächelnd. »Die Oberklasse kennt kein Schamgefühl. Und außerdem ist Homosexualität ein gutes altes Oberklassehobby, mit dem sich bereits deine Ahnen sicherlich köstlich amüsiert haben.«

»Das werde ich Kaja bei Gelegenheit erzählen«, sagte ich. »Wenn sie das nächste Mal mit ihrem Spruch kommt, dass sie und ihresgleichen ganz unten auf der gesellschaftlichen Leiter stehen.«

»Das wissen wir doch beide, dass sie das tun«, sagte Baby. »Aber ganz bestimmt. Ein bisschen Perspektive hat noch niemandem geschadet.«

»Klasse also, da wir ungewollt immer wieder auf dieses Thema kommen. Kaja findet es schrecklich problematisch, dass ich nun einmal von dieser Herkunft bin. Das bedroht ihre Beziehungen, ihre Glaubwürdigkeit innerhalb der Linken und ihr Selbstbild. Und sie will das nicht noch schlimmer machen, indem sie sich im Abendkleid auf einem Ball sehen lässt, was den Verrat offenbar vervollkommnen würde. Außerdem leidet sie unter Klassenkomplexen und kommt sich vor wie ein Affe in einem Käfig.«

»Hmmm«, sagte Baby. »Und du?«

»Du kennst mich doch, mit meiner gleitenden Skala«, sagte ich. »Ich bewege mich gern zwischen den Extremen. Ich gehe ebenso gern in einen Homoclub und auf ein feministisches Treffen oder in eine linke Kneipe wie auf eine Hochzeit mit Frackzwang oder einen Ball. Und ich finde außerdem, dass ich das Recht habe, das alles zu tun.«

»Ja, da fehlt es jedenfalls nicht an Selbstvertrauen«, ergänzte Baby.

»Aber es stört mich, dass Kaja mich nur im äußersten Notfall oder nach einem heftigen Streit begleiten will«, sagte ich. »Sie will mich in ihr Leben einfügen, ohne sich in meins integrieren zu lassen. Und das ist eine seltsame Logik, die mich stört.«

»Die dich stört«, wiederholte Baby ironisch. »Dürfte man um eine gefühlsmäßig etwas ehrlichere Definition bitten?«

Ich holte tief Luft.

»Na gut. Ich fühle mich ungesehen und ungeliebt, weil sie nicht wissen will, aus welchem Milieu ich stamme, wer ich bin und mit wem ich befreundet bin.«

»Wollte sie denn nicht mit zu Elisabeth kommen?«

»Doch.«

Baby dachte eine Weile schweigend nach.

»Ich glaube, du musst ihr Zeit lassen«, sagte sie. »Sie braucht Zeit und gute Erfahrungen. Sie muss sehen, dass es Spaß macht. Und vielleicht solltet ihr zusammen einkaufen gehen. Kaja braucht die Möglichkeit, sich in ihren Kleidern wohl zu fühlen. Ich möchte daran erinnern, dass es bisher Ehrensache für sie war, nur alten Kram zu tragen, den sie geschenkt bekommen hat.«

»Jetzt übertreibst du ein bisschen«, sagte ich. »Aber so ungefähr.«

»Es sind jedenfalls keine Ballkleider«, sagte Baby. »Und wenn ich für etwas Mitgefühl empfinden kann, dann für die Panik, die einen überkommt, wenn die Leute ein repräsentatives Verhalten erwarten, während man selbst für die Gelegenheit nicht passend gekleidet ist.«

Babys Vater war zu ihrer späten Teenagerzeit oft arg anspruchsvoll gewesen. Essen mit dem Generalstab, Babys Mutter verreist, Baby die selbstverständliche Ersatzgastgeberin, während ihre Klassenkameradinnen französische Verben büffelten, am Telefon plapperten und vor dem Fernseher Popcorn naschten.

»Ich weiß, was du meinst«, sagte ich.

»Alles in allem«, meinte Baby, »so glaube ich, dass Geduld, einige lustige Gelage und eine schicke Garderobe Wunder wirken könnten.«

Wir hatten abermals die Brücke erreicht.

»Jetzt haben wir uns etwas verdient«, sagte Baby. »Und zwar wirklich.«

»Was denn«, fragte ich. »Ein Leben in Harmonie?«

»Für jede eine Tasse Kakao mit Sahne«, sagte Baby und steuerte das Café an. »Du darfst nicht immer nur Wunder erwarten.«

***

Am nächsten Sonntag fuhr ich zum Essen zu meiner Schwester Madde, was ich in regelmäßigen Abständen tat. Sie stand in der Küche und rührte im Kochtopf, freundlich und gut angezogen wie immer. Wir quatschten zuerst über dieses und jenes.

Dann sagte sie plötzlich: »Ich habe ein wenig nachgedacht. Und ich finde wirklich, wir sollten den Kindern von dir und Kaja erzählen, wo die Scheidung doch jetzt durch ist. Und ich wollte das in deinem Beisein tun. Was meinst du?«

Mir wurde kalt vor Nervosität. Ich war aber gleichzeitig stolz und froh, weil Madde sich dazu entschlossen hatte.

»Das klingt gut«, sagte ich.

Claës war verreist, deshalb saßen nur Madde, die Kinder und ich am Esstisch. Philip war der Älteste, er war gerade elf geworden. Die Zwillinge, Ebba und Alexander, waren sieben. Ich hatte keine Ahnung, wie sie reagieren würden.

Madde servierte Fleisch und Kartoffeln, Salat, Soße. Wir saßen um den Küchentisch und langten zu. Mein Herz hämmerte. Kinder lieben die Wahrheit, sie sagen, was sie denken. Wir verzehrten unter allgemeinem Geplauder den Großteil des Essens. Aber dann sagte Madde plötzlich: »Wir müssen uns bald mal Tante Sophies neue Wohnung ansehen.«

»Jaaa«, riefen die Zwillinge. »Ist die toll?«

»Die ist supertoll«, sagte ich. »Ihr müsst mal zum Spielen kommen.«

»Und die Hunde besuchen«, schrie Ebba.

»Da wohnt Tante Sophie mit ihrer Freundin, mit der sie jetzt zusammen ist«, sagte Madde mit gespielter Gelassenheit und nahm sich Salat.

Alle drei Kinder verstummten und sahen mich an. Philip wandte sich sofort ab und füllte seinen Teller wieder.

»Wieso denn Freundin«, sagte Alexander und beugte sich mit verlegenem Lächeln über den Tisch. »Das kann man doch nicht haben.«

»Doch, das kann man«, sagte ich.

»Tante Sophie hat diese Freundin lieb, so, wie ich Papa lieb habe«, sagte Madde.

Jetzt kicherten beide Zwillinge laut.

»Man kann doch kein Mädchen lieb haben!«, lachte Ebba.

»Dann kann man nicht ficken!«, sagte Alexander und kicherte laut.

»Das ist so«, sagte ich. »Ich habe eine Frau kennen gelernt und die habe ich lieb. Sie heißt Kaja und sie ist ganz toll. Wenn ihr mich besuchen kommt, könnt ihr sie auch kennen lernen.«

»Und die Hunde«, schrie Ebba.

»Ein Mädchen kann ein anderes Mädchen lieb haben und ein Junge einen Jungen«, sagte Madde. »Das geht vielen Leuten so. Man kann dann auch heiraten.«

»Aber dann kriegt man doch keine Kinder«, rief Alexander. »Ich will, dass du wieder einen Mann heiratest und Kinder kriegst!«

»Denn das sind für uns dann Vettern und Cousinen«, sagte Ebba. »Oder was?« Dann schaute sie zu Madde hoch und dachte nach.

»Was ist los, Ebba?«, fragte Madde.

»Mama«, sagte Ebba, »wenn Honey Welpen wirft, sind das dann die Cousinen und Vettern von Goldie und Meryl?«

Honey war Maddes gelber Labrador.

»Das kann man so sagen«, sagte Madde und lächelte. »Nicht richtig, aber irgendwie doch.«

Alexander starrte mich einfach nur aus seinen großen Augen an.

»Wie kannst du dich in eine Frau verlieben?«, fragte er. »Das ist doch komisch.«

»Das ist überhaupt nicht komisch«, sagte Madde. »Möchte irgendwer noch mehr essen?«

Niemand gab eine Antwort. Alexander sah mich weiter an, jetzt mit einem frechen Lächeln.

»Meine Güte, dein Leben ist ja vielleicht lustig!«, rief er dann plötzlich.

Und als er das gesagt hatte, prusteten wir alle los, zuerst ich und

Madde, dann Philip, es war eine Art erlösendes, kicherndes Jungenlachen, dann Ebba, die nicht gehört hatte, was wir gesagt hatten, und am Ende Alexander, der nicht begriff, warum wir lachten, der aber auf jeden Fall dabei sein wollte. Wir gackerten dermaßen, dass Madde und mir dabei die Tränen kamen.

***

Kaja schlief, als ich nach Hause kam. Ich setzte mich auf die Bettkante und sah sie an. Sie nahm im Schlaf meine Hand, legte sie an ihre Wange und bohrte ihr Gesicht dann tiefer in ihr Kissen.

Einige Tage zuvor war ich davon geweckt worden, dass sie auf der Bettkante saß und mich ansah, mit einer Tasse Kaffee in der Hand und einem Ausdruck tiefster Zärtlichkeit im Gesicht. Wir waren wie Gegnerinnen in einem Match, die zwischen den Runden im Umkleideraum verschwanden und sich küssten. Aber das war schon in Ordnung so.

Ich hatte geglaubt, dass Liebe, wenn sie wirklich gut war, Veränderungen verlangte. Der Mensch, den wir liebten, sollte uns nicht passen wie gemessen und angegossen, der Mensch, den wir liebten, sollte gekniffen und umarmt werden und Anforderungen an uns stellen. Unsere Freunde durften gern sein wie bequeme, abgetragene alte Kleidungsstücke, sie beulten sich dort aus, wo wir uns ausbeulten, saßen dort eng, wo wir Enge wollten. Aber unsere Liebespartner sollten nicht so sein.

Die hatten wir bekommen wie Antworten auf unsere Gebete, ob nun bewusst oder unbewusst, damit sie uns weiter durchs Leben halfen. Sie sollten an der falschen Stelle festhängen und an anderen, ebenso falschen, locker sitzen, damit wir sie packen und an ihnen ziehen und sie neu vernähen und sie nach Hause holen und auslassen konnten. In einer guten Liebesbeziehung mussten wir an uns selbst arbeiten.

In der Veränderung lag ein Unbehagen und natürlich stritten wir uns. Aber darin lag auch der Schlüssel zur Leidenschaft. Weil unsere Geliebte zu hohe Ansprüche an uns stellte, wollten wir sie kneifen und kratzen, wollten wir sie bestrafen, schlagen und treten, wollten wir sie an uns ziehen und sie küssen, so heftig, bis sie den Atem verlor, wollten sie so lieben, dass wir an ihrem Körper Spuren hinterließen, sichtbare Spuren, weil wir gleichermaßen brutal vor Zärtlichkeit und wütend vor Gefühlen waren.

Unsere Freunde passten sich uns an und wir ihnen, sodass alles behaglich und geschmeidig wurde. Aber unsere Freunde wollten wir ja nicht küssen, wollten sie nicht kneifen, wollten uns nicht mit ihnen lieben, wollten nicht sehen, wie ihre Gesichter sich unter unseren gespreizten Fingern vor Genuss verzerrten. Die Gefahr bei dem Alleinleben war, dass man sich daran gewöhnte, nur bequeme, fügsame Beziehungen zu haben, Menschen, die uns stützten und uns zustimmten und aufmunterten. Aber man bekam keine Beziehung mit Kratzen und Forderungen, keine, bei der geschimpft wurde, bis die Tränen nur so flossen und Türen knallten. Kaja war meine Herausforderung und ich ihre, sie war meine Freundin mit scharfen Krallen, auf eine Weise, die Lukas nie auch nur von der Ferne hätte streifen können. Lukas hatte geglaubt, eine Beziehung solle wie Freundschaft sein, nur dass man auf irgendeine magische Weise einander trotzdem weiterhin liebte und begehrte. Er hatte keinen Grund zur Entwicklung gesehen, er hatte nicht zuhören können, er hatte nichts eng Sitzendes gewollt. Er wollte, wie so viele andere Männer, sich auf ein fügsames Kissen stützen können, auf mich, seine Frau. Aber als er dann merkte, dass das Kissen Ansprüche stellte und nicht einfach nur brav und weich war, da hatte er das Interesse verloren.

***

Ich war beim Sender gewesen, um ein Manuskript zu besprechen, und nun war es nach sechs. Ich hatte Hunger und vor mir lag ein langer Abend allein. Statt nach Hause zu fahren, beschloss ich, an der Hornsgata Halt zu machen, ins Tivoli zu gehen und in Gesellschaft eines dicken Schmökers zu Abend zu essen, *Jahrmarkt der Eitelkeit*, mit dem ich fast durch war.

Es war ziemlich ruhig im Tivoli. Helen hatte Dienst, wie so oft, und sie besorgte mir einen guten Tisch in einer Ecke. Als ich bestellt und mich gerade in den Roman vertieft hatte, spürte ich eine Hand auf meiner Schulter.

Es war Anna.

Eisblaue Augen, schulterlange blonde Haare. Unergründliches Lächeln. Ich spürte, wie mein Herz einen Schlag lang aussetzte. Dann riss ich mich zusammen. Ich hatte Anna nichts getan, Kaja und ich hatten mit offenen Karten gespielt. Anna war wie Lukas informiert worden, und als dann zwischen uns das alles passiert war, war mit ihr und Kaja bereits Schluss gewesen.

»Hallo, Anna«, sagte ich und stand auf.

Wir umarmten einander.

»Darf ich mich setzen?«, fragte sie. »Nur für eine Minute.«

»Sicher«, sagte ich.

Sie nahm Platz. Dann sahen wir uns eine Zeit lang an.

»Ja, ja«, sagte ich endlich. »Wie geht es dir?«

Anna lächelte. Plötzlich hatte ich das Gefühl, dass sie mich unsicher machen wollte. Also schaute ich sie unverwandt an.

»Mir geht's gut«, sagte sie. »Und dir?«

»Danke, ziemlich gut«, antwortete ich. »Aber es ist viel passiert, wie du weißt, und ich glaube, ich bin noch nicht richtig gelandet.«

»Nein, das kann ich verstehen«, sagte sie.

Sie senkte den Blick. Und plötzlich merkte ich, dass ich gar nicht so defensiv zu sein brauchte. Sie wollte mir nichts tun, sie war nicht wütend. Sie wollte nur Kontakt.

»Bist du traurig?«, fragte ich. »Über das, was passiert ist?«

Anna schaute mich nachdenklich an.

»Nein. Eigentlich nicht. Kaja und ich konnten nicht zusammen sein. Sie hat so viele Seiten ... und ich auch, aber darüber können wir ein andermal sprechen.«

»Ich glaube, ich fühle mich dir gegenüber irgendwie schuldig«, sagte ich. »Obwohl das nicht nötig wäre. Und ich glaube, dass es Kaja Lukas, meinem Mann, gegenüber ähnlich geht.«

Anna schüttelte den Kopf.

»Das bringt doch nichts«, sagte sie. »Herrgott, das Leben geht weiter. Ich habe übrigens gerade eine Frau kennen gelernt. Das ist richtig toll.«

Ich war irgendwie erschüttert; das hatte gerade noch gefehlt, dass auch Anna eine neue Liebe hatte.

»Wie schön«, brachte ich heraus. »Glückwunsch.«

Anna lächelte. Dann stand sie auf.

»Ich bin verliebter denn je«, sagte sie. »Aber du, ich finde das wirklich mutig von dir. Grüß Kaja ganz lieb von mir. Und viel Glück.«

»Ebenfalls«, sagte ich.

Wieder umarmten wir uns, dann ging sie. Ich blieb sitzen und starrte vor mich hin. Alles kam mir seltsam und unbegreiflich vor. Nicht, dass ich Anna ihr Glück missgönnt hätte; im Gegenteil. Auf diese Weise wurden uns alle Schuldgefühle ihr gegenüber genommen. Mir ging es um etwas anderes.

Das Essen kam, aber mein Appetit war wie weggeblasen. Ich stocherte in meinem Salat herum. War ich so gemein, dass ich Anna ihre neue Beziehung nicht gönnte? Das war doch krankhaft. Aber dann, plötzlich: Es war die Veränderlichkeit des Ganzen, die mir zu schaffen machte, obwohl ich nicht nur an den Geschehnissen teilgenommen hatte, sondern sie sogar ausgelöst hatte. Die viele Bewegung, das Nicht-Konstante in unser aller Leben und Beziehungen. Und ich hatte geglaubt, jede Entwicklung sei etwas Gutes, es sei wichtig, sich weiter zu wagen und auf rollenden Steinen kein Moos wachsen zu lassen. Plötzlich wollte ich nur noch weinen. Bei Spielbeginn waren Kaja und Anna, Greger und Ann-Charlotte und Lukas und Sophie angetreten. Jetzt waren es plötzlich Kaja und Sophie, Lukas und Ann-Charlotte und Anna und noch eine andere. So wenig Zeit war vergangen, doch alles war anders.

Die Liebe war kein Faktor, mit dem man auf lange Sicht rechnen konnte, sie war nicht beständig ebenso wenig, wie Beziehungen das waren. Die Menschen waren austauschbar und man tauschte eben auch die ganze Zeit, alte gegen neue – für den Moment verlockendere Partner – aus. Ich begriff nicht, warum mir das alles so zu schaffen machte, aber so war es nun einmal. Ich glaubte an Veränderung, an Entwicklung. Aber ich wollte auch – nicht Konsequenz, aber –, was war das nur für ein Wort, das ich da suchte?

Loyalität. Das suchte ich. Ein Gefühl von Loyalität.

***

Anfang November zog Liza für mehrere Wochen zu uns und wir konnten einander besser kennen lernen. Liza war etwas ganz Besonderes, ich hatte nicht geglaubt, dass es Frauen wie sie tatsächlich gab. Ich hatte mich selbst immer für ziemlich streitlustig gehalten, aber ich wurde von der Kraft und Unbekümmertheit dieser Frau einfach zu Boden geworfen. Sie war stark, schön und selbstständig, wie eine Gestalt aus einer Saga oder einem Science-Fiction-Film aus Hollywood, wie die Frauen in »American

Gladiators«. Sie hatte sichtbare Muskeln, glänzende, knallrote Haare, die ihr bis auf den Hintern fielen, schöne Brüste, lange Beine und ein strahlendes Lachen mit weißen Zähnen.

Einerseits hatte Liza etwas überaus Mütterliches; sie hatte mehrere Patensöhne, die sie liebte und die sie mit ihrem Leben beschützt hätte, und sie konnte mit Müden, Schwachen oder Kranken einfach unglaublich gut umgehen. Andererseits verhielt sie sich in vielerlei Hinsicht wie ein Mann. Liza hatte rechts und links Flirts und Beziehungen, ohne sich auf irgendeine Weise zu binden. Sie machte Frauen Avancen, bis die sich hemmungslos in sie verliebt hatten, dann erhob sie sich, streckte sich, gähnte kurz, wischte sich Fussel vom Hemd und verschwand. Zurück blieb ein gebrochenes Herz, was Liza jedoch absolut egal war. Sie war vielmehr stolz darauf. Ein paar Mal hatte sie dermaßen mit ihren Eskapaden geprahlt, dass mir davon schlecht geworden war, denn die Frauen, die sie so behandelte, litten danach unsäglich. Zugleich war ich fasziniert von ihrem unbeugsamen Willen und ihrer Fähigkeit, zuzugreifen und sich das zu holen, was sie wollte, von ihrer Überzeugung, dass es ganz in Ordnung und ihr gutes Recht sei, wie das aller anderen Menschen. Es schien Liza ganz und gar unbekannt zu sein, dass die Gesellschaft die Menschen nach seltsamen Geschlechtsprinzipien einteilte. Ihr ganzes Verhalten zeigte, dass sie das war, was sie war, ob männlich oder weiblich, und wenn das irgendwem nicht passte, dann war das nicht ihr Problem.

Ich hatte mich für stark gehalten, weil ich den Mund aufreißen und mich wehren und mein eigenes Geld verdienen konnte. Aber hier stand ich einer Frau gegenüber, deren Stärke auf einer ganz anderen Ebene lag und meiner weit überlegen war. Liza hätte aus dem Stand die ganze Welt bereisen können; sie konnte sich gefühlsmäßigen und sexuellen Abenteuern hingeben, sie war eine eigene, autonome Einheit, so wie ein Stern irgendwo im All. Aber vor allem war sie sich ihrer Unabhängigkeit bewusst.

Sie zeigte ein Verhalten, aus dem ich zuerst überhaupt nicht schlau wurde, das ich aber mit der Zeit zu schätzen lernte. Man durfte sich nicht einbilden, man könne Liza zu irgendetwas überreden, könne sie überzeugen und den eigenen Willen durchsetzen. Wenn Liza nicht wollte, dann wollte sie nicht. Sie fand es schrecklich, wenn Anforderungen an sie gestellt wurden, und sie war allergisch gegen Märtyrertum und

Wünsche, die einen zwanghaften Anstrich hatten. Und das fand ich einfach souverän.

An einem Wochenende Ende Oktober standen wir mitten in der Nacht nach einem Fest in Gamle Stan auf Skeppsbron, und ich versuchte, Liza mit auf ein Fest in Östermalm zu schleppen. Das war nichts Besonderes; ich hatte vorher schon viele Leute überreden können und wusste, dass einem so gut geölten Mundwerk wie meinem nichts unmöglich war. Ich fing an zu bitten und zu drohen, Liza war freundlich und lachte, zeigte sich aber trotzdem unbeirrbar. Dann kam ich an den Punkt, an dem die meisten Menschen nachgaben, aber da war zu meiner großen Verwunderung die Diskussion plötzlich zu Ende. Liza trat ohne ein Abschiedswort auf die Fahrbahn, pfiff nach einem Taxi und verschwand in Richtung Söder. Ich blieb stehen und starrte verdutzt hinterher.

»Du darfst nicht so auf sie einreden«, sagte Kaja und lachte. »Das kann sie nicht leiden.«

»Ich kapier das nicht«, sagte ich. »Ich hatte gerade gedacht, sie wollte mitkommen.«

»Da hast du falsch gedacht. Komm jetzt.«

Dieses Erlebnis hinterließ bei mir ebenso einen tiefen Eindruck wie Kajas Wunsch nach Freiheit ohne Zwang und Forderungen meinerseits. So war ich nicht erzogen; ich war nicht daran gewöhnt, dass so etwas möglich war. In meiner Welt quengelte man, bis man seinen Willen durchgesetzt hatte, Schluss, aus. Und die, die am besten reden konnte, trug den Sieg davon.

Zum ersten Mal ging mir auf, dass es noch etwas anderes gab, als die Diskussion zu gewinnen, die besseren Argumente und die größere Klappe zu haben. Vielleicht war es sogar so, dass man damit manchmal verlieren konnte? Am nächsten Morgen fragte ich Liza, ob sie mir wegen meiner Quengelei böse sei, aber das war sie nicht, und ich hatte keinen Grund, ihr nicht zu glauben. Sie kam mir so gut gelaunt vor wie immer. Doch ich hütete mich nun davor, noch einmal zu quengeln.

Unsere gesellschaftlichen Aktivitäten waren und blieben ein großes Problem zwischen uns. Immer wieder trafen Einladungen für uns beide ein, zu denen Kaja fast nie mitkommen wollte, und ich spürte, wie ihre Weigerung mich dazu drängte, mir doch wieder einen Mann zu suchen. Passierte es doch, dass sie nachgab, dann nur unter lautstarkem Protest und der Demonstration ihrer Abscheu für alles – von den Kleidern, die ihr »aufgezwungen« wurden, bis zu der Tatsache, dass beim Essen Fleisch serviert wurde. Außerdem, wie sie sagte, näherte sich der erste Ball.

Eines Abend weinte ich mich bei Liza aus.

»Ich finde es so schrecklich, dass Kaja nicht zu Festen und Essen mitkommen will.«

»Wollte sie dich denn nicht zu irgendeinem Ball begleiten?«

»Ja, aber nur zu dem einen.«

»Lass sie in Ruhe, dann kommt sie schon«, sagte Liza. »Du musst einfach ein wenig loslassen, dann kommt sie auf dich zu. Warte nur.«

»Aber ich habe nicht das Gefühl, dass sie hinter mir steht«, sagte ich. »Ich habe den Schritt aus dem heterosexuellen Dasein ins lesbische vollzogen, mit allem, was das an sozialen Veränderungen mit sich gebracht hat, und meine Freunde unterstützen mich und wünschen sich nichts so sehr, als Kaja kennen zu lernen. Aber ich finde eben, dass Kaja dann auch dazu beitragen und sich mir ein wenig mehr anpassen könnte.«

Lizas Blick war voll Skepsis und ein wenig Verachtung.

»Das ist deine Entscheidung«, sagte sie. »Du bist immerhin diejenige, die sich in Kaja verliebt hat, du hast beschlossen, deinen Mann zu verlassen. Du kannst ihr also keine Vorwürfe machen und verlangen, dass sie sich anders verhält, als sie es gewöhnt ist. Es war deine Entscheidung, und du hast dazu zu stehen.«

Wir saßen im Wohnzimmer. Kaja war zu einem feministischen Treffen gegangen, ich musste zu Hause bleiben und arbeiten. Der Mond schien durch die kahlen Bäume und ein harter Wind wehte. Ein Gefühl von Einsamkeit erfüllte meine Brust, stärker als ich es seit langem empfunden hatte. Aber dazu kam auch eine seltsame Erleichterung. Es war wie in der Schule, wenn man ausnahmsweise einmal eine klare Aufgabe bekam, im Gegensatz zu den vielen Gruppenarbeiten, mit denen man sich sonst herumquälen musste.

Liza hatte nicht unrecht. Ich musste wirklich Verantwortung für mein eigenes Leben übernehmen. Und plötzlich hatte ich das Gefühl, an einem Scheideweg zu stehen. Ich folgte in meinen Paarbeziehungen immer demselben Muster; ausgehend von meiner Unabhängigkeit, in die mein Gegenüber sich verliebte, bis hin zu immer größerer Abhängigkeit, in dem Maße, in dem die Beziehung fester wurde. Früher oder später führte das dazu, dass ich selbst aus der Beziehung ausbrach, da ich mich zu meiner früheren Unabhängigkeit zurücksehnte.

Aber diesmal würde das nicht möglich sein. Kaja zwang mich, durch das Verhalten, das Liza mir hier zu erklären versuchte, dazu, einen anderen Weg einzuschlagen, den, der zu prinzipieller Unabhängigkeit und eigener Verantwortung führte, obwohl ich in einer Liebesbeziehung lebte. Und das war eigentlich genau das, was ich selber wollte.

Ich schaute Liza an. Sie wirkte selbstbewusst, fast ein wenig frech, als sie meinen Blick unverwandt erwiderte und zugleich Kaugummi kaute. Sie trug einen Pullover, der ihren Bauch frei ließ und ihren gepiercten Nabel zeigte. Ich wusste, dass sie mir sofort zu Hilfe kommen würde, wenn ich sie jemals brauchte. Aber im Moment fand sie, dass ich mich selbst brauchte, und damit hatte sie Recht. Mehr Frauen wie sie und Kaja, das bräuchte die Welt. Mehr Frauen mit frechen Augen und strahlendem Lächeln, die sich am Reichtum des Lebens gütlich tun konnten, ohne sich zu schämen, ohne sich kleiner zu machen, als sie waren, ohne auf irgendeiner Ebene an Höhenangst zu leiden.

»Du bist wirklich nicht dumm«, sagte ich.

»Nein, das hab ich auch schon gehört«, sagte Liza und grinste.

Es war unmöglich, Liza wirklich nahe zu kommen, sie war wie eine Katze, die ihre eigenen Wege ging. Aber sie war eben sie selbst. Dafür bewunderte ich sie. Ich hingegen stammte aus einer Familie, in der alle an Ängsten litten. Wir waren die so genannte Elite. Wir waren tüchtig und nett und zugänglich, aber wir bezahlten einen hohen Preis in Form von Befangenheit und Nervosität. Eine Cousine litt an Bulimie, andere Verwandte hatten Zwangsneurosen und Angstzustände. Ich hatte fast die ganze Liste durch. Bulimie, Anorexie, Zwangsvorstellungen, Platzangst, Panik. Mit neunzehn hatte ich angefangen, regelmäßig in Therapie zu gehen.

Die meisten erfolgreichen Menschen, die ich kannte, litten an ihrem beruflichen und sozialen Erfolg. Das Problem war, dass man sich nicht beklagen durfte. Es wäre doch absurd, reich zu sein, der Elite anzugehören, ein Fest nach dem anderen zu besuchen und zugleich zu jammern, weil das Leben so schwer war. Also integrierte man die Angst, fast wie einen Körperteil. Viele Bekannte nahmen Schlafmittel, Beruhigungsmittel, Alkohol oder Drogen und waren arbeits- oder sportsüchtig. Es war schwer, um nicht zu sagen, unmöglich, dem Ideal der Perfektion nahe zu kommen und es sich zugleich zu gestatten, ein normaler Mensch zu sein.

Der Umgang mit Kaja und Liza tat mir gut. Meine Theorie war, dass man sich in einen anderen Menschen immer aufgrund der eigenen Bedürfnisse verliebte, die nicht unbedingt etwas mit Liebe zu tun haben mussten. Ich besaß das tiefe Bedürfnis, die Kontrolle aufzugeben, ein freierer Mensch zu werden und mich mit meiner Angst vor dem Alleinsein auseinander zu setzen. Kaja stellte in dieser Hinsicht Ansprüche an mich, wie kein Mann das je getan hatte. Anders als viele Männer brauchte sie mich nicht abhängig zu sehen, um sich selbst stark fühlen zu können. Im Gegenteil. Kaja hatte mit ihren eigenen Ängsten genug zu tun: Sie hatte keine Lust, sich dazu noch um meine kümmern zu müssen. Sie stellte neue Anforderungen an mich, Anforderungen, die darauf hinausliefen, dass ich meine eigene Frau stehen und selbst die Verantwortung für mein Leben tragen sollte. Zugleich glaubte ich zu wissen, dass Kaja sich sehr danach sehnte, weiterzukommen und auf eine Art erwachsen zu werden, mit allem, was das an entsprechender Kleidung und Einladungen mit sich brachte. Deshalb hatte sie sich in mich verliebt. Unbewusst spürte sie, dass ich sie mit Locken und Drohen irgendwann dahin zwingen würde, wo sie unbewusst ohnehin sein wollte.

Kaja wollte, dass wir unsere eigenen Identitäten behielten – die Identitäten, in die wir uns, jede für sich, verliebt hatten, obwohl unsere Beziehung nun etabliert war. Und ich musste ihr einfach dafür danken, obwohl mir bei dem Gedanken daran durchaus ein wenig die Knie zitterten. Zum ersten Mal gab mir ein anderer Mensch die Möglichkeit, zu lieben, ohne dass mir schlecht wurde, eine unabhängige Person im Rahmen einer sicheren, monogamen Zweisamkeit zu sein. Kaja war nicht die Einzige, die mich zur Selbstständigkeit antrieb. Hinter ihr ragte Liza auf, gewaltig gen Himmel, mit ihrer Unabhängigkeit, die in einem noch stärkeren Ausmaß entwickelt war als Kajas. Kaja bewunderte Liza in dieser Hinsicht. Ich selbst beobachtete die beiden aus der Entfernung und spürte, dass ich hier vielleicht meiner wichtigsten Herausforderung gegenüberstand.

»Ich will stark werden«, sagte ich jetzt zu Liza.

Vor dem Fenster sah man die Zweige hin und her peitschen. Große Wolkenfetzen zogen am Mond vorbei.

»Dann werd das doch«, sagte Liza.

Derselbe feste Blick, dieselben klarblauen Augen. Ihre Kiefer bewegten sich, der Kaugummi knallte leise.

»Bei dir hört sich das so einfach an.«

»Das ist einfach«, sagte Liza. »Man muss entscheiden, was in diesem Leben wichtig ist und sich dann dafür einsetzen.«

Sie legte eine Pause ein und sah mich ein wenig freundlicher an.

»Ich glaube, du bist ein bisschen verwöhnt«, sagte sie dann. »Und ich bin das nicht. Wenn man nicht verwöhnt ist, dann lernt man, zu erkennen, was man will, denn sonst bekommt man es nie. Und man muss es sich selbst holen. Niemand anders nimmt einem das ab.«

Ich lächelte.

»Du hast nie Lust auf einen Mann, was?«, fragte ich.

Liza machte ein verständnisloses Gesicht und hob die Augenbrauen. Sie vergaß sogar zu kauen.

»Einen Mann?«, fragte sie mit aufrichtiger Verwunderung. »Warum sollte ich mir denn einen Mann wünschen?«

Ich wusste, dass Liza früher auch mit Männern zusammen gewesen war. Sie war früh entwickelt gewesen, schon als Teenager hatte sie sich genommen, was sie wollte, auch in sexueller Hinsicht. Aber anders als vielen anderen glaubte ich ihr absolut, wenn sie erklärte, ein Mann sei das Letzte, was sie sich vorstellen könnte.

»Ich hätte gern ein Auto«, sagte sie und lachte. »Und einen kleinen Hund und eine größere Wohnung und ein Segelboot und ein Haus am Meer. Aber einen Mann ... nichts da, ich kann mir einfach nicht vorstellen, was ich mit einem Mann anfangen sollte.«

»Manche würden ja sagen, leg dir einen Mann zu, dann kommt der Rest von ganz allein«, sagte ich und grinste.

»Das schon«, sagte Liza. »Aber die denken nicht weiter, als ihre Nase reicht. Wenn ich mir einen Typen anschaffte, um alles andere zu bekommen, dann müsste ich den doch mit in Kauf nehmen. Und was sollte ich dann mit ihm anfangen? Es ist doch wohl viel besser, sich das alles selbst zu verschaffen, statt einen Kerl am Hals zu haben.«

»Unbedingt«, sagte ich lachend. »Glaub mir, ich bin ja absolut deiner Meinung. Keine hat das je so deutlich ausgedrückt wie du.«

Dann wurde ich ernst.

»Aber ich sehne mich nach Kindern«, sagte ich. »Und Kaja geht das nicht so.«

»Kinder könnt ihr immer kriegen«, sagte Liza. »Es gibt alles, von Samenbänken über Schwule bis zu heterosexuellen Kumpels.«

Ich schwieg.

»Aber natürlich, wenn Kaja nicht will, ist das ein Problem«, sagte Liza dann.

»Ja, so ist das«, sagte ich. »Und wenn ich alle Probleme aufeinander türme, dann kommen sie mir manchmal unüberwindlich vor.«

Wir schwiegen eine Weile. In der Ferne hörte ich eine Polizeisirene, oder vielleicht war es ein Krankenwagen oder ein Bluttransport. Dann war alles wieder still.

»Es ist ganz einfach«, sagte Liza und schaute mir wieder ins Gesicht. »Kaja und du, ihr müsst feststellen, was ihr aus euren Leben machen wollt, und überlegen, ob sich das unter einen Hut bringen lässt. Und wenn das nicht geht, müsst ihr der Wahrheit ins Auge blicken und euch trennen.«

»Ja, ich weiß«, sagte ich. »Diese Entdeckung hab ich ja erst kürzlich in meiner Ehe gemacht.«

Liza lächelte.

»Aber so braucht es ja nicht zu kommen«, sagte sie. »Es braucht keine Scheidung mit Untreue und Lügen und diesem ganzen heterosexuellen Unfug zu geben, wenn du den Ausdruck entschuldigst.«

Ich hob skeptisch die Augenbrauen. Liza ließ wieder ihren Kaugummi knallen.

»Das ist doch das Schöne bei Lesben«, sagte sie. »Wir haben so viele Möglichkeiten! Ehe, Zusammenleben, getrennt leben, von Familiengründung mit einem Papa und zwei Mamas, bis dazu, dass eine Kinder hat und die andere nur eine eigene Wohnung, vom Liebespaar bis zur Freundschaft. Und wir können in unterschiedlichen Zeiträumen unterschiedliche Leben führen, ohne dass wir deshalb scheel angesehen werden. Innerhalb der Gruppe, meine ich, denn draußen werden wir scheel angesehen, egal, was wir tun, ob wir nun in der Kirche heiraten oder achtzig Jahre lang Händchen haltend zu Hause sitzen.«

Ihre Augen funkelten.

»Gib zu, dass Lesben ziemlich charmant sind«, sagte sie. »Wir haben mehr Alternativen zu bieten, als diese schwarz-weiße, heterosexuelle

Verheiratet-Geschieden-Hölle, mit der du offenbar aufgewachsen bist.«

Kajas Schlüssel in der Tür, mein Herz zappelte in meiner Brust wie ein glücklicher kleiner Fisch, trotz der Betrachtungen über Mann und Kind, trotz der sozialen Unterschiede, trotz allem. Ihr Lockenkopf in der Türöffnung, wie sie die Nase rümpfte und uns angrunzte wie ein Schwein, das Klirren ihrer Silberketten. Sie kam auf mich zu und umarmte mich mit ihren Bärentatzen.

»Ja«, sagte ich und musste lachen, weil Kaja mich kitzelte. »Ich finde ja auch, dass Lesben charmant sind.«

»Worüber redet ihr denn hier?«, fragte Kaja dann.

»Alternativen«, sagte Liza und zwinkerte mir zu. »Und Entwicklung.«

»Wie war das Treffen?«, fragte ich.

»Ooo, GÖÖÖÖÖTTIN«, sagte Kaja und ließ sich aufs Sofa fallen. »Ich hab's so satt, ich könnte sterben. Diese verdammten Feministinnen! Was für ein Pack! Was für ein Haufen von Klageweibern. Was ist bloß mit denen los? Da könnte ich ja aus Verzweiflung konservativ werden!«

Liza und ich lächelten. Kaja sprang auf und ließ sich die Haare wie einen Vorhang vors Gesicht fallen.

»Äääh, ich weiß nicht, ob ich es richtig finde, es so zu machen ...«, sagte sie langsam und mit ungeheuer komischem Akzent. »Ich habe das Gefühl, dass wir noch viel mehr darüber diskutieren müssen ...«

Sie ging o-beinig durch das Zimmer, noch immer mit den Haaren vor dem Gesicht. Liza und ich schrien vor Lachen. Wir erkannten eine der überdemokratischen Feministinnen aus unserer Bekanntschaft.

»Aber darf frau vielleicht ein LEBEN haben«, schrie Kaja, sprang umher und vollführte einen Schattenboxkampf mit der Stehlampe in der Ecke. »Darf frau vielleicht irgendwann mal NACH HAUSE?«

Wieder der Haarvorhang, der krumme Rücken. O-Beine, zusammengekniffene Augen, gedehnte Sprechweise.

»Hallo ... jetzt fühle ich mich doch ein bisschen überfahren, glaube ich ... ich weiß nicht, ob ich zustimmen kann, dass ihr diesen Beschluss fasst, ohne dass er mir ganz richtig vorkommt, auf irgendeine Weise ...«

Drei rasche Boxhiebe in Richtung Lampenschirm. Der dritte traf, und die Lampe schwankte bedrohlich.

»FEMINISTINNEN!«, schrie Kaja. »Ich will ein Chauvischwein werden. Ich halt das nicht aus!«

»So geht das jedes Mal«, sagte Liza zu mir und hob die Augenbrauen. »Und am Ende ist dann alles wieder gut.«

Kaja zog einen Stuhl hervor, setzte sich rittlings darauf und legte die Arme auf die Rückenlehne. Ihre Augen funkelten, die Sommersprossen leuchteten. Die ganze Kaja: voller Leben und Lust, Theater, Parodie, Ansichten.

»Dein Liebling war da«, sagte sie mit breitem Lächeln zu mir. »Karolin! Sie hat gefragt, warum du nicht mitgekommen bist. Sogar Bengtsson und Erika wollten wissen, wo du steckst.«

»Und was hast du gesagt?«

»Die Wahrheit natürlich; dass du viel zu sehr mit deinen Oberklassegelagen beschäftigt bist, um dich für Frauenfragen zu engagieren.«

Ich warf ein Kissen nach ihr.

»Ich soll dich von Kerstin grüßen und ausrichten, dass du nächstes Mal kommen kannst ...«

Vorhang. Akzent.

»... wenn wir über den Faaaal auf vernüüüünftige Weise reden, sodass wirklich jeeeeede zu Wort kommen kaaaann.«

Sie sprühte nur so vor Leben. Sie rümpfte die Nase und grunzte wieder wie ein Schwein. Liza lachte einfach nur.

»Soll der Teufel feministisch sein«, sagte Kaja dann. »Ich will Diktatorin werden. So machen wir es und alle halten die Klappe.«

»O ja«, sagte Liza. »Das könnte dir so passen.«

»Und wie dir das passen würde«, sagte ich.

»Dir würde das passen«, sagte Kaja zu mir. »Du bist doch der Prototyp einer absolutistischen Herrscherin, das bist du. Gibt's noch was zu essen?«

»Schau mal in der Küche nach«, sagte Liza.

Kaja verschwand in der Küche. Eine halbe Minute später war sie wieder da, hatte sich ein Küchentuch um den Hals gebunden und Annis Brille aufgesetzt. Ihre großen Ohren ragten hervor, sie kniff die Augen zusammen und verzog gewaltig den Mund.

»Ich finde es so undemoooookratisch, dass ihr hier in Stoooockholm so viel mehr Aufmerksamkeit bekommt als aaaandere Frauen im Lande, und deshalb machen ich jeeeetzt in Veeetlanda eine Lokalgruppe auf, die heißen soooooll: Niiiiiieder mit allen Stooooockholmerinnen ...!«

»VERSCHWINDE!«, schrien Liza und ich wie aus einem Munde.

***

Der Ball, zu dem Kaja und ich eingeladen worden waren, fand auf einem ziemlich großen Landsitz statt, zwischen Katrineholm und Norrköping. Eine Verwandte von mir lud ein, Elisabeth, die ich sehr gern mochte. Kaja und ich hatten das Angebot bekommen, bei einer alten Klassenkameradin zu übernachten, deren Hof nur ein paar Kilometer entfernt war, aber ich merkte, dass ich Kaja nicht alles auf einmal zumuten durfte. Gästezimmer, Mineralwasserflaschen auf dem Nachttisch; getrennte, weiß lackierte Betten aus den vierziger Jahren. Gemeinsames Frühstück in Rock und Bluse, Diskussion des vergangenen Abends, ein Knicks vor dem alten Elternpaar. Stattdessen mieteten wir uns in einem Hotel in Katrineholm ein. Wir fuhren am Samstagnachmittag mit dem Wagen los, und wir waren beide so angespannt, dass die Luft zum Schneiden dick war.

»Ich hab Kopfschmerzen«, jammerte Kaja.

»Nimm eine Tablette«, sagte ich.

Ich selbst war auch ziemlich nervös. Zum ersten Mal besuchte ich mit Kaja eine größere Gesellschaft in meinem Freundeskreis. Neugierige Blicke. Wer ist die Dunkelhaarige? Ach, die ist das.

Wir gingen ins Hotel und zogen uns um. Kaja hatte sich von mir ein rotes Kleid geliehen, dazu trug sie eine durchsichtige schwarze Chiffonbluse. Sie sah einfach fantastisch aus. Ich hatte in letzter Minute ein schwarzes Kleid in meine Tasche gestopft und beinahe die Schuhe vergessen. Jetzt standen wir nebeneinander vor dem Spiegel.

»Du bist toll«, sagte ich.

»Ich sehe bescheuert aus«, sagte Kaja. »DU bist toll.«

Wir hatten ein Taxi bestellt, das uns nun abholte. Auf dem Weg ins Foyer stießen wir auf Betty und ihren Franzosen. Olof war offenbar nicht eingeladen.

»Ach, wie lustig«, sagte Betty, als sie uns sah.

Ihr obligatorischer Pferdeschwanz war zur Feier des Tages zu einem Knoten hochgesteckt. Ihr Bauch: schwanger. Ich brachte es einfach nicht über mich, sie darauf anzusprechen.

»Betty - Kaja«, sagte ich.

»Sophie - Hervé«, sagte Betty.

Hervé und Kaja lächelten sich verkniffen zu und reichten einander die Hand. Er war groß und dunkel und braunäugig, und in meinen Augen sah er genauso aus wie alle anderen Franzosen, die mir jemals über den Weg gelaufen waren. Breites Lächeln. Teurer Smoking. Betty ihrerseits hatte eine kleine Pelzstola um die Schultern gelegt und ich sah, wie Kaja sich angeekelt abwandte.

»WIE kommt ihr denn zu dem Fest?«, fragte Betty. »KÖNNEN wir uns ein Taxi teilen? Ich hab ja zu Hervé gesagt, dass wir das im VORAUS bestellen müssten, aber das wollte er nicht glauben, und jetzt sind alle ausgebucht.«

Große, graugrüne Augen.

»Sicher«, sagte ich. »Oder was meinst du, Kaja?«

Kaja nickte kurz.

»Ach, wie wunderbar.«

Betty und Hervé gingen vor uns zum Taxi, Betty auf halsbrecherisch hohen Absätzen und in einem weiß-lindgrünen Kleid, die Pelzstola über ihren Schultern.

»Ich hasse Franzosen«, fauchte Kaja. »Aufgeblasene Ärsche, die Atombomben hochgehen lassen.«

»Ganz ruhig jetzt«, sagte ich.

Meine Handflächen waren schweißnass.

»Ihr könnt mich in die Mitte nehmen«, zwitscherte Betty durch die offene Taxitür. »Ich nehm den unbequemen Platz in der Mitte.«

»Ich kann vorn sitzen«, sagte Kaja. »Und mich mit dem Fahrer unterhalten.«

»Nein, da sitzt natürlich Hervé. Er ist doch ein Junge!«, fiepte Betty und klimperte mit den Augendeckeln.

Ich wich Kajas Blick aus und ging um das Auto herum, wir nahmen Betty in die Mitte und fuhren los.

»Ach, wie spannend, dich kennen zu lernen«, sagte Betty und streichelte Kajas Arm. »Jetzt musst du alles über dich erzählen.«

Ich schaute aus dem Fenster. Die Fahrt zum Fest dauerte zwanzig Minuten. Aber zu meiner Überraschung redete Kaja drauflos.

»Ich bin lesbisch und linksradikal«, sagte sie. »Ich esse kein Fleisch.

Und Pelze kann ich nicht leiden. Was möchtest du sonst noch wissen?«

Sie lächelte Betty boshaft an, die verwirrt errötete und sie mit ihrer Handtasche anstupste. Lindgrün, passend zum Kleid.

»Ich mache also alles falsch, ja?«, fragte sie. »Nein, Scherz beiseite. Du kennst mich doch gar nicht. Ich bin auch gegen das Schlachten von Tieren. Diese Pelzstola trage ich, weil ich sie von meiner Großmutter geerbt habe.«

Sie lächelte zufrieden.

»Das behauptet Erika auch«, sagte Kaja zu mir, »über ihren Zebrateppich.«

Ich beugte mich vor, um mich mit Hervé zu unterhalten.

»Et toi, tu habites à Paris?«, fing ich an. »Et qu'est-ce que tu fais? Tu travailles où?«

»Aiie werrke vidde disajjnö«, sagte Hervé, ohne sich umzudrehen. »Aie amö eiö disajjnöörr.«

Typisch Franzose. Da versucht man, im besten Schulfranzösisch mit ihnen zu parlieren, und sie antworten mit grauenhaftem Englisch. Aber hinter mir hörte ich, wie Betty und Kaja gemeinsam losprusteten. Chiffon und Stola. Ein unerwarteter Hit.

»Aber genau das ist mir auch passiert«, sagte Betty, »Himmel, wie komisch.«

»Und was hast du dann gesagt?«, fragte Kaja.

»Et comment est-ce que tu trouve la Suède?«, fragte ich verkrampft.

Schulterzucken. Schmollmund. Er hatte nicht viel übrig für Schweden, das war klar.

»Iit iisöö kolldö änö dö pippöll arre nöt sö naijs.«

»Aha.«

Ich ließ mich zurücksinken. Die fehlende Verbindung hier war nicht die zwischen Kaja und Betty, sondern jene zwischen Hervé und uns anderen. Und das war ja immerhin nicht mein Problem.

»Sie ist wunderbar«, flüsterte Betty mir mit leuchtenden Augen zu, als wir vor dem großen Herrenhaus aus dem Taxi stiegen.

Kaja legte den Kopf in den Nacken, lächelte kritisch und schaute zu der großen Uhr hoch, die unmittelbar unter dem Dach montiert war.

»Und jetzt geht frau rein und reibt sich an der Oberklasse«, sagte sie.

Wir gingen hinein. Eine Hausangestellte mittleren Alters, schwarz gekleidet und mit weißer Schürze und kurzen weizenblonden Locken nahm uns die Mäntel ab, und Kaja bedachte mich mit einem Blick, der vor Verachtung geradezu strotzte.

»Den kann ich selbst aufhängen«, sagte sie zu der Frau.

»Das glaub ich gern, aber ich passe wirklich gut darauf auf. Machen Sie sich also keine Sorgen«, sagte die herzlich mit breitem ländlichen Akzent und nahm einfach Kajas Mantel an sich.

Ich musste dermaßen lachen, dass ich mich abwandte. Wir gingen weiter in den großen, auf der Rückseite des Hauses gelegenen Salon, wo schon munter gebechert wurde.

»Hallooo, Sophie«, rief meine Verwandte Elisabeth und kam mit großen Augen auf uns zu. »Willkommen. Hallo, Kaja! Schön, dich kennen zu lernen.«

Sie strahlte vor Wärme und vor Freude uns zu sehen und nahm sofort zwei Champagnergläser von einem Tablett.

»Prost«, sagte sie zu Kaja. »Willkommen.«

Wir tranken einander zu. Dann wandte Elisabeth sich an Betty und Hervé und ich nahm Kajas Hand.

»Los, jetzt kommt die Begrüßungsrunde.«

»Muss das sein?«, fragte Kaja mit ängstlichem Blick.

Ich drehte mich um und sah das, was sie sah: Grüppchen von herausgeputzten Menschen, die Männer steif wie Pinguine, die Frauen in teuren Kleidern mit roten Mündern und funkelnden Juwelen und angeborener Selbstsicherheit. Dann schaltete ich auf meinen eigenen Blick um: Da standen Beata und Gustaf, dort war Josefin, da hinten Baby und Sassa und Johan. Es würde ein lustiges Fest werden.

»Ja, das muss sein«, sagte ich. »Komm jetzt. Niemand beißt dich.«

Wir wanderten umher, ich vorweg, Kaja gleich hinter mir, und ich stellte sie allen vor. Küsschen auf die Wange. Handschlag. Ein stetiger Strom von Kommentaren.

»Ach, das neulich war so nett ...«

»Hee, meine Güte, siehst du toll aus ...«

»Du bist also Kaja? Wie schön, dich endlich kennen zu lernen ...«

»Hallo, Süßes. Komm her und gib mir einen Kuss!«

»Kaja, das hier ist Diana ...«

»Kaja, das hier ist Ragnar ...«

»Fredrik - Kaja. Kaja, das hier ist Fredrik.«

Als wir die Begrüßungsrunde hinter uns gebracht hatten, stellten wir uns zu Baby, Sassa und Johan.

»Puh«, sagte Kaja. »Meine Mundwinkel tun schon weh vom Lächeln. Euch nicht?«

»Nicht mehr«, sagte Baby. »Trainingsfrage.«

Danach sah sie Kaja an.

»Wie schön, dass du heute Abend mitgekommen bist«, sagte sie aufrichtig. »Und wie toll du aussiehst.«

»Wirklich«, sagte Johan beifällig. »Was für ein schönes Kleid.«

»Das gehört Sofa«, sagte Kaja mit einer Grimasse. »Solche Klamotten hab ich nicht.«

»Solltest du aber«, sagte Sassa. »Die stehen dir.«

Kaja sah verärgert und geschmeichelt zugleich aus. Sie wollte gerade den Mund öffnen und etwas sagen, als Elisabeth einen Gong ertönen ließ. Alles verstummte und drehte sich um.

»Jetzt müsst ihr eure Begleitung finden«, sagte sie. »Denn jetzt geht's gleich zum Essen.«

Kaja schaute mich fragend an.

»Du bist doch meine Begleitung«, sagte sie. »Oder brauche ich einen Tischherrn?«

»Tischherrn«, sagte Sassa entschieden. »Das ist doch schön, dann bist du Sophie los und kannst das ganze Essen hindurch flirten.«

»Kommt darauf an, wer auf der anderen Seite sitzt«, sagte Kaja. »Mit dir würde ich zum Beispiel gern flirten. Solltest du in der Gegend landen.«

Sassa lachte, ein Lachen, das verlegen und ermutigend zugleich war. Ihr Gesicht war leicht gerötet und sie schien bester Laune zu sein.

»Ich werde dir zutrinken, egal, wo ich sitze«, versprach sie.

Ich sah Kaja an. Zuerst diese gewaltige Demonstration ihres Unwillens, und nun benahm sie sich, als hätte sie nie etwas anderes gemacht, ohne sich deshalb verstellen zu müssen.

»Aber wie finden wir uns denn, ich und dieser Kerl?«, fragte sie.

»Die Typen bekommen Bitte-zu-Tisch-führen-Karten«, sagte Baby.

»Was?«, fragte Kaja.

Johan hielt ihr ein gefalztes Kärtchen hin; auf der einen Seite stand sein Name, auf der anderen der einer Frau, außerdem gab es eine Skizze, an welchem Tisch sie sitzen sollten.

»Lotta Hägerstråle«, las Kaja. »Tisch F. Ist das deine Tischdame?«

»Genau«, sagte Johan. »Und jetzt muss ich mich auf die Suche nach ihr machen. Weiß irgendwer, wer sie ist?«

»Keine Ahnung«, sagte ich.

»Keinen Schimmer«, sagte Baby.

»Doch«, sagte Sassa, »ist das nicht die, die mit Hampus verlobt ist?«

Blond, klein, immer lächelnd. Jetzt wusste ich, wer sie war.

»Hampus!«, rief Kaja. »Heißt der wirklich so?«

»Ja«, sagte Sassa und lächelte.

»Hampus«, sagte Kaja noch einmal und lachte dermaßen, dass mehrere Leute sich umdrehten und ihr die Tränen in die Augen traten. »Hampus! Ich glaube, ich sterbe! Ihr mit euren Oberklassenamen!«

Auch Baby und Sassa lachten. Wir konnten alle gar nicht anders.

»Ich heiße mit zweitem und drittem Vornamen Milton Napoleon«, sagte Johan freundlich. »Alte Familiennamen.«

Kaja wurde sehr ernst. Sie wischte sich die Tränen ab und sah ihn aus großen Augen an.

»Du Armer«, sagte sie.

»Ach, ich komm schon zurecht. Aber jetzt muss ich Lotta suchen«, sagte Johan lächelnd und verschwand.

»Na gut. Und wo sind unsere Karten?«, fragte Kaja, als Johan gegangen war. »Bitte, Sie werden zu Tisch geführt von ... Oder sollen wir untätig hier herumstehen?«

Sassa runzelte in gespielter Empörung die Stirn.

»Das sind die Spielregeln«, sagte sie. »Die Jungs kriegen Karten, wir aber nicht.«

»Verdammt, wie sexistisch«, sagte Kaja.

»Ja, das ist es wirklich«, sagte Baby, drückte ihre Zigarette aus und sah sich um. »Man steht herum wie ein blödes Mauerblümchen und wartet darauf, aufgefordert zu werden.«

Etliche Paare gingen bereits in Richtung Speisesaal davon.

»Ich bleibe hier, bis dein Tischherr kommt«, sagte Sassa zu Kaja.

»Gut«, sagte Kaja. »Witzig. Dann kannst du mir auch sagen, ob er ganz okay, ein Blödmann oder ein Loser ist.«

»Versprochen«, sagte Sassa. »Nach diesen drei Kategorien.«

Ich sah ein, dass ich hier vollständig überflüssig war. Ich konnte Kaja einfach ihrem Talent und meinen Freundinnen überlassen; alles Weitere würde wie geschmiert gehen. In diesem Moment kam ein großer Mann mit Segelohren, rötlichem Teint und breitem Lächeln auf uns zu. Es war Richard, einer von Elisabeths besten Freunden.

»Kaja«, sagte er und lächelte freundlich. »Ich heiße Richard und du bist meine Tischdame.«

Kaja blickte Sassa fragend an, und Sassa hob den Daumen.

»Total okay«, sagte sie zu Kaja. »Besser hätte es gar nicht kommen können.«

Kaja schaute Richard aus zusammengekniffenen Augen an.

»Hast du Humor?«, fragte sie. »Denn sonst könnte es anstrengend werden, wenn ich Witze mache und du glaubst, ich meinte das Ernst und dann sauer bist und so.«

»Ich finde nur meine eigenen Witze lustig«, sagte Richard tiefernst. »Und meine Ohren. Aber wenn du darüber lachst, dann werden wir uns blendend verstehen.«

Kaja schaute ihn wieder an.

»Mit solchen Ohren musst du einfach Humor haben«, sagte sie. »Ganz zu schweigen davon, wie deine Fliege sitzt.«

Richard schaute auf seine Brust hinunter. Kaja lachte und tippte mit dem Zeigefinger seine Nase an.

»Ach, was bist du leicht an der Nase herumzuführen«, sagte sie. Richard lachte. Kaja sah ihn herausfordernd an.

»Wenn du lieb bist, dann zeig ich dir meine Ohren.«

»Das wäre mir eine Ehre«, sagte Richard.

Während Kaja und Richard in Richtung Salon losgingen, und Sassa, Baby und ich mit verdutzten Gesichtern stehen blieben, musste ich Elisabeth einfach noch einen warmen Gedanken schicken. Sie hatte Kaja einen der umgänglichsten Männer auf dem Fest als Tischherrn zugedacht. Der Abend war bereits gerettet.

»Klasse Planung«, sagte Baby. »Sie kann, wenn sie will.«

»Wer«, fragte Sassa boshaft. »Kaja oder Elisabeth?«

***

Während des Essens sah ich Kaja nicht mehr, nach dem Kaffee aber traf ich sie vor der Damentoilette.

»Amüsierst du dich?«, fragte ich.

»Er ist toll«, sagte Kaja. »Wir haben total viel geredet und wir haben ungefähr denselben Humor. Aber auf meiner anderen Seite sitzt ein furchtbarer Typ.«

»Wer denn?«

»Fredrik irgendwas. Der ist ein Faschist.«

»Fredrik Lagerhielm«, sagte ich. »Der spinnt.«

»Was hast du gesagt?«, fragte Kaja. »Lagerhelm?«

»Lagerhielm«, sagte ich.

»Durch und durch Faschotyp«, sagte Kaja.

Wir wechselten einen Blick.

»Amüsierst du dich nicht doch?«, fragte ich. »Trotz allem?«

Kaja zögerte ein wenig.

»Was heißt schon amüsieren«, fragte sie. »In diesem Kleid kann ich mich doch nicht eine Sekunde lang entspannen. Wenn ich mit diesem Richard mit den großen Ohren zusammensitzen und normal angezogen sein könnte, wäre es nicht so schlimm.«

Sie sah mich an.

»Was für Wahnsinnsohren«, lachte sie. »Die möchte man doch einfach nur packen und umdrehen. Ach, was für Ohren!«

Sie machte die entsprechenden Handbewegungen und schnalzte dabei mit der Zunge. In diesem Moment kam eine Frau aus der Toilette.

»Ich geh jetzt zu den Ohren zurück«, sagte Kaja. »Und zu diesem Lagerhelm.«

»Amüsier dich«, sagte ich.

»Aber Walzer tanz ich NICHT«, rief Kaja noch über ihre Schulter und verschwand.

Der Abend lief wie geschmiert. Kaja saß abwechselnd plaudernd am Tisch oder trank an der Bar Cocktails und unterhielt ihre Umgebung. Ich selbst tanzte fast die ganze Zeit. Kaja tanzte nicht, sie weigerte sich.

»Ich kann in diesen Klamotten nicht tanzen«, sagte sie empört zu Johan, der sie aufforderte, als ich mir gerade ein Glas Bowle holen wollte. »Ich komm mir vor wie ein Transvestit.«

Fredrik Lagerhielm, der in der Nähe stand, hatte es gehört.

»Verzeihung, was?«, fragte er.

Kaja sah ihn an.

»Aber da bist du ja«, sagte sie. »Jetzt komm mir bloß nicht wieder mit deinen Fascho-Ideen.«

Johan und ich wechselten einen kurzen Blick und sahen dann Fredrik an. Aber er hakte nur die Daumen in seiner Bauchbinde ein, legte den Kopf in den Nacken und lachte prustend.

»Du bist wirklich eine lustige kleine Dame, du«, sagte er gutmütig zu Kaja. »Und was das mit den Transvestiten angeht, so kann ich dir sagen, dass ich auch schon Damenkleider getragen habe.«

»Ach, sieh an!«, sagte Kaja interessiert.

»Und zwar 1975, zu meinen SS-Zeiten«, sagte Fredrik und wippte ein wenig auf den Hacken hin und her.

»SS?«, fragte Kaja stirnrunzelnd, offensichtlich wirbelten ihre Gedanken nur so durcheinander.

»Sigtuna-Schule«, warf ich eilig dazwischen.

»Ich war die ›Leading Lady‹ beim Weihnachtskabarett«, rief Fredrik fröhlich und schaute irgendwo über uns in die Luft. »Das war ein großer Erfolg, das kann ich euch sagen.«

Kaja musterte ihn lächelnd von Kopf bis Fuß.

»Das kann ich mir vorstellen«, sagte sie. »Was warst du denn? Eine Walküre? Oder ging das eher in Richtung Dame Edna?«

Fredrik wippte wieder hin und her und strahlte uns an.

»Ich war eine Mischung aus Greta Garbo und Marlene Dietrich«, sagte er zufrieden. »So was hatte noch niemand gesehen. Nicht auf der SS.«

»Nein, das kann ich mir lebhaft vorstellen«, sagte Kaja.

Um drei Uhr fuhren wir mit dem Taxi zurück zum Hotel, wieder mit Betty und Hervé, der auf dem Beifahrersitz eingeschlafen war.

»Ach, was war das nett«, sagte Betty.

Kaja gähnte ausgiebig.

»Habt ihr euch nicht amüsiert?«

»Köstlich amüsiert«, sagte ich.

»Ich bin total fertig«, sagte Kaja. »Diese Anspannung hat mich einfach fertiggemacht. Du wirst mich morgen um zwölf mit einem Kran aus dem Bett heben müssen. Oder mich rauskitzeln.«

Dann sah sie mich an.

»Und ich sterbe vor Sehnsucht danach, dieses verdammte Kleid loszuwerden.«

»Aber sonst hast du dich amüsiert?«, fragte Betty.

Kaja nickte zufrieden.

»Ach, was für Ohren«, sagte sie mit verträumtem Tonfall.

5

Einige Tage nach dem Fest wurde der nächste Literaturnobelpreisträger bekannt gegeben. Als ich hörte, dass es Seamus Heaney war, wollte mein Tränenstrom einfach nicht mehr versiegen. Meine Tränen waren vor langer Zeit schon einmal geflossen, in Berkeley, als ein Junge mir ein Buch mit Gedichten von Seamus Heaney geschenkt hatte. Dieser war sehr in mich verliebt gewesen, aber er wusste, dass ich unterwegs war, dass ich ihn an der Nase herumführen würde, dass ich in ein anderes Land verschwinden und mich nicht für ihn entscheiden würde, trotz allem, trotz meiner heißen Küsse und noch heißeren Tränen und vor allem trotz meines Versprechens einer gemeinsamen Zukunft in Rom oder Paris oder einer anderen Weltstadt, wo er seine Filme drehen und ich meine Romane schreiben könnte.

Der Junge schenkte mir ein Buch von Seamus Heaney und er hatte das Gedicht angekreuzt, das ganz besonders für mich bestimmt war: »Underground, before you turn into a reed«, über Hänsel und Gretel und die Knöpfe. Ich weinte nun, weil ich nicht mehr wusste, ob ich mich richtig oder falsch verhielt, ich weinte, weil der Junge und seine schöne philippinische Gattin und ihr kleiner Sohn jetzt zusammen in einem fernen Land lebten, und weil ich das nicht tat. Ich war nicht dabei, denn ich saß hier an einem dunklen Winterabend in einem Haus im kalten Schweden und ich befand mich in einer komplizierten lesbischen Beziehung. Zwei Liebschaften und eine Ehe waren seit der Sache mit dem Jungen damals in Berkeley zerbrochen. Ich war wahnsinnig in eine Frau verliebt, die den Boden unter meinen Füßen ins Schwanken brachte, genau wie am Vortag das Erdbeben in Halland den Boden unter den Füßen der Halländer.

Ich war sentimental und pathetisch, aber ich musste dennoch immer wieder nachdenken und Fragen stellen und mich erinnern und weinen,

weinen um diesen schlanken und sonnengebräunten Jungen, der sofort auf mich zugekommen war, auf einem Fest an einem Abend in San Francisco, und der mittlerweile fett und fast kahl geworden war. Ich musste einfach weinen, um diesen Jungen und über das Gedicht und über alle Fragen, auf die ich niemals eine Antwort bekommen würde, und weil Seamus Heaney ja immerhin den Nobelpreis bekommen hatte, nach all den Jahren, in denen er als heißer Kandidat gehandelt worden und doch nicht ans Ziel gelangt war. Ich weinte darüber, dass er am Ende doch noch den Nobelpreis bekommen hatte, und dass er noch lebte und sich darüber freuen konnte.

***

Es wurde Winter. Meine Eltern flogen über Weihnachten und Neujahr in die Sonne, und Kaja und ich feierten unser erstes gemeinsames Weihnachtsfest in unserer Wohnung, zusammen mit einigen ihrer und meiner Freundinnen und allem, was dazu gehörte, von Weihnachtspunsch bis zu Gesellschaftsspielen. Die Mischung funktionierte besser, als man hätte erwarten können, deshalb beschlossen wir, zu Silvester eine große Party zu geben. Wir quetschten so viele Leute in unsere Wohnung, wie überhaupt nur reinpassten und zu meiner großen Freude saßen alte Adlige neben Anarchisten und redeten so eifrig miteinander, dass die Kiefer auf beiden Seiten aus dem Gelenk zu springen drohten.

»Aber es ist doch klar, dass man sich um die Schwachen in der Gesellschaft kümmern muss.«

»In jeder Kultur hat es immer schon schwache Elemente gegeben; das ist ein unvermeidlicher Teil des Fortschrittes.«

»Du meinst, des ewigen Rückschrittes.«

Monokel und rote Weste neben bodenlangem, lila Kleid. Es war wie eine Szene bei Charles Dickens, auf irgendeine Weise unwahrscheinlich, zugleich aber verdammt real. Ich kam mir vor wie eine Beobachterin, eine Observatorin. Kaja und ich hatten das hier zwar in Gang gesetzt, aber das Ergebnis übertraf unsere wildesten Erwartungen.

»Wo hast du dieses Mädel denn bloß aufgetrieben?«, fragte Björn mich draußen in der Küche und hielt Labans Handgelenk mit festem Griff gepackt. »Warum hab ich sie nicht schon vor langer Zeit kennen gelernt?«

Laban lachte nur.

»Ich sag ihm schon die ganze Zeit, dass ich lesbisch bin«, sagte sie, »aber es hilft nichts. Stur wie ein Esel. Typischer Zeitungsmensch.«

»Du wirst vor Freude weinen, wenn ich dich erst bekehrt habe«, sagte Björn selbstgefällig und reichte Laban ein Weinglas. »Du wirst mir auf Knien danken. Und das ist noch längst nicht alles, was du auf Knien tun wirst.«

»DU wirst aus ganz anderen und viel unangenehmeren Gründen weinen, wenn du nicht bald aufhörst, so schrecklich viel Scheiß zu reden«, sagte Laban, und dann verschwanden beide auf dem Balkon, um ihr Gespräch draußen fortzusetzen.

Ich stand ganz still unter der großen Deckenlampe im Wohnzimmer und sah mich um. Johan, Sassa und Olof saßen auf einem Sofa, hörten sich Kajas Räubergeschichten über das schwedische Krankenhauswesen an und schrien dabei vor Lachen.

»Und dann mussten wir sie sozusagen auf die Karre SCHAUFELN und sie ins Foyer rollen. Sparmaßnahmen, sagten die verdammten Bürger schon damals ...«

Gustaf, der bestens gelaunt ohne Beata gekommen war, die derweil ihren kranken Vater besuchte, schien mit Liza und Toni, die zufällig in der Stadt waren, ein überaus interessantes Gesprächsthema gefunden zu haben.

»Wie hießen die, habt ihr gesagt?«

»Pung Gung. Das ist eine Band aus Malmö, die nur aus Frauen besteht. Sie spielen Hardrock mit leichten Westkünsteneinflüssen.«

»Westküsteneinflüsse? Wie in Smögen und Marstrand?«

Schallendes Lachen. Tonis Augen funkelten, Liza warf ihre Mähne zurück. Auch in Gustafs Mundwinkeln spielte ein Lächeln, er stellte sich dümmer, als er war.

»Nein, wie in Los Angeles und San Francisco.«

Natürlich blieben große Gruppen von Kajas wie meinen Freunden unter sich, aber es gab doch Platz für die unwahrscheinlichsten Kombinationen. Eine Zeitlang schien es zwischen Sassa und Anni irgendeine Art Streit zu geben.

»Das habe ich nicht gesagt!«, hörte ich Sassas erregte Stimme.

»Genau das hast du eben gesagt.«

Das war Anni. Sie standen in der Diele und starrten einander wütend an. Sassa mit verärgertem, aber weiterhin verbindlichem Lächeln, Anni mit dem Ausdruck äußerster Gereiztheit.

»Das habe ich schließlich mit eigenen Ohren gehört.«

Sassa lächelte mich an. Danach wandte sie sich wieder Anni zu.

»Wir kennen uns nicht«, sagte sie. »Denn sonst wüsstest du, glaube ich, dass ich so etwas nicht sage.«

»Was sagst du nicht?«, fragte ich und streckte den Kopf vor.

Anni sah mich an. Ihre Augen waren schwarz vor Zorn. Dann schüttelte sie den Kopf.

»Das spielt keine Rolle«, sagte sie und verschwand.

Abgesehen von diesem Zwischenfall lief der Abend sehr gut. Ich war vor dem Fest ziemlich nervös gewesen, hatte aber wie üblich die anderen unterschätzt. Es war möglich, sich zusammenzufinden, es war wirklich möglich. Beim Feuerwerk drängten wir uns auf dem Balkon zusammen und sahen Stockholm explodieren, und als die Gesichter in meiner Nähe aufleuchteten, dachte ich, dass die Einteilung in unterschiedliche gesellschaftliche Gruppen für so wenig Berührungspunkte wie möglich sorgen soll. Man hat einfach nicht die Gelegenheit, sich zu treffen. Und wenn es doch ein seltenes Mal passiert, dann funktioniert alles besser als erwartet, weil es natürlich überall eine große Neugier auf »die anderen« gibt.

Der Januar kam und ging, kalt und zäh wie immer. Anfang Februar fuhr ich nach Malmö, da ich zu einem Vortrag in einer Bibliothek eingeladen worden war. Seit meiner Reise nach London vor über einem Jahr flog ich zum ersten Mal allein und in der Nacht vor dem Flug war ich ein wenig nervös. Als ich mich ins Flugzeug setzte, versuchte ich bewusst, mich zu entspannen. Die Motoren dröhnten auf, wir fuhren auf die Startbahn hinaus und hoben ab.

Das Gefühl, das sich in meinem Körper einfand, sowie das Flugzeug den Boden verlassen hatte, war so stark, ich hätte weinen mögen. Ich flog. Ich entspannte mich am ganzen Körper und versuchte gar nicht erst meine eigenen Reaktionen oder die meiner Umgebung zu kontrollieren Wir befanden uns hoch in der Luft, der sichere Boden lag tief unter uns aber es machte mir nichts aus, absolut nichts. Ich fühlte mich in mir selbst sicher und geborgen, nichts, was mit dieser Situation zu tun hatte, konnte mich bedrohen. Ich wagte es, Risiken einzugehen, ich wagte es, dem Leben seinen Lauf zu lassen. Wenn wir abstürzten, dann würden wir eben abstürzen, ich könnte nichts daran ändern. Ein Lächeln breitete sich auf meinem Gesicht aus, von einem Mundwinkel zum anderen. Ich konnte mit einer Frau zusammenleben, wenn ich das wollte. Ich konnte genau das tun, wozu ich Lust hatte, solange ich niemand anderem schadete, denn es war mein Leben, über das nur ich zu bestimmen hatte.

Meine Lesung in Malmö lief gut. Ich redete wie abgemacht eine gute Stunde und dann folgte eine Dreiviertelstunde mit Fragen und Antworten. Als ich wieder im Taxi zum Flughafen saß, merkte ich, wie müde ich war. Der Flug nach Stockholm war eine Wohltat, ich wurde nach der harten Arbeit eines langen Tages vom Vibrieren der Motoren sanft in den Schlaf gewiegt. Als unter uns die Lichter von Bromma auftauchten, blinkten sie, als wollten sie mich zu Hause willkommen heißen und mir ihr Wohlwollen aussprechen.

***

Der Bus Nr. 54, auf dem Heimweg vom Sender, an einem Abend Ende Februar. Plötzlich sah ich Johan.

»Hallo«, sagte ich überrascht.

Ich setzte mich auf den freien Platz neben ihm.

»Wo fährst du denn hin?«, fragte ich.

Der Bus fuhr durch Östermalm, durch Vasastan und dann weiter nach Söder. Es war wie eine Klassenreise per Bus. Sozusagen ein Schulausflug.

»Ich bin mit Sassa bei ihrer Freundin verabredet, die auf Reimersholm wohnt«, sagte Johan. »Da war ich noch nie. Du?«

»Nur auf der Durchfahrt, ich war da nie in einem Haus«, gab ich zu. »Aber es ist schön da.«

»Vom Haus dieser Bekannten hat man eine unglaubliche Aussicht«, sagte Johan. »Es macht bestimmt Spaß, diesen Teil der Stadt zu sehen.«

Ich musterte Johan von der Seite. Er war ein sympathischer Typ, das war er wirklich. Und jetzt sah er außerdem viel fröhlicher aus als ein Jahr zuvor. Oder zwei.

»Wie geht es dir?«, fragte ich. »Du siehst richtig gut aus.«

Johan lachte.

»Bei dir hört sich das an, als wäre ich ein Greis, im Alter von sechsunddreißig Jahren«, sagte er. »Aber du hast Recht, es geht mir gut. Saugut, sogar. Es ist einfach toll, sich Kinder zuzulegen, ich kann das nur von Herzen empfehlen. Aber du willst vielleicht keine?«

Er schaute mich leicht verlegen an.

»Doch, das will ich wirklich«, erwiderte ich mit Wärme. »Aber dieses Problem will ich nicht sofort lösen.«

»Ich verstehe«, sagte Johan. »Für uns war es jedenfalls einfach wunderbar. Ich weiß nicht ... mit Sassa ist in letzter Zeit so viel passiert. Und deshalb ist auch mit mir viel passiert.«

»Erzähl.«

»Ich weiß nicht«, sagte er vage. »Ich kann das nicht richtig in Worte fassen. Aber irgendetwas scheint sich gelöst zu haben. Sassa hat sich dafür entschieden, dass sie trotz allem mit mir zusammenleben will. Du hast vielleicht nicht gewusst, dass sie daran ihre Zweifel hatte?«

Fragende Blicke.

»Nicht so genau«, murmelte ich. »Aber ich hab ja gemerkt, dass sie ziemlich hart mit dir umgesprungen ist.«

»Und ich war meinerseits ziemlich blöd«, sagte Johan. »Aber das bin ich wohl noch immer.«

Wir lachten beide.

»Nein, sie weiß jetzt wohl, was für sie wichtig ist«, sagte Johan. »Sie geht mit sich und mit ihren Freunden auf ganz neue Weise um. Sie macht Dinge, die ihr Spaß machen, sie fährt häufiger nach England zu ihrer Verwandtschaft und sie achtet nicht mehr so viel auf Sitte und Anstand wie früher. Und sie sieht auch viel besser aus, finde ich.«

Er lächelte mich an.

»Sassa wirkt wie ein neuer Mensch, seit sie diesen Laura-Ashley-Kram weggeworfen hat«, sagte ich.

»Dir hat der also auch nicht gefallen?«, fragte Johan interessiert. »Ich fand ihn ziemlich scheußlich. Aber das habe ich nicht gesagt. Jetzt aber sage ich laut, was ich vorher hinuntergeschluckt habe. Als Sassa sich geändert hatte, konnte auch ich ein anderer werden, verstehst du?«

»Ja.«

»Wir haben uns sogar mit meiner Mutter auseinander gesetzt«, sagte Johan lächelnd.

»Mit Caligula?«, fragte ich überrascht.

»Ich hab mit ihr gestritten«, sagte Johan zufrieden.

Ich konnte ihn sehr gut verstehen. Johan war eifrig und frisch verliebt in seine Frau und seinen kleinen Sohn, sein Schlips hing schief, seine Augen glänzten und er war erfüllt von guten Absichten und positiven Entscheidungen. Und Sassa; ich sah sie vor mir, mit Haargel und Lederjacke, so unendlich viel harmonischer und freier. Der Bus wackelte und schaukelte; Johan und ich stießen gegeneinander. »Ich glaube, ihr werdet eine lange und glückliche Ehe führen«, sagte ich. »Und zwar deshalb, weil du Sassa erlaubt hast, zu wachsen. Und du hast dich zusammen mit ihr entwickelt, statt sie zurückzuhalten.«

»Glaubst du das?«, fragte Johan glücklich und sah mich an. »Ja, so kommt es mir auch vor. Und das Leben ist jetzt auch viel lustiger.«

Er lachte.

»Aber wenn sie von einem Treffen mit dir nach Hause kommt, sagt sie immer, sie wolle jetzt auch mit einer Frau zusammenleben.«

»Ach was«, sagte ich. »Und was sagst du dann?«

Johan dachte kurz nach.

»Ich weiß nicht«, sagte er. »Aber ich sehe sie an und denke, dass ich sie gerade deshalb liebe. Weil sie so offen und impulsiv ist und ... weil sie irgendwie sie selbst ist, wenn du verstehst, was ich meine?«

Ich nickte.

»Ich glaube, schon.«

»Und dann frage ich sie, was eine Frau ihr bieten kann, was ich nicht habe, und darüber albern wir dann eine Weile herum. Meistens endet das damit, dass ihr nichts einfällt, nicht auf Dauer.«

Er sah mich an.

»Ich glaube wirklich, dass sie sich jetzt für mich entschieden hat«, sagte er. »Und ich weiß, dass ich mich für sie entschieden habe. Und dadurch scheinen auch viele andere Dinge in Ordnung zu kommen. Auch, wenn man sich ab und zu streitet. Glaubst du das nicht?«

Wir fuhren über die Västerbro. Die Stadt Stockholm lag links von der Brücke wie eine Perle, Süß- und Meerwasserperle in einem, in derselben blaugestreiften Muschelschale, aufgebrochen zwischen Sonnenaufgang und Sonnenuntergang, strahlend in ihrem ganzen Glanz.

»Ich muss hier aussteigen«, sagte Johan, noch ehe ich antworten konnte. »Entschuldige, dass ich so viel über mich geredet habe. Ihr könnt uns doch wohl mal bald besuchen kommen, du und Kaja? Bestell ihr einen schönen Gruß von mir.«

»Grüß du auch«, sagte ich, und dann war er auch schon ausgestiegen. Eine Hand zum Gruß erhoben, zwei rasche Schritte über die Straße.

***

Zu meinem Geburtstag Anfang März hatte sich Kaja eine große Überraschung ausgedacht. Ich war für zwei Tage bei Bekannten in Kopenhagen gewesen und Kaja holte mich mit roten Rosen vom Flughafen ab. Im Auto bekam ich eine Piccoloflasche Sekt und ein Glas, zu Hause hatte sie für uns in der Küche gedeckt. Sie hatte für mich Geschenke gekauft, witzige kleine Geschenke. Und als ich alles ausgepackt hatte und glaubte, fertig zu sein, holte sie noch ein Paket hervor, ein kleines, das sie bisher versteckt hatte.

Mein Magen verkrampfte sich vor Schreck, als ich es öffnete. Und richtig, in der Schachtel lagen zwei Ringe nebeneinander, einer aus Gold und einer aus Weißgold. Einer war für mich, der andere für Kaja. Einerseits freute ich mich. Andererseits hatte ich schreckliche Angst. Ich war nicht bereit für eine Verlobung, ich hatte keine Lust, ich wollte nicht. Ich hatte schon einmal einen solchen Fehler gemacht und wollte ihn nicht so schnell wiederholen. Aber zugleich wusste ich, welche große Geste es für sie war – für Kaja, die nicht an Ehe, Ringe, Hochzeit glaubte; weg mit diesem konventionellen Scheiß, das war ihre Maxime. Trotzdem hatte sie Ringe für uns gekauft. Ich lief um den Tisch herum und nahm sie in den Arm, unsicher, was ich sagen oder tun sollte.

»Das soll doch wohl kein Verlobungsring sein?«, fragte ich zitternd.

»Nein, du Dussel«, sagte Kaja lächelnd. »Natürlich nicht. Schau doch mal rein.«

Sie hatte an der Innenseite des Ringes »Egalité – Kaja«, dazu das heutige Datum eingravieren lassen.

»Egalité«, sagte Kaja. »Freiheit, Gleichheit, Schwesterlichkeit. Gleichberechtigung, Gleichheit und Gerechtigkeit, in der Liebe, in der Beziehung, im Leben. Ich fand, das passt zu uns.«

Blassblaue Augen. Gute Absichten.

»Das passt zu uns«, sagte ich.

Ich ging zurück und setzte mich auf meinen Stuhl. Wir hielten uns über den Tisch an den Händen.

»Wir sind nicht verlobt, und du bist nicht meine Zukünftige«, sagte Kaja und lachte. »Diesen Ring sollst du auch dann behalten, wenn zwischen uns Schluss ist. Ich glaube nicht an die vielen Versprechungen von ewiger Liebe. Wer kann denn wissen, ob etwas ewig anhält? Aber ich glaube an Gleichheit und Gerechtigkeit, an Gleichgewicht im Leben. Liebe und Freundschaft, mit guten Vorzeichen. Ich glaube, dass du und ich das erreichen können.«

»Das können wir«, sagte ich. »Warte einen Moment.«

Ich stand auf, ging ins Badezimmer und holte eine Rasierklinge. Mein Gesicht war im Spiegel zu sehen, meine Augen glänzten. Kaja war ein Mensch, der gleichzeitig mit mir auf der Erde lebte. Was hatten wir für ein unglaubliches Glück gehabt.

»Ich weiß, dass das kindisch ist«, sagte ich zu Kaja, als ich zurückkam, »aber jetzt müssen wir Blutsschwesternschaft schließen. Das hab ich noch nie gemacht. Jetzt ist es so weit.«

»Hu«, sagte Kaja und machte ein gespielt besorgtes Gesicht. »Tut das weh?«

Ich zog eine Augenbraue hoch.

»Entschuldigung«, sagte ich, »aber bist du hier nicht die zähe Göre, die alles überlebt?«

»Doch«, sagte Kaja. »Her mit der Scheißklinge.«

Wir kicherten und jede schnitt sich in den Ringfinger. Das Blut strömte, wir leckten uns die Finger ab und pressten dann die Wunden aufeinander. Es brannte. Unser Blut vermischte sich.

»Nicht besonders vernünftig in diesen AIDS-Zeiten«, sagte Kaja, während wir unsere Finger noch aufeinander pressten.

»Es gibt ja wohl keine Körperflüssigkeit, die wir noch nicht vermischt hätten«, sagte ich.

Danach saßen wir da, mit unserem Champagner, unserem Blut und unseren Ringen. Ich hatte Geburtstag, ich war ein Jahr älter. Ich blickte zurück; einen Geburtstag, zwei. In so kurzer Zeit hatte sich so viel verändert. Ich sah Kaja an. Meine Geliebte, meine Freundin, meinesgleichen. Kajas Augen glänzten. Ihre Sommersprossen leuchteten im Halbdunkeln, im Licht der brennenden Kerzen. Die weißen Zähne glitzerten, als sie lächelte und die Hand mit dem Ring und der offenen Wunde nach vorne streckte.

»Ziemlich schick«, sagte sie dann. »Blut und offene Wunden hab ich immer schon toll gefunden.«

»Du bist destruktiv.«

»Durchaus nicht«, sagte Kaja und musterte zufrieden ihre Hand.

Dann sah sie mich an.

»Göttin, was sind wir kindisch«, sagte sie und lachte.

»Aber über alle Maßen«, sagte ich.

***

Am Donnerstag war in meinem Verlag ein Fest. Ich ging mit ungewöhnlich guter Laune hin, ich freute mich darauf, Kollegen und Verlagsleute zu treffen. Wein und Leckerbissen en masse, wie üblich, lustige Gespräche, Flirts und Kabbeleien gehörten zum Programm. Verlagsfeste waren ein ziemlicher Zirkus, nicht zuletzt, weil Schriftsteller eben einer armen Berufsgruppe angehören, die tief ins Glas schaut, wenn Gratisbesänftigung winkt.

Der erste, den ich sah, nachdem ich meine Verleger und einige ihrer Kollegen begrüßt und etwas zu trinken bekommen hatte, war Brutus Eriksson, der mit einem Glas Rotwein in der Hand an der Wand lehnte. Sein rundes, rotes Gesicht machte eine seltsame Veränderung durch, als er mich entdeckte. Zuerst strahlte er wie die Sonne, dann verschoben sich seine Züge nachdenklich. Dann aber riss er sich zusammen. Er war, ohne das auch nur zu ahnen, der reinste Pantomime.

»Sophie!«, rief er charmant. »Komm sofort her und gib mir einen Kuss!«

Ich tat ihm den Gefallen. Er war seit dem letzten Mal noch fetter geworden und seine Stirn war ebenso schweißnass. Trotzdem verspürte ich bei seinem Anblick ein Ziehen im Bauch.

»Wie geht's dir?«, fragte ich.

»Prima, prima!«, sagte er.

Dann schaute er vorsichtig über meine Schulter.

»Jetzt holen wir uns eine Flasche Rotwein und dann setzen wir uns in Henrys Büro«, sagte er.

Henry war der Chefredakteur des Verlags.

Brutus packte mein Handgelenk und zog mich davon, vorbei an der Bar, wo er eine frisch geöffnete Flasche an sich riss, und dann ins Büro. Andere Autoren versuchten unterwegs, mich zu begrüßen, aber das war unmöglich. In einer Ecke entdeckte ich Klara, sie prostete mir zu. Ich sah Joppe Svenbro und Peter Näslund, beide mit ihrem üblichen steifen und ernsten Gesichtsausdruck, die versuchten, zwei Debüt-Autorinnen zu beeindrucken. Am Büfett stand Sören Pihl; er versuchte, sich ein ungewöhnlich großes Brot in den Mund zu schieben und nickte mir zu, als wolle er sich mit mir unterhalten. Aber nichts war möglich, solange Brutus meinen Arm gepackt hielt. Er zog mich in Henrys Zimmer und schloss die Tür.

»Puh«, sagte er. »Da sind ja so viele Leute, da könnte man verrückt werden.«

»Aber das ist doch der Sinn der Sache«, lachte ich. »Deshalb kommt man her.«

»Ich weiß, ich weiß«, sagte Brutus und ließ sich in Henrys Drehstuhl nieder.

Danach legte er die Füße auf den Tisch und auf einige Manuskripte, die sorgsam aufeinander gestapelt waren, und nahm sich mehr Rotwein. Wie üblich, ohne auch mir welchen anzubieten.

»Wie geht's dir nun eigentlich?«, fragte er nach einigen großen Schlucken und schaut mich mit besorgter Miene an.

Ich ließ mich ihm gegenüber in Henrys Besuchersessel nieder und strahlte ihn an.

»Hast du mich in Henrys Büro geschleppt, um dich einfach nur nach meinem Befinden zu erkundigen? Warum konntest du das nicht draußen erledigen?«

Brutus hatte gerade wieder den Mund voll Wein und schüttelte empört den Kopf. Dann schenkte er sich wieder nach, spielte ein wenig am Glas herum – Wein tropfte auf seine Finger und die Manuskripte – und schüttelte seine Hand aus. Rote Spritzer auf der blanken Schreibtischplatte. Als er die Flasche abgestellt hatte, griff ich danach und nahm mir selbst Wein.

»Ich wollte nicht da draußen im Gewühl stehen«, sagte Brutus, »und über dermaßen ernste Dinge sprechen. Das hier ist WICHTIG!«

Ich lachte ein wenig. Seine Augen traten aus den Augenhöhlen und er runzelte besorgt die Stirn.

»Du willst wissen, wie es mir geht, seit ich eine Frau kennen gelernt habe und lesbisch lebe«, sagte ich.

Brutus trank gerade wieder. Er nickte heftig, während er schluckte.

»Genau«, keuchte er. »Ich meine, das war doch sicher eine ungeheure Umstellung für dich! Und für deinen armen Mann!«

Ich hob eine Augenbraue.

»Willst du über meinen armen Mann reden?«, fragte ich. »Der braucht dir eigentlich nicht so schrecklich Leid zu tun. Der hat schon eine Neue.«

Brutus schüttelte den Kopf und goss sich abermals Wein ein, diesmal ohne zu vergießen. Ich sah ihm fasziniert zu. Sein Verbrauch war unfassbar. Vielleicht war es ja unser Gespräch, das ihn so nervös machte.

»Ich hatte doch keine AHNUNG, dass du in deiner Ehe unglücklich warst«, sagte er. »Ich meine, als ich vorigen Herbst bei diesem SCHÖNEN Essen bei euch war, schient ihr euch doch geradezu PHANTASTISCH zu verstehen.«

Ich sehnte mich zurück auf das Verlagsfest. Das hier war ein ziemlich nichtssagendes Gespräch.

»So ist es jedenfalls«, sagte ich. »Der Schein trügt.«

Brutus nickte langsam. Dann schüttelte er plötzlich heftig den Kopf.

»Neein!«, rief er. »Ich glaube, da irrst du dich. Ich meine, du bist NICHT lesbisch! Das ist nicht wahr, das ist ein Irrtum. Du bist nicht im GERINGSTEN lesbisch!«

Meine Augenbrauen jagten zur Decke hoch. Ich schaute Brutus direkt ins Gesicht. Er sah mich vorwurfsvoll an, wie ein Kind, dem seine Bonbons gestohlen worden sind.

»Aber lieber Brutus«, sagte ich. »Woher willst du das denn überhaupt wissen?«

Er schüttelte weiterhin empört den Kopf und nahm sich mehr Wein. Die Flasche war jetzt fast leer. Und wir saßen hier erst seit höchstens fünf oder zehn Minuten.

»So was weiß man«, sagte er und schaute mich plötzlich mit wachen Augen an. »Ich bin ein Mann, deshalb kenne ich mich mit diesen Dingen aus.«

Ich musste mich zurückhalten, nicht in Lachen auszubrechen und lächelte ihn an.

»Ach«, konnte ich gerade noch sagen, aber Brutus redete unverdrossen weiter, jetzt mit einem lässig über die Rückenlehne gelegten Arm. Haut blitzte zwischen seinen Hemdknöpfen hervor.

»Diese Spannung, die es zwischen dir und mir immer gegeben hat«, sagte er und sah mich leutselig an, »die hab ich mir doch nicht eingebildet. Und wenn ich gewusst hätte, dass du deinen Mann nicht liebst, dann hätte ich natürlich ...«

Ich sah ihn mit erwartungsvollem Lächeln an, aber er machte nur ein vielsagendes Gesicht.

»Was denn, Brutus?«

In diesem Moment wurde die Tür aufgerissen. Wir fuhren beide hoch, Brutus so heftig, dass er sein Weinglas auf der Tischplatte umstieß. Sofort lief ein Rotweinbach um ein Manuskript herum und wurde von den untersten Seiten aufgesogen.

In der Tür stand Gitane Albrektsson. Sie stützte sich mit einer graziösen, beringten Hand am Türrahmen ab und hielt eine brennende Zigarette in der anderen. Langsam stiegen Rauchringe zur Decke hoch. Ihre Augen waren halb geschlossen, verschleiert, wie üblich. Ihre Brust ruhte schwer und voll in der zur Hälfte aufgeknöpften Jacke. Ihre Haare waren zu einer Art Liz Taylor-Frisur hochtoupiert, die Jeans saßen wie angegossen an den langen, schlanken Beinen und ihre Füße steckten in Schuhen mit lebensgefährlich hohen Absätzen.

»Hier sitzt du also«, sagte sie mit tiefer und gefährlicher Stimme.

Ich war sprachlos. Warum war Gitane hier, wo sie doch bei einem Konkurrenzverlag veröffentlichte? Und warum interessierte sie sich dafür, in welchem Zimmer ich saß? Mir kam plötzlich der Gedanke, dass Gitane lesbisch sein könnte und irgendetwas mit mir abzurechnen hatte.

»Hallo, Gitane«, sagte ich.

Sie gab keine Antwort. Statt dessen ging sie mit langen, leicht federnden und zugleich ungeheuer geschmeidigen Pantherschritten durch den Raum und zu Brutus Eriksson hinter den Schreibtisch. Sie drehte mir den Rücken zu, nahm seine Knie zwischen ihre Beine, legte beide Hände um seinen Kopf und küsste ihn auf den Mund. Dann drehte sie sich um, die Arme noch immer um ihn gelegt, ihre Wange an seiner, mit schrägen Augen. Der Blick einer Amazone, komm ja nicht näher. Ich spürte, wie sich in meinem Gesicht ein Lächeln ausbreitete, von einem Ohr zum anderen.

»Ach«, sagte ich. »ihr beide habt einander gefunden? Wie witzig! Ich gratuliere. Wie lange geht das schon so?«

Brutus Eriksson war hochrot im Gesicht, er lächelte und triefte vor Schweiß. Er legte zögernd den Arm um Gitanes Taille.

»Ja, hehe, aus uns ist gleich nach Neujahr ein Paar geworden.«

Mit wurde ein wenig schwindlig, was aber mein breites Lächeln nicht mindern konnte. Gitane, junge, attraktive Poetin. Wahnsinnig überspannt, aber trotzdem. Voller Lachen. Unmöglich zu sagen, wie hoch ihr IQ war, oder ob sie eigentlich überhaupt einen hatte. Gehirn immer im Urlaub. Eine Frau, die das gesunde Leben propagierte, abgesehen vom Rauchen. Hippietendenzen, Hasch war gesund, denn es stammte aus dem Pflanzenreich. Und dann der korpulente Brutus, im Prinzip ein brillanter Intellektueller, mindestens doppelt so alt wie sie, und offenbar auf dem absteigenden Ast, was Alkoholkonsum und Ehrlichkeit anging. Ein kurzes Bild vor meinem inneren Auge: die beiden im Bett. Ich zog einen Vorhang davor, ehe ich mir noch mehr vorstellen konnte.

In der Verlagswelt war eben nichts unmöglich.

»Wie witzig«, sagte ich noch einmal und stand auf. »Nein, ich glaube, ich lasse euch zwei Turteltauben jetzt allein.«

Ich verließ Henrys Zimmer und warf einen letzten Blick über meine Schulter. Gitane bedeckte Brutus' Gesicht mit Küssen. Unsere Blicke begegneten sich, ein Ertrinkender. Aber immerhin ein ziemlich glücklicher.

Das Fest ging derweil munter weiter. Am Büffet landete ich gleich neben Joppe Svenbro und Peter Näslund, in kurzärmligen Hemden und Jagdwesten, wie üblich. Die beiden Debüt-Autorinnen wirkten ziemlich erschöpft, eine sah diskret auf ihre Uhr.

»Als mein erstes Buch erschienen ist, war ich bereits ein kompetenter Stilist«, dozierte Svenbro mit seiner hohen Stimme. »Und deshalb wurde mir natürlich auch etwas mehr Aufmerksamkeit als gewöhnlich zuteil. Man kann wohl sagen, dass ich im Prinzip ...«

»Bei mir war das genauso«, brummte Näslund. »Der damalige Cheflektor lud mich zum Essen ein und sagte, sie hätten unter den Neulingen schon seit langer Zeit keine so vollendete Feder mehr gefunden.«

»Weißt du, wie spät es ist?«, fragte eine der beiden Frauen die andere. Sie war hübsch und hatte dunkle Locken. Die andere war blond und hellhäutig, fast wie ein Albino, mit schwarzem Eyeliner und dunklen, künstlichen Wimpern. Ehe sie antworten konnte, erhob Svenbro wieder seine lispelnde Stimme und stemmte sich eine Faust in die Seite. Auf diese Weise trat sein Bizeps etwas deutlicher hervor.

»Es ist unerhört wichtig, schon beim ersten Buch genau zu wissen, was man da tut«, sagte er. »Sonst wird man von den Medien in Fetzen gerissen. Das wichtigste Wort, das man überhaupt verwenden kann, ist NEIN. Von Verlagsseite her will man euch nur ausbeuten, bildet euch ja nichts anderes ein. Und die Medienwelt ist der pure Fleischmarkt. Ich für meinen Teil sage mir immer wieder, was ich einmal in einem vielbeachteten Artikel geschrieben habe ...«

»Es ist halb zehn«, sagte die Blonde zu der Dunklen. »Wollen wir gehen?«

Die Dunkle nickte. Sie sahen beide müde aus und ich konnte sie durchaus verstehen. Ein Verlagsfest, wo man niemanden kannte und alle zwei oder dreimal so alt waren wie man selbst, war vielleicht nicht der Gipfel des Glücks. Auch, wenn es hier von literarischer Prominenz nur so wimmelte.

»Ihr wollt gehen?«, fragte Näslund überrascht. »Wollt ihr wirklich schon gehen?«

»Tatsache ist, dass auch ich mich gerade abseilen wollte«, sagte Svenbro mit einem raschen Blick auf seine Uhr. »Was meinst du, Peter, sollen wir mit den Mädels nicht in die Opernbar gehen?«

»Gute Idee«, sagte Näslund. »Das könnten wir machen.«

Die Blonde sah die Dunkle ausdruckslos an. Dann drehten sich beide zu Svenbro und Näslund um.

»NEIN«, sagte die Dunkle.

»Nett, euch kennen gelernt zu haben«, sagte die Blonde. »Ein andermal, vielleicht.«

Dann gingen sie. Svenbro und Näslund standen da, zwei verdutzte, dickliche und an jungen Mädchen interessierte Männer mittleren Alters, die nicht begreifen konnten, warum sie trotz ihrer Prominenz und ihrer Kompetenz soeben verschmäht worden waren. In diesem Moment taten sie mir doch ein bisschen Leid.

»Hallo, Jungs«, sagte ich freundlich. »Wie sieht's aus?«

In den Blicken der beiden lag etwas, das Ähnlichkeit mit Wut hatte.

»O nein«, sagte Näslund und wandte sich ab.

Ich hob die Augenbrauen und fragte mit Unschuldsmiene: »Amüsiert ihr euch nicht heute Abend?«

Svenbro stellte sein Glas aufs Büfett. Dann drehte er sich zornig zu mir um und bohrte mir den Zeigefinger in den Brustkorb. Es war eigentlich lustig, dass er so klein war; wir konnten einander in die Augen schauen, ohne dass ich meinen Hals auch nur im Geringsten recken musste.

»Du!«, sagte er, »Du bist KLEIN und EINGEBILDET!«

Ich lächelte.

»Ach«, parierte ich und bohrte ihm nun meinerseits meinen Zeigefinger in den Brustkorb. »Das einzige, was mir dazu einfällt, ist: DANKE GLEICHFALLS!«

Svenbro atmete heftig, drehte sich aber dann wortlos in die andere Richtung. Näslund hatte die Arme verschränkt und starrte ins Leere. Ich nahm meinen Teller und wollte schon gehen. Dann wandte ich mich aber wieder den beiden zu.

»Das war ein gutes Wort, das ihr den beiden beigebracht habt«, sagte ich. »Und sie haben es ja auch sofort angewendet. NEIN ist eigentlich alles, was ein Mädchen wirklich können muss. Oder?«

Dann ging ich, ehe einer der beiden explodieren konnte. Ich wusste, was passieren konnte, wenn ihre miese Bierlaune ausbrach. Schlimmstenfalls würde Svenbro auch die Fäuste dazunehmen; bestenfalls stellte er sich einfach neben den Verlagschef an den Ausgang, wenn alle nach Hause gingen, und verlangte, dass man sich auch bei ihm für das Fest bedankte, da er plötzlich zu der Erkenntnis gelangt war, dass der Spaß vor allem von den Tantiemen seiner Bücher bezahlt wurde. Den Mund aufzumachen, war schon in Ordnung, aber ich wollte in kein Handgemenge verwickelt werden. Und Jungs wie Svenbro und Näslund waren so furchtbar leicht reizbar.

An der Bar stand Sören Pihl und machte ein unergründliches Gesicht. Er war wie üblich elegant mit Anzug und Krawatte gekleidet.

»Hallo, Sören!«, begrüßte ich ihn.

»Sophie«, sagte er.

Dann schaute er sich um.

»Können wir kurz miteinander reden?«

»Natürlich«, sagte ich.

Wir nahmen unsere Weingläser und stellten uns vor eine Wand.

»Wie geht es dir?«, fragte ich. »Nicht sauer wegen damals? Eben hab ich mit Svenbro und Näslund gesprochen und die kamen mir nicht gerade fröhlich vor.«

Sören lächelte.

»Scheiß auf die«, sagte er. »Anders als Brutus Eriksson und ich können die nicht über sich selbst lachen.«

»Ja, das ist mir auch schon aufgefallen.«

»Ich fand die Sendung damals klasse. Und wir haben schließlich auch ein paar Punkte eingefahren, falls du das nicht gemerkt haben solltest. Aber das ist doch so verdammt lange her. Unglaublich, dass die noch immer sauer sind.«

»Alles wird überschattet von dem erbärmlichen Gequengel dieser Jungs«, sagte ich. »Das ist so, als wenn jemand ein Fußballspiel verloren hat. Das ruiniert dann für alle ein Stück von der Spielfreude.«

Sören schien mir nicht richtig zuzuhören. Ich unterbrach mich und sah ihn an.

»Wie geht's dir?«, fragte ich.

Sören riss sich zusammen. Er schaute mir ins Gesicht.

»Ich möchte mir dir reden«, sagte er. »Über etwas, worüber ich mir schon lange den Kopf zerbrochen habe. Aber jetzt habe ich eine Entscheidung getroffen.«

»Okay«, sagte ich.

Dann schwiegen wir wieder beide. Die Gedanken wirbelten mir nur so durch den Kopf. Was wollte er? Eine Artikelserie, ein Buch? Zusammenarbeiten? Mich interviewen? Oder um Tipps im Umgang mit anderen bitten, mit denen er zusammenarbeiten oder die er interviewen wollte?

»Ich bin schwul«, sagte Sören plötzlich dramatisch.

Dann lächelte er erleichtert. Ich stand ganz still da und konnte diese Information nicht so schnell verarbeiten.

»Aber Moment mal«, sagte ich. »Du bist doch verheiratet und hast Kinder.«

Sören lachte, ein lautes, herzliches Lachen.

»Ich hatte mir ja allerlei vorgestellt, was du sagen könntest«, sagte er.

»Aber das doch nicht. Nicht du!«

Auch ich lachte.

»Entschuldige bitte«, sagte ich. »Aber das passiert doch leicht; man steckt fest in konventionellen Denkmustern. Natürlich hat das nichts mit der Sache zu tun. Nicht auf diese Weise.«

Ich sah ihn an. Er sah aus wie immer, er war gekleidet wie immer. Vielleicht wirkten sein Gesicht und sein Blick ein wenig müder, vielleicht bildete ich mir das auch nur ein.

»Wie lange weißt du das schon?«

Er schüttelte den Kopf.

»Ich will nicht zu sehr ins Detail gehen«, sagte er. »Es ist alles noch zu neu für meine Familie. Aber ich würde mich gern mit dir treffen und mehr darüber reden. Unter dem Siegel der Verschwiegenheit, ich hoffe, dass du das verstehst.«

»Natürlich«, sagte ich. »Absolut. Danke für dein Vertrauen.«

In Gedanken sah ich die Schlagzeilen vor mir. Sören war immerhin einer der bekanntesten Autoren Schwedens. Und außerdem als Machoschwein bekannt, bisher jedenfalls.

»Das muss ja bedeuten, dass du in gewissen Fragen deine Meinung geändert hast«, sagte ich. »Oder was?«

Sören lächelte.

»Eigentlich nicht«, sagte er. »Aber ich war in meinen Ansichten vielleicht defensiver und sturer als unbedingt nötig, einfach, weil ich die ganze Zeit dieses Geheimnis bewahren musste.«

»Ich verstehe.«

»Vor allem merke ich, dass ich Zeit brauche, um alles durchzudenken, um festzustellen, was ich wirklich will und wie ich zu bestimmten Fragen stehe.«

»Planst du ein Coming-out?«

»Das weiß ich nicht«, sagte Sören. »Wenn, dann wird es noch lange dauern. Zuerst lassen meine Frau und ich uns scheiden. Danach sehen wir weiter.«

Ich sah ihn an.

»Du hast Mut«, sagte ich. »Einerseits, weil du es wagst, zu dir zu stehen, und andererseits, weil du es wagst, mir zu vertrauen, ohne mich wirklich zu kennen. Aber ich verspreche, dass ich dein Vertrauen nicht enttäuschen werde.«

Sören zuckte mit den Schultern. Dann sah er mir ins Gesicht.

»In der homosexuellen Welt sind doch alle irgendwie eine Familie«, sagte er dann. »Oder nicht?«

»Doch«, sagte ich. »Das ist so.«

Erst, als ich nach Hause gehen wollte, stieß ich auf Klara. Von Joppe Svenbro war glücklicherweise nichts zu sehen.

»Alles in Ordnung?«, fragte ich sie.

»Und wie«, sagte sie. »Diese Feste sind immer so interessant, dass man mit einem Wirrwarr von Eindrücken von hier weggeht. Ich brauche danach immer mehrere Tage, um wieder klar zu werden oder etwas Vernünftiges zu machen.«

»Machst du Witze?«, fragte ich. »Ich werde eine ganze Woche lang nicht ich selbst sein. Was man hier alles zu hören kriegt!«

Wir lachten einander an. Dann umarmten wir uns. Wir hatten beide ein Taxi bestellt und gingen nach draußen, um zu warten.

Der Nachthimmel hing voller Sterne und die Luft war leicht zu atmen, nach dem lauten, verrauchten Fest. Dann kam das erste Auto.

»Nimm du das«, sagte ich, und wir küssten uns auf die Wange.

Klara fuhr los. Ich blieb allein stehen und dachte nach. Über mir der Himmel, schwarzblau, gewölbt. Die Stille mit den Geräuschen der Stadt im Hintergrund. Ich schaute in Richtung Innenstadt. Dort unten hüpfte und wogte alles vor Leben und Lust und Licht und Lautstärke. Aber hier oben, in der dunklen Seitenstraße, war alles still.

Eine Gestalt lehnte an einem Geländer und blickte über die Stadt. Dieser Mann kam mir so einsam und verlassen vor, dass mich eine unerklärliche Zärtlichkeit erfasste. Und dann sah ich plötzlich, wer es war. Es war Joppe Svenbro. Er kehrte mir und dem großen Verlagsfest den Rücken zu und schaute die glitzernden Lichter der Stadt an, von denen er durch ein Stahlgitter getrennt war. Er stand allein da, beide Hände umfassten das Geländer, ein Mann, ganz allein in der Dunkelheit der Nacht.

In diesem Moment kam mein Taxi. Ich sprang hinein und nannte meine Adresse, dann fuhren wir langsam die Straße entlang. Aber als wir zu der Stelle kamen, an der Joppe gestanden hatte, war er verschwunden.

***

Etwas in meiner Beziehung zu Kaja schien seinen Platz gefunden zu haben und zur Ruhe gekommen zu sein, obwohl es auch weiterhin immer wieder krachte. In diesem Jahr kam der Frühling zeitig und wir genossen ihn in vollen Zügen. Natürlich stritten wir uns, aber es gab auch lange Phasen, die einfach nur wunderbar waren. Meine Cousine Marika wollte heiraten, und Kaja und ich waren zu der Hochzeit auf das Gut meines Onkels am Mälar eingeladen. Kaja nahm die Einladung mit angespanntem Gesicht, aber ohne ein Widerwort an, und konnte sich von einer Freundin, die als Model arbeitete, ein Kleid leihen. Wir fuhren zum Fest, beide auch diesmal ziemlich nervös, aber alles ging gut. Kaja hielt schon beim Kaffee Hof und war den ganzen Abend von einem kleinen Kreis von bewundernden Kavalieren umgeben. Sie tanzte auch diesmal nicht, aber etliche Männer hatten durchaus nicht viel dagegen, Cocktails zu trinken, zu lästern und nicht tanzen zu müssen.

»Gib zu, dass diese Feste nicht so schrecklich sind«, sagte ich, als wir am Sonntag nach Hause fuhren.

»Hm«, sagte Kaja, ohne eine Miene zu verziehen. »Ich habe nicht gesagt, dass sie schrecklich sind. Ich habe gesagt, dass ich keine Lust habe.«

Ich schaute sie von der Seite an, sagte aber nicht mehr. Es war klar, dass es nichts bringen würde, ihr noch weiter zuzusetzen.

***

Einige Abende später musste Kaja lange arbeiten, ich holte sie müde und hungrig in der Redaktion ab, um ins Tivoli zu gehen. Nach dem Essen waren wir satt und zufrieden und schauten einander tief in die Augen.

»Fahren wir nach Hause?«, fragte Kaja.

Ich wollte gerade antworten, als uns aufging, dass wir Gesellschaft bekommen hatten. Zwei Typen hatten sich am Nachbartisch niedergelassen. Beide wirkten ein wenig angetrunken und schienen weiterfeiern zu wollen. Sie redeten halblaut miteinander, starrten uns dabei aber die ganze Zeit an.

»Verzeihung«, sagte dann schließlich der eine.

Wir drehten uns zu ihnen um.

»Ich werde jetzt nicht fragen, ›Seid ihr ganz allein heute Abend?‹«, sagte der Typ und grinste, »denn ihr Mädels seid doch immer so sauer, wenn man das sagt.«

Wir lächelten ihn ein wenig verkrampft an und wandten uns dann wieder einander zu.

»Aber hallo«, sagte der Typ. »Ich wollte nur sagen, dass wir hier nebenan sitzen. Und dass wir gern mit euch ein Glas Wein trinken möchten.«

»Vielen Dank«, sagte Kaja. »Aber wir haben etwas miteinander zu besprechen.«

»Was denn«, fragte der andere Typ. »Habt ihr etwa Geheimnisse vor uns?«

Ich musste einfach lachen. Sie waren beide ziemlich niedlich und sahen absolut harmlos aus.

»Ja, leider«, meinte ich. »Mädchensachen. Und ich schlage vor, dass du dich nicht zu weit vorbeugst, sonst fängst du dir Mädelsbazillen ein.«

Daraufhin beugte er sich natürlich so weit vor, dass er mehr oder weniger auf meinem Knie landete.

»Okay, okay«, sagte ich und schob ihn weg. »Danke, aber Nein danke.«

Der erste Typ gab sich jedoch nicht so leicht geschlagen.

»Nein, das finde ich jetzt wirklich interessant«, sagte er. »Worüber reden Mädels eigentlich, wenn wir nicht dabei sind? Wir können einfach wie kleine stumme Mäuse hier sitzen und zuhören und eine Menge lernen. Ihr werdet gar nicht merken, dass wir da sind.«

Kaja und ich tauschten einen Blick. Ich sah, dass sie alles schrecklich komisch fand und zugleich ein wenig genervt war, genau wie ich.

»Das ist nichts für kleine Knabenohren«, sagte ich. »Das schickt sich nicht.«

Jetzt packte der Typ energisch seinen Stuhl und zog ihn neben Kajas. Er saß so dicht bei ihr, dass sie bestimmt seinen Atem an ihrer Wange spürte. Einen leicht beschwipsten Atem. Sowie die Typen den Kontakt suchten, waren solche Begegnungen nicht mehr lustig , sondern nur noch anstrengend.

»Okay, okay«, sagte Kaja. »Selbst Schuld. Das geht ungefähr so: Sofa, was sollen wir mit diesen Idioten am Nebentisch machen? Ich bin so verdammt müde.«

»Keine Ahnung«, sagte ich. »Die kommen mir ja eigentlich ziemlich harmlos vor, aber warum müssen die immer so verdammt zudringlich sein?

Solange sie nur reden, geht es ja noch, aber danach ist alles zu spät.«

»Kerle«, meinte Kaja. »Das ist genetisch bedingt. Sie können es nicht lassen, so gern sie das auch möchten.«

»Aber mussten sie sich ausgerechnet auf uns beide verlegen? Hier wimmelt es doch nur so von Frauen.«

»Das ist wie mit Schweinen und Trüffeln«, sagte Kaja. »Die riechen das schon aus der Ferne, das ist so eine Sexfantasie von denen. Zu viele US-amerikanische Pornos.«

Die Typen starrten uns an. Der eine sah verärgert aus, der andere eher belustigt.

»Weißt du, was?«, fragte ich. »Ich weiß nicht, wieso, aber ich kann mir einfach nicht vorstellen, jemals wieder geil auf einen Mann zu sein.«

»Ich auch nicht«, sagte Kaja und lachte.

»Vor allem nicht, wenn man sich das Angebot ansieht«, sagte ich. »Was für ein Glück, dass uns das egal sein kann.«

Danach beugte ich mich über den Tisch vor und küsste Kaja auf den Mund. Die Typen starrten uns mit großen Augen an.

»Moment mal«, sagte der erste. »Hier stimmt doch etwas nicht.«

»Ach so?«, fragte ich und hob die Augenbrauen. »Wieso denn?«

»Hast du sie gerade geküsst?«

»Mhmm«, sagte ich. »So nämlich.«

Und dann küsste ich Kaja noch einmal. Die Typen starrten uns übellaunig und verständnislos an.

»Sag nicht, dass ihr zusammen seid.«

Wir sagten nichts.

»SEID ihr zusammen?«

»Aber sicher doch«, sagte Kaja. »Wir sind ein ebenso etabliertes und langweiliges Durchschnittspaar wie alle anderen, die du hier siehst. Und du würdest dich doch wohl nicht bei dem da aufs Knie setzen?«

Sie zeigte auf ein Heteropaar am Tisch hinter unserem.

»Entschuldigung«, bat ich die Kellnerin. »Können wir die Rechnung haben?«

Sie nickte und verschwand. Die Typen waren total perplex.

»Was sie meint, ist«, sagte ich, »dass wir zusammen sind. Wir schlafen miteinander, nicht mit Männern.«

»Willst du mich verarschen?«, fragte Typ Nr. 2.

»Sag mir nur eins«, konterte ich. »Schläfst du mit Jungs oder Mädels?«

»Hör auf«, sagte er. »Willst du behaupten, dass ich homo bin?«

»Durchaus nicht. Ich frage nur. Schläfst du mit Jungs oder mit Mädels?«

»Mit Mädels natürlich.«

»Könntest du mit einem Typen schlafen?«

»Nie im Leben!«

Er grinste seinen Kumpel unsicher an.

»Du findest Mädels also attraktiver, schöner, sinnlicher, erregender, findest es schöner, mit ihnen zu schlafen?«, sagte ich.

»Ja, das ist klar.«

Die Kellnerin brachte die Rechnung. Wir bezahlten.

»Da hast du's«, sagtc ich. »Dann sind wir cincr Mcinung, so schcn wir das nämlich auch. Wo ist also das Problem?«

Wir standen auf. Kaja klopfte dem ersten Typen auf die Schulter.

»Viel Glück«, sagte sie.

Draußen auf der Straße küsste ich Kaja noch einmal.

»Das war aber gemein von dir«, sagte sie, aber ihre Augen lachten.

»Ich konnte einfach nicht anders«, schmunzelte ich. »Da sind einfach Jahre der Irritation in mir hochgekommen.«

Wir gingen eng umschlungen über den Mariatorg. Einige Typen auf einer Bank schrien »Scheißlesben!« hinter uns her. Aber dieses eine Mal kam es uns nur richtig vor, sie dazu herausgefordert zu haben.

***

Wenn ich allein in Kajas Wohnung war, konnte ich vor einem Bild oder einem Gemälde stehen und mich in Gedanken verlieren. Das hier waren nun meine Wirklichkeit und meine Vorstellungen, und obwohl ich in vielerlei Hinsicht sehr glücklich mit meiner Situation war, erschien sie mir zugleich seltsam fremd. Ich lebte mit einer Frau zusammen, ich war per definitionem lesbisch. Noch immer war das Wort »lesbisch« für mich mit einem gewissen Unbehagen verbunden, mit der von der Männergesellschaft geforderten Verachtung selbstständiger Frauen. Und die wenigen Lesben, die ich früher gekannt hatte, vor allem in den USA, hatten zumeist meinem Bild entsprochen: kurze Haare, männliches Auftreten, eine mürrische Verlegenheit, in der Humor keinen Platz hatte.

Aber dann war Kaja in mein Leben getreten, mit ihrem Humor, ihren Sommersprossen, ihrer knabenhaften Art, ihrem politischen Engagement, ihrer Empfindsamkeit, ihrer Schönheit. Und mit ihren lesbischen Freundinnen. Eine neue Welt hatte sich mir eröffnet. Kajas lesbische Freundinnen waren wie alle anderen Frauen, die ich gekannt und gemocht hatte, sie waren jedoch um einiges freier. Sie waren in keiner Hinsicht asexuell, eher waren sie sexuell interessierter und aktiver als die Heteras, mit denen ich befreundet war. Sie waren sie selbst, ließen sich nicht von Männer lenken oder einschränken. Probleme hatten sie zwar auch. Aber sie waren ganze Persönlichkeiten. Sie konnten kochen und Autos reparieren. Sie konnten Kleider und Anzug tragen, sie konnten Mösen lecken und sich gegenseitig mit Dildos ficken. Sie waren Frauen und bejahten ihre weiblichen Seiten, verleugneten deshalb aber nicht ihre Stärke und ihre Aggressivität. Sie waren wie ein Aschenbrödel mit zu großen Füßen, das den gläsernen Schuh auf den Boden feuert und sagt: »Nimm mich, wie ich bin, oder scheiß drauf.«

Sie fuhren Motorrad und spielten in Rockbands und arbeiteten als Türsteherinnen; und sie liebten Frauen, weil Frauen schön sind und weil die Liebe mit Frauen schöner ist als die mit Männern, und weil Beziehungen zu Frauen mehr geben als die zu Männern. Bis auf Weiteres war das eben so, und das hing mit den noch immer herrschenden Geschlechtsrollen zusammen.

Ich fühlte mich verwandt mit den lesbischen Frauen, die allen Klassenfragen, allen von Herkunft und Erziehung bedingten Problemen, allen vorgefassten Ansichten über sexuelle Vorlieben trotzten. Hierher gehörte ich zumindest mit einem Teil meines Wesens, vielleicht mit dem wahrsten und tiefsten Teil. Hier gab es eine Freiheit auch für uns Frauen, eine Möglichkeit, zu wachsen und stark zu werden und unsere wahre Identität auszuleben. Und damit nicht genug; wenn das alles stimmte, würde sich diese Erkenntnis langsam aber sicher für mehr als nur die wenigen Angehörigen dieser Subkultur offenbaren.

Lesbische Frauen waren Revolutionärinnen. Es ging nicht nur um eine andere Form der Sexualität. Es ging auch um einen anderen Lebensstil, um Mut und Stärke für Frauen. Das war gefährlich für die herrschende Ordnung, für die Spitzen der Gesellschaft, für die, die lenkten und entschieden. Kurz gesagt, es war gefährlich für die Männer. Wenn die Männer eines Tages wirklich einsähen, was hier passierte, würden sie alle Lesben zusammentreiben und uns auf der Stelle umbringen. Das wäre nichts Besonderes, das hatten sie im Laufe der Jahrhunderte schon oft so gemacht. Sie machten es auch jetzt an vielen Orten in aller Welt. Aber das Witzige war, dass es nichts half. Wie alle revolutionären Bewegungen hörte auch die lesbische Gruppe nicht auf zu existieren, nur weil man versuchte, sie auszurotten. Im Gegenteil, wir wurden durch die vielen Bedrohungen nur stärker.

Im Moment herrschte in unserem Land eine ziemlich offene Einstellung gegenüber sexueller Vielfalt, aber ich war nicht so dumm, zu glauben, dass in Zukunft nicht auch ein anderer Wind wehen könnte. Mit den Trends ging es immer hin und her und im Moment erlebten wir eben eine offene und verständnisvolle Phase. Aber das würde sicher vorbeigehen, nicht zuletzt deswegen, weil zu großer Einfluss der Lesben ein rotes Tuch für die Männergesellschaft war. Wenn die Männer einsähen, dass die Lesben sie nicht brauchten, dass unsere Entscheidung, ohne Männer zu leben, nicht nur in der Sexualität wurzelte, sondern auch eine Frage von Geschmack und Einstellung war, von Selbstständigkeit statt Abhängigkeit, von dem Selbstwertgefühl der Frauen; wenn Männer begriffen, dass wir uns ganz einfach für ein Leben ohne sie entschieden hatten, weil sie es sich noch immer, an der Schwelle zu einem neuen Jahrtausend, gestatteten, laut, aufdringlich, streitsüchtig, übellaunig, unterdrückend, gierig, gewalttätig und in ihrer derzeitigen Form einfach unnötig zu sein, dann würde es nur zwei Alternativen geben. Entweder würden sich die Männer zusammenreißen, ihre Mängel beheben, einer gleichberechtigten Gesellschaft beruhend auf »Egalité« nicht im Weg stehen und ebenfalls zu vollwertigen Menschen werden, die wir Frauen dann wirklich lieben und mit denen wir leben könnten. Oder sie würden sich für den entgegengesetzten Weg entscheiden und versuchen, alle auszurotten, die sie bedrohten, auch, indem sie den homofreundlichen Trend ins Gegenteil verkehrten und damit aufs Neue einer wachsende Homophobie Vorschub leisteten.

Wir, die wir derzeit offen lesbisch lebten, standen weit oben auf der Abschussliste. Wir standen dort, weil es einfach nicht von der Hand zu weisen war: So, wie die Männer sich derzeit aufführten, brauchten wir sie nicht. Frauen brauchen keine Männer, die sich unmöglich benehmen, da gibt es keine Ausnahme, und Frauen, die mit Frauen leben, sind der lebendige Beweis für diese Tatsache. Es war behauptet worden, à la Camille Paglia, dass der Mann die treibende Kraft hinter allem sei, dass der Mann die Entwicklung voranbrachte. Das gehörte zu den besten Beispielen von qualifiziertem Bockmist, das ich jemals gehört hatte. Männer bringen nichts voran, sie stecken in ihrem antiquierten Denken und Verhalten fest. Sie haben sich seit dem Höhlenstadium kein bisschen entwickelt, sie haben sich nur immer gefährlicheres Spielzeug angeschafft, um einander damit auf den Kopf zu hauen.

Derzeit waren die Männer ganz einfach unser größtes Problem hier auf Erden.

Wenn ich ein Mann wäre, würde ich mich zu Tode schämen. Ich würde die vielen widerlichen, unwissenden, dummen, pompösen, aufgeblasenen Heteromänner, die nehmen und nehmen, ohne jemals etwas zurückzugeben, dermaßen peinlich finden, dass ich nicht wüsste, wo ich mich verstecken sollte. Ich würde es unendlich unangenehm finden einer Gruppe anzugehören, die so hemmungslos alles Schöne zerstört und das dann als Entwicklung bezeichnet. Wenn ich ein Mann wäre, würde ich vermutlich eine Geschlechtsumwandlung vornehmen lassen, einfach, um nicht mit all diesem Elend in Verbindung gebracht zu werden – und als Mann indirekt mitverantwortlich dafür zu sein.

Auf der ganzen Erde wurden in diesem Moment Frauen und Kinder misshandelt. Männer gefährdeten unsere Welt durch Krieg, Gewalt und Zerstörung , während Frauen versuchten, aufzubauen, Familien zusammenzuhalten, ihre Kinder allein großzuziehen, die Wogen zu glätten und wachsen und leben zu lassen. Für die meisten Frauen ging es einfach darum, durchzuhalten und zu überleben. Aber hier im Westen, unter anderem in Schweden, wo wir ziemlich weit gekommen waren, was Frieden und Gleichberechtigung betraf, kamen kleine Mädchen in lesbischen Beziehungen zur Welt. Frauen erkannten, dass sich Männer unter den existierenden Umständen selbst vollständig überflüssig gemacht hatten und entschieden sich deshalb für ein Leben ohne sie. Waren keine Männer vorhanden, dann verschwand automatisch ein Großteil der Probleme. Das klappte ganz ausgezeichnet.

Was lesbische, selbstständige Frauen schafften, war nichts Besonderes. Es war ungefähr dasselbe, was die meisten allein stehenden Frauen schafften, obwohl die Gesellschaft die ganze Zeit behauptete, sie seien zu bedauern, da sie keinen Mann hatten. Allein stehende heterosexuelle Frauen taten sich selbst oft Leid, obwohl sie eigentlich ohne Mann alles ebenso gut oder besser schafften als mit einem. Nach einer Scheidung kamen Frauen fast immer besser zurecht als Männer. Frauen ging es nach der Scheidung besser, Männern dagegen schlechter. Das war das einzig Traurige an der ganzen Sache.

Es wurde Zeit, zu erkennen, welche Information die Gesellschaft den Frauen die ganze Zeit vorenthalten wollte, indem ihnen die Vorstellung aufgezwungen wurde, dass sie einen Mann brauchten. Die Männer wollten uns ganz einfach nicht zu der Erkenntnis gelangen lassen, dass sie in unseren Leben vollständig unnötig waren, solange sie sich so verhielten wie im Moment. Wir sollten nicht einsehen, was die Männer aus tiefsten Herzen schon längst wussten; dass sie ihren Stil ändern oder die Bühne verlassen mussten.

Kackt oder kommt runter vom Pott.

Vor allem ärgerte ich mich über das Verhalten der Männer, ich hatte es so restlos satt, wie sie sich überall auf der Welt aufführten. Und ich war neu erwacht in meiner Erkenntnis, dass ich sie nicht brauchte, dass keine von uns sich mit ihnen abfinden musste, dass wir die erniedrigenden Umstände, die uns geboten wurden, nicht mehr hinnehmen mussten. Sexstreik, das war die Parole, die ich ausrufen wollte wie einst Lysistrata. Den Männern den Sex verweigern, bis sie sich zusammenreißen! Keine körperliche Liebe mehr, solange wir nicht das gleiche Gehalt, dieselben Rechte und dieselben Möglichkeiten haben; dazu Friede auf Erden, echte Strafen für Gewalttäter und gesetzliche verankerte Vaterpflichten.

»Warum weigern Frauen sich nicht, mit ihren Männern zu schlafen«, hatte Kaja eines Morgens gefragt, als wir zum soundsovielten Mal von einem Mann lasen, der sich an seiner Stieftochter vergriffen hatte und mit einer minimalen Strafe davongekommen war, während sie physische und psychische Schäden fürs ganze Leben hatte und als Schmerzensgeld eine lächerliche Summe erhielt, die nicht einmal den Beginn einer Therapie finanzieren könnte. »Warum stehen die Heteras nicht auf und sagen: Jetzt REICHT ES. Jetzt wird NICHT MEHR GEFICKT, solange ihr Männer nicht kollektiv die Verantwortung übernehmt. Hört auf, euch wie verwöhnte Schweine aufzuführen, hört auf mit diesen täglichen Übergriffen gegen alle Wesen, die physisch schwächer sind als ihr, und hört vor allem auf, diese vielen Verbrechen anderer Männer zu akzeptieren, auch, wenn ihr nicht direkt etwas damit zu tun habt. Na los, Jungs! Und los, Mädels! Kein Sex, bis wir eine bessere Gesellschaft und eine andere Welt haben.«

»Gute Idee«, sagte ich. »Nur schwer durchführbar.«

»Ach?«, antwortete Kaja und lächelte gereizt. »Findest du?«

»Wie meinst du das?«, fragte ich und Kaja zuckte mit den Schultern.

»Ich weiß nicht«, sagte sie. »Was machst du denn selbst? Du bist doch nicht gerade als Lesbe auf die Welt gekommen, wenn frau das so sagen kann. Oder?«

Sie hatte Recht. Mir kam die plötzliche Erkenntnis, dass es genau das war, womit ich mich beschäftigte. Ich hatte meine sexuellen Beziehungen zu Männern abgehakt und mich für Kaja entschieden, ob nun bis auf Weiteres oder auf Dauer, aber auf jeden Fall für eine überschaubare Zukunft, ganz einfach, weil ich das Verhalten der Männer EINFACH NICHT MEHR AUSHIELT. Und für mich war das absolut kein Verlust, schon gar nicht in körperlicher Hinsicht.

Wir Frauen brauchen keine Männer für unsere sexuelle Befriedigung. Im Gegenteil; ich kannte zahllose Frauen, die mit Männern selten oder nie einen sexuellen Höhepunkt erlebten, eben, weil die Männer einfach nicht auf sie warteten, da sie den weiblichen Orgasmus offenbar nicht wichtig fanden. Aber dann wäre es doch besser, wenn diese Männer sich selbst darum kümmerten, wie sie mit ihrer Sexualität fertig wurden, da sie offenbar nicht an einer wirklichen Liebes- oder Sexpartnerin interessiert waren.

Wenn ich jemals wieder mit einem Mann leben könnte, dann müsste es jedenfalls ein richtiger Mann sein, ein Mensch, den ich wirklich als meinesgleichen betrachten und dem ich genug vertrauen könnte, um mit ihm zusammen ein Kind zu bekommen. Ein solcher Mann war ein Teil einer Zukunftsvision. Er war sanft, aber kein Weichei, freundlich, ohne sich überfahren zu lassen, hellhörig, ohne sich aufzudrängen und aufrichtig, ohne herumzuquengeln. Er begriff ein wenig davon, was es bedeutete, eine Frau zu sein, so, wie ich ein wenig davon begriff, was es bedeutete, ein Mann zu sein, da wir beide diese Seiten in uns akzeptierten und im ständigen Dialog miteinander waren. Eins plus eins wurde zwei oder sogar drei, aber definitiv nicht einfach nur wieder eins. Ein solcher Mann liebte mich wegen der Unterschiede zwischen uns, aber auch wegen unserer Ähnlichkeiten. Wir waren getrennte Individuen, unsere Wesenszüge waren unsere eigenen und nicht vereinbar mit einer kollektiven Identität, ob die nun geschlechtlich oder klassenmäßig begründet war.

Die Spannung zwischen uns – die sexuelle Spannung – war innerlicher Art, nicht äußerlicher. Ich begehrte ihn nicht, weil er ein höheres Gehalt bezog als ich, und wenn ich mehr verdiente, wurde er nicht wütend. Er begehrte mich nicht, weil ich Seidenunterhosen trug und so tat, als wolle ich vergewaltigt werden. Er begehrte mich wegen meines brillanten Gehirns und meiner starken Hände und ich begehrte ihn wegen seiner Tierliebe und weil seine Haare in der Sonne so schön aussehen und weil er so verdammt tüchtig im Kopfrechnen war. Er war kein Weichei, aber auch absolut kein Macho. Und ich trug keine selbstgefärbten Kleider, wurde aber auch nicht aufgrund von Farbe und Länge meiner Fingernägel oder der Anzahl von Brillanten in meinem Trauring eingestuft.

An dem Tag, an dem wir wagen würden, die Geschlechterrollen aufzuheben, ohne das zu verlieren, was in uns wirklich männlich und wirklich weiblich war, und an dem wir auf dieselbe Weise auch die Klassenunterschiede abschafften, ohne unsere Ursprünge zu verlieren, an diesem Tag würden wir dann sehen, aus welchen Individuen diese Gesellschaft eigentlich bestand. Es war schwer, Macht aufzugeben, ob man nun der Oberklasse oder dem männlichen Geschlecht angehörte, das wusste ich inzwischen, aber es war viel zu gewinnen, wenn man diesen Sprung wagte. An dem Tag, an dem wir das gesellschaftliche Joch abwarfen, durch das wir gezwungen waren, uns als andere auszugeben, würden wir sehen, welche Persönlichkeiten sich hinter den Masken unserer Freunde und Bekannten, unserer Familienmitglieder und Verwandten, der Politiker und der Prominenten verbargen. Wir würden bei unseren Söhnen und Töchtern Eigenschaften entdecken, die sie bisher sorgsam sogar vor uns verborgen hatten, und in denen wir uns endlich wiedererkennen könnten. Und wir würden uns endlich im Spiegel sehen und fragen müssen: Wer bin ich? Wer bin ich eigentlich, unter Puder und Lippenstift, hinter Schlips und Sakko, hinter Palästinensertuch und unter lila gefärbten Kleidern, hinter all den falschen Interessen und vorgetäuschten Ansichten, die ich mir zugelegt habe, um mir und meiner Umwelt zu zeigen, dass ich dazugehöre, dass ich so bin, wie ich sein soll, dass ich in meiner Klasse und meinem Geschlecht und meiner politischen Gesinnung eine Funktion innehabe, und dass ich in keiner Hinsicht aus dem Rahmen falle?

Aber auch in dieser Zukunft würde ich keinen Mann brauchen, ich würde mich ebenso leicht für eine Frau entscheiden können. Wenn ich Kaja ansah, hatte ich deshalb das Gefühl, einen Lockruf aus der Zukunft zu hören. Sie zu lieben war ein Vorgeschmack dessen, was einst kommen würde. Mir wurde schon jetzt die Möglichkeit gegeben, aus meiner selbst auferlegten Rolle zu treten und eine andere zu werden, eine, die größere Ähnlichkeit mit meinem wahren Ich hatte. Ich wusste noch nicht, welche Teile von mir echt waren und welche aufgesetzt, ob ich mit Kaja zusammenbleiben würde oder nicht, ob ich mich noch einmal in einen Mann verlieben würde oder nicht. Aber ich wusste, dass ich dem Ziel jetzt näher war als früher, und dass ich eine Antwort auf die Frage »Wer bin ich?« suchen musste, auch wenn dies anstrengend war.

***

Ich war eingeladen worden, bei einer offenen Debatte über Feminismus im Hörsaal des Kulturhauses im Publikum zu sitzen und hatte diese Einladung angenommen. Kaja würde zusammen mit zehn anderen auf der Bühne sein – als »Alibilesbe«, wie sie das ausdrückte. Das Thema war, zu meiner großen Verwunderung und Freude, Zusammenarbeit zwischen Frauen über die politischen Fraktionsgrenzen hinweg. Kaja trug ihre Armanijacke und war geschminkt, sie sah elegant und kompetent aus, als sie da ganz links auf dem Podium saß. Auch Erika war als Publikumsteilnehmerin eingeladen worden und durch einen Zufall begegneten wir uns alle drei im Foyer.

»Hallo, Sofa«, sagte Erika und umarmte mich. »Du siehst aber elegant aus. Oder genauer gesagt, das tut ihr beide.«

Das war an Kaja gerichtet, die eine Grimasse schnitt.

»Fesche Jacke«, sagte Erika, »Ist die neu?«

Offenbar wusste sie instinktiv, wo sie den Finger in die Wunde legen musste.

»Die hat Sofa mir geschenkt«, sagte Kaja.

Dann wandte Erika sich an mich.

»Wir können doch nebeneinander sitzen?«, fragte sie freundlich. »Das fände ich richtig gut. Dann können wir uns gegenseitig unterstützen, wenn eine von uns sich zu Wort melden will.«

»Natürlich«, sagte ich. »Gute Idee. Aber du glaubst doch hoffentlich nicht, dass es so eine Debatte ist, wo sie uns einfach das Mikro unter die Nase halten, weil wir im Publikum sitzen?«

»Kaum«, sagte Erika. »Das wäre doch eine Frechheit. Aber bei dieser Henriksson weiß man ja nie.«

Moderatorin war Eva Henriksson, eine bekannte Kulturjournalistin, mit der Erika in Dauerfehde lag. Niemand konnte sie sonderlich gut leiden, aber sie galt als geschickte Diskussionsleiterin.

»Jetzt muss ich rein«, sagte Kaja nervös. »Wünscht mir doch bitte alles Gute.«

Kaja verschwand im Saal, um ihren Platz auf dem Podium einzunehmen, und Erika und ich blieben im Foyer stehen.

»Wie geht's?«, fragte sie. »Was ist das für ein Gefühl, auf diese Weise von einer Welt in die andere überzuwechseln?«

»Ach, danke«, sagte ich. »Das ist eigentlich ein ziemlich gutes Gefühl, trotz allem. Aber es wäre übertrieben zu behaupten, dass es unkompliziert ist.«

Erika musterte mich nachdenklich und ohne ihre übliche Munterkeit.

»Ich finde dich mutig«, sagte sie dann. »Das meine ich wirklich. Und ich freue mich für dich und Kaja, dass ihr einander gefunden habt.«

»Danke«, sagte ich überrascht.,

In diesem Moment tauchte Bengtsson auf, ihre grau melierten Haare waren kürzer denn je, in ihrem Mundwinkel steckte eine Zigarette und über ihrer Schulter hing ein verschlissener Rucksack.

»Hallo«, sagte sie, vor allem zu Erika, aber sie nickte doch auch kurz in meine Richtung. »Hat's schon angefangen?«

Ich stutzte ein wenig, als ich sie sah. Ich hatte nicht gewusst, dass sie kommen würde. Wir waren einander in den vergangenen Monaten bei allerlei Gelegenheiten begegnet, aber ich hatte keinen engeren Kontakt zu ihr gesucht. Meine Lust, Bengtsson herauszufordern, war noch nicht ganz verflogen.

»Nein, aber gleich ist es so weit«, sagte Erika und schaute auf die Uhr. »Gehen wir rein? Setz dich doch zu uns. Sofa und ich wollen uns gegenseitig ermuntern, mit Weisheiten um uns zu werfen.«

»Ja, das ist sicher nötig«, sagte Bengtsson, und ich wusste nicht so recht, wie sie das gemeint hatte.

Eine der Veranstalterinnen strahlte, als sie uns sah, und platzierte uns in der Mitte der ersten Reihe. Ich saß links, Erika in der Mitte und Bengtsson auf ihrer anderen Seite. Kaja entdeckte Bengtsson vom Podium aus, strahlte und winkte fröhlich. Ich sah, dass es sie nervös machte, dass wir genau vor ihr saßen, aber daran konnten ich ja nichts ändern.

Der Hörsaal war vollbesetzt, offenbar gab es ein reges Interesse an diesem Thema. Bis sich alle endlich gesetzt hatten, war die Anfangszeit bereits um fünf Minuten überschritten. Dann begann die Diskussion. Eva Henriksson machte eine kurze Einführung und stellte die Teilnehmerinnen auf der Bühne vor. Neben Kaja gab es eine Frauenforscherin von der Universität, zwei feministische Journalistinnen, von denen die eine sich als Linke outete, die keineswegs über Fraktionsgrenzen hinweg zusammenarbeiten wollte, es gab Parlamentsmitglieder aus vier Parteien – »die übrigen hatten keine Zeit oder keine Lust, eine Vertreterin zu schicken«, wie Eva das ausdrückte –, eine Frau aus dem Kultusministerium und eine Abgesandte des juristischen Ombudsmannes. Es war eine ziemlich zahme Gesellschaft, wie ich fand.

»Die Diskussion ist während der vergangenen Jahre hin und her gegangen«, sagte Eva Henriksson, als die Vorstellungsrunde beendet war. »Es ist einerseits behauptet worden, dass Frauen nicht an einem Strang ziehen können, dass wir ganz einfach zu unterschiedlich sind, um an einer Zusammenarbeit Interesse zu haben. Andererseits ist gesagt worden, wir müssen zusammenarbeiten, um wirkliche Ergebnisse zu erzielen, und dass Frauenfragen wie zum Beispiel gleiches Gehalt grenzüberschreitende Themen darstellen und eigentlich andere grundlegende politische Fragen nicht zu berühren brauchen. Heute haben wir Vertreterinnen dieser unterschiedlichen Standpunkte hergebeten und wir sind interessiert zu hören, was sie zu diesem Thema zu sagen haben.«

Jede Teilnehmerin hatte nun zwei Minuten, um ihren Standpunkt vorzutragen. Kaja war nervös, schaffte es aber, nicht zu stottern.

»Ich glaube an Zusammenarbeit«, so endete sie. »Aber nicht um jeden

Preis. Wenn wir die Fragen auf reine Frauenprobleme begrenzen können, wie auf die Frage des gleichen Gehalts, dann halte ich Zusammenarbeit für gerechtfertigt. Aber ich will nicht in politische Geiselhaft genommen werden, um in der Debatte eine Alibifunktion auszuüben und ansonsten bei anderen politischen Fragen, die mich nicht interessieren, von Politikern, deren Ansichten ich absolut nicht teile, als Schlagball benutzt werden.«

Die Vertreterin der Konservativen, die Maj-Britt hieß, adrett angezogen war und eine Dauerwelle hatte, blickte Kaja mit unverhohlener Abscheu an.

»Wie du zu einem Alibi werden könntest, übersteigt mein Begriffsvermögen«, sagte sie, als die Reihe an sie kam. »Es geht doch darum, bessere Ergebnisse zu erzielen. Ein anderes Ziel hat wirklich niemand. Wir müssen versuchen, von diesen Verschwörungstheorien der Linken wegzukommen.«

Jetzt bat die selbst ernannte linke Journalistin um das Wort. Sie hieß Stina und hatte rote Zöpfe und eine runde Brille.

»Das ist genau die Art Aussage, die uns linke Frauen davon überzeugt, dass wir jeglicher Zusammenarbeit über Fraktionsgrenzen hinweg aus dem Weg gehen müssen«, sagte sie mit überraschend tiefer Stimme. »Ich werde wirklich argwöhnisch wenn ich dich so reden höre. Die Konservativen sind die Partei, die sich normalerweise am wenigsten für irgendeine Zusammenarbeit interessiert, solange sie nicht selbst am Ruder sitzt. Warum solltet ihr das bei dieser Frage plötzlich anders sehen? Ich empfinde das als pures Anbiedern bei der Gruppe, die am wenigsten dazu neigt, euch zu wählen, nämlich die jungen Feministinnen. Ihr wollt eine fraktionsübergreifende Kooperation als Alibi, um ein Interesse an Frauenfragen vorzutäuschen, obwohl ihr doch eure eigene Frauengruppe mit der Begründung aufgelöst habt, dass sie ›nicht mehr gebraucht‹ wird. Was für qualifizierter Bockmist! Ihr biedert euch bei konservativen Männern an, indem ihr die Frauengruppe abschafft, und dann umschmeichelt ihr die radikalen Frauen, indem ihr eine fraktionsübergreifende Zusammenarbeit propagiert. Ihr seid einfach nicht mehr glaubwürdig.«

Ihre Rede führte zu Beifall und Jubel. Maj-Britt lief vor Zorn rot an, konnte aber noch nichts dazu sagen. Nun folgte nämlich ein Beitrag einer weiteren Abgeordneten, deren Ausführungen über die bisher durch

Kooperationen erzielten großartigen Ergebnisse überaus glaubwürdig wirkten. Und danach wandte Eva sich ans Publikum.

»Wir haben auch im Publikum heute Abend etliche Gäste eingeladen«, sagte sie. »Und wir bitten jetzt um eure Stellungnahme. Heute Abend haben wir hier ...«

Ich erstarrte instinktiv. Im selben Moment hörte ich, wie sie mich kurz vorstellte, dann wurde mir das Mikrofon unter die Nase gehalten.

»Du bist eine alte Konservative«, sagte Eva, »und das hast du nie verheimlicht. Zugleich bezeichnest du dich als Feministin. Was sagst du zu dem, was hier vorgetragen worden ist?«

Mir brach der Schweiß aus. Erika lächelte mich aufmunternd an und dann nahm ich das Mikrofon und stand auf.

»Ich glaube an alle Arten von Zusammenarbeit«, sagte ich.

Maj-Britt linste unter ihrer mausgrauen Dauerwelle hervor und lächelte mich strahlend an. Wir müssen in Kontakt bleiben. Wenn ich dir irgendwie helfen kann, dann ruf einfach an. Kannst du am Sonntag mit in ein Problemviertel kommen?

»Aber«, fügte ich dann hinzu, »ich glaube leider, dass die Angst der Linken, als Alibi benutzt zu werden, berechtigt ist.«

Das Lächeln unter der Dauerwelle erstarrte und verschwand. Verräterin. Ich ließ meinen Blick zu Stina weiterwandern, die mich mit skeptischer Miene beobachtete. Ihre Zöpfe hüpften ein wenig auf und ab. Vermutlich saß sie vor einem Ventilator. Oder sie war nervöser, als ihrer ruhigen, dunklen Stimme anzuhören war.

»Als ehemalige Konservative«, sagte ich, »bin ich doch ungeheuer überrascht darüber, dass diese Partei sich zur Abschaffung ihrer Frauengruppe entschlossen hat, obwohl alle nur zu gut wissen, dass sich gleiches Gehalt für gleiche Arbeit in diesem Land nach wie vor nicht durchgesetzt hat. Das offenkundige Desinteresse dieser Partei an Frauenfragen war wirklich einer der Gründe, weshalb ich mich zu einem Parteiwechsel entschieden habe. Was die Frage des gleichen Lohns angeht, so wird jeden Tag überall in Schweden gegen das Gesetz verstoßen, da finde ich es ja doch seltsam, dass man gerade in dieser Frage ein Auge zudrückt.«

Vereinzeltes Lachen.

»Ich selbst möchte vorschlagen«, sagte ich nun, »dass man im Parlament durchaus über Fraktionsgrenzen hinweg zusammenarbeiten sollte, aber nur zwischen den Parteien, die sich klar und sichtbar für Frauenfragen einsetzen. Wir könnten sagen, beweist euer Engagement, dann dürft ihr mitmachen. Eine Partei, die nicht einmal eine eigene Frauengruppe hat, verliert meiner Ansicht nach ungeheuer viel an Glaubwürdigkeit und ist für solche Aktivitäten wohl kaum die richtige Partnerin.«

Stürmischer Applaus des Publikums. Ich schwitzte noch immer.

»Wenn ich nun noch schnell abschließen darf«, sagte ich, »dann halte ich es zugleich für wichtig, dass gegenüber der Linken ein wenig Skepsis abgebaut wird. Ich bin davon überzeugt, dass es sehr viele Frauen mit sehr viel gutem Willen gibt, die links von den Sozis stimmen, und diese Frauen dürfen wir nicht verlieren. Wir dürfen nicht zulassen, dass die Männer wie üblich teilen und herrschen. Wir müssen einander gegenüber offen sein, aber wir müssen auch beweisen, dass wir das gegenseitige Vertrauen verdienen, indem wir für Frauenfragen arbeiten und nicht nur darüber reden, wenn es politisch opportun erscheint. Das gilt für beide Seiten gleichermaßen – alle müssen sich gleichzeitig bemühen, wenn wir wirklich etwas erreichen wollen. Danke.«

Ich setzte mich. Mein Herz hämmerte wie besessen, wie immer, wenn ich unerwartet ins Rampenlicht geriet. Maj-Britt war noch immer hochrot und sah mich nicht an. Stina tuschelte mit Kaja, die rechts von ihr saß. Eva stand noch immer vor uns, und als der Applaus sich gelegt hatte, wandte sie sich an Erika.

»Hier neben Sophie sitzt Erika Persdotter«, sagte sie. »Bekannte Frauenforscherin und Diskussionsteilnehmerin. Ich weiß nicht, wie man die Tatsache deuten soll, dass ihr hier nebeneinander sitzt, obwohl ihr zumindest bisher weit auseinander liegende politische Ansichten vertreten habt. Was sagst du zu dieser Frage, Erika?«

Erika sah sie wütend an, stand aber auf und nahm das Mikro.

»Ja, ich bin ja nicht direkt daran gewöhnt, so unvorbereitet um meine Meinung gebeten zu werden«, sagte sie, »und wo ich gar nicht auf der Bühne sitze. Aber ich werde doch nach besten Kräften versuchen, etwas zu sagen.«

Eva Henriksson sah verlegen und triumphierend zugleich aus. Sie schlug die Arme übereinander und schaute Erika herausfordernd an.

»Ich habe bisher die Ansicht vertreten, dass grenzüberschreitende

Zusammenarbeit keinen Sinn hat«, sagte Erika. »Wir haben im Laufe der Geschichte nicht sonderlich viele Beispiele dafür gesehen, dass es wirklich funktioniert. Diese Art von Experiment war wohl eher eine Art Wohltätigkeit aus bürgerlicher Richtung, um das schlechte Gewissen zu entlasten und gute Absichten zu zeigen, ohne für die Frauenbewegung oder die tatsächliche Stellung der Arbeiterinnen in der Gesellschaft sonderlich viel geleistet zu haben.«

»Hallo! Jetzt muss ich wirklich um das Wort bitten«, sagte Maj-Britt wütend.

»Nachher«, sagte Eva.

»Aber ich habe meine Meinung geändert«, sagte Erika. »Ich glaube wie Sophie, dass Zusammenarbeit über Fraktionsgrenzen hinweg durchaus möglich sein kann. Aber ich glaube auch wie sie, dass die Mitwirkenden beweisen müssen, dass sie ernst zu nehmen sind. Und ich finde außerdem, dass gleich von Anfang an festgelegt werden soll, in welchen Fragen eine Zusammenarbeit möglich ist. Ich tippe, dass es nicht so viele sind, wie manche offenbar glauben. Gleicher Lohn ist ein Thema, Schutz für Frauen und Kinder und Bestrafung von Gewalttätern ein anderes. Aber es gibt viele Fragen, die auf Ideologie beruhen und so entscheidend sind, dass eine Diskussion darüber kaum möglich ist. Wie Dienstmädchenfrage, Jugendschutz, Pflege, Krankenkassenbeiträge und so weiter. Und da sage ich wie vorhin Kaja: Als unabhängige Feministin habe ich keine Lust, als politisches Alibi zu dienen und benutzt zu werden, um unentschiedene Wählerinnen zu überzeugen.«

Sie setzte sich. Eva Henriksson trat einen Schritt auf Bengtsson zu und wollte sie eben vorstellen, als Bengtsson ihr das Mikrofon geradezu entriss. Sie redete los, ohne auch nur aufzustehen.

»Ich rede nicht, ehe ich nicht um das Wort gebeten habe«, sagte sie. »Das ist ja wohl verdammt noch mal das Mindeste, was man bei einer Diskussion verlangen kann.«

Dann drückte sie Eva Henriksson gereizt das Mikrofon in die Hand, die sich geschlagen geben musste und auf die Bühne zurückkehrte.

***

Wir saßen im Kvarnen um einen Vier-Personen-Tisch, Kaja, Erika, Bengtsson und ich, und diskutierten über die Veranstaltung.

»Was für ein verdammter Unsinn«, empörte sich Kaja. »Und habt ihr gehört, was sie über die Dienstmädchenfrage gesagt hat?«

»Die spinnt doch«, sagte Erika. »Die hätten sie gar nicht erst in die Politik lassen dürfen. Das war einer ihrer größten Fehler, das ist doch klar.«

»Sie ist frustriert und braucht einen ordentlichen Schwanz, so einfach ist das«, meinte Kaja. »Das sieht man ihr doch schon von weitem an, dass sie schon gar nicht mehr weiß, wann sie das letzte Mal gevögelt hat. Deshalb ist sie die ganze Zeit so sauer.«

Sie und Erika prusteten los.

»Das muss es sein, natürlich«, sagte Erika. »Sie ist natürlich eine heimliche Lesbe, deshalb ist sie so bitter und negativ. Kannst du sie nicht erlösen?«

»Das wäre das Richtige«, sagte Kaja. »Einfach eine Runde Dildo, dann lösen diese ganzen Hemmungen sich auf. Sie würde auf einer Wolke der Befriedigung ins Parlament schweben, leicht bekleidet und selig gemacht.«

Bengtsson hatte keinen Sinn für diese Albernheiten. Sie starrte mich über ihr Bier hinweg an.

»Was du gesagt hast, fand ich gut«, sagte sie. »Prost.«

»Prost«, sagte ich. »Danke. Ich fand es schade, dass du gar nichts gesagt hast.«

Wir tranken.

»Ich rede nicht auf Wunsch dieser alten Kuh«, sagte Bengtsson dann langsam. »Die spinnt doch total. So darf man das Publikum nicht überfahren. Und wenn sie auch in Zukunft noch moderieren will, dann muss sie lernen, wie man das macht.«

Kaja und Erika kicherten, fast schon hysterisch, angesichts der Szenen, die sie sich von Maj-Britts zukünftiger sexueller Befreiung ausmalten. Aber Bengtsson war noch immer ernst. Sie sah mich wieder mit ihrem ausdruckslosen Blick an und verzog keine Miene.

»Ich muss dir eins sagen«, sagte sie. »Ich habe mich geirrt.«

Das Gelächter auf der anderen Seite des Tisches wurde ein wenig leiser. Kaja wischte sich die Augen und sah Bengtsson an.

»Ich habe mich geirrt, was dich betrifft«, sagte Bengtsson zu mir. »Du bist in Ordnung. Ich konnte das lange nicht glauben, aber ich habe dich in letzter Zeit ziemlich genau beobachtet, und ich habe mich geirrt. Das wollte ich nur sagen.«

Sie trank wieder ihr Bier, stumm und stoisch wie der Marlboro-Mann. Ich wusste nicht, was ich sagen sollte. Erika saß schweigend auf der anderen Seite des Tisches, sie steckte sich eine Zigarette an. Aber Kajas Blick begegnete meinem. Er war unergründlich und blassblau über den vielen, vielen Sommersprossen.

6

Es wurde Frühling, es wurde Sommer – ein ganzes Jahr war vergangen, seit Kaja und ich zusammengezogen waren. Im Laufe des Frühlings war ich langsam zu dem Schluss gekommen, dass es nun an der Zeit für ein Coming-out sei, ich wollte der Umwelt mitteilen, dass Kaja und ich zusammen waren. Natürlich wussten es unsere Freunde und Bekannten und die Kollegen, mit denen wir beide Kontakt hatten. Aber wie immer bei homosexuellen Beziehungen wusste die Umwelt nicht so recht, wie sie mit einer Beziehung umgehen sollte, die nicht öffentlich bekannt gegeben war.

Ich hatte die Fragen langsam satt, wie es meiner »Freundin« gehe, »deiner Mitbewohnerin«, und das galt auch für die widerlichen Anspielungen in den Klatschzeitungen. Es ärgerte mich ungeheuer, dass feige, fette Schrankschwule sich nicht schämten, mich und andere in Klatschzeitungen mehr oder weniger offen als lesbische Person zu outen, während sie selbst ihre kostbaren Geheimnisse um jeden Preis bewahrten und sich niemals zu etwas bekennen würden, was der Karriere so schaden könnte wie offene Homosexualität. Wenn ich in die Offensive ging, würde ich ihnen immerhin das Vergnügen nehmen, mit Andeutungen um sich zu werfen. Was man selbst offen sagt, kann nicht mehr zu Klatsch und Geldverdienen genutzt werden, so einfach ist das. Viel wichtiger als mögliche Gerüchte war die Tatsache, dass ich es nicht mit mir vereinbaren konnte, auf diesem Niveau Geheimniskrämerei zu betreiben. Meine Eltern hatten mich zu Ehrlichkeit erzogen, viel mehr war darüber nicht zu sagen. Ich wollte keine Mauscheleien, weder im Privatleben noch in der Öffentlichkeit, das war alles.

Kaja und ich lagen im Bett und lasen.

»Kaja.«

»Mmm.«

»Ich habe vor, mich zu outen.«

Sie ließ ihr Buch sinken und sah mich an. Augen, die mich bis in den Tod begleiten würden.

»Bist du sicher?«

»Ich glaube schon. Sollte ich das nicht?«

Sie legte ihr Buch auf den Boden, nahm meinen Kopf in ihre Hände und küsste mich.

»Das wird für Scharen junger Lesben im ganzen Land ungeheuer viel bedeuten«, sagte sie dann.

»Bitte«, sagte ich. »Übertreib meine Wichtigkeit doch nicht.«

»Du hast doch keine Ahnung«, sagte sie. »Du begreifst das wirklich nicht, denn du hast dich nie hineinversetzt. Es gibt so schrecklich wenige unter den vielen homo- oder bisexuellen Prominenten, die ich kenne, die sich wirklich outen. Wir in der schwullesbischen Presse laufen dauernd auf Zehenspitzen, weil die meisten Promis durchdrehen, wenn man die Sache auch nur rein privat zur Sprache bringt. Und für die ganze Szene ist jedes Ereignis dieser Art ungeheuer wichtig. Du ahnst es einfach nicht.«

Damit hatte sie Recht. Es fiel mir ungeheuer schwer zu begreifen, inwiefern meine persönlichen Entscheidungen so politisch sein konnten, dass sie für eine Gruppe mir ganz und gar unbekannter Menschen so wichtig sein sollten. Rein intellektuell verstand ich ja, was Kaja gesagt hatte, aber zugleich schien mir die ganze Problematik keinerlei realistische Grundlage zu haben.

Die Wochen vergingen. Ich hatte beschlossen, mich in Kajas Zeitung zu outen. Ich sah keinen Grund, das in einem anderen Medium zu machen. Ich konnte mir vorstellen, dass allerlei andere Zeitschriften daraufhin ihre eigene Mitteilung folgen lassen würden, und dann sollten sie dazu gezwungen sein, Kajas Zeitung namentlich zu nennen und ihr damit Aufmerksamkeit verschaffen. Ich vereinbarte mit der Redaktion, dass ich und eine Journalistin den Artikel gemeinsam erarbeiten würden. Sie interviewte mich und ein Fotograf machte Bilder, schöne, vielsagende Fotos, die sich in der Zeitschrift gut machten und mich viel besser als in Wirklichkeit aussehen ließen. Der Artikel wurde gut, er wurde sogar sehr gut.

Die Zeitschrift erschien an einem Montag. Kaja, Liza und ich saßen gerade auf dem Balkon beim Frühstück. Es war ein warmer Tag im Frühsommer und Liza hatte nachts einige Exemplare frisch aus der Druckerei mitgebracht. Kaja und ich hatten schon geschlafen, jetzt aber waren wir absolut wach und blätterten eifrig.

»Warte nur, bis der Apparat sich in Gang gesetzt hat«, sagte Kaja erwartungsvoll. »Das hier geht heute an die Zeitungsredaktionen. Bei dir wird das Telefon heißlaufen.«

»Glaubst du wirklich?«, fragte ich zweifelnd.

Liza lachte und warf den Kopf in den Nacken.

»Machst du Witze?«, fragte sie. »Das hier wird Schlagzeilen machen, das kannst du dir gar nicht vorstellen.«

Ab und zu waren mir die Gedanken, Realitäten und Überlegungen der Homo-Community immer noch ganz fremd. Das hier war so ein Fall. Ich konnte nicht so recht verstehen, warum die Tatsache, dass ich mich in einem Interview über meine Beziehung geäußert hatte, die doch schon seit langer Zeit bekannt war, solche Aufregung verursachen sollte. Jetzt hatte ich sogar Angst, die Mädels könnten enttäuscht sein, wenn es doch kein großes Geschrei geben würde. Aber schon am Nachmittag stand mein Telefon dann nicht mehr still. Ich war allein zu Hause und saß an der Arbeit. Der Anrufbeantworter schaltete sich ein und ich ließ ihn laufen. Und laufen. Und laufen.

»Hallo, ich heiße Anna Persson und rufe für die GT an ...«

»Hallo, ist hier Kvällsposten ...«

»Ich hätte gern mit Sophie gesprochen. Hier spricht Brita Gumsbo von Expressen ...«

»Ja, hallo, ich heiße Erik Nilsson und arbeite bei Aftonbladet ...«

In regelmäßigen Abständen riefen Kaja und Liza an und berichteten aus ihrer eigenen Redaktion.

»Da hat jemand von der Presseagentur TT angerufen«, sagte Liza, als ich den Hörer abnahm. »Jetzt bringen die auch eine lange Nachricht.«

»Aber Herrgott«, meinte ich verdutzt. »Wie hoch ist das auf einer Nachrichtenskala denn überhaupt angesiedelt?«

»Das ist viel, viel interessanter als du glaubst«, sagte Liza.

Ich war zwar eitel und fühlte mich leicht geschmeichelt, aber es gab doch eine Grenze, wie viel ich mir einbilden konnte. Hier ging es nicht um mich als Person, als Individuum. Es ging darum, wie groß das Problem in unserer Gesellschaft war, wie wenige bekannte Personen sich bisher geoutet hatten, und wie tief die Vorurteile noch immer verwurzelt waren. Das war unangenehm. Ich wollte nicht von nun an in jeder Hinsicht mit dem Etikett »lesbisch« versehen werden, schon gar nicht, was meine Bücher anging. Meine Beziehung zu Kaja war ungeheuer wichtig für mich, aber sie war doch nicht mein ganzes Leben. Außerdem kam es mir unerwarteterweise ungerecht gegenüber Lukas und allen anderen Männern vor, mit denen ich doch lange Zeit sehr zufrieden gewesen war. Als würde sich mein Spiegelbild plötzlich verändern und sich ein Teil meines Gesichts, mein Mund zum Beispiel, auf Kosten meiner übrigen Gesichtszüge über alle Maße vergrößern. So wollte ich das nun wirklich nicht. Kaja war ein Teil meiner Wirklichkeit, aber ebenso wenig, wie meine Ehe mit Lukas alles für mich gewesen war, konnte meine Beziehung zu ihr das sein.

Langsam stieg die Panik in mir auf.

»Was soll ich machen?«, fragte ich Kaja am Telefon und hörte selbst den leichten Anflug von Verzweiflung in meiner Stimme. »Jetzt hatte ich zehn Anrufe von den großen Zeitungen, die um Rückruf bitten. Aber ich habe keine Lust, eine Menge Interviews zu geben. Es geht hier schließlich um dein und mein Privatleben. Ehrlich sein ist das eine, etwas anderes ist, Leute aus siebzehn unterschiedlichen Blickwinkeln eine Geschichte schreiben zu lassen, mit ebenso vielen Fehlern und Absichten.«

»Es ist ganz einfach«, sagte Kaja. »Ruf zurück, es bringt nichts, sie warten zu lassen. Und dann entscheidest du dich, mit wem du reden willst, und sagst den anderen ab.«

»Mit einer«, sagte ich. »Ich will nur mit einer Zeitung sprechen.«

»Dann mach das«, sagte Kaja. »Sprich mit einer. Du entscheidest, mit welcher.«

Da hatte sie wirklich Recht. Ich entschied selber. Ich konnte die anderen nicht daran hindern, etwas zu schreiben oder den Originalartikel zu zitieren, aber ich brauchte immerhin nicht mehr Interviews zu geben, als ich wollte. Meine Familie und meine engsten Freunde waren von meiner Entscheidung informiert worden, da sie nicht von irgendeinem Zeitungsartikel überrascht werden sollten. Ich ließ das Band zurücklaufen und hörte mir die vielen Stimmen genau an. Zugleich dachte ich nach. Ich wollte einen einfachen und überzeugenden Artikel haben, in einer einzigen Zeitung. Und ich wollte mir das Foto selbst aussuchen, etwas Positives und Frohes, nicht das übliche, vorurteilsbeladene, traurige, das sie immer wieder fanden, wenn sie in irgendeinem Archiv nach alten Bildern suchten. Hier war die Rede von Liebe, es gab keinerlei Grund, ein deprimiertes Bild zu bringen. Dann setzte ich mich und erledigte die Rückrufe.

»Im Originalartikel steht schon alles, mehr habe ich nicht zu sagen ... Danke für den Anruf ... nein, danke, ich will keine weiteren Interviews geben ... nein, ich glaube nicht, dass ich mir die Sache anders überlegen werde ... danke für die Anfrage ... ja, ich bin sicher ...«

Am sympathischsten von allen kam mir eine junge Frau vor, die für eine Abendzeitung arbeitete. Sie war erst seit drei Tagen im Dienst und am Telefon verstanden wir uns blendend.

»Ich will nur ein einziges Interview geben«, sagte ich. »Willst du das machen?«

»Ist das dein Ernst?«, fragte sie aufgeregt. »Natürlich will ich.«

»Aber nur unter der Bedingung, dass ich es vorher lesen kann«, sagte ich, »und dass ihr ein fröhliches Bild nehmt, das ihr von mir bekommt. Ich will kein Deprifoto.«

»Natürlich«, sagte sie.

Sie machte ein kurzes Telefoninterview, am Abend fuhr ich dann in die Redaktion, gab das Bild ab und las den Artikel. Der war völlig in Ordnung.

»Nett, dich kennen zu lernen«, sagte ich zu der Journalistin.

»Gleichfalls!«

Dann fuhr ich nach Hause. Am nächsten Tag würde ich bei einer Schulabschlussfeier Preise verteilen und dann würde der Artikel bereits erschienen sein. Kaja und ich lasen ihn unterwegs im Taxi. Er war sehr gut. Sie hatten kein Wort geändert und das Bild war hervorragend. Ich war durch und durch zufrieden.

Abends telefonierte ich mit Klara, meiner Mentorin, die mich aus Göteborg anrief.

»Du stehst hier in sämtlichen Zeitungen«, sagte sie. »Und auch in Malmö. Und Uppsala.«

Plötzlich hämmerte mein Herz heftig und unregelmäßig los. Du-dunk du-DU-dunk, du-DUNK-DUNK. Ich atmete so langsam und regelmäßig, wie ich nur konnte, um mich wieder zu beruhigen.

»Ich will nichts hören«, sagte ich. »Ich drehe durch.«

Wir schwiegen.

»Sie schreiben keine Gemeinheiten«, sagte Klara. »Ich habe nirgendwo einen gehässigen Kommentar gesehen. Nur Hinweise auf den Originalartikel und dieses eine neue Interview.«

»Ich wollte das so«, sagte ich.

»Gut gemacht«, antwortete sie. »Mutig. Und gut durchgeführt. Du kannst ganz ruhig sein. Schönes Foto, übrigens.«

Ich lächelte. Mein Herz kam langsam wieder zur Ruhe.

»Mir zittern die Knie«, sagte ich. »Und die Zähne klappern.«

»Ja, verdammt. Das ist doch klar.«

Wir schwiegen wieder. Langsam fühlte ich mich besser.

»Das ist immerhin ein Stück von Stocksund entfernt«, sagte ich dann. »Das musst du zugeben.«

Ich konnte hören, dass Klara lächelte.

»Ja«, sagte sie. »Da muss ich dir zustimmen. Und das ist gut so, sehr gut sogar. Wie geht's dir denn jetzt?«

Ich überlegte.

»Eigentlich gut.«

»Schön. So ist es richtig.«

»Und jetzt gibt's keinen weiteren Medienkram. Hier rufen dauernd Rundfunk- und Fernsehsender an, aber ich sage überall Nein. Ich hab keine Lust.«

»Du brauchst keinen Finger mehr zu rühren, wenn du das nicht selbst willst«, sagte sie. »Absolut nichts. Geh einfach immer nach deinem Gefühl.«

Sie legte eine Pause ein.

»Die Medien sind ein vielköpfiges Ungeheuer, das man zähmen muss«, sage sie dann endlich. »Man kann gut auf ihm reiten, darf sich dabei aber nicht fressen lassen. Man muss die ganze Zeit aufpassen. Aber diesmal hast du dich hervorragend geschlagen.«

»Du hörst dich an wie Joppe Svenbro«, sagte ich und lachte. »Danke, Klara. Jetzt ziehe ich den Telefonstecker heraus.«

»Tu das«, sagte Klara.

***

Mitte Juni fand das Christopher-Street-Festival statt. Es dauerte eine ga
ze Woche und fand seinen Höhepunkt in einer Parade, die durch die ga
ze Innenstadt bis nach Riddarholmen führte, wo es Reden und Musikei
lagen geben sollte. Nach Riddarholmen, wo das Haus der Ritterschaft la
Dort hatte ich mein Abiturfest gefeiert, und zahllose Verwandte hatten do
geheiratet, während der Verlag, in dem meine Bücher erschienen, gege
über auf der anderen Seite der Eisenbahnlinie lag. Die Gegend war soz
sagen mein eigener Hinterhof. Falls man Sinn für Galgenhumor hatte.

Ich war gebeten worden, eine Rede zu halten, und nach langem Übe
legen hatte ich zugesagt. Es war mein erster öffentlicher Auftritt seit de
Medienrummel, der sich inzwischen gelegt hatte, auch wenn noch imm
einzelne Anfragen einliefen, die ich konsequent ablehnte. Aber ei
Auftritt in Homokreisen war etwas anderes. Ich hatte ausgiebig an me
ner Rede herumgefeilt und mich schließlich für eine Fassung entschie
den, die offenbar ankam. Am Vortag hatte ich auf dem Balkon die Red
vor meinen Freundinnen geprobt während ich verlegen mit einem Bei
auf einem Holzkasten balancierte. Ich hatte Angst, bei den emotionale
Abschnitten in Tränen auszubrechen.

»Du wirst nicht weinen«, sagte Kaja voller Überzeugung. »Das wir
wunderbar gehen. Und wenn du doch weinen musst, dann komme ic
ganz einfach aufs Podium und rede für dich weiter.«

Ihre Augen leuchteten. Vor Stolz, vor Liebe.

Am Tag der eigentlichen Feier fuhr ich in die Stadt, um mich mit Kaja
Toni, Liza, Laban und noch einigen anderen Frauen zu treffen. Wir wol
ten mit meinem Cabrio an der Parade teilnehmen, mit einem Wagen vol
ler Lesben. Ich hatte ihn mit Flaggen und Ballons dekoriert. Die Parad
begann in Humlegården und führte dann über den Stureplan, durch di
Hamngata, durch die Kungsträdgårdsgata, über Norrbro, vorbei am Hau
der Ritterschaft und dann weiter nach Riddarholmen. Der Wagen wa
randvoll mit Frauen und wir krochen zu lauter Musik durch die ganz
Stadt. Die Leute hupten und winkten, riefen Hurra und johlten. Etlich
glotzten uns allerdings auch sauer an. Wir selbst schrien uns die Lung
aus dem Leib.

In Riddarholmen beruhigte sich dann alles, während ich immer nervö-
er wurde. Wir setzten uns mit einer ganzen Clique genau vor die Bühne,
nd dann begann das Programm. Es bestand aus Gesang, Tanz und vielen
Reden. Ich rutschte unruhig hin und her und meine Hände wurden
chweißnass. Mein Herz hämmerte wütend. Ich hatte so etwas noch nie
etan, trotz der vielen Vorlesungen und Vorträge, die ich bisher gehalten
atte. Es war unangenehm, aber es war auch noch etwas anderes. Es war
pannend und wunderbar, auf beängstigende Weise. Dann kam ich end-
ich an die Reihe und der Conferencier rief meinen Namen. Die Leute johl-
en und schrien. Kaja umarmte mich rasch und küsste mich auf den Mund.

»Viel Glück«, flüsterte sie.

Einige Schritte um das Zelt mit der Lautsprecheranlage, dann stand
ch plötzlich auf der Bühne. Mir schlug das Herz bis zum Hals. Ich schau-
e auf die Menge hinaus. Vor mir hatten sich mehrere tausend Menschen
ersammelt und in diesem Moment jubelten und applaudierten sie mei-
etwegen.

»Hallo«, begann ich mit zitternder Stimme.

Danach schaute ich auf das Publikum, das langsam verstummte. Alle
varteten aufmerksam ab.

»Ich bin eben aus dem Schrank gekommen«, sagte ich dann. »Und
las war so ungefähr das Beste, was ich in meinem Leben je getan habe.«

Hier wurde ich durch eine Flut von Pfiffen, Applaus und Rufen unter-
rochen. Ich musste über diese unerwartete Reaktion einfach lachen.
Plötzlich war meine Anspannung verflogen. Das hier war nicht gefähr-
ich, es war einfach nur lustig. Auf andere Weise als ein witziges Fest,
s war zugleich wichtig.

Und es war nicht gefährlich, denn diese Menschen hatten nichts gegen
nich. Manche waren ganz anders als ich, aber trotzdem verband uns etwas.
Sie waren meine Helden und Heldinnen, sie waren meine Bewunderer und
Bewunderinnen. Ich mochte sie, ohne sie zu kennen, denn sie waren mutig
ind sich selbst gegenüber ehrlich, und das um jeden Preis. Sie waren mei-
ie unbekannten Freunde und ich war ihre unbekannte Freundin.

»Nämlich«, sagte ich dann, »dass ich es gewagt habe, aus Mut und
Liebe heraus zu handeln, und nicht aus Angst und Konvention. Aber das
Outing ist nicht ganz leicht. Und es ist auch nichts, was man ganz allein
nacht. Deshalb möchte ich mich als Erstes ganz herzlich bedanken.«

Ich sah Kaja an. Ihre Augen strahlten.

»Ich danke meiner Freundin Kaja, für ihren Mut, der jetzt auch zu mei
nem geworden ist. Ich danke euch anderen allen, allen mutigen Lesbe
und Schwulen, die zeigen, dass es gut ist, so zu sein, wie man ist.«

Erneuter Applaus. Während ich darauf wartete, dass er wieder ver
ebbte, sah ich ein, dass ich Angst gehabt hatte, mich zu blamieren, e
nicht zu schaffen. Aber diese Angst war völlig unnötig gewesen. Dies
Rede stand in meinem Herzen geschrieben, in meiner Hirnrinde, als hä
te ich sie seit Monaten eingeübt, obwohl ich sie doch erst vor kurzen
geschrieben hatte. Sie floss so leicht aus meinem Mund, wie sie aus mei
ner Feder geflossen war. Sie floss aus meinem Herzen.

»Bei mir ist es so«, erklärte ich nun, »dass ich gerade in den Schran
gestiegen war, bevor ich wieder herauskam.«

Vereinzeltes Lachen.

»Ich habe mein ganzes Leben heterosexuell gelebt. Ich habe Männe
geliebt, keine Frauen. Bis zu dem Zeitpunkt, als ich mich zufällig in ein
Frau verliebt habe. Das bedeutet, dass ich mein bisheriges Leben wi
eine Bürgerin erster Klasse gelebt habe. Und jetzt bin ich herunterge
stiegen und wie ihr anderen zu einer Bürgerin zweiter Klasse geworden.

Erfneutes Pfeifen. Erneuter Applaus.

»Jetzt habe ich kein Recht mehr auf Adoption. Ich habe kein Rech
mehr auf künstliche Befruchtung. Ich riskiere jetzt, ermordet zu werde
oder auf Todeslisten zu landen. Ich bin plötzlich abnorm geworden
abweichend, falsch.«

Ich legte eine Pause ein. Jetzt herrschte vollständiges Schweigen.

»Und vielleicht gefällt das meiner Mutter auch nicht«, sagte ich un
lächelte. »Aber es ist ein ziemlich spannendes und interessantes Erlebnis
Schließlich hat sich sonst an meinem Leben und meiner Persönlichkei
rein gar nichts verändert – nur habe ich mich eben in eine Frau verliebt.

Lachen.

»Manche Männer in meiner Umgebung haben ziemlich komisch rea
giert. Sie haben gesagt: ›Nein!!!! Sophie doch nicht. Weniger lesbisc
als die kann gar keine sein! Das ist nur eine Phase. Das legt sich wie
der!‹ Ich glaube, dass sie im Moment schreckliche Angst um mich haben
Denn was sagt uns das eigentlich? Ich bin ein wandelndes Beispiel dafür
dass diese schreckliche ›Krankheit‹ wirklich alle treffen kann. Also auc

diese Männer. Und deshalb wird es als solche Bedrohung aufgefasst, wenn jemand sich outet.«

Neue Pause. Das Publikum wartete.

»Das Outen ist für mich eine politische Handlung, vielleicht die wichtigste, die es für Homosexuelle überhaupt gibt. Sich zu outen bedeutet zu sagen: Es gibt mich. Ihr könnt eure Augen nicht vor mir verschließen. Es gibt uns! Wir sind überall. Lesben und Schwule sind keine Spezies für sich. Wir sind deine Schwester und dein Bruder. Deine Kinder. Dein Arbeitgeber. Dein Angestellter. Deine Mutter. Dein Vater. Dein bester Freund. Du bist vielleicht sogar selber homosexuell – nur weißt du das noch nicht.«

Wieder Johlen und Applaus. So eine positive Reaktion hatte ich in meinem ganzen Leben noch nicht gehabt.

»Homosexuelle und vor allem Lesben in der Gesellschaft sichtbar zu machen, ist unerhört wichtig. Frauen kommen immer an letzter Stelle. Wir haben die miesesten Jobs, die niedrigsten Gehälter, das geringste Kapital und fast keine reale Macht. Ich selbst habe offen lesbische Frauen immer ungeheuer bewundert. Sie sind stark, schön und mutig. Sie wagen es, sich allen Normen zu widersetzen, die es in unserer heterosexuellen, patriarchalischen Männergesellschaft überhaupt gibt.«

Immer wieder Kajas Augen, auf mich gerichtet, rußschwarz, blassblau. Neben ihr Lizas knallender Kaugummi und ihr stolzes Lächeln, Tonis schwarzer Pony, Sonjas verschränkte Arme, Labans bleiche Wangen. Hinter ihnen eine ganz Clique anderer Lesben, die ich mehr oder weniger kannte. Schöne, tüchtige, starke Frauen. Kajas Blick liebkoste mich, als ob sie sich mit mir oder zumindest mit meiner Stimme liebte, während ich redete.

»Lesben kommen immer zu kurz«, sagte ich dann. »Und zwar in jeder Hinsicht - politisch, ökonomisch und sozial. Dass sie sich trotzdem trauen, zu ihrem Lesbischsein zu stehen, dass sie wagen, das offen zu zeigen und dabei auch noch Spaß zu haben - das macht Lesben zu meinen Heldinnen.«

Zustimmendes Pfeifkonzert vom Lesbenflügel, Applaus von den anderen.

»Zum Schluss noch zwei Dinge, die mir gerade einfallen«, sagte ich. »Erstens: wie wichtig es ist, dass wir politisch zusammenarbeiten, um dieselben Rechte zu erlangen wie alle anderen Bürger. Das Wichtigste, wa wir tun können – und wozu alle beitragen können – ist, uns zu outen. Da ist eine kleine Handlung. Aber sie ist auch riesig groß. Und sie ist nicht s schwer, wie man glauben könnte. Ich möchte alle, die in den Medien arbei ten oder auf irgendeine Weise Zugang zu Informationskanälen haben, bit ten: Kommt raus! Versteckt euch nicht mehr! Steht zu dem, was ihr seid Ihr werdet euch danach viel besser fühlen und ihr begeht eine wichtig politische Handlung.«

Ich blickte in die Menschenmenge. Ich sah so viele bekannte Gesichte aus Fernsehen und Presse. Sie waren heute gekommen, obwohl sie e nicht wagten, sich öffentlich zu ihrer Homosexualität zu bekennen. Noc nicht. Aber immerhin waren sie hier. Das war ein gutes Zeichen.

»Und zweitens«, sagte ich nun, »müssen wir daran denken, dass wi die offen homosexuell leben, nicht nur in eigener Sache sprechen. Wi arbeiten für die ganze Gesellschaft, für eine offenere und besser Gesellschaft. Deshalb arbeiten wir auch für alle Bürger, die heute übe uns den Kopf schütteln. Wir kämpfen dafür, dass es leichter für sie wir wenn ihre Tochter eines Tages nach Hause kommt und sagt, Papa, ic habe eine Frau kennen gelernt. Aber nicht nur das. Die Wirkung unse rer Arbeit zeigt sich auch an vielen anderen Stellen. Die offen Gesellschaft, für die wir kämpfen, wird das Leben auch für Schwarze für Frauen, für Arbeiter, für Kranke, für Behinderte leichter machen; fü alle, die heute so wie wir auf irgendeine Weise unterdrückt werden. Wi arbeiten ganz einfach für eine bessere Gesellschaft und das wird alle zugute kommen. Sogar denen, die gegen uns arbeiten, die noch nich begriffen haben, worum es geht. Wir werden mit ihnen Geduld habe müssen, bis auch bei ihnen der Groschen gefallen ist.«

Jubel und Applaus kannten keine Grenzen. Ich konnte es kaum glauben.

»Ich habe damit angefangen, allen zu danken, die mir den Mut gegeben haben, mich zu outen und zu meiner Liebe und zu der, die ich bi zu stehen«, so kam ich zum Ende. »Ich möchte gern mit Lob abschließen. Ich möchte alle loben, die heute hier stehen. Euch alle, die sic schon geoutet haben, vor sich selbst, vor den engsten Freunden, vor de Familie, vor der Allgemeinheit. Ihr seid es, die den Weg in die Zukun bereiten, in eine bessere Zukunft, von der wir alle profitieren werde

Es ist eine ungeheuer wichtige politische Arbeit, die ihr da leistet, und ihr leistet sie verdammt gut. Also, alle offen lebenden Lesben und Schwule – ihr könnt verdammt stolz auf das sein, was ihr tut. Danke.«

Meine Rede war beendet. Ich winkte in die Menge. Dann stieg ich von der Bühne und umrundete wieder das Zelt. Es gab viel Applaus, wie mir schien, aber ich war ja auch nicht daran gewöhnt, vor so großem Publikum aufzutreten. Mir war ein wenig schwindlig, als ich allein im Schatten hinter dem Zelt stand, mein Gesicht war rot und ich war erhitzt. Es war ziemlich gut gegangen, fand ich. Dann tauchte ich hinter der Bühne auf und trat in die Sonne, ins Publikum, zurück zu den anderen Frauen. Und dort erlitt ich einen Schock. Der Lärm war ohrenbetäubend. Alle sprangen auf und applaudierten, pfiffen und schrien, und sie hatten nicht vor, so bald damit aufzuhören. Mehrere tausend homosexuelle Menschen brachten mir, nur mir, stehende Ovationen dar.

»Du muss wieder hoch«, schrie Kaja, lachend, mit leuchtenden Augen, ohne deshalb mit Klatschen aufzuhören. »Rauf mit dir!«

Ich lief wieder um das Zelt herum und sprang auf die Bühne. Der Jubel wurde noch lauter. Alle Menschen, die ich sehen konnte, so weit das Auge reichte, waren aufgestanden und applaudierten. Ich schaute über die Menge hinweg und spürte einen Kloß im Hals, ich hätte am liebsten geweint. Ich hatte so etwas noch nie erlebt. Mein Herz schien zu zerspringen, aber zugleich schwebte ich wie auf Wolken. Plötzlich erfasste ich die Ausmaße der Gefühle dieser Menschen, die anders als meine seit vielen Jahren aufgestaut und nur Stück für Stück offen gelegt worden waren: Das Erlebnis, dass sich eine mehr oder weniger prominente Person outete, dass ein Mensch, der in den Medien zu sehen war, offen über diese Liebe sprach, die auch ihre Liebe war, und durch diese Tat betonte, dass Liebe wichtiger war als alle Vorurteile. Das war schon eine stehende Ovation wert, das spürte ich nun auch. Auch, wenn es sehr wenig mit mir als Individuum zu tun hatte.

Danach war ich aufgewühlt und hätte gern gleichzeitig geweint und gelacht. Ich wurde immer wieder umarmt, von Fremden, von Bekannten aus den Medien, von Menschen, die ich nur vom Hörensagen kannte, von Männern und Frauen, von Lederschwulen und Transvestiten, von eleganten Lipsticklesben und harten Kampflesben, von Personen, deren Leben und Verhaltensweisen nicht die kleinste Gemeinsamkeit mit mir hatten. Und trotzdem spürte ich, so sehr, als wären wir allesamt in einen neuen und ganz anderen Adelsalmanach verzeichnet, dass wir derselbe Gruppe angehörten, derselben Sippe, demselben Zweig eines uralte Clans. Wir waren eine Familie, wir gehörten zusammen. Das taten wi wirklich.

***

Abends versammelten sich viele Frauen in Kajas Wohnung. Es war ei warmer, wunderbarer Abend und wir saßen auf dem Balkon und aße und tranken Wein. Eigentlich hatten wir danach noch ein Fest besuche wollen, aber die Stimmung war so wunderbar, dass keine von uns fort wollte. Wir redeten und lachten, ich war zum Umfallen müde un zugleich erfüllt von einer Energie, wie ich es nie zuvor erlebt hatte.

Um zwei Uhr gingen die Letzten. Wir waren nach dem langen Ta allesamt erledigt. Liza war schon im Bett. Kaja sah mich an.

»Du«, sagte sie. »Wir schlafen auf dem Balkon.«

Wir hatten eine Hängematte, die wir draußen aufhingen. Kaja war i der Wohnung verschwunden, um etwas zu holen. Ich legte mich in di Hängematte. Es war eine schöne, warme schwedische Frühsommer nacht. Die Luft war erfüllt von Düften, von blühenden Blumen un Bäumen und dem heißen Asphalt tief unter uns. Niemand konnte un hier erreichen, niemand konnte uns hier sehen. Es gab nur Kaja und mic und die Sommernacht und auf uns wartete wohlverdiente Ruhe. Aus de Ferne hörte ich Schritte auf dem Straßenpflaster und murmelnde un lachende Stimmen.

Ich war fast schon eingeschlafen, als Kaja sich neben mich legte. Ic öffnete die Augen und sah das Mondlicht am Osthimmel. Kaja hielt ei Buch in der Hand.

»Ich bin so stolz auf dich«, flüsterte sie mir ins Ohr. »Willst du hören was die Dichterin sagt?«

Ich lächelte.

»Jetzt will ich wirklich hören, was die Dichterin sagt«, sagte ich.

Dann schloss ich die Augen. Die Hängematte schaukelte sanft. Un Kaja las vor:

Violetten Schatten trage ich aus meiner Urzeit,
nackte Jungfrauen im Spiel mit galoppierenden Zentauren
gelbe Sonnentage mit freundlichen Blicken,
nur Sonnenstrahlen sind es wert, einen empfindsamen Frauenleib zu umhüllen.
Der Mann ist nicht gekommen, war nie hier, wird nie hier sein.
Der Mann ist ein falscher Spiegel, der die Tochter der Sonne verzerrt an eine Felswand wirft,
der Mann ist eine Lüge, die kluge Kinder nicht verstehen.
der Mann ist eine verdorbene Frucht, die stolze Lippen verschmähen.

Schöne Schwester, oben auf den stärksten Felsen,
wir ehren alle Kriegerinnen, Heldinnen, Reiterinnen,
Unschuldsaugen, Himmelsstirnen, Rosenlarven,
schwere Brandung und verirrte Vögel,
wir ehren die am wenigsten Erwarteten und die Tiefstroten,
Tigerflecken, gespannte Saiten, Sterne ohne Schwindel.

Ich schwieg. Ihr Gewicht auf meinem Arm, meine Lippen an ihrem Hals. Der Mondschein klar und mild vor dem hellblauen Sommernachtshimmel, der Duft von Blüten, süß und schwer.

»Schön«, flüsterte ich. »Von wem ist das?«

»Von Edith Södergran«, sagte Kaja. »Und von dir. Von uns allen.«

Die Hängematte bewegte sich, langsam, langsam. Warm umarmt, frei in der Luft zwischen Himmel und Erde.

***

Der Herbst kam und das Leben ging weiter. Kaja und ich stritten uns noch immer heftig, aber unsere Auseinandersetzungen nahmen nicht mehr so extreme Formen an wie früher. Wir suchten jetzt nach einer größeren Wohnung oder sogar einem Haus, damit die Hunde einen Garten zum Auslauf hätten. Mein Buch erschien und wurde unterschiedlich rezensiert, wie immer, und von den Medien ziemlich beachtet, wie immer. Kaja wollte mich zur Buchmesse begleiten, und ich war von allerlei Bibliotheken und zu einer Veranstaltung zum Tag des Buches eingeladen worden.

An einem Samstag fuhr Kaja mit mir nach Norrköping, wo ich in einer Bücherei lesen sollte. Nach der Veranstaltung, als ich mit meinem Blumenstrauß in der Hand dastand und mir ein wenig blöd vorkam, kam ein Mädchen auf mich zu. Sie war blond und schlank, höchstens zwanzig Jahre alt und fast ebenso sommersprossig wie Kaja. Ich erkannte sie wieder, sie hatte ganz vorn gesessen und mir die ganze Zeit aufmunternd zugelächelt. Jetzt stellte sie sich vor. Sie war unglaublich schüchtern.

»Hallo«, sagte sie. »Ich heiße Sandra. Hast du eine Minute Zeit?«

»Hallo«, sagte ich. »Natürlich.«

Sie trat von einem Fuß auf den anderen.

»Ich bin auch lesbisch«, sagte sie dann. »Und ich war so glücklich über dein Coming-out.«

»Wie gut«, sagte ich.

»Du bist so stark«, sagte sie und schaute mich über ihre sommersprossige Nase hinweg an. »Und ich bin froh darüber, dass es dich gibt. Es bedeutet für mich und meine Freundinnen verdammt viel.«

»Vielen Dank«, sagte ich voll Wärme. »Das ist sehr lieb von dir.«

»Keine Ursache«, antwortete Sandra und errötete unter ihren Sommersprossen. »Aber du ... ich würde dich gern um eins bitten.«

»Was denn?«, fragte ich.

»Ich wollte dich bitten, das Buch zu signieren.«

Sie hielt mir meinen neuen Roman und einen Kugelschreiber hin und schaute mich an.

»Natürlich«, sagte ich. »Wie schmeichelhaft.«

Und dann schrieb ich eine lange Widmung:

»Für Sandra, die den kühlen Herbsttag in Norrköping mit Wärme und Leben erfüllt hat. Danke für deine Unterstützung und Glück mit allem, wünscht die Autorin.«

Sandra las und lächelte. Dann wandte sie sich an Kaja.

»Du auch!«

»Ich?«, fragte Kaja, aber ich konnte ihr ansehen, dass sie sich freute.

Sie schrieb ebenfalls einige Zeilen in das Buch und reichte es Sandra. Sandra las laut:

»Danke, Sandra, dafür, dass es dich gibt. Ohne dich würden Sofa und ich in einer Wurstfabrik arbeiten müssen. Kuss, Kaja.«

Sie lachte und schaute uns aus strahlenden Augen an.

»Wo wohnst du?«, fragte Kaja.

»In Uppsala«, sagte Sandra. »Aber ich hab in der Zeitung gelesen, dass ihr herkommt.«

Sie war unseretwegen den weiten Weg nach Norrköping gereist. Ich fühlte mich geschmeichelt und war gleichzeitig auch ein bisschen schockiert.

»Wie schön, dass du kommen konntest«, sagte ich hilflos.

Ich konnte Kaja ansehen, dass auch sie sehr bewegt war.

»Wollen wir nicht mit Sandra einen Kaffee trinken, ehe wir aufbrechen?«, fragte sie.

»Klar doch«, sagte ich. »Natürlich.«

Wir drehten uns beide zu Sandra um.

»Möchtest du mit uns einen Kaffee trinken?«

Sie strahlte.

»Wollt ihr wirklich?«

»Ja, sicher«, sagte Kaja. »Hier liegt gleich gegenüber ein Café.«

Wir gingen hin. Überall Autos. Abgase. Unwirklichkeit.

»Meine Freundinnen werden mich für eine Lügnerin halten«, sagte Sandra, als wir uns gesetzt hatten.

Kaja und ich wechselten einen Blick. Es war peinlich, dermaßen überhöht zu werden. Zugleich machte es Spaß, jemanden so einfach dermaßen glücklich machen zu können. Die Kellnerin kam und wir bestellten drei Café au Lait und ein Käsebrot für Kaja. Sandras Augen glitzerten, wenn sie uns ansah. Wir fragten sie ein wenig über ihr Leben aus.

»Ich arbeite in einer Computerfirma«, sagte sie.

»Lebst du denn offen?«, fragte ich. »Hast du dich bei deiner Familie und deinen Freunden und bei der Arbeit geoutet?«

Sandra lächelte verlegen und schüttelte ihre blonde Mähne.

»Meinen Eltern habe ich es vor einigen Jahren gesagt«, berichtete sie. »Die sind total zusammengebrochen. Fast hätten sie mich vor die Tür gesetzt, meine ältere Schwester musste sich einschalten und mich retten. Seither haben wir nicht viel Kontakt, meine Eltern und ich.«

Meine eigenen Eltern am Küchenfenster, erfüllt von ihrer konservativen Weltanschauung und ihren Oberklasseidealen. Wir lieben dich, Herzchen, und das werden wir immer tun. Egal, was passiert. Egal, wozu du dich entschließt. Das ist dein Leben. Wir unterstützen dich in allen deinen Entscheidungen. Du bist unser Kind und wir lieben dich. Die Liebe ist wichtiger als alles andere.

»Und deine Freunde?«, fragte Kaja.

»Die sind in Ordnung«, antwortete Sandra ausweichend. »Aber ich habe natürlich nicht mit allen geredet.«

»Natürlich nicht«, sagte ich.

Kaja und ich wechselten einen verstohlenen Blick. Sandras Sommersprossen leuchteten wie kleine Sterne, sie waren über ihre Stupsnase und ihre Wangen verteilt. Sie sah traurig aus.

»Aber in der Firma habe ich nichts gesagt«, sagte sie dann. »Das würde ich niemals wagen. Mein Chef hasst Schwule, er redet immer darüber, wie widerlich er die findet.«

»Der ist bestimmt heimlich selbst schwul«, sagte Kaja trocken. »Das sind die, die am lautesten schreien, wie widerlich Schwule sind, doch immer.«

Sandra lachte ein wenig. Sie wirkte etwas munterer.

»Glaubst du?«, fragte sie. »Ja, das ist er vielleicht.«

Sie lachte noch einmal. Ihre Mähne hüpfte auf und ab. Dann wurde sie ernst.

»Ich hab schreckliche Angst davor, dass er etwas über mich erfahren könnte«, sagte sie. »Was, wenn er mich dann feuert?«

»Aber Himmel«, sagte Kaja. »In diesem Land gibt es ein Antidiskriminierungsgesetz. Das kann er also nicht machen.«

»Auf dem Papier, ja«, sagte Sandra und lachte wieder ein wenig verlegen.

Sie war jung, aber sie war nicht unwissend. Plötzlich ging mir auf, wie leicht alles für Kaja und mich war. Auch das, was uns als harter Widerstand erschien, war doch immer Widerstand auf hohem Niveau. Wir hatten eigentlich keinen Grund zur Klage, es ging uns gut, wir waren glücklich, wir hatten einander. Wir arbeiteten im Medienbereich und hatten sehr tolerante Freunde und Verwandte, wir wohnten in einer Großstadt, die uns die Möglichkeit bot, so anonym zu sein, wie wir das wollten. Wir waren zwar beide mehr oder weniger Personen des öffentlichen Lebens, aber auch in dieser Hinsicht hatten wir unsere Entscheidung getroffen. Wenn über uns geredet wurde, dann, weil wir hervorgetreten waren, nicht, weil wir in einer Stadt lebten, die so klein war, dass alle wussten, wer man war, auch dann, wenn man nicht erkannt werden wollte.

»Hast du eine Freundin?«, fragte ich.

Sandra schüttelte eifrig den Kopf.

»Ich war vor ein paar Jahren mit einer zusammen, aber dann war Schluss«, sagte sie und schnitt eine Grimasse. »Und seither habe ich nur Frauen kennen gelernt, aus denen dann gute Freundinnen wurden.«

Ich sah Labans Gesicht vor mir: »Ich lerne keine kennen, die mir wichtig genug ist ...«

»Früher oder später findest du eine«, meinte ich.

»Das hoffe ich«, sagte Sandra.

»Gehst du denn aus?«, fragte Kaja. »Sonst ist das nicht leicht.«

»Ich fahre ziemlich oft nach Stockholm«, sagte Sandra. »So oft ich mir das leisten kann. Jedenfalls mindestens einmal im Monat.«

Wir leerten unsere Tassen und bezahlten. Auf der Straße umarmte Sandra uns beide noch einmal.

»Gott, was bin ich froh«, sagte sie aufrichtig und ihre Sommersprossen leuchteten mit ihren Augen um die Wette. »Das wird mir wirklich kein Mensch glauben!«

Wir sahen ihr nach, als sie zum Bahnhof ging. Sie drehte sich mehrere Male um und winkte. Dann setzten wir uns ins Auto. Als wir über die Autobahn fuhren, schwiegen wir zuerst für lange Zeit.

»Klasse«, sagte ich endlich. »Schön, dass sie so glücklich war. Aber ich schäme mich auch.«

»Genau meine Gedanken«, rief Kaja. »Ich schäme mich über diese Aufmerksamkeit, und ich schäme mich, wenn ich höre, wie sie lebt.«

»Das ist doch unmöglich«, sagte ich. »Es ist verdammt noch mal Wahnsinn, dass in der heutigen Zeit und ausgerechnet in Schweden eine Frau wie Sandra an ihrem eigenen Arbeitsplatz nicht die Wahrheit über sich sagen kann.«

»Da siehst du, wie viel noch zu tun ist«, sagte Kaja leise.

Als wir wieder zu Hause waren, saß ich abends allein am Fenster und schaute hinaus. Es regnete. Ich dachte an Sandra und an ihr Leben, das sie uns beschrieben hatte. Und ich grübelte darüber, was ich über andere Lesben wusste. Dann dachte ich an meine alten Freundinnen, an ihre Ehen und Beziehungen und an meine eigenen früheren Verhältnisse.

Lesben schlugen einander. Lesben provozierten einander ebenso wie Heteros und Schwule das taten. Lesben hatten Probleme. Sie waren keine Engel. Wir waren keine Engel. Menschen waren keine Engel. Aber das bedeutete nicht, dass wir nicht genau dieselben Rechte wie alle anderen beanspruchen konnten, in einer demokratischen Gesellschaft, die sich auf die Fahnen schrieb, dass vor dem Gesetz alle Menschen gleich seien. Aber so war es nicht für diejenigen, die in einer homosexuellen Beziehung lebten. Die waren weniger wert. Ich konnte keine Kinder mehr adoptieren oder mich in einem Krankenhaus künstlich befruchten lassen. Während ich noch vor kurzem als Mutter tauglich gewesen wäre, galt ich jetzt als durch und durch ungeeignet, obwohl ich doch noch haargenau derselbe Mensch war.

Die Gesellschaft war nicht gerecht. Wir homosexuell Lebenden galten als niedere Wesen. Warum sollten wir dann aber wie alle anderen Steuern zahlen? Warum sollten wir uns an die Gesetze halten? Homosexuelle sollten Steuerverweigerung betreiben, bis die Adoptions- und Befruchtungsgesetze geändert wären, dachte ich. Und wir müssten auch alle möglichen anderen Gesetzesübertretungen begehen. Ich überlegte mir, dass wir uns als Schimpansen verkleiden, das Parlament stürmen und an der Tribüne anketten und einige Abgeordnete als Geiseln nehmen könnten. Die gefährlichen Affen sind da! Und sie werden ihre Affenkostüme erst ablegen, ihre Geiseln freigeben und das Haus verlassen, wenn entschieden wurde, dass sie ebenso Menschen sind wie die anderen Schweden. Wenn wir das nicht tun, dann werden sie sich weiterhin in jeder Hinsicht wie Affen verhalten.

»Wir sollten Revolution machen«, sagte ich zu Kaja, als wir schon im Bett lagen.

»Machst du Witze«, meinte sie. »Sag einfach Bescheid, wenn du so weit bist. Ich kann innerhalb von zwei Stunden einige Hundert kampfbereite Homos organisieren. Draußen brodelt es, und die Lage wird sich erst beruhigen, wenn wir eine Veränderung sehen.«

Ich lächelte, verschränkte im Nacken die Hände und schaute zur Decke hoch. Mehrere gute Ideen nahmen Form an, eine nach der anderen. Das hier könnte wirklich überaus witzig werden.

»Das sollten wir uns wirklich überlegen«, sagte ich. »Wir sollten das ernsthaft überlegen.«

***

Kaja und ich saßen einander am Küchentisch gegenüber. Wir waren beide gleichermaßen wütend.

»Du solltest dir einen Mann suchen!«, fuhr sie mich an. »Du willst nicht so leben, das spüre ich. Du wärst viel lieber mit einem Typen zusammen.«

»Ja, manchmal vielleicht«, sagte ich. »Wenn du nicht für mich da bist, wenn du nicht vorhast, mein gesellschaftliches Leben zu teilen, wenn du keine Kinder willst! Du willst dein Leben so führen, wie es früher war, und dass es mich gibt, soll keinen Unterschied machen.«

»Findest du denn, dass es einen Unterschied machen sollte?«, schrie sie. »Dein Leben gehört dir und meins gehört mir. Ich habe nicht vor, alles zu ändern, nur damit es dir recht ist.«

»Nein, das merke ich«, schrie ich zurück. »Du bist nicht zu dem geringsten Kompromiss bereit.«

»Bist du das denn?«, fauchte Kaja. »Du flirtest die ganze Zeit mit der Oberklasse. Du verachtest alle Homosexuellen. Du magst meine Freunde nicht!«

»Scheißgerede!«, schrie ich. »Ich mag meine Freunde und meine Verwandten in der Oberklasse, sie sind meine Familie und ich habe nicht vor, deinetwegen auf sie zu verzichten. Aber ich war mit dir auf wirklich jedem schwul-lesbischen Event! Du dagegen kommst nie mit mir irgendwo hin! Du sagst, dass du meine Freunde nicht ausstehen kannst und dass du mit Leuten mit Oberklassenhintergrund keine Gemeinsamkeiten finden kannst! Du wünschst dir eine Frau aus der Arbeiterklasse!«

»Ich war überall mit dir«, widersprach Kaja wütend. »Ich hab deinetwegen sogar ein Abendkleid angezogen. Mehr kann ich nicht tun, ich kann mich deinetwegen nicht noch weiter verbiegen. Ich bin so, wie ich bin!«

»Und ich bin so, wie ich bin!«, brüllte ich.

Wir waren beide wütend. Kaja sprang auf und lief ins Schlafzimmer. Ich fing zornig an zu spülen. Eine Stunde verging, dann zwei. Danach begegneten wir uns in der Diele. Wir starrten einander böse an. Und dann umarmten wir uns widerwillig.

»Komm«, sagte ich. »Wir setzen uns aufs Sofa. Ich habe eine Idee.«

Wir gingen ins Wohnzimmer.

»Ich glaube, es geht in Wirklichkeit um deine Bedürfnisse und um meine Bedürfnisse«, sagte ich. »Was willst du wirklich, wenn es um Beziehungen und Familie geht?«

»Das weiß ich nicht«, brummte Kaja übellaunig.

»Na mach schon«, sagte ich. »Wenn ich das so sage: Meine Bedürfnisse sind, bei dir zu sein, Kinder zu bekommen und eine Familie zu gründen und außerdem Freunde und Familie treffen zu können, ohne dass das dauernd Probleme macht. Was willst du?«

»Mich frei fühlen«, sagte Kaja. »Über mein eigenes Leben bestimmen können.«

Pause.

»Und bei dir sein«, fügte sie wütend hinzu.

»Okay«, sagte ich. »Dann müssen wir überlegen, wie wir beide unsere Bedürfnisse befriedigen und trotzdem zusammen sein können. Oder?«

Kaja nickte.

»Aber ich weiß nicht, wie das gehen soll«, sagte sie.

»Ich auch nicht«, antwortete ich.

Wieder schwiegen wir beide.

»Aber alles ist möglich«, sagte ich dann. »Liza hat schon Recht: Wir haben die Wahl, alles steht uns frei. Wir können alles machen, können getrennt leben, kinderlos zusammenleben, heiraten und uns über eine Samenbank Kinder zulegen, oder ich kann sogar mit einem Mann Kinder bekommen, der ein aktiver Vater sein will, obwohl du und ich mit dem Kind zusammenleben; wir können uns trennen und ich gründe mit einem Typen eine Familie, aber wir sind noch immer Freundinnen. Wir haben alle Möglichkeiten.«

»Du liebäugelst mit der Oberklasse und der Heterosexualität«, sagte Kaja düster.

»Und du flirtest mit der Arbeiterklasse und der Homosexualität«, fauchte ich wütend. »Also lass mich damit doch in Ruhe!«

Wir starrten einander an.

»Ich kann dich nicht auf eine festgelegte Weise lieben«, sagte ich. »Ich kann dich jetzt lieben, heute, für einen überschaubaren Zeitraum, aber ich kann nicht dafür garantieren, was in einem Monat oder einem Jahr passiert. Ich will nicht versprechen, dich mein Leben lang zu lieben. Das habe ich schon einmal versucht, mit Lukas, und es ist mir nicht gelungen. Dafür geschehen zu viele Veränderungen. Oder genauer gesagt: Meine Bedürfnisse erstrecken sich über eine viel zu breite Skala. Ich brauche es, mit einem Fuß in der Freiheit und dem unkonventionellen Leben zu stehen, und mit dem anderen fest in Familie, alten Freundschaften und konventioneller Oberklasse zu stecken. So bin ich eben. Und das Leben ist zu kurz, um sich elend zu fühlen und seine Bedürfnisse nicht befriedigen zu können.«

»Was glaubst du denn, wie ich das empfinde?«, fragte Kaja. »Ich habe von dir niemals verlangt, mich in irgendeiner bestimmten Form zu lieben. Mir ist das Unbestimmte nur recht. Aber ich kann nicht alle deine Bedürfnisse erfüllen. Ich weiß nicht einmal, ob ich Kinder haben will. Und ich will auf keinen Fall mein Leben mit Festessen vergeuden, bei denen es wichtig ist, welche Gabel man für die Vorspeise nimmt und welches Kleid sich am besten macht. Mein Leben gibt es nicht zu diesem Preis. Wir sind verschieden, du und ich. Wir haben unterschiedliche Bedürfnisse. Ich muss mich frei fühlen können und wissen, dass ich über mein Leben und meine Zeit selbst bestimme. Das bedeutet nicht, dass ich dich nicht liebe. Aber ich glaube an getrennte Identitäten, daran, dass du dein Leben lebst und ich meins, und dass wir uns lieben, wenn wir uns begegnen.«

Wir schwiegen. Ihre Augen glühten. Ich konnte sie zu nichts zwingen. Und sie wollte mich auch nicht zwingen. Trotzdem kamen wir nicht zusammen. Die Wahrheit war, dass das Problem nicht darin lag, dass ich mich in eine Frau verliebt, dass ich meinen Mann verlassen hatte, dass ich geschieden worden war. Das Problem war auch nicht, der Umwelt mitzuteilen, dass ich jetzt lesbisch lebte. Das alles überschattende Problem war, wie man eine funktionierende, gute Beziehung führte.

»Ich will nur, dass wir beide unsere Bedürfnisse befriedigen können«, sagte ich. »Ich will, dass es uns gut geht. Ich weiß nicht, wie das gehen soll, aber wir müssen es auf jeden Fall versuchen.«

»Ja«, sagte Kaja und strich mir mit einem Finger über die Wange. »Wir müssen es wenigstens versuchen.«

Ich war noch immer neu in diesem Spiel, trotz aller Beziehungen, die hinter mir lagen. Aber ich wusste, dass die Liebe das Wichtigste und Größte von allem war, und dass Sünde, die einzige mir bekannte Sünde, darin bestand, der Liebe den Weg zu versperren, egal, in welcher Gestalt sie sich zeigte. Die Liebe war unsere einzige Chance zu überleben, als Individuen, als Spezies, als Gesellschaft, als Kultur, als Planet. So viele Menschen konnten nicht lieben und dann war das Leben plötzlich zu Ende. Bedingungslos zu lieben, rein und ganz zu lieben, ohne Hintergedanken, das war das Schwerste, aber auch das Wichtigste überhaupt. Um die eigenen Ansprüche an das Gegenüber, die über die Liebe hinausgingen, auf ein Minimum zu reduzieren, musste man herausfinden, wer man selbst war. Die Liebe überwand alles. Die Liebe war das Wichtigste und Größte von allem.

***

Lukas und ich saßen uns in einem Café gegenüber. Es war Sonntag, und er war aus London, wo er jetzt fest wohnte, auf Besuch nach Stockholm gekommen. Er hatte sich die Haare wachsen lassen und trug die Art von lässiger Kleidung, an die ich mich aus der ersten Zeit unserer Bekanntschaft noch erinnerte. Außerdem behandelte er das Cafépersonal genauso unangenehm und war mir gegenüber so locker-charmant wie damals. Es war fast wie ein Déjà-vu, mit dem Unterschied, dass das alles nicht mehr mein Problem war, sollte sich doch seine neue englische Freundin darüber den Kopf zerbrechen. Das war ein wunderbares Gefühl. Wir redeten und lachten und eigentlich war alles richtig lustig.

»Wie geht's deiner Familie?«, fragte ich.

»Gut«, sagte Lukas. »Mama hat sich selbstständig gemacht, zusammen mit Alexanders Frau. Sie verkaufen Kaftane und andere Kleidungsstücke, die sie selbst gewebt und gefärbt haben.«

»Ja, verdammt«, sagte ich. »Warum trägst du denn keinen?«

Lukas Augen funkelten.

»Selbst meine Solidarität mit der Familie hat ihre Grenzen«, sagte er. »Auch wenn ich meine Mama lieb habe.«

»Wie geht es denn Niklas?«

»Gut«, sagte Lukas. »Bei ihm kocht immer seine Frau.«

Wir lachten beide.

»Bist du glücklich?«, fragte ich dann.

»Aber sicher«, sagte Lukas voller Überzeugung.

Seine Augen waren unergründlich, dunkelbraun, freundlich. Es war für mich unmöglich zu erkennen, was er eigentlich dachte und empfand. Aber so, das sah ich ein, war es im Grunde immer gewesen.

»Und selbst?«, fragte Lukas.

»Ach, ja«, sagte ich. »Mal Himmel, mal Hölle.«

»Aber das hast du doch so gewollt«, sagte Lukas lächelnd.

Hatte ich das so gewollt? Vielleicht. Jedenfalls glaubte es Lukas.

»Hast du mich bei unserer Hochzeit so gesehen?«, fragte ich.

»Natürlich«, sagte Lukas mit demselben überzeugten Ton.

Unsere Hochzeit im Dezember. Ein perfekter Tag, strahlender Sonnenschein, zwei Grad unter Null, Stockholm bedeckt von frisch gefallenem Schnee. Ich trug einen weißen Pelz mit Muff und alle Hochzeitsgäste drängten sich um uns und warfen Reiskörner. Wir fuhren von der Kirche mit dem Schlitten fort und stiegen dann auf Pferdewagen um. Lukas Gesicht war meinem ganz nah, sein Atem quoll wie Rauch aus seinem Mund. Und unsere Küsse – ein Gemisch aus Zigarettenrauch und Kaffee. Träume, Hoffnungen. Unser zukünftiges gemeinsames Leben. Aber vielleicht auch eine kleine böse Vorahnung. Lukas neben mir beim Hochzeitsschmaus. Etwas, das er sagte, etwas, das mich ärgerte. Zwischen zwei Reden stritten wir leise miteinander. Und noch früher in unserer Beziehung, als wir uns gerade erst kennen gelernt hatten. Ich musste plötzlich daran zurückdenken.

»Weißt du noch, damals, ganz am Anfang, als ich mitten in der Nacht zu dir gekommen bin?«, fragte ich.

»Ja, sicher«, sagte Lukas.

Wir hatten uns im Café Opera gestritten und Lukas war weggelaufen. Ich war wütend auf ihn und war nach einiger Zeit mit einer Frau nach Hause gefahren. Danach saß ich mit ihr auf dem Sofa und weinte die halbe Nacht. Am Ende beschlossen wir gemeinsam, dass ich zu Lukas hinübergehen sollte, der nur eine Straße weiter wohnte. Ich ging hin, ungeschminkt, äußerlich und innerlich nackt. Als ich vor Lukas Tür stand, hörte ich Musik. Ich klingelte. Lukas erschien im Bademantel. Es war halb sechs Uhr morgens. Er wirkte bei meinem Anblick froh, aber auch schockiert, und zog die Tür hinter sich zu.

»Können wir nicht reingehen?«, fragte ich.

»Da ist eine Frau«, sagte er.

Ich wollte gehen. Meine Gefühle holten mich nicht einmal mehr ein, ich reagierte instinktiv. Aber Lukas packte mich.

»Hör doch zu«, sagte er. »Sie ist bei mir, weil sie keinen Ort zum Schlafen hat. Verstehst du? Ich kenne sie von früher her und sie ist mir in der Stadt über den Weg gelaufen. Ich hab sie als Kumpel mit hierher genommen. Zwischen uns ist nichts passiert. Das kannst du mir glauben.«

»Schwörst du?«, fragte ich kindisch.

Er lächelte. Charmante braune Augen. Freundlich, voller Wärme und Leben.

»Ich schwöre.«

Wir setzten uns auf die Treppe. Wir brauchten beide nur kurz um Verzeihung zu bitten, dann waren wir wieder zusammen. Wir küssten uns. In diesem Moment wurde Lukas Wohnungstür geöffnet. Eine dunkelhaarige Frau, die nicht besonders gut aussah, kam vollständig angezogen aus der Wohnung.

»Ich geh jetzt«, sagte sie. »Ich muss zur Arbeit.«

Sie sah mich an. Ich streckte die Hand aus.

»Sophie«, sagte ich.

»Ylva«, sagte sie.

Sie schaute Lukas kurz an. Dann ging sie. Lukas nahm meine Hand führte mich in die Wohnung und wir liebten uns auf seinem Bett. Von diesem Morgen an war unsere Beziehung eine Tatsache. Sie hatte auf Messers Schneide gestanden, war nun aber auf die richtige Seite gekippt. Jetzt saßen wir in einem Café, eine Ehe und drei Jahre später, und ich sah Lukas in die Augen.

»Du weißt, welchen Tag ich meine? Als wir auf der Treppe saßen?«

Lukas lächelte.

»Ich weiß genau, welchen Tag du meinst. Als Ylva da war.«

Ich sah ihm in die Augen.

»Damals hast du gesagt, ihr hättet nicht miteinander geschlafen. Stimmte das? Hattest ihr das wirklich nicht?«

Lukas lachte. Die Wärme strahlte von seinem Gesicht aus, die ganze positive Wärme, die er besaß und die er großzügig allen gab, die ihm über den Weg liefen. Er war eigentlich ziemlich reizend, abgesehen von seinem 70er-Jahre-Haarschnitt. Lukas, ein Mann, den ich geheiratet hatte. Ein anderer Lukas, von dem ich geschieden worden war. Ein dritter

Lukas, der heute hier saß und vermutlich große Ähnlichkeit mit dem ersten Lukas von damals hatte. Er schaute mir unbeschwert in die Augen.
»Natürlich hatten wir das«, sagte er.

***

Zwei Abende später stritt ich mich wieder mit Kaja, diesmal über eine Bagatelle. Aber wie üblich brachten wir einander sehr rasch auf die Palme.
»Du denkst nur an dich!«
»Ha! Und das sagst du! Du bist mir wirklich die Richtige, eine selbstsüchtige Egoistin!«
»So etwas muss ich mir gerade von dir nicht sagen lassen!«
»Doch! Und zwar, weil du dich nie änderst.«
Sie lief um das Sofa herum und zog wütend an ihrer Zigarette.
»Ich FÜHLE das eben so«, fauchte sie. »Und ich habe nicht vor, dir das zu verschweigen. Du kannst mir meine Gefühle nicht verbieten. Du kannst mich nicht kontrollieren.«
Wir starrten einander an.
»Du spinnst doch«, sagte ich zu ihr. »Ich WILL dich doch überhaupt nicht kontrollieren. Hör auf mit dem Scheiß!«
Kajas Augen sprühten vor Wut Funken.
»Ich rede also Scheiß? Ich spinne also? Wer hier spinnt, verdammt noch mal, das bist DU! Das hier ist doch der totale Wahnsinn.«
Sie lief aus dem Wohnzimmer und knallte die Tür so hart ins Schloss, dass die Fensterscheiben klirrten. Ich blieb auf dem Sofa sitzen, unbeweglich, und starrte vor mich hin. Mein Hals tat weh. Langsam lief mir eine Träne über die Wange. Ich dachte, wie schon so oft, jetzt packe ich meine Tasche. Jetzt gehe ich. Jetzt nehme ich die Hunde und setze mich ohne ein Wort ins Auto, jetzt verlasse ich sie.
Kaja war anstrengend und kompliziert, sie war egozentrisch, kindisch und egoistisch. Auf die Dauer war mit ihr kein Auskommen. Ganz bestimmt würde ich sie eines Tages verlassen und beschließen, dass ich lieber einen Mann wollte, einen, mit dem ich Kinder bekommen und eine Familie gründen würde, einen, der in sich ruhte und nicht verlangte, dass ich dauernd Rücksicht auf ihn nahm, um seine überzogenen Gefühlsausbrüche zu vermeiden. Das würde ich ganz bestimmt.

Kaja war wie ein Klotz an meinem Bein, der mich daran hinderte, mich frei zu bewegen und das Leben aufzubauen, das ich leben wollte. Ich war gefangen, gezwungen; ich steckte fest in einer Situation, in der ich mich nicht wohl fühlte. Was war das Problem? Ihre Persönlichkeit, natürlich. Ihre Stärke, ihre Härte, ihre Weigerung, mir entgegenzukommen. Sie war ein unsicheres, streitsüchtiges und stures kleines Mädchen, nicht die starke, freimütige Frau, in die ich mich damals verliebt hatte. Kaja steckte voll mit Problemen, denen sie sich eines Tages stellen musste, wenn sie in ihrem Leben jemals eine Verbesserung erzielen wollte. Nicht meinetwegen ging es ihr schlecht, und deshalb war es auch nicht meine Aufgabe, dafür zu sorgen, dass es ihr gut ging.

Sommersprossen und Tätowierungen. Ein wahnwitziger Strom von Verwünschungen.

Es war nicht an mir, mich um Kaja zu kümmern. Meine Aufgabe war es, mich um mich selbst zu kümmern und dafür zu sorgen, dass ich es gut hatte. Und dafür musste ich die Verantwortung für mein Leben übernehmen und versuchen, es so einzurichten, wie ich es haben wollte. Ich konnte so nicht weitermachen. Ich konnte mich nicht weiter in meiner Beziehung so elend fühlen, während gleichzeitig erwartet wurde, dass ich die ganze Zeit munter und fröhlich und obenauf war. Und da war es besser, kurzen Prozess zu machen und Kaja jetzt gleich zu verlassen.

Blassblaue Augen, lächelnder Mund. Ihre Stimme tief in der Dunkelheit, ihre Hand um meinen Nacken. »Ich liebe dich.«

Zuerst sollte ich die Grenzen meiner Liebe zu Kaja vielleicht auf die Probe stellen, feststellen, wie groß diese eigentlich war und wie sie überhaupt aussah. Es war mir im Moment vermutlich unmöglich, zwischen der Angst vor einem Leben, das anders war als erwartet, und meiner Resignation angesichts Kajas kindischen Verhaltens zu unterscheiden, zu erkennen, was echte Liebe zu ihr war, und was mir einfach geholfen hatte, mein altes Leben zu verlassen, in dem ich mich nicht mehr wohl gefühlt hatte, weil es darin keinen Platz für meine gesamte Persönlichkeit gegeben hatte. Sie war in vielerei Hinsicht ein hoffnungsloser Fall, aber ich war es mir vermutlich schuldig, noch eine Weile zu bleiben und festzustellen, was das alles zu bedeuten hatte.

Vor allem würde ich mir gegenüber ganz ehrlich sein müssen. Was mich persönlich anging, so hatte ich das Gefühl, die ganze Zeit tiefer zu mir vor zudringen, in einer spiralförmigen Bewegung. Zuerst hatte ich geglaubt, man sei je nach den Umständen, der Lage, in der man sich befand, glücklich oder nicht. Danach hatte ich entschieden, dass nicht die Situation im Mittelpunkt stand, sondern die Beziehung; ich hatte Glück für beziehungsgebunden gehalten und nicht für situationsgebunden, hatte gedacht, wichtig sei vor allem, sich mit der Partnerin zu verstehen.

Ihr Mund an meinem. Wie sie mich verließ, vorübergehend, sodass ich in meinem Spiegelbild allein blieb.

Allein im Spiegel, weil die Sache mit der Beziehungsgebundenheit leider auch nicht stimmte, auch wenn es überaus bequem für mich gewesen wäre, alles auf Kaja zu schieben. Der Kern der Sache war, so weit ich bisher vorgedrungen war, dass es im Grunde nur um das eigene Ich und die absolut individuellen Probleme ging. So war es bei Kaja, so war es bei mir, so war es bei den meisten Menschen. In meinem Fall ging es um Gleichgewicht zwischen Oberfläche und Inhalt, zwischen Oberklasse und Linksradikalen, zwischen Abhängigkeit und Unabhängigkeit, zwischen versorgt werden oder selbst anpacken, zwischen Geborgenheit und Freiheit. Gleichgewicht war ein Schlüsselwort in meinem Leben, vor allem, wenn ich mich auf emotionalen Höhen und im scharfen Licht der Öffentlichkeit bewegen wollte. Ich würde dazu gezwungen sein, Gleichgewicht zu erlangen, auf allen Ebenen, auch wenn es mir so schwer vorkam, das zu erreichen und zugleich einen anderen Menschen zu lieben.

Ihre sommersprossige Erscheinung, ihre reizbare Art. Es gab nur eine wie Kaja auf der ganzen Welt, so sprunghaft ihre Stimmung auch war, so verquer und trotzig und kompliziert und streitsüchtig und kindisch sie sich auch verhielt. Widerwillig, aber dennoch: Vielleicht war alles nur unnötiger Ballast. Dieses ganze Prestige, der Wunsch, umsorgt zu werden, die eigenen Bedürfnisse befriedigt zu sehen, Erfolg in der Karriere zu haben und soziale Sicherheit im Freundeskreis und in der Familie zu genießen; möglicherweise war das alles Unfug. Vielleicht war es so, dass es in der Liebe vor allem darum ging, einem anderen Menschen beim Wachsen zu helfen. Ich hatte eine Person kennen gelernt, die ein ungeschliffener Diamant war und deshalb das Größte und Schönste, was ich je gesehen hatte. Ich würde nichts für ihre persönliche Entwicklung, ihre eigene Veränderung tun können; was geschehen musste, musste sie selbst in die Wege leiten, so, wie ich das in meinem Leben tun musste. Aber ich würde sie lieben können. Das könnte ich tun. Ich würde sie lieben können, bis sie zu einem ganzen Menschen geworden wäre. Und wenn mir das gelänge, dann würde das größer sein als Karriere und Ruhm, größer als sozialer Erfolg und Beliebtheit, größer als Schönheit und Intelligenz und Geld und Prominenz. Es wäre das Größte von allem. So war das.

Und ich konnte an meine eigenen Probleme herangehen; sie hatten nichts mit einer bestimmten Situation oder Beziehung zu tun. Sie gehörten mir, eine Ladung Schrott, die von Unbekannten in meinem Hinterhof abgeladen worden war, während ich schlief. Ich konnte sie nicht wegdenken, ich würde dazu gezwungen sein, mich mit ihnen zu konfrontieren. Aber das war natürlich nicht nur schlecht. Die Wahrheit, so banal sie sich auch anhören mochte, war natürlich, dass auch ich meines eigenen Glückes Schmied war.

Nach einer Weile beruhigte ich mich ein wenig, aber nur ein wenig Ich pulte das Wachs von einer Kerze und stapelte die Zeitungen auf den Tisch. Bald wird sie zurückkommen und um Verzeihung bitten, dachte ich. Und dann bleibe ich vielleicht doch noch ein wenig. Zwei Tage Danach werden wir sehen, danach werden wir wirklich sehen.

Ich begegnete im Spiegel meinem trotzigen Gesicht und in einem Mundwinkel spielte nun ein Lächeln. Meine Lippen zuckten ein wenig Wir waren wirklich ziemlich komisch in unseren Gefühlsäußerungen Kaja war so jähzornig, wie ihre Haare lockig waren. Ich übertrieb so sehr, wie mein Nachname kompliziert war. Wir gerieten wie zwei Katzen aneinander, danach versöhnten wir uns und schmusten miteinander, al hätten wir nie etwas anders getan. Sie gab mir Aufrichtigkeit und ich gab ihr Mut, und umgekehrt. Das war nicht das Schlechteste, was zwischen zwei Menschen ausgetauscht werden konnte, abgesehen von Liebe Leidenschaft und Loyalität.

Verdammte streitsüchtige Kuh!

Meine Gedanken wanderten weiter zu den Arbeiten, die ich erledigen musste, und zum nächsten Wochenende. Ich war bei guten Freunden z einem Ball eingeladen, Kaja zu einem Treffen der lesbischen Plogbills Bewegung. Jede könnte die andere begleiten, aber wir hatten noch nicht darüber gesprochen oder entschieden, wer nun was tun sollte. Und jetzt sah ich ihr Gesicht vor mir, aufgeregt, wütend. Ihre Augen schleuderten Blitze. Ihre Sommersprossen schienen wütend in ihrem Gesicht umher

:uspringen. Sie war sauer, aber das war ich auch, und zwischen uns konn-e das jedenfalls nichts ändern. Ich kam nicht dagegen an, dass ich sie iebte, heute so sehr wie bei unserer ersten Begegnung. Und ich wusste .us ganzem Herzen, dass sie für mich ebenso empfand.

Kaja war ein Wesen mit einer Urkraft, eine ganz eigene Seele, die auf lünnen Beinen in abgenutzten Birkenstocksandalen für eine gewisse 'eit über die Erde wandelte, und während sie sich hier befand, war sie neine Freundin, meine Geliebte, meinesgleichen. Sie war ein einziges Virrwarr aus Gedanken mit einem klaren Gefühl für Recht und Unrecht; ie war ein um die Stirn gebundenes grünes Taschentuch über intensi-en Augen mit rußschwarzen Wimpern; sie fürchtete sich vor keinem inzigen Menschen – ob Politiker, Geistlicher, Offizier, Journalist, Virtschaftsboss oder Gewerkschaftsbonze –, sondern nur vor sich selbst, as jedoch gewaltig. Sie war feingliedrig wie eine Prinzessin und som-ıersprossig wie ein kleines Kind und hatte ein grobes Mundwerk wie in Bierkutscher. Sie war Kaja, meine Kaja, sie gehörte mir. Und ich ehörte ihr. Wir wollten beide einander besitzen, aber keine wollte von er anderen verschlungen werden; wir strebten Egalité an, Gleichheit, ileichgewicht, so gut wir das konnten, ohne dass eine von uns dabei nterging. Ich war ebenso wie sie ein eigenes Ich, mit eigenen Gedanken nd freiem Willen. Eins plus eins war zwei und nichts anderes, außer ielleicht drei oder mehr, und ihre Liebe zu mir, ihre heiße, feuchte, hef-ge, gerechte, bedrohliche und freundliche Liebe zu mir war keine elbstverständlichkeit, aber meine Liebe zu ihr war das wirklich auch icht. Es waren Geschenke, die wir einander machten, Geschenke ohne inwickelpapier und bunte Schleifen, ausgesucht aus den innersten chatzkammern, aus dem Goldtresor, aus der geheimsten Tiefe des lerzens.

Ich stand auf und ging in die Küche, die noch immer nach der insensuppe duftete, die ich liebte und die Kaja gekocht hatte. Die Tür um Schlafzimmer, in dem Kajas Schreibtisch stand, war geschlossen. icher saß sie vor ihrem Computer und kochte vor Wut, zerbrach leistifte, raufte sich die Haare, redete laut vor sich hin und verfluchte ich in Grund und Boden. Ich stellte das Abendprogramm im Radio ein nd erledigte dann den Abwasch. Bald würden die Fernsehnachrichten ıfangen.

Ich musste selbst bestimmen wie und wo ich mein Leben verbringe wollte, mein Alltag war mir absolut wichtig. So wollte ich alt werde am liebsten gemeinsam mit Kaja, aber man wusste ja nie. Aber ich wa ich, ich selbst, eine Frau mit einem ganzen Wesen, Aschenbrödel m großen Füßen, ein hellwaches Dornröschen - ich entschied ganz allei wen ich küssen wollte.

Ich nahm mir eine große Tasse Linsensuppe und setzte mich dann v den Fernseher. Ulla-Carin Lindquist las die letzten Nachrichten a Bosnien vor. Ich zündete Kerzen an und nahm die Hunde mit aufs Sof Es war ein gewöhnlicher Dienstagabend in meinem absolut ungewöh lichen Leben.

Nach einer Weile hörte ich, dass am anderen Ende der Wohnung ei Tür geöffnet wurde.